GOLDMANN

Buch

Die blutjunge walisische Königstochter Rhowenna verfügt über die Gabe des »Zweiten Gesichts«. Sie weiß daher, daß eines Tages ein Mann kommen wird, der ihr Land und ihr Herz im Sturm erobern wird – ein Mann, der so ganz anders ist als ihr Verlobter, ein unscheinbarer und unsensibler Prinz. Und tatsächlich: Eines Tages tritt der Wikinger Wulfgar Bloodaxe vor Rhowenna und fordert, daß sie seine Frau werden soll. Er kam aus dem hohen Norden, auf einem Schiff mit blutroten Segeln, um ihr Land in Besitz zu nehmen. Und obwohl Rhowenna ahnt, daß sie ihrem Schicksal nicht entgehen kann, behandelt sie Bloodaxe zunächst wie einen Feind. Doch machtvoll zieht der Wikinger seine magischen Kreise um die schöne Königstochter, ignoriert ihren Haß und ihre seherische Gabe …

Autorin

Rebecca Brandewyne konnte mit ihrem ersten Roman *Wer die Liebe flieht* sofort einen großen Erfolg feiern. Seither hat die Autorin zahlreiche Bücher verfaßt, die sich eine riesige Lesergemeinde erobert haben. Von der Zeitschrift Romantic Times wurde sie mehrmals zur »Autorin des Jahres« gekürt.

Bei Goldmann sind von Rebecca Brandewyne bereits lieferbar:

Desperado der Liebe. Roman (42576)
Heiße Stürme. Roman (42031)
Im Rausch der Nacht. Roman (42408)
In mondheller Nacht. Roman (41000)
Verschwörung der Herzen. Roman (42213)
Piratin der Leidenschaft. Roman (9933)
Wer die Liebe flieht. Roman (9813)
Wildes Blut. Roman (42053)

Rebecca Brandewyne

Süße Dornen

Roman

Aus dem Amerikanischen
von Elke Iheukumere

GOLDMANN VERLAG

Originaltitel: Desperado
Originalverlag: Warner Books, Inc., New York

Umwelthinweis
Alle gedruckten Materialien dieses Taschenbuches
sind chlorfrei und umweltschonend.
Das Papier enthält Recycling-Anteile.

Der Goldmann Verlag
ist ein Unternehmen der Verlagsgruppe Bertelsmann

Deutsche Erstveröffentlichung Dezember 1995

Umschlaggestaltung: Design Team München
Umschlagillustration: Pellegrino/Schlück, Garbsen
Satz: deutsch-türkischer fotosatz, Berlin
Druck: Elsnerdruck, Berlin
Verlagsnummer: 43182
Lektorat: Silvia Kuttny
Redaktion: Angela Kupper
Herstellung: Ludwig Weidenbeck
Made in Germany
ISBN 3-442-43182-4

1 3 5 7 9 10 8 6 4 2

Für Loyal und Ilse Gould
sowie Basil C. Raffety,
und im Gedenken an
Thomas H. Thompson,
die besten und klügsten
Freunde und Mentoren.
In Liebe und höchster
Wertschätzung.

Die Personen

IN WALAS

Pendragon, König von Usk
Igraine, Königin von Usk, Frau des Königs Pendragon
Ihre Tochter:
Rhowenna, Prinzessin von Usk

Gwydion, Verwandter des Hauses Pendragon
Morgen, eine Dienerin
Vater Cadwyr, ein Priester
Owain, ein Barde

IN NORDUMBRIEN UND MERCIA

Aella, König von Nordumbrien
Cerdic, ein Prinz von Mercia
Mathilde, eine Prinzessin von Mercia, Schwester des Prinzen Cerdic

IM NORDLAND

Ragnar Lodbrók, ein Konungr-Wikinger
Seine Söhne:
Ivar the Boneless
Ubbi
Halfdan

Die Jarlar-Wikinger

Björn Ironside
Flóki the Raven
Hasting
Olaf the Sea Bull
Wulfgar Bloodaxe

Yelkei, eine Sklavin und Seherin

Der Weg der Schwäne

Die alten Götter rühren ihre schlafenden Gedanken an,
mit einem Traum, der auf den sanften Flügeln der Nacht
heranschwebt unter den ausgestreckten Flügeln
der langhalsigen Schwäne.
Und mächtige Drachen stoßen Feuer und Tod aus
von den Kämmen der schaumbedeckten Wogen,
die sich über den Gräbern der Seefahrer erheben,
über ihren schwankenden Knochen, die das Seegras umschlingt.
Liebkost von sanften Winden und geküßt,
hochgehoben und hinweggetragen,
erheben sich gegen das sonnenüberströmte
Blau des Sommerhimmels
Segel, rot wie Blut, wie eine karmesinrote Flut,
die ungehindert gegen ferne Strände spült,
und in ihrer Spur, auf entweihtem Sand,
sprechen mit stummer Stimme die toten Körper,
die zurückgeblieben sind.

Die Prinzessin von gestern ist die Sklavin von morgen,
so schnell wie der Augenblick zwischen den Schlägen des
Herzens,
das klopft voll Schrecken, blind und grausam,
und weint um Liebende, die getrennt,
wenn Krieger, auf der Schlange Rücken,

herabsteigen in das schäumende Salz des Meeres,
das kocht und braust wie ein Sturm.
Gewaltig rollt die überschäumende Sturzwelle heran,
hernieder auf den einst so friedlichen Strand,
über dem sich umwölkte Berge erhoben,
und Palisaden wachten aus des Falkens Reich.
Jetzt ertönt ein wilder, barbarischer Ruf –
und von den sterbenden Lippen, der letzte, leise Seufzer
derer, die nie mehr einen tapfren Kampf erleben.

Mit Tand und Spangen von Bernstein und Silber
und einem Schatz viel wertvoller als Gold,
geladen auf ihre Langschiffe aus riesigen gefällten Eichen,
die Segel gesetzt, auf dem Kurs nach Hause, fliehen diese kühnen Plünderer
schnell über den Weg der Schwäne
nach Norden, hin zu der weißen, gefrorenen See,
an deren Ufer die Länder der Mitternachtssonne liegen,
wo Schwerter den Himmel erhellen, wenn Odins Walküren auf schneeigem Schlachtroß die Erschlagenen nach Hause holen.
Und in dem großen Saal, bei sanft brennendem Feuer,
singen die Skálds die Geschichte von Wulfgar dem Dänen
und von der wundersamen Rhowenna der Hellhäutigen,
süßer als die Falle der Sirenen
ist die Liebe, wenn zwei Herzen sich zu einem finden
für immer.

PROLOG

Die alten Götter

Der Traum

Die Südküste von Usk, Walas, A. D. 865

Rhowenna erwachte schlagartig.

Sie keuchte vor Angst und schrie, als sie in ihrem Bett hochfuhr und die Felldecken gegen ihren zitternden Körper preßte.

Wild sah sie sich in der schwach erleuchteten Schlafkammer um, voller Furcht, im nächsten Moment von diesen starken, barbarischen Händen gepackt zu werden, von denen sie so lebhaft geträumt hatte, daß sie selbst jetzt noch glaubte, sie zu fühlen, wie sie sie hochhoben und sie gegen einen breiten, muskulösen Körper drückten, der keinem der Männer von Usk gehörte, auch keinem der Männer aus Walas, sondern einem Fremden, einem Wilden, viel schlimmer noch als jene, die die Länder des Ostens bewohnten und hinter dem Meer die Insel Erin im Westen. Aber wie immer entdeckte sie niemand anderen in ihrem Zimmer als ihre Dienstmagd Enid, die auf einem Strohlager am Fuße ihres Bettes schlief und sich auch von Rhowennas erschrecktem Schrei nicht in ihrem Schlummer stören ließ. Rhowenna war jetzt vollständig wach, aber ihre Angst legte sich nicht. Sie schien sogar größer zu werden. Nicht zum ersten Mal hatte dieser Alptraum sie heimgesucht. Und jedesmal, wenn er sie bedrängte, fürchtete sie sich mehr, sorgte sich, daß sie der Wahnsinn befallen haben könnte. Insgeheim hoffte sie, daß es so war, denn sonst mußte sie die Tatsache akzeptieren, daß sie das Zweite Gesicht besaß, und das dann Vater Cadwyr beichten. Er würde sicher glauben, daß sie verflucht war, vielleicht würde er sie sogar beschuldigen, eine Hexe zu sein, womit er vielleicht sogar recht hätte.

In ihren Ohren dröhnte noch der Klang der primitiven Trommeln, der geheimnisvolle Gesang, die schrillen Schreie – obwohl es in dem königlichen Haus ihres Vaters so still war wie in einem Grab und draußen nur der rauhe Nachtwind wehte. Als wäre sie eine lange Strecke schnell gelaufen, schlug ihr Herz so laut und so heftig in ihrer Brust wie die Trommeln in ihrem Traum; und trotz der Winterkälte war ihr Körper mit Schweiß bedeckt, der das feine, weiße, wollene Nachtgewand an ihrer Haut kleben ließ. Das Feuer in dem Kohlebecken war heruntergebrannt, und als der Wind sich einen Weg durch das königliche Haus ihres Vaters suchte und über ihren erhitzten Körper wehte, zitterte sie heftig.

Rhowenna schob sich das zerzauste, lange schwarze Haar aus dem Gesicht und stand dann langsam auf. Die Felldecken zog sie wärmend um sich. Leise, um Enid nicht aufzuwecken, goß sie dunklen, starken, gewürzten Met aus dem Tonkrug in einen Kelch. Dann nahm sie den Kelch, kniete neben dem Kohlebecken nieder und legte ein paar kleine Äste in die Glut. Schon bald leckten die Flammen an dem Holz, und das Feuer und der Met, von dem sie in großen Schlucken trank, durchströmten ihren Körper mit einer angenehmen Wärme.

Es war noch immer tiefe Nacht, und nicht nur die wilden Tiere, sondern auch die Götter streiften über die Erde. Trotz ihrer christlichen Erziehung glaubte Rhowenna fest daran, denn waren nicht die Alten auf den Schwingen der Nacht zu ihr gekommen und hatten ihr diesen Traum gebracht? Es war eine Vorahnung, eine Warnung, das wußte sie. Sie hatte mit niemandem darüber gesprochen, nicht einmal mit Gwydion, ihrem geliebten Verwandten – denn sie versuchte von ganzem Herzen zu leugnen, daß es eine echte Vision war. Wenn sie schwieg, dann könnte sie damit vielleicht verhindern, daß dieser Traum Wirklichkeit wurde. Dennoch ängstigte der Traum sie so sehr, daß sie versucht war, alle im Hause aufzuwecken und ihnen von dem zu erzählen, was sie gesehen hatte. Nur der Gedanke an die durchdringenden Blicke von Vater Cadwyr und an seinen donnernden Zorn, wenn er sie als unheilig und als eine Magd des Teufels bezeichnete, hielt sie davon ab. Gedrängt von ihrem inneren Aufruhr stand sie auf. Trotz des unfreundlichen Wetters und der Gewißheit, daß sie bestraft würde, wenn man bemerkte, wie sie mitten in der Nacht das königliche Haus ihres Vaters verließ, mußte sie dennoch hinuntergehen zum großen Meer, von wo das kam, was sie verfolgte.

Sie nahm den warmen Fellumhang, schlang ihn um sich und zog die weichen Lederstiefel an. Dann öffnete sie vorsichtig die Tür ihres Zimmers, sorgsam darauf bedacht, daß die Eisenscharniere nicht quietschten und sah hinaus. Im Licht des schwach brennenden Feuers im Hauptherd des großen Saals unter ihr sah sie zu ihrer Erleichterung, daß die Lehnsmänner, die Soldaten ihres Vaters, und die Diener noch immer schliefen. Ihre Füße verursachten kaum ein Geräusch auf den Binsen auf dem Steinboden, und schnell lief sie in die Dunkelheit hinaus.

Da Rhowennas Vater, Pendragon, König von Usk war, lag das königliche Haus nicht nur mitten im Dorf, sondern war auch das größte Haus von allen und das einzige, das aus Stein gebaut war. Es lag auf einem kleinen Hügel, von dem aus man das ganze Gebiet überblicken konnte, und bestand aus einem großen Saal, einer Küche und privaten Gemächern für die königliche Familie. Das Haus war umgeben von einer Kapelle, verschiedenen Nebengebäuden und einem Erdwall mit einer starken Holzpalisade und einem breiten Graben davor. Außerhalb der Palisade lagen die Hütten und Werkstätten der Ceorls, der Leibeigenen, jede dieser Hütten aus Flechtwerk, Lehm und mit einem Strohdach lag auf einem kleinen Stück Land. Das Dorf erstreckte sich an den Ufern des Flusses Usk, der in die Severn See und dann in das Große Meer im Westen mündete, hinter dem die sanften grünen Hügel und die zerklüfteten, nebelumwogten Berge von Walas aufragten.

Das kleine Königreich Usk grenzte an größere Königreiche, im Westen an Glamorgan, im Norden an Gwent, und hinter dem riesigen Erdwall mit dem davorliegenden Graben, der von Bretwalda Offa errichtet worden war und als Offas Deich bekannt war, lag im Osten das große Königreich Mercia. In diesen unsicheren Zeiten, wo der Krieg nur zu alltäglich war und Bündnisse sich so plötzlich änderten wie der Wind, bedeuteten diese drei Königreiche eine Bedrohung für Usk – doch die größte Bedrohung war Mercia. Im Süden, am anderen Ufer der Severn See, drohten die Inseln, die einst das Sommerland gewesen waren, die größte und heiligste von ihnen Tor, die sich über Glastonbury oder Ynis-witrin erhob, die Insel Glass, wie sie manchmal genannt wurde. Waid, aus dem man blaue Farbe machte, wuchs dort und auch Apfelbäume, und der große König Arthur und seine zweite Frau Gwenhwyfar lagen dort begraben. Zu Zeiten von Arthur waren Tor und Glastonbury die Orte der alten Götter gewesen; jetzt gehörten sie, wie so vieles andere, Christus und den Priestern, die ihm dienten. Vor langer Zeit hatte sich hinter den zerklüfteten schwarzen Klippen von West-Walas in der Ferne das Land Lyonesse erstreckt, wo sich noch viel großartigere Festungen erhoben hatten als die der Römer. An einem wolkenlosen Tag, so hieß es, konnte man manchmal die Festungen im Großen Meer erkennen, denn Lyonesse war jetzt verloren, überspült von den verräterischen, endlosen, schaumgekrönten Wellen, die fortwährend gegen die Küste donnerten, das Land zerstörten und nur noch lange, zerklüftete schwarze Felsen übrigließen, die eines Tages auch verschwinden würden. Was hinter der Insel Erin im Westen lag, hinter dem Großen Meer, das wußte niemand. Auf den wenigen Landkarten, die Rhowenna gesehen hatte, wurden Drachen als Bewohner des Landes dargestellt. Die Barden sangen noch von einem anderen versunkenen Land im Süden mit dem Namen Ys, das einstmals hinter Britannien gelegen hatte, und von dem mächtigen Königreich Atlantis, das noch weiter entfernt gewesen war und sich einst aus den Wogen erhoben hatte, von seinem großen magischen Berg aus Kristall, der so mächtig gewesen war, daß er selbst die Sonne beherrscht hatte. Aber am Ende hatten sich die Mächte, die der Berg beherrschen wollte, als gewaltiger erwiesen, und er war explodiert und hatte das Unheil über das Königreich gebracht, das schließlich genau wie Lyonesse und Ys in dem Großen Meer versunken war. Auch wenn Rhowenna noch nie die

Grenzen des Landes Usk überschritten hatte, so hatte sie doch über die Jahre hinweg all das erfahren, weil sie den Erzählungen derer gelauscht hatte, die in das Königshaus ihres Vaters kamen und seine Gunst erbaten.

Von den Priestern hatte sie von Christus gehört, dem einzig wahren Gott. Von den Barden hatte sie die Geschichten über die alten Götter erfahren und von den Menschen, die sie einmal angebetet hatten und ihnen Blutopfer dargebracht hatten: von ihren Vorfahren, den Picti – dem Alten Volk der Hohlen Hügel –, und von den Stämmen, die sich mit dem blauen Waid tätowiert hatten und die noch, so hatte man ihr erzählt, die Geheimnisse der stehenden Steine gekannt hatten und auch all die Überlieferungen, die in den Jahren seit dem Erscheinen von Christus verlorengegangen waren. Es hatte in diesen Tagen viele weise und gelehrte Männer und Frauen gegeben – die Priester und Priesterinnen der Druiden und der Häuser der Jungfrauen. Aber als der hohe König Arthur in der Schlacht von Camlann gefallen war, hatte sich eine große, schreckliche Dunkelheit über das Land gesenkt – die Götterdämmerung, wie einige sie nannten; und so wie das Große Meer Lyonesse, Ys und das mächtige Königreich Atlantis verschlungen hatte, so hatte Christus die alten Götter verdrängt. Die Händler, die von nah und fern kamen – von Osten auf Pferden über die Berge und von Westen mit Schiffen über das Große Meer, die Flüsse Usk und Severn hinauf –, erzählten die alten Geschichten von fremden und vergessenen Ländern; auch von ihnen hatte Rhowenna ihr Wissen.

Wie ein Eichhörnchen Nüsse für den Winter sammelt, so hatte sie mit ihrem wachen Verstand all die Informationen gesammelt, die sie hatte erfahren können. Wissen war Macht, so pflegte ihre Mutter, Königin Igraine, oft zu sagen, eine Waffe, die viel stärker war als ein Breitschwert oder eine Streitaxt, eine Waffe, die auch eine Frau geschickt einsetzen konnte, sowohl zu ihrer Verteidigung als auch dazu, sich in der Welt der Männer zu behaupten. Doch gab es eine Macht, die viel mächtiger war als Wissen, dachte Rhowenna bedrückt: das Schicksal. Das glaubte sie in ihrem Traum gesehen zu haben, es war in den Sternen geschrieben, unveränderlich, und trotz all ihres Wissens fühlte sie sich ihm gegenüber hilflos.

Ein silberner Mond, umgeben von einem leuchtenden Nebel, stand an dem samtschwarzen Nachthimmel und erleuchtete ihren Weg, als sie durch ein Seitentor in der Palisade schlüpfte und den schmalen, steinigen Weg hinunterlief, der sich in Serpentinen vom Königshaus ihres Vaters zum Strand wand. Aus Erfahrung wußte sie, daß sie dort nichts entdecken würde. Trotzdem konnte sie das furchtsame Gefühl nicht vertreiben, daß sie dort in Wirklichkeit das sehen würde, was sie bis jetzt nur in ihren Träumen gesehen hatte; und sie konnte es kaum erwarten, endlich den Strand zu erreichen, um sicherzugehen, daß alles so war, wie es sein sollte. Wenn sie das nicht tat, würde sie in dieser Nacht nicht schlafen können.

Der Winterwind war bitterkalt, auch wenn er nicht stark wehte, er brachte leichten Nebel mit, einige Regentropfen und salzige Gischt von der Severn See. Gegen die Kälte zog Rhowenna ihren Umhang fest um sich, während sie eilig weiterlief. Sie war in der letzten Zeit diesen kurzen Weg schon so oft gegangen, daß ihre Füße auf dem groben, frostigen Pfad kaum noch strauchelten, obwohl er in der Dunkelheit und dem Nebel kaum zu erkennen war. Trotz der vielen möglichen Gefahren liebte sie die Nacht. Sie war magisch, geheimnisvoll, sie gehörte den alten Göttern, die sie riefen, die zu ihr kamen und versuchten, sie von Christus wegzulocken, dessen Reich das Reich des Lichtes war. Unter ihrem Umhang suchte ihre Hand nach dem keltischen Kruzifix, das an einer dünnen Goldkette um ihren Hals hing. An einem solchen Kreuz war der wahre Gott gestorben, hatten ihr die Priester erzählt. Aber die alten Götter lebten, sie waren so wahrhaftig wie Wind und Feuer, wie die Erde und das Große Meer. Noch immer herrschten sie über alle Dinge, ob sie nun kirchlicher, irdischer oder teuflischer Natur waren. Rhowenna zweifelte nicht daran, trotz allem, was sie von den Priestern gelernt hatte. Die alten Götter sprachen mit der Stimme des Windes – ein Seufzer, ein Stöhnen, eine Warnung, die die kleinen Härchen im Nacken sich aufrichten ließ; und als Antwort ertönte der Schrei eines Geschöpfs der Nacht durch die Berge, die sich hinter ihr erhoben und sie klein wie ein Zwerg aussehen ließen. Was war sie schon, verglichen mit den Bergen, mit den alten Göttern? Ein winziges Sandkorn auf einem Strand, hin und her geworfen von der mächtigen See, deren Name Schicksal war. Hatte sie nicht in ihren Träumen gesehen, daß es so war?

Sie war am Ufer angekommen, jetzt stand sie dort und blickte über das kalte, dunkle, schäumende Wasser, das gegen den Strand rauschte, ihr Haar und ihr Umhang wehten im Wind, und Rhowenna war sich ihrer Bedeutungslosigkeit vor dem Hintergrund eines großen Planes bewußt.

Und dennoch sprachen die alten Götter jetzt zu ihr.

Sie wollte nicht zuhören – aber sie hörte sie. Die Brandung dröhnte in ihren Ohren wie Trommeln, der Wind sang seinen lyrischen Refrain; das unbekannte Tier in den Bergen schrie. Um sie herum wirbelte der wabernde Nebel wie die Geister der mit blauem Waid tätowierten Heiden, die vor Ewigkeiten zwischen den stehenden Steinen getanzt hatten. Das Große Meer erstreckte sich vor ihr – grenzenlos, leer. Doch vor ihrem geistigen Auge entfalteten sich die Bilder wie in Zeitlupe, und fern am Horizont sah Rhowenna eine Gruppe von Geisterreitern, so karmesinrot wie Blut, auf dem Rücken eines riesigen Seedrachen, der sich über die schäumenden Wogen erhob und immer näher an die Küste kam, um zu zerstören, zu vergewaltigen, zu verstümmeln und zu morden. Aus dem Norden, den Schwanenweg entlang, der eigentlich keine Straße war, sondern nur die Bahn, der die ziehenden Schwäne folgten, wenn sie auf ihren Schwingen über das Große Meer kamen, nahten die Langschiffe mit ihren blutroten Segeln. Sie waren so schnell wie der Wind, so leise wie die Erde. Doch in Rhowennas Ohren dröhnten die Trommeln, der Gesang der Heiden und die Schreie der Angst beim Anblick dieser wilden Reiter der Meere.

Sie war so gefangen in dem Kampf mit ihrer Vision, daß sie sah, wie die Schiffe ihre Armee von Plünderern entließen. Mit dem Kriegsschrei auf den Lippen, die Breitschwerter und Streitäxte hoch erhoben, sprangen die Riesen in die See, ein Gott mit goldenem Haupt an ihrer Spitze. Gegen ihre kräftigen Schenkel donnerten die Brecher, dennoch stürmten die Riesen voran, als wären sie eins mit dem Meer. Und jetzt begannen auch die Schreie der Verwundeten und der Sterbenden, als die Lehnsmänner und die Ceorls ihres Vaters überwältigt und abgeschlachtet wurden, als die Frauen mit Gewalt zu Boden geworfen wurden, wo immer man sie fand, ihre Röcke zerrissen und ihre Schenkel gespreizt wurden für die Riesen, die sie entehrten. Um Rhowenna herum herrschte der Schrecken. Der beißende Rauch, der sich aus dem brennenden Dorf erhob, brannte in ihrer Nase. Hustend und halb erstickt stolperte sie durch das Chaos und die Verwirrung, verzweifelt versuchte sie zu fliehen, glitt auf dem Blut aus, das rot, den Boden bedeckte und in die dunkle, feuchte Erde drang. Vor ihr blitzte ein Breitschwert auf im Sonnenlicht, dann wurde die Klinge rot, als sie tief in Gwydions Nacken drang und seinen Kopf vom Rumpf trennte.

Gwydion! Gwydion!

Rhowenna hörte nicht einmal die schrecklichen, tierischen Schreie, die aus ihrer Kehle drangen, als er langsam vor ihr zusammensank, sie fühlte nicht die starken Arme, die sie emporhoben, noch ehe ihr Verwandter zu Boden gesunken war, und sie gegen eine breite, muskulöse Brust drückten. Ihr Kopf sank an die Schulter ihres Bezwingers, schockiert und benommen starrte sie in seine Augen, die so blau waren wie der Sommerhimmel, in sein Gesicht, das eingerahmt wurde durch einen Glorienschein hellen Haars, das in der Sonne golden aufleuchtete. Die alten Götter hatten sie heimgeholt, dachte sie. Schon bald würde sie mit Gwydion im Himmel wiedervereint sein. Verzweifelt klammerte sie sich an diese Hoffnung, dann versank sie in einem Wirbel barmherziger Dunkelheit.

An diesem Punkt ihres Alptraums wachte Rhowenna immer auf, getrieben von der Furcht, den Strand abzusuchen, um sicherzugehen, daß keine Bande von Drachen mit ihrer grausamen Flotte von Norden her gekommen war, entlang des Schwanenweges über das Große Meer, mit einem Gott mit goldenem Haupt vorneweg.

Solange sie lebte, waren sie noch nicht nach Usk gekommen.

Nur aus den Geschichten der Krieger und den Gesängen der Barden wußte sie von den Plünderern und davon, wie sie aus den Nordländern hereinbrachen, um anzugreifen, zu plündern, wie sie die Königreiche der Shetlands, Orkneys, Caledonien, Britannien, Erin, Frisien, Normandie und die Länder der Franken und Germanen vernichtet hatten, die einmal das riesige karolingische Weltreich gebildet hatten, das von Karl dem Großen regiert wurde. Und dennoch sah sie vor ihrem geistigen Auge die Langschiffe mit ihren roten Segeln so klar und deutlich, als hätte sie sie schon Hunderte von Malen gesehen.

Schicksal.

Zitternd kniete Rhowenna auf dem Sand, unter den blassen, nebelumwogten Sternen, die wie die Augen Tausender von Drachen in der Nacht leuchteten. Sie senkte den Kopf, umklammerte das Kruzifix und begann ernst und inbrünstig zu beten – nicht zu den alten Göttern, sondern zu Christus, der barmherzig war, so hatten es ihr die Priester gesagt. Ihre Lippen bewegten sich, als sie wieder und wieder die Litanei betete, als wäre es ein Zauber, der sie schützen könnte:

»A furore Normannorum, Domine, libera nos. A furore Normannorum, Domine, libera nos.«

Es waren die einzigen lateinischen Worte, die Rhowenna kannte – doch wie in ganz Walas die Alten und die Jungen, so kannte auch sie sie auswendig. Vor dem Wüten der Nordmänner, o Herr, schütze uns.

BUCH EINS

Drachen stoßen Feuer und Tod aus

1. KAPITEL

Rückschlag für den König

Die Südküste von Usk, Walas, A. D. 865

Der Morgen war schon beinahe vorüber, als Rhowenna schließlich aufwachte, trotzdem fühlte sie sich nicht ausgeruht. Als sie vom Strand zurückgekommen war, war sie von ihrem Traum so besorgt und verstört gewesen, daß sie die Augen nicht hatte schließen können. Erst als eine trübe, graue Dämmerung angebrochen war, neblig, unfreundlich und voller Regen, war sie eingeschlafen. Sie hatte gezittert und sich tief in ihre Felldecken gekuschelt, schließlich war es ihr gelungen einzuschlafen. Doch der Rest des Haushalts war durch den langsam heller werdenden Himmel aufgeweckt worden, und jetzt hörte Rhowenna von ihrem Schlafgemach aus die wohlbekannten Geräusche des Königshauses ihres Vaters und auch des Dorfes hinter der Palisade: das Geplapper der Diener, die die Reste des Morgenmahls von den langen Tischen in dem großen Saal räumten, das Klappern der Töpfe und Pfannen in der Küche, das Rufen und Lachen der Lehnsmänner, das Wiehern und Stampfen der Pferde draußen auf den Höfen, das Bellen der Hunde, das Schnattern der Gänse und Hühner, das Schnaufen der Schweine, das Meckern der Ziegen und Schafe, das von den Häusern der Ceorls herüberdrang.

Rhowenna zögerte, ihr warmes Bett zu verlassen; sie genoß es, daß alles um sie herum so normal klang, daß das Leben im Königshof ihres Vaters so normal verlief, als würde keine drohende Wolke des Verderbens über allem hängen. Aber warum sollte es auch nicht so sein? Sie allein nur wußte von dem Traum. Nicht zum ersten Mal erschauerte sie bei dem Gedanken, daß sie vielleicht durch ihr Schweigen diese Vision zur Wirklichkeit machen würde. Wenn sie niemanden warnte und die Nordmänner wirklich kamen, um ein Blutbad anzurichten, wäre sie dann nicht genauso schuldig, als hätte sie ihr eigenes Volk umgebracht? Sicher war das eine noch viel größere Sünde, als die Gabe des Zweiten Gesichtes zu haben, noch viel schlimmer als die Hexerei, die Vater Cadwyr ihr sicherlich vorwerfen würde, wenn sie von dem sprach, was sie gesehen hatte.

In den alten Tagen, ehe die Priester gekommen waren, wäre ihr Traum als ein Geschenk der alten Götter geschätzt worden und sie selbst wäre als Seherin anerkannt worden. Rhowenna sehnte sich nach der Zeit, als ihr Volk noch die Geheimnisse der Dinge verstanden hatte, die jetzt außerhalb ihres Gesichtskreises lagen und von den Priestern als böse bezeichnet wurden, als Werke des Teufels. Die Priester nahmen für sich in Anspruch, der Welt die Erleuchtung zu bringen; dennoch waren ihre Worte so dunkel wie ihr Gewand, und auch wenn sie von Barmherzigkeit sprachen, so war doch ihr Gott eifersüchtig und rachsüchtig, dachte Rhowenna. Manchmal wankte ihr Glaube an ihn, sie verstand nicht, warum all das, was ihr natürlich und richtig erschien, in seinen Augen eine Sünde sein sollte. Manchmal glaubte sie, daß selbst die Priester nicht verstanden, was sie predigten, oder daß sie vielleicht sogar Gottes Willen und seine Worte verdrehten, damit sie selbst einen Vorteil davon hatten; denn wer konnte etwas anderes behaupten oder sogar wissen? Aber dies waren lästernde Gedanken; sie sollte sie eigentlich beichten, das wußte sie. Doch das tat sie nicht. Sie wollte den Priestern nicht ihre innersten Gedanken anvertrauen, und ganz besonders nicht Vater Cadwyr.

Dennoch sehnte sich Rhowenna nach einer Führung, nur wußte sie nicht, wen sie darum bitten sollte. Auch wenn er ein grimmiger Krieger war, der für seine Tapferkeit im Kampf bekannt war, so fürchtete ihr Vater Pendragon die Priester mit ihrem Gerede von der ewigen Verdammnis und dem Höllenfeuer und dem Schwefel für die Seelen derer, die nicht der Lehre von Christus folgten. Ihr Vater würde sich vor ihrem Traum fürchten, vor dem Gedanken, daß Vater Cadwyr vielleicht denken könnte, daß er eine gottlose Tochter großzog oder, noch schlimmer, eine Tochter, die der alten Religion anhing, den alten Göttern, die falsche Idole waren. Ihre Mutter Igraine, die mehr ihrer eigenen Urteilskraft vertraute als dem Rat der Priester, war schon eher jemand, den sie um Rat bitten konnte. Aber von einer so schwerwiegenden Sache würde sie vielleicht ihrem Ehemann erzählen. Und Rhowenna würde es nicht ertragen können, Gwydion von ihrem Traum zu erzählen, denn hatte sie nicht seinen Tod vorausgesehen, von der Hand der Nordmänner herbeigeführt? Enid, ihre Dienerin, wäre voller Entsetzen bei der Vorstellung, daß die Nordmänner in das Königreich von Usk einfallen könnten. Es gab niemanden, an den Rhowenna sich wenden konnte.

Sie seufzte tief, dann stand sie auf, unglücklich und betrübt, weil sie wußte, daß ihre Mutter sie wegen ihrer Verspätung schelten würde. Nachdem sie ihr Gesicht und die Hände in dem eisigen Wasser in der bronzenen Waschschüssel gewaschen hatte, zog sie ihr Nachtkleid aus und schlüpfte in ein Arbeitskleid aus schlichter, ungefärbter Wolle. Sie war gerade fertig, als Enid mit einem Becher Milch erschien, einer Schüssel mit dickem Brei und einem Stück Brot, das in Schweinefett gebraten und großzügig mit Honig bestrichen war. All das hatte sie von der Morgentafel für ihre Herrin aufbewahrt. Als Rhowenna sich auf den niedrigen Hocker setzte, um zu essen, nahm Enid den Kamm aus feinem geschnitztem Horn und begann, Rhowennas langes Haar zu kämmen, um es dann zu einem Zopf zu flechten, den sie mit einem Band befestigte. Herrin und Dienerin waren schon seit ihrer Kindheit zusammen, es war ein altbekanntes, morgendliches Ritual, das sie miteinander teilten, oft sich unterhaltend und lachend. Heute jedoch war Rhowenna ganz in ihre trüben Gedanken versunken, sie schwieg, und Enid, die fühlte, das mit ihr etwas nicht stimmte, redete auch nicht viel. Sie meinte nur, daß Rhowenna müde aussähe, vielleicht sogar krank sei; dann machte sie sich schweigend daran, ihre Herrin mehr als sonst zu umsorgen.

Als Rhowenna einen Blick in den polierten bronzenen Spiegel warf, mußte sie Enid recht geben. Ihr Gesicht war angespannt und blaß, unter ihren Augen lagen dunkle Schatten. Sie sah genauso aus wie die Hexe, als die Vater Cadwyr sie sicher beschimpfen würde, wenn er von ihrem Traum erfuhr, dachte Rhowenna bedrückt; denn ihr dichtes, knielanges Haar war genauso schwarz und glänzend wie das regenfeuchte Gefieder eines Raben, und ihre Augen waren von einem erstaunlichen, befremdlichen und strahlenden Violett wie Amethyst, mandelförmig und von dichten schwarzen Wimpern bedeckt. Niemand in Usk hatte solche Augen, und deswegen glaubten viele, sie hätte übersinnliche Kräfte, sie sei ein Wechselbalg; wenn sie vorüberging, machten sie das alte Zeichen, womit das Böse abgewehrt werden sollte. Wenn Vater Cadwyr einen Grund hätte, sie zu verdammen, dann würde er keine Schwierigkeiten haben, Unterstützung für seine Anschuldigungen zu finden.

Sie hatte den Priester nie gemocht. Seine schwarzen Augen glühten wie Kohlen, wenn er sie ansah, und in seinem brennenden Blick entdeckte sie eine Flamme begieriger Leidenschaft, die nicht in die Augen eines zölibatären Mannes gehörte, der sein Leben Christus geweiht hatte. Im Dorf hatte sie Gerüchte gehört, daß Vater Cadwyr sich zu den Frauen legte und sie dann dafür verachtete und verdammte und sich selbst gnadenlos kasteite. Wenn das wirklich stimmte, so gelang es ihm doch, seine eigenen Sünden sorgfältig zu verbergen und ihrem Vater gegenüber immer ein gottesfürchtiges Benehmen zu zeigen. Dennoch mißtraute Rhowenna ihm.

Aber es gab auch die Menschen, die fanden, daß sie wunderschön war, und die sie liebten. Ihr Verwandter Gwydion war einer davon. Sie zitterte, wenn sie an ihn dachte – und in letzter Zeit dachte sie sehr oft an ihn. Wenn es andere Männer gab, die sie voller Verlangen ansahen, so bemerkte Rhowenna sie nicht. Sie sah nur Gwydion – groß, mit dunkler, bronzefarbener Haut, geschmeidig, anmutig und schnell, so hart wie ein Pfeil, der vom Bogen fliegt. Sein Haar war genauso schwarz wie das ihre, seine Augen grau wie der Nebel über dem

Großen Meer. In Gwydion und auch in Rhowenna floß das Blut der Picti und der alten Stämme. Vielleicht fühlte sie sich deshalb so sehr zu ihm hingezogen. Sie kannte ihn schon ihr ganzes Leben lang, doch erst seit sie beide die Schwelle zum Erwachsensein überschritten hatten, sah sie ihn mit mehr als nur schwesterlicher Zuneigung.

Im Alter von zehn Jahren war Gwydion einem der Grafen ihres Vaters zur Erziehung übergeben worden, und Rhowenna hatte ihn nur selten gesehen, bis zu dem Tag, an dem seine Erziehung abgeschlossen und er nach Hause zurückgekehrt war. Als er wegging, war er noch ein Junge gewesen, und als Mann war er zurückgekommen – nun war er nicht länger ihr Verwandter, der Spielgefährte ihrer Kindheit und ihr Freund, jetzt war er ein Fremder, auf eine Art, die sie erregte und verlockte. Die Berührung seiner Hand mit ihrer hatte sie wie ein Schlag getroffen, bei der Erinnerung daran stieg eine heiße Röte in ihre Wangen.

Rhowenna warf einen Blick in den Spiegel, dann wandte sie sich schnell ab und biß sich auf die Unterlippe. Sie senkte den Blick, als könne sie so ihre Gedanken verschleiern. Verwirrt nahm sie von ihrer Kommode den gravierten und niellierten goldenen Reif, den sie als Prinzessin von Usk trug, und setzte ihn auf den Kopf. Es war eine Erinnerung an ihren Rang, wenn auch eine unerfreuliche, an die Tatsache, daß ihr Vater für seine einzige Tochter keinen einfachen Verwandten als Ehemann wählen würde, wie sehr sie sich das auch wünschen mochte, sondern einen Prinzen – oder sogar einen König. Rhowenna schreckte vor dem Gedanken zurück, in ein fremdes Land geschickt zu werden, um mit einem Mann verheiratet zu werden, der ein völlig Fremder für sie sein würde, auch wenn er von königlichem Blut war. Doch selbst das wäre besser, als von den Nordmännern gefangen zu werden, die durch ihre Träume geisterten.

Noch einmal blickte sie in den Spiegel, dann kniff sie in ihre blassen Wangen, damit ein wenig Farbe sie belebte. Draußen hörte sie die Stimme ihrer Mutter, die Enid nach ihr fragte. Schnell trat Rhowenna aus ihrer Kammer in den großen Saal und hoffte nur, daß sie Vater Cadwyr nicht begegnete, der sich oft dort aufhielt und mit seinem dunklen, fließenden Gewand und den schwarzen brennenden Augen aussah wie ein wilder Vogel, der auf sie hinunterstoßen würde, um seine Krallen an ihr junges Fleisch zu schlagen. Doch zu ihrer Erleichterung war der Priester heute nicht da, auch ihr Vater war nicht anwesend, er war mit einigen der Lehnsmänner zur Jagd aufgebrochen. Nur einige ältere Krieger waren zurückgeblieben. Zwei von ihnen saßen einander am Schachbrett gegenüber, die anderen hockten um das Feuer im Hauptherd und erzählten von den Jagden ihrer Jugend, wärmten ihr Blut mit Krügen voll Met und gewürztem Wein und freuten sich, an einem solch trüben Wintertag im Haus sein zu können. Hier entdeckte Rhowenna auch ihre Mutter, die mit einigen der Dienerinnen an dem großen Webstuhl saß, der in einer Ecke des großen Saals stand.

»Der Morgen ist schon fortgeschritten, du hast lange geschlafen heute, Tochter«, bemerkte Igraine und blickte von ihrer Arbeit auf, ihre feinen schwarzen Augenbrauen hoben sich mit mildem Vorwurf, als sie sprach. Aber in dem schönen Gesicht der Königin zeichnete sich auch Sorge ab. »Das ist das dritte Mal in dieser Woche. Bist du krank, Rhowenna?«

»Nein, Mutter, ich schlafe nur nicht gut.«

Und das stimmt sogar, dachte Rhowenna und senkte den Blick, um die Tatsache zu verbergen, daß mehr hinter ihrer Schlaflosigkeit steckte. Sie hoffte, daß ihre Mutter sich mit der Antwort zufriedengab. Die Königin merkte es sofort, wenn jemand sie zu belügen versuchte, unter dem eindringlichen Blick aus ihren dunkelblauen Augen wurde es so manchem Lehnsmann, Diener oder Ceorl ungemütlich, wenn er ihr eine Geschichte zu erzählen versuchte, die nicht stimmte, und er schließlich aufgab und ihr die Wahrheit gestand. Selbst die Grafen Pendragons fürchteten sich vor Igraines eindringlichen Blicken, ein großer Teil der Macht des Königs und auch viele seiner Entscheidungen hatten ihren Ursprung in dem scharfsinnigen, ein wenig unheimlichen Wahrnehmungsvermögen der Königin.

Jetzt runzelte Igraine die Stirn, als fühle sie, daß hinter der ganzen

Sache mehr steckte, als Rhowenna zugeben wollte. Sekundenlang sah es so aus, als wolle sie weiter in ihre Tochter dringen, doch dann sah sie sich in dem großen Saal um, sah all die Lehnsmänner und die Dienerinnen und schien plötzlich ihre Meinung zu ändern. In diesen unruhigen Zeiten besaß nur ein Unschuldiger genug Vertrauen, nur ein Dummkopf war sorglos – und die Königin war keines von beiden. Worte, die sorglos vor den Kriegern und den Dienern dahingesprochen wurden, fanden oft ihren Weg zu den Feinden – für eine Handvoll Münzen oder Tand oder aus Rache für ein zugefügtes Übel – und konnten von skrupellosen oder ehrgeizigen Menschen gegen einen verwendet werden. Das Königreich Usk lag strategisch sehr günstig, es war weder sehr groß noch sehr stark. Daß es überhaupt noch existierte und noch immer unabhängig war, verdankte es eher seinen natürlichen Grenzen und der Klugheit und Diplomatie seiner Herrscher als der Kraft seiner Armeen; denn die Krieger, wenn auch sehr wild und grimmig, waren wenige, verglichen mit denen der Nachbarstaaten. Deshalb kümmerten sich die Herrscher von Usk auch nur um ihre eigenen Angelegenheiten und versuchten, die Aufmerksamkeit nicht auf sich zu lenken, indem sie sich in die Intrigen und Kämpfe ihrer Nachbarn einmischten. Der große Saal war nicht prunkvoll eingerichtet, er zeugte nicht von dem Reichtum, der aus dem Land erwirtschaftet worden war und aus dem Großen Meer oder von den Händlern. Auch wenn die Truhen von Usk mit Reichtümern gefüllt waren, so klagte Pendragon doch oft über eine magere Ernte, über die schlechten Ergebnisse der Jagd und des Fischfangs und über eine leere Börse, damit Usk von all denen als ein Land gesehen wurde, das sehr klein und nicht sehr reich oder bedeutend war, die an eine Eroberung dachten und an die Einverleibung dessen, was ihnen von Rechts wegen nicht gehörte.

»Ich werde dir heute abend einen Schlaftrunk zubereiten, Tochter, wenn du das möchtest«, bot Igraine ihr nach einem Augenblick beiläufig an.

Rhowenna hatte von ihrer Mutter die Intelligenz geerbt und den Verstand, und sie ließ sich durch den Ton der Stimme nicht täuschen.

Sie wußte, daß ihre Mutter später auf einer vertraulichen Unterhaltung bestehen würde. Ihr Mut sank, denn auch wenn sie sich danach sehnte, ihr Herz zu erleichtern und sich ihrer Mutter anzuvertrauen, so schreckte sie doch vor den unbekannten Konsequenzen zurück. Dennoch nickte sie.

»Ja, vielleicht wird mir das helfen«, sagte sie.

Und vielleicht tut es das ja auch, dachte sie, als sie einen niedrigen Hocker heranzog und sich in den Kreis der Frauen setzte und ihre Spindel und die Spule zur Hand nahm, um sich an ihre Tagesarbeit zu machen. Die Königin war weder eitel noch faul, die Nadel aus Walknochen in ihrer Hand war flink, und genauso flink war sie mit den aus Knochen geschnitzten Schachfiguren. Seit Jahren hatte sie Rhowenna dazu erzogen, ihr nachzueifern, sie hatte in ihr den Glauben geweckt, daß Untätigkeit und Dummheit nichts Gutes mit sich brachten, und hatte ihr nicht nur beigebracht, wie der Haushalt des Königshofes geführt werden mußte, sondern sie auch in der Überlieferung der Picti und der alten Stämme unterrichtet, wie es seit Generationen von Frau zu Frau üblich war. Es gab keine Aufgabe, weder die einer Chatelaine noch die einer Dienerin, die Rhowenna nicht ausführen konnte. Ich hätte selbst daran denken sollen, mir einen Schlaftrunk zuzubereiten, überlegte sie jetzt. Die verschiedenen Blüten und Wurzeln, Kräuter und Gewürze kannte sie, sie wußte, wie man medizinische Tinkturen und Aufgüsse machte, genauso gut wie ihre Mutter. Vielleicht würde der Traum nicht wiederkommen, wenn sie einen Schlaftrunk einnahm. Der Gedanke, daß der Traum dadurch noch eindringlicher werden könnte, ließ sie erzittern. Schnell schob sie diesen Gedanken beiseite, und ihre flinken Finger wirbelten die Spule und die Spindel herum und verwandelten die gekämmte Wolle in feines Garn, das sie später auf ihrem eigenen kleinen Webstuhl verarbeiten würde. Wenn sie den Stoff mit tyrischem Purpur färbte, könnte sie einen hübschen Mantel für ihren Vater daraus machen, überlegte sie, als sie das Garn weiterspann. Vielleicht könnte sie mit einem der Metallarbeiter sprechen, damit er ihr eine Brosche anfertigte, mit der der Mantel zusammengehalten wurde, ein goldener Ring mit einem geflügelten Schlangendrachen in der Mitte. Das würde ihren Vater erfreuen, denn der Drache war sein Emblem.

Sie konzentrierte sich auf diese Dinge und zwang sich so, sowohl die Hände als auch ihren Verstand zu beschäftigen. Sie würde nicht mehr über ihren Traum nachdenken, sagte sie sich, sie würde ihn aus ihrem Kopf verbannen. Wenn die Priester wirklich die Wahrheit sagten, so war ihre Vision falsch und böse und vom Teufel geschickt, um sie in Versuchung zu führen und in die Verdammnis. Sie wollte ihre unsterbliche Seele nicht in Gefahr bringen. Selbst die alten Götter hatten diejenigen vor den Folgen gewarnt, die mit den Dämonen in Verbindung traten.

Nur mit halbem Ohr lauschte Rhowenna dem seichten Geplapper der Dienerinnen, die sich über alltägliche Dinge unterhielten, die Rhowenna allerdings nicht interessierten. Wenig konnte sie von diesen Menschen lernen, die während der langen, grauen Wintermonate immer streitsüchtiger wurden, wenn es nichts zu tun gab, außer neben dem Feuer in dem dämmrigen Saal zu sitzen und zu nähen, zu spinnen oder zu weben. Manchmal unterhielt Owain, der Barde, die Frauen mit seinen Liedern und seinen Geschichten, aber heute war er nirgendwo zu sehen. Wahrscheinlich hatte er sich der Jagdgesellschaft angeschlossen, weil auch er es kaum erwarten konnte, der bedrückenden Enge des Königshofes zu entkommen. Rhowenna konnte ihm deswegen nicht einmal einen Vorwurf machen. Auch sie wäre froh darüber gewesen, das Haus verlassen zu können, trotz des schlechten Wetters. Sie fühlte sich schlaff und träge, weil ihr die Sonne und auch der Schlaf fehlte. Sie wünschte sich, sie wäre ein dicker Bär, der den ganzen Winter lang seinen Winterschlaf machen konnte und sich keine Sorgen zu machen brauchte, außer sicher und gemütlich in seiner Höhle zu liegen, zu schlafen und zu träumen, bis der Frühling kam, anstatt hier zu sitzen, zu spinnen und sich zu sorgen.

Doch es gab keinen Ausweg, als der unendlich scheinende Tag langsam verging, das Mittagessen war nur eine kurze Unterbrechung. Danach ging sie benommen wieder an ihre Arbeit, sie fühlte sich wie Clotho, eine der drei griechischen Schicksalsgöttinnen, die endlos hatte spinnen und aus den Fasern der Menschen einen Lebensfaden hatte anfertigen müssen. Sollte ihr Leben ihr nicht mehr bringen als das hier?

Doch dann zwang sie sich noch einmal, ihre melancholischen Gedanken zu verdrängen. Es lag an den langen Wintermonaten, in denen sie im Haus eingeschlossen war, sagte sie sich. Sie war genauso zänkisch geworden wie die Dienerinnen, die gerade ein neues Thema gefunden hatten, über das sie sich streiten konnten.

»Eine stumpfe Nadel und krumme Stiche können kein schönes Gewand ergeben, Cerys«, schalt die strenge, boshafte Winifred. Ihre kalten, abschätzenden Augen überwachten die anderen Frauen unaufhörlich, ihr entging nicht der kleinste Fehler. Mit ihrer scharfen, gehässigen Zunge hatte sie es sich zur Aufgabe gemacht, jeden Fehler zu kritisieren. »Der Saum wird nie halten – außerdem hast du den Arm ganz krumm eingenäht, du dummes Frauenzimmer!«

Als sie auf ihre Arbeit herunterblickte, traten Tränen in die Augen der jungen, dummen Cerys, die es immer gut meinte, der man aber in Wirklichkeit nur die einfachsten Aufgaben zuteilen konnte. Meistens war sie dafür verantwortlich, wenn in der Küche Krüge zerbrachen oder wenn in dem großen Saal jemand ausgeschimpft wurde.

»Ich ... ich weiß nicht, wie ich ... wie ich so etwas tun konnte«, flüsterte sie und wand sich unter Winifreds ermahnenden Blicken.

»Doch sicher nur, weil deine Gedanken bei Rhodri sind anstatt bei deiner Arbeit!« mischte sich jetzt die dunkelhaarige, schlaue und böse Morgen ein. Sie hatte eine helle Haut, einen wohlgerundeten Körper, sie war die Verführerin unter den Frauen, immer zu einem Unfug bereit. Genauso, wie sie immer dazu bereit war, mit einem Mann ins Bett zu gehen, verstand sie es auch, einer unangenehmen Aufgabe zu entkommen oder Unheil zu stiften. Seit einiger Zeit schon hatte sie ein Auge auf den Krieger Rhodri geworfen, und es gefiel ihr nicht, daß er Cerys zu bevorzugen schien. Deshalb schlug sie sich jetzt sofort auf die Seite Winifreds.

»Nun, das ist eben so, wenn eine Jungfer verliebt ist«, mischte sich jetzt die lustige Jestina in die Unterhaltung ein, als stünde nicht im nächsten Augenblick ein Streit bevor. Mit ihren fähigen Händen und ihrem freundlichen, großzügigen Herzen war sie immer bereit, die Wogen zu glätten und den Streit der anderen zu schlichten. Jetzt nahm sie das Gewand aus Cerys' Hand und begann geduldig, die krummen Stiche und den falsch eingenähten Arm wieder aufzutrennen. »So schlimm ist es ja gar nicht. Ein wenig hier und da verändern, und schon ist alles wieder in Ordnung. Hol dir eine spitzere Nadel aus dem Nähkasten, Kind«, wandte sie sich an Cerys. »Winifred hat recht, deine Nadel ist stumpf. Deshalb mußt du dich auch so sehr abmühen damit, und deshalb hast du auch den Ärmel verdreht.«

»Einmal habe ich mein Knie verdreht. Es war sehr schmerzhaft, das weiß ich noch ... Du mußt eine Kompresse drauftun und ihn gut bandagieren«, meldete sich jetzt die zerbrechliche alte Gladys, die neben dem Feuer gedöst hatte. Ihre Stickarbeit war ihr vom Schoß gerutscht. Sie war taub und senil und so verwirrt, daß sie oft unabsichtlich komisch und eine beliebte Zielscheibe für die Späße und Scherze der Lehnsmänner war.

Rhowenna blickte von ihrer Arbeit auf, sie stimmte in das Lachen ein, das Gladys' Beitrag zu der Unterhaltung ausgelöst hatte. Alle Ängste wegen des bevorstehenden Unglücks waren aus ihren Gedanken verschwunden. In diesem Augenblick dachte sie nur voller Stolz, daß ihre Mutter, die Königin, wie ein Schwan war inmitten von Enten. Hübsch und ernst saß sie im Kreis der Dienerinnen, mit wachem Geist und Verstand, doch nahm sie nicht teil an der Fröhlichkeit. Statt dessen hatte sie den Kopf ein wenig schief gelegt, als wäre sie in Gedanken versunken und als lauschte sie auf Pendragons Rückkehr. Doch dann sah Rhowenna, wie das Gesicht ihrer Mutter plötzlich ausdruckslos wurde, und jetzt hörte auch sie das laute Gackern und Flattern der erschreckten Hühner auf dem Außenhof, das Donnern der Hufe von Pferden, die schnell geritten wurden, das Klirren des Zaumzeuges und dann die Schritte, das drängende, erschrockene Rufen von Männern draußen, und sie wußte genau wie ihre Mutter, daß etwas Schreckliches passiert war.

Die Königin erhob sich so schnell, daß ihr Stuhl umfiel. Eine so ungeschickte Bewegung paßte gar nicht zu ihr, dachte Rhowenna, und eine eisige Faust schien nach ihrem Herzen zu greifen. Igraines Gesicht war kreidebleich, ihre Hand zitterte, als sie zum Hals fuhr, doch dann hatte sie sich wieder gefaßt und ging schnell zur Tür des großen Saals, durch die die Lehnsmänner jetzt hereindrangen. Der eisige Wind trieb den Regen in den Saal, welke Blätter und Stroh aus dem Hühnerhof wehten herein, die Binsenlichter flackerten.

Sekundenlang, während die massiven Eichentüren aufschwangen, sah Rhowenna nur die grimmigen und verängstigten Gesichter der Männer und ihre Helme, von denen der Regen rann, denn die breiten Schultern derer, die zuerst hereinkamen, nahmen ihr die Sicht auf das, was draußen vorging. Deshalb war sie im ersten Augenblick erleichtert, weil sie bekannte Gesichter sah, daß das Königshaus nicht von Feinden angegriffen wurde. Doch dann entdeckte sie zwischen den Männern die Krieger, die den blutbefleckten Körper ihres Vaters trugen, und sie starrte voller Unglauben und Schmerz dorthin.

Die Zeit schien stillzustehen, Rhowenna sah alles um sich herum wie durch einen Schleier, verschwommen, unwirklich. Ein gequälter Schrei ertönte und hallte an den schweren hölzernen Dachbalken des großen Saals wider. Nur schwach erkannte sie, daß dieser Schrei aus ihrem eigenen Mund gekommen war, während sie sich, zusammen mit den anderen Frauen, vordrängte, um zum König zu gelangen. Die Becher und Krüge mit dem Met auf dem Tisch neben dem Feuer klirrten, als die Lehnsmänner sie beiseite schoben, um Platz zu machen für den König. Vorsichtig legten sie den Körper des Königs auf den langen Tisch, wie Blut flossen der dunkle, dickflüssige Met und der Wein auf den mit Binsen bestreuten Steinboden. Der Met, der aus Honig gemacht war, würde klebrig werden, es wäre schwer, ihn aufzuwischen, dachte Rhowenna benommen, dann aber schämte sie sich für diese Gedanken, denn ihr Vater lag still und reglos auf dem Tisch.

»Lebt er?« Die Stimme der Königin war leise, man hörte ihre Furcht heraus, denn allen schien es so, als sie sich über den Körper Pendragons beugte, der er nicht mehr atmete, daß die Blässe des Todes schon auf seinen Wangen lag.

»Ja, meine Herrin«, antwortete Pendragons oberster Krieger Brynmawr ernst. »Aber er ist schwer verletzt, und die Wunde könnte tödlich sein.«

»Jestina, hol meine Medizintruhe und sauberes Leinen für den Verband! Winifred, setz einen Topf mit Wasser auf den Herd! Morgen, ich brauche Lehm und Spinnweben, um die Blutung zu stillen! Cerys, schicke nach dem Heiler! Rhowenna, du wirst mir helfen! Brynmawr, dein Messer!« Wie Steine, die aus der Schleuder fliegen, kamen Igraines Befehle, während sie mit Brynmawrs Messer schnell und vorsichtig die vom Blut befleckte Lederkleidung des Königs aufschnitt, um nachzusehen, welche Verletzungen er davongetragen hatte.

So scharf wie Brynmawrs Dolch durch Pendragons Kleidung drang, so drangen die Worte ihrer Mutter in Rhowennas benommenen Verstand. Sie riß sich zusammen und trat dann an die Seite der Königin, alles in ihr verkrampfte sich voller Entsetzen, als sie in das gutaussehende, bärtige Gesicht ihres Vater starrte, das jetzt so weiß war, als sei alles Blut daraus gewichen. Lehm klebte an seiner Wange, und kleine Zweige hingen in seinem Haar und seinem Bart. Er mußte also im Wald angegriffen worden sein, dachte sie. Die Hunde der Jagdgesellschaft hatten sicher einen wilden Eber aufgescheucht. Solch ein Eber war gefährlich, er konnte einen ausgewachsenen Mann töten, selbst einen Mann, der so stark und mächtig war wie ihr Vater. Einer seiner Lehnsmänner war vor langer Zeit auf diese Weise gestorben, als sie noch ein Kind war, daran erinnerte Rhowenna sich. Doch als ihre Mutter jetzt die Wunde untersuchte, entdeckte Rhowenna den grausamen eisernen Widerhaken und die kleinen Holzsplitter in der Wunde, genau über seinem Herzen, und entsetzt erkannte sie, daß ein Speer ihren Vater verwundet hatte. Ein Jagdunfall? Oder hatte jemand versucht, den König umzubringen?

»Brynmawr, wie ist das passiert?« fragte Igraine mit rauher Stimme voll unterdrückter Gefühle, ihre mitternachtsblauen Augen waren ganz dunkel und weit aufgerissen in ihrem blassen, feingeschnittenen Gesicht.

»Ein Hinterhalt, meine Herrin. Man hat uns im Walde aufgelauert – wer es war, das kann ich nicht sagen, allerdings weiß ich, daß es Männer aus Walas waren, keine sächsischen Wölfe von der östlichen Seite von Offas Deich, denn sie kannten sich in unseren Hügeln und unseren Wäldern aus, meine Herrin, und sie kannten auch unsere Art zu kämpfen. Wahrscheinlich waren es Krieger von Glamorgan oder Gwent. Wenn das so ist, meine Herrin, so werden sie vielleicht glauben, daß der König tot ist, und uns angreifen!«

Rhowenna erzitterte bei den Worten Brynmawrs, denn bis jetzt hatte sie, bis auf ihren Traum, nicht geglaubt, daß Usk einem Angriff ungeschützt ausgeliefert sein könnte, sicher nicht einem Angriff eines der anderen Königreiche in Walas. Sie hatte nicht erwartet, daß der Verrat aus Walas kommen könnte.

»Dann geh und gib Befehl für die erforderlichen Vorbereitungen, die einen Angriff abwehren«, befahl die Königin Brynmawr, und Rhowenna hatte das Gefühl, als hätte das Blut, das aus Pendragons Wunde floß, auch ihre eigene Kraft mit sich genommen.

Sie ist nicht mehr jung, dachte Rhowenna plötzlich und erschrak. Bis heute ist mir das nie klargeworden, und ohne Vater ist sie so verletzlich wie ich …

Was würde aus ihnen werden, wenn ihr Vater starb? Die Zeiten, in denen sie lebten, waren nicht so wie früher, als auch eine Königin ein Land regieren konnte. Wenn Pendragon starb, würde einer seiner Verwandten den Thron für sich beanspruchen, und sie und ihre Mutter hätten kein Mitspracherecht bei dem, was mit ihnen geschehen würde. Noch schlimmer wäre, wenn Usk erobert würde; sie und ihre Mutter würden dann gefangengenommen, vergewaltigt oder sogar umgebracht werden. Zum erstenmal in ihrem Leben wünschte sich Rhowenna, ein Mann zu sein, um ein Schwert und einen Schild tragen zu können und sich selbst zu verteidigen. Ungewollt fuhr ihre Hand zu dem kleinen Dolch, den sie in ihrem Gürtel trug. Wenn wirklich das Schlimmste geschah, so würde sie sich nicht ohne Gegenwehr bezwingen lassen, schwor sie sich. Sie würde bis zum Tode kämpfen, wenn es nötig wäre, um sich selbst und ihre Mutter zu schützen.

Brynmawr verbeugte sich vor seiner Königin, dann ging er zur Tür des großen Saals und nahm einige der Lehnsmänner mit, die den Königshof und die Palisade besetzen sollten, während Igraine und Rhowenna sich bemühten, das Leben des Königs zu retten. Igraine rief nach mehr Licht, man brachte Binsenlichter und stellte sie auf den Tisch, auf dem Pendragon lag. Mit zitternden Fingern nahm Rhowenna Brynmawrs Dolch aus der Hand ihrer Mutter und hielt die Klinge ins Feuer des Hauptherdes, so wie ihre Mutter es ihr beigebracht hatte, wenn man eine offene Wunde behandelte. Als das Messer heiß glühte, goß sie Wein darüber, um es abzukühlen. Dann reichte sie das Messer ihrer Mutter und sah voller Angst und mit zusammengebissenen Zähnen zu, wie Igraine das Messer in die Wunde stieß, um die abgebrochene Speerspitze aus der Wunde zu holen.

Wie lange sie gebraucht hatten, wußte Rhowenna später nicht mehr, obwohl es ihr wie eine Ewigkeit vorgekommen war. Das Tageslicht war der Dämmerung gewichen, die Dämmerung der Dunkelheit, als sie sich noch immer mit schmerzendem Rücken und zitternden Beinen über ihren Vater beugte und ihm mit einem kühlen Tuch den Schweiß aus dem fieberheißen Gesicht wischte und mit einem in warmen Gerstensaft getauchten Tuch seine trockenen Lippen befeuchtete; dabei hoffte und betete sie, daß der Gerstensaft ihm helfen würde, ihm Kraft geben würde, diese Prüfung zu überstehen. Ab und zu, wenn ihre Mutter es ihr befahl, fühlte sie nach seinem Herzschlag, den sie nur sacht und unregelmäßig unter ihrer Hand spürte, und ihre Augen, mit denen sie ihre Mutter ansah, waren weit aufgerissen und voller Angst. Mehr als einmal stöhnte der König auf und bewegte sich unruhig, sein Atem ging rasselnd, und Rhowenna mußte ihn festhalten, damit er still liegenblieb. Doch zu ihrer Erleichterung erlangte er das Bewußtsein nicht wieder, während ihre Mutter Stück für Stück die eiserne Speerspitze aus der Wunde zog. Schließlich gelang es ihr, den abgebrochenen Schaft zu umfassen und die mit Widerhaken versehene Speerspitze aus der Wunde zu ziehen. Blut schoß aus der tiefen Wunde, Rhowenna keuchte erschrocken, als ihr Vater laut aufstöhnte. Aber die Königin ließ sich nicht beirren, sie wischte das Blut weg, und mit kochendem Wasser und einem sauberen Tuch, das mit einer Seife aus medizinischen Kräutern getränkt war, säuberte sie die Wunde. Danach goß Rhowenna Wein in die Wunde, um sicherzugehen, daß sich keine Entzündung bilden konnte. Kleine Schweißperlen standen auf ihrer Stirn, als sie dann die Haut über der Wunde zusammenzog, damit ihre Mutter sie vorsichtig mit Nadel und Faden zusammennähen konnte. Trotz der Stiche blutete die Wunde noch immer, doch Igraine stillte die Blutung mit einem Umschlag aus Lehm und Spinnweben, die Morgen auf ihren Befehl geholt hatte. Ein Leinentuch faltete sie zu einer Unterlage, ein anderes zerriß sie in schmale Streifen, womit sie die Wunde verband. Nur kurz erwachte der König, dann versank er wieder in einer tiefen Ohnmacht – kein gutes Zeichen, wie Rhowenna wußte.

Auf Befehl ihrer Mutter hoben die Krieger, die Brynmawr zurückgelassen hatte, den König hoch und trugen ihn in die Schlafkammer, wo sie ihn auf das Bett legten. Danach konnte man nichts anderes mehr tun als warten, hoffen und beten. Rhowennas Gesicht war von Sorge und Angst gezeichnet, als sie auf den niedrigen Hocker neben dem Bett Pendragons sank und zusammen mit ihrer Mutter bei ihm wachte. Es würde eine lange Wache werden, und der Ausgang war unsicher. Leise unterhielten sich die beiden Frauen, die Lehnsmänner gingen zögernd aus dem Zimmer und ließen sie mit dem König allein. Rhowenna fühlte, wie ihr jemand kurz die Hand auf die Schulter legte, und als sie aufblickte, sah sie, daß Gwydion ihr einen aufmunternden Blick zuwarf und dann die Schlafkammer verließ, leise schloß er die Tür hinter sich. Bis jetzt hatte sie gar nicht bemerkt, daß er unter den Kriegern gewesen war, die zurückgeblieben waren, als Brynmawr damit begonnen hatte, den Königshof gegen einen möglichen Angriff zu rüsten. Unendliche Liebe und unausgesprochene Worte hatten in Gwydions ernsten grauen Augen gelegen, und jetzt löste sich der kalte, harte Knoten der Angst in ihrem Inneren ein wenig, weil sie begriff, daß ihr Verwandter, ganz gleich, was ihr auch zustoßen mochte, an ihrer Seite sein würde, um sie zu schützen und zu verteidigen. Wie gern wäre sie jetzt zu ihm gegangen, hätte ihren Kopf an seine Schulter gelegt und seine Arme um sich gefühlt, die sie an seinen harten, jungen Körper zogen, um sie zu lieben und zu beschützen. Aber die Erinnerung an die Berührung seiner Hand auf ihrer Schulter mußte für den Augenblick genügen, um sie zu trösten, bis sie vielleicht später die Kammer verlassen konnte.

Dann kam endlich der Heiler, untersuchte Pendragon und zog sich dann in den großen Saal zurück, nachdem er erklärt hatte, der vorzüglichen Behandlung der Königin könne er nichts hinzufügen. Auf dem Fuß des Heilers folgte Vater Cadwyr mit seinen brennenden Augen und seinem dunklen Gewand, um zu erklären, was auch immer passieren würde, sei Gottes Wille und daß die beiden Frauen Ihm vertrauen sollten – worauf Igraine ihm ziemlich heftig erwiderte, daß Gott denen half, die sich selbst halfen. Dennoch stimmte sie zu, zusammen mit dem Priester neben dem Bett zu knien, während er den Angriff auf den König beklagte und um seine baldige Genesung betete. Doch Rhowenna, die mit gesenktem Kopf neben ihm kniete, lief ein Schauer über den Rücken, denn sie dachte, daß trotz all seiner heiligen Erklärungen und Gebete Vater Cadwyr aussah wie eine riesige Aaskrähe, die über ihrem Vater hockte und nur darauf wartete, ihm das Fleisch von den Knochen zu picken.

2. KAPITEL

Lokis Wolf

Die Küsten des Skagerrak, Nordland, A. D. 865

Wulfgar Lodbróksson war gefangen zwischen zwei Welten. Er war weder Jarl noch Throell, sondern der uneheliche Sohn des großen Ragnar Lodbrók, eines mächtigen Konungr, eines Königs des Nordlandes, und einer gefangenen Sächsin, Goscelin, die Ragnar von einem Beutezug entlang der Küsten Caledoniens, Britanniens, Frisiens, der Normandie und noch weiter mit nach Hause ins Nordland gebracht hatte. Ragnar hatte Wulfgars Mutter zu seiner Konkubine gemacht, aber in Wirklichkeit war sie nicht mehr gewesen als eine Sklavin, denn er hatte sich nie dazu herabgelassen, sie zu heiraten, da er bereits mehr als eine Ehefrau hatte. Und als er ihrer dann überdrüssig geworden war, hatte er sie verstoßen, und sie hatte als Magd in seiner Küche arbeiten müssen und – weil sie in seinem Haushalt einen so niedrigen Rang einnahm – auch als Dirne für seine Jarlar und Thegns. In der Tat gab es viele Menschen, die bezweifelten, daß Ragnar wirklich Wulfgars Vater war. Die ersten, die Wulfgars Herkunft schmähten, waren die drei legitimen Söhne Ragnars: Ivar, den man the Boneless, den Knochenlosen, nannte – nicht wegen seiner Figur, sondern wegen seiner fließenden Bewegungen – und Ubbi und Halfdan. Aber weil niemand, nicht einmal Ragnar selbst und seine Söhne, wirklich sicher sein konnte, daß Ragnar nicht Wulfgars Vater war, so wurde Wulfgar nie gezwungen, den Kragen zu tragen, den die Leibeigenen und Sklaven tragen mußten. Statt dessen war er von seiner Geburt an ein Bóndi, ein freier Mann. Das allein war seine Rettung, das einzige, an das er sich klammerte, entgegen alle Widrigkeiten, denn eigentlich war sein Leben nur wenig besser, als das seiner armen Mutter gewesen war.

Als Kind hatte man Wulfgar seinen Halbbrüdern übergeben, man hatte ihm klargemacht, daß sein Unterhalt, ja sogar sein Leben, einzig und allein davon abhing, wie gut er ihnen diente. Und auch wenn er die Möglichkeit gehabt hatte, sie zu verlassen, nachdem er erwachsen geworden war, weil er ja ein freier Mann war, so hatte er doch nie genug Mittel besessen, um das zu tun, und außerdem hatte man ihm zu verstehen gegeben, daß seine Halbbrüder das aus reiner Bosheit und Verderbtheit niemals zugelassen hätten. Sie waren die wahren Söhne ihres Vaters, und sie hätten jedes schmutzige Mittel eingesetzt, um Wulfgar dazu zu zwingen, sich ihrem Willen zu fügen – oder aber sie hätten dafür gesorgt, daß er tot in seinem Grab gelegen hätte. Selbst Yelkei, die schlaue alte Seherin, die seine Amme gewesen war und ihn aufgezogen hatte, nachdem seine Mutter gestorben war, und die in der Vergangenheit wie eine Wölfin gekämpft hatte, um ihn zu beschützen, hätte nicht verhindern können, daß seine Brüder ihre Hand gegen Wulfgar erhoben hätten. Ob sie ihn zur Unterjochung zwangen oder ihm den Tod brachten, das machte für seine Halbbrüder keinen Unterschied; doch war er gezwungen, ihnen weiterhin zu dienen, denn er hatte es gewagt, sich der Sohn seines Vaters zu nennen – und deshalb besaß er ein Anrecht, wenn auch nur ein geringes, auf Ragnars Königreich und seinen Thron.

Von seinem Vater und seinen Halbbrüdern war es Ivar, den Wulfgar am meisten haßte; er war der älteste von Ragnars drei legitimen Söhnen und deshalb der Erbe seines großen Reichtums, ein Prinz des Nordlandes und der am besten aussehendste der Männer, während Wulfgar nur ein Bastard war und sich selbst nicht sehr beachtenswert fand. Doch allein diese Dinge, die sicher Grund genug waren für Eifersucht, hätten Ivar nicht die Feindschaft Wulfgars eingebracht, es gab noch einen weiteren Grund: Ivar war der grausamste von Wulfgars Halbbrüdern. Sehr oft in den letzten Jahren hatte Wulfgar unter dem Stich von Ivars messerscharfem Verstand und Spott gelitten, eine Wunde, die Wulfgars Stolz und seine Männlichkeit mehr verletzt hatte als eine Ohrfeige oder ein Tritt mit dem Stiefel, wie er sie oft von Ubbi oder Halfdan bekam. Auch wenn die beiden mächtige Krieger waren, kühn und blutrünstig im Kampf, ehrgeizig und hungrig nach Macht, wie ihr älterer Bruder, so waren es doch gröbere, schlichtere Männer, denen die Intelligenz und der Scharfsinn fehlten, Eigenschaften, die Ivar schlau und grausam machten. Ivar, der sich nicht wie Ubbi und Halfdan über das hinwegsetzte, was die anderen Männer dachten – und der sich erst recht nicht um die Gefühle von Frauen kümmerte –, hatte es sich zur Aufgabe gemacht, die Hoffnungen und Träume all derer zu kennen, die ihm dienten, und Wulfgar war in seiner Jugend einmal so dumm gewesen, ihm während eines Streites, in dem seine Vorsicht, seine Geduld und sein Verstand ausgesetzt hatten unter dem scharfen Schmerz, den Ivar ihm mit Worten zugefügt hatte, seine Sehnsüchte zu offenbaren. Seit diesem schlimmen Tag, an dem sein Stolz und sein überschäumendes Temperament Ivar eine solche Waffe in seine rücksichtslosen Hände gespielt hatten, hatte Wulfgar seinen Fehler bedauert.

Ivar hätte ihm nicht die kleine Farm mißgönnt, die ihm nach seinem Geburtsrecht zugestanden hätte, wäre sein Vater ein freier Mann gewesen und nicht Ragnar Lodbrók, der König. Wulfgar hätte ihm dann nicht gefährlich werden können, er wäre nur einer von vielen gewesen, die das Recht hatten, beim Thing ihre Stimme abzugeben – der Versammlung aller freien Männer: Bóndi, Thegns und Jarlar –, und die nach dem Gesetz, das hundert Jahre später als das Frostathing-Gesetz bekannt geworden war, die Erlaubnis hatten, drei eigene Leibeigene zu besitzen, unter der Voraussetzung, daß sie mindestens zwölf Kühe und zwei Pferde besaßen. Doch da er der Erbe von niemandem war und nichts besaß, konnte Wulfgar auch kein Land sein eigen nennen. Und weil Ivar wußte, daß es Wulfgars sehnlichster Wunsch war, würde er auf keinen Fall zustimmen, daß sein Halbbruder in die Gemeinschaft der Thegns aufgenommen wurde, der Krieger, die in den Langschiffen mit den viereckigen Segeln auf einen dieser Raubzüge gingen, mit denen die Nordmänner zwei Jahrhunderte lang die Meere beherrschten.

Und genau aus diesem Grund haßte Wulfgar Ivar.

Also war Wulfgar nicht mehr als der Lakai seiner Halbbrüder, wie auch an diesem Wintertag, als er ihren Schlitten fuhr, hochbeladen mit Ausrüstung und Verpflegung für die Jagd, die an diesem Morgen begonnen hatte. In der Nacht zuvor hatte es geschneit, der Wind war beißend, die Luft kalt. Wulfgar zitterte ein wenig, er sehnte sich nach dem warmen Feuer in Ragnars Skáli, einem großen Saal, oder wenigstens nach einem wärmeren Fellmantel, doch er war an die Kälte gewöhnt, sein Leben lang kannte er kaum etwas anderes. Ein dickes, eisenberingtes Faß mit Met stand auf dem Schlitten und auch eines mit Bjórr, einem hochfermentierten Fruchtwein. Zweifellos würde man ihm einen Krug davon geben, damit er sich aufwärmen konnte, wenn die Jagdgesellschaft eine Ruhepause einlegte, schließlich hatten seine Halbbrüder nicht die Absicht, ihn erfrieren zu lassen. Doch um sich in der Zwischenzeit von der Kälte abzulenken, dachte er über die eigenartige Warnung nach, die Yelkei ihm an diesem Morgen zugeflüstert hatte. Da die beiden stämmigen Ochsen, die vor den Schlitten gespannt waren, eher langsam hinter den Pferden hertrotteten und auch seine Aufmerksamkeit nicht sehr beanspruchten – ein leises Kommando, ein sanfter Zug an den Zügeln genügte, um sie in die richtige Richtung zu führen –, hatte Wulfgar Muße genug, seine Gedanken wandern zu lassen. Mit unbedecktem Kopf saß er auf seinem Platz auf dem Schlitten, den Blick gesenkt, um keine Aufmerksamkeit auf sich zu lenken, wie er es sich angewöhnt hatte. Schon vor langer Zeit hatte er gelernt, daß ein freier Mann, genau wie ein Sklave, wenn er arm und weise war, nicht die Aufmerksamkeit der Jarlar und Konungrs des Nordlandes auf sich ziehen durfte, ganz besonders nicht, wenn diese ihre Gründe dafür hatten, ihm nicht wohlgesonnen zu sein.

Wie die dicken Schneewolken am blassen, bedeckten Himmel wehte der Atemhauch der Hunde, Ochsen und Pferde, zusammen mit dem pudrigen Schnee, der von den Hufen der Tiere aufgewirbelt wurde, und dem Nebel, der über dem Land lag, um ihn herum. Vor ihm, hinter einer endlosen Weite von Schnee und den eisigen Ufern des schilfumsäumten Weihers, wo in den kurzen Sommermonaten Schwäne und Enten im Überfluß von den großen Falken der Jarlar erbeutet wurden, ragten die waldigen Hügel auf, die das Ziel der Jagdgegesellschaft waren. An der Spitze der Jäger, wo die Hunde jaulten und an den Leinen zerrten, ritt Ivar neben seinem Vater auf einem starken, lebhaften Roß, so weiß wie frischgefallener Schnee.

Im Nordland gab es zwei Sorten von Menschen: die einen waren klein und dunkel, die anderen groß und hellhäutig. Ivar gehörte zu den letzteren. Sein langes, fließendes, rotgoldenes Haar leuchtete im grauen Tageslicht wie der Weizen, den ein Feuer strahlen läßt, es reflektierte das Licht der trüben Sonne, so daß es aussah, als läge ein Heiligenschein um seinen stolzen, gutaussehenden Kopf. Aber er war kein Engel, die es im Himmel derer geben sollte, die an Christus glaubten, wie Wulfgar es gehört hatte. In Wirklichkeit, so dachte Wulfgar, war Ivar ein Dämon, die Verkörperung des Riesen Loki, der sich nach Asgard hineingeschmuggelt hatte in das Reich der Götter und der der Erfinder alles Bösen war. Bis auf die Augenblicke, wo sie voller Bosheit oder grausamer Freude aufleuchteten, waren Ivars blaue Augen so hart und kalt wie Eis – sogar der gestrenge Blick Ragnars besaß mehr Wärme – und so aufmerksam wie die eines Raubtiers, das auf Beutezug geht. Sein Gesicht war schmal und feingeschnitten, und die adlerartige Nase gab ihm ein wildes, grausames Aussehen. Wie es üblich war, waren die Enden seines langen Schnurrbartes sorgfältig geflochten, und sein Bart war kurz geschnitten, beides eine ansprechende Umrahmung für die sinnlichen Lippen, die allerdings meistens zu einem arroganten, spöttischen Lächeln verzogen waren.

Ivar war groß und breitschultrig, er hatte lange Beine und kräftige Muskeln, doch war er weder langsam noch schwerfällig. Er bewegte sich mit Anmut und Geschmeidigkeit, und bei seinem ersten Beutezug hatte ihm das den Namen the Boneless eingetragen, weil er die Fähigkeit besaß, seinen Körper so eigenartig zu verdrehen, daß er mühelos den Waffen der Feinde ausgewichen war und selbst seinen Gegnern viele tödliche Schläge hatte austeilen können. Jetzt war er auf dem Höhepunkt seines Lebens, und seine schlanke Gestalt und sein außergewöhnliches Geschick im Umgang mit dem Breitschwert waren so bekannt, daß sein Name in den Herzen der Männer Schrecken hervorrief. Doch Wulfgars Herz kannte nur Eifersucht und Haß für Ivar, wenn er ihm auch neidisch einen gewissen Respekt und Bewunderung zollte für seinen Heldenmut als Krieger. Doch wenn Ivar seine mitleidlosen Blicke auf ihn richtete, verspürte Wulfgar den Anflug von Todesgefahr. Eines Tages würde Ivar ihn umbringen, dachte er, oder er würde gezwungen sein, Ivar zu töten. Dies hatte Yelkei Wulfgar einmal erzählt; vor langer Zeit hatte sie ihm klargemacht, daß sein Schicksal und das von Ivar unentwirrbar miteinander verbunden waren, wie die verschlungenen Äste der Kiefern und der Fichten, die dicht an dicht in den Wäldern standen. Aber er war noch jung gewesen, und Yelkeis Prophezeiungen hatten ihm angst gemacht, deshalb war er verärgert vor ihr zurückgewichen, hatte sie angeschrien, daß sie eine alte Närrin und eine Betrügerin und eine böse Hexe sei. Seitdem hatte Yelkei, verletzt und zurückgestoßen von seiner Ablehnung, geschwiegen und ihm nicht mehr enthüllt, was sie in den Feuern, im Nebel und in den Runensteinen las, die sie auswarf.

Doch hatte Yelkei heute morgen in der Dämmerung etwas Seltsames getan, als Wulfgar dabei war, die letzten Sachen seines Vaters und seiner Halbbrüder auf dem Schlitten zu verstauen. Sie hatte plötzlich neben ihm gestanden, so dunkel wie ein Rabe, der Unheil voraussagt, in ihrem alten, abgetragenen Fellumhang, und hatte ihm die gelbe, knöchrige Hand auf den Arm gelegt und gemurmelt: »Sei vorsichtig, Wulfgar. Der heutige Tag wird über dein Schicksal entscheiden.«

Zu Wulfgars Enttäuschung hatte er keine Möglichkeit gehabt, sie zu fragen, was ihre geheimnisvollen Worte genau bedeuteten, denn gerade in diesem Augenblick waren lachend und redend Ragnar und seine Söhne aus dem großen Saal auf Ragnars Hof gekommen, einem großen

Langhaus, und Yelkei war genauso geräuschlos wieder verschwunden, wie sie gekommen war.

Wulfgar hatte ihr reglos nachgeblickt, eine eisige Vorahnung hatte ihn beschlichen, und sie hatte nichts mit der Kälte zu tun. Und auch jetzt, als er wieder an ihre leise, rätselhafte Erklärung dachte, konnte er nicht verhindern, daß ein Schauer durch seinen Körper lief. Dabei hatte er bis jetzt für Yelkeis überirdische Begabung nur Verachtung übrig gehabt, weil er sie nicht verstand und sie ihn daher ängstigte, so wie alle Dinge, die die Menschen nicht verstehen, sie ängstigen. Ein großer Teil ihres Wissens entsprang ihrer angeborenen Schlauheit, ihrem Wissen über die menschliche Natur und kam davon, daß sie ihre Augen und Ohren immer offenhielt, besonders in dem großen Saal Ragnars und auf dem Markt. Dennoch gab es Augenblicke, wo auch Wulfgar zugeben mußte, daß in Yelkeis schrägliegende Augen in ihrem runzligen Mondgesicht ein abwesender, weitsichtiger Blick trat und sie ihm mit einer Stimme, die nicht ihre eigene zu sein schien, Dinge sagte, die niemand wissen konnte, wenn nicht die Götter sie ihr verraten hatten. Sogar der mächtige Ragnar fürchtete sie dann, und auch wenn sie nicht mehr war als nur eine gelbhäutige Sklavin aus den weiten Grassteppen des Ostlandes, so wagte er es nicht, Hand an sie zu legen. Nur Ivar war mutig genug, sie zu verhöhnen, doch auch sein Lachen erstarb, wenn sie ihn eindringlich ansah und ihre kleine, gebückte Gestalt plötzlich groß und bedrohlich vor ihm aufzuragen schien. Deswegen war Wulfgar tief in seinem Inneren davon überzeugt, daß Yelkei eine wirkliche Seherin war, und er konnte nicht verhindern, daß die Worte, die sie ihm an diesem Morgen gesagt hatte, ihn verfolgten und ihm Sorgen machten. Von ganzem Herzen wünschte er, er wüßte, wie ihre Warnung gemeint war.

Er war so sehr in Gedanken versunken, daß er Ragnars Befehl anzuhalten nicht gehört hatte, und nur Ivars spöttische Frage, ob er die Absicht habe, mit dem vollbeladenen Schlitten auf Raubzug zu gehen, und das Gelächter der anderen Männer brachten ihn mit einem Ruck in die Wirklichkeit zurück. Wut und Verlegenheit trieben ihm dunkle Röte ins Gesicht, und er zog die Zügel der Ochsen scharf an. Dann sprang er leichtfüßig vom Schlitten und begann, die Schnüre zu lösen, mit denen der Proviant auf dem Schlitten festgebunden war, und die Häute zu öffnen, in denen große Mengen von gesalzenem Bärenfleisch, geräuchertem Fisch, getrockneten Früchten und hartem Brot eingewickelt waren, denn die eiskalte Luft und das Reiten hatten den Hunger der Männer geweckt, der in den langen, dunklen Wintermonaten der trüben Zeit besonders groß war. Die dicken Fässer mit dem Met und Bjórr wurden geöffnet, die Krüge gefüllt. Nachdem alle versorgt waren, wurde auch den Jägern, Wulfgar und den anderen freien Männern und den Sklaven, die die Jagdgesellschaft begleiteten, erlaubt, zuzugreifen. Wulfgar hockte neben dem Schlitten, um sich vor dem schlimmsten Wind zu schützen. Mit den Händen riß er ein großes Stück von dem Fleisch und dem harten Brot ab, er kaute langsam und genüßlich und spülte das Essen mit großen Schlucken Met hinunter. Langsam füllte sich sein Magen, und ihm wurde warm von dem starken Met. Einen Augenblick lang schloß er die Augen und sehnte sich danach, es sich neben einem Feuer gemütlich zu machen und bis zum Sommer zu schlafen, wenn die Sonne die Erde aus ihrem Winterschlaf erweckte. Aber nur zu schnell war das Mahl beendet, und die kurze Pause war vorbei; auf Ragnars Befehl saßen die Reiter wieder auf.

Yelkei war einfach dumm, eine gehässige alte Närrin, sagte Wulfgar sich, als er die Sachen wieder auf den Schlitten packte, sich auf den Sitz schwang und die Zügel in die Hand nahm. Sie hatte ihm das nur gesagt, um ihm Angst einzujagen und ihn zur Vorsicht zu gemahnen an diesem tückischen Tag, weil sie fürchtete, daß Ragnar und seine Söhne ihn umbringen würden, wenn sie die Möglichkeit dazu hätten, ohne dafür zur Verantwortung gezogen zu werden – mehr als ein Mann war von einem solchen Jagdausflug nicht zurückgekehrt. Die Bären, Wölfe und Luchse, die Dachse, Vielfraße und auch die Elche, die in den großen Wäldern lebten, waren gefährliche Kreaturen und nicht so leicht zu töten wie die Füchse, die Rentiere, das Rehwild, die Lemminge, Biber, Marder und Hasen, die auch dort lebten.Unfälle geschahen immer wieder, genau wie auf See, ob die Beute nun Wale oder Seelöwen waren – oder sogar die Städte der Königreiche in den Ostländern und den Südländern. Dennoch glaubte Wulfgar nicht, daß Ragnar und seine Söhne versuchen würden, ihn zu beseitigen, solange es dafür Zeugen gab wie Björn Ironside und Hasting, die Wulfgar nicht feindlich gesinnt waren und in Wirklichkeit ihre Belustigung und ihre Freude daran hatten, daß er ein Dorn im Fleisch seines Vaters und seiner Brüder war. Einige von ihnen wünschten sich genausosehr wie Wulfgar, daß Ragnar und seine Söhne einen Denkzettel bekämen, und sie wären schnell dabei, wenn sich die Gelegenheit ergab, vor dem Thing gegen sie auszusagen. Auch wenn er sich sein eigenes Königreich geschaffen hatte, so war Ragnar doch noch immer dem jütländischen König auf der anderen Seite des Skagerrak untertan, und außerdem war er kein Dummkopf. Yelkei war der Dummkopf, dachte Wulfgar wieder, mit ihren Feuern, den Nebeln und den Runensteinen. Und wenn sie so weitermachte, würde sie noch den Zorn der Götter über seinem Haupt heraufbeschwören, und schließlich wäre er derjenige, der verflucht würde, gezwungen, durch Náströnd zu wandern, dem Ufer der Leichen, entlang dem Fluß Gyoll in Hel bis zum Ragnarök, der Götterdämmerung.

Doch dann erinnerte er sich daran, wie sehr Yelkei ihn liebte und wie sie ihn nach dem Tod seiner Mutter versorgt hatte. Wulfgars Herz wurde weich, und er schämte sich für seine unfreundlichen Gedanken. Sie versuchte doch nur, ihn zu beschützen, so wie sie es immer getan hatte. Es war nicht ihr Fehler, wenn die Fähigkeiten, die sie besaß, ihn störten und beunruhigten – und wenn er, weil er zu stolz und zu stur war, das zuzugeben, ärgerlich auf sie wurde, nur um dahinter seine Angst zu verbergen. So war ein Mann nun mal, und als Frau sollte Yelkei das verstehen – wahrscheinlich tat sie das auch, denn sie schalt ihn nie wegen seiner groben Worte, sondern war still wie ein kleiner Vogel auf seinem Nest und senkte den Kopf und beschäftigte sich mit ihrer Arbeit. Später würde sie ihm eine zweite Schüssel mit Suppe vorsetzen oder mit Fleisch, damit er seinen Hunger stillen konnte, oder auch einen zusätzlichen Becher Met oder Bjórr, um ihn gegen die Winterkälte zu schützen, die sich durch die Ritzen und Spalten der winzigen Lehmhütte drängte, auf die er als freier Mann innerhalb von Ragnars Palisade einen Anspruch hatte. Die Hütte besaß nur einen einzigen Raum, der von der kleinen, mit Steinen eingefaßten Feuerstelle geheizt wurde, die mitten in dem Raum auf dem gestampften Lehmboden eingerichtet war. Doch hier zu wohnen war noch immer besser, als in den überfüllten Sklavenhütten zu schlafen oder sich sein Bett draußen im Schnee zu bereiten. Yelkei schlief zusammengerollt in einer Ecke der Hütte, in der Nähe der Tür. In ihrer freien Zeit sorgte sie für Wulfgar, kochte und konservierte das Wild, das er erlegte, oder die Fische, die er in seiner eigenen freien Zeit fing, sie säuberte die Hütte, wusch für ihn und nähte bis spät in die Nacht im Schein des Feuers oder der Binsenlichter.

Als er an all diese Dinge dachte, wußte Wulfgar in seinem Herzen, daß Yelkei, wie auch immer ihre Worte gemeint gewesen waren, ihn damit nur schützen wollte. Es wäre klug, wenn er in dem dunklen Wald vorsichtig sein und auf einen Hinterhalt achten würde, dachte er und legte unbewußt eine Hand auf seine Scramasaxt, die er in einer ledernen Scheide an seinem Gürtel trug. Er hatte die einschneidige Axt selbst aus Eisen geschmiedet und die Klinge dann in einen feinen, sorgfältig polierten Schaft gesetzt, den er aus dem starken Knochen eines Elches gefertigt hatte.

Außer Ivar fürchtete Wulfgar keinen sterblichen Mann, nur die Elfen, die sich in den Wäldern aufhielten, und die Zwerge, die Riesen und die Trolle, die in den Höhlen in den Hügeln und den Bergen wohnten. Seinen Traum, ein Krieger zu werden, hatte er noch nicht aufgegeben, und bei jeder nur erdenklichen Gelegenheit übte er heimlich mit den Waffen, die er aus den Materialien angefertigt hatte, die er hier und da stibitzt oder aufgestöbert hatte: einem hartgegossenen Speer mit einer Spitze aus Eisen, dessen glatter Schaft aus Eschenholz gefertigt war, einem Langbogen und Pfeilen mit eisernen Widerhaken und Federn, die er von den Falken in Ragnars Käfigen gestohlen hatte, einem runden, mit Leder überzogenen Schild aus Lindenholz mit einem eisernen Knauf, umrandet mit Streifen vergoldeter Bronze, und seinem wertvollsten Besitz, einer Streitaxt mit scharf geschliffener Klinge, auf die er Kriegsszenen und Runen Odins eingraviert hatte und die er in einen kräftigen, mit Riemen umwickelten Eschenholzschaft eingesetzt hatte, der so lang und stark war, daß man ihn mit zwei Händen schwingen mußte. Diese Waffe hatte er Bluttrinker genannt.

Er besaß kein Breitschwert, denn ohne richtiges Training hatte er keine Hoffnung, damit über diejenigen zu siegen, die im Umgang mit dieser Waffe erfahren waren. Doch obwohl auch das Schwingen der Streitaxt eine gewisse Erfahrung voraussetzte, basierte ihre Wirkung doch mehr auf der Kraft ihres Benutzers, und davon besaß Wulfgar eine ganze Menge. Mehr als ein Busch, Ast oder junger Baum hatte unter Wulfgars Händen und unter seiner Streitaxt sein Ende gefunden, und auch wenn die Axt nicht für die Jagd gedacht war, so hatte er doch vor einigen Jahren die Waffe mit dem Blut eines großen Hirsches getränkt. Zuerst hatte er das Tier mit seinem Speer verwundet, hatte es in die Knie gezwungen, ehe er seine Seele freigelassen und seinen letzten Todeshauch eingeatmet hatte, und danach hatte er sein Gesicht mit dem warmen, dicken Blut gezeichnet, in seinem eigenen Weiheritual als Mann, als Jäger und als Krieger. Er und Yelkei hatten viele Wochen danach gut gegessen.

Wie die meisten der Thegns trug auch Wulfgar seine bevorzugte Waffe auf dem Rücken in einer großen Lederscheide, und das Gefühl, sie unter dem Fellumhang zu spüren zusammen mit seiner Scramasaxt, gab ihm die Sicherheit, daß er vorbereitet war auf jegliche Gefahr, die ihm in diesem Winter zustoßen mochte. Wenn er sterben sollte und neun Tage und Nächte durch Náströnd wandern mußte, dem Ufer der Leichen, zu den vergitterten Toren von Hel (denn weil er kein wirklicher Krieger war, konnte Wulfgar auch nicht hoffen, daß eine goldene Walküre ihn holen würde und als Helden über die Regenbogenbrücke Bifröst nach Walhall tragen würde, Odins große Methalle der Gefallenen in Asgard), so würde er nicht von dieser Erde abtreten, ohne seine Feinde mit sich zu nehmen.

Dennoch hatte Yelkei ihn eigenartigerweise nicht vor seinem Tod gewarnt, sondern nur vor seinem Schicksal. Bei diesem Gedanken stieß Wulfgar einen tiefen Seufzer aus. Es hatte keinen Zweck, noch weiter über ihre Worte nachzudenken, er würde ihre Bedeutung sowieso nicht herausfinden, und er war ja auch kein alter Hund, der sich noch um einen Knochen sorgte, von dem schon lange das Fleisch abgenagt und das Mark ausgesaugt war. Er würde auf die Götter vertrauen und auf seine Streitaxt, die ihn schützen würde. Mehr konnte ein Mann nicht tun.

Die Jagdgesellschaft hatte mittlerweile den Waldrand erreicht. Dort hielt Wulfgar den Schlitten an und sprang von seinem Sitz, denn von hier aus mußte er zu Fuß weitergehen, die Ochsen und der Schlitten konnten hier auf dem schmalen, gewundenen Weg durch den Wald mit den Reitern nicht länger Schritt halten. Wie auch die anderen freien Männer füllte er Krüge mit Met und Bjórr für seine Herren und packte einiges von den Essensvorräten in ein Paket, das er sich auf den Rücken schnürte. Dann zog er die Schneeschuhe an, nahm die Speere seines Vaters und seiner Halbbrüder und folgte in einem leichten Trott den Jägern und Reitern. Nur die Sklaven blieben zurück und kümmerten sich um die Ochsen und die Schlitten.

Auf der Heide war der Wintertag ein dämmriges Zwielicht gewesen, doch hier im Wald war es dunkler, lange Schatten und tiefes Schweigen empfingen die Männer. Es schien kein Ort der Menschen und Tiere zu sein, sondern ein Ort der Götter und der mythischen Geschöpfe, und die Männer waren Eindringlinge, die es wagten, in ein Gebiet vorzustoßen, das nicht sicher war. Und nicht nur er allein hatte dieses Gefühl, stellte Wulfgar fest. Auch die Jarlar und die Thegns sprachen leiser, nachdem sie in den Wald eingedrungen waren – doch der Grund dafür konnte auch sein, daß die Geräusche in der Stille des Waldes leichter zu hören waren, so daß die Männer leiser sprachen, um die Herden der Elche und Rehe nicht aufzuschrecken. Doch auf den Gesichtern der freien Männer, die nicht oft den Wald betraten, lag ein Ausdruck von Ehrfurcht und auch ein wenig Angst, denn dies hier war der Ort, an dem die Elfen lebten und all die anderen Wesen, die nicht menschlicher Natur waren, und auch die phantastischen Bestien. Man sagte, daß hier nicht nur die Zwerge, die Riesen und Trolle lebten, sondern auch Drachen in den Höhlen der bewaldeten Berge hausten, die Feuer spien, das so tödlich war wie der Blitzschlag, der während eines Gewitters aus Thors großem Hammer Mjöllnir geschleudert wurde. Wulfgar selbst hatte noch nie eine Elfe, einen Zwerg, einen Riesen oder einen Troll gesehen, auch noch keinen Drachen, aber die Skálds, die Barden, sangen von ihnen, deshalb mußte es sie auch geben, und er war froh, daß sich die Jagdgesellschaft so geräuschlos, ja beinahe verstohlen durch den Wald bewegte.

Wie Stalaktiten hingen Eiszapfen von den Bäumen und Büschen, und dicker Schnee drückte die Zweige nieder; an einigen Stellen hatten sich durch den Wind Schneewehen vor Dickichten, Sträuchern und umgestürzten Baumstämmen gebildet, die einige Fuß hoch waren. Auf dem weißen Schnee lagen die grünen Nadeln der Tannen und die braunen Zapfen und welken Blätter der Laubbäume. Die nackten Äste der Bäume, miteinander verschlungen und mit einer Eisschicht bedeckt, sahen aus wie ein riesiges Spinnennetz, das von einer überirdischen Riesenspinne gesponnen worden war. Sie schwankten und knarrten im Wind und sangen ein so geisterhaftes Lied, daß Wulfgar ein Schauer über den Rücken lief. So schwer war die Last des Schnees und des Eises auf den Zweigen, daß ohne Warnung ein toter Ast von einem Baum abbrechen und zu Boden fallen konnte. Er hatte gesehen, wie vor langer Zeit einmal ein Mann auf diese Weise umgekommen war, also richtete Wulfgar seine Aufmerksamkeit jetzt auch auf die toten Äste der Bäume.

Doch nicht nur Gefahren lauerten im Wald, man fand dort auch Schönheit. Die großen Kiefern und Fichten mit ihren fedrigen Ästen waren Schlupfwinkel für die Wintervögel, die ihre klagenden Lieder sangen, und unter dem dicken Schnee verbarg sich ein Waldboden mit aromatischer Heide, Flechten und Moos. Von den Kämmen der Hügel stürzten klare, plätschernde Bäche durch schmale, felsige Spalten und flachere, breitere Schluchten, die sie in vielen Jahren in den Boden gegraben hatten. In Wasserfällen stürzten sie über nackte Felsenhänge in kleine, abgeschiedene Teiche, die jetzt im tiefen Winter beinahe zugefroren waren und deren Oberfläche sich unter dem ständigen Wind sanft kräuselte. Die frische Luft war sauber und rein, ungetrübt von dem Rauch der Herdfeuer und dem brennenden Fett der Binsenlichter und der Walöllampen, es duftete nach Kiefern und Tannen, und der modrige Geruch fruchtbarer, dunkler Erde lag über allem. Tief atmete Wulfgar diesen Duft ein, während er hinter seinem Vater und seinen Halbbrüdern hertrottete, sein Blick lag voller Neid auf Ivar, der auf einem prunkvollen schneeweißen Roß ritt. Es war nicht gerecht, dachte Wulfgar verbittert, daß ein so hinterhältiger Mensch von den Göttern bevorzugt wurde. Aber Yelkei hatte ihm oft genug erklärt, daß das Leben nur selten gerecht war, und seit der Zeit, als er alt genug gewesen war, um solche Dinge zu verstehen, hatte Wulfgar das auch mit eigenen Augen gesehen. Einige Männer wurden in die großen Methallen der Jarlar hineingeboren, andere in die Sklavenhütten und die meisten, so wie er, irgendwo dazwischen, wo ein Mann ums Überleben kämpfen mußte, wo er weder Reichtümer hatte noch einen Herrn, der vom Gesetz dazu verpflichtet war, für sein Wohlergehen zu sorgen.

Unter dem hohen Dach, das von den überhängenden Zweigen geformt wurde, entlang der steilen Pfade, auf die schwaches, graues Sonnenlicht fiel, bahnte sich die Jagdgesellschaft ihren Weg durch die bewaldeten Hügel, bis schließlich an einem Fluß, der dafür bekannt war, daß ihn die Elche, Rentiere und das Rotwild und andere Tiere aufsuchten, die Hunde den Geruch eines Hirsches aufnahmen. Rinde war von den Geweihen der Hirsche von den Bäumen gerissen worden, eine große Fläche Schnee war von einer ganzen Herde platt getreten und mit den Hufen beiseite gescharrt worden, auf der Suche nach Flechten und Moos. Die Felsen, die aus dem eisigen Wasser des Flusses ragten, waren mit Moosen bewachsen, die Erde um das Ufer herum war lehmig und rutschig. Der Fluß selbst war halb zugefroren, nur langsam floß das Wasser; deshalb war es auch nicht schwer, den Fluß zu durchwaten, als die Hunde, die bellend und jaulend an den Leinen gezerrt hatten, endlich freigelassen wurden und in das Wasser sprangen. Nachdem sie am anderen Ufer das Wasser aus ihrem Fell geschüttelt hatten, schnüffelten sie auf dem Boden und liefen dann laut bellend voraus, als sie die Spur wiedergefunden hatten. Ihr Bellen hallte in den Wäldern wider und übertönte das laute Schmettern des Jagdhorns.

Beim Klang dieses Horns spornten Ragnar und die anderen Jarlar und Thegns ihre Pferde an, sie ritten durch das eiskalte Wasser, und die Jäger und freien Männer beeilten sich, ihnen zu folgen. Auf der anderen Seite des Ufers flog Wulfgar förmlich über den Schnee, mit den Speeren seines Vaters und seiner Halbbrüder hielt er die Balance, während er hinter den Pferden hereilte. Nach einiger Zeit fühlte er die Kälte nicht mehr, auch wenn seine lederne Hose und die Stiefel aus Seehundleder naß waren. Ihm war so warm, als säße er vor einem glühenden Feuer. Unter seinem Fellumhang und der ledernen Kleidung fühlte er, wie der Schweiß über seinen Körper rann, sein Atem ging heftig und bildete eine kleine Wolke vor seinem Mund. Doch er und auch die anderen Jäger und freien Männer waren daran gewöhnt, hinter den Pferden herzulaufen, deshalb blieb er auch nicht zurück, als die Jagd immer weiterging, sondern eilte entschlossen den Spuren nach, die sich durch den Wald wanden, bis sie schließlich in eine Höhe kamen, in der die Bäume spärlicher wuchsen und es mehr Platz gab. Er stieß die Speere in den Schnee und glitt auf seinen Schneeschuhen voran, angefeuert vom Jagdeifer.

Die Hunde, die über umgestürzte Baumstämme gesprungen und durch Dickichte gejagt waren, durch die die Reiter ihnen nicht folgen konnten, waren schon seit langem dem Gesichtsfeld der Männer entschwunden. Doch immer wenn der Anführer der Jäger in sein Jagdhorn blies, hörte man aus der Ferne ihr Bellen, so daß die Jäger die Richtung nicht verfehlen konnten. Irgendwann um die Mittagszeit wandten sich die Männer nach Osten, einen Abhang hinauf, zu einem Hügelkamm, wo nur noch wenige Kiefern und Tannen standen, und dort, in der

Entfernung, entdeckten sie eine Herde fliehenden Rotwildes, zwanzig bis dreißig Tiere, schätzte Wulfgar. Beim Anblick ihrer Jagdbeute blies der Anführer noch einmal in sein Horn, und die Hunde, die seit beinahe einer Stunde nicht mehr gebellt hatten, meldeten sich jetzt lautstark. Sie brachen nördlich der Jagdgesellschaft aus dem Wald; als sie die fliehenden Tiere entdeckten, stürmten sie die Anhöhe herunter und rannten durch das weite, neblige Tal unter ihnen und dann auf der gegenüberliegenden Seite den Hügel wieder hinauf.

»Björn Ironside! Hasting! Nehmt die Hälfte der Männer und kreist die Herde von der anderen Seite ein!« befahl Ragnar und zügelte sein schnaufendes Roß. Mit der erhobenen Hand gebot er den Männern Einhalt. »Die anderen Männer reiten nach Süden und kommen ihnen zuvor, ehe sie den Paß erreichen.«

Mit lauten Rufen eilten die Männer davon, sie gaben ihren Pferden die Sporen, und eine Schneewolke wirbelte hinter ihnen auf, als sie den Hügel hinunter in das Tal ritten. Nur wenige Bäume standen auf dem Talboden, und obwohl Lawinen über Jahre hinweg Felsblöcke und kleinere Steine in das Tal gerissen hatten und der Boden des Tals sich dadurch gehoben hatte, erstickte die Erde am Waldrand unter einem Gewirr abgestorbener Äste und Pflanzen, die sich über den sumpfigen Boden breiteten. Mitten in dem Tal, wo der Nebel ganz tief hing, erstreckte sich ein flacher Weiher, der den Lauf Wulfgars und der anderen Männer, die zu Fuß unterwegs waren, aufhielt. Als sie schließlich einen Weg durch das eisige Wasser gefunden hatten, waren die Männer auf den Pferden bereits nach Süden geritten, und es war ihnen gelungen, die Herde Rotwild zu den Hunden zu treiben, denen die anderen Männer unter Führung von Björn Ironside und Hasting von Norden aus folgten. Einen Augenblick lang sah es so aus, als würde die aufgeschreckte Herde in den Wald im Osten fliehen, auch wenn es schwierig war, sich dort unter den tief hängenden Zweigen einen Weg zu bahnen. Doch dann verhinderten die Hunde dies, sie knurrten und schnappten nach den Tieren und scherten in einem weiten Halbkreis aus, um der Herde den Fluchtweg abzuschneiden. Der herrliche Leithirsch wandte sich schließlich nach Westen, in die einzig mögliche Richtung, die ihm Freiheit verhieß, die hinter dem Weiher und dem Tal lag, auf dem Hügel, von dem die Jagdgesellschaft gekommen war.

Als Wulfgar und die anderen Männer, die zu Fuß unterwegs waren, dies bemerkten, schlichen sie sich langsam vor, auf dem schneebedeckten Boden verursachten sie kaum ein Geräusch, die Steine und Büsche nutzten sie zur Deckung, ihre Fellumhänge und Kleidung aus Leder schützten sie vor den Blicken der Tiere. Schweigend und aufmerksam beobachteten sie aus ihrem Versteck heraus die Herde, sie warteten, während die Tiere langsam näher kamen und voller Furcht über Büsche und Felsen sprangen, immer weiter auf den Hinterhalt zu, den die Männer ihnen gelegt hatten. Von seinem Platz hinter einem dichten Busch aus, den er sich ausgesucht hatte, um nicht von den Tieren niedergetrampelt zu werden, konnte Wulfgar durch die kahlen Äste die grauen Seiten der Tiere und ihre weißen Bäuche erkennen, als sie auf ihn zugestürmt kamen, selbst das Weiße in den voller Schrecken weit aufgerissenen Augen sah er und die geblähten, samtschwarzen Nüstern, während die Hunde ihnen immer näher kamen und die Jarlar und Thegns sie von Norden und Süden einkreisten und Pfeile und Bögen vorbereiteten. Auf Ragnars Handzeichen stieß der Anführer der Jäger in sein Horn, und die freien Männer und Jäger kamen aus ihren Verstecken, kletterten auf die Felsblöcke, schrien und wedelten mit den Armen und versetzten so die anstürmenden Tiere in noch größere Panik. Das Durcheinander, das jetzt entstand, war für Mensch und Tier gefährlich, und Wulfgar sah, wie ein Jäger von den Tieren umgerissen und unter ihren Hufen zermalmt wurde. Einer der freien Männer wurde von einem Geweih aufgespießt. Doch die meisten der erschreckten Tiere wichen vor den schreienden Menschen zurück, die anderen, die hinter ihnen waren, stießen mit ihnen zusammen, während die Jäger die Bogen spannten und ihre Pfeile mitten in das Durcheinander regnen ließen.

Eines der Tiere stolperte und ging dann zu Boden, ein Pfeil ragte aus seiner Seite, dann fiel noch eines der Tiere und ein weiteres. Zu spät begriff der Leithirsch, in welche Falle er geraten war; sein Überlebensinstinkt ließ ihn reagieren, er setzte über einen kleinen Hügel, sprang dann in den Weiher und versuchte, hinter die Bäume am Fuße der Hügel im Westen zu kommen. Die Herde stürmte hinter ihm her, die Tiere brachten einander in ihrer Hast zu entkommen beinahe zu Fall, einige rannten in ihrer Panik in die entgegengesetzte Richtung und störten so die Flucht der anderen. Aber die schlanken, schnellen Speere der Jarlar fanden ihr Ziel, wie wilde Bienen sausten sie durch die Luft, ihre scharfen, eisernen Widerhaken rissen tiefe Wunden, die wintergrauen Felle der Tiere, die nie wieder ihr braunes Sommerfell erhalten würden, färbten sich rot, eine zweite Welle von Pfeilen folgte der ersten, und ein halbes Dutzend der Tiere, die vor Angst und Schmerzen aufblökten, sank zu Boden, in einem Durcheinander von Beinen und Körpern, auf die die Hunde sich stürzten.

Dann waren auch die Jäger da, sie schrien und fluchten und zogen die Hunde von ihrer Beute weg, um sie anzuleinen, während die anderen Männer mit wilden, blutrünstigen Rufen von ihren Pferden stiegen. Wulfgar und die restlichen freien Männer fingen die Zügel auf, die ihnen sein Vater und seine Halbbrüder zuwarfen, er reichte ihnen Speere, mit denen sie die verletzten Tiere erlegen sollten. Dann machten sich die Jarlar und Thegns daran, mit ihren Scramasäxten den wenigen noch lebenden Tieren den Todesstoß zu versetzen.

Und genau in diesem Augenblick, inmitten des größten Durcheinanders, brach ein grauer Blitz mit einem wilden Knurren aus einer der umnebelten Höhlen unter einem Felsen inmitten eines Busches, wo eines der verletzten, jüngeren Tiere Schutz gesucht hatte. Von den Hufen des sterbenden Tieres verwundet, mit vor Hunger schmerzendem Körper sprang die Kreatur über den feuchten Boden. Im ersten Augenblick waren die Männer so sehr mit ihrer Beute beschäftigt, daß sie das graue Tier in ihrer Mitte kaum bemerkt hatten. Dann schrie Ivar vor Schmerz auf. Es war ein schrecklicher Schrei, die Augen der anderen Männer richteten sich auf ihn, und erst dann bemerkten sie, daß das Tier, das aus seiner Höhle gesprungen war, ein einsamer Wolf war, der vor Fieber und Schmerz und dem Geruch von Blut rasend war. Er hatte Ivar niedergerissen, der sich über eines der erlegten Tiere gebeugt hatte, und hing jetzt an seiner Gurgel.

Die Zeit schien stillzustehen, und die Männer starrten wie gelähmt vor Schreck und Unglauben auf Ivar. Nie zuvor hatte Wulfgar einen so großen Wolf gesehen, und ihm war klar, daß dies kein gewöhnlicher Wolf sein konnte, es mußte der Werwolf Fenrir sein, der Nachkomme des bösen Loki, der Bruder von Jormungand, der riesigen Schlange Midgards, die die Erde umschlang, und auch von Hela, dem Tod. Die Götter hatten die stärkste Kette geschmiedet, um Fenrir zu fesseln, aber er hatte sie zerbrochen, als sei sie aus Spinnweben. Ärgerlich und aufgeschreckt hatten die Götter einen Boten zu den Geistern der Berge gesandt, und die hatten für die Götter eine Kette geschmiedet mit dem Namen Gleipnir. Aus sechs Dingen war diese Kette geschmiedet: aus dem Geräusch der Schritte einer Katze, aus den Bärten von Frauen, den Wurzeln von Steinen, dem Atem eines Fisches, den Nerven der Bären und dem Speichel der Vögel. Als die Kette fertig war, war sie so sanft und leicht wie ein seidenes Band. Doch der Werwolf, der vermutete, daß man ihm eine Falle gestellt hatte, wollte sich diese Kette nur anlegen lassen, wenn einer der Götter seine Hand in seinen Rachen legte als Beweis dafür, daß sie nichts Böses im Schilde führten. Da die Götter von dem Betrug wußten, war nur der Tyr, der Gott der Schlachten, mutig genug, seine Hand in den riesigen Rachen des Untiers zu legen. Und als Fenrir festgestellte hatte, daß er diese Kette, die die Götter Gleipnir genannt hatten, nicht loswerden konnte, hatte er Tyr für diesen Betrug die Hand abgebissen.

Doch jetzt, davon war Wulfgar überzeugt, mußte Fenrir sich irgendwie von der magischen Fessel befreit haben und nach Midgard, auf die Erde, zurückgekommen sein. Wulfgar erzitterte, als ihm die Bedeutung dieser Ungeheuerlichkeit aufging, denn wenn das wirklich so war, konnte es nur eines bedeuten: Ragnarök, die Götterdämmerung, stand kurz bevor. Jetzt würde auch Garm, der Höllenhund, jaulen, Jormungand, die schreckliche Schlange Midgards, würde sich aus dem

Meer erheben und ihr Gift über die Erde speien, der Riese Hrym würde auf Naglfar heransegeln, dem Schiff der Toten, und der Wächter Heimdall würde mit seinem Horn das Signal zur Schlacht blasen. Der böse Loki würde sich mit den Feinden der Götter verbünden – die Anhänger von Hela, die der Tod war, die Frostriesen und die Söhne von Muspell mit ihrem Anführer Surt würden über die Regenbogenbrücke Bifröst reiten, die unter ihrem Gewicht zusammenbrechen würde, auf dem Weg zu ihrem letzten Schlachtfeld, Vigrid. Dort würden alle Götter und alle Angreifer erschlagen werden, und dann würde das Universum in Flammen aufgehen und aufhören zu existieren – das sangen die Skálds in den großen Methallen der Jarlar, und sein ganzes Leben lang hatte Wulfgar daran geglaubt. Er war nicht der einzige aus der Jagdgesellschaft, der davon überzeugt war, daß das Unheil über sie hereinbrechen würde. Schreckerfüllt waren die anderen freien Männer auf die Knie gesunken, als erwarteten sie die Vergeltung, und auch die Jarlar und die Thegns waren unsicher und benommen und wußten nicht, was sie tun sollten.

Ivar war noch immer in der tödlichen Umklammerung des riesigen Wolfes gefangen, er drehte und wand sich, um den Fängen des Tieres zu entgehen. Jeder andere Mann wäre schon tot, dachte Wulfgar, doch Ivar besaß die Kraft von zwei Männern und außerdem die eigenartige Gabe, seinen Körper in so ungewöhnlicher Weise verdrehen zu können, als besäße er keine Knochen. Er hatte beide Hände um den Hals des Wolfes gelegt und versuchte, ihn von sich fernzuhalten; und er und der Wolf wanden sich auf dem Boden, wobei jeder versuchte, die Oberhand zu gewinnen, ein Durcheinander von grauem Fell und braunem Leder, mit Blut befleckt, auch wenn Wulfgar nicht sagen konnte, ob es aus den Wunden der verletzten Tiere gekommen war oder von dem Kampf rührte, den Ivar und der Wolf ausfochten.

Es schien eine Ewigkeit zu dauern, bis sich schließlich Ubbi und Halfdan von dem ersten Schrecken erholt hatten und ihre Bogen hoben, um mit ihren Pfeilen auf den Wolf zu zielen. Doch ihr Vater schlug ihnen mit einer heftigen Bewegung die Waffen aus der Hand und fluchte zornig.

»Bei den Göttern der Runen und Walhall!« donnerte Ragnar und stieß seine Söhne so heftig zur Seite, daß sie beinahe zu Boden gefallen wären. Wulfgar glaubte, seinen Vater noch nie so wütend gesehen zu haben – und auch nicht so voller Angst. »Ihr Dummköpfe. Ihr habt wohl nicht aus Ymirs Quell der Weisheit und des Verstands in Jötunheim getrunken, ehe ihr geboren wurdet, denn sonst hättet ihr mehr von beidem, ihr einfältigen Welpen einer Mischlingshündin! In diesem Durcheinander könnt ihr Mensch und Tier nicht unterscheiden. Wollt ihr Ivar etwa umbringen?«

»Nein, aber wir können auch nicht tatenlos zusehen, wie er von einem rasenden Wolf zu Tode gebissen wird, Vater!« gab Halfdan zurück, der jünger und auch kühner war als Ubbi. Er war atemlos vor Wut, weil sein Vater ihn vor allen Männern zurechtgewiesen hatte und auch, weil er Angst hatte um Ivar.

»Das sagst du!« brummte Ragnar, und seine klaren blauen Augen blitzten wie das Sonnenlicht auf dem Eis. »Aber es scheint dir nichts auszumachen, wenn dein Pfeil ihn durchbohrt, Halfdan, denn sein Tod würde Ubbi auf meinen Thron bringen – und bei Odin, dann wärst du einen Schritt näher herangekommen!«

»Nein, Vater!« widersprach Halfdan. »So ist es nicht ...«

Aber Ragnar wollte in seiner Erregtheit Halfdans empörte Worte gar nicht hören, mit der Faust schlug er ihm auf den Mund und stieß ihn dann grob zur Seite. Schwer atmend ging er auf Ivar und den Wolf zu, den Speer hoch erhoben und bereit, zuzustechen. Von all seinen Söhnen war Ivar nicht nur sein Erbe, sondern auch sein Lieblingssohn. Ragnars Speer zitterte ein wenig, während er auf den geeigneten Augenblick wartete, den tödlichen Stoß anbringen zu können. Als er schließlich zustieß, verfehlte sein Speer die Seite des Wolfes und bohrte sich statt dessen so tief in den Schenkel des Tieres, daß der Schaft zerbrach. Dennoch war diese Wunde nicht tödlich, sie spornte den Wolf nur zu einem noch heftigeren Angriff an, denn nachdem er einen Laut ausgestoßen hatte, der den Männern einen Schauer über den Rücken jagte und der weder ein Jaulen noch ein Knurren war, schien er zu neuen Kräften gekommen zu sein, und er griff Ivar noch heftiger an. Seine Kiefer schlossen sich plötzlich um Ivars Schwerthand und sein Handgelenk. Das Knacken und Splittern der Knochen und ein angstvoller Schrei von Ivars weißen Lippen wurde laut, als es ihm nicht gelang, seine Hand zu befreien. Die Männer um ihn herum stöhnten alle auf, denn ein Mann, der so sehr verletzt war, daß er keine Waffe mehr gebrauchen konnte, was besser tot, und es schien ihnen allen, als würde der Wolf Ivars Hand abreißen.

Das war der Augenblick, in dem Wulfgar sein Schicksal entschied, genau wie Yelkei es ihm an diesem Morgen vorhergesagt hatte. Später dachte er, daß es sicher nicht nur ein Unglück gewesen war, sondern Schicksal, das Urteil der Götter, daß Ivars Kampf mit dem Wolf ihn so nahe zu Wulfgar gebracht hatte. In dem Moment, wo der Wolf während des Kampfs oben war, konnte Wulfgar ungehindert zuschlagen. Hätte er in diesem Augenblick an Yelkeis Worte gedacht, so hätte er sicher gezögert, und die Gelegenheit wäre vorbeigegangen. Doch er dachte nicht an Yelkeis Warnung, er konnte in diesem Augenblick überhaupt nicht klar denken, nur Ivars Leben zählte jetzt. Er stieß einen lauten Kriegsschrei aus und riß seine Streitaxt aus der ledernen Scheide auf seinem Rücken. Dann wirbelte er sie über seinen Kopf und schlug kräftig und gezielt zu. Das Lied, das Bluttrinker sang, war das Lied des Todes, als es sich so tief in den Nacken des Wolfes bohrte, daß das Blut aufspritzte und das Tier beinahe im gleichen Augenblick zu Boden sank. Aus Wut oder aus Protest, ganz sicher aber vor Schmerz knurrte der Wolf leise und wild, sein Rücken bog sich im Todeskampf. Und als Wulfgar die Klinge der Axt zurückzog, sank das Tier zusammen und lag dann auf der Seite, seine Fänge schlossen sich noch immer um Ivars Handgelenk.

Nur das heftige Atmen Ivars war in der darauffolgenden Stille zu hören, sogar die Hunde waren still, als fühlten sie die Bedeutung dieses Augenblicks. Alle Blicke richteten sich auf Wulfgar, der die Streitaxt noch in der Hand hielt, von der das Blut langsam auf die Erde tropfte. Mit plötzlicher Klarheit begriff er voller Entsetzen, daß er in dem Bruchteil der Sekunde, als seine Waffe niedergesaust war, all das auf sich gezogen hatte, was er in seinem bisherigen Leben stets vermieden hatte, die Aufmerksamkeit der Jarlar und Ragnars, ihres Königs.

»Bei den Nornen!« erklang die Stimme von Björn Ironside. Er war ein mächtiger Jarl, sein Ruhm und sein Reichtum konnten sich mit dem von Ragnar messen, daher herrschte zwischen den beiden Männern auch eine gewisse Rivalität und Feindseligkeit, und keiner von ihnen hatte etwas dagegen, dem anderen eins auszuwischen. »Das war ein tapferer Hieb für einen, der kein Krieger ist – und ein guter Hieb gegen eine Kreatur, die kein normaler Wolf war, sondern ein mächtiger Werwolf, Lokis Geschöpf, das von den Pforten Hels entkommen ist! Gut gemacht, Wulfgar Bloodaxe!«

Bei der Verleihung dieses Titels schrien die anderen Jarlar und Thegns ihre Zustimmung. Aber auch wenn Wulfgars Herz sich voller Stolz und Freude weitete, so blickten seine Augen dennoch wachsam, denn weder Ragnar noch seine Söhne stimmten in den Ruf mit ein, und Wulfgar wußte, daß seine Tat ihm nicht ihre Liebe beschert hatte; sie hätten Ivar lieber tot gesehen, als daß er sein Leben einem emporgekommenen Bastard verdankte, der einen wenn auch nur entfernten Anspruch auf Ragnars Königreich und Thron hatte.

»Wie bist du zu dieser Streitaxt gekommen, Wulfgar?« fragte Ragnar leise, als das Gebrüll nachgelassen hatte. Die Worte klangen zwar freundlich, aber Wulfgar ließ sich von ihrem Ton nicht täuschen. Eine Flamme des Zorns brannte in Ragnars Augen, und er erkannte auch einen Anflug dessen, was er bei einem anderen Mann als Furcht bezeichnet hätte. »Das ist die Waffe eines Thegn und nicht die eines niedrigen Bóndi. Aber du hattest sie bei dir, und du bist auch geschickt im Umgang damit. Wie es scheint, hast du deine freie Zeit damit verbracht, die Höhergestellten nachzuahmen, anstatt zu überlegen, wie du deinen Herren am besten dienen kannst.«

»Mit allem gebührenden Respekt, mein Gebieter, meine freie Zeit gehört nur mir allein.« Wulfgars Antwort war zwar höflich, aber nicht unterwürfig, denn er hatte nichts zu verlieren. Wenn sie es nicht schon zuvor gewesen waren, so waren sein Vater und seine Halbbrüder an diesem Tag zu seinen erbittertsten Feinden geworden, es würde ihren Haß nicht vermindern und ihre Herzen nicht erweichen, wenn er jetzt nachgab, es würde sie höchstens belustigen, und sie würden ihn für seine Schwäche verachten. »Die Streitaxt habe ich mit meinen eigenen Händen hergestellt, mein Gebieter, und ich habe mir auch selbst beigebracht, sie richtig zu schwingen. Ich habe sie Bluttrinker getauft, auch wenn sie bis jetzt nur das Blut von Tieren gekostet hat und nicht das der Feinde der Nordländer, nach dem sie dürstet.«

»Du hast gesprochen wie ein wahrer Wikinger!« rief Hasting beherzt, noch ehe Ragnar antworten konnte. Björn Ironside und Hasting standen einander so nahe wie Brüder, einer von ihnen war immer bereit, den anderen zu unterstützen oder ihn zu verteidigen. »Ein Jarl wäre nicht schlecht beraten, dich seinen Mann nennen zu dürfen, Wulfgar Bloodaxe, davon bin ich überzeugt. Beim Blót im Frühling, wenn wir der Göttin des Frühlings, Eostre, opfern, mußt du unter denjenigen sein, die ihre rechte Hand auf das Schwert eines Jarl legen und ihm Treue schwören.«

»Wulfgar ist ein Bóndi, kein Thegn«, warf Ragnar ein.

»Ist dir das Leben deines Erben so wenig wert, daß du den Mann, der es gerettet hat, nicht in seinen Stand erhebst?« Die Worte von Björn Ironside hatten einen verächtlichen Unterton, der Ragnar traf, so wie er es beabsichtigt hatte. »Oder könnte es sein, daß du den vielen Goldschmuck nicht etwa trägst, um zu beweisen, daß du ein tapferer Wikinger bist, sondern um uns damit zu blenden, damit wir nicht sehen, wie klein der große Ragnar Lodbrók in Wirklichkeit ist!«

Allgemeines lautes Gelächter folgte seinen Worten, denn die Männer des Nordens fürchteten ihren König nicht so sehr wie die Männer der Südländer den ihren, und die Nordmänner liebten einen guten Scherz – ganz gleich, ob er auf Kosten eines Sklaven oder eines Königs ging. Gold war sehr knapp und sehr teuer, und Ragnar trug wirklich mehr als genug davon. Wulfgar stimmte nicht in die allgemeine Heiterkeit ein, denn er sah, daß der Scherz von Björn Ironside Ragnar wütend gemacht hatte, sein Gesicht war rot geworden und er zog grimmig die Stirn in Falten. Wulfgar wußte, daß Ragnar ihm nie vergeben würde, daß die Männer über ihn gelacht hatten, er würde es der Liste seiner Vorbehalte gegen ihn noch hinzufügen.

»Die Möglichkeit, auf dem Fest den Eid abzulegen, im Gegenzug für mein Leben ...« Ivar sprach zum erstenmal, er biß vor Schmerz die Zähne zusammen, während er versuchte, den Kiefer des Wolfes zu öffnen, damit er seine Hand befreien konnte. Dann verzog er das Gesicht und kam schwankend auf die Beine, seine verletzte Hand hielt er mit der anderen Hand gegen seine Brust. Doch während ein gesunder Mann vielleicht die Zielscheibe für einen Scherz abgeben konnte, so war ein verletzter Mann weder Gegenstand eines Spaßes noch des Mitleids, es war das Los des Kriegers, ohne Klage zu leiden, was auch immer die Nornen, die Schicksalsgöttinnen, einem bescherten. Also kam auch niemand auf den Gedanken, Ivar seine Hilfe anzubieten. »Mir scheint, das ist ein fairer Handel«, sagte er, und dann lächelte er ein eigenartig verzerrtes Lächeln, und in seinen blauen Augen leuchtete ein seltsames Licht.

Mit diesen so ruhig ausgesprochenen Worten erfüllte sich Wulfgars lebenslang gehegter Traum; dennoch verspürte er einen bitteren Geschmack im Mund, und ein Schauer lief ihm über den Rücken. Was hatte er getan? Hatte Goscelin, seine sächsische Mutter, ihn nicht nach seiner Bruderseele, dem Wolf, benannt, der an diesem Tage Ivar besiegt hätte? Zu spät erinnerte Wulfgar sich an Yelkeis Warnung – und jetzt endlich verstand er sie auch, denn hätte er ihn nicht mit einem einzigen Schlag seiner Streitaxt getötet, so hätte der Wolf sein Schicksal von dem Ivars befreit und damit sein eigenes Schicksal entschieden. Er war ein Dummkopf, dachte Wulfgar, der größte Dummkopf unter allen Dummköpfen! Er hätte Ivar sterben lassen sollen. Warum hatte er das nicht getan? Er wußte es nicht. Er wußte nur, daß Ivar genausowenig wie Ragnar diesen Tag je vergessen würde – obwohl er sich widersinnigerweise darüber zu freuen schien, daß Wulfgar ein Thegn sein würde, ein Wikinger.

Lange dachte Wulfgar über diese eigenartige Tatsache nach, während die anderen die Leichen der beiden Männer aufhoben und die erbeuteten Tiere an die Speerschäfte banden, um sie zu den Schlitten zurückzutragen. Der Wolf, so erklärte Björn Ironside, sollte Wulfgar gehören, und als Wulfgar aus Gewohnheit um Zustimmung heischend zu Ivar blickte, nickte dieser nur sein Einverständnis, was ihm einen bösen Blick von Ragnar einhandelte, der einen leisen Fluch ausstieß und dann auf den Boden spuckte, ehe er sich abwandte, auf sein Roß stieg und davonritt. Die anderen Männer bemühten sich, ihm so schnell wie möglich zu folgen. Wulfgar band ein Seil um den Körper des Wolfes und zog ihn hinter sich her. Er war eine außergewöhnliche Bestie, sein Fell war eines mächtigen Kriegers wert, und das würde er schon bald sein, so schwor sich Wulfgar, um seine tote Bruderseele zu ehren.

3. KAPITEL

Die Verlobung

Die Südküste von Usk, Walas, A. D. 865

Zu Rhowennas großer Erleichterung starb ihr Vater nicht. Doch ganz erholte er sich nicht von dem verräterischen Angriff auf sein Leben, immer wieder wurde er von einer plötzlichen Schwäche befallen, wenn er seine Kraft auf die Probe stellen wollte, und er war auch sehr kurzatmig geworden. Auch wenn der Königshof nicht angegriffen worden war, wie man befürchtet hatte, machte sich der König doch Sorgen um die Sicherheit seines Königreiches, und er hatte Angst, daß nach dem Angriff auf sein Leben Glamorgan oder Gwent Usk als eine verlockende Beute ansahen, die sie an sich reißen wollten. Und als er dann hörte, daß Cerdic, ein Prinz aus Mercia, sich eine Frau suchen wollte, schickte er Boten an Cerdics Hof und schlug eine Allianz zwischen Usk und Mercia vor und bot Cerdic Rhowenna als Braut an, um diesen Handel zu besiegeln. Rhowenna selbst wußte nichts davon, bis zu dem Tag, an dem ihr Vater sie zu sich rufen ließ und ihr sagte, was er getan hatte, und daß Cerdic seinem Vorschlag zugestimmt hatte und sie zur Frau nehmen wollte. Sie war so erschrocken über die Mitteilung ihres Vaters, als hätte ihr jemand einen brutalen Schlag versetzt, denn obwohl sie wußte, daß sie eines Tages einen Prinz oder sogar einen König heiraten mußte, hatte sie nicht damit gerechnet, mit einem der sächsischen Wölfe östlich von Offas Deich verlobt zu werden. Diese Völker waren seit der Zeit König Arthurs vor vierhundert Jahren die schlimmsten Feinde von Walas. Sie war nicht fähig, ihre Gefühle unter Kontrolle zu halten, bei den Worten ihres Vaters schrie sie leise auf.

Ihr Vater, der Mitleid mit ihr hatte, sagte leise: »Ich weiß, daß diese Verlobung nicht das ist, was du dir erhofft hast, Tochter, und auch ich habe mir für dich etwas anderes gewünscht. Aber ich bin nicht mehr … so kräftig, wie ich einmal war.« Diese Worte kamen nur zögernd über seine Lippen, Rhowenna wußte, wie schwer sie ihrem Vater fielen. »Ich muß dafür sorgen, daß Usk sicher ist vor denen, die uns verschlingen wollen, und Mercia ist ein Königreich, das viel mächtiger ist als Glamorgan oder Gwent, woher dieser Angriff auf mich gekommen sein muß.«

»Ich … ich verstehe das, Vater«, brachte Rhowenna erstickt hervor und bemühte sich, nicht die Fassung zu verlieren und die Tränen zurückzudrängen, die beim Gedanken an Gwydion und an all ihre Hoffnungen, die jetzt wie Staub im Wind zerflogen, in ihre Augen getreten waren. »Und ich werde Usk gegenüber meine Pflicht erfüllen – wenn auch nicht mit einem frohen Herzen, dann doch mit einem gehorsamen.«

»Prinz Cerdic ist ein reicher und gutaussehender Mann, das haben mir die Boten versichert, er ist gesund und kräftig und steht in der Blüte seines Lebens. Er kann sehr gut für dich sorgen und dich auch verteidigen. Du brauchst also deswegen keine Befürchtungen zu haben, Tochter.« Pendragon reichte ihr ein kleines hölzernes Kästchen, das er in seinem Schoß gehalten hatte. »Das hier hat er dir geschickt als Beweis seiner Hochachtung.«

Als Rhowenna das Kästchen öffnete, konnte sie einen erstaunten Ausruf nicht unterdrücken. Auf roter Seide lag eine herrliche goldene Halskette mit Amethysten in der Farbe ihrer Augen. Auch wenn sie die Prinzessin von Usk war, so besaß sie doch kein Schmuckstück, das sich mit diesem vergleichen ließ, und der Gedanke an die Hochachtung, die ihr der unbekannte Prinz entgegenbrachte, linderte ihren Schmerz und ihre Enttäuschung ein wenig. Die Halskette war nicht nur wunderschön, sie paßte auch vorzüglich zu ihrer Hautfarbe, und das zeigte nicht nur den Wunsch Prinz Cerdics, ihr eine Ehre zu erweisen, es verriet auch einen aufmerksamen Charakterzug, der ihn in einem günstigeren Licht erscheinen ließ. Vielleicht wäre er ja doch nicht so hart und grausam, wie sie es zuerst befürchtet hatte, als sie erfuhr, daß er einer der sächsischen Wölfe östlich von Offas Deich war.

»Sie ist wunderschön, Vater. Bitte laß Prinz Cerdic durch die Boten meinen Dank ausrichten und ihm sagen, daß ich mich geehrt fühle und sein Geschenk immer hochschätzen werde.«

Ihr Vater freute sich über Rhowennas Antwort, und dafür war sie dankbar, denn er sollte sich keine Sorgen darüber machen, daß sie vielleicht unglücklich sein könnte, er hatte auch so schon Probleme genug, die ihn bedrückten. Pendragon nickte zustimmend, und als Rhowenna klarwurde, daß ihre Unterredung beendet war, verließ sie ihn und nahm das kleine Kästchen mit, um es in dem größeren Schmuckkasten in ihrem Schlafgemach einzuschließen. Nachdem sie das getan hatte und die Kette mit den Schlüsseln wieder an dem feinen, golddurchwirkten Gürtel um ihre Taille befestigt hatte, legte sie ein leichtes, wollenes Tuch um ihre Schultern und machte sich auf den Weg den gewundenen Pfad hinunter zum Strand, wo die Severn See sich mit dem Großen Meer verband.

Endlich war der Frühling nach Walas gekommen, der Schnee war geschmolzen, nur die höchsten Gipfel zeigten noch Reste von Schnee. Die sanften Hügel hinter ihr und die zerklüfteten Berge waren so grün wie rohe, ungeschliffene Smaragde vor dem lapislazuliblauen, endlosen Himmel, wo die Sonne so golden schien wie die Halskette, die Prinz Cerdic ihr geschenkt hatte, und wo mit ausgebreiteten Schwingen die Möwen flogen und ihr einsames Lied sangen. Der Wind war wie ein melodiöser Seufzer, der die Blumen und das Gras bewegte und sie wogen ließ wie das weite, geheimnisvolle und herrliche Meer, dessen Anblick ihr Herz ein wenig besänftigte. Sie hatte gehofft, hier allein zu sein, um über die schreckliche Neuigkeit nachdenken zu können und darüber, was sie für sie bedeutete, doch als sie dem Strand näher kam, erkannte sie Gwydion, der sein Coracle, ein kleines Boot aus Flechtwerk, das mit Tierhäuten bespannt war, auf den Strand gezogen hatte. Als er sie sah, lächelte er und winkte ihr zu, und ihr Herz hüpfte in ihrer Brust, als er sie zu sich heranwinkte.

»Ich fahre raus zum Fischen«, rief er ihr fröhlich zu. »Möchtest du mitkommen?«

»Ja gerne, ich komme mit.« Rhowenna war hin- und hergerissen zwischen der Freude, ihn zu sehen und der Verzweiflung. Sie hob die Röcke und lief auf ihn zu. Als sie ihn erreicht hatte, war sie ein wenig atemlos, ihre Wangen waren sanft gerötet, eine Haarsträhne hatte sich aus dem dicken Zopf gelöst, und der Wind wehte sie ihr ins Gesicht, als sie unter den dichten Augenwimpern hervor zu ihm aufsah. »Es scheint schon eine Ewigkeit her zu sein, seit wir beide zum Fischen waren.«

»Genau das habe ich auch gerade gedacht. Komm, hilf mir, das Boot ins Wasser zu schieben, dann geht es gleich los.«

Zusammen schoben sie das Coracle ins Wasser, mit einer Leichtigkeit, die sie sich durch langes Üben und häufiges Tun erworben hatten, dann kletterten sie in das leichte Fahrzeug und setzten sich auf den Boden. Während Gwydion durch die Wellen ruderte, schwieg Rhowenna, weil sie nicht wußte, wie sie ihm von ihrer Verlobung erzählen sollte. Sie atmete tief die kühle, salzige Meerluft ein und sah zu, wie sich das Sonnenlicht auf dem Wasser spiegelte. Zum erstenmal dachte sie daran, daß Gwydion ihr zwar in der Vergangenheit schon oft erklärt hatte, daß er sie liebte, daß er aber nie mehr gewagt hatte, als sie auf die Wange zu küssen und einmal auch sanft auf den Mund. Aber den Ausdruck seiner Augen hatte sie nicht mißverstehen können, wenn er sie ansah. Er wäre ganz bestimmt genauso verzweifelt, wie sie es war, wenn er hörte, welches Abkommen ihr Vater für sie mit Prinz Cerdic getroffen hatte.

Als sie schließlich an der Stelle angekommen waren, wo Gwydion ausreichend Fische vermutete, zog er das Paddel ein und legte es beiseite. Er ließ das Coracle sanft treiben, während er und Rhowenna das kleine Netz auswarfen.

»Du bist heute ungewöhnlich still, Rhowenna«, meinte er, nachdem sie eine Weile schweigend gearbeitet hatten. »Und du bist sehr nachdenklich. Etwas scheint dich zu beunruhigen. Was ist es?«

Für einen Augenblick hielt Rhowenna inne. In dem Netz, das sie und Gwydion gerade in das Boot geleert hatten, schimmerten die Fische, die sie gefangen hatten, silbrig im Sonnenlicht, sie wanden sich und sprangen hoch. Sie waren hilflos, weil man sie aus ihrer gewohnten Umgebung gerissen hatte; genauso würde sie sich in Mercia fühlen, dachte Rhowenna, weit weg von zu Hause, eine Fremde unter Fremden in einem fremden Land.

»Ich habe soeben erfahren«, versuchte sie schließlich Gwydions Frage zu beantworten und wandte ihren Blick von den sterbenden Fischen ab, »daß mein Vater ... mein Vater eine ... Verlobung für mich arrangiert hat, Gwydion – mit Prinz Cerdic von Mercia.«

»Verstehe«, sagte er nach einer Weile des Schweigens leise. »Meinen Glückwunsch. Prinz Cerdic ist sehr reich ... und er sieht auch gut aus, habe ich gehört.«

»Oh, Gwydion!« Sie rief seinen Namen voller Verzweiflung. »Hast du mir denn nicht mehr zu sagen als das?«

»Was kann ich denn sonst noch sagen, Rhowenna?« fragte er, und ein Muskel zuckte in seiner Wange. Seine Stimme war rauh vor unterdrückten Gefühlen. Doch als er dann ihren Gesichtsausdruck sah, wurde sein Blick sanft und seine Stimme leise. »Es tut mir leid. Hast du etwa von uns beiden geträumt? Das wußte ich nicht. Du hast mir nie gesagt ...« Gwydion hielt inne und versuchte, seine Gefühle unter Kontrolle zu bringen. Nach einer Weile sprach er leise weiter. »Ich hatte nicht so viel Mut, verstehst du. Ich habe nie zu wagen gehofft, daß es zwischen uns mehr geben könnte als das, was wir bereits miteinander teilten. Du bist die Prinzessin von Usk, Rhowenna ... du bist nicht bestimmt für einen Mann wie mich, der kein Königreich sein eigen nennen kann. Hast du wirklich geglaubt, es könnte anders sein?«

»Ich ... ich weiß es nicht. Oh, ich denke, tief in meinem Inneren habe ich gewußt, daß es nicht sein kann. Aber ... oh, Gwydion! Du hast recht! Ich habe es gewagt, davon zu träumen. Und jetzt ... jetzt hat sich alles verändert, und nichts wird wieder so sein, wie es einmal war. Als du weggegangen bist zu deiner Erziehung, da wußtest du, daß du zurückkommen würdest. Aber ich werde nicht zurückkommen, Gwydion, ich werde den Rest meines Lebens bei den sächsischen Wölfen östlich von Offas Deich verbringen müssen, mit einem Ehemann, der ein Fremder ist für mich ...« Ihre Stimme klang bitter und traurig, als sie diesen schmerzlichen Gedanken laut aussprach. Jetzt erst schien alles Wirklichkeit zu werden, es war nicht länger ein böser Traum, ein schreckliches Mißverständnis, das so weit weg war, daß es schon unwirklich erschien.

»Es ist ein schwacher Trost, das weiß ich, aber aus der Sicht von Usk ist ein Bündnis mit Mercia ein sehr weiser Gedanke, Rhowenna, besonders wenn man bedenkt, daß dein Vater erst in diesem Winter angegriffen wurde. Wir können Glamorgan oder Gwent nicht länger trauen, sie würden sich nicht an den Grenzverlauf halten. Für einen Angriff auf Usk müßte Mercia seine Truppen über Offas Deich schicken und auch über den Fluß Severn, das heißt, wir wären früh genug vorgewarnt und hätten Zeit genug, uns gegen sie zu schützen. Und es bedeutet, daß von ihnen eine geringere Bedrohung ausgeht und sie für uns ein wünschenswerter Bündnispartner sein werden.«

»Ich weiß, ich weiß. Mein Verstand sagt mir, daß du recht hast, Gwydion. Aber es ist mein Herz, das rebelliert und das sich wünscht, ich wäre nur eine einfache Dienstmagd und keine Prinzessin von Usk, die für ein Bündnis geopfert werden soll!«

»Und ich wünschte, ich wäre ein Prinz und wert, um deine Hand anzuhalten, Rhowenna. Aber das bin ich nicht, und ich werde auch nie einer werden, deshalb habe ich dich geliebt, wie ein Bruder seine Schwester liebt, und habe nie von mehr gesprochen, denn es wäre nicht schicklich gewesen und hätte auch nie möglich sein können, und ich wollte dir nicht unnötigen Schmerz zufügen. Dennoch schmerzt es mich sehr.«

»Nein, Gwydion.« Rhowenna schüttelte den Kopf und drängte die

Tränen zurück, sie versuchte zu lächeln, doch es gelang ihr nicht. »Wenn es etwas zwischen uns gegeben hat, das nicht richtig war, dann war ich der Grund dafür, ich ganz allein. Ich habe aus deinen Worten das herausgehört, was ich hören wollte, ich habe mich nach dem Mond gesehnt und wußte doch in meinem Herzen, daß er außerhalb meiner Reichweite liegt. Du warst derjenige, der klug war, und ich war dumm. Du brauchst dir deshalb keinen Vorwurf zu machen.«

Aber selbst als sie diese Worte aussprach und wußte, daß sie die Wahrheit waren, so verletzte sie doch der Gedanke, daß Gwydion absichtlich eine Mauer um sein Herz herum errichtet hatte. Sie hatte das Gefühl, daß er so etwas nicht getan haben könnte, wenn seine Liebe zu ihr mehr gewesen wäre als nur ein oberflächliches Gefühl, unwert dessen, was sie für ihn fühlte. Hätte er sie wirklich so sehr geliebt, dann hätte er sie in seine Arme genommen, sie heiß und innig geküßt und sie angefleht, mit ihm wegzulaufen, dachte Rhowenna. Er hätte in seinem Coracle das Segel gesetzt und wäre mit ihr davongesegelt, hätte ihr Schicksal dem Wind überlassen in dem Glauben, daß, wo immer der Wind sie auch hintrieb, was immer sie zusammen durchstehen mußten, es genügte, daß sie beisammen waren, ein Herz und eine Seele. Ein Teil von ihr hatte sich verzweifelt danach gesehnt, das wurde ihr jetzt klar. Aber vielleicht war das auch nur eine romantische Regung und genauso dumm wie all die romantischen Träume, die sie geträumt hatte. Dennoch konnte sie diesen Gedanken nicht verdrängen, und ihre Enttäuschung über Gwydions Verhalten war genauso schmerzlich wie die Mitteilung ihres Vaters, daß er sie verlobt hatte.

Wenn Gwydion fühlte, was in ihr vorging, so ließ er sich jedoch nichts anmerken. Er lenkte ihre Unterhaltung auf unverfängliche Themen und schien nicht zu bemerken, daß Rhowenna nur einsilbige Antworten gab, ihren Kopf senkte und auf ihre Hände blickte, nur um ihn nicht ansehen zu müssen. Sie hätte nichts anderes in seinem Blick gelesen als Mitleid, dachte sie, und das konnte sie nicht ertragen, nicht von Gwydion. Königreich und Krone hätte sie für ihn aufgegeben, hätte er nur die Hand ausgestreckt und sie gebeten, mit ihm zu gehen.

Aber das hatte er nicht getan, deshalb verschanzte sie sich hinter ruhiger Würde und der Vorspiegelung, daß es zwischen ihnen nicht mehr gab als Zuneigung und Verwandtschaft.

Als Gwydion nach einer Weile meinte, es sei schon spät geworden und sie müßten zurückfahren, hob sie endlich den Blick von den glänzenden toten Fischen. Die Sonne im Westen spiegelte sich auf dem Meer wider, und der Schein blendete sie. Sekundenlang schien es ihr, als ritten fern am Horizont Drachen über die Wogen, als blähten rote Segel sich vor der Sonne im Wind. Sie konnte einen erschreckten Ausruf nicht unterdrücken.

»Rhowenna! Was ist los?« Gwydions Stimme klang erschrocken, als er in die Augen starrte, die weit aufgerissen und voller Angst waren, als wäre sie in Trance und sähe etwas, das er nicht sehen konnte. »Was ist los? Was siehst du?«

Der Klang seiner Stimme brachte Rhowenna wieder in die Wirklichkeit zurück, sie blinzelte und stellte verwirrt fest, daß der Horizont leer war, daß nur die feurige Sonne im Meer versank und daß eine Lichtspiegelung sie genarrt hatte. Dennoch war der Anblick so real gewesen, daß sie hätte schwören können, es war …

»Ich dachte … ich dachte … Gwydion, seit vielen Nächten schon träume ich das gleiche, einen entsetzlichen Traum von den Nordmännern, die kommen, um Usk zu überfallen.« Ohne Vorwarnung verriet sie ihm ihr schreckliches Geheimnis. »Und einen Augenblick lang glaubte ich, ich würde ihre Langschiffe dort hinten am Horizont sehen. Aber es war nur die Sonne, die mich geblendet hat. Ich hatte solche Angst …«

»Die Nordmänner! Rhowenna! Hast du jemandem davon erzählt?«

»Nein.« Sie schüttelte den Kopf und biß sich zerknirscht auf die Unterlippe, weil sie sich plötzlich schämte, daß sie ihre Angst eingestanden hatte, wo so viele Menschenleben davon abhingen.

»Aber … warum denn nicht?«

»Ich hatte Angst«, gestand sie ihm leise und voller Reue. »Ich hatte Angst, daß Vater Cadwyr mich öffentlich anklagen und behaupten würde, ich sei verflucht und eine Hexe. Er toleriert es nicht, wenn man den alten Dingen anhängt, denn es sind die alten Götter, die mir in meinen Träumen erscheinen, das weiß ich, Gwydion. Er würde glauben, daß es keine wirkliche Vision ist, sondern ein böses Spiel, das der Teufel mit mir treibt. Und ich möchte nicht auf dem Scheiterhaufen verbrannt werden, nur weil ein Priester blind und dumm ist.«

»Natürlich nicht. Aber Rhowenna, die Nordmänner! Erinnerst du dich denn nicht mehr an die Geschichten darüber, wie sie vor einigen Jahren die Angeln niedergemetzelt und vernichtet haben?«

»Doch, ich erinnere mich. Deshalb war ich ja auch so besorgt und wußte nicht, ob ich reden sollte oder nicht.« Einen Augenblick hielt sie inne und dachte über ihren Zwiespalt nach. Dann sprach sie weiter. »Aber das ist noch nicht alles, Gwydion, es ist noch viel schlimmer, und deshalb habe ich selbst dir bis jetzt nichts davon erzählt. In meinem Traum ... in meinem Traum habe ich gesehen, daß die Nordmänner ... dich zu Boden warfen und ... und dich umbrachten, Gwydion!«

Bei ihren letzten Worten erstarrte Gwydion. Trotz all der Ermahnungen der Priester zögerte Gwydion noch zu akzeptieren, daß der Glaube an die alten Götter falsch war. Er glaubte an Rhowennas Vision.

»Dein Traum ist eine starke und sehr ernste Voraussage«, meinte er, nachdem er eine Weile nachgedacht hatte. »Aber es ist auch nur der Schatten dessen, was geschehen könnte, Rhowenna, es muß nicht unbedingt bedeuten, daß es auch geschieht. Und da wir nun gewarnt sind, können wir die Zukunft ändern. Wenn die Nordmänner wirklich kommen, dann muß das nicht unbedingt bedeuten, daß ich sterbe, so wie du es befürchtest. Ich werde sehr wachsam sein, und ich werde überleben – genau wie Usk. Zusammen fällt uns ganz sicher ein, wie wir den König und die Königin warnen können, daß uns Gefahr aus dem Nordland droht – vielleicht können wir behaupten, daß uns ein Fischer gewarnt hat und uns erzählt hat, daß es seit einiger Zeit Angriffe an der Küste entlang gegeben hat, so daß wir deinen Traum nicht zu erwähnen brauchen und Vater Cadwyr dich nicht anklagt.«

»Ja, es ist einen Versuch wert.« Rhowenna atmete auf bei diesem Gedanken und hatte das Gefühl, daß doch noch etwas Gutes geschehen war an diesem Tag.

»Mir liegt wirklich sehr viel an dir, das mußt du wissen«, sagte Gwydion leise, und seine grauen Augen sahen tief in ihre. »Ganz gleich, was auch geschieht, Rhowenna, ich werde immer dein Verwandter und dein Freund bleiben.«

»Ich weiß.« Sie nickte und schluckte, um die Tränen zu verdrängen, dann wandte sie den Blick noch einmal zum fernen Horizont, der leer war und öde – und blutrot.

4. KAPITEL

Das Festival der Eostre

Die Küsten des Skagerrak, Nordland, A. D. 865

Aus einem unerfindlichen Grund hatte Ivar Wulfgar gesagt, daß er bis zu dem Festival in der Mitte des Frühlings in der Hütte wohnen bleiben konnte, die er mit Yelkei innerhalb der Palisade von Ragnar teilte. Doch Yelkei hatte Wulfgar unentwegt gedrängt, dieses Angebot auszuschlagen, sie hatte ihm immer wieder ins Gedächtnis gerufen, daß Ivar nichts tat ohne einen Hintergedanken, und wie dieser in Wulfgars Fall auch aussehen mochte, für Wulfgar bedeutete er sicher nichts Gutes. Er erinnerte sich wieder an Yelkeis Warnung an dem Morgen der Jagd und daran, was danach geschehen war, und schließlich hatte er zögernd zugestimmt, die Hütte zu verlassen, er hatte seine wenigen Besitztümer zusammengesucht und den relativ sicheren Schutz der Palisade verlassen, um sich selbst am Waldrand eine eigene Hütte zu bauen, in der Nähe eines schilfumsäumten Weihers, hinter den Grenzen von Ragnars Grenzland.

Bis Wulfgar die Hütte fertiggestellt hatte, schlief er im Freien auf dem Boden, unter einem hastig errichteten Schutz aus Kiefernästen. Doch in den ersten Nächten schloß er kaum die Augen, weil ihm die Sicherheit der Palisade fehlte, seine wohlbekannte Hütte und Yelkeis beruhigende Anwesenheit. Er war es nicht gewöhnt, allein zu sein, und bedauerte, daß es Yelkei nicht möglich gewesen war, mit ihm zu kommen. Doch sie war Ragnars Sklavin, und Wulfgar besaß nicht die Mittel, um ihr die Freiheit zu erkaufen, und weder Ragnar noch Ivar hatten angeboten, sie ziehen zu lassen, obwohl sie sich vor ihr fürchteten und sie ihnen nicht sehr nützlich war. Bis Wulfgar plötzlich auf sich selbst gestellt war, war ihm gar nicht klar gewesen, wie sehr er von ihr abhängig war. Am Anfang hatten ihn die Geräusche der Nacht in den Wäldern und auf der Heide zermürbt, beim Schrei einer Eule oder dem Heulen eines Wolfes war er zusammengezuckt und hatte sich nach Yelkei gesehnt, damit sie die Schatten vertreiben konnte, wie sie es getan hatte, als er noch klein war. Und ihm fehlte auch ihre Hilfe beim Kochen oder beim Nähen, seine ersten Versuche in diesen Fertigkeiten zeigten nur magere Resultate.

Doch langsam wandelte sich das trübe Winterwetter zum Frühling, die Anemonen begannen zu blühen, und als das Donnern des Islossnings begann – das Krachen und Brechen der Schollen auf den zugefrorenen Flüssen, das alle vor bevorstehenden Überschwemmungen warnte –, hatte er sich schon an die Rufe der Nachttiere gewöhnt, und er hatte auch gelernt zu kochen und zu nähen. Nur das Gefühl der Einsamkeit war geblieben, auch wenn es langsam zu einem dumpfen Schmerz geworden war. Er begann seine Freiheit zu genießen, als er endlich das Gefühl überwunden hatte, verloren zu sein ohne seine Halbbrüder, die bisher seinen Tagesablauf bestimmt hatten, und er richtete sich in seinen alltäglichen Pflichten ein. Er war stolz auf die Hütte, die er selbst gebaut hatte, und jetzt zahlte sich auch sein Talent als Jäger aus, er konnte dieser Aufgabe so viel Zeit widmen, wie er wollte. Seine Geschicklichkeit mit den Waffen verbesserte sich noch durch sein ständiges Üben, und wann immer es Yelkei gelang, sich wegzustehlen, um ihn zu besuchen, so lachte sie vor Freude, wenn sie ihm zusah.

»Gestehe, Wulfgar Bloodaxe!« krähte sie mit ihrer heiseren Stimme. »Trotz all der Happen, die ich in den Jahren für dich gestohlen habe, hast du an Ragnars Tafel nie so gut gegessen wie jetzt, wo du auf dich allein gestellt bist. Sieh dich doch nur an! Du bist zu einem Mann mit einer herrlichen Gestalt herangewachsen, jetzt, wo du immer einen vollen Bauch hast. Du warst schon immer groß, aber jetzt … bei den

Göttern, hast du auch das entsprechende Gewicht, Wulfgar. Deine Schultern sind breit, dein Oberkörper muskulös und deine Beine kräftig. Wenn es wirklich jemanden gegeben hat, der bezweifelt, daß du Ragnars Sohn bist, wird er jetzt nicht länger daran zweifeln. Du siehst Ivar the Boneless so ähnlich, daß du sein Zwilling sein könntest, selbst wenn die Sonne an einem Sommertag im Zenit steht!«

Wulfgar verzog bei ihren Worten unwillig das Gesicht.

»Wenn du glaubst, daß du dir mit solchen Schmeicheleien meine Gunst erwerben kannst, dann hast du dich geirrt, alte Frau!« brummte er verärgert und verletzt. »Was habe ich getan, daß eine solche Beleidigung aus deinem boshaften wertlosen Mund kommt?«

»Boshaft? Das bin ich vielleicht, wenn es meinen Absichten nützlich ist, Wulfgar, denn Boshaftigkeit ist sehr oft eine nützliche Waffe, wenn man sie mit gekonnter Schärfe einsetzt und sie richtig anbringt – wie dir auch dein Gegner, Ivar the Boneless, sagen könnte, denn er setzt diese Waffe oft zu seinem Nutzen ein. Aber wertlos? Nein, damit bin ich nicht einverstanden – denn ein mongolischer König aus den Ostländern hat einmal einen Sack voll Goldmünzen für meine Zunge geboten.«

»Das kann ich mir gut vorstellen – wahrscheinlich unter der Bedingung, daß man sie dir abschneidet und ihm auf einem silbernen Teller überreicht!«

»Nun ja, so könnte es in Wahrheit gewesen sein«, gab Yelkei zu und lachte laut. »Aber … ist dir noch nicht aufgefallen, daß niemand aus meinem Mund ein gutes Wort über sich gehört hat – nur du, Wulfgar, dem ich immer die Wahrheit gesagt habe. Wenn du an mir zweifelst, dann brauchst du dir nur dein Spiegelbild in dem Tümpel dort drüben anzusehen … oder fürchtest du dich vor dem, was du dort entdecken könntest?« Ihre Worte trafen ihn, genau wie sie es beabsichtigt hatte.

»Nein, ich fürchte nichts als die Götter, und sie sind keine menschlichen Wesen.«

Mit diesen Worten ging Wulfgar zum Ufer des Weihers, kniete nieder und schob mit den Händen das schmale gelbe Ried auseinander, das dort wuchs, dann blickte er in das ruhige Wasser, das im Sonnenlicht silbern aufleuchtete. Zu seinem großen Entsetzen war es wirklich das gutaussehende dunkle Gesicht seines Halbbruders Ivar, das ihm von dort entgegenblickte, das lange goldene Haar fiel über das feingeschnittene Gesicht mit den tiefliegenden Augen, die die Farbe des Himmels hatten, der Adlernase, den vollen, sinnlichen Lippen, die von dem seidigen Bart eingerahmt wurden, und einem starken, kräftigen Kinn, das störrisch hervorstand. Sekundenlang sehnte Wulfgar sich danach, dieses Gesicht zu zerkratzen, bis man es nicht mehr erkennen konnte. Doch dann kam ihm ein anderer Gedanke. Er sprang auf ging zu der Hütte, die er gebaut hatte, und schlug laut die Tür hinter sich zu – obwohl auch das nicht genügte, um Yelkeis fröhliches Lachen zu übertönen.

Nach einer Weile folgte sie ihm hinein und schrie erschrocken auf, als sie ihn mit nacktem Oberkörper dort stehen sah, das Gesicht mit Schaum eingeseift, ein scharfes Messer in der Hand.

»Bis du verrückt?« rief sie und trat einen Schritt zur Seite, um ihn besser ansehen zu können.

»Nein, aber ich hatte den irrsinnigen Wunsch, mir den Hals durchzuschneiden«, erklärte Wulfgar knapp, deutete auf die Klinge und lachte dann laut auf, als er ihre erschrockene Miene sah, froh, daß er es ihr mit gleicher Münze heimzahlen konnte. »Aber ich habe es mir anders überlegt, ich verspüre nicht den Wunsch, früher als nötig am Ufer der Leichen entlangzuwandern, zu den vergitterten Toren von Hel.«

Aus dem Kessel auf dem Herd hatte er dampfendes Wasser in eine Schüssel gefüllt, die vor ihm auf dem gestampften Lehmboden stand. Jetzt benutzte er dieses Wasser als Spiegel, er hockte über der Schüssel und begann vorsichtig mit der scharfen Messerklinge seinen Schnurrbart und seinen Bart abzurasieren.

»Was tust du da?« Yelkeis normalerweise unbewegliches Mondgesicht blickte erschrocken auf ihn hinunter.

»Ich befreie mich von einer der ungewollten Ähnlichkeiten, die ich mit Ivar habe.«

»Aber ein Schnurrbart und ein Bart sind die Kennzeichen eines Mannes!«

»Stimmt. Aber ein Mann ist auch ein Mann ohne diese Kennzeichen – und wenn ein Mann wirklich so dumm ist, mich als geringer anzusehen, weil ich beides nicht habe, dann werde ich ihm gegenüber meinen Vorteil schon zu nutzen wissen und ihm eine Lektion erteilen.«

»Nun, tu, was du willst, die Konsequenzen wirst du ertragen müssen«, meinte Yelkei. Sie nahm auch ein Messer, zog ihre lederne Tunika ein Stück hoch und hockte sich dann auf den Lehmboden, um die beiden fetten Hasen abzuhäuten und zu zerlegen, die Wulfgar an diesem Morgen erlegt hatte. »Das Haar in deinem Gesicht wird dir fehlen, wenn der nächste Winter kommt, davon bin ich überzeugt.«

»Vielleicht«, gab Wulfgar zu und spülte das seifige Messer in dem heißen Wasser ab. »Aber bis dahin bin ich vielleicht auch in einem riesigen Langschiff auf Raubzug unterwegs, entlang des Schwanenweges, um die Königreiche der Südländer auszuplündern, und habe eine junge kräftige christliche Magd als meine Sklavin erbeutet, die mich an den kalten Winterabenden unter den Decken warm halten wird – und brauche dann keine zänkische alte Frau mehr, die einen Mann eher kastriert, als mit ihm ins Bett zu steigen, und die wie ein betrunkener Graubart in einer Ecke schnarcht und meinen Schlaf stört!«

»Es erfreut mein Herz zu erfahren, daß du mich vermißt hast, Wulfgar.« Yelkei lachte, als sie das Hasenfleisch in einen Topf warf und frisches Grünzeug und Wurzeln dazugab, die sie in einem Korb mitgebracht hatte. »Aber wenn es wirklich die Flamme nach einem christlichen Frauenzimmer ist, die dir zwischen den Schenkeln brennt, dann hättest du gut daran getan, deinen Schnurrbart und deinen Bart zu behalten, wenigstens bis nach dem Blót im Frühling. Kein Jarl, der etwas wert ist, wird das Risiko eingehen, sich den Zorn Ragnars und seiner Söhne einzuhandeln, indem er einen Bóndi mit einem Mädchengesicht den Eid schwören läßt!«

»Bei den vier Hirschen, die die Knospen von Yggdrasil zerfressen!« fluchte Wulfgar und warf das Tuch weg, mit dem er sich den Seifenschaum von seinem jetzt glattrasierten Gesicht gewischt hatte. Er sprang auf und begann, verärgert in der Hütte hin und her zu laufen. »So ist das also, wie ? Nun, ich hatte erwartet, daß mein Vater und meine Halbbrüder versuchen würden, meinen Eid als Thegn zu verhindern. Aber bist du sicher, daß kein Jarl mutig genug ist, mich aufzunehmen, Yelkei?«

»Auch wenn er dem jütländischen König auf der anderen Seite des Skagerrak untertan ist, so ist Ragnar doch eine Macht, die in den Nordländern zählt, Wulfgar, genau wie Björn Ironside und Hasting, die beide kühne und hervorragende Männer sind und die ihn nur bis zu einem bestimmten Punkt herauszufordern wagen. Aber es gibt da einen, der das Urteilsvermögen eines Dummkopfes hat und der seinen Becher gern leert, den könntest du dazu bringen, dich als seinen Mann aufzunehmen.«

»Und wer ist das?«

»Olaf the Sea Bull.«

»Dieser stinkende, Met trinkende alte ...«

»Ja, er ist all das, was du ihm vorwirfst, Wulfgar, und noch mehr. Aber hör mir zu und beherzige meinen Rat ...« Yelkeis Stimme klang jetzt scharf. »Denke daran, daß mein Mund nur dir gegenüber immer die Wahrheit gesprochen hat. Habe ich dich nicht am Morgen der Jagd gewarnt, daß sich an diesem Tag dein Schicksal entscheiden würde? Und hat sich das nicht bewahrheitet, als du deine Bruderseele, den Wolf, getötet hast, der dich beschützen wollte, indem er Ivar the Boneless zu töten versuchte?« Yelkei erhob sich von dem Feuer, auf das sie den Kessel mit dem Fleisch gestellt hatte, und winkte Wulfgar zu sich, damit er sich zu ihr auf das große Wolfsfell stellte, das auf dem Boden ausgebreitet war. Dann legte sie ihre gelbe Hand auf seinen Arm, ihre knochigen Finger gruben sich wie Klauen in seine nackte Haut. »Hör mir zu, Wulfgar«, ermahnte sie ihn noch einmal. »Olaf the Sea Bull ist kein großer Jarl, das ist wahr. Aber sein Bart ist schon seit vielen langen dunklen Wintern grau, und während der trüben Zeit, die gerade vorbeigegangen ist, habe ich gehört, wie Helas Tod in seinen Knochen geklappert hat. Seine Thegns sind rohe Kerle, die genau wie ihr Gebieter weich und nachlässig geworden sind. Aber mit einem starken Führer am Ruder von Olafs *Drachenfeuer* könnten sie wieder zu altem Glanz zurückfinden. Die Söhne des Sea Bull sind alle auf ihren Schilden nach Hause getragen worden, erschlagen im Kampf, seine Frau ist schon lange tot, und die Ehemänner seiner Töchter haben alle ein Rückgrat wie eine Qualle. Niemand ist da, der in Olafs Fußstapfen treten könnte, Wulfgar, und wenn der alte Sea Bull stirbt, so kann ein Mann, der schnell und wagemutig ist und noch klug dazu, Olafs Grenzland für sich selbst beanspruchen und sich das Recht erwerben, Jarl über alles zu werden!«

Wulfgar nickte zögernd, als denke er darüber nach, und sein Herz schlug voller Aufregung bei Yelkeis Worten. »Damit könntest du recht haben. Ich werde ernsthaft darüber nachdenken.«

Ehe Yelkei zu ihm über Olaf the Sea Bull gesprochen hatte, hatte Wulfgar die vage Vorstellung gehabt, sich ein eigenes Langschiff zu bauen, obwohl er wußte, daß so etwas unmöglich war, denn er hatte weder Männer noch Ochsen, er besaß keinen Schlitten und auch keine Rinder oder Schafe, die er für eine so gewaltige Aufgabe brauchte. Er bereitete sich auf den Tag vor, an dem er all das besitzen würde, und ging mit den Männern in die Wälder, die das Glück hatten, ein Langschiff bauen zu können. Er sah ihnen zu, wie sie die größte und stärkste Eiche aussuchten, die sie dann mit ihren eisernen Äxten fällten. Er beobachtete, wie sie die Spitze und die Äste abschlugen, wie sie die Rinde abschälten und den riesigen Stamm dann an ihre Schlitten banden, die von mehreren Ochsengespannen gezogen wurden, die den Stamm an das Ufer des Skagerrak zogen. Auf dem sandigen Ufer des Fjords lagen bereits Baumstämme bereit als Rollen, auf denen die Langschiffe gebaut wurden, die über zwei Jahrhunderte lang die Wikinger zu den Herren der Meere gemacht hatten.

Die Langschiffe, die groß genug waren, um einem Wal gleichzukommen, besaßen eine Länge von ungefähr hundert Fuß, sie waren zwanzig Fuß breit und über sechs Fuß tief von der Oberkante der Seite bis zum Boden des Kiels. Sie wurden von außen nach innen gebaut. Jeder massive Kiel, der das Rückgrat des Langschiffes war und ihn gegenüber anderen, feindlichen Schiffen überlegen machte, wurde aus dem Stamm einer einzigen Eiche angefertigt und mittschiffs gebogen, so daß sich das Langschiff im Kampf praktisch um seine eigene Achse drehten konnte und daher leicht manövrierbar war. Der Vordersteven und auch der Hintersteven wurden beide aus einem einzigen Stück gefertigt und bei Kriegsschiffen oft mit einem geschnitzten Drachenkopf und -schwanz versehen; bei zeremoniell genutzten Schiffen, die zum Beispiel beim Frühlingsfestival benutzt wurden, waren es Schlangen oder Schwäne. An einer Metallstange am Bug hing eine gold-bronzierte Wetterfahne. Das Gerüst des Schiffes, das am Boden am dicksten war und sich zur Wasserlinie hin verdünnte, war aus dachziegelartig übereinanderliegenden Planken gefertigt, die von Hand gebogen worden waren und am Vorder- und Hintersteven befestigt waren und vom Kiel nach oben lagen. Nachdem diese Planken befestigt worden waren, wurden sie mit Moos, mit geteerten Seilen oder Tierhaaren abgedichtet und mit eisernen Stiften befestigt, danach wurden Planken aus natürlich gekrümmten Eichenästen in das Gerüst eingepaßt, die Planken wurden festgezurrt mit Ruten aus Fichtenwurzeln und bildeten so einen Rumpf, der selbst bei rauher See beweglich war und noch immer wasserdicht blieb. Eine lederne Abdeckung, aus den Häuten unzähliger Rinder gefertigt, konnte als Schutz über das ganze Schiff gezogen werden, wenn das Langschiff in stürmische See geriet oder wenn es vor Anker lag.

Querbalken, die mit hölzernen Kniestücken an den Seiten befestigt waren, verstärkten den Rumpf des Schiffes über jeder Rippe, um ihm auch seitliche Festigkeit zu geben. Darauf waren die Deckplanken so gelegt, daß sie am Hinterschiff höher waren und einen Platz für den Steuermann bildeten, auf dem er stehen konnte. Dieser Platz war überdacht, so daß er bei schlechtem Wetter Schutz bot. Im Herzen des Rumpfes, unter den Deckplanken, war ›die alte Frau‹ oder auch das

Kielschwein, ein riesiger Eichenblock, in den der große Mast aus Kiefernholz eingepaßt war, den man auch herausnehmen konnte. Auf diesem Block, oberhalb der Deckplanken, war ein weiterer Block befestigt, der wie ein Fisch geformt war und den man den Mastfisch nannte. Dieser Block stützte ebenfalls den Mast. Drei Y-förmige Schragen oder Stützen, die vom Bug bis zum Hintersteven aufgerichtet worden waren, hielten die Rahen, Sparren oder die Segel, wenn das Langschiff gerudert wurde. Am Steuerbordsteven war das Steuerruder, das auch aus einem einzigen Stück Eichenholz gefertigt war und mit Kiefernwurzeln am Schiffskörper befestigt war. Ein dickes Seil aus Korbweide, das durch eine Krampe im Paddel des Steuerruders lief, ermöglichte es, das das Steuerruder in flachem oder felsigem Wasser sofort eingezogen werden konnte.

An den kunstvoll bemalten Seiten des Langschiffes befanden sich die Ruderlöcher, die man verschließen konnte, wenn das Langschiff unter Segeln fuhr. Über jedes dieser Löcher konnte man zwei Schilde hängen, die einander überlappten und so vom Bug bis zum Hintersteven eine durchgehende, dekorative Linie bildeten, wenn das Langschiff im Hafen lag oder wenn es für die zeremonielle Beerdigung seines Jarls benutzt wurde. Die Ruder selbst waren aus Kiefernholz, zwanzig Paare auf jedem Schiff, sie waren in verschiedenen Längen gefertigt, damit alle gleichzeitig ins Wasser tauchen konnten. Die Ruderer am Freibord saßen ein wenig höher am Bug und am Hintersteven als die Ruderer mitschiffs. Um seinen Mut und seine Wendigkeit zu beweisen, sprang ein mutiger Jarl manchmal über die Seite seines Langschiffes und lief in voller Fahrt über die Riemen. Es gab keine Duchten, deshalb saß jeder Seemann, während er ruderte, auf seiner Seekiste neben dem Seemann, der die Peilungen vornahm, stand ein Trommler im Bug und schlug den Rhythmus der Ruderschläge auf einer mit Fell bespannten Trommel. Eine Gangway aus Fichtenholz ermöglichte den Männern den Zugang zum und vom Schiff, wenn es am Ufer lag.

Das viereckige Segel, das den leisesten Windhauch einfing, bestand aus grober, doppelt gewebter Wolle und war meistens rot gefärbt.

Manchmal jedoch wählte ein Jarl ein Muster aus roten und blauen oder roten und weißen Streifen, Vierecken oder Rauten, weil er wollte, daß sein Schiff sofort von Freund und Feind erkannt wurde. Wenn die Segel naß waren, waren sie sehr schwer und, besonders bei unberechenbaren Winden oder Stürmen, so schwer zu handhaben, daß selbst ein kräftiger Krieger von einem schwingenden Segel über Bord gefegt werden konnte – entweder dem seines eigenen Schiffes oder auch dem eines anderen Langschiffes, das neben dem seinen segelte. Dennoch konnten die Langschiffe mit ihren herrlichen viereckigen Segeln nicht nur vor dem Wind segeln, sondern auch im Wind, was ihnen einen zusätzlichen Vorteil gegenüber ihren Feinden einbrachte und es diesen erschwerte, sie einzuholen. Die Takelage der Segel war aus starker Walroßhaut oder aus Seehundhaut gefertigt, sie wurde in Ellen abgemessen und war so fest, daß sie in einem Tauziehen von mehr als fünfzig Männern nicht zerrissen werden konnte.

Wie der Schlag der Trommel, die der Trommler auf dem Langschiff schlug, so klopfte Wulfgars Herz vor Erregung, als er sah, wie das Langschiff Form annahm, er zählte die Tage bis zum Blót im Frühling, wenn die Langschiffe ihren Namen bekamen. Während der Zeit, die ihm bis dahin blieb, übte er noch mehr Stunden mit seinen Waffen als zuvor, um sich auf die Spiele vorzubereiten, die auf dem Festival stattfinden würden. Auch bemühte er sich, soviel wie möglich über Olaf the Sea Bull in Erfahrung zu bringen – obwohl es nicht viel gab, was zugunsten dieses Jarls zu hören war. Die Situation um Olaf war wirklich genauso, wie Yelkei gesagt hatte, und auch wenn er für einen graubärtigen Trunkenbold noch immer recht gesund aussah, so konnte Wulfgar doch Yelkeis Worte nicht aus seinen Gedanken vertreiben. Immer mußte er daran denken, daß sie gesagt hatte, sie hätte im letzten Winter gehört, wie Helas Tod in seinen Knochen geklappert hatte, und er erschauerte bei dem Gedanken, daß die Seherin das Ende eines Mannes voraussagen konnte, wo doch nur die Götter es wissen konnten.

Endlich dämmerte der Morgen des Tages der Frühlingstag- und Nachtgleiche (der Tag des Frühlings Blót, dem wilden, ausschweifenden Ritus des Frühlings), die Feuerzungen der Sonne ließen den Himmel erglühen und vertrieben den letzten Nebel der Nacht, der sich vom Meer über das Land gelegt hatte. Im Hafen, dessen Wasser so blau schimmerte wie ein Aquamarin in der Sonne, ritt eine Herde von Drachenschiffen auf den Wellen, sie stießen rotes Feuer aus, bis die viereckigen Segel eingeholt und die schweren eisernen Anker über Bord geworfen wurden, um die Drachen an die Kette zu legen. Von fern und nah waren die Wikinger zu Ragnars großem Reich gekommen, um der Göttin des Frühlings, Eostre, zu huldigen. Alte, graubärtige Seemänner waren gekommen, die beinahe ein halbes Jahrhundert lang die Ostländer und Südländer geplündert hatten, und Jugendliche mit Gesichtern so glatt wie das von Wulfgar, die, genau wie er, noch nicht auf dem Deck eines Langschiffs gestanden hatten und auch das Wogen der See noch nicht unter ihren Füßen in den Stiefeln aus Seehundfell gefühlt hatten. Mit ihnen kamen ihre Frauen, ihre Geliebten und Töchter, bunte Bänder hatten sie in ihre Zöpfe geflochten, und sie trugen lange, fließende, wollene Gewänder, bunt gefärbt, in vielen Farben, die sie mit hübschen runden Broschen über der Brust zusammenhielten. Zu Wulfgars großer Überraschung und auch zu seiner Freude stellte er fest, daß trotz seines fehlenden Schnurrbartes und Bartes – oder vielleicht gerade deswegen – die Augen von mehr als einer der Frauen auf ihm ruhten, und manch einladendes Lächeln wurde ihm geschenkt. Freudig flirtete er mit den Mädchen, weil er wußte, daß später am Abend, nach dem Trinkgelage des Tages, noch mehr Lustbarkeiten folgen würden, man würde wilde Tänze aufführen zu den urtümlichen rhythmischen Klängen der Flöten und Trommeln, danach würde es im heiligen Hain hemmungslose Paarungen im Mondlicht geben. Wulfgar freute sich genausosehr wie all die anderen Männer darauf, ein munteres Frauenzimmer stöhnend und sich windend unter sich zu fühlen. Aber die verheirateten Frauen mied er immer, denn für das Vergehen des Ehebruchs wurde die untreue Frau und auch ihr Geliebter damit bestraft, daß sie in die Sklaverei verkauft, hart geschlagen oder sogar enthauptet wurden. Wulfgar verspürte nicht den Wunsch, eine dieser Strafen zu erleiden wegen einer flüchtigen Nacht der Tändelei, ganz gleich, wie schön die Frau auch sein mochte.

Zu dem Fest, das neun Tage dauerte, brachten die Bóndi von den Höfen im Umkreis Nabid, ein starkes Bier, Pferde und andere Opfergaben für die Göttin des Frühlings. Die Tiere wurden auf rituelle Art geschlachtet, danach wurden die Wände des Templum, des Tempels, der im Lundr stand, dem heiligen Hain auf Ragnars Land, von außen und von innen mit dem frischen, warmen Blut bestrichen. Das Fleisch wurde langsam in Erdlöchern gekocht, in die heiße Steine gelegt wurden, als Vorbereitung zu dem Festessen, das später auf Ragnars Hof stattfand, in seinem großen Langhaus, das ganz besonders prächtig aussah. Im Haus waren die Holzwände, die mit Lehm verputzt waren, gesäubert worden, obwohl auch dies nicht alle dunklen Flecken hatte beseitigen können, die der Rauch des Herdfeuers und der Walöllampen verursacht hatte. In der ganzen Länge des Langpallar, des erhöhten Seitenschiffes des Skáli, dem großen Metsaal, waren Bänke mit dicken Kissen vor langen Tischen aufgestellt worden. Solche Möbel gab es nur selten im Nordland, nur Konungrs und die reichsten der Jarlar besaßen sie, und sie wurden nur bei Festen oder anderen besonderen Gelegenheiten benutzt. Die Läden der winzigen Fenster, die sich hoch oben in den Wänden befanden und die mit Schweineblasen bespannt waren, ließen nur schwaches Sonnenlicht in den Saal fallen. Aber die vielen Lampen mit Walöl, die an den von Rauch geschwärzten, freistehenden Pfosten hingen, die das Strohdach trugen, brannten hell und warfen ihren Schein auf die Wände, die mit Teppichen aus gebleichtem Leinen behangen waren, in die kunstvolle Muster aus bunter Wolle gewebt waren. Diese Teppiche waren zwar mehrere Fuß breit, doch waren sie höchstens einen Fuß lang, sie wurden in Augenhöhe aufgehängt, damit man in dem schwachen, rauchigen Licht des großen Metsaals ihre Muster gut erkennen konnte. In der Nähe des Herdes sangen die Skálds zum Klang der Flöten und Leiern ihre Heldengedichte, Jongleure und Akrobaten unterhielten die Jarlar.

Wulfgar hatte keinen Fuß mehr in den Hof gesetzt, seit er die Hütte verlassen hatte, in der er zuvor innerhalb der Palisade gewohnt hatte. Und auch jetzt verspürte er nicht den Wunsch, dort zu bleiben, nachdem er Ragnar, der königlich auf dem Hochsitz zwischen zwei kunstvoll geschnitzten Pfeilern an einem Ende seines großen Metsaals saß, seine Ehrerbietung erwiesen hatte. Auf seinem Kopf trug Ragnar den verzierten, goldbronzierten gehörnten Helm, der nie im Kampf getragen wurde, sondern nur zu zeremoniellen Anläßen und zur Einführung der jungen Männer als Krieger. Seine blauen Augen hinter den maskenhaften Augenlöchern des Helms blickten hart und kalt, als er Wulfgar ansah, der gleich nach seiner Ehrerbietung nach draußen zu den Spielen ging.

Die Nordmänner liebten alle Arten von Spielen, ganz besonders Brettspiele wie Schach, Dame und Fuchs und Gans. Einige der Frauen und auch die graubärtigen Männer, die für körperlichen Sport schon zu alt waren, hatten ihre Spielbretter auf die großen, mit Eisenringen beschlagenen Fässer gelegt und saßen auf niedrigen Hockern davor und waren ganz versunken in ihr Spiel. Aber die Spiele, an denen Wulfgar teilnahm, waren anstrengende Wettkämpfe, wie zum Beispiel Laufen, Schwimmen und Rudern, sie sollten die körperliche Stärke und Schnelligkeit der Männer beweisen, damit die Jarlar ihren Wert erkannten, ehe sie ihnen den Eid als Thegn abnahmen. Durch sein Alter und seinen Mut stach Wulfgar aus der Menge der meist ungeübten Jugendlichen hervor, gegen die er angetreten war. Aber es war genauso, wie Yelkei es ihm vorausgesagt hatte, selbst Björn Ironside und Hasting, die ihm die Möglichkeit verschafft hatten, ein Wikinger zu werden, machten keine Anstalten, ihn als einen ihrer Männer aufzunehmen, und auch Olaf the Sea Bull hatte zu Wulfgars Enttäuschung keinen Funken Interesse an ihm gezeigt. Ivars spöttisches Lächeln war wie ein Stachel, der Wulfgar schmerzte und ihn vor Wut und Scham brennen ließ.

»Habe Geduld«, riet Yelkei ihm, und ihre schwarzen Augen zogen sich zu Schlitzen zusammen, ihre Stimme war ganz leise. »Wie der einsame Wolf, der im Schilf des nebelumwogten Weihers lauert und darauf wartet, daß die Enten gierig und sorglos werden, wenn sie sich an den Fischen mästen.«

Achtmal ging die Sonne auf und unter, und die Jungfrau, die ausgewählt worden war, die Rolle der Frühjahrsgöttin Eostre zu spielen, wurde in ihrem kunstvoll geschnitzten, von Ochsen gezogenen Wagen herumgefahren, um von allen gefeiert zu werden. Danach wurde an jedem Tag ein einzelner Sklave geköpft und sieben Tiere geschlachtet, die alle als Opfergabe in die Zweige der Bäume im heiligen Hain gehängt wurden, so daß am Ende des Festes zweiundsiebzig Körper, eine magische Zahl, der Göttin geopfert worden waren.

Und noch immer hatte Wulfgar nicht den Eid als Thegn abgelegt.

»Die Enten watscheln, weil ihre Bäuche so voll sind, sie wärmen sich in der Sonne und putzen ihre Federn. Jetzt schleicht sich der schlaue Wolf näher – aber langsam, verstohlen, Wulfgar«, riet ihm Yelkei. »Damit das Geräusch seiner Ankunft nicht mehr ist als ein Windhauch im Schilf.«

Am neunten Tag wurden die Langschiffe getauft und mit Blut geweiht, dann wurden sie über die Rollen aus Baumstämmen über den Sand geschoben, und bevor sie ins Meer tauchten, wurden Sklaven unter ihren riesigen Körpern zu Tode gequetscht, um den Segen von Aegir, dem Gott der Meere, und seiner Frau Ran zu erflehen. Die Wogen des Meeres waren die neun Töchter des Aegir, sie hatten so unheilvolle Namen wie Greifer und Heuler. Kein Mann sehnte sich danach, in ihren feuchten Armen zu liegen, und ein kluger Krieger trug immer ein einzelnes Stück Gold mit sich an Bord eines Langschiffes, um damit ihre Mutter Ran zu bezahlen, falls er ertrinken sollte, damit er sicher war, auch Eingang nach Walhall zu finden. Selbst wenn es bedeutete, Münzen oder Juwelen aus seinem eigenen Schatz an seine Männer zu verteilen, so mußte jeder gute Jarl, der Kapitän eines Langschiffes war, sichergehen, daß jeder der Wikinger diese Opfergabe bei sich trug. Aber trotz Yelkeis weisen Worten verzweifelte Wulfgar, wenn er daran dachte, daß er vielleicht vergebens in seiner Tasche ein Stück Gold eines Wikingers für Ran trug.

Doch dann zog ihn Yelkei beiseite und flüsterte ihm zu: »Es gibt da eine fette alte Ente, die sich dummerweise von den anderen auf dem Weiher abgesondert hat und in eine kleine Schlucht gefallen ist, eine leichte Beute für einen hungrigen Wolf. Geh hinunter zum Fuß des kleinen Hügels dort hinten und überzeuge dich davon, daß ich die Wahrheit spreche.«

Und das hatte sie in der Tat getan, denn Wulfgar fand dort Olaf the Sea Bull, mit dem Gesicht nach unten lag er in einem Bach, der durch eine seichte Felsspalte am Fuße des Hügels floß. Später war Wulfgar nicht sicher, ob Olaf in seiner Trunkenheit den kleinen Hügel heruntergefallen war oder ob Yelkei ihm einen Stoß versetzt hatte. Wulfgar vermutete das letztere. Hastig zog er Olafs schweren Körper aus dem Wasser, erleichtert atmete er auf, als der Graubart zu husten und zu spucken begann und ihm einige Tropfen Wasser aus dem Mund liefen, als er ihm fest auf den Rücken drückte. Nach einem Augenblick erhob sich Sea Bull auf Hände und Knie und übergab sich heftig, der Geruch von saurem Wein und Bier und dem Gulasch aus Pferdefleisch vom Mittagessen stieg in Wulfgars Nase. Als Olafs Magen schließlich leer war, setzte er sich hin und starrte mit trüben Augen zu Wulfgar auf, der neben ihm stand.

»Könnte es sein, daß du in deiner Flasche etwas zu trinken hast, das stärker ist als Wasser?« fragte er Wulfgar und deutete auf die lederne Feldflasche, die der junge Mann an einem Riemen über der Schulter trug. »Vielleicht Bier, um den schlechten Geschmack aus meinem Mund zu vertreiben?«

»Nabid«, antwortete Wulfgar knapp, öffnete die Flasche und reichte sie ihm. »Aber du kannst es gern haben, Gebieter.«

Olaf nahm einen großen Schluck, spülte damit seinen Mund aus und spuckte es auf den Boden. Dann nahm er noch einen Schluck, den er herunterschluckte. Nachdem er die Flasche wieder verschlossen hatte, reichte er sie Wulfgar, stand auf und ging auf unsicheren Beinen zu dem Bach. Dort bückte er sich, tauchte beide Hände ins Wasser und spritzte sich das kalte Wasser ins Gesicht. Er schüttelte das nasse Haar aus seinem Gesicht und wischte sich mit einer Hand über seinen Bart.

»Ich kann mich nicht daran erinnern, daß ich diesen Hügel heruntergerollt bin«, meinte er schließlich und verzog das Gesicht. An einem Stein hatte er sich die Augenbraue aufgestoßen. »Das Bier der alten Brunhilde muß doch stärker gewesen sein, als ich dachte, oder vielleicht hat sie ja auch versucht, mich zu vergiften – das würde ich dem alten niederträchtigen Weib ohne weiteres zutrauen. Ich verdanke es dir, Bursche, daß ich heute nicht in meinem Grab liege.«

»Ich habe nichts anderes getan als das, was jeder andere Mann auch für Euch getan hätte, der Euch hier gefunden hätte, Gebieter.« Wulfgar hielt seinen Blick absichtlich gesenkt, seine Stimme war voller Respekt, und er wußte, daß jeder andere an seiner Stelle vor Lachen gebrüllt und Olaf zum Gespött der anderen gemacht hätte, wenn er ihn so gefunden hätte. »Ihr hättet Euch auch allein aus dem Wasser ziehen können, wäre ich nicht gerade hier vorbeigekommen – denn ganz sicher ist es Odins vorrangigster Wunsch, daß ein Jarl wie Olaf the Sea Bull im Kampf umkommt, um von den Walküren nach Walhall getragen zu werden.«

»Dann kennst du mich also, wie?« fragte Olaf, der sich darüber offensichtlich freute und geschmeichelt war.

»Aber wer kennt Euch nicht, Gebieter? Von Ufer zu Ufer wird im ganzen Nordland verkündet, daß sich jeder Mann glücklich schätzen darf, als Thegn Olaf the Sea Bull zu dienen – und auch ich würde glücklich sein, mein Gebieter, wenn Ihr mir den Eid abnehmen würdet.«

»Wie, Bursche? Du hast den Eid noch nicht geschworen? Warum? Was stimmt denn nicht mit dir?«

»Nichts, mein Gebieter. Aber ich bin zu dem Fest zu spät gekommen«, log Wulfgar kühn, denn ihm war plötzlich klargeworden, daß Olaf nicht nur immer noch betrunken war, sondern auch kurzsichtig und ihn nicht erkannt hatte. Ohne seinen Bart und seinen Schnurrbart hatte ihn Olaf in seiner Trunkenheit sicher für einen der jüngeren, unerfahrenen Männer gehalten, die zu diesem Blót gekommen waren, um sich einen Jarl zu suchen. »Und ganz gleich, wieviel ein Mann auch wert sein mag, in jedem Langschiff ist nur begrenzter Platz vorhanden, und der ist von denen eingenommen worden, die früher angekommen sind als ich.«

»Bei den Göttern, meine *Drachenfeuer* hat noch Platz für einen weiteren Mann, wenn du gewillt bist, die Knie vor mir zu beugen!« Olaf zog sein Breitschwert aus der Scheide auf seinem Rücken und stieß es mit der Spitze in die weiche Erde neben dem Bach, so daß es zitterte. »Also, knie nieder, Bursche, und leg deine rechte Hand auf das Heft und schwöre deine Lehnstreue.«

Das tat Wulfgar, und als er aufstand, war er endlich ein Wikinger.

5. KAPITEL

Die Gefangennahme der Braut

Was Olaf the Sea Bull dachte, als er wieder nüchtern war und merkte, welchen Streich ihm Wulfgar gespielt hatte, erfuhr Wulfgar nie. Olaf sprach nicht mit ihm darüber – und auch sonst mit niemandem –, zweifellos, weil er dann im Licht von Ragnars offener Feindseligkeit Wulfgar gegenüber wie ein völliger Dummkopf dagestanden wäre. Auch wenn Olaf immer öfter betrunken war, so besaß er doch eine gewisse Eitelkeit und auch Stolz, schließlich machte er ein trotziges Gesicht und erklärte, daß niemand das Recht habe, ihm zu sagen, wie er sein eigenes Herdfeuer zu schüren habe, nicht einmal sein König, und daß es ein trauriger Tag im Nordland sein würde, wenn die Jarlar nicht länger die Herren auf ihrem eigenen Grenzland wären. Diese Erklärung war so unerwartet scharfsinnig und enthielt so viel Zündstoff, daß Ragnar, der zweifellos das Geschrei und den Aufruhr all der freien Männer fürchtete, die das Recht hatten, beim Thing ihre Stimme zu erheben, klugerweise beschloß, Olaf nicht herauszufordern, sondern abzuwarten und so zu tun, als sei Wulfgars Eid der Beachtung nicht wert.

Wulfgar bemühte sich nach allen Kräften, damit Olaf keinen anderen Grund hatte als Ragnars Feindseligkeit, seinen Entschluß zu bedauern, ihm den Eid abgenommen zu haben. Er stand früher auf, arbeitete härter als ein halbes Dutzend von Olafs anderen Männern, und das war nicht einmal schwer, wenn man bedachte, wie nutzlos und faul die Männer geworden waren, die einem Gebieter dienten, der sie nur selten seine Autorität fühlen ließ.

Olafs Langschiff, die *Drachenfeuer*, lag auf dem Strand des Skagerrak, wo es den Winter überstanden hatte. Und jetzt, nach dem Blót, war es die erste Aufgabe der Thegns, das Schiff zu säubern und zu reparieren, damit es im Sommer segelbereit war. Das war die Zeit, wenn die Wikinger zur See fuhren. Sie setzten die Segel auf dem Weg nach Hause, wenn die ersten Bäume begannen, die Farbe des Laubs zu verändern, damit sie nicht ohne sicheres Quartier vom Winter überrascht wurden oder sogar noch auf See waren, wenn das Wetter rauh und stürmisch wurde und die Winterwinde es so kalt werden ließen, daß sogar manchmal die Baltische See im Westen zufror und das Kattegat zu einer festen Eismasse wurde zwischen Smaland, Sjaelland und Jütland.

Die Thegns schabten sorgfältig die Planken der *Drachenfeuer* frei von den jetzt abgestorbenen Seelebewesen und vom Schmutz, sie dichteten die Planken ab und erneuerten die Farbe, wo es notwendig war. Dann schoben sie das Schiff über lange Baumstämme in den Hafen und machten es am Ufer fest, sie schrubbten das Deck und polierten es mit Scheuersteinen, bis alles glänzte wie neu, sie flickten das viereckige rote Segel und erneuerten die Riemen, die zu sehr von der stürmischen See beschädigt worden waren, um noch benutzt werden zu können. Es war kein so großartiges Langschiff wie einige der anderen, aber dennoch schwoll Wulfgars Herz vor Stolz, wenn er sah, wie es auf den Wellen tanzte. Er konnte sich beinahe vorstellen, daß es sein Schiff war, und er dachte immer wieder über Yelkeis Worte nach, daß ein kühner Mann sich nach Olafs Tod sein Grenzland aneignen könnte. Der Gedanke, daß dann das Schiff an Land gezogen würde, weil Olaf darin begraben werden mußte, gefiel ihm nicht. Könnte es doch statt dessen Wulfgars Langschiff werden!

Olaf hatte ursprünglich geplant, in diesem Sommer auf seinem Beutezug den Fluß Elbe hinunterzufahren bis nach Friesland und den germanischen Königreichen der Südländer, wo er gute Weine, hervorragende Waffen, Schmuck und Stoffe finden würde sowie Töpfereien und Glaswaren, die er auf den Märkten in Sliesthorp, Ribe, Kaupang und Birka gegen andere Waren eintauschen konnte. Doch das war, bevor Yelkei eines Nachts Ragnars Hof verließ, um Wulfgar aufzusuchen, der jetzt in Olafs Hof lebte, seit er ein Thegn war. Den ganzen Langpallar von Olafs großem Metsaal entlang war das erhöhte Seitenschiff mit Steinen in Schlafplätze für seine Männer unterteilt. Auch Wulfgar war einer dieser Alkoven zugewiesen worden, so daß er jetzt eine gewisse Privatsphäre hatte. Yelkei beugte sich zu ihm, und ihre schwarzen Augen glänzten vor Aufregung so sehr, daß er, noch ehe sie etwas sagte, bereits wußte, daß es etwas Wichtiges war. Dennoch erkundigte sie sich zuerst nach seinem Wohlbefinden, ehe sie so leise, daß niemand sie belauschen konnte, zu ihm sprach.

»Hör mir jetzt gut zu, Wulfgar, denn ich erzähle dir jetzt eine Geschichte, die einen Mann sehr reich machen kann! Zufällig ist heute ein Skáld namens Sigurd Silkbeard in Ragnars großen Metsaal gekommen, er stammt aus Jütland, von wo aus er über die Haervej, die Heerstraße, von Sliesthorp nach Schleswig, Jelling, Vor-Basse und dann nach Viborg gereist ist, mit einem kleinen Umweg zu dem Marktflecken in Ribe. Dort hat dieser Skáld Sigurd Silkbeard von einem Händler, der aus dem Königreich Britannien kam, gehört, daß Cerdic, ein Prinz aus Mercia, Ende des Sommers heiraten soll. Prinz Cerdics Braut ist die einzige Tochter von Pendragon, dem König von Usk – das im Land Walas liegt, westlich des großen Deiches, den der Seewolf Offa gebaut hat, den die Sachsen Bretwalda nennen.«

»Ich bin nicht so unwissend, daß ich noch nichts von dem großen Erdwall gehört habe, der dem Danevirke ähnlich ist, den der mächtige König Godfred von Jütland gebaut hat, um die Angriffe der fränkischen Horden Karls des Großen von den Südländern abzuwehren. Aber was hat all das mit mir zu tun, alte Frau?« Wulfgar wurde langsam ungeduldig.

»Halte deine Zunge im Zaum, bis ich meine Geschichte zu Ende erzählt habe, dann wirst du es erfahren«, schalt Yelkei ihn unwillig und runzelte die Stirn. »Und benutze deinen Kopf für mehr, als dich nach einem hübschen Frauenzimmer umzudrehen! Glaubst du etwa, daß die einzige Prinzessin von Usk mit leeren Händen zu ihrem künftigen Ehemann geht? Nein, sie wird eine Mitgift mit sich bringen, die aus Kisten voller Silber, Gold und Juwelen besteht – allein das wäre eine wertvolle Beute! Aber die Jungfrau selbst – wenn ihr nichts geschieht und sie noch immer Jungfrau ist – wäre eine Geisel, für die entweder ihr Vater oder aber ihr Verlobter eine große Summe Lösegeld zahlen würden. Oder zweifelst du daran?«

»Nein, das tue ich nicht. Aber wenn der Skáld Sigurd Silkbeard diese Geschichte in Ragnars großem Metsaal erzählt hat, dann wird Ragnar selbst losziehen, um sowohl die Mitgift als auch die Jungfrau zu erbeuten; schließlich ist er kein Dummkopf und immer auf eine Beute aus, die ihm zum Vorteil gereicht.«

»Normalerweise ja. Aber er hat sich mehr als einmal die Finger verbrannt, als er versucht hat, die Königreiche Britanniens zu überfallen, und der Mann, der Ragnars Kopf auf einem silbernen Teller König Aella von Nordumbrien überreicht, wird von diesem hoch belohnt werden. Wenn Ragnar versucht, ganz Britannien zu erobern, braucht er größere Schätze und mehr Thegns, als er im Augenblick besitzt. Und er wagt es nicht, Björn Ironside oder Hasting sein Vertrauen zu schenken, denn die könnten ihn den Fluß Humber hinunter an Aella in York verraten. Ragnar hat vor, den Fluß Seine hinaufzusegeln und Paris noch einmal zu überfallen; vor zwanzig Jahren hat er von König Karl dem Kahlen siebentausend Pfund Silber bekommen, nur damit er seine Beute nahm und in Frieden weitersegelte. Vielleicht glaubt er jetzt, daß er sogar die doppelte Summe bekommen kann, um damit seine Armee zu vergrößern. Es ist dein Gegner Ivar the Boneless, den Ragnar ausschickt, um die Prinzessin von Usk zu entführen – die Götter mögen ihr gnädig sein, wenn sie wirklich so schön ist, wie Sigurd sagt, denn Ivar ist hinter jedem hübschen Frauenzimmer her, und er wird keine Skrupel haben, ihr die Jungfräulichkeit zu nehmen und dann zu behaupten, er habe es nicht getan.«

»Das ist zweifellos die Wahrheit, und in diesem Fall tut sie mir leid«, meinte Wulfgar, als er an die vielen jungen Frauen dachte, die sein Halbbruder auf seinen Beutezügen vergewaltigt hatte, um sie dann als seine Sklavinnen mit nach Hause zu bringen. »Aber wenn ihr Vater oder ihr Verlobter erfahren, daß es Ivar war, der sie entführt hat, werden sie vielleicht denken, daß es sich nicht lohnt, ein Lösegeld für sie zu bezahlen, und dann wird sie sicher als Sklavin und als Dirne für Ivars Thegns enden – so wie meine arme Mutter, als Ragnar genug von ihr hatte. Aber all das hat nichts mit mir zu tun, alte Frau. Also, warum erzählst du mir diese Geschichte?«

»Weil ich heute neunmal meine Runensteine aufgeworfen habe – denn neun ist eine magische Zahl. Und neunmal haben sie mir das gleiche gesagt: du mußt die Prinzessin von Usk gefangennehmen, Wulfgar! Ivar wird erst in einigen Tagen lossegeln. Wenn du Olaf the Sea Bull davon überzeugen kannst, daß diese Reise ihm eine große Beute einbringen wird, dann könnt ihr schon auf eurem Weg sein, noch ehe Ivar lossegelt – und ihr könnt euch die Beute selbst holen, noch ehe er ahnt, daß ihr darauf aus seid!«

»Bist du verrückt, Yelkei?« Wulfgar starrte sie entgeistert an. »Was würde mir das für einen Gewinn bringen? Es würde höchstens Ragnar und Ivar einen guten Grund liefern, Olaf den Krieg zu erklären und sein Grenzland einzunehmen. Ganz gleich, ob nun Ivar oder Olaf die Beute bekommt, weder die Jungfrau noch ihre Mitgift würden mir gehören. Du mußt verrückt sein – oder du hast im Alter deinen Verstand verloren.«

»Haaa!« schnaufte Yelkei, und es klang wie der Ruf der Raben, der durch die Wälder schallt. »Das hast du aber nicht gesagt, als ich dir riet, dir Olaf the Sea Bull als deinen Jarl auszusuchen. Aber sei's drum, es hat keinen Zweck, gute Rentiermilch an ein Baby zu verschwenden, das nicht trinken will. Ich muß zurück zu Ragnars Hof. Thorkell hat seine Geschäfte abgeschlossen und fährt wieder zurück. Er hat mich in seinem Ochsenkarren mit hierher genommen, und wenn ich nicht mit ihm zurückfahre, muß ich zu Fuß gehen.«

Langsam stand sie von den Fellen auf, die Wulfgar als Decken und Matratze dienten, zog ihren Umhang über der Brust zusammen und huschte so leise, wie sie gekommen war, wieder davon. Wulfgar sah ihr nach, ärgerlich runzelte er die Stirn und verspürte Scham und Schuldgefühl zugleich, wie immer, wenn er ihren Rat ablehnte, den ihre übersinnlichen Fähigkeiten hervorbrachten. Sie hatte ihm nicht alles gesagt, das fühlte er, und das beunruhigte ihn, denn er konnte sich nicht vorstellen, was sie ihm verheimlicht hatte und was das für ihn bedeutete. Er hätte nicht so ungeduldig mir ihr sein dürfen und sich von ihren Worten nicht so beunruhigen lassen sollen. Wäre er klug gewesen, so hätte er sich zurückgehalten und hätte ihr genauer zugehört, so wie sie es ihm geraten hatte. Wulfgar schalt sich für seine Dummheit. Er mußte wirklich lernen, sein Temperament zu zügeln und seine Furcht vor Yelkeis Prophezeiungen zu überwinden, denn nur zu oft hatte er erlebt, daß sie die Wahrheit sprach, als daß er noch an ihren Worten zweifeln sollte.

Er murmelte einige unverständliche Worte vor sich hin, dann legte er sich auf seine Felle zurück. Doch war er innerlich so aufgewühlt, daß er nicht einschlafen konnte. Sein letzter Gedanke, als er schließlich die Augen schloß, war, daß es vielleicht gar nicht schaden würde, mit Olaf the Sea Bull über die Prinzessin von Usk und ihre Mitgift zu reden. Dann würde ihm die Entscheidung sowieso abgenommen werden, sagte er sich, es läge dann an Olaf, ob er den Plan verfolgen würde. Wenn Olaf das Risiko eingehen wollte, sich den Zorn Ragnar Lodbróks zuzuziehen, indem er ein Wettrennen mit Ivar the Boneless nach Walas machte, um die Prinzessin und ihre Mitgift zu erobern, dann konnte er, Wulfgar, hinterher für die Folgen nicht verantwortlich gemacht werden, die daraus entstanden. Die Verantwortung dafür würde ganz allein bei Olaf liegen. Doch selbst als Wulfgar sich mit diesem Gedanken zu trösten versuchte, konnte er sich der nagenden Sorge nicht entziehen, daß irgendwo in Asgard die Götter von seinen Gedanken wußten – und daß sie darüber lachten.

Rhowenna, die Tochter Pendragons, war glücklicher als seit vielen langen Wochen. Seit sie Gwydion von ihrem Traum erzählt hatte, war er nicht zurückgekehrt, und jetzt, wo der Sommer endlich angebrochen war und noch immer nichts Außergewöhnliches geschehen war, begann sie zu glauben, daß ihr Traum keine Vision gewesen war, sondern nur ein Alptraum. Dennoch war sie erleichtert, weil die falsche Geschichte, die sie und Gwydion sich ausgedacht hatten, daß ein Fischer sie vor Angriffen der Nordmänner entlang der Küste gewarnt hatte, dazu geführt hatte, daß der König Wachen am Ufer aufgestellt hatte. Rhowenna hatte bemerkt, daß die dunkelblauen Augen der Königin nachdenklich auf ihr geruht hatten, als sie die Geschichte hörte, sie hatte in Vater Cadwyrs wollüstiges Gesicht gesehen und dann wieder zu Rhowenna geblickt, die sehr blaß war, doch sie war nicht in Rhowenna gedrungen. Rhowenna hatte das Gefühl, als sei ihr eine schwere Last von den Schultern genommen worden, sie war dankbar dafür und bereitete sich auf ihre bevorstehende Hochzeit vor; wenn sie sich auch nicht unbedingt darauf freute, so war sie doch zumindest eifrig. Prinz Cerdic hatte Gesandte an den Hof von Pendragon geschickt, sie unterrichteten Rhowenna jeden Tag in den sächsischen Gebräuchen und auch in der Sprache ihres Verlobten, damit sie weder sich selbst noch Prinz Cerdic Schande machte vor seinen Höflingen. Obwohl die Gesandten ihr gegenüber ausgesucht freundlich waren, so hatte sie doch aus ihrem Benehmen erkennen können, daß sie von ihr glaubten, sie sei sowohl ungebildet als auch eine rückständige Barbarin, der mehr fehlte als nur einige Worte Latein, der Sprache der Gelehrten; und Pendragons großer Saal war unter ihren verächtlichen Blicken ärmlich. Daher war Rhowenna stolz darauf, daß sie sehr schnell lernte und sich langsam den Respekt der Gesandten erwarb.

Doch heute, an diesem warmen Sommernachmittag, hatte Rhowenna auf den Unterricht verzichtet und war an den Strand gegangen, um Muscheln zu suchen. Mit einem Messer, einer Harke und einem Korb in der Hand war sie mit einigen der jungen Lehnsmänner und Dienstmägde vom königlichen Hof zum Strand gegangen, hatte ihre Röcke hochgebunden und sie in ihren Gürtel gesteckt, watete mit nackten Beinen und Füßen in dem salzigen, sonnenbeschienenen Wasser und grub mit dem Messer die Herzmuscheln aus dem Sand. Die Harke benutzte sie, um im tieferen Wasser nach Muscheln zu suchen.

Ihr Korb war schon beinahe gefüllt, die Sonne und das Wasser auf ihrer Haut fühlten sich wunderbar an, und ihre Laune war besser als seit vielen Wochen. Nur ein gelegentlicher Blick auf Gwydion trübte ihr Glück. Ganz gleich, wie sehr sie es auch versuchte, Rhowenna konnte nicht vergessen, daß alles zwischen ihnen jetzt anders war, daß er sie so einfach Prinz Cerdic von Mercia überlassen hatte. Immer, wenn sie daran dachte, tat ihr das Herz so weh, wie sie es nie für möglich gehalten hätte. Und weil es so schmerzte, Gwydion zu sehen, vermied sie seine Gesellschaft, sooft sie nur konnte, und er, der zweifellos ihre Gefühle verstand, drängte sich ihr nicht auf, obwohl sie sich oft verzweifelt wünschte, er würde zu ihr kommen und ihr sagen, was für ein Dummkopf er gewesen war, und sie mit sich nehmen, ehe es zu spät dafür war. Rhowenna wußte, daß es dumm war, sich das zu wünschen, doch sie konnte den Gedanken nicht aus ihrem Kopf verbannen, wie wundervoll es wäre, ihn zu heiraten.

Ihr ganzes Leben lang hatte sie die tiefe Liebe ihrer Eltern miterlebt, sie sehnte sich nach ebensolcher Liebe, doch sie glaubte kaum, daß sie sie bei Prinz Cerdic finden würde, der doch ein Sachse war. Alte Vorurteile waren schwer zu überwinden, und trotz all ihrer Unterrichtsstunden war Rhowenna nicht sicher, ob sie das Leben in Mercia je freudvoll akzeptieren könnte, ganz zu schweigen von Prinz Cerdic. Es war ein entmutigender Gedanke, deshalb verdrängte sie ihn entschlossen, denn sie wußte, daß es nichts nützen würde, sich damit zu beschäftigen. Sie konnte die Zukunft nicht ändern, sie mußte lernen, das Beste daraus zu machen.

Sie bückte sich und grub mit der scharfen Klinge ihres Messers in dem nassen Sand. Es war ein angenehmes Gefühl, die nassen Sandkörner zwischen ihren Zehen zu spüren, als sie noch eine Herzmuschel aus ihrem Versteck grub und sie dann in den Korb warf. Am königlichen Hof würde man heute abend gut essen, dachte sie und lächelte zufrieden, als sie auf die Ausbeute in ihrem Korb blickte.

»Das ist wirklich ein guter Fang, Herrin«, meinte Morgen, die neben ihr arbeitete und froh war, sich eine kleine Pause gönnen zu können. Sie stand auf und streckte sich lässig wie eine geschmeidige Katze. Sie rieb sich den Rücken, der genau wie der von Rhowenna vom vielen Bücken schmerzte. Dann zog sie ihren hochgebundenen Rock aus dem Gürtel und wrang ihn aus. »Wenn der Korb noch voller wird, werden wir ihn nicht mehr tragen können.«

»Einer der Männer wird ihn tragen«, meinte Rhowenna. Sie setzte sich und steckte das Messer neben sich in den Sand. Sie löste das Band, das ihren langen, feuchten Zopf zusammenhielt, dann löste sie den Zopf und schüttelte das Haar aus. Mit beiden Händen fuhr sie durch die zerzauste Masse. Der Wind verfing sich in den Strähnen und blies sie ihr ins Gesicht, Rhowenna schloß die Augen und hob ihr Gesicht der Sonne entgegen. »Hole Hueil oder Daffyd oder einen der anderen Männer.«

»Jawohl, meine Herrin.« Morgen nickte und schob sich das Haar aus dem Gesicht, dann wandte sie sich um. Doch plötzlich erregte ein ungewöhnliches Schimmern am fernen Horizont ihre Aufmerksamkeit, sie blieb stehen, hielt die Hand über die Augen, um sie vor dem blendenden Sonnenlicht zu schützen, das sich im Wasser der Severn See widerspiegelte. »Gott im Himmel, was ist das? Ein ... schreckliches Seemonster, so sieht es aus. Zwei! Nein, drei. Seht doch nur, meine Herrin!«

Im ersten Augenblick, als Rhowenna die Augen öffnete, blendete die Sonne sie, und sie konnte nichts sehen. Doch dann starrte sie in die Ferne, wohin Morgen gedeutet hatte, und entdeckte die Brut der Seedrachen, die sich mit den Wellen hoben und senkten. Große, rote Segel schoben sie wie Blut vor den tiefblauen Sommerhimmel. Ihr stockte der Atem, ihr Herz begann vor Schreck zu rasen bei diesem Anblick – denn sie wußte, diesmal war es kein Traum, es war die schreckliche Wirklichkeit dessen, was sie vorausgesehen und gefürchtet hatte. Sie griff nach ihrem Messer, dann sprang sie auf und sah sich wild nach den Lehnsmännern um. Aber obwohl die Männer in Rufweite waren, waren sie doch ein ganzes Stück von ihnen entfernt. Rhowenna hatte gar nicht gemerkt, wie weit sie und Morgen sich von ihnen und auch vom Königshof entfernt hatten.

»Das sind keine Seemonster!« rief sie, und ihre Stimme hob sich. »Es sind Schiffe ... Langschiffe! Gütiger Gott! Es sind die Nordmänner! Sie kommen! Sie kommen nach Usk! Lauf, Morgen! Lauf!«

Morgens Augen weiteten sich vor Schreck, ihr Gesicht wurde kreidebleich, als sie die Gefahr erkannte. Sie ließen Harke und Korb stehen, schürzten ihre Röcke, dann eilten die beiden Frauen so schnell sie konnten über den Strand, während sie den anderen eine Warnung zuschrien. Sie liefen so schnell durch die Wellen, daß Wasser und Sand aufspritzten. Rhowennas Herz drohte zu zerspringen, als sie sich umwandte und entdeckte, wie schnell die Langschiffe näher kamen, sich immer mehr der Küste näherten, die viereckigen roten Segel blähten sich im Wind. Nie hatte sie Schiffe gesehen, die so schnell segelten, es war beinahe, als flögen sie über das Wasser, und erschrocken stellte sie fest, daß sie und Morgen die Palisade nicht mehr erreichen würden. Ihr Atem ging heftig, ihre Seite schmerzte so sehr, daß sie in sich zusammensank.

»Meine Herrin!« Morgen wandte sich um und kam zu ihr zurückgelaufen. »Ist alles in Ordnung?«

»Ja. Ich muß nur ... nur ... zu Atem kommen ...«

»Dazu ist keine Zeit! Wir müssen uns beeilen! Kommt!«

Rhowenna preßte eine Hand in die Seite und zwang sich, weiterzulaufen, sie schluchzte und hörte jetzt auch das warnende Dröhnen der Hörner, die von den Wachen geblasen wurden, genau wie die Schreie der Lehnsmänner und der Dienstmägde, die mit ihnen am Strand nach Muscheln gesucht hatten und jetzt auch so schnell sie konnten dem Schutz der Palisade entgegenliefen, weil sie um ihr Leben fürchteten. Doch ihre Flucht war umsonst, wie Rhowenna mit sinkendem Herzen erkannte. Die Seedrachen flogen mit unglaublicher Geschwindigkeit dem Strand entgegen, sie rollten ihre Schwingen auf, streckten die langen Hälse vor, und ihre breiten Körper hoben und senkten sich mit ihren wilden Reitern, die grelle Kriegsschreie ausstießen, von den Schiffen sprangen und durch die hüfthohen Wellen wateten, um das Langschiff auf den Strand zu ziehen. Danach geschah alles so schnell, daß es später in Rhowennas Gedanken nur noch ein verschwommenes Bild war, ihr Alptraum, der Wirklichkeit wurde.

Nie zuvor hatte sie brutale Menschen wie die Wikinger gesehen, selbst die sächsischen Wölfe östlich von Offas Deich waren nicht so barbarisch, dachte Rhowenna, die wie angewurzelt stehengeblieben war und zusah, wie die Plünderer aus dem Meer kamen, angeführt von dem goldköpfigen Gott, den sie in ihrem Traum gesehen hatte. Ja, er war es wirklich! Sie war so benommen, als ihr das klar wurde, daß nur Morgens entsetzte Schreie und ihr heftiges Zerren an Rhowennas Hand sie dazu brachten, weiterzulaufen. Der blonde Riese verschwand plötzlich aus ihrem Gesichtskreis, aufgesogen von einer schrecklichen Woge angsterregender Krieger, die nackt waren bis auf die Bärenhäute, die um ihre breiten Schultern lagen. Rhowenna hatte grausame Geschichten von den Nordmännern gehört, denen man nachsagte, daß sie sich vor dem Kampf die mächtigen Kräfte der Bären aneigneten, indem sie das Blut der Bestien tranken und ihre Felle trugen. Von diesen Bearsarks, diesen Bärenhemden, hatten die Krieger ihren Namen – Berserker –, ein Name, der Schrecken in die Herzen all derer brachte, die ihn hörten, denn die Berserker waren nicht nur furchtlos, im Kampf waren sie rücksichtslos, erregt durch starken Alkohol und so bösartig und anormal, daß sie einen eisernen Schild durchbeißen und durch Feuer gehen konnten, ohne Schmerzen zu verspüren. Demzufolge führten sie auch die Krieger der Nordmänner an, und man sagte, daß sogar die anderen Nordmänner sie fürchteten – ein Beweis mehr für ihre Unmenschlichkeit.

Wie eine Herde hungriger Wölfe fielen die Berserker über die Lehnsmänner und die Ceorls her, die, von den Hörnern der Wachen aufgeschreckt, aus der Palisade gestürzt kamen, aus dem Dorf und von den Feldern von Usk gerannt kamen, und die mit wildem Kriegsgeschrei und mit ihren Waffen versuchten, den brutalen Angriff der Nordmänner abzuwehren. Wo Rhowenna sich auch hinwandte, herrschte Aufruhr und Verwirrung, die ersten tödlichen Schläge wurden ausgeteilt, die blutige Schlacht hatte begonnen, und die Männer verschmolzen in einem Gewirr von fliegenden Fellen, blutgetränkter Lederkleidung, schlagenden und peitschenden Waffen, während die Vorhut versuchte, den Angriff abzuwehren. Das harte, metallische Klirren der Breitschwerter der Krieger und ihrer Streitäxte auf den eisenbeschlagenen bronzierten Schilden erfüllte die Luft, begleitet von dem wilden Schlagen der hölzernen Keulen der Ceorls, ihrer Stäbe, Hacken und Harken, dem tödlichen Sausen der Sensen, Speere und Messer, deren Klingen in der Sonne glänzten, während die Angreifer vordrangen, vom Strand aus auch die höhergelegenen Felder überfluteten, eine Armee großer, wahnsinniger Männer, gegen die die Krieger und Ceorls von Usk keine Chance hatten. Sie wichen zurück, gaben ihre Schlachtordnung auf, zerstreuten sich und liefen auf den Hügel zu, auf dem sich die Palisade erhob – so nah und doch so fern.

Während die Nordmänner immer weiter vordrangen, übertönten die hohen, durchdringenden Schreie der fliehenden Frauen und Kinder das Kampfesgetümmel und mischten sich mit den Schreien der Tiere, die sich in Panik losgerissen hatten und wild durcheinanderliefen und zu dem allgemeinen Chaos noch beitrugen. Blut floß überall, sickerte in den fruchtbaren, feuchten Boden, schwarze Rauchwolken wehten mit dem Wind, als die Plünderer Fackeln entzündeten und sie dann auf die Strohdächer der Hütten der Ceorls warfen und das ganze Dorf in Flammen aufging. Es gab keine Möglichkeit, in die Sicherheit der Palisade zu entkommen, keinen Ort, an dem sie sich verstecken konnte, das wurde Rhowenna benommen klar, als sie verzweifelt durch das grausame Schlachtgetümmel stolperte. Morgen zog sie mit sich, sie glitten auf dem blutigen Untergrund aus und versuchten verzweifelt zu entkommen. Aber es gab keinen Weg in die Freiheit, keinen Ort, an dem sie sich vor dem Kampf und dem Tod verstecken konnte. Um sie herum wurde gekämpft, die Berserker schlugen eine breite Bresche in die Verteidigung von Pendragons Lehnsmännern und Leibeigenen, und immer mehr Nordmänner kamen von ihren Schiffen. Ihr Weg wurde gesäumt von Leichen, von Menschen, die Rhowenna schon ihr ganzes Leben lang gekannt hatte, doch jetzt hatte sie keine Zeit, um sie zu trauern. Es schien ihr wie ein Wunder, daß sie und Morgen noch lebten und unversehrt waren. Doch das würde sich sicher bald ändern, dachte sie, als von der Palisade her Pfeile auf die Angreifer niedergingen und die eisernen Pfeilspitzen ihre Opfer fanden. Einer der Berserker taumelte zurück, ein Pfeil war in sein Auge gedrungen, ein anderer wurde in den Hals getroffen, er knirschte mit den Zähnen und schrie auf, sein Rücken bog sich krampfhaft, ehe er mit dem Gesicht nach unten zu Boden fiel.

Mit hängenden Zügeln galoppierte ein reiterloses Pferd vorbei und hätte die beiden Frauen fast umgerissen. Doch mit all ihrer Kraft zog Rhowenna Morgen zur Seite, sie stolperten beide über einen Körper, der am Boden lag, und fielen hin. Der Geruch von frischem Blut stieg in Rhowennas Nase, sie fühlte es warm und klebrig auf ihrer Haut. Sie schrie auf und rang nach Atem, zitternd lag sie neben der Leiche und wartete darauf, daß sie selbst im nächsten Augenblick sterben würde. Um sie herum kämpften die Männer um ihr Leben. Zu ihrem Entsetzen wurde ein Ceorl genau vor ihren Augen enthauptet, sein Kopf flog davon, Blut schoß aus seinem Hals. Einem anderen Mann war der Bauch aufgeschlitzt worden, seine Eingeweide quollen heraus, als er langsam zu Boden sank. Bei diesem Anblick stieg ein bitterer Geschmack in Rhowennas Mund auf, und sie mußte sich heftig übergeben, ehe sie auf allen vieren weiterkroch, immer in Richtung auf den königlichen Hof und die Palisade zu.

Benommen stellte sie fest, daß sie Morgen verloren hatte, ihre letzte Verbindung zu all dem, was ihr einmal als sicher und geborgen erschienen war, eine Welt, die plötzlich so schrecklich anders geworden war. Das konnte nicht die Wahrheit sein, dachte sie beinahe hysterisch, und Tränen rannen über ihre Wangen. Aber die kräftigen Arme, die sie ohne Vorwarnung packten, hochhoben und an eine muskulöse Brust drückten, waren nur zu wirklich. Ihr Kopf sank an die Schulter des Mannes, erschrocken und benommen blickte sie in Augen, die so blau waren wie der Sommerhimmel, in ein Gesicht, eingerahmt von goldenem Haar, das in der Sonne leuchtete. Es war der Nordmann, den sie in ihren Träumen gesehen hatte.

»Ich habe gewußt, daß du kommen würdest, um mich zu holen ...«, flüsterte sie, und ein rauhes Schluchzen stieg in ihrer Kehle auf. »Die alten Götter haben mich gewarnt, daß du kommen würdest.«

Und dann umfing sie eine gnädige Dunkelheit, genau wie in ihrem Traum, und sie spürte nichts mehr.

BUCH ZWEI

Die ehemalige Prinzessin

6. KAPITEL

Das Ufer der Leichen

Die Südküste von Usk, Walas, A. D. 865

Wulfgar hatte noch nie zuvor einen Kampf miterlebt, und als ihn dann das Kampfesfieber und die Blutrünstigkeit erfaßten, wußte er zuerst nicht, wie ihm geschah. Er merkte nur, daß eine rasende Flamme in ihm brannte, die seinen ganzen Körper erfaßt hatte. Wieder und wieder schwang er seine Streitaxt, Bluttrinker, und er sang das Wikingerlied für Odin, den Gott des Kampfes. Zu Wulfgars Stolz und Zufriedenheit fielen viele christliche Männer von Usk unter seiner scharfen Klinge. Die eingravierte Schlachtszene auf der Klinge, die sich Wulfgar bis heute immer nur vorgestellt hatte, erlebte er jetzt direkt. Nur einmal, als er zum erstenmal auf dem Deck der *Drachenfeuer* von Olaf the Sea Bull gestanden hatte und das endlose blaue Meer um ihn herum geglitzert hatte, hatte Wulfgar sich so erhoben gefühlt wie jetzt, als er hinter den schreienden Berserkern herlief, die vom Strand der Severn See zum Dorf Usk vordrangen, ins Herz des Kampfes.

Und jetzt stellte er fest, daß es noch einen dritten Grund gab für das Feuer, das in ihm brannte. Er fühlte die Flammen tief in seinem Inneren, als er am Ende des kurzen, aber heftigen Kampfes Rhowenna, die Prinzessin von Usk, erblickte, die die Nordmänner schon sehr bald die wundersame Rhowenna, die Hellhäutige, nennen würden wegen der Träume, die ihr die alten Götter schickten, und wegen ihrer Schönheit. An Rhowennas langem seidigen Haar – das so schwarz war wie die Raben, die in den Wäldern an den Ufern des Nordlandes hausen – und an dem feinen, goldenen, gravierten und verzierten Haarreifen um ihren Kopf erkannte Wulfgar sie. Obwohl er nicht damit gerechnet hatte, sie außerhalb der Palisade zu finden, die sich wie ein Falkennest auf dem grünen, felsigen Hügel erhob, der über dem brennenden Dorf aufragte, so wußte er doch, daß es niemand anders sein konnte. Ihm stockte der Atem bei ihrem Anblick, und sein Herz klopfte voller Erregung in seiner Brust, und wenn er ehrlich war, auch voller Begehren, so schön war sie.

Sie kroch über den Boden, mitten durch das Kampfgetümmel, und versuchte verzweifelt, den Schutz der Palisade zu erreichen. Auch wenn sie schluchzte und offensichtlich entsetzt war, so lag in ihrer Haltung doch ein entschlossener Ausdruck von Mut und Tapferkeit, der etwas tief in Wulfgars Innerem anrührte. Ohne nachzudenken bahnte Wulfgar sich mit seiner Streitaxt den Weg zu ihr, hob sie hoch und drückte ihren sich nur schwach wehrenden Körper an sich, als wolle er sie vor all dem Gemetzel und dem Töten um sie herum beschützen. Sie war nicht so groß und auch nicht so kräftig wie die Jungfrauen des Nordlandes, in seinen Armen war sie so leicht wie ein Nebelhauch. Ihre Kleidung war zerrissen und voller Blut, und einen Augenblick lang fürchtete er, daß sie im Kampf verwundet worden war, obwohl er kein Anzeichen einer Wunde feststellen konnte, nur einen Kratzer auf ihrer wachsbleichen Wange. Als ihre Blicke sich trafen, sah er, daß ihre Augen eine wundervolle Farbe hatten, sie waren so violett wie Amethyste, die die Griechen als Schutz gegen Trunkenheit verehrten – obwohl Wulfgar nie erlebt hatte, daß ein solcher Stein einen Mann nüchtern hielt. Ihre Wimpern waren so schwarz wie Ruß, im Sonnenlicht warfen sie einen durchsichtigen Schatten auf ihre Wangen. Als sie sprach, klang ihre Stimme wie eine sanfte Liebkosung des Windes, und auch wenn Wulfgar ihre fremde Sprache nicht verstehen konnte, so hatte er doch das unheimliche Gefühl, daß die Götter sie absichtlich in seine Arme gelegt hatten. Es war alles genauso geschehen, wie Yelkei es vorausgesagt hatte, als sie ihm davon erzählt hatte, wie sie die Runensteine neunmal ausgeworfen hatte und die Antwort neunmal die gleiche gewesen war. Er, Wulfgar, mußte die Prinzessin von Usk erobern.

Der Kampf ebbte langsam ab, doch noch immer war die Palisade auf dem Hügel unversehrt, denn die Männer von Usk hatten sie mit ihren Pfeilen verteidigt und hatten heißes Öl auf die Nordmänner gegossen, die versucht hatten, sie zu erobern, und hatten sie so gezwungen, sich zurückzuziehen. Doch dieser Angriff war nur als ein Überfall gedacht, die Wikinger hatten sich nicht auf einen längeren Kampf vorbereitet. Sie hatten geglaubt, sie würden die Palisade stürmen, sie anzünden und die Einwohner überraschen können, sie hatten nicht damit gerechnet, daß die Männer von Usk auf einen Angriff vorbereitet gewesen waren. Aus diesem Grund würde ihnen die Mitgift der Prinzessin entgehen. Dennoch würde sie selbst sicher ihr Gewicht in Gold wert sein, dachte Wulfgar, als er sie in seinen Armen hielt und auf sie hinuntersah. Nachdem sie mit ihm gesprochen hatte, war sie in Ohnmacht gefallen, überwältigt von Furcht und von dem Qualm. Jetzt lag ihr Kopf an seiner Schulter, ihre schwarzen Wimpern waren hauchzart wie Schmetterlingsflügel auf ihren Wangen. So würde sie aussehen, wenn sie in der Umarmung eines Mannes schlief. Nie zuvor hatte er eine so schöne Frau gesehen, so lieblich und anmutig wie die seltenen schwarzen Schwäne, die er manchmal auf den Seen und Weihern des Nordlandes sah. Und plötzlich war der Gedanke, daß sie Olaf the Sea Bull, oder schlimmer sogar, Ragnar Lodbrók und Ivar the Boneless gehören würde, abstoßend und machte ihn wütend, denn er konnte nicht glauben, daß ein Mann, der sie einmal gesehen hatte, kein Verlangen nach ihr fühlen würde. Daß sie aber so brutal entehrt und geschändet werden sollte, machte ihn ganz krank, und er schämte sich dessen. Er hatte vorher nicht daran gedacht, daß sie eine Frau mit Gefühlen war, er hatte sie nur als die Prinzessin von Usk gesehen, eine Beute, die erobert und dann gegen großen Reichtum ausgetauscht werden sollte. Er hätte sie in Ruhe lassen sollen, statt auf Yelkeis geheimnisvolle Prophezeiungen zu hören.

Beinahe war er versucht, Rhowenna zurückzulassen, als ihm all diese Gedanken durch den Kopf gingen. Doch der Gedanke, sie auf den blutbefleckten Boden zu legen, mitten zwischen die leblosen Körper, als sei es Náströnd, das Ufer der Leichen, erfüllte ihn mit Abneigung und Besorgnis. Schon jetzt hatten einige der Wikinger gefangene Frauen von Usk vor sich auf den Boden geworfen, ihnen die Röcke über die Schenkel hochgeschoben und vergingen sich nun an ihnen, um sie danach zu den Langschiffen zu tragen. Das könnte auch Rhowennas Schicksal werden, wenn er sie hier zurückließ, dachte Wulfgar, denn in ihrer Raserei würden die Berserker nicht auf den goldenen Reif um ihren Kopf achten, der sie als die Prinzessin von Usk auszeichnete, die einzige Frau, der nichts geschehen durfte. Daher wandte Wulfgar sich schließlich um, ging den schmalen, gewundenen Weg zum Strand hinunter und trug Rhowenna an Bord der *Drachenfeuer*, wo er sie sanft im Hinterschiff absetzte.

Ihre tränenfeuchten Augen öffneten sich zögernd, sie blickte wild um sich, voller Furcht und Haß starrte sie ihn an, stumm und zitternd leistete sie keinen Widerstand. Doch als er vorsichtig die Hand nach ihr ausstreckte, riß sie plötzlich ihr Messer aus dem Gürtel und versuchte, damit nach ihm zu stechen. In einer Reflexbewegung umfaßte Wulfgar ihr Handgelenk so fest, daß sie aufschrie, und er wußte, daß sein Griff auf ihrer zarten Haut seine Spuren hinterlassen hatte. Dabei hatte er ihr nicht weh tun wollen. Doch trotz seines festen Griffes versuchte sie sich zu wehren, die Finger ihrer freien Hand hatte sie wie Klauen ausgestreckt und versuchte, sein Gesicht zu zerkratzen, ehe er sie festhielt und sie dazu zwang, das Messer fallen zu lassen. Dann drehte er ihr die Arme auf den Rücken. Rhowenna hob das Kinn, ihre violetten Augen blitzten vor Wut, und sie zischte hitzige Worte in ihrer fremden Sprache, dann spuckte sie ihm ins Gesicht.

»Seid still!« brummte er wütend, wischte sich die Spucke aus dem Gesicht und schüttelte sie heftig. »Seid still, ich werde Euch nichts tun!«

Rhowenna konnte nicht glauben, daß sie die Worte in der fremden Sprache richtig verstanden hatte. Dann sprach sie mit leiser, vor Erregung zitternder Stimme noch einmal zu ihm, diesmal zu seiner Überraschung in der sächsischen Spraches ihres Verlobten, Prinz Cerdic.

»Lügnerischer Hund! Laßt mich los ... oder ich schwöre Euch, ich werde Euch bei erster Gelegenheit Euren heidnischen Hals abschneiden!«

»Eine böse Tat für eine christliche Jungfrau«, gab Wulfgar in der sächsischen Sprache zurück, die er als Kind auf dem Schoß seiner Mutter gelernt hatte. »Behaupten nicht Eure Priester, daß Mord eine Todsünde ist, für die die christliche Seele für immer in die Hölle verdammt wird?«

»Ja, aber ich würde lieber in der Hölle brennen, als mich Euch zu unterwerfen!« fuhr Rhowenna ihn an und zitterte vor ihrer eigenen Tollkühnheit, denn dieser Nordmann hielt ihr Leben in seiner Hand.

»Wirklich? Nein, das glaube ich nicht, denn die Hölle ist kein feuriger Ort, wie Eure Priester Euch lehren, Herrin, sondern eine Welt der neun Länder, kalt und dunkel, und das schlimmste von allen ist Náströnd, das Ufer der Leichen, in dem eine kahle schwarze Festung steht, die von den gräßlichsten Monstern bewohnt wird, die Euch foltern und Euch auf ewig das Fleisch von den Knochen nagen, denn in Hel seid Ihr bereits tot, deshalb gibt es kein Entrinnen für Euch. Es ist ein entsetzliches Schicksal für jemanden, der so temperamentvoll ist wie Ihr ... und so schön.«

Wulfgar strich ihr das zerzauste, lange schwarze Haar aus dem Gesicht, legte dann eine Hand unter ihr Kinn und hob es hoch, damit sie ihn ansehen mußte. Sein Herz schwoll vor Triumph und Freude und auch vor Begehren, als sie vor seinem Blick die Augen senkte. Eine heiße Röte stieg in ihre Wangen, und ihr Atem ging heftig, ihre Brüste unter dem Mieder hoben und senkten sich schnell.

»Faßt mich nicht so an, Rohling!« Nur zu gut war sie sich seiner überwältigenden Kraft und seiner Nähe bewußt, sie fühlte es in der Art, wie er ihre Arme hinter ihrem Rücken festhielt und sie gegen seinen muskulösen Oberkörper preßte, damit sie nicht versuchte, ihm zu entkommen. Dennoch wand sich Rhowenna unter seinem Griff, doch es half ihr nichts. Sie wurde gehalten, als hätte er ein eisernes Band um sie gelegt. »Laßt mich los!«

»Seht Euch doch um, Herrin, seht das Gemetzel und die Gewalt, die Eurem Volk angetan wird. Ihr könnt froh sein, daß ich es war, der Euch gefangengenommen hat, und niemand anderer – daß ich weiß, daß Ihr die Prinzessin von Usk seid –, denn sonst würdet Ihr dort drüben auf dem Boden liegen, Eure Röcke würden Euch hochgezogen bis über Euer Gesicht, und Eure Jungfräulichkeit würde der brutalen Lust eines Mannes anheimfallen, und später würdet Ihr weggebracht ins Nordland, als Sklavin und als Dirne für Männer, die weitaus grausamer sind als ich. Bezweifelt Ihr das?« Als sie nicht antwortete, sondern nur die Augen weit aufriß und ihr Gesicht noch blasser wurde, und er sah, wie die kleine Ader an ihrem Hals heftig pulsierte, sprach Wulfgar in etwas sanfterem Ton weiter. »Ich werde Euch kein Leid antun, Herrin. Aber es ist meine Pflicht, Euch an Händen und Füßen zu fesseln, damit Ihr keinen dummen Versuch macht, zu fliehen, ehe wir losgesegelt sind. Und so leid es mir tut, wenn Ihr weiter versucht, Euch gegen mich zu wehren, so bin ich gezwungen, etwas Unangenehmes zu tun, das Ihr später bedauern werdet, das verspreche ich Euch. Also, stellt meine Geduld nicht auf die Probe.«

Mit diesen Worten löste er vorsichtig seinen Griff und zog die Scramasaxt aus dem ledernen Gürtel an seiner Hüfte. Damit schnitt er schnell eine Elle des Taus ab, das zusammengerollt auf dem Deck lag. Vorsichtig, damit er ihr nicht die Blutzufuhr abschnürte, band er ihr die Handgelenke hinter dem Rücken zusammen und auch die Fußgelenke, so daß ihr Körper wie ein Bogen gespannt war und sie nicht einmal stehen konnte, geschweige denn einen Versuch machen konnte, wegzulaufen. Mit schwerem Herzen und krank vor Furcht saß sie auf dem Schiff und sehnte sich danach zu sterben; sie wußte mit schrecklicher Sicherheit, daß es ihr nicht gelingen würde, zu fliehen. Sie war eine Gefangene der barbarischen Wikinger, die so schnell und überraschend über Usk hergefallen waren, und sie hatten nicht die Absicht, sie vorerst wieder freizulassen – wenn sie überhaupt je die Freiheit wiedererlangen würde. Noch heute morgen war sie eine Prinzessin gewesen – und Jungfrau. Jetzt war sie eine Sklavin – und würde wahrscheinlich bald schon Dirne sein, denn das hatte ihr dieser Nordmann doch angedroht oder nicht? Nur mit großer Mühe gelang es Rhowenna, die Hysterie niederzukämpfen, die sich ihrer bemächtigen wollte; wenn sie überleben wollte, so mußte sie sich zusammenreißen.

Ihr Instinkt riet ihr, sich an diesen Gedanken zu halten, und als Wulfgar dann neben ihr kniete und ihr eine geöffnete Feldflasche an die Lippen hielt, weigerte sie sich nicht, das Bjórr zu trinken, das er ihr anbot. Es hatte einen eigenartig fruchtigen Geschmack und war viel stärker als das Getränk, an das sie gewöhnt war. Aber sie war froh, als sie die Wärme fühlte, die sich nach dem ersten Schluck in ihrem Bauch und dann auch im restlichen Körper ausbreitete. Erst jetzt bemerkte sie, daß sie fror, trotz der Sommersonne, die hell am Himmel stand. Als er sah, wie gierig Rhowenna trank, stieß Wulfgar einen leisen, verärgerten Fluch aus, der sie zusammenzucken ließ, dann riß er ihr die Flasche von den Lippen.

»Ihr müßt langsam trinken, Herrin!« warnte er sie ernst. »Nur kleine Schlucke, sonst werdet Ihr betrunken, und Euch wird übel werden, wenn wir erst auf See sind. Ich habe das schon früher erlebt, sogar bei Männern mit Verstand und starkem Magen.«

Rhowenna nickte schwach, um ihm zu zeigen, daß sie ihn verstand. Doch Wulfgar bot ihr nicht noch einmal von dem Bjórr an. Die letzten Wikinger stiegen jetzt an Bord der Langschiffe, beladen mit den Körpern ihrer erschlagenen Kameraden, mit schreienden, weinenden und sich wehrenden Frauen und mit Beute, die sie den toten Männern von Usk abgenommen und aus dem brennenden Dorf geplündert hatten. Viele Flaschen wurden entkorkt, Wein und Bier flossen durch die vom Kriegsgeschrei ausgedörrten Kehlen. Ihre Gefangenen und ihre Beute warfen sie in die Schiffe, dann schoben sie die Schiffe vom Strand ins Wasser. Rhowennas Herz zog sich schmerzlich zusammen, als sie sah, wie die vor Angst hysterischen Frauen achtlos auf das Deck geworfen wurden, halb nackt, mit schmutzigen Kleidern, blutbefleckt diejenigen, die noch heute morgen Jungfrauen gewesen waren. Waffen und hochwertiges Kriegsgerät, das man den Männern von Usk abgenommen hatte, wurde aufgeladen, Schmuck und Stoffe, Geräte und Utensilien, die man aus den brennenden Hütten der Ceorls geraubt hatte, türmten sich auf Deck. Daneben legten die Wikinger die Körper der getöteten Kameraden, mit vor der Brust verschränkten Armen, und deckten sie mit den Schilden zu.

Rhowenna stöhnte erschrocken und schrie leise auf, als Morgen, an Händen und Füßen gefesselt, grob neben sie auf das Deck gestoßen wurde. Wie die anderen Frauen auch, war Morgen offensichtlich geschlagen und vergewaltigt worden, wahrscheinlich sogar von mehr als nur einem Mann. Ihr Gesicht war voller Schrammen, ihre Unterlippe war aufgerissen und blutete, ihre nackten Schultern und die halb entblößten Brüste zeigten Spuren brutaler Gewalt, und ihr schmutziges Mieder und der Rock waren zerrissen. Lange lag sie bewegungslos neben Rhowenna auf dem Deck, benommen von dem heftigen Stoß, mit dem sie zu Boden geworfen worden war.

»Morgen ...«, flüsterte Rhowenna, ein Schluchzen lag in ihrer Stimme, weil sie fürchtete, daß die Dienerin tot war. »Oh, lieber Gott, bitte, laß sie leben! Morgen! Kannst du mich hören? Geht es dir gut?«

»Ja, so gut, wie es mir ... unter diesen ... Umständen gehen kann, Herrin«, kam nach einer Weile leise Morgens Antwort. Sie hob vorsichtig den Kopf und rutschte dann langsam über das Deck zu Rhowenna. »Wenigstens ... lebe ich«, flüsterte sie und versuche mühsam, sich zu setzen. »Haben sie ... Haben sie Euch etwas getan ... Herrin?«

»Nein ... noch nicht. Einer von ihnen ... einer hat den Reif um meinen Kopf gesehen und begriffen, daß ich die Prinzessin von Usk bin, deshalb wurde ich verschont. Oh, Morgen, es tut mir so leid, was dir zugestoßen ist, dir und den anderen ...«

»Es ist nicht Eure Schuld, Euch kann man deswegen keinen Vorwurf machen, Herrin – wenigstens war ich keine Jungfrau mehr.« Die letzten Worte gestand Morgen mit dem Anflug eines Lächelns. »Dafür danke ich Gott! Einige der anderen Frauen hatten nicht soviel Glück, und wahrscheinlich erwartet uns noch Schlimmeres. Sklaverei und Dirnentum, wenn ich den Geschichten glauben soll, die über die

Nordmänner erzählt wurden. Und nach dem heutigen Tag wird wohl niemand mehr daran zweifeln. Ich wenigstens nicht.«

»Ich auch nicht«, stimmte Rhowenna ihr zu, Tränen brannten in ihren Augen, und ein dicker Kloß saß in ihrer Kehle, als sie auf die Frauen blickte, die entehrt und gefangengenommen worden waren, und dann hinüber zum Ufer sah, zu dem brennenden Dorf und den vielen Leichen. Dort sah es aus wie am Ufer der Leichen, von dem der Nordmann ihr erzählt hatte.

Und dann wurde ihr plötzlich klar, daß sie nicht einmal wußte, ob Gwydion unter den Toten war. Sie hatte nicht gesehen, daß er in der Schlacht gefallen war wie in ihrem Traum. Und als die Wikinger ihre Schiffe ins Wasser schoben, klammerte sie sich an den Gedanken, daß Gwydion vielleicht noch lebte, daß er irgendwie diese schreckliche Schlacht überlebt hatte, trotz der Tatsache, daß so viel von dem, was sie vorausgesehen hatte, eingetroffen war. Hatte sie nicht auch den großen, goldhaarigen Nordmann in ihrem Traum gesehen, der sie auf seine Arme nahm und sie zu seinem Schiff trug? Selbst jetzt noch fühlte sie den eindringlichen Blick seiner blauen Augen, und sie begann unkontrolliert zu zittern, unwillkürlich schweifte ihr Blick zu ihm. Er schien anders zu sein als die übrigen Männer, vielleicht würde er nicht so grausam sein, wenn er über sie herfiel, dachte Rhowenna, denn sie hatte bemerkt, daß er sie begehrte, und trotz seiner Versicherung, daß er sie nicht mit Gewalt nehmen würde, fühlte sie doch, daß es nur eine Frage der Zeit war, bis er ihr Gewalt antun würde. Warum sollte sie allein der Vergewaltigung entgehen oder noch Schlimmerem?

»Wo ist Olaf the Sea Bull?« fragte Wulfgar, als er und die anderen in die Schiffe sprangen. Die Ruderer nahmen ihre Plätze ein, der Trommler begann, den Rhythmus zu schlagen, zu dem die Ruder sich alle zugleich hoben und senkten, um das Schiff vorwärts zu treiben.

»Er wurde am heutigen Tag von den Walküren ausgewählt, um zusammen mit Odin in Walhalla zu trinken.« Einer der Männer deutete auf Olafs leblosen Körper, der zusammen mit den anderen auf dem

Deck der *Drachenfeuer* lag. »Mögen wir alle so glücklich sein, glorreich im Kampf zu sterben, um einer der Einheriar von Odin zu werden!«

»Jawohl!« riefen all die anderen laut, sie lachten, berauscht von Wein und Bier, von Kampfesfieber und Blutdurst und vom süßen, berauschenden Sieg des heutigen Tages. »Jawohl!«

Nur Wulfgar schwieg, ein eisiger Schauer lief über seinen Rücken, als er auf Olafs toten Körper sah, dessen blicklose blaue Augen in die Sonne starrten und dessen grauer Bart sich im Wind bewegte. War das die Antwort, die Yelkei in ihren Runensteinen gelesen hatte? fragte Wulfgar sich unsicher und fürchtete, daß die Götter ihn zerschmettern würden, weil er, wenn auch nur zögernd, dem Rat ihrer Einmischung in etwas, was nur den Göttern zustand, gefolgt war. War es das, was sie ihm verheimlicht hatte, daß Olaf den Angriff auf Usk nicht überleben würde? Yelkei hatte behauptet, sie hätte Helas Tod in Olafs Knochen klappern hören, aber vielleicht war das ja auch eine Lüge gewesen, vielleicht war er verantwortlich für den Tod seines Jarls – denn hätte er nicht diesen Überfall vorgeschlagen, würde Olaf sicher noch leben.

Doch trotz all dieser beängstigenden Gedanken konnte Wulfgar nicht den plötzlichen, unwiderstehlichen Schauer der Erregung unterdrücken, der bei dem Gedanken an Olafs Tod in ihm aufstieg. Yelkeis Vision eines Mannes, der kühn genug war, sich Olafs Grenzland anzueignen, ging ihm nicht aus dem Kopf, und er dachte, daß er den ersten Schritt in diese Richtung bereits getan hatte. Ohne es überhaupt zu bemerken, hatte er Olafs Platz im Heck des Schiffes übernommen, an der Ruderpinne, und überraschenderweise hatte keiner der Männer auf dem Schiff seine Autorität angezweifelt. Im Augenblick waren alle viel zu betrunken und aufgewühlt von ihrem Sieg, um überhaupt zu bemerken, wer den Befehl über ihr Schiff hatte. Aber wenn sie wieder nüchtern waren, würde sicher der eine oder andere der Thegns Einspruch erheben gegen seinen unerlaubten Eingriff und versuchen, seinen Platz zu übernehmen. Doch das würde er nicht zulassen, nahm Wulfgar sich vor. Er konnte es nicht, denn wer immer auch die Ruderpinne der *Drachenfeuer* unter Kontrolle hatte, würde sich sicher auch Olafs Grenzland aneignen und auch die Prinzessin von Usk. Und als er einen Blick auf Rhowenna warf, die zu seinen Füßen saß, war er entschlossen, daß, ganz gleich, was auch geschehen würde, er dieser Mann sein würde.

»Herrin.« Er sprach so leise, daß niemand sonst ihn hören konnte, denn er wußte nicht, welcher von Olafs Thegns sonst noch die sächsische Sprache verstand. »Mein Herr, Olaf the Sea Bull, liegt tot dort drüben auf dem Deck, erschlagen im Kampf mit Euren Leuten. Er war ein alter Graubart, das Alter hatte ihn schwach und müde gemacht, und immer öfter hat er zu tief in seinen Krug geblickt. Aber auf seine Art war er mir ein guter Herr, und es hätte sein können, daß ich einen gewissen Einfluß auf ihn hätte ausüben können, wenn es um Euch ging. Jetzt aber sind wir beide ohne Schutz, und obwohl Ihr das zweifellos nicht glauben werdet, habe ich Angst um Euch.«

Er holte tief Luft. »Es wird andere Männer außer mir geben, die Olafs Grenzland an sich reißen wollen – und noch mehr von ihnen begehren das Lösegeld, das Eurer Verlobter, Prinz Cerdic von Mercia, oder Euer Vater, König Pendragon von Usk, für Euch zahlen wird. Es gibt noch andere, außer meinem Herrn Olaf, die von Eurer Verlobung und Eurer Mitgift gehört haben und die vorhatten, Euch als Geisel zu nehmen, Herrin. Sie werden wütend sein, wenn sie herausfinden, daß Olaf the Sea Bull ihnen zuvorgekommen ist. Besonders Ragnar Lodbrók, ein mächtiger König des Nordlandes, und sein Sohn und Erbe, Ivar the Boneless. Sie sind meine erbittertsten Feinde, und Ihr könnt sicher sein, daß sie von mir verlangen werden, daß ich Euch ihnen ausliefere, wenn wir im Nordland ankommen. Wenn ich das nicht tue, werden sie mit ihrer Armee in Olafs Grenzland eindringen und Euch mit Gewalt mir wegnehmen. Hört Ihr mir überhaupt zu, Herrin?«

»Ja … auch wenn mir das nichts nützen wird.« Rhowenna sprach ebenfalls leise. »Ich bin machtlos, mich selbst zu verteidigen, weder gegen Euch noch gegen Eure Feinde. Was also erhofft Ihr Euch davon, daß Ihr mir das erzählt … es sei denn, Ihr wollt mir Angst machen, damit ich mich Euch unterwerfe.«

»Mir wäre es lieber, wenn Ihr nur die Angst einer Jungfrau hättet vor der ersten Begegnung mit einem Mann, wenn Ihr willig in meinen Armen liegt.« Wulfgars Antwort war sehr direkt, und Rhowenna wurde vor Scham über und über rot. »Aber weder Ragnar Lodbrók noch Ivar the Boneless sind so zurückhaltend, und auch wenn ich es bezweifle, daß Prinz Cerdic Lösegeld für eine geschändete Braut zahlen wird, so wird doch sicher Euer Vater für eine entehrte Tochter bezahlen.«

»Nein, das wird er nicht! Dessen könnt Ihr sicher sein, Nordmann!«

»Das kann ich nicht – und Ihr auch nicht. Dennoch möchte ich Euch nur helfen, Herrin. Bei den Göttern, das schwöre ich! Ich weiß, daß das Frauenzimmer, das neben Euch sitzt, keine Jungfrau mehr ist, und auch, wenn sie nicht so schön ist wie Ihr, so ist sie Euch doch in Aussehen und Gestalt ähnlich genug, um als die Prinzessin von Usk gelten zu können, wenn sie damit einverstanden ist, und davon braucht niemand anderes als wir etwas zu wissen. Wir würden es geheimhalten müssen, denn es wäre ein gefährliches Spiel. Doch auf diese Weise könnte ich Euch vor Schaden schützen, Herrin, denn dann wärt Ihr nicht mehr als nur eine Sklavin, und als solche würdet Ihr nicht das Interesse von Ragnar Lodbrók oder Ivar the Boneless auf Euch ziehen. Aber wenn wir so vorgehen wollen, dann muß es jetzt gleich sein, und es muß schnell geschehen, solange die Wikinger an Bord noch trunken sind vom Wein, Bier und ihrem Sieg und sich später nicht mehr daran erinnern, welche schwarzhaarige Frau es war, die den goldenen Reif um den Kopf trug.«

»Warum … warum sollte Euch etwas daran liegen, was mit mir geschieht?« fragte Rhowenna. Wulfgars unerwartetes Angebot, sie beschützen und ihr helfen zu wollen, verwirrte sie.

»Weil ich noch nie zuvor eine Frau wie Euch gesehen habe. Ihr seid außergewöhnlich und wunderschön wie ein schwarzer Schwan, und ich möchte nicht miterleben, daß Ihr grausam entehrt werdet.«

»Das ist keine Antwort. Ihr seid genauso ein Barbar wie all die anderen. Ihr habt mich entführt und mich an Bord dieses Schiffes gebracht!«

»Wäre es Euch lieber gewesen, ich hätte Euch mitten in dem Kampfgetümmel gelassen, zwischen all den Leichen, wo ich Euch gefunden habe, damit Ihr von einem der Berserker oder einem der anderen Krieger vergewaltigt und vielleicht erschlagen worden wärt? Nein, das glaube ich nicht. Welche Antwort werdet Ihr mir dann glauben, Herrin? Ich habe keinen anderen Grund als den, den ich Euch genannt habe.«

»Ihr seid ein Lügner!«

»Mögen die Götter mich auf der Stelle töten, wenn das so ist.«

Seine blauen Augen hielten ihrem Blick stand, und auch wenn Rhowenna sich dagegen wehrte, sah sie doch den Ernst in seinem Blick. Sie verstand nicht, was er vorhatte, doch was immer er auch wollte, es gab ihr Hoffnung, und es war eine Möglichkeit, die sie nicht so schnell beiseite schieben durfte.

»Ich … ich weiß nicht, warum Ihr mir … helfen wollt, aber ich werde … ich werden Morgen fragen, ob sie damit einverstanden ist«, meinte sie schließlich zögernd, sein Benehmen ihr gegenüber erstaunte sie noch immer, und sie glaubte, daß er sie überlisten wollte. Aber er hatte bei seinen Göttern geschworen, und vielleicht bedeutete ihm das etwas, auch wenn er kein Christ war, dem ein solcher Eid heilig war. Sie wandte sich zu Morgen und erklärte ihr, was Wulfgar gesagt hatte.

»Glaubt Ihr, was er Euch gesagt hat, Herrin?« fragte Morgen nachdenklich.

»Ich … ich weiß es nicht.«

»Aber Ihr seid noch immer Jungfrau, und Ihr fürchtet Euch. Aber ich sage Euch, meine Herrin, wenn Euer Stand Euch nicht vor einer Vergewaltigung schützt, bevor das Lösegeld für Euch bezahlt wird, dann könnt Ihr die Scham viel eher ertragen, wenn sie von der Hand nur eines Mannes kommt anstatt von vielen. Obwohl er ein Wilder ist und ein Heide, ist der Nordmann doch ein recht ansehnlicher Mann, und wenn er wirklich die Wahrheit spricht, ist er vielleicht nicht so grausam wie die anderen.« Morgen betrachtete ihn mit ihren dunklen Augen aufmerksam, während sie nachdachte. »Vielleicht tut Ihr ihm ja wirklich leid, und er versucht aufrichtig, Euch zu helfen – vielleicht aber ist er gar nicht so freundlich und begehrt Euch nicht nur, sondern ist außerdem noch gierig und will das Lösegeld ganz für sich allein. Doch selbst wenn das so ist, so haben wir doch keine andere Wahl in diesem Augenblick, meine Herrin, wir müssen ihm vertrauen, und ich bin nicht so hart und gefühllos, als daß ich Euch dazu verdammen würde, das zu ertragen, was mir an diesem Tag zugefügt wurde. Sagt dem Nordmann, daß wir seinem Plan zustimmen, wenigstens für den Augenblick – aber sagt ihm auch, wenn er uns betrügen will, wird er es bedauern. Sagt ihm, daß wir ihn als Verräter seines Königs und seines Heimatlandes anklagen werden, vor allen, die es hören wollen. Sagt ihm auch, daß wir uns dann an ihm rächen werden, zusammen mit all denen, die gegen ihn sind, und wir werden sie um seinen Kopf bitten für seinen Verrat.«

»In dem großen Metsaal meiner Feinde würdet Ihr sehr schnell herausfinden, daß Ihr den Käfig eines einsamen Wolfes für den einer wilden Horde eingetauscht habt«, erklärte Wulfgar nüchtern, als Rhowenna ihm Morgens Warnung übersetzt hatte. »Aber dennoch ist es ein fairer Handel, denn Ihr habt keinen Grund, meinem Wort zu trauen, aber ich werde meinen Teil des Handels einhalten.« Nachdem er sich noch einmal umgesehen hatte, um sicherzugehen, daß niemand sie beobachtete, bückte er sich schnell, nahm den goldenen Reif von Rhowennas Kopf und setzte ihn Morgen auf. »Es ist nur ein geringfügiger Schutz, den ich Euch zu bieten habe, Herrin. Aber dennoch werdet Ihr glücklich darüber sein, denke ich, bis alles vorüber ist.«

Rhowenna, die verzweifelt an den Preis dachte, den sie für diesen Schutz würde bezahlen müssen, antwortete ihm nicht, sie schluckte nur und wandte sich ab. Morgens Worte gingen ihr nicht aus dem Kopf. Besser ein Mann als viele. Sicher stimmte das.

Und als das rechteckige rote Segel des Langschiffes gesetzt wurde und der Wind das Schiff schnell über die Wellen gleiten ließ, warf Rhowenna noch einen Blick auf die felsigen grünen Hügel ihres Heimatlandes. Walas, das schnell kleiner und kleiner wurde, würde sie vielleicht nie wiedersehen – und plötzlich wurde ihr klar, daß sie nicht einmal den Namen des Mannes wußte, der sie gefangengenommen hatte.

7. KAPITEL

Wo die wilden Schwäne schweben

Die abscheuliche Reise mit dem Langschiff in das Nordland wurde in Rhowennas Erinnerung nur noch von dem kurzen brutalen Angriff auf Usk übertroffen. Bis auf das kleine Dach über dem Hinterschiff gab es nur wenig Schatten und daher auch wenig Schutz vor der heißen Sommersonne, die gnadenlos auf sie und die anderen Frauen herunterbrannte und die zarte Haut Rhowennas, Morgens und der anderen Dienstmägde verbrannte, die, anders als die weiblichen Ceorls, nicht daran gewöhnt waren, lange Stunden auf den Feldern in der Sonne zu arbeiten. Frisches Trinkwasser wurde streng rationiert, und es gab überhaupt kein Wasser zum Waschen, nur das kalte Salzwasser durften sie benutzen, um sich den Dreck, das Blut und den entehrenden Samen abzuwaschen, mit dem die Frauen und ihre zerrissene Kleidung beschmutzt waren. Es gab auch keine Abgeschiedenheit, keine Flucht vor den neugierigen Augen der Männer und ihren unzüchtigen Bemerkungen in ihrer fremden Sprache, ihrem rauhen Lachen und dem Stillen ihrer Begierde, wann immer sie es wünschten. Doch am schlimmsten war, daß die Leichen der erschlagenen Wikinger noch immer auf dem Deck lagen. Der Jarl Olaf the Sea Bull und seine Thegns wurden zur Beisetzung ins Nordland gebracht, nur die Leichen der freien Männer und der Sklaven wurden über Bord geworfen. Dies war die Sitte, es sei denn, es war die Jungfernfahrt eines Schiffes, dann wurde es als ein böses Omen angesehen, eine Leiche mit nach Hause zu bringen.

Anfangs verstand Rhowenna das nicht; erst als sie auf See waren, die

Ruder eingezogen wurden und das Segel gesetzt war, ahnte sie, was die Männer vorhatten. Die Plünderer lösten einige der Decksplanken, und darunter kam ein niedriger Frachtraum zum Vorschein, in den die blutigen, erstarrten Körper sorgfältig gelegt wurden, zusammen mit der Beute aus Usk. Erst jetzt begriff Rhowenna, daß die Toten nicht auf See bestattet werden würden, wie sie ursprünglich angenommen hatte. Nie hatte sie sich vorstellen können, daß selbst die wilden Wikinger solch barbarischer Riten fähig waren, denn als der Tag verging, wurde schon sehr bald deutlich, welche Wirkung es haben würde, die toten Körper in dem Schiff mitzuführen. Allein der Gestank war übelkeiterregend, und Rhowenna und die anderen Frauen, die bereits seekrank waren, übergaben sich heftig über die Schiffsseite. Und dann kamen wie aus dem Nichts die Fliegen in Schwärmen, Rhowenna glaubte, es müßten Millionen von ihnen sein, so laut war ihr ekelerregendes Summen und Brummen. Die Fliegen wurden vom Blut auf ihrer Kleidung und der Kleidung der anderen Frauen angezogen, sie kamen durch die Planken nach oben, setzten sich auf die Lebenden und auch auf die Toten. Ihre Bisse brannten auf der Haut, und mit gefesselten Händen hatte sie keine Möglichkeit, die Insekten abzuwehren. Sie konnte nur den Kopf hin und her werfen und die Schultern bewegen, um sie zu vertreiben, und sie verfluchte die Wikinger für ihre schlüpfrigen Späße und ihr brüllendes Gelächter, die sie auf ihre Kosten und auf Kosten der anderen Frauen machten.

Nur Wulfgar Bloodaxe beteiligte sich nicht an der allgemeinen Heiterkeit, er stand in ihrer Nähe an der Ruderpinne, sein Gesicht war bewegungslos, Rhowenna konnte nicht erkennen, was er dachte. Wie all die anderen Männer hatte auch er seine blutgetränkte Tunika ausgezogen und war jetzt bis zur Taille nackt, nur seinen Ledergürtel, seine Hosen und die Stiefel aus Seehundfell trug er noch. Trotz ihrer mißlichen Lage schweiften Rhowennas Blicke mehr als einmal zu seiner großen kräftigen Gestalt. Sein langes helles Haar glänzte wie poliertes Gold im Licht der Sonne, die sich langsam dem westlichen Horizont näherte, seine Augen waren so blau wie der unendliche Sommerhimmel. Die

Muskeln seiner gebräunten Arme, seines Rückens und seines Oberkörpers spielten wie die eines starken, wendigen Raubtieres und verwirrten Rhowenna auf eine Art und Weise, die sie sich nicht erklären konnte. Er hatte etwas an sich, das überwältigender war als das Leben selbst, als wäre er wirklich einer der Götter – denn so hatte sie sich ihn immer vorgestellt.

Unter seiner Führung flog das Langschiff über die Wellen wie ein Schwan, dachte Rhowenna, den langen Hals ausgestreckt, die Flügel ausgebreitet in dem kühlen Wind, der die einzige Erleichterung bot vor der Hitze, dem Gestank der Leichen und den Bissen der Fliegen. Sie war dankbar für das kleine Dach über dem Hinterschiff, es bot ihr ein wenig Schatten. Dennoch rannen Schweißtropfen über ihren Körper und klebten ihr das leichte Sommerkleid an den Körper, was Wulfgar sehr wohl bemerkt hatte. Leinen war selten und teuer im Nordland, es wurde von den Beutezügen in den Südländern mit nach Hause gebracht und dort nur von den Frauen und Töchtern der Konungrs und der reichsten Jarlar getragen. Man würde Rhowenna sofort als eine solche Frau erkennen, wurde ihm plötzlich klar, und er runzelte die Stirn, weil er vorher nicht daran gedacht hatte. Sie und Morgen mußten die Kleider tauschen. Das erklärte er den beiden Frauen leise, als er bei Sonnenuntergang zu seiner Überraschung von dem untersetzten, triefäugigen Knut Strongarm abgelöst wurde, der nach Blut, Schweiß und Alkohol roch, in letzter Zeit aber Olafs zweiter Befehlshaber auf der *Drachenfeuer* gewesen war und so sein Ersatzsteuermann.

»Es tut mir leid, daß Ihr hier so unbehaglich untergebracht seid und auch keine Privatsphäre habt, Herrin«, wandte er sich an Rhowenna und kniete neben ihr nieder, um ihre Fesseln und auch die von Morgen zu lösen. »Ich weiß, Ihr seid von hoher Geburt und an Ereignisse wie am heutigen Tag nicht gewöhnt. Ich werde tun, was ich kann, um Eure mißliche Lage zu mildern. Aber Ihr müßt wissen, ich habe ohne die Zustimmung der anderen Männer das Kommando über die *Drachenfeuer* an mich gerissen, und jeden Moment könnte Knut Strongarm oder einer der anderen Männer nüchtern genug werden und die Kühnheit besitzen, meine Autorität hier in Frage zu stellen. Sollte das geschehen, dann werde ich nicht nur darum kämpfen müssen, Kapitän auf diesem Schiff zu bleiben, sondern auch um mein Leben.« Er sagte ihnen nicht, daß er bis zum heutigen Tag noch nie einen wirklichen Kampf Mann gegen Mann ausgetragen hatte, sondern nur spielerische Duelle in Olafs Palisade. »Wenn ich getötet werde, müßt Ihr sofort Eure wahre Identität enthüllen, denn dann werdet Ihr vor den anderen Wikingern in Sicherheit sein. Es sind harte Männer, Herrin, und sie sind skrupellos. Traut ihnen nicht.«

»Ich traue ihnen nicht mehr als Euch – nämlich gar nicht!«

Zu Rhowennas Überraschung – sie hatte angenommen, daß ihre Worte ihn ärgerlich machen würden – nahm er ihr Gesicht sanft in seine Hände, und seine Finger strichen durch das Haar an ihren Schläfen. Er sah auf sie hinunter, und in seinen blauen Augen, in denen sich die untergehende Sonne spiegelte, blitzte Bewunderung auf.

»Gut«, meinte er rauh. »Auf diese Art werdet Ihr sicherer sein. Ich habe einen Eimer Seewasser für Euch und Morgen gebracht, mit dem Ihr Euch und Eure Kleider waschen könnt; Ihr könnt die Kleider tauschen, wenn Ihr sie gewaschen habt. Danach werde ich Euch Essen und Trinken bringen.« Für einen Augenblick umfaßten seine Hände ihr Gesicht fester, dann ließ er sie los, stand auf und wandte sich ab.

Rhowenna rieb sich die Handgelenke, dann stand sie langsam auf, ihre Beine schmerzten, weil sie in den letzten Stunden gezwungen gewesen war, in einer unbequemen Haltung zu sitzen. Aber schließlich gelang es ihr, aufrecht zu stehen; sie war froh, daß sie ihr ganzes Leben am Meer gelebt hatte und nie seekrank gewesen war. Der schreckliche Gestank, der aus dem Frachtraum drang, war der Grund für ihre Übelkeit. Auf dem Hinterschiff hatte sie ein wenig mehr Platz und Abgeschiedenheit als anderswo auf dem Schiff, und Wulfgar stand zwischen ihr und all den anderen Männern und bot ihr so Schutz. Dennoch beeilten sich Rhowenna und Morgen, als sie sich auszogen und sich und ihre Kleidung so gut es ging in dem Holzeimer wuschen. Trotz des Salzes war das Seewasser kühl und angenehm, Rhowenna wäre am liebsten mit dem ganzen Körper hineingetaucht, hätte sich geschrubbt und geschrubbt, bis sie sicher sein konnte, daß ihr ganzer Körper sauber war, daß kein Blut der sterbenden und toten Männer mehr daran klebte. In diesem Augenblick verspürte sie den unbändigen Wunsch, über Bord ins Meer zu springen,wo sie sicher ertrinken würde, doch dann schalt sie sich selbst einen Feigling, denn etwas, tief in ihrem Inneren, erzeugte den Wunsch, zu überleben, ganz gleich, was auch mit ihr geschehen würde.

Schnell wechselten sie und Morgen ihre Kleidung. Rhowenna zog das rauhe Gewand Morgens über, das in einem viel schlechteren Zustand war als ihr eigenes, und als sie dann wieder an den Grund dafür dachte, verspürte Rhowenna plötzlich ein tiefes Schuldgefühl und auch Scham, daß sie allein von all den Frauen an Bord verschont bleiben sollte. Sie hatte Morgen nie sehr nahegestanden, es hatte Tage gegeben, wo sie Morgen nicht hatte leiden können. Aber jetzt, als sie an die anderen Dienerinnen dachte und an ihre eigene Dienerin Enid, die ihr immer sehr nahegestanden hatte und die, wie die meisten anderen, noch in Usk in Sicherheit war hinter der Palisade von Pendragons Königshof – da war ihr klar, daß sie lieber Morgen an ihrer Seite hatte als eine der anderen Frauen. Die dunkelhaarige, kühne Morgen war auf ihre Art viel stärker als all die anderen, und sie war nicht so hart und gefühllos, wie Rhowenna immer geglaubt hatte.

»Ich werde nicht vergessen, was du für mich tust, Morgen, das schwöre ich! Wenn mein Vater das Lösegeld für mich bezahlt, dann werde ich darauf bestehen, daß er jeden Preis zahlt, der für deine Freiheit gefordert wird.«

»Ich rechne damit, Herrin, denn ich möchte genauso ungern wie Ihr den Rest meines Lebens als Sklavin und Dirne für diese barbarischen Nordmänner verbringen!« erklärte Morgen, und das Blitzen ihrer dunklen, schmalen Augen verriet einen wilden Selbsterhaltungstrieb. Rhowenna erkannte, daß es das war und nicht das Mitleid für sie, was Morgen dazu gebracht hatte, dem Rollentausch zuzustimmen.

Als sie schließlich ihre nassen Sachen wieder angezogen hatten, brachte Wulfgar den beiden Frauen einen Becher frischen Wassers und einen Becher mit Bier, eine Schüssel mit getrocknetem Fleisch und Früchten und eine dicke Scheibe harten Brotes. Als sie und Morgen sich zum Essen setzten, stellte Rhowenna zu ihrer Erleichterung fest, daß man auch die anderen Frauen von ihren Fesseln befreit hatte und es ihnen erlaubt hatte, sich zu waschen. Jetzt bekamen auch sie etwas zu essen. Wenigstens hatten ihre Eroberer nicht die Absicht, sie verhungern zu lassen, dachte Rhowenna, auch wenn die meisten Frauen – Rhowenna eingeschlossen – nicht sehr hungrig waren und einige sogar Mühe hatten, das Essen bei sich zu behalten. Die Wikinger jedoch aßen mit Appetit, die Fliegen und der Gestank der Leichen schienen sie nicht zu stören, sie nahmen große Mengen Wein und Bier zu sich, unterhielten sich und lachten – doch Rhowenna, die einige der Worte verstand, weil sie der Sprache der Sachsen ähnelten, fühlte, daß trotz ihrer offensichtlichen Freundlichkeit untereinander eine gewisse Anspannung und Vorsicht über allem lag, die sie zuvor nicht gespürt hatte, als die Männer noch vom Kriegsfieber und der Blutrünstigkeit erfüllt gewesen waren.

Jetzt, als die Sonne untergegangen war und die Dämmerung einbrach, wurden die Walöllampen an Bord der *Drachenfeuer* angezündet; in ihrem sanften Schein beobachtete Rhowenna Wulfgars Gesicht, sie sah seinen wachsamen Blick und den Muskel in seinem Kinn, der sich heftig bewegte. Wenn er sprach, war seine Stimme leise, aber dennoch hart und befehlend, und auch wenn er nicht in ihre Richtung blickte, so taten es die anderen Männer. Ihre Blicke waren hart, hinterlistig und abschätzend, ihre Stimmen klangen hitzig, und Rhowenna wußte, daß über sie gesprochen wurde – oder über Morgen, von der sie glaubten, sie sei die Prinzessin von Usk, wenn Wulfgar sein Wort gehalten hatte. Sie dachte an seine frühere Warnung, daß er vielleicht um das Kommando auf dem Schiff würde kämpfen müssen, und ein Schauer durchlief ihren Körper, weil sie ahnte, daß ein solches Duell bevorstand. Doch nach einer Weile schien es, als wären die Männer zu einer Übereinkunft gekommen, denn trotz einiger gemurmelter Flüche wurden keine Waffen gezückt und kein Kampf ausgetragen. Die Wikinger beendeten ihr Mahl, dann losten sie alle, auch Wulfgar, die Frauen untereinander aus, bis auf Rhowenna und Morgen. Die Frauen wurden dann von den Männern zu den Fellen gezerrt, die sie als Nachtlager auf dem Deck ausgerollt hatten. Rhowennas Herz schlug ihr bis zum Hals, als sie zusah, wie Wulfgar im Hinterschiff ein riesiges Wolfsfell ausbreitete und dann ihr und Morgen bedeutete, sich darauf zu legen, denn sie wußte nicht, was er vorhatte. In ihren Gedanken bildete sich ein verworrenes Bild von Vergewaltigung oder von schlimmen Perversionen, von denen sie bis jetzt nur geflüstertes Gerede gehört hatte.

Nachdem Wulfgar sie wieder an Händen und Füßen gefesselt hatte, meinte er: »Die Götter sind oft launenhaft, aber heute abend haben sie sich, Odin sei Dank, entschlossen, großzügig zu sein, deshalb brauchte ich nicht um Euch zu kämpfen, Herrin. Mein Strohhalm war der kürzeste, deshalb hatte ich auch die erste Wahl. Ich habe Euch gewählt, Herrin, deshalb habt Ihr nichts zu befürchten. Ich werde mich Euch nicht mit Gewalt aufdrängen, legt Euch nieder und schlaft. Die Männer haben jetzt keinen Kampf im Sinn, sondern nur die Lust, deshalb glaube ich nicht, daß vor Tagesanbruch jemand den Versuch machen wird, mich herauszufordern.«

Und dann legte er sich wie ein Wachhund neben die beiden, so daß sie zwischen ihm und dem Achtersteven lagen. Trotzdem holte er seine Streitaxt aus der ledernen Scheide und legte sie neben sich, und Rhowenna sah an der Art, wie er seinen Körper anspannte, daß er einen Angriff in der Nacht nicht ausschloß, auch wenn er ihr etwas anderes einzureden versuchte.

Sie war benommen und erschöpft und fror in ihrer nassen Kleidung; deshalb gelang es ihr auch nicht einzuschlafen. Stundenlang lag sie wach und konnte ihre Ohren vor den schrecklichen, erschütternden Geräuschen der Wikinger nicht verschließen, die über die jämmerlich weinenden und stöhnenden Frauen herfielen, und auch nicht vor dem Summen der Fliegen unter Deck, das eine ständige Erinnerung daran war, was sie auf dem Schiff mit sich führten, auch wenn der entsetzliche Gestank im Wind ein wenig nachgelassen hatte. Selbst das beruhigende Rauschen der Wellen gegen das Schiff war eine schmerzliche Erinnerung daran, wie weit sie von zu Hause weg war. Beim Gedanken an ihren Vater und ihre Mutter rannen Tränen über ihr Gesicht. Ob ihre Eltern sie wohl vermißten? fragte sie sich. Weinten sie heute nacht um sie? Ganz bestimmt, denn sie war sich ihrer Liebe sicher. Und was war mit Gwydion? War es ihm gelungen, dem Gemetzel in Usk zu entfliehen? Lag auch er jetzt irgendwo in der Dunkelheit und dachte an sie, wünschte er sich, er hätte sie gebeten, mit ihm wegzulaufen, als er von ihrer Verlobung erfahren hatte?

Bis zu diesem Augenblick hatte sie nie neben einem Mann geschlafen, und auch das war ein Grund dafür, daß sie nicht einschlafen konnte. Auch wenn ihre ursprüngliche große Angst, daß Wulfgar vorhatte, sie und Morgen zu vergewaltigen, sich jetzt gelegt hatte, so war Rhowenna sich doch seiner Anwesenheit neben ihr überdeutlich bewußt. Sie fühlte seinen großen Körper neben sich, der Duft nach Sonne, Schweiß und Sandelholz stieg in ihre Nase. Sie lag ganz still und bemühte sich, ihn nicht zu berühren. Doch das Deck war überfüllt, und Morgen neben ihr schlief unruhig, so daß Rhowenna nicht anders konnte, als ihn ab und zu zu berühren. Er war warm, viel wärmer als sie, als würde in ihm ein Feuer brennen, und endlich drang diese Wärme auch in ihren Körper ein, und das sanfte Schaukeln des Langschiffes ließ sie einschlummern. Ihr Atem wurde leise und gleichmäßig, und als er das hörte, fühlte Wulfgar, wie ein Teil der Anspannung auch seinen Körper verließ.

Er hatte nicht geglaubt, daß es ihn so anrühren würde, neben Rhowenna zu liegen. Er hatte in den letzten Jahren viele Frauen besessen, aber er hatte ihr die Wahrheit gesagt, als er ihr versichert hatte, noch nie zuvor eine Frau wie sie kennengelernt zu haben, mit Haaren so schwarz wie der Himmel bei Mitternacht und Augen in der Farbe der Veilchen. Ihre Haut war zarter als der Nebel, ihre Wangen wie die Blütenblätter einer Rose und ihr Mund so rot und feucht wie ein Segel, das der Gischt geküßt hat. Aus dem seidigen Haar und von ihrer perlzarten Haut wehte der süße Duft von Heidekraut, das auf den sanften Hügeln des Nordlandes blüht und das es offensichtlich auch in Walas gab. Das wäre etwas in seiner Heimat, das sie an ihr Zuhause erinnern würde, vielleicht würde sie sich dann nicht so elend und verloren fühlen wie offensichtlich jetzt auf der *Drachenfeuer.* Kein Wunder, daß Prinz Cerdic von Mercia sie zu seiner Frau hatte haben wollen. Welcher Mann würde sie nicht haben wollen? Ihre Schönheit war wie ein Märchen, von dem die Barden sangen. Der Mann, der ihre Reinheit und ihr Herz besaß und der ihre Leidenschaft und ihre Liebe weckte, konnte sich glücklich schätzen. Doch weder Ragnar Lodbrók noch Ivar the Boneless würden ihr Verständnis und Zärtlichkeit entgegenbringen, das wußte Wulfgar, und bei diesem Gedanken schloß sich eine eisige Hand um sein Herz, und ihm wurde übel vor Angst. Sie würden sie nicht bekommen, das schwor er sich. Sie würden sie nicht entehren und sie dann zu einer Sklavin und Dirne machen, wenn ihr Verlobter oder ihr Vater sich weigerten, das Lösegeld für sie zu bezahlen.

Yelkei, dachte Wulfgar. Du warst weiser, als ich ahnte, als du mir rietest, Ivar die Beute abzujagen. Sicher ist Rhowenna, die Prinzessin von Usk, eine Jungfrau, die von den Göttern geschaffen wurde, um den Traum eines Mannes zu erfüllen. Und wann hat Ivar sich schon einmal darum gekümmert? Eher werde ich am Ufer der Leichen entlangwandern, zu den vergitterten Toren von Hel, als sie in seinen brutalen Armen liegen zu sehen, das schwöre ich.

Als die Morgendämmerung anbrach, schlief er endlich ein, eine Hand an seiner Streitaxt, die andere in Rhowennas langem, offenem Haar.

Rhowenna wachte verwirrt auf, zuerst wußte sie nicht, wo sie war; sie merkte nur, daß sie sich nicht bewegen konnte, weil sie zwischen zwei anderen Körpern lag und ihre Hände und Füße gefesselt waren. Dann kam plötzlich die Erinnerung an den gestrigen Tag zurück, und sie wußte wieder, daß sie an Bord der *Drachenfeuer* war und auf Wulfgars Wolfsfell lag, zwischen ihm und Morgen. Morgen hatte ihr den

Rücken zugedreht, doch Wulfgar lag mit dem Gesicht zu ihr, seine Streitaxt hatte er zwischen sie beide gelegt, eine Hand hatte er in ihrem Haar vergraben, die andere um ihre schlanke Taille gelegt. Sein Gesicht war dem ihren so nahe, daß sie die blonden Bartstoppeln erkennen konnte und seinen warmen Atem auf ihrer Haut spürte. Irgendwie sah er im Schlaf viel jünger aus, und das blasse Licht der Morgendämmerung ließ ihn nicht so hart und wild erscheinen, wie sie ihn zuvor gesehen hatte am Strand von Usk, als Anführer der Wikinger.

In der Art wie er sie berührte, lag eine unbewußte Intimität, die sie verwirrte, ihr Atem ging schneller, ihr Herz klopfte lauter, und als er dann langsam die Augen öffnete und sie nicht sofort freigab, sondern sie mit einem Blick voller Sehnsucht und Verlangen ansah, das er nicht vor ihr zu verbergen versuchte, lief ein eigenartiger, beunruhigender Schauer durch Rhowennas Körper. Nie zuvor hatte sie neben einem Mann geschlafen – ganz zu schweigen davon, daß sie wußte, daß er sie begehrte. Zu ihrer Verwirrung war es nicht einmal eine unangenehme Erfahrung, sie verstand nicht, warum sie in den Armen ihres Entführers solche Gefühle haben konnte. Sie wünschte sich, er würde sie loslassen, doch als er es dann langsam und zögernd tat, hatte sie das Gefühl, als hätte da noch etwas mehr sein müssen, und sie konnte ihm nicht länger in die Augen sehen. Er war freundlich zu ihr gewesen, obwohl er hätte grausam sein können, sagte sie sich, das war alles. Sie durfte nicht vergessen, daß er ihr Feind war.

»Guten Morgen, Herrin«, sagte Wulfgar leise und löste ihre Fesseln, dabei beeilte er sich nicht sonderlich. »Ich hoffe, Ihr seid ausgeruht, auch wenn das Bett zweifellos nicht so war, wie Ihr es gewöhnt seid. Wenn Ihr Euch um Eure Dienerin kümmern wollt, so werde ich etwas zu essen holen und Wasser zum Waschen.«

»Ich … danke Euch für Eure Aufmerksamkeit«, antwortete Rhowenna ernst. Noch immer war sie nicht sicher, ob sie ihm trauen konnte; obwohl sie sein Benehmen ihr gegenüber bewunderte, hatte sie doch geglaubt, er sei ein Barbar und ein Heide, und noch immer erwartete sie, daß er über sie herfallen und sie vergewaltigen würde oder daß er zu irgendeiner anderen Brutalität greifen würde. »Ich habe so gut geschlafen, wie … wie es unter diesen Umständen zu erwarten ist.«

Sie löste Morgens Fesseln und stand dann langsam auf, ihre Muskeln schmerzten noch mehr als gestern, nach der Nacht auf dem harten Deck. In ihrem Leben hatte Rhowenna schon oft Schmerz und Trauer und auch Verlust erlitten, aber bis jetzt hatte sie nie wirklich gewußt, was wirkliche Not war, das wurde ihr jetzt klar. Sie war als Prinzessin von Usk geliebt, umsorgt und verwöhnt worden, doch jetzt war ihre heile Welt plötzlich auf den Kopf gestellt worden, sie war eine Gefangene und eine Sklavin. War es da verwunderlich, daß sie sich, wenn auch unbewußt, zu dem Mann hingezogen fühlte, der sie anständig behandelte, so wie es ihr ihrer Geburt und ihrem Rang nach zustand, und der ihr Schutz und Hilfe anbot? Ihre Mutter hätte ihr geraten, Wulfgars Freundlichkeit und sein Begehren nach ihr zu ihrem Vorteil einzusetzen und von ihm so viel über das Nordland zu erfahren, wie es möglich war, über seine Menschen, seine Sitten – denn Wissen war Macht. Je mehr sie über ihre Feinde wußte, desto wahrscheinlicher war es, daß sie die schwere Prüfung überstand, daß es ihr vielleicht sogar gelingen würde, zu entkommen. Die *Drachenfeuer* würde nicht für immer auf See sein, und auch wenn sie keine Hoffnung hatte, ein so großes Schiff allein segeln zu können, so konnten sie und Morgen doch ein kleines Boot von der Größe eines Coracle steuern, wenn es sein mußte. An all das hätte sie schon viel früher denken sollen, überlegte Rhowenna, ärgerlich, daß sie sich so sehr hatte einschüchtern lassen, und entschlossen, es in Zukunft besser zu machen. Sie war die Prinzessin von Usk, sie sollte sich auch so benehmen und sich um das Wohlergehen der anderen Frauen kümmern, ihnen Hoffnung geben und sie beruhigen, anstatt sich im Hinterschiff zu verstecken und sich Sorgen um ihr unsicheres Schicksal zu machen.

Wulfgar kam mit einer Schüssel mit getrocknetem Fleisch, Früchten und einer Scheibe harten Brotes zurück, er gab den beiden Frauen einen Becher mit Bier und einen mit frischem Wasser. Er brachte auch einen Eimer voll Seewasser mit, damit sie sich waschen konnten. Er selbst hatte sich offensichtlich schon gewaschen, denn er hatte seine lederne Tunika wieder ausgezogen, und seine nackten Arme und sein Oberkörper waren noch naß. Doch er brachte auch eine Schüssel mit Essen für sich selbst, damit hockte er sich neben Rhowenna, um sich während des Essens leise mit ihr zu unterhalten.

»Herrin, ich werde versuchen, heute morgen das Steuer des Schiffes wieder zu übernehmen. Aber ich glaube nicht, daß Knut Strongarm es mir freiwillig überläßt, denn er war der zweite Befehlshaber von Olaf the Sea Bull auf diesem Schiff, deshalb wird er zweifellos denken, daß ihm die Herrschaft über dieses Schiff zusteht. Wenn das der Fall sein sollte, so werde ich gezwungen sein, mit ihm zu kämpfen. Falls ich in diesem Kampf getötet werde, dürft Ihr nicht vergessen, was ich Euch gestern gesagt habe. Ihr müßt sofort Eure wahre Identität enthüllen. Das könnte Euch vor Knut schützen und auch vor den anderen Männern – obwohl vielleicht nicht vor Ragnar Lodbrók und Ivar the Boneless. Wenn es also der Wille der Götter ist, daß ich an diesem Tag mein Leben beenden soll und die Zeit kommen wird, wo Ihr zwischen Vater und Sohn werdet wählen müssen, dann folgt klug meinem Rat. Legt Euer Schicksal in die Hände des alten Wolfes und nicht in die des Welpen, denn Ivar ist schlauer und auch grausamer als Ragnar, und er wird Euch auf eine Art verletzen, die ich nicht auszusprechen wage, denn Ihr seid eine Jungfrau und eine Dame. Versteht Ihr mich?«

»Ja«, flüsterte Rhowenna und zitterte, ihr früherer Mut und ihre Entschlossenheit waren bei seinen Worten schnell wieder verflogen. Trotz der Wärme der Sonne, die über dem östlichen Horizont aufgestiegen war und den Himmel rosa, golden und aquamarin aufleuchten ließ, fror sie und fühlte sich ganz schwach.

In einiger Entfernung flog ein Schwarm Schwäne vorbei nach Norden, ihre langen Hälse weit vorgereckt, die weißen Schwingen weit ausgebreitet. Ihre wilden, seltsam verlorenen Schreie wehten mit dem Wind, ein Lied so klagend wie das, was sie in ihrem Herzen fühlte. Und als Wulfgar dann seine Schüssel abstellte und langsam aufstand, streckte sie unbewußt die Hand nach ihm aus, um ihn festzuhalten. Doch schnell ließ sie die Hand wieder sinken. Sein ausdrucksloses, gebräuntes Gesicht schien entschlossen, und sie wußte instinktiv, daß es vergebens wäre, ihn zu bitten, sich nicht auf einen Kampf einzulassen, in dem er den Tod finden könnte. Sie bedeutete ihm nichts, genausowenig wie er ihr.

Dennoch konnte sie sich nicht zurückhalten, ganz leise zu sagen: »Seid vorsichtig, Wulfgar Bloodaxe.«

Seid vorsichtig, Wulfgar. Die Worte gingen ihm nicht aus dem Kopf, bei ihrem Klang lief ein Schauer über seinen Rücken. Es war beinahe, als hörte er Yelkei diese Worte aussprechen, vor einer Ewigkeit, am Morgen der Jagd, als er seinen Brudergeist, den Wolf, getötet hatte, um Ivars Leben zu retten, und so die Möglichkeit bekommen hatte, den Traum seines Lebens zu erfüllen und ein Wikinger zu werden. Daß Rhowenna jetzt die gleichen Worte aussprach, schien ihm wie ein Omen, doch wußte er nicht, ob es ein gutes oder ein schlechtes Omen war. Er streckte die Hand aus und berührte ihre Wange so zart und sanft wie der Kuß des Windes, dann wandte er sich ab.

»Ich werde jetzt das Steuer übernehmen, Knut«, sagte er ruhig, obwohl jeder einzelne Muskel seines Körpers angespannt war und seine Nerven blank lagen, denn er fühlte, daß er hier und jetzt entweder die Möglichkeit bekommen würde, Olafs Grenzland für sich selbst zu gewinnen oder sein Leben zu verlieren – und auch wenn er sich nicht davor fürchtete, so verfolgte ihn doch Rhowennas blasses Gesicht.

»Wirst du das wirklich?« fuhr Knut ihn an, und seine Stimme klang nicht nur herausfordernd, sondern war auch so laut, daß plötzlich alle auf dem Schiff schwiegen und eine Spannung in der Luft lag, die beinahe mit Händen zu greifen war. »Wer gibt dir denn das Recht dazu? Ich war Olafs zweiter Befehlshaber, während du nicht mehr warst als einer der Ruderer, Wulfgar Bloodaxe!«

»Eigenartig, daß du daran nicht gestern gedacht hast, als ich als Steuermann auf dem Hinterschiff stand, weil Olaf tot war und du so trunken warst von Wein und Ale und Blutdurst, daß du deine Pflicht als Kapitän der *Drachenfeuer* und der Mannschaft gegenüber ganz vergessen hattest!«

»Ein gutes Argument, Wulfgar Bloodaxe«, sprach einer der anderen Männer, Flóki the Raven. Aus den Augenwinkeln warf Wulfgar ihm einen Blick zu. Er war ein Krieger, der kühner und ehrenhafter war als die meisten von Olafs Thegns. »Wie willst du darauf antworten, Knut Strongarm?«

»Mit der Spitze meiner Klinge in den Hals dieses Emporkömmlings – und jedes anderen Mannes auch, der glaubt, daß er mir überlegen ist!«

»So sei es denn«, brummte Wulfgar und zog die Streitaxt aus der ledernen Scheide auf seinem Rücken und nahm seinen Schild. »Ich werde nicht unter dem Kommando eines dickbäuchigen alten Fasses fahren, das seinen Verstand nicht zusammenhalten und seinen Schaft nicht in der Hose lassen kann, wenn der Kampf vorbei ist und die Segel gesetzt werden müssen!«

Knut Strongarm verdankte seinen Namen der Kraft seines Schwertarms, mit dem er schon manchen Feind erschlagen hatte, und obwohl er zwanzig Jahre älter war als Wulfgar, so hatte er in seinem Leben doch schon so manchen jüngeren Gegner besiegt. Er war nicht so groß wie Wulfgar, doch war er schwerer, mit einem kräftigen Nacken, und glich eher einem Walroß – langsam und schwerfällig, aber gefährlich, wenn es angegriffen wurde. Sein linkes Augenlid hing herunter wegen einer entstellenden Narbe, die er nach einer Verwundung von der Scramasaxt eines Feindes bei einem Überfall vor Jahren zurückbehalten hatte, und als er jetzt seine lederne Tunika auszog, waren noch mehr Narben aus anderen Kämpfen zu sehen. Nachdem er seine kräftigen Muskeln hatte spielen lassen, um seine Kraft zu demonstrieren, zog er sein Breitschwert aus der Scheide und nahm seinen eigenen Schild. Rhowenna glaubte, noch nie einen Mann gesehen zu haben, der so furchteinflößend aussah; Wulfgar hatte sicher keine Aussicht, im Kampf gegen diesen Mann zu bestehen. Ihr Herz zog sich voller Furcht zusammen bei diesem Gedanken.

Die anderen Wikinger versammelten sich auf dem Langschiff, die

Segel wurden eingeholt, ein Platz auf Deck wurde für den Kampf freigeräumt und der schwere eiserne Anker über Bord geworfen, um das Schiff an seinem Platz festzuhalten, bis entschieden war, wer der Kapitän sein sollte. Rufe flogen zwischen dem Schiff und den anderen beiden Langschiffen hin und her, und auch diese Schiffe holten die Segel ein und legten sich neben die *Drachenfeuer*, die Mannschaften wollten den Kampf verfolgen. Als alles bereit war, begannen Knut und Wulfgar einander vorsichtig zu umkreisen, mit angespannten Nerven, berechnend und abschätzend. Und dann, mit einem plötzlichen, klirrenden Zusammenschlagen der Waffen, das Rhowenna zusammenzucken und aufkeuchen ließ, begann der Kampf.

Für Wulfgar war es kein Kampf, in dem er die Schläge des Gegners parieren mußte, das verhinderte schon die Streitaxt, die er schwang. Doch die verhinderte auch, daß Knut seine Erfahrung im Umgang mit dem Schwert voll ausspielen konnte; statt dessen war er gezwungen, zu schlagen und zu hacken, und seine schwere Ausrüstung machte ihn verwundbarer, als wenn auch sein Gegner das Breitschwert als Waffe gewählt hätte. Dennoch genügte seine Kraft zusammen mit seinem Gewicht, um Wulfgar schon kurz nach Beginn des Kampfes zurückzutreiben. Wulfgar erkannte sofort, daß brutale Gewalt allein ihm keinen Gewinn einbringen würde, seine Strategie mußte es sein, Knut zu ermüden, indem er den Kampf in die Länge zog. Wulfgar konzentrierte sich darauf, sich zu verteidigen und dabei seine Kraft zu schonen, er vertraute seiner Schnelligkeit und seiner Wendigkeit, um den Schlägen seines Gegners auszuweichen und seinen Schild zum Schutz gegen die Schläge einzusetzen, denen er nicht ausweichen konnte. Dennoch fuhr jeder mächtige Hieb, den Knut austeilte, wie ein Beben durch Wulfgars Schwertarm, und er mußte die Zähne zusammenbeißen, um nicht laut aufzuschreien und ein bösartiges Lächeln auf Knuts häßliches Gesicht zu zaubern, der weiter auf ihn eindrang.

In einem Duell konnte man viel über einen Mann erfahren, und als Rhowenna den beiden zusah, erkannte sie Wulfgars List und seine Geschicklichkeit gegen einen Gegner, der, obwohl er stärker war, doch weniger schlau und geschickt war und der bis jetzt immer durch seine Stärke überlegen gewesen war, so daß er sich zu sehr in Sicherheit wiegte, weil er glaubte, daß mehr nicht nötig war. Doch als dann die Sonne am Himmel höher stieg, ging der Kampf weiter und weiter, und als es Knut mit seinen Schlägen nicht gelang, Wulfgars Verteidigung zu durchbrechen, schwand das Lächeln von seinem Gesicht und machte einem Ausdruck mörderischer Wut Platz, und seine Schläge wurden heftiger und rücksichtsloser. Seine Wut erinnerte Rhowenna an einen Nachmittag in der Palisade ihres Vaters, als sie Brynmawr zugesehen hatte, der einige der jungen Männer ausbildete, die zu diesem Zweck an Pendragons Hof geschickt worden waren. Einer von ihnen, der erkannt hatte, daß er keinen Sieg erringen konnte, hatte die Kontrolle über sich verloren, und Brynmawr hatte ihn entwaffnet und ihm mit der flachen Klinge einen so kräftigen Schlag versetzt, daß der junge Mann auf den Rücken gefallen war; dann hatte er ihm die Schwertspitze gegen den Hals gedrückt.

»Laß dich in einem Kampf nie von deiner Wut leiten, Bursche!« hatte Brynmawr ihn heftig gescholten. »Das wird dich dazu bringen, übereilt zu handeln – und das ist ein Fehler, der dich das Leben kosten kann!«

Wut schien jetzt auch Knut Strongarm zu beherrschen, beobachtete Rhowenna, und deshalb bestand die Möglichkeit, daß er einen tödlichen Fehler machte. In Wulfgars Augen, die er zusammengezogen hatte, blitzte keine Wut auf, berechnend und sogar ein wenig belustigt blickten sie. Er bewegte sich wie eine geschmeidige Katze, dachte Rhowenna, sein helles Haar wehte im Wind, sein kräftiger, elastischer Körper duckte sich, wirbelte herum, die Füße in den Stiefeln aus Seehundfell tanzten leicht über das Deck, die Muskeln in seinen nackten, von einem dünnen Schweißfilm überzogenen Armen, seinem Oberkörper und seinem Rücken bewegten sich und erfüllten Rhowenna mit einem eigenartigen Gefühl, das sie noch nie zuvor erlebt hatte; das Blut rauschte in ihren Ohren, ihr Herz raste.

Die beiden Kämpfer waren mit Blut bedeckt, das aus einigen kleineren Wunden floß, das Breitschwert und die Streitaxt, deren Klingen zuvor in der Sonne geglänzt hatten, waren jetzt stumpf und rot, die hölzernen Schilde wiesen Risse und Sprünge auf von den heftigen Schlägen, und beide Kämpfer warfen sie jetzt achtlos zur Seite, weil sie sie behinderten. Rhowenna fürchtete um Wulfgars Leben, denn ganz sicher war Knuts Breitschwert die überlegenere Waffe, schneller und beweglicher. Doch nie zuvor hatte sie gesehen, daß eine Streitaxt so geschwungen wurde wie von Wulfgar jetzt, da der Schild ihn nicht länger behinderte. Er setzte sie nicht nur als Streitaxt ein, sondern auch als Stock. Kräftig schwang er sie und hob den langen Schaft, um Knuts zunehmend langsamere Schläge abzublocken, dann hob er sie abrupt wieder und stieß das Ende des mit Leder umwickelten Griffs in Knuts Magen, so daß er zusammensackte.

Knut atmete jetzt keuchend – durch den Mund. Bei diesem Anblick hob sich Wulfgars Stimmung, denn ein Mann, der so atmete, bekam nicht genug Luft in seine Lungen und war erschöpft, reif für den Angriff. Jetzt begann Wulfgar, ihn heftig zurückzudrängen, er zeigte Knut, daß er bis jetzt nur mit ihm gespielt hatte, absichtlich, um ihn zu ermüden. Als Knut das klar wurde, wurde er nur noch wütender, seine Schläge heftiger wie die eines verzweifelten Mannes, der ahnt, daß er nur noch Minuten zu leben hat. Mit blutrünstig leuchtenden Augen waren die Wikinger aufgesprungen, sie schrien und brüllten entsetzliche, grausame Dinge. Die Frauen kauerten sich auf dem Deck zusammen, für diesen Augenblick hatten ihre Bezwinger sie vergessen. Nur Rhowenna stand aufrecht, mit großen, dunklen Augen und blassem Gesicht beobachtete sie den Kampf, die Hände hatte sie so fest zusammengeballt, daß ihre Fingerknöchel weiß hervortraten und die Fingernägel sich in die Handflächen bohrten. In wenigen Augenblicken würde nicht nur Wulfgars Schicksal, sondern auch ihr eigenes entschieden werden. Und sie wollte ihrem Schicksal nicht in gebückter Haltung gegenübertreten, sondern so tapfer, wie Wulfgar ihm entgegengetreten war, wissend, was es für sie beide zu bedeuten hatte.

Breitschwert und Streitaxt sangen das Lied des Todes, wild und mißklingend, untermalt von heftigem Klirren und Schlagen, wenn eisenbeschlagene Fässer oder die Y-förmigen Schragen oder einmal sogar der Mast des Schiffes getroffen wurden. Die Planken waren glitschig und rot vom Blut, das aus den Wunden der Kämpfer floß. Jetzt sprang Knut vor und rutschte aus, als er versuchte, sein Breitschwert in Wulfgars Bauch zu stoßen. Im letzten Augenblick konnte Wulfgar die Klinge abwehren, mit seiner Streitaxt versetzte er ihm einen heftigen Hieb. Metall stieß auf Metall, so heftig, daß Knuts Breitschwert aus seiner Hand geschlagen wurde und in einem silbernen Bogen, in der Sonne glänzend, emporflog, bis es im Sturzflug wie ein Falke ins Meer fiel. Wulfgar machte einen Schritt zur Seite, mit dem Griff seiner Streitaxt stieß er Knut in den Rücken, so daß er auf die Knie fiel. Dann umfaßte Wulfgar den mit Leder umwickelten Griff seiner Streitaxt, schwang die Klinge hoch in die Luft, hielt sie sekundenlang an, ehe sie mit Macht herunterfiel und sich in Knuts Nacken bohrte und ihn enthauptete. Rhowenna schrie voller Entsetzen auf, als Knuts Kopf sich wie in Zeitlupe vom Rumpf löste und über das Deck rollte, Blut spritzte aus seinem Hals auf Wulfgars Gesicht und seinen Oberkörper. Eine Ewigkeit noch schien Knuts enthaupteter Körper auf dem Deck zu knien, ehe er dann langsam umkippte.

Heftig atmend stand Wulfgar in dem plötzlichen Schweigen, die Streitaxt in den blutbeschmierten Händen. Rhowenna wich unbewußt vor ihm zurück, er sah aus wie ein wilder, brutaler Eroberer, als seine Augen, in denen der Triumph leuchtete, sich mit ihren trafen. Doch als er sah, daß sie vor ihm zurückschreckte, wurde sein Blick hart, abweisend und kalt, ein Muskel zuckte an seinem Kinn, sie wußte, daß sie ihn durch ihr Verhalten verärgert hatte, anstatt sich über seinen Sieg zu freuen. Trotz all seiner früheren Sanftheit und Freundlichkeit ihr gegenüber wußte sie jetzt, daß er so brutal und tödlich sein konnte wie all die anderen Wikinger, es war gefährlich, seinen Zorn zu erregen, und sie erschauderte und senkte schnell den Blick, weil sie fürchtete, daß sein Ärger auch sie treffen könnte oder, noch schlimmer, daß er sie plötzlich packen könnte, um sie zu vergewaltigen, so wie alle Männer es taten, wenn der Blutrausch sie gepackt hatte. Vielleicht würde er ihr sogar seinen Schutz entziehen.

Doch statt dessen wandte er sich ab, seine Stimme klang hart und autoritär in der plötzlichen Stille.

»Gibt es unter euch noch einen anderen Mann, der mir die Vorherrschaft auf diesem Schiff streitig machen will? Wenn das so ist, dann soll er jetzt vortreten und seinen Anspruch geltend machen – oder er soll schweigen, bis diese Reise beendet ist!«

Ein Augenblick äußerster Spannung folgte, die Stille wurde nur vom Rauschen des Windes und dem Plätschern der Wellen gegen das Schiff unterbrochen und von den weit entfernten Schreien der Schwäne, die nach Norden flogen. Doch dann, als niemand vortrat, um den Kampf dort weiterzuführen, wo Knut Strongarm ihn beendet hatte, löste sich die Anspannung ein wenig, und Wulfgar fühlte, wie sich seine Muskeln langsam lockerten.

»Dann soll sich ab jetzt kein Mann an Bord der *Drachenfeuer* meinen Befehlen widersetzen«, sagte er. »Und mein erster Befehl ist dieser: Dies dort ist die Prinzessin von Usk.« Er deutete auf Morgen. »Ihretwegen sind wir vom Nordland nach Walas gesegelt, und deshalb liegt unser Herr, Olaf the Sea Bull, tot in diesem Schiff, erschlagen im Kampf mit den Männern von Usk. Sie ist die einzige Tochter eines Königs, die mit einem Prinzen verlobt ist, und auch wenn wir ihre Mitgift nicht erobern konnten, so ist sie selbst doch eine wertvolle Geisel für uns, sie ist ihr Gewicht in Gold wert – aber nur, wenn sie unverletzt und Jungfrau bleibt. In der letzten Nacht hat es unter euch Männer gegeben, die dieses Gold aufs Spiel gesetzt hätten, nur um ihre Lust zu befriedigen, wenn nicht kühlere Köpfe die Oberhand behalten hätten. Jetzt sage ich euch, daß kein Mann sie anrühren darf, daß derjenige, der dumm genug ist, meinen Befehl zu mißachten, sterben wird und daß sein Körper nicht zur Beerdigung ins Nordland gebracht wird, sondern daß er über Bord geworfen wird, den Fischen zum Fraß.« Wulfgar hielt einen Augenblick inne und wartete, bis seine Worte zu den Männern durchgedrungen waren, dann sprach er weiter.

»Diese Frau, die Dienerin der Prinzessin« – er griff nach Rhowenna und zog sie an sich – »beanspruche ich für mich – für mich ganz allein! Und ich werde jeden Mann umbringen, der es wagt, Hand an sie zu legen!«

Nach diesen Worten war das Schweigen endlich gebrochen, denn erst einer und dann auch andere riefen rauhe Scherzwörter und Spötteleien, die lautes Lachen nach sich zogen und schließlich dazu führten, daß Wulfgar nach einem Augenblick seinen sinnlichen Mund zu einem absichtlich anzüglichen Lächeln verzog und Rhowenna mit dunklen, unergründlichen Augen ansah. Noch ehe sie wußte, was er vorhatte, vergrub er eine Hand in ihrem Haar und zog grob ihren Kopf zurück. Erschrocken und voller Angst schrie sie leise auf, ein Ton, den er schnell mit seinem wilden Triumph erstickte, als er seinen Mund auf ihren preßte und sie küßte, hart und hungrig, so daß es ihr den Atem nahm und ihre Sinne verwirrte.

Kein Mann in ihrem Leben hatte es je gewagt, sich eine solche Freiheit herauszunehmen, sie so zu küssen, und selbst in ihren wildesten Vorstellungen hatte Rhowenna sich nicht träumen lassen, daß ein Mann sie je so küssen würde, wie Wulfgar es jetzt tat, als wolle er ihr das Leben und ihre Seele aus dem Körper saugen und sie ihr dann wieder einflößen. Sie war völlig unvorbereitet auf den Schock und seine Kühnheit, auf die unbekannten Gefühle, die er in ihr weckte, die sie ängstigten und ihr das Gefühl gaben, im nächsten Augenblick ohnmächtig zusammenzusinken, als seine Zunge kühn ihre widerstrebenden Lippen auseinanderzwang und triumphierend die süße feuchte Höhlung ihres Mundes erforschte. Lichtblitze, wie von einer Sternschnuppe, zuckten hinter ihren geschlossenen Augenlidern, das Blut rauschte in ihren Ohren, und eine wilde, unerwartete Erregung ergriff sie bei seinem unbarmherzigen Angriff, sie war so benommen, daß sie sich noch Jahre später nicht mehr deutlich an diesen Augenblick auf der *Drachenfeuer* erinnern konnte, als Wulfgar sie als sein Eigentum gefordert hatte und sie küßte. Statt dessen war ihr, als sehe sie alles durch ein dunkles Glas, wie die Morketiden, die trüben Zeiten im Nordland, die sie kennenlernen würde. Sie hatte von diesem Mann geträumt, und jetzt hielt er sie in seinen Armen – und es war nicht länger ein Traum, sondern lebhafte Wirklichkeit. Sie hatte das Gefühl, als hätte das Deck unter ihr sich plötzlich zur Seite geneigt, und sie wäre gefallen, hätte er sie nicht festgehalten, sie an seinen Körper gepreßt und ihr deutlich gezeigt, daß er ein Mann war, der nach ihr verlangte.

Verängstigt, benommen vom Ausmaß seines Verlangens, von seinem absichtlichen Angriff auf ihre Sinne, begann Rhowenna sich gegen ihn zu wehren, mit den Fäusten schlug sie gegen seine nackte, blutige Brust und versuchte verzweifelt, sich aus seiner Umklammerung zu lösen, doch vergebens. Wulfgar war viel stärker als sie, wenn sie das nicht vorher schon gewußt hatte, so wußte sie es jetzt. Sie war zerbrechlich, hilflos ihm gegenüber wie ein Schilfhalm im Wind. Er konnte mit ihr tun, was er wollte, konnte ihr antun, was er wollte, und sie wäre machtlos, es zu verhindern.

»Hört auf, gegen mich zu kämpfen, zänkisches Weib!« flüsterte er an ihren Lippen, und seine Hand griff so fest in ihr Haar, daß es schmerzte und sie seinem Befehl gehorchen mußte. »Ihr werdet es noch schaffen, daß alles, was ich erreicht habe, verloren ist und ich verletzlich bin, dem Gelächter der anderen ausgeliefert. Wollt Ihr etwa, daß diese Wikinger glauben, daß ich einen Mann im Kampf besiegen kann und dann noch nicht mal mit einem Frauenzimmer fertig werde?«

Irgendwo in ihrem Kopf regte sich die Vernunft, und Rhowenna begriff, was er zu tun versuchte. Doch noch ehe sie ihm antworten konnte, senkte sich sein Kopf wieder zu ihr, er preßte seine Lippen auf ihre und küßte sie, bis sie aufhörte, sich gegen ihn zu wehren, bis ihre Hände nicht länger gegen seine Brust schlugen, sondern sich ohne ihr eigenes Zutun um seinen Hals legten und ein leises Stöhnen aus ihrer Brust drang. Ein respektloses Gebrüll kam von den Männern, die sie beobachteten, und endlich gab Wulfgar sie frei.

Sekundenlang starrte er auf sie hinunter, er sah ihr zerzaustes schwarzes langes Haar, das ihr schmales Gesicht einrahmte, ihre weit aufgerissenen Rehaugen mit dem erschrockenen Blick, in denen sich

Leidenschaft, Angst und Verwirrung spiegelten, die dunklen, durchsichtigen Schatten, die ihre langen Wimpern auf ihre blassen Wangen warfen, als sie die Augen vor seinem eindringlichen Blick schloß, ihre feine, gerade Nase, deren Flügel leicht bebten, wie die eines aufgeschreckten Tieres, das an Flucht denkt, ihre zitternden, leicht geöffneten Lippen, so voll und rot wie eine voll erblühte Rose, noch feucht und geschwollen von seinem ungezügelten Kuß, die kleine Ader an ihrem Hals, die heftig pulsierte, die sanfte Rundung ihrer vollen, reifen Brüste unter dem Mieder, die sich schnell hoben und senkten und sich verführerisch gegen den dünnen Stoff drängten.

Sie gehörte ihm, er brauchte sie nur zu nehmen.

Wulfgars Lenden zogen sich zusammen bei diesem Gedanken. Aber dann sah er, wie Rhowennas Hände zitterten und sie sich plötzlich heftig über den Mund wischte, wie sie rot wurde vor Wut und Verlegenheit bei dem Gelächter und den zotigen Rufen der Männer, und Scham und Zorn überkamen ihn. Er war nicht besser als all die anderen Wikinger auch, dachte er voller Abscheu, nicht besser als Ragnar und auch nicht besser als Ivar. Dennoch, hätte er nicht so auf die Spötteleien der Männer reagiert, so hätten sie vielleicht seine Männlichkeit in Frage gestellt, hätten vielleicht daran gezweifelt, daß er in der Lage war, Kapitän der *Drachenfeuer* zu sein, sie konnten sich jederzeit gegen ihn wenden. Und wegen Rhowennas Sicherheit und um ihres Wohlergehens willen mußte sie lernen, sich wie ein Sklavin zu benehmen, wie eine Frau, die ihm gehörte – und nicht wie eine stolze Prinzessin.

»Holt den Anker ein! Setzt die Segel!« befahl Wulfgar abrupt mit lauter Stimme, seine Streitaxt warf er über die Schulter. »Wir verschwenden unsere Zeit hier. Flóki the Raven, übernimm du das Steuer, während ich mich um meine Wunde kümmere. Du wirst mein zweiter Befehlshaber sein. Ein paar der anderen Männer haben dafür zu sorgen, daß der Leichnam Knut Strongarms unter Deck gebracht wird.« Er wandte sich zu Rhowenna und sprach absichtlich in der Sprache der Nordmänner zu ihr. »Frauenzimmer, hol den Eimer mit Seewasser von dort drüben.« Mit Gesten unterstrich er seine Worte, damit sie ihn verstand.

Einen Augenblick lang stand Rhowenna unschlüssig vor ihm, sie war nicht sicher, ob er mit ihr gesprochen hatte, denn in seinem Ton und in der Art, wie er sie ansah, lag eine solche Geringschätzung, wie sie sie zuvor in seinem Benehmen nicht gesehen hatte. Aber dann dachte sie daran, wie er Knut Strongarm vor ihren Augen umgebracht hatte und sie danach so wild geküßt hatte, und Furcht überkam sie, als sie sah, wie seine Augen wütend aufblitzten, als sie nicht gleich gehorchte. Schnell beeilte sie sich, seinen Wunsch zu erfüllen, sie hob den schweren Holzeimer mit Seewasser, in dem Morgen und sie sich zuvor gewaschen hatten, und trug ihn zu Wulfgar hinüber, der ungeduldig wartete.

»Wenn ich dir das nächstemal etwas befehle, Weib, dann tust du gut daran, mich nicht warten zu lassen!« fuhr er sie an, noch immer in seiner eigenen Sprache und überlaut, damit er sicher war, daß die anderen Wikinger ihn hörten. »Du bist meine Sklavin, und wenn du dich nicht beeilst, meine Befehle zu befolgen, dann werde ich dich schlagen. Hast du verstanden?« Als Rhowenna nur leicht und verängstigt nickte – denn sie hatte ihn nicht völlig verstanden, sie hatte nur die Bedeutung seiner Worten geahnt –, beugte er sich ohne Vorwarnung zu ihr und riß ein Stück von ihrem zerrissenen Rock ab. »Du wirst hiermit meine Wunde säubern«, befahl er ihr und reichte ihr das Stück Stoff, dann setzte er sich auf ein eisenbeschlagenes Faß und sah sie erwartungsvoll an.

»Habt Ihr – habt Ihr Seife?« fragte sie zögernd in sächsisch, tauchte den Stoff in das Salzwasser und wrang ihn aus.

»Nein«, antwortete Wulfgar leise, jetzt auch in sächsischer Sprache. »Aber das Salz wird eine Entzündung verhindern, wenn Ihr Euch deswegen sorgt.«

»Warum sollte ich?« wagte sie zu antworten, ihre Stimme war leise und zitterte ein wenig. »Wo Ihr doch an diesem Tag bewiesen habt, daß Ihr nicht besser seid als der Rest der brutalen Männer an Bord dieses Schiffes! Es ist mir gleich, ob Ihr lebt oder sterbt!«

»Sollte ich sterben, dann wird der Tag kommen, an dem Euch das nicht gleich ist, Herrin!« gab Wulfgar heftig zurück und versuchte zu verbergen, wie sehr ihre Worte ihn verletzt hatten. »Ich würde denken, daß Ihr das sogar sehr bedauern werdet, wenn Ihr erst einmal der Gnade Ragnar Lodbróks und Ivars the Boneless' ausgeliefert seid – denn er wird mehr von Euch verlangen als nur einen Kuß von Euren hübschen Lippen, und er wird es sich mit brutaler Gewalt nehmen, ohne Rücksicht auf Schmerzen oder Scham ...« Abrupt hielt er inne und stöhnte auf, als Rhowenna den nassen Stoff gegen seine Brust preßte und das Seewasser so tief in seine Wunden rieb, daß das Salz brannte. Seine Hand schoß vor und schloß sich wie ein eisernes Band um ihr Handgelenk. »Herrin, das habt Ihr absichtlich getan!«

»Ihr habt mir befohlen, Eure Wunden zu säubern, nicht wahr ... mein Herr?« Ein tapferer Unterton von Sarkasmus lag in ihrer Stimme, als sie ihn jetzt so ansprach. »Und Ihr habt erklärt, daß ich als Eure Sklavin sofort zu gehorchen habe, denn sonst würdet Ihr mich schlagen.«

»Das habe ich nur wegen der anderen Wikinger gesagt.« Wulfgar bedachte sie mit einem bösen Blick. »Und ich dachte, Ihr wärt klug genug, das zu verstehen, denn bis jetzt habt Ihr mir keine Anzeichen dafür gegeben, daß es Euch an Verstand fehlt. Und ich weiß auch, daß Ihr an ein solch grobes Benehmen, wie ich es Euch gegenüber heute gezeigt habe, nicht gewöhnt seid, Herrin. Aber wenn ich Euch beschützen soll, dann war es nötig, daß ich Euch vor all den Männern für mich beansprucht habe. Zu Eurem eigenen Wohl müssen sie glauben, daß Ihr in Wirklichkeit meine Sklavin seid – denn wenn sie erfahren, daß Ihr die Prinzessin von Usk seid, werden sie es Ragnar Lodbrók und Ivar the Boneless verraten. Versteht Ihr, Herrin? Ich habe Knut Strongarm umgebracht und bin jetzt Kapitän dieses Schiffes. Doch wäre ich ein Dummkopf, zu glauben, daß das, was ich heute erreicht habe, mir sicher ist. Die Männer brauchen nur zu vermuten, daß ich sie angelogen und sie betrogen habe, dann werden sie sich alle gegen mich wenden – und auch gegen Euch. Deshalb war der Kuß, den ich Euch aufgezwungen habe, nötig – auch wenn ich zugeben muß, daß ich ihn nicht bereue.«

Wulfgars Augen brannten wie schon zuvor, als er sie geküßt hatte, ihr blaues Feuer schien Rhowenna zu versengen, genau wie es sein Kuß getan hatte. Sie verstand nicht, wie er diese Gefühle in ihr wecken konnte, sie war verwirrt, aufgewühlt und so atemlos, als sei sie eine lange Strecke gelaufen. Ihre Wangen brannten hochrot vor Entrüstung, Erniedrigung und Gefühlen, die sie nicht beim Namen nennen konnte, als sie wieder daran dachte, wie sich seine Lippen auf ihre gelegt hatten, wie seine Zunge in ihren Mund eingedrungen war, auf eine Art, wie sie es nie für möglich gehalten hatte. Ihre Hände sanken von seinen Wunden und zitterten.

»Ihr seid nicht ritterlich, Ihr seid grausam, eine Bestie, so mit mir zu reden«, flüsterte sie und senkte den Blick, weil sie ihm nicht in die Augen sehen konnte.

»Herrin, ich würde noch ehrloser und brutaler sein, wenn ich Euch anlügen würde – und das werde ich nicht tun. Ich bin ein Mann mit den Wünschen und Bedürfnissen eines Mannes, und Ihr seid eine wunderschöne, begehrenswerte Frau. Dennoch ist es genau so, wie ich es Euch gesagt habe: ich werde Euch kein Leid antun, also braucht Ihr Euch nicht vor mir zu fürchten. Entweder werdet Ihr willig in meinen Armen liegen oder gar nicht. Die Götter haben Euch in ihrer Weisheit zu nicht weniger geschaffen.«

»Woher soll ich wissen, daß Ihr die Wahrheit sprecht, daß Ihr mich nicht auf eine schreckliche Art betrügen werdet?«

»Ich schwöre es bei den Göttern.«

»Ihr seid ein Heide, und Euer Eid bedeutet gar nichts. Eure Götter sind falsche Götzenbilder, das sagen die Priester. Es gibt nur einen Christ, und der ist der wahre Gott.« Sie berührte das goldene keltische Kruzifix, das sie um ihren Hals trug und das ihr die Wikinger noch nicht abgenommen hatten. »Werdet Ihr … werdet Ihr in seinem Namen schwören?«

»Nein, ich bin kein Christ, Herrin, sondern ein Wikinger und demnach Odins Krieger. Wenn ich im Kampf sterbe, wie es sich jeder Wikinger wünscht, dann werde ich einer der Einheriar sein und von den Walküren nach Walhall getragen werden, in Odins großen Metsaal der

Gefallenen, in Asgard, wenn man mich dieser Ehre für würdig erachtet. Ich werde von Eurem Gott nicht in den Himmel aufgenommen werden, von dem ich nichts weiß, außer daß er kein mächtiger Krieger war und deshalb die Seelen solcher Männer nicht kennen kann.«

»Die Priester sagen, daß Er es kann, denn Er ist allwissend und allmächtig.«

»Möglich. Dennoch fürchte ich den christlichen Gott nicht, wie einige der anderen Nordmänner es tun, ich fürchte die Götter Asgards und den mächtigen Loki, der die Bosheit verkörpert. Sie sind uralt, älter als Euer Christus, Herrin, älter als diese Erde, elementar und ewig wie der Wind und das Meer, das uns auf dem Schwanenweg entlang trägt ins Nordland. Fühlt Ihr diese Götter nicht, Herrin? Spürt Ihr sie nicht – die Wächter unseres Schicksals?«

Ein Schauer lief bei Wulfgars Worten über Rhowennas Rücken, die kleinen Härchen in ihrem Nacken stellten sich auf, denn hatten nicht die Götter sie in ihrem Traum vor ihrem Schicksal gewarnt, vor ihrer Bestimmung? Hatte sie sie nicht gefühlt, ihr ganzes Leben lang, und hatte sie nicht gewußt, daß sie existierten, ganz gleich, was die Priester auch sagen mochten? Solch ein Glaube war Ketzerei, es war eine Sünde, die sie beichten mußte. Aber in dem heidnischen Nordland gab es keine christlichen Priester; nichts von dem Leben, das sie in Usk geführt hatte, würde sie dort wiederfinden, nichts von der Welt, die sie zurückgelassen hatte, als dieser kühne Wikinger sie auf seinen Arm genommen hatte und sie an Bord dieses Schiffes getragen hatte, das jetzt so schnell nach Norden flog in das kalte, winterliche Land der Mitternachtssonne.

»Nein, das tue ich nicht«, antwortete sie schließlich auf Wulfgars Frage. »Die alten Götter sind tot.«

»Das glaube ich nicht, Herrin – und in Eurem Herzen glaubt Ihr es auch nicht.«

Rhowenna antwortete ihm nicht, statt dessen konzentrierte sie sich darauf, seine Wunden zu reinigen. Sie rieb jetzt nicht mehr so stark, damit das salzige Seewasser ihn nicht zu sehr schmerzte, obwohl sie wußte, daß er auch so Schmerzen hatte. Doch nach seinem ersten Ausbruch ertrug er ihre Hilfe stoisch und schweigend. Sie fühlte seine warme Haut unter ihren Händen, die kräftigen Muskeln seiner Arme, seines Oberkörpers und seines Bauches. Nie zuvor hatte sie geahnt, daß ein Mann so groß und stark sein konnte, im Vergleich mit ihm fühlte sie sich klein und zerbrechlich, und dieses Gefühl gefiel ihr nicht. Ihr ganzes Leben lang hatte sie als Prinzessin von Usk Macht ausgeübt, jetzt war das nicht länger so. Dieser Mann war viel mächtiger als sie, nicht nur körperlich – und er war das einzige, was zwischen ihr und den anderen Wikingern stand. Als sie schließlich das verkrustete Blut von seiner Haut gewaschen hatte, ließ sie das Stück Stoff in den Eimer fallen und richtete das Wort an ihn.

»Habt Ihr Heilsalbe für diese Verletzungen?«

»Ja.« Er deutete auf seine Seekiste, die einige seiner Männer auf das Hinterschiff gebracht hatten. »Dort drin.«

Rhowenna wandte sich um, dann kniete sie nieder und öffnete die Kiste. Es war ein eigenartiges Gefühl, beinahe so, als würde sie neugierig etwas untersuchen, was ihr nicht zustand. Doch gleichzeitig war es auch ein Gefühl der Intimität, als sie in seinen Sachen nach der Heilsalbe suchte. Die Seekiste war beinahe leer, sie enthielt nicht mehr als einige Kleidungsstücke zum Wechseln, eine Börse, in der sich nur wenige Münzen befanden. Wulfgar war kein reicher Mann, stellte sie fest, er war nur kühn, ein Krieger, der entschlossen war, zu erobern, was er konnte, damit er zu Rang und Macht kam – so wie er sie und auch die *Drachenfeuer* erobert hatte und zweifellos auch das Grenzland seines Herrn, Olaf the Sea Bull, an sich reißen würde. Vielleicht hatte Morgen ja recht und Wulfgar hatte ihr seinen Schutz und seine Hilfe nur aus dem Grund angeboten, weil er das Lösegeld für sich allein beanspruchen wollte. Diese Möglichkeit mußte sie in Betracht ziehen. Dennoch konnte sie nicht umhin zuzugeben, daß er sie bis jetzt beschützt hatte, wie er es versprochen hatte; was zählte es da schon, wenn sein Motiv Geldgier war statt Freundlichkeit?

Sie nahm den kleinen Tonkrug mit Heilsalbe, entkorkte ihn und roch prüfend daran. Sofort erkannte sie den Duft verschiedener Heilkräuter, die medizinische Wirkung hatten. Zufrieden, daß nichts Schädliches in dem kleinen Krug war – damit man ihr nicht vorwerfen konnte, Wulfgar vergiftet zu haben –, steckte Rhowenna einen Finger in die Salbe und rieb damit Wulfgars Verletzungen ein.

»Die Wunden sind nicht gefährlich, man braucht sie nicht zu verbinden«, erklärte sie, als sie fertig war. Sie verschloß den Tonkrug und legte ihn in Wulfgars Seekiste zurück, die sie danach wieder schloß. »Sie müssen nur saubergehalten werden, um eine Infektion zu vermeiden.«

»Ihr seid genauso klug, wie Ihr schön seid. Ich danke Euch, Herrin.«

»Dann ... gewährt mir eine kleine Gunst als Zeichen für Eure Dankbarkeit, Wulfgar Bloodaxe«, wagte Rhowenna zu erbitten, denn obwohl er sie als seine Sklavin beanspruchte, so wußte er doch, daß sie diese Rolle niemals freiwillig akzeptieren würde, da sie niemals vergessen würde, daß sie die Prinzessin von Usk war.

»Was für eine Gunst?« fragte er und zog abwägend die Augen zusammen, damit sie begriff, daß er von ihrer Schönheit nicht so bezaubert war, daß er ihr erlaubte, sich über ihn lustig zu machen. Sie war froh, daß sie sich nicht so weit herabgelassen hatte, es zu versuchen.

»Nur die eine: daß ich und die anderen Frauen nicht länger an Händen und Füßen gefesselt werden. Ihr seid viele Männer, wir Frauen dagegen sind nur wenige, und dieses Schiff ist viele Meilen weit draußen auf See. Für uns gibt es keine Hoffnung, Euch zu entkommen, wenn wir über Bord springen. Dann dürfen wir uns doch sicher frei bewegen, damit wir uns waschen und uns um unsere eigenen Wunden kümmern können.« Sie hatte nicht mehr verlangt als das, denn sie wußte, daß es nichts nützen würde, von ihm zu verlangen, die Frauen nach Usk zurückzubringen oder sie wenigstens in der Nacht in Ruhe zu lassen.

»Eure Bitte scheint mir angemessen zu sein«, stimmte Wulfgar ihr nach kurzer Überlegung zu. »Also gut, ich werde Euch und den anderen Frauen erlauben, ungefesselt herumzugehen. Aber nehmt zur Kenntnis, Herrin, beim ersten Anzeichen von Schwierigkeiten oder wenn eine der Frauen sich wirklich entschließt, über Bord zu springen, werden alle wieder gefesselt, habt Ihr verstanden?«

»Jawohl.«

»Sorgt dafür, daß die anderen Frauen es auch begreifen.«

»Das werde ich. Danke … mein Herr.« Weil Rhowenna zu stolz war, diese Worte leichthin auszusprechen, brannten ihre Wangen hochrot, als sie sich dazu zwang, ihm nicht nur zu danken, sondern ihn auch bei dem Namen zu nennen, den sie zuvor nur im Spott benutzt hatte. Sie wußte, daß er nicht mehr war als nur ein Krieger und diesen ehrenvollen Titel nicht verdiente, höchstens von einer Gattin – oder einer Sklavin.

»Mit der Zeit werdet Ihr Euch daran gewöhnen, mich so zu nennen, Herrin, das schwöre ich«, sagte Wulfgar leise, und ein rätselhaftes Lächeln lag um seinen Mund, obwohl es seine Augen nicht erreichte, in denen dunkel und entschlossen das Verlangen aufleuchtete, das Rhowenna den Atem nahm und ihr Herz schneller schlagen ließ.

»Nein, das werde ich nicht!« erklärte sie heftig.

»Dessen seid Ihr Euch jetzt sicher, Herrin, in diesem Augenblick. Aber ich sage Euch, der Tag wird kommen, wo Ihr nicht länger so sicher seid, denn die Götter sind unbeständig, wie diejenigen, die sie in Versuchung führen, sehr schnell herausfinden werden, und kein Sterblicher kann das verändern, was in den Sternen geschrieben steht. Wir alle sind machtlos unserem Schicksal und unserer Bestimmung gegenüber – sogar eine Prinzessin, Herrin … sogar Ihr.«

Rhowenna antwortete nicht, sie dachte an ihren Traum – und in ihrem Herzen wußte sie, daß Wulfgar die Wahrheit sprach.

8. KAPITEL

Sliesthorp

Bis jetzt hatte Wulfgar das Ruder vieler kleiner Boote geführt, doch vor dieser Reise hatte er noch nie das Kommando über ein mächtiges Langschiff gehabt, und er fühlte eine Freude, wie er sie nur selten in seinem Leben erlebt hatte, als er spürte, wie die *Drachenfeuer* auf jede seiner Handbewegungen reagierte, wie sie sich auf den schimmernden Wogen hob und senkte, ihren kräftigen, schlanken Drachenhals gereckt wie den eines Schwanes, das rote Segel ausgebreitet wie Schwingen, um den Wind einzufangen. Die See war ruhig, die Winde günstig, und die drei Schiffe segelten schnell nach Norden, entlang der Küste der Normandie, an dem aufblühenden Marktplatz Quentowic vorbei, der auf der anderen Seite der Straße von Dover lag, und dann vorbei an der Küste nach Friesland und Jütland. Noch vor dem letzten Jahr hätten die Wikinger alle größeren Marktplätze des nördlichen Europa besucht, die friesische Stadt Dorestad, die am Zusammenfluß des Flusses Lek und einem Arm des Rheins lag, um dort einige der gefangenen Frauen und die aus Usk geraubten Schätze zu verkaufen. Doch in den letzten Jahren war Dorestad, obwohl es vom Wasser eingeschlossen war, starke Palisaden und Tore besaß und eine karolingische Festung war, oft von den Nordmännern überfallen worden. Und im vergangenen Jahr hatte eine riesige Gezeitenwelle die Sanddünen überflutet, die die Grenze zum Meer bildeten, und die niedriger liegenden Regionen der fränkischen und germanischen Königreiche überschwemmt und unzählige Menschen und Tiere ertränkt. Gleichzeitig hatte diese Woge den Flußlauf des Rheins geändert, er floß jetzt Richtung Utrecht und nicht länger nach Dorestad und zerstörte so den Handel dort und auch die Stadt. Aus diesem Grund entschied sich Wulfgar, die jütländische Marktstadt Sliesthorp anzusteuern.

Obwohl das Langschiff schnell vorwärts kam, dauerte es doch einige Tage, bis sie Jütland erreichten, und Wulfgar wußte diese Tage zu nutzen, um seinen bestimmenden Einfluß, den er über die Thegns Olaf the Sea Bulls gewonnen hatte, noch zu steigern, sie an seine Autorität zu gewöhnen, so daß sie es nur als natürlich empfinden würden, wenn er Olafs Grenzland in Besitz nahm, wenn die Zeit dafür gekommen war und sie sich ihm nicht widersetzten. Mit unterschwelligen Bemerkungen, die er hier und da fallenließ, erinnerte Wulfgar die Männer daran, daß er, wenn auch illegitim, ein Sohn des großen Ragnar Lodbrók war, ihres Königs, und daher von königlicher Abstammung, auch wenn Ragnar ihn nie offiziell als seinen Sohn anerkannt hatte und er daher keinen Anspruch auf Ragnars Königreich und Thron hatte. Dennoch widersprach kein Mann an Bord der *Drachenfeuer* Wulfgars Anspielungen, daß Ragnar sein Erzeuger war, denn sogar ohne Schnurrbart und Bart war Wulfgars Ähnlichkeit mit Ivar the Boneless so augenfällig, daß niemand ernsthaft bezweifelte, daß die beiden Brüder waren.

Zudem zeigte sich Flóki the Raven mehr als willig, mit ihm zusammenzuarbeiten, jetzt, wo er erkannte, daß sich ehrliche Arbeit wieder lohnte; er war ihm ein wertvoller zweiter Kommandant, er unterstützte Wulfgar unerschütterlich und half ihm dabei, die Mannschaft auf Vordermann zu bringen. Natürlich brummten einige der Männer unwillig über die Veränderungen, die Wulfgar bewirkte, die meisten von ihnen waren alte Graubärte, die Olaf the Sea Bull schon viele Jahre gedient hatten. Doch die anderen Männer, jüngere, stärkere und wagemutigere Männer wie Flóki the Raven, begrüßten Wulfgar als strengen, aber fähigen Herrn, der ein kühner, mächtiger Führer war und ihren Respekt verdiente. Er war ein Mann, dem ein Krieger gern seine Gefolgschaft schwor, um mit ihm auf Raubzug zu gehen, ihm in den Kampf zu folgen, ein Mann, in dessen Adern das Blut des mächtigen Ragnar Lodbrók floß und der eines Tages vielleicht einmal König im Nordland sein würde, ein Mann, der, wenn er erst einmal auf dem Thron saß, seine eigenen Thegns auserwählen würde, um Jarlar zu sein. Unter Wulfgars Führung vibrierte die *Drachenfeuer* voller Erregung und Aktivität, wie sie es seit vielen Jahren nicht mehr gekannt hatte. Selbst auf die anderen beiden Langschiffe, die von rangniedrigeren Jarlars geführt wurden, die zusammen mit Olaf the Sea Bull gesegelt waren, schien der Eifer an Bord der *Drachenfeuer* überzugreifen, und nach einigen Tagen gab es keinen Mann, der es wagte, Wulfgar herauszufordern.

Rhowenna war dankbar dafür, denn sie hatte sehr schnell begriffen, daß sie sicherer war, je stärker Wulfgars Stellung unter den Männern wurde. Keiner der Männer wagte es, sie anzusprechen, alle richteten sich nach Wulfgars Befehlen und hielten sich von ihr und Morgen fern. Nur Flóki the Raven sprach mit ihnen, wenn es nötig war, nachdem er wußte, daß Rhowenna ihn verstand. In der Nacht legte Wulfgar sich auf dem großen Wolfsfell schützend neben sie, Flóki stand dann am Ruder und führte nicht nur das Schiff, sondern wachte auch über sie, damit Wulfgar ruhig und tief schlafen konnte – obwohl er immer mit einem Ohr auf verdächtige Geräusche horchte, auch wenn er schlief. In seinem ganzen Leben hatte er nur seiner Mutter und Yelkei vertraut, um zu überleben und sicher zu sein, daß es ihm gutging. Diese Angewohnheit konnte er nicht so einfach aufgeben, und daher begann er nur sehr langsam, Flóki zu trauen, ein Vertrauen, das Wulfgar in gewisser Weise amüsierte, denn ihm wurde allmählich klar, daß die Unterstützung seines Stellvertreters eine Menge damit zu tun hatte, daß Flóki von Morgen bezaubert war. In seiner wenigen freien Zeit bemühte Flóki sich, der ›Prinzessin‹ von Usk die Sprache des Nordlandes beizubringen, und er war es auch, der aus seiner Seekiste ein Schachbrett hervorzauberte, mit dem Morgen und Rhowenna sich beschäftigen und so der Langeweile der endlosen Tage entfliehen konnten. Bis auf die Mahlzeiten und die kurzen Unterbrechungen zum Waschen am Morgen und am Abend gab es für die beiden nichts zu tun, sie konnten nur im Hinterschiff sitzen und versuchen, allen aus dem Weg zu gehen. Für

Rhowenna und die anderen Frauen, die es gewöhnt waren, ihren täglichen Pflichten nachzugehen, war das Nichtstun schwer zu ertragen.

Aber wenn Rhowenna ehrlich mit sich selbst war, so mußte sie doch zugeben, daß sie trotz allem, was sie erleiden mußte, ein erregendes Gefühl des Abenteuers nicht ganz unterdrücken konnte, denn sie war noch nie zuvor weiter gekommen als bis zu den Grenzen von Usk. Ihre Augen wurden groß beim Anblick von Quentowic in der Ferne. Selbst aus dieser Entfernung war zu erkennen, wie groß die Stadt und der Markt waren. Im Königreich ihres Vaters hatte es keinen solchen Ort gegeben, und zum erstenmal wurde ihr klar, wie klein Usk in Wirklichkeit war, bezogen auf die übrige Welt. Bis jetzt war Usk alles gewesen, was sie je gekannt hatte, und ihr war klar, in was für einer behüteten, begrenzten Welt sie gelebt hatte. Wulfgar lächelte insgeheim, als er sah, mit welch großen Augen sie die fränkische Stadt betrachtete. Es gab also wirklich Dinge, dachte er, die sogar eine Prinzessin erstaunen konnten, und er war stolz darauf, daß er, wenn er auch von niedrigerem Rang war als sie, doch so viel mehr wußte. Er war in vielen Städten und Märkten des Nordlandes gewesen, am häufigsten in Kaupang, dem Sommermarkt an der Westküste des Oslofjordes, in der Nähe des Vestfold. Speckstein-Schnitzer, Weber und Metallverarbeiter übten dort ihre Künste aus, und von dort aus wurden Eiderdaunen in die Königreiche der Ostländer und der Südländer verschifft. Doch Kaupang war klein, verglichen mit Sliesthorp, der größten Stadt und dem größten Markt im Nordland, wo es sogar eine Münzanstalt gab. Sklaven und importierte Güter brachten dort gute Preise, die Beute aus Usk würde dort eine Menge Münzen für Wulfgar und die anderen Wikinger einbringen, die sie untereinander aufteilen würden.

Wulfgars einzige Sorge, als er auf dem Deck der *Drachenfeuer* stand, war, daß jeden Augenblick das mächtige Langschiff Ivars auftauchen konnte, denn mittlerweile war er sicher vom Nordland in Richtung Walas losgesegelt. Wulfgar wollte auf keinen Fall auf See mit Ivar zusammentreffen. Er hoffte nur, daß Ivar vom Nordland aus westwärts gesegelt war, um dann nach Süden entlang der Küste von Britannien nach Walas zu segeln, denn wenn Ivar sich wirklich entschieden hätte, nach Süden zu segeln, entlang den Küsten von Jütland, Friesland und der Normandie, dann würden sie in Kürze aufeinandertreffen. Doch zu Wulfgars Erleichterung blieb ihm das Glück hold, im Augenblick lag die *Drachenfeuer* in dem Flußhafen von Hollingstedt vor Anker, ohne Ivars blaurot gestreiftes Segel erblickt zu haben.

Sliesthorp selbst lag an der Ostküste von Jütland, an der Mündung der Schlei, einem schmalen, aber schiffbaren Fjord am westlichen Ausläufer der baltischen See. Um die Stadt von Westen zu erreichen, war es nötig, von der Nordsee die Flüsse Eider und Trene hinaufzusegeln und dann im winzigen Hafen von Hollingstedt vor Anker zu gehen, um die letzten zehn Meilen nach Sliesthorp mit dem Ochsenkarren zu fahren. Für diese Reise über Land wurden Rhowenna und den anderen Frauen nicht nur die Hände im Rücken gebunden, zu ihrer Verärgerung und ihrer Scham mußten sie es auch erdulden, daß ihnen Stricke um den Hals gelegt wurden, an denen sie wie Tiere geführt wurden. Auf diese Art wurden sie wie eine Herde von Kühen oder Schafen in die wartenden Ochsenkarren geführt, und als Rhowenna die neugierigen und anerkennenden Blicke der übrigen Passanten auf sich spürte, brannten ihre Wangen vor Erniedrigung, und sie stolperte unbeabsichtigt gegen Wulfgar, der das Ende des Strickes in der Hand hielt.

»Es tut mir leid, ich bin zu schnell gegangen, Herrin.« Erst jetzt schien er zu bemerken, wie schwierig es für sie gewesen war, mit seinen langen Schritten mitzuhalten.

»Es ist nicht nur das, sondern die Tatsache, daß Ihr mich wie einen Hund angeleint habt! Kein Mann hat es je gewagt, mich so zu behandeln! Und ich bin es auch nicht gewöhnt, so unverhohlen angestarrt zu werden, so … so …« Sie hielt unvermittelt inne und biß sich auf die Unterlippe, um die hitzigen Worte zurückzuhalten und das rauhe Schluchzen, das aus ihrer Kehle dringen wollte.

»Auch wenn Ihr meine Gefangene und meine Sklavin seid, Herrin«, begann Wulfgar und runzelte die Stirn, »so habe ich Euch doch mehr

Höflichkeit und Rücksicht erwiesen, als es für einen Mann wie mich üblich ist, für einen Krieger und Wikinger. Aber noch immer wehrt Ihr Euch gegen die Zügel und gegen Euren Herrn und Meister wie ein feuriges Stutenfüllen. Ihr seid nicht länger die Prinzessin von Usk, Herrin, und Ihr müßt lernen, Euren Platz zu akzeptieren, denn sonst könnte das für uns beide den Tod bedeuten! Wäre es Euch lieber, ich würde uns beide in Gefahr bringen, indem ich Euch so sehr bevorzuge, daß man von mir sagt, ich wäre besessen von Euch, und daß die anderen Männer denken würden, ich sei schwach, eine leichte Beute, die von einer Frau regiert wird, und Ragnar Lodbrók und Ivar the Boneless versuchen würden, mich zu bestrafen, indem sie mir Euch entreißen und Euch mißbrauchen?«

»Nein, ich ... ich war nur erzürnt und verlegen, und ich ... ich habe nicht nachgedacht ...«

»Dann ist es ja gut, daß ich das getan habe, nicht wahr?« entgegnete er kühl, so daß sie sich vorkam, als hätte er sie gescholten, was er mit seinen Worten auch beabsichtigt hatte. »Herrin, Ihr kennt das Nordland nicht – aber ich kenne es. Außerdem möchte ich nicht, daß man sagt, ich würde Euch bevorzugen. Sliesthorp ist überfüllt mit Händlern aus der ganzen Welt – und viele von ihnen sind grobe, gefährliche Männer, denn die Wikinger sind nicht die einzigen Krieger und Piraten, die über die Meere segeln. Auch wenn ich es nicht sehr gern sehe, so dient das Seil um Euren Hals genausosehr Eurem eigenen Schutz als dazu, Euch am Weglaufen zu hindern. Es zeichnet Euch als meinen Besitz aus, und die anderen Männer wissen, daß sie mit mir kämpfen müssen, wenn sie Euch für sich erringen wollen. Und wenn Ihr nicht möchtet, daß man Euch anstarrt, dann steigt in den Ochsenkarren.«

Er legte seine starken Hände um ihre Taille, hob Rhowenna hoch und setzte sie, so gut wie es ging, in den Karren. Dann befahl er dem Fahrer loszufahren, und mit einem Knallen seiner Peitsche und einem plötzlichen Ruck setzten sich die Ochsen in Bewegung, und der Karren begann zu rollen. Die Straße zwischen Hollingstedt und Sliesthorp war gut ausgebaut und gut bewacht, und es herrschte reger Verkehr.

Nach Süden war sie durch ein ausgedehntes System von Dämmen geschützt, die als Danevirke bekannt geworden waren und die Offas Deich ähnelten, erkannte Rhowenna. Blumenübersäte Wiesen und schilfbewachsene Sümpfe säumten die Straße, in der Ferne erkannte man Sliesthorp, das nach Norden, Westen und Süden durch einen riesigen Wall geschützt wurde, auf dem eine starke Palisade errichtet war und der von einem tiefen Graben gesäumt wurde. Im Osten boten die flachen Wasser der Haddeby-Nor-Bucht Schutz. Die Stadt wurde durch Straßentunnel mit Toren, die in den Erdwall eingelassen worden waren, in drei Sektionen eingeteilt; durch das westliche der Tore fuhr der Ochsenkarren mit Wulfgar und Rhowenna in die Stadt, die Räder polterten über die Brücke, die über den Graben führte, dann fuhren sie durch einen großen hölzernen Wachturm. Kühl und dunkel war es in dem Tunnel, der sechs Fuß breit und keilförmig war und dessen Wände mit Holzplanken verkleidet waren. Die Straße war mit Steinen gepflastert. Dann war das Gefährt durch den Tunnel und fuhr wieder hinaus ins Sonnenlicht, und die Stadt öffnete sich vor ihnen.

Die Stadt bedeckte eine Fläche von sechzig Morgen Land und war überraschend ordentlich bebaut. Der größte Teil des Landes war bedeckt von Hütten, Werkstätten, Lagerhäusern, Schuppen und Ställen, offene Flächen hatte man vorgesehen für drei Friedhöfe entlang des Flusses, der sich seinen Weg durch die Stadtmitte bahnte, wo Händler ihre Zelte und Verkaufsstände aufschlagen konnten. Schmale hölzerne Straßen und Fußwege liefen an Holz- und Lehmhütten mit Strohdächern vorbei, die zur Straße hin ihre Giebel hatten und in deren Hinterhöfen sich Schuppen und Ställe und Nebengebäude befanden. Zäune faßten kleine Flächen ein, auf denen sich oft ein Brunnen befand, und modernde Tieropfer für die Götter des Nordlandes hingen an Pfosten vor vielen dieser Gebäude. Am nördlichen Ende der Stadt befand sich anstatt einer Werft eine starke geschwellte Buhne, beinahe fünfhundert Fuß lang, an deren massiven Pfählen schwere Schiffe festmachen konnten und die sich von dem Erdwall bis ins Meer erstreckte. Von dort aus brachten Ruderboote Männer und Waren zu und von den vor Anker liegenden Schiffen. Kleinere Schiffe liefen an den Strand und wurden zum Laden und Entladen und für Reparaturen auf den Strand hinaufgezogen.

Rhowenna hatte noch nie in ihrem Leben so eine Stadt gesehen – oder so viele Menschen an einem Ort. Sliesthorp brüstete sich mit tausend Einwohnern, erzählte ihr Wulfgar, und diese Zahl wurde noch verdoppelt durch die unzähligen Händler und Reisenden, die in den Sommermonaten diese Stadt besuchten. Die Straßen und Fußgängerwege summten vor Geschäftigkeit wie ein Bienenschwarm, die Luft war erfüllt von dem Rauch der Küchenfeuer und dem würzigen Aroma der Speisen, das jedoch nicht den Gestank des Abfalls und der Essensreste überdecken konnte, die in der Gosse lagen. Der Lärm war ohrenbetäubend, rauhes Lachen und Zurufe, lärmender Gesang aus den Bierhäusern, und die Rufe der Händler und der Künstler, die ihre Waren anboten, dröhnten in den Ohren der Passanten. Wikinger, Slaven und arabische Sklavenhändler mit ihren angeketteten Gefangenen suchten nach einem Platz inmitten der vielen Händler aller Nationalitäten, inmitten der Töpfer, Weber, Metallarbeiter und Schnitzer von Knochen und Horn. Die ganze Straße entlang und auch auf den Fußgängerwegen waren Pelze und wollene Decken auf dem Boden ausgebreitet, auf denen Waren aus der ganzen Welt ausgestellt wurden. Töpfe mit Salz aus dem Hafen Noirmoutier im fränkischen Königreich standen neben Krügen mit Öl, Siebtüchern, hölzernen Tabletts mit Juwelen und riesigen Mühlsteinen aus Basalt aus den germanischen Königreichen. Aus beiden Königreichen waren Krüge mit gehaltvollem, teurem Wein gekommen, einfache Töpferwaren für den täglichen Gebrauch und teure, zierliche Glaswaren für besondere Gelegenheiten – oder für die Reichen, die sie sich leisten konnten, und wertvolle Waffen und Rüstungen. Fässer mit Weizen, Krüge voll Honig, Ballen mit Stoffen und Zinn aus den britischen Königreichen lagen neben Körben voll Bernstein und Elfenbein aus Walzähnen und frisch gefangenen Fischen, Türmen von Töpfen und Tellern aus Speckstein, Bergen von Wolle, Fellen und Pelzen und Rollen mit Takelwerk aus den Königreichen des Nordlandes. Waren, die aus den slavischen Königreichen importiert waren, gehörten zu den seltenen und luxuriösesten: Körbe mit Früchten und Nüssen, Töpfe mit Gewürzen und Krüge nicht nur voller Honig, sondern auch voller Wachs, Ballen kostbarer Seide, Stapel von Pelzen und offene hölzerne Truhen voller Juwelen und Silber. Die heimischen Handwerker zeigten ihre eigenen Güter: Kleidungsstücke und lederne Stiefel und Schuhe, feine Kämme, Nadeln, Flöten und Spielsteine aus Knochen und Horn, Glasperlen, die auf silberne Fäden aufgezogen waren, zusammen mit Bernstein und Gagat, Kristall und Karneol. Das Klingen der Hämmer auf den Ambossen ertönte überall, wo die Schmiede Bronze und Eisen verarbeiteten.

Zu diesen wurden einige der Frauen gebracht, die aus dem Dorf und von den Feldern von Usk gefangengenommen worden waren. Eiserne Sklavenbänder wurden um ihre Hälse geschmiedet und wiesen sie als die Frauen aus, die die Reise ins Nordland antreten sollten. Die restlichen Frauen von Usk wurden – genau wie die Rinder und Schweine, die Schafe und Ziegen, die auf den Markt geführt wurden, um an den Höchstbietenden verkauft zu werden – ihren neuen Herren übergeben, und Rhowenna wußte mit einem Gefühl schrecklicher Verzweiflung und Wut, daß sie diese Frauen nie wiedersehen würde. Doch ob sie die glücklicheren waren, das konnte sie nicht ahnen.

»Mußtet Ihr … mußtet Ihr sie verkaufen?« Ihre Augen glänzten vor Wut und vor ungeweinten Tränen, als sie zu Wulfgar aufblickte.

»Was hätte ich denn sonst tun sollen, Herrin? Sollte ich sie alle behalten? Das konnte ich nicht. Sie waren für ein Leben der Sklaverei im Nordland nicht geschaffen. Diejenigen, die ich verkauft habe, waren zu alt oder zu gebrechlich und zu kränklich, sie hätten den ersten Winter an den Küsten des Skagerrak nicht überlebt, denn unsere Winter sind hart, Herrin. Sie sind lang und dunkel und bitterkalt. Diesen Frauen gegenüber war es ein Akt der Freundlichkeit, daß ich sie gegen Waren und Münzen eingetauscht habe, die unter den Männern an Bord der *Drachenfeuer* verteilt werden, diese Männer hätten protestiert, wenn ich etwas anderes getan hätte. So ist das nun mal bei den Wikingern. Seit zweihundert Jahren sind die Völker der Ostländer und der Südländer unsere Feinde, und wir haben sie überfallen und gegen sie gekämpft. Aber Handel und Krieg sind eines Mannes Geschäft, Herrin, und deshalb erwarte ich auch nicht von Euch, daß Ihr das versteht. Kommt.«

Der Zug an dem Seil um Rhowennas Hals war sanft, dennoch grub sich das Seil in ihre zarte Haut und schmerzte. Sie konnte sich vorstellen, wie ein eisernes Sklavenband sich anfühlen mußte, das auf ihr Schlüsselbein drückte und sich in die Haut grub. Zu ihrer Erleichterung hatte man ihr und Morgen, die von Flóki the Raven geführt wurde, diese Erniedrigung erspart. Trotz der Tatsache, daß sie Gefangene waren, hatte man der Prinzessin von Usk und ihrer Dienerin gewisse Privilegien eingeräumt – wenigstens bis zu dem Zeitpunkt, da man erfuhr, ob Prinz Cerdic oder König Pendragon das Lösegeld bezahlen würde, das man für Rhowennas sichere Rückkehr an den Hof forderte.

Mit Morgen und Flóki hinter ihnen führte Wulfgar Rhowenna zu einigen der Stände, wo er für die beiden Frauen Kleidung kaufte und für jede ein Paar lederne Stiefel und hübsche Kämme, die aus Rentiergeweih gefertigt waren. Dann ging er mit ihnen zu einem Badehaus, wo sie zum erstenmal seit Tagen wieder richtig baden konnten, in einer großen Wanne, die mit dampfend heißem frischem Wasser gefüllt war und nicht mit kaltem Seewasser. Nachdem sie durch die niedrige Tür getreten waren und im Inneren der Hütte eine Stufe hinuntergegangen waren auf den festgetretenen Lehmboden, erkannte Rhowenna im Schein der Binsenlichter, die in Tonschalen überall in der Lehmhütte verteilt waren, daß die Hütte nur aus einem einzigen Raum bestand. Dampf stieg aus einem eisernen Kessel mit kochendem Wasser über dem lodernden Feuer, das in einem steinernen Herd in einer Ecke brannte. Daneben standen leere hölzerne Eimer und eine große hölzerne Wanne mit eisernen Ringen. Körbe mit dicken wollenen Tüchern und Seifenstücken standen neben der Wanne. Wulfgar sprach kurz mit dem gebückten alten Mann und der zierlichen Frau, denen das Badehaus gehörte, dann reichte er ihnen einige Münzen. Mit den hölzernen Eimern begann der alte Mann langsam die Wanne zu füllen, während die Frau sich über die Körbe beugte, einige der zusammengefalteten Tücher und ein Stück Seife daraus hervorholte, die sie auf einen Hocker neben die Wanne legte. Wulfgar wandte sich an Rhowenna.

»Ihr und Morgen werdet hier baden und Euch dann die neuen Kleider anziehen. Nein, Herrin, macht Euch nicht die Mühe, mir dafür zu danken, denn es ist nicht die Freundlichkeit, die mich dazu bringt, sondern das Gesetz des Nordlandes, nach dem ein Herr für seine Sklaven zu sorgen hat. Und im Augenblick bin ich Euer Herr, ganz gleich, wie sehr Ihr Euch auch dagegen wehrt, mich so zu nennen.« Er löste den Strick von Rhowennas Hals, dann schlug er mit seiner Scramasaxt die Fesseln ihrer Hände durch, Flóki tat dasselbe bei Morgen. »Herrin …« Wulfgars Stimme klang freundlich, doch hörte Rhowenna auch eine unterschwellige Warnung aus ihr heraus, als er weitersprach. »Seid nicht so dumm zu glauben, daß Ihr beide entfliehen könnt, jetzt, wo wir Eure Fesseln gelöst haben. Wie Ihr seht, hat die Hütte kein Fenster, und Flóki und ich werden draußen vor der einzigen Tür auf Euch warten.«

Bei seinen Worten atmete Rhowenna erleichtert auf, denn sie hatte schon befürchtet, daß er und Flóki in der Hütte bleiben würden, um ihnen zuzusehen – oder vielleicht sogar, um mit ihnen zu baden, denn die Wikinger schienen sich nicht viel aus Privatsphäre zu machen. Sie hatte sich schon vorgestellt, daß Wulfgar erst sich und dann sie entkleiden würde und sie dann mit sich in die Badewanne ziehen würde, die groß genug war für zwei, und sie hatte einen eigenartigen, nie gekannten Schauer verspürt, der ihr über den Rücken lief, als hätte sie Fieber oder als würde sie krank. Jetzt fühlte sie sich erlöst, nur ein Gefühl der Erwartung und Freude war geblieben, als sie einen Blick auf die Wanne warf und daran dachte, zum erstenmal seit Tagen wieder richtig sauber zu sein.

Wulfgar, Flóki und der alte Mann, der die Wanne gefüllt hatte, verließen das Badehaus, doch die alte Frau blieb, sie öffnete die Tür einen

Spalt und holte noch mehr Eimer mit Wasser herein, die der Mann draußen aus dem Brunnen geholt hatte. Rhowenna wußte nicht, ob vielleicht noch andere Wikinger das Badehaus benutzen würden, deshalb war sie vorsichtig und sprach in ihrer eigenen Sprache mit Morgen.

»Unsere dunklere Hautfarbe ist hier zwischen diesen Nordmännern sehr auffällig, deshalb ist es wahrscheinlich, daß diese alte Frau sich später an uns erinnert. Ich weiß nicht, welche Märchen sie dann über uns erzählen wird oder mit wem sie sprechen wird. Aus diesem Grund wirst du zuerst baden, und ich werde dir helfen, als wäre ich in Wirklichkeit deine Dienerin und du die Prinzessin von Usk.«

»Wenn Ihr es so wünscht, meine Herrin. Aber ich habe das Gefühl, als sei jetzt die richtige Zeit zu einem Fluchtversuch – denn wir werden so schnell nicht wieder eine so gute Gelegenheit bekommen!« Aus Morgens Stimme klang unterdrückte Erregung und Ungeduld. »Alte Frauen sind manchmal kräftiger, als sie aussehen, aber wir beide können diese hier sicher überwältigen. Wir schlagen sie mit einem dieser Steine von dem Herd nieder, binden sie mit den Seilen fest, die diese dummen Nordmänner hiergelassen haben, und dann verschwinden wir draußen in der Menge. Wenn wir Glück haben, finden wir einen Händler aus Britannien oder sogar einen aus Walas, der uns hilft!«

»Nein, wir würden nicht einmal durch die Tür kommen, vor der Wulfgar Bloodaxe und Flóki the Raven in diesem Augenblick stehen, wenn Wulfgar die Wahrheit gesagt hat – und daran zweifle ich nicht. Ich möchte auch keine Gelegenheit ungenutzt verstreichen lassen, um zu fliehen, Morgen. Aber jetzt würde ein Versuch vergeblich sein. Steig in die Wanne.«

Als Rhowenna endlich an der Reihe war, sank sie dankbar in das Wasser, das noch immer herrlich warm war, weil die alte Frau heiße Steine aus dem Herd hineintat und die kalten Steine wieder herausholte. Dadurch entstand viel Dampf, den Rhowenna genoß. Sie hätte gern noch länger in der Wanne gelegen und stundenlang das wohltuende Wasser genossen. Doch sie wußte, daß Wulfgar und Flóki jeden

Moment zurückkommen konnten, deshalb nahm sie die Seife, seifte sich damit gründlich ein und wusch sich das Haar. Als sie sich abgespült hatte – mit Eimern voll frischem Quellwasser, das so kalt war, daß sie aufstöhnte –, trat sie aus der Wanne, stellte sich auf eines der wollenen Tücher und rieb sich mit einem anderen Tuch ab. Ihr ganzer Körper prickelte von dem Dampf, dem heißen und dem kalten Wasser. Danach zog sie sich das schlichte, ungefärbte wollene Kleid an, das Wulfgar für sie gekauft hatte. Schließlich flochten sie und Morgen einander das Haar zu Zöpfen.

»Vielleicht können wir auf andere Art unsere Freiheit wiedererlangen, Herrin«, meinte Morgen nachdenklich, während sie das zerzauste Haar Rhowennas kämmte. »Flóki the Raven ist … an mir interessiert. Er sieht mich an … nun ja … auf die gleiche Art, wie Wulfgar Bloodaxe Euch ansieht, Herrin. Es ist ein Blick, den ich sehr gut kenne. Wenn ich … nett wäre zu Flóki, dann könnte ich ihn vielleicht dazu bringen, daß er uns fliehen läßt.«

»Vielleicht würde er auch nur das nehmen, was ihn interessiert, und dir dann ein Sklavenband um den Hals legen, Morgen! Nein, ich kann nicht zulassen, daß du dich auf diese Weise für mich opferst. Wir müssen noch eine Weile warten. Mein Vater wird ganz sicher das Lösegeld für uns bezahlen, wenn Prinz Cerdic es nicht tut, und in der Zwischenzeit dienen wir Usk am besten damit, indem wir so viel wie möglich über diese Nordmänner lernen, damit wir uns in Zukunft besser gegen sie verteidigen können.«

»Natürlich habt Ihr recht, meine Herrin. Es ist nur so, daß ich immer wild war, daß ich frei sein muß oder sterben, und diese Gefangenschaft liegt schwer auf meiner Seele.«

»Damit bist du nicht allein, Morgen. Vielleicht wehre ich mich nur deshalb nicht so sehr dagegen, weil meine eigene Freiheit immer durch meine Pflichten gegenüber Usk eingeschränkt wurde. Ich habe mich schon oft gefragt, wie mein Leben ausgesehen hätte, wenn ich keine Prinzessin wäre. Ich habe mir oft gewünscht, ich könnte einfach davonlaufen und ein Niemand sein«, gestand Rhowenna, dachte an

Gwydion und daran, wie sehr sie sich danach gesehnt hatte, mit ihm irgendwohin zu gehen – hätte er sie nur darum gebeten. Hätte er nur ... diese Worte waren die traurigsten Worte der Welt, dachte sie. Doch dann stellte sie zu ihrem Erstaunen fest, daß der Schmerz in ihrem Herzen bei der Erinnerung an Gwydion nicht mehr so stark war, er war zu einem dumpfen Ziehen geworden wie bei einer Wunde, die längst verheilt ist und nur noch eine Narbe hinterlassen hat und ab und zu ein Stechen, das einen daran erinnerte.

»Wie eigenartig, daß Ihr das sagt, meine Herrin.« Auf Morgens Gesicht lag ein trauriges Lächeln. »Ich habe mir immer gewünscht, eine Prinzessin zu sein – und jetzt haben sich unsere Wünsche erfüllt. Nun, die Priester sagen doch immer, daß Gottes Wege wunderbar sind.«

Oder ist es so, wie Wulfgar es mir gesagt hat, daß die alten Götter noch immer existieren und daß sie launenhaft sind, dachte Rhowenna – doch hütete sie sich, die Worte laut auszusprechen.

Sie hatten keine Zeit mehr, sich noch länger zu unterhalten, denn genau in diesem Augenblick öffnete sich die Tür des Badehauses, und Wulfgar und Flóki kamen herein. Offensichtlich waren sie es müde, noch länger zu warten, und hatten entschieden, daß die beiden Frauen genügend Zeit gehabt hatten, ihre Toilette zu beenden. Rhowenna war froh, daß sie nicht länger in der Wanne liegengeblieben war, sondern schon angezogen war und bereit zu gehen, obwohl einiges ihrer Hochstimmung, wieder sauber zu sein, schwand, als Wulfgar ihr das Seil um den Hals legte und ihr die Hände im Rücken zusammenband.

Auf dem Weg zu dem Ochsenkarren kaufte Wulfgar einen Korb mit Früchten und Nüssen von einem slavischen Händler, und als der Karren sich dann wieder in Bewegung setzte, schälten er und Flóki mit ihren Messern Äpfel, Schlehen und Pflaumen, knackten Haselnüsse und Walnüsse und fütterten Rhowenna und Morgen damit. Wulfgars lange schlanke Finger waren feucht und klebrig und beunruhigend intim auf Rhowennas Lippen, wenn er ihr die Früchte und die Nüsse in den Mund steckte und ab und zu mit dem Finger die Umrisse ihres

Mundes nachfuhr, sanft an ihrer Unterlippe zupfte und den Saft der Früchte abwischte, der über ihr Kinn rann.

»Nicht«, flehte sie ihn an, unfähig, das geflüsterte Wort zu unterdrücken, das bei der liebevollen Zärtlichkeit seiner Finger über ihre Lippen kam.

»Was soll ich nicht tun, Herrin?« fragte er leise und tat unschuldig, als hätte er nicht verstanden, was sie meinte, obwohl ihr das Verlangen in seinen Blicken und das eigenartige Lächeln um seinen Mund nur zu genau sagten, daß er um die beunruhigende Wirkung wußte, die er auf sie hatte, und daß es ihn befriedigte. »Seid Ihr nicht hungrig – so wie ich?« Jetzt war sie es, die unschuldig tat, indem sie vorgab, die zweideutige Bedeutung seiner Worte nicht zu verstehen. Sie senkte den Blick, und eine heiße Röte stieg in ihre Wangen. »Wie wollt Ihr mit gefesselten Händen essen können, wenn ich Euch nicht füttere, Herrin?«

»Ihr … Ihr könntet mich losbinden«, schlug sie vor.

»Nein, mir ist es lieber so – oder sogar noch besser so …« Wulfgar hielt inne, nahm ein kleines Stückchen der Pflaume zwischen seine Zähne, senkte plötzlich den Kopf und preßte seinen Mund auf den von Rhowenna.

Mit seiner Zunge schob er das Stück Pflaume zwischen ihre Lippen, so daß es süß und schmelzend auf ihrer Zunge lag, dann folgte seine eigene Zunge, bewegte sich langsam in ihrem Mund, berührte sie, kostete und ließ Rhowenna in einer wilden, unerwarteten Erregung erbeben, die ihren ganzen Körper erfaßte und sie atemlos, schwindlig und benommen machte. Erschrocken und verängstigt von dem Feuer, das in ihrem Inneren erwacht war und sich in ihrem ganzen Körper auszubreiten schien, versuchte sie, ihn von sich zu schieben. Doch seine Hände umschlossen jetzt ihr Gesicht, seine Finger vergruben sich in dem Haar an ihren Schläfen, und er hielt sie so fest, daß sie sich nicht befreien konnte. Einen endlosen Augenblick lang schob seine Zunge das Stück Pflaume in ihrem Mund hin und her, neckte sie, peinigte sie, bis er sie endlich freigab und sie in seinen Augen die brennende Leidenschaft las und das Wissen. Wut und Scham und noch etwas anderes, Dunkles, das sich aus ihrem Inneren löste, überflutete sie, und sie verspürte den wilden Drang, ihm das Stück Pflaume ins Gesicht zu spucken. Doch Wulfgar mußte ihre Gedanken erraten haben, denn er legte ihr die Hand auf den Mund und strich dann mit dem Zeigefinger langsam, erotisch über ihre Unterlippe.

»Das würde ich nicht tun, Herrin, wenn ich an Eurer Stelle wäre.« Er hielt inne und wartete, bis seine Warnung zu ihr durchgedrungen war, dann forderte er sie mit leiser, ein wenig rauher Stimme auf: »Schluckt es hinunter.«

Das Stück Pflaume in ihrem Mund war unter der Bewegung seiner Zunge so weich geworden, daß sie es kaum noch zu kauen brauchte. Dennoch gelang es ihr nur unter Schwierigkeiten, es hinunterzuschlucken. Sie hatte das Gefühl, als sei es ein Teil Wulfgars, das sie tief in sich aufnahm, ein Gedanke, der noch viel intimere Bilder in ihrem Kopf nach sich zog, Dinge, die sie bei den Wikingern gesehen hatte, die sich während des Kampfes an den Ufern von Usk und später auch an Bord der *Drachenfeuer* an den Frauen vergangen hatten. Bis die Plünderer in ihr Heimatland eingedrungen waren, hatte Rhowenna nur sehr wenig darüber gewußt, was ein Mann mit einer Frau tun konnte. Doch sosehr sie jetzt auch versuchte, Augen und Ohren vor diesen Dingen zu verschließen, so war sie doch nicht länger so unschuldig, wie eine Jungfrau es sein sollte.

»Ihr sagtet ... Ihr sagtet, Ihr würdet mich nicht mit Gewalt nehmen!« Ihre Stimme klang vorwurfsvoll.

»Es war nur ein Kuß, Herrin – nur eine geringe Bezahlung für die Kleidung, das Bad und den Korb mit Früchten und Nüssen, würde ich denken.«

»Und was wird der Preis dafür sein, daß Ihr mich kleidet, mir ein Dach über dem Kopf gebt und mich ernährt, bis Prinz Cerdic oder mein Vater das Lösegeld bezahlt, das Ihr für mich verlangt?« fuhr sie ihn herausfordernd an, seine Worte verächtlich nachahmend. Ihre violetten Augen blitzten im Sonnenlicht, doch er las auch die Furcht darin.

»Herrin, ich sagte, ich würde Euch nicht vergewaltigen, und das ist die Wahrheit. Aber ich habe nicht behauptet, ich würde nicht versuchen, Euch willig in mein Bett zu bekommen. Ich habe vom ersten Augenblick an, als ich Euch sah, nach Euch verlangt, und ich werde Euch besitzen.« Seine Erklärung war so unverblümt, als sei es eine feststehende Tatsache.

»Ihr sprecht von Lust …«

»Und Ihr würdet lieber Worte der Liebe hören? Auch die kann ich Euch sagen, wenn Ihr mir zuhören wollt.« Er hielt einen Augenblick inne, als wolle er seine Gedanken sammeln. Dann sprach er, und seine Stimme war sanft und melodiös, als er ihr mit seinen Worten das Lied eines Barden sang.

»Herrin, ich habe nie eine Frau gesehen, die schöner ist als Ihr. Eure Haut ist weißer als die schneeigen Brüste der wilden Schwäne, die im Sommer auf den Teichen im Nordland schwimmen. Eure Augen sind so violett wie die Heide, die auf den Hügeln meines Heimatlandes blüht, Eure Wangen so rosig wie die Sonne, die am Morgen am östlichen Horizont aufsteigt und das Skagerrak zum Brennen bringt. Eure Lippen sind so rot wie das Segel eines Langschiffes, vom Wind geküßt – so wie ich sie küssen würde, sanft wie die leichte Brise, die das Schilf auf dem Heideland des Nordlandes schwanken läßt, und dann wilder wie der Sturm auf dem Meer. Sanft würde ich Eure muschelgleichen Ohren mit meinen Lippen berühren, Eure herrlichen Brüste, so wie das Reh sich von den Moosen und Flechten in den Wäldern ernährt, die immer grün gegen den nördlichen Himmel aufragen, und so würde ich Eure zitternden Schenkel streicheln, bis sie sich mir öffneten, bis sie sich ausbreiteten wie die Schwingen des Falken im Flug, der zu den Wolken emporsteigt, und ich würde Euch lehren, so zu fliegen. Ich würde mein Gesicht in Eurem rabenschwarzen Haar vergraben und an Eurem milchweißen Hals, würde den berauschenden Duft Eurer Weiblichkeit einatmen – und würde mich in Euch versenken, bis Ihr schluchzend vor Glück meinen Namen rufen und in süßer Hingabe aufschreien würdet. Ja, all das würde ich tun und noch viel mehr aus Liebe zu Euch, Herrin.«

»Ihr … Ihr dürft solche Sachen nicht sagen«, hauchte Rhowenna, obwohl ihr seine Worte vielsagender erschienen waren als die eines Barden, die manchmal so wundervoll waren, daß ihr Tränen in die Augen traten. »Eure Worte sind Lügen, die Ihr spinnt wie eine Spinne ihr Netz – um zu betrügen und zu verführen. Ich habe mit meinen eigenen Augen gesehen, wie die Nordmänner die Frauen behandeln – gewalttätig, brutal, und ihre Schreie sind keine Schreie der Hingabe, sondern des Schmerzes, der ihnen angetan wird!«

»So muß es nicht sein, Herrin – und ich habe noch nie eine Frau auf eine solch grausame Weise benutzt. Das schwöre ich bei den Göttern, damit Ihr wißt, daß ich die Wahrheit spreche.«

Rhowenna antwortete nicht, sie wußte nicht, was sie sagen sollte. Kein Mann hatte zuvor so mit ihr gesprochen, wie Wulfgar es getan hatte. Er war nicht so wie die anderen Nordmänner, das hatte sie gleich gewußt. Jetzt versuchte sie sich selbst wieder einzureden, daß er ihr Feind war, daß er sie gefangengenommen hatte und daß sie ihn haßte. Aber in ihrem Herzen wußte sie, daß es so einfach nicht war. Er verwirrte sie, erfüllte sie mit seltsamen Gefühlen, die sie nie zuvor gekannt hatte. Beinahe wünschte sie sich, er hätte sie geschlagen und sie rücksichtslos vergewaltigt, denn dann hätte sie ihr Herz gegen ihn verhärten können, weil sie sicher sein konnte, daß er nichts anderes verdiente als Verachtung. Doch statt dessen hatte er ihr seinen Schutz und seine Hilfe angeboten, er hatte sie vor den anderen Wikingern geschützt, und dafür verlangte er nicht mehr als nur ein paar Küsse. War das ein so schlechter Handel? Tief in ihrem Inneren wußte Rhowenna, daß das nicht so war.

Schwer beladen mit Waren, die sie in Sliesthorp eingetauscht hatten, rumpelte der Ochsenkarren zum Hafen von Hollingstedt zurück, die Räder polterten über die Steine, und der große Erdwall, der Danevirke, erhob sich im Süden wie Jormungand, die riesige Midgard-Schlange, von der die Nordmänner glaubten, daß sie die Erde umspannte. Am westlichen Horizont sank der riesige Feuerball der Sommersonne langsam ins Meer, ihre Strahlen ließen Wulfgars Haar wie eine güldene

Flamme aufleuchten, und Rhowennas helle Haut strahlte wie eine Perle. Seite an Seite saßen sie beide schweigend nebeneinander, in Gedanken verloren.

Von den sandigen Ufern in der Entfernung ertönten die Schreie der Seevögel schmerzlich süß und verloren, ein Schrei des Herzens.

9. KAPITEL

Olafs Grenzland

Von Hollingstedt aus segelten die drei Langschiffe an der Küste von Jütland entlang, vorbei an kleinen Inseln und langen Stränden mit großen Sanddünen, bis sie an die nördliche Spitze gelangten, die als Skaw bekannt war. Von dort segelten die Schiffe über das Skagerrak zu den nordwestlichen Ufern, und endlich war das Ende ihrer langen Reise in Sicht. Rhowenna stand auf dem Deck der *Drachenfeuer*, schweigend und eingeschüchtert von den riesigen, felsigen Bergen mit den endlosen Wäldern, die dunkelgrün, blau und purpurn in der Ferne aufleuchteten und deren schneebedeckte Gipfel in den Wolken verschwanden und sich scharf vor dem strahlend blauen Himmel abzeichneten. Hunderte von Seevögeln flogen an den Ufern entlang, und ihre Rufe verfolgten sie. Die Berge in Walas waren nicht mehr gewesen als Hügel, verglichen mit diesen riesigen, aufragenden Bergen, deren steile, felsige Hänge steil abfielen in tiefe, schmale Täler, in denen schäumende Flüsse flossen, und seichtere, breitere Täler, bedeckt von Sumpf und Heide, in denen noch der Morgennebel hing und Schwäne und Enten riefen, die auf ruhigen, schilfumsäumten Seen schwammen. Das Meer war so klar und so unberührt, so strahlend blau, daß das Sonnenlicht, das sich darin widerspiegelte, in Rhowennas Augen schmerzte und sie die Hand vor die Augen hielt, um sie zu schützen.

»Herrin, Ihr seht das Nordland so, wie es am schönsten ist«, bemerkte Wulfgar, der am Ruder des Schiffes stand und die *Drachenfeuer* an der zerklüfteten Küste entlangsteuerte. »Denn die Sommer hier sind so warm wie die Winter kalt. Die Sonne scheint viele Stunden während dieser Jahreszeit, sogar noch um Mitternacht kann man sie in den Ländern des Nordlandes am Himmel sehen, die am Rande des Gefrorenen Meeres liegen, das in das Graue Meer mündet, welches dunkel ist und so rauh und kalt, daß große Eisstücke auf ihm schwimmen. Dort finden wir Nordmänner den Wal und die Seekuh – das Walroß – und Seehunde, aus denen wir die Takelage für die Segel unserer Langschiffe machen, und die Stoßzähne aus Elfenbein, mit denen wir auf den Märkten handeln. Aber hier –«, mit einer Hand machte er eine ausladende Bewegung zu den wilden Stränden vor ihnen, »hier leben wir. Hier ist unser Zuhause.«

»Für Euch, Wulfgar Bloodaxe – aber nicht für mich«, rief ihm Rhowenna leise ins Gedächtnis und sehnte sich plötzlich nach den bekannten, sanften grünen Hügeln von Walas. Ihr Herz tat weh bei dem Gedanken, daß sie sie vielleicht niemals wiedersehen würde und auch nicht die Strände der Severn See. »Hierher wurde ich gegen meinen Willen gebracht – als Fremde, als Gefangene und Sklavin. Niemals wird das Nordland mein Zuhause sein.«

»Niemals ist eine sehr lange Zeit, Herrin, und wer außer den Göttern weiß schon, was die Zukunft uns bringt? Höchstens Yelkei, die Seherin, eine gelbhäutige Sklavin aus den Ostländern, die mich großgezogen hat und die in den Feuern, den Nebeln und den Runensteinen lesen kann, was andere Sterbliche nie sehen können, die nicht auch ihre Gabe der Prophezeiung besitzen. Sie hat mich auf die Suche nach Euch geschickt, Herrin. Sie hat gesagt, daß Ihr die Meine werdet. Und jetzt ist es wahr geworden – wie die Götter es bestimmt haben. Und wenn es ihr Wunsch ist, daß Ihr das Nordland Euer Zuhause nennt, dann werdet Ihr das tun, Herrin, denn die Götter machen mit uns, was sie wollen, und wir sind für sie nicht mehr als Muscheln am Strand, hin und her geworfen von der großen See des Schicksals.«

»Vielleicht«, gab Rhowenna zögernd zu. »Aber selbst wenn es mein Schicksal ist, daß ich gezwungen werde, den Rest meines Lebens hier in Eurem Nordland zu verbringen, so wird es doch nie mein Zuhause sein. Und das könnt weder Ihr noch die Götter ändern, Wulfgar Bloodaxe, das verspreche ich Euch. Walas ist mein Zuhause, und was auch immer kommen mag, das werde ich nicht vergessen!« Ihre Stimme war leise und dennoch eindringlich, sie hatte die Hände zu Fäusten geballt, so daß ihre Fingerknöchel weiß hervortraten und ihre Nägel sich in die Handfläche gruben.

»Und glaubt Ihr nicht, daß Ihr Mercia Euer Heimatland nennen werdet, wenn Ihr Prinz Cerdic heiratet?« fragte Wulfgar, und Neugier lag in seiner Stimme.

»Meine Gedanken über Mercia und meinen Verlobten gehen Euch nichts an, und daher werde ich sie Euch auch nicht anvertrauen«, gab sie steif zurück.

»Das habt Ihr gerade getan – denn wenn ihr Euch über die Verbindung freuen würdet, die Euer Vater für Euch arrangiert hat, dann würdet Ihr mir mit frohem Herzen davon berichten, wenn auch nur zur Bestrafung. Statt dessen schweigt Ihr. Soll das heißen, daß Ihr mit froherem Herzen in Prinz Cerdics Bett liegt als in meinem? Aber dennoch werdet Ihr Euch ihm unterwerfen – obwohl Ihr versucht, mir auszuweichen, Herrin, so wie der Fuchs dem Hund ausweicht, und zweifellos betet Ihr jede Nacht zu Eurem christlichen Gott, daß ich der Jagd nicht müde werde.«

»Cerdic von Mercia ist ein Prinz, und er wird schon bald mein Ehemann sein – er ist kein heidnischer Plünderer, der brutal das Königreich meines Vaters überfallen hat und Verwüstung und Mord über mein Land gebracht hat, ehe er mich entführte und mich als Geisel für ein Lösegeld gefangenhält.«

»Herrin, wenn ich wüßte, daß Ihr Euch mir ergeben würdet, wäre ich mit Freuden bereit, Euch zu heiraten und Euch zur Königin des Nordlandes zu machen, das schwöre ich Euch! Sagt mir nur, daß Ihr die Meine sein werdet, und wenn ich dann auf dem Hochsitz in dem großen Metsaal von Olaf the Sea Bull sitzen werde, werdet Ihr an meiner Seite sitzen, als meine Braut – und nicht zu meinen Füßen als meine Sklavin.«

»Ihr seid verrückt!« rief Rhowenna leise, erschrocken von dem plötzlichen, erschütternden Gedanken, daß er sie zwingen würde, irgendeine heidnische Hochzeitszeremonie über sich ergehen zu lassen, nach der er sie als seine Frau erklärte, die er nehmen konnte, auch wenn sie sich dagegen wehrte.

»Verrückt vor Verlangen nach Euch, Herrin, ja, das leugne ich nicht. Wenn ich Euch ansehe, dann ist es mir, als würde mich ein Blitz aus Thors Hammer Mjöllnir treffen und durch mein Blut und meine Lenden fahren. Neben Euch zu liegen in den letzten Nächten und Euch nicht anrühren zu können, Euch nicht nehmen zu dürfen, war eine unerträgliche Folter für mein Herz und meine Seele. Dennoch habe ich mich dazu gezwungen, es zu ertragen – Euretwegen – und habe nicht mehr als nur wenige Küsse von Eurem sinnlichen Mund dafür erbeten, der so sanft und bebend ist, daß er den harten Druck eines bestimmten Mannes geradezu herausfordert. Und genau wie der Hund, der den Fuchs jagen soll, an seiner Leine zerrt, so wehre ich mich ungeduldig gegen jegliche Beschränkung, wenn es um Euch geht, und sehne mich danach, sie hinter mir lassen zu können. Glaubt Ihr, daß Cerdic von Mercia anders sein wird, daß er weniger von Euch verlangen wird als ich? Ihr liebt ihn nicht – wie könnt Ihr ihn lieben, wenn Ihr ihn nicht einmal kennt? Und wenn Euer Vater bereit war, Euch einem der Seewölfe zur Frau zu geben, warum dann nicht auch einem anderen? Was macht es denn schon, wenn ich es bin und nicht Prinz Cerdic, dem Ihr ewige Treue schwört?«

Zu ihrem Entsetzen wußte Rhowenna keine Antwort darauf.

»Es macht etwas aus«, beharrte sie, doch selbst in ihren eigenen Ohren klangen die Worte wenig überzeugend.

»Mit der Zeit wird sich das ändern«, kam sofort seine Antwort.

»Ihr seid arrogant, Wulfgar Bloodaxe.«

»Und Ihr seid stolz, Herrin, und von starkem Willen. Aber mein Wille ist noch stärker, das werdet Ihr schon noch herausfinden, so wie der Fuchs lernt, daß der Hund einen Willen hat, wenn die Jagd vorüber ist und er ihn gestellt hat. Beugt Euch meinem Willen, Herrin! Ihr werdet es nicht bedauern, das schwöre ich!«

»Nein, das kann ich nicht! Und ich will es auch nicht!« Rhowennas Gesicht war schmerzlich verzogen, als sie diese Worte aussprach, ihr Mund zitterte, sie schluckte, und Wulfgar wußte, daß sein Angebot sie mehr in Versuchung geführt hatte, als sie es ihn glauben lassen wollte.

Ohne Zweifel lag ihre Zukunft in diesem Augenblick öde und leer vor ihr, weil sie so weit von zu Hause weg war und nicht wußte, ob ihr Verlobter oder ihr Vater wirklich bereit sein würden, das Lösegeld für sie zu bezahlen, das er für ihre sichere Rückkehr verlangte. Der Gedanke, Wulfgars Braut zu sein anstatt seine Sklavin, mußte ihr daher zweifellos verlockend erscheinen, und damit hatte er auch gerechnet. Daß Rhowenna ihn jetzt zurückwies, ärgerte ihn, doch in Wirklichkeit sorgte er sich deswegen nicht. Er hatte nicht erwartet, daß sie seinem Vorschlag so schnell zustimmte, doch hatte er ihr etwas geben wollen, worüber sie nachdenken konnte, womit er ihre Entschlußkraft schwächen konnte. Zufrieden, daß ihm das gelungen war, schwieg Wulfgar und wandte seine Aufmerksamkeit wieder dem Rufer im Bug zu, der nach Anzeichen Ausschau hielt, daß sie den Sandbänken zu nahe kamen und das Wasser seichter wurde, so daß die Segel eingeholt werden konnten, das Ruder eingezogen und die Riemen eingesetzt werden mußten. Als es soweit war, gab er ruhig die nötigen Befehle, mit einer Autorität und Sicherheit, die er noch nicht gehabt hatte, als er mit Knut Strongarm um das Kommando auf dem Schiff gekämpft hatte.

Und dann, als die *Drachenfeuer* am Kai festgemacht hatte, der sich weit in das Meer hinaus erstreckte, nahm Wulfgar genauso selbstverständlich das Grenzland von Olaf the Sea Bull in Besitz und war erstaunt, wie einfach es war. Es war so, wie Yelkei es ihm vorhergesagt hatte: Olafs Frau und seine Söhne waren tot, die Ehemänner seiner Töchter hatten das Rückgrat einer Qualle, und genausowenig wie sie dagegen protestiert hatten, daß er das Kommando über die *Drachenfeuer* übernahm, so widersprachen sie auch jetzt nicht, als er Olafs Grenzland in Besitz nahm, sondern gingen nach Hause zu ihren Frauen. Es gab also nicht den großen Kampf, wie Wulfgar es insgeheim befürchtet hatte. Niemand stellte sich ihm entgegen, als Wulfgar nach dem traditionellen

Trinkgelage im heiligen Hain, mit dem sie den Göttern für den erfolgreichen Raubzug dankten, durch das Tor von Olafs Palisade schritt und den großen Metsaal auf dem Hof betrat. Die Thegns und die freien Männer, die Olaf zurückgelassen hatte, um in seiner Abwesenheit das Langhaus zu bewachen, waren verwirrt und benommen bei der Nachricht vom Tod ihres Herrn. Instinktiv suchten sie nach einem Führer, und sie stellten Wulfgars Befehle nicht in Frage, als sie sahen, daß die Krieger, die zusammen mit ihm auf dem Langschiff gefahren waren, ihm ohne zu zögern gehorchten. Nur Olafs Konkubine Ingeborg protestierte, schreiend wie eine Verrückte, zerrte sie an ihrem langen, blonden Haar, das langsam grau wurde – doch Wulfgar stellte sehr schnell fest, daß es weniger die Trauer über Olafs Tod war, sondern die Angst davor, was jetzt aus ihr werden sollte, wo ihr Herr tot war.

Voller Verachtung schlug Wulfgar ihr ins Gesicht, um sie wieder zu sich zu bringen, dann befahl er ihr, ihre Kleider und Juwelen zusammenzupacken und innerhalb einer Stunde den Hof zu verlassen – wohin sie ging, war ihm gleich. Olafs Konkubine war keine Frau, die Wulfgar sich als Herrin seines Langhauses wünschte. Ingeborg war schlau und gierig, er war sicher, daß sie Olaf über Jahre hinweg schändlich betrogen hatte und viel von dem Geld, das Olaf ihr für die Führung des Hauses gegeben hatte, für sich gehortet hatte. Wulfgar war auch sicher, daß Ingeborg keine Zeit verschwenden würde, zu Ragnars Langhaus zu eilen, nachdem sie den Hof verlassen hatte, um ihm zu berichten, daß ihr Herr tot war und daß Wulfgar Olafs Grenzland für sich beanspruchte. Doch Wulfgar wußte, daß es keine Möglichkeit gab zu verhindern, daß diese Neuigkeit sich wie ein Lauffeuer ausbreitete, es war vergebens, es zu versuchen. Seine einzige Hoffnung war, daß weder Ragnar noch Ivar schon zurück waren von ihrem Beutezug in die Südländer und er deshalb genügend Zeit zur Verfügung haben würde, seine Position als Jarl des Grenzlandes zu festigen und die Palisade zu stärken gegen den möglichen Angriff seines Vaters und seiner Halbbrüder. Gewiß würden sie von ihm verlangen, daß er den Preis herausrückte, den er erbeutet hatte – die Prinzessin von Usk –, und wenn er sich weigern würde, sie ihnen auszuliefern, dann würden sie ihm sicher den Krieg erklären. Noch schlimmer wäre es, wenn sie eine Versammlung des Thing einberufen würden und er dort geächtet würde. Dann wäre er ein Ausgestoßener im Nordland, er würde von seinem Grenzland vertrieben, von seinen Männern verlassen, er wäre ungeschützt durch das Gesetz und hätte keinerlei Rechte, keine Hoffnung auf Unterstützung selbst des niedrigsten Sklaven, denn alle, die ihm halfen und ihn unterstützen würden, würden unter Schmerzen ihr Leben verlieren. Wulfgar würde nicht zulassen, daß so etwas geschah.

Er gab Anweisungen, daß Ochsenkarren zum Strand fuhren, damit die Waren an Bord der *Drachenfeuer* ausgeladen werden konnten und auch die verwesenden Leichen der Männer. Dann befahl er zögernd, daß das mächtige Langschiff an Land gezogen würde, damit Olaf the Sea Bull darin begraben werden konnte. Wulfgar konnte ihn nicht damit entehren, daß er ihm dies versagte. Dennoch bedauerte er zutiefst den Verlust des Schiffes, auf dem er sein erstes Kommando bekommen hatte, und war entschlossen, die Männer so bald wie möglich ein neues Langschiff bauen zu lassen. In der Zwischenzeit blieb nicht viel zu tun, er konnte nur sein Grenzland in Ordnung bringen. Viele Felder lagen brach und mußten für die Saat im Frühling vorbereitet werden, Ställe und Zäune zerfielen, und der Hof war heruntergekommen. Kein Wunder, dachte er, als er versuchte, das Langhaus mit Rhowennas Augen zu sehen, daß sie sich so entsetzt in dem großen Metsaal umsah, daß sie so entmutigt aussah und mit gesenkten Schultern und verkniffenem Mund umherging.

»Herrin, ich hätte Euch gern ein besseres Willkommen geboten«, erklärte er ihr leise. »Wie Ihr seht, hat mein Herr, Olaf the Sea Bull, sich um wenig anderes gekümmert als um seinen gefüllten Becher. Aber jetzt, wo ich hier der Jarl bin, werde ich dafür sorgen, daß alles in Ordnung kommt.«

Noch ehe Rhowenna antworten konnte, erschien Ingeborg aus dem privaten Schlafgemach ihres Herrn, das hinter dem großen Metsaal lag. Sie trug eine große Kiste mit Juwelen und beklagte sich lautstark über die Behandlung Wulfgars. Ihr folgten einige Sklaven, die schwere Kisten zwischen sich trugen. Sie warf Wulfgar einen verächtlichen Blick zu, dann warf sie den Kopf in den Nacken und ging an ihm vorbei. Von draußen hörte er, wie sie verlangte, daß zwei der Ochsenkarren sie und ihren Besitz wegbrachten, er machte keine Anstalten, ihre Befehle zu widerrufen, und war nur froh, daß es ihn so wenig Mühe gekostet hatte, sie loszuwerden.

»Kommt, Herrin.« Wulfgar streckte Rhowenna die Hand hin und führte sie zögernd in das düstere Schlafgemach, aus dem Ingeborg gekommen war. »Da ich Euch zu meiner Sklavin erklärt habe, zu einer Sklavin, die mir ganz allein gehören soll, werdet Ihr hier schlafen – mit mir«, erklärte er. »Denn die Frauen in meinem Sklavenhaus können von allen meinen Thegns genutzt werden, deshalb möchte ich Euch hier haben. Und wenn Ihr heute nacht gut schlafen wollt, so werdet Ihr gut daran tun, zuerst einmal die Schlafkammer zu säubern, ehe Ihr den großen Metsaal in Angriff nehmt. Auch werden meine Männer und ich heute abend hungrig sein, und wir erwarten, eine gute Mahlzeit vorgesetzt zu bekommen, deshalb kümmert Euch auch um die Küche. Ihr könnt so viele der Sklaven in Anspruch nehmen, wie Ihr braucht, ich werde dafür sorgen, daß alle Euren Anweisungen Folge leisten.«

»Ich … ich soll also hier die Hausherrin sein?« fragte Rhowenna zögernd, noch immer war sie nicht sicher, welche Rolle er ihr zugedacht hatte.

»Ja, das ist mein Wunsch, ich habe gerade Olafs zänkische Konkubine rausgeworfen, und es gibt hier keine andere Frau, die Euer Wissen hat und weiß, wie der Haushalt eines Herrn geführt werden muß. Auf diese Art werdet Ihr Euren Lebensunterhalt verdienen, während Ihr unter meinem Schutz steht.«

»Und es ist Eure Absicht, daß ich … daß ich den auch in Eurem Bett verdienen soll, mein Herr?« Jetzt, wo er ein Jarl des Nordlandes war, konnte sie ihn mit diesem Namen ansprechen, denn sein Rang allein verlangte das, ohne daß sie das Gefühl haben mußte, sich dabei zu erniedrigen.

»Ist das Euer Wunsch, Herrin?«

»Das ist es nicht – und Ihr wißt das sehr genau!«

»Ja, Ihr habt es mir oft genug gesagt. Dennoch ist es das Vorrecht einer Frau, ihre Meinung zu ändern, und das werdet auch Ihr tun mit der Zeit, dessen bin ich sicher.« Er streckte die Hand aus, legte sie unter ihr Kinn und hob ihr Gesicht hoch. Dann fuhr er mit dem Daumen sanft über ihre Unterlippe. »Ich habe gelernt, daß ein Mann, der warten kann, viel erreicht, so wie der Wolf, der geduldig im Schilf am Ufer des Sees wartet, bis der einsame Schwan immer näher kommt, ehe er zum Angriff übergeht.«

Seine Absicht war nur zu deutlich. Mit blitzenden Augen und hochroten Wangen riß Rhowenna den Kopf zurück, und Wulfgar lachte leise.

»Ich bin nicht so unvorsichtig wie der sorglose Schwan, mein Herr!«

»Jetzt nicht, vielleicht«, gab Wulfgar zu. »Aber es wird eine lange Zeit dauern, einen Boten nach Mercia und Walas zu schicken, zu Prinz Cerdic und Eurem Vater und dann noch länger, bis ihre Antwort uns hier im Nordland erreicht, und noch einige Zeit, bis das Lösegeld bezahlt ist und Ihr sicher zurückkehren könnt – kurz gesagt, es ist Zeit genug, daß vieles geschehen kann, daß sich die Dinge zwischen uns ändern, Herrin. Und die Zeit, das werdet Ihr begreifen, ist auf meiner Seite, und sie ist für mich ein mächtiger Verbündeter, auch das werdet Ihr noch verstehen. Inzwischen werde ich also abwarten und beobachten wie der Wolf, der sich an den Schwan heranschleicht.«

»Und auch ich werde abwarten und beobachten, mein Herr«, gab Rhowenna mit übertriebener Freundlichkeit zurück. »Auf den Augenblick, in dem ich meine Flügel ausbreiten werde, um nach Hause zu fliegen.«

Bei ihren Worten wandelte sich Wulfgars spöttisches Lächeln so schnell zu einem grimmig verzogenen Gesicht, daß Rhowenna ihre Genugtuung nicht verstecken konnte, weil sie zum erstenmal ihm gegenüber im Vorteil war. Wulfgar wurde plötzlich klar, daß er sie das erstemal lachen hörte, und ihr Gesicht, das so anmutig war wie das des

Schwans, mit dem er sie verglichen hatte, strahlte voller Wärme und war noch schöner als zuvor, wie die frostige, atemberaubende Schönheit der Tundra, wenn die Mitternachtssonne sie berührte. Er sog scharf die Luft ein, als er sie betrachtete, den Kopf hatte sie ein wenig zurückgelehnt, ihr schlanker, weißer Schwanenhals bot sich ihm dar, ihr Augen waren halb geschlossen, die feuchten Lippen leicht geöffnet. So würde sie aussehen, wenn ein Mann sie liebte, dachte er und fühlte, wie seine Lenden sich anspannten mit dem plötzlichen, wilden Drang, sie dort, wo sie stand, niederzuwerfen und sie zu der Seinen zu machen, nur ihm sollte sie gehören, für immer. Etwas von seinen Gedanken mußte in seinem Gesicht zu lesen gewesen sein, denn Rhowennas Lachen erstarb, und sie starrte ihn atemlos an, bewegungslos wie das Reh, das zur Flucht bereit ist, die kleine Ader an ihrem Hals pulsierte heftig wie die Schwingen einer Motte, die hilflos zur Flamme fliegt.

»Herrin ... Rhowenna ...«, murmelte er, und seine Stimme war leise und rauh, als er zum erstenmal ihren Namen aussprach und ihr so zu verstehen gab, daß er jetzt ein Jarl war und ihr damit ebenbürtig.

Seine Augen waren dunkel vor Leidenschaft, als er sie in seine Arme zog und seine Finger in ihrem Haar vergrub. Er drehte ihr Gesicht zu sich, sein Mund fand den ihren, seine Zunge schob sich zwischen ihre Lippen und drang tief in die dunkle, feuchte Höhlung ihres Mundes ein, suchend ... findend. Ihr Kuß schmeckte süßer als der kostbare Wein des Rheinlandes, und er kostete ihn voll aus, nur ganz schwach war ihm bewußt, daß sie mit den Fäusten gegen seine muskulöse Brust hämmerte und versuchte, sich aus seiner Umarmung zu befreien – vergebens. Denn Wulfgar ließ sie nicht los, er küßte sie hungrig, bis sie schließlich mit einem langen Stöhnen, das wie ein Seufzer klang, hilflos ihre Niederlage anerkannte, sich an ihn schmiegte und ihre Arme um seinen Nacken schlang. Sie vergrub ihre Finger in seinem langen hellen Haar, während seine Zunge ihre umspielte und die Geheimnisse ihres Mundes erforschte, bis ihre Lippen unter seinen nachgaben, sanft wurden und sich ihm öffneten, wie eine Rosenknospe ihren Nektar darbietet. Rhowenna rang nach Atem, und Wulfgar preßte seinen Mund auf ihre Wange, ihre Schläfe und bedeckte dann ihr seidiges Haar und ihre muschelgleichen Ohren mit Küssen. Ihr Duft betäubte ihn, sie roch nach Seife, nach Sonnenschein und nach Gischt. Sanft biß Wulfgar sie in ihr Ohrläppchen und fühlte dann, wie das Blut in seinen Ohren rauschte, als sie scharf den Atem einsog und in seinen Armen erbebte, als sich ihre sanften Brüste gegen seinen Oberkörper drängten und ihn so sehr erregten, daß er Mühe hatte, sich zurückzuhalten. Er bog ihren Körper zurück, seine Lippen glitten über ihren Hals zu diesen herrlichen Brüsten, mit denen sie ihn so unbewußt in Versuchung führte, er war sicher, daß sie keine Ahnung hatte, wie verführerisch sie auf ihn wirkten, wenn sich ihre Brustspitzen aufrichteten und sich gegen den dünnen Wollstoff ihres Kleides drängten, wie sehr er sich danach sehnte, mit den Zähnen daran zu knabbern, mit seinem Mund daran zu saugen und sie mit seiner Zunge zu streicheln, bis sie aufstöhnte und sich unruhig unter ihm bewegte, bis ihr Verlangen dem seinen gleichkam. Er barg sein Gesicht an ihrer Brust, seine Hände strichen über ihre Schultern und zerrten ungeduldig an den Ärmeln ihres Kleides, das er ihr am liebsten vom Leib gerissen hätte, so daß sie nackt vor ihm stand.

»Herr?« rief eine Stimme von der anderen Seite des Vorhanges aus Fell, der die Schlafkammer vor neugierigen Blicken schützte. »Herr?«

»Nicht jetzt, verdammt!« fuhr Wulfgar auf, sein Atem ging heftig, und er schlang seine Arme fester um Rhowenna. Er fühlte, wie sie erstarrte, wie sie langsam wieder zu Besinnung kam und noch einmal versuchte, sich gegen ihn zu wehren, weil der Zauber gebrochen war. Er wußte, daß das, was sie in diesem Augenblick miteinander verbunden hatte, nicht wieder zurückgeholt werden konnte, deshalb gab er sie zögernd frei. Noch einmal betrachtete er sie, seine Blicke glitten über ihren Körper, dann murmelte er einen Fluch, ging zur Tür und riß wütend das Fell zur Seite. »Was, in Hel, ist geschehen?«

»Ah! Meine Störung kommt ungelegen, das hatte ich schon befürchtet.« Flóki the Raven machte einen Schritt zurück, ein reumütiges Lächeln umspielte seinen Mund, und er blickte vorsichtig, als erwarte er, jeden Augenblick geschlagen oder getreten zu werden. »Es tut mir leid, Herr, aber Ihr habt keinen Befehl gegeben, daß Ihr nicht gestört werden wollt, deshalb wollte ich Euch gleich mitteilen, daß Ingeborg die Sklaven angewiesen hat, sie mit ihren Ochsenkarren zu Ragnars Grenzland zu fahren.«

»Das hatte ich erwartet«, antwortete Wulfgar langsam, und sein Ärger schwand. Denn hätte er wirklich ungestört sein wollen, so hätte er einen entsprechenden Befehl erteilen müssen. Er war noch nicht an die Verantwortung und auch nicht an die Privilegien seines neuen Ranges als Jarl gewöhnt; daß er verlangen konnte, nicht gestört zu werden, war ungewohnt – er mußte es auskosten. Doch Flóki hatte recht daran getan, ihn aufzusuchen und ihm die Neuigkeit über Ingeborgs Fahrtziel mitzuteilen, denn das würde Auswirkungen auf sie alle haben.

»Soll ich Reiter hinter ihr herschicken, um sie zurückzuholen, Herr?« fragte Flóki.

»Nein, denn ich möchte sie nicht als Herrin auf meinem Hof haben, und mit weniger wird sie sich nicht zufriedengeben, sondern sie wird in Küche und Feld Unfrieden stiften. Warum Olaf sich das hat gefallen lassen, kann ich mir nicht vorstellen, aber zweifellos war sie der Grund dafür, daß er seine Zeit hauptsächlich mit Trinken verbracht hat! Nein, Flóki.« Er schüttelte den Kopf. »Wenn Ragnar es nicht von Ingeborg erfährt, so wird ihm jemand anderes berichten, daß ich jetzt hier Jarl bin. Solche Neuigkeiten verbreiten sich schnell, genauso wie die unseres Erfolges beim Überfall auf Usk, es hat also keinen Zweck, ihr nachzusetzen. Laß sie gehen – aber stelle Männer ab für die Wachtürme, damit wir früh genug gewarnt werden, wenn Ragnar oder seine Söhne kommen.«

»Das wird erledigt, Herr«, erklärte Flóki, dann wandte er sich um und ging.

Wulfgar wartete bis der Vorhang hinter Flóki gefallen war, dann wandte er sich zu Rhowenna. Er sah, daß sie zitterte, als er näher kam. Aus den Augenwinkeln hatte er bemerkt, daß sie sich schnell abgewandt hatte, als Flóki kam, damit er nicht sah, was geschehen war. Mit zitternden Fingern hatte sie ihre Kleidung zurechtgezogen und sich das Haar aus dem Gesicht gestrichen, das sich aus ihrem Zopf gelöst hatte. Jetzt hatte sie die Arme vor der Brust verschränkt und schwankte ein wenig, als würde sie im nächsten Augenblick ohnmächtig werden. Wulfgar fühlte Mitleid mit ihr, als sie mit gesenktem Kopf, den Rücken ihm zugewandt, vor ihm stand. Sie war noch unschuldig, eine Jungfrau, und seine Leidenschaft für sie machte ihr angst. Aber dann dachte er daran, daß sie in den Armen Ragnar Lodbróks lag oder von Ivar the Boneless – oder beiden –, die ihr auf grausame Art das beibrachten, was er ihr mit so viel Zärtlichkeit und Fürsorge zeigen würde, und er wurde bestärkt in dem Wunsch, sie für sich zu gewinnen.

»Herrin ... Rhowenna ...« Er sprach leise und stellte betrübt fest, wie sich ihr Körper bei seinen Worten anspannte, wie sie zurückzuckte, als er ihr die Hände auf die Schultern legte und sie sanft streichelte, als er ihren Zopf beiseite schob und seine Lippen auf ihren Nacken preßte. »Mein Verlangen nach Euch ist so groß, daß ich Euch vielleicht zu sehr bedränge. Ich bin ein Mann mit den Wünschen und Bedürfnissen eines Mannes, und ich habe seit dem Fest der Eostre im Frühling keine Frau mehr besessen – und noch nie habe ich eine Frau wie Euch besessen. Dennoch werde ich warten, bis Ihr bereit und willens seid, mich zu erhören – so, wie ich es gesagt habe. Deshalb werde ich Euch auch jetzt verlassen, damit Ihr die Aufgabe erfüllen könnt, die ich für Euch vorgesehen habe – und wenn Ihr nicht wollt, daß ich eifersüchtig und zornig werde, dann haltet Eure Augen gesenkt, während Ihr bei Eurer Arbeit seid, wie die bescheidene Jungfrau, als die ich Euch kennengelernt habe. Bringt keinen Mann auf meinem Grenzland in die Versuchung zu vergessen, daß Ihr meine Sklavin und meine Frau seid. Denn Ihr sollt wissen, Herrin, ich werde jeden Mann umbringen, der es wagt, Euch zu berühren oder der Eure Zuneigung zu erringen versucht, indem er Euch hilft, vor mir zu fliehen – und er wird keinen angenehmen Tod finden, das verspreche ich Euch, sondern einen Tod, den Ihr sicher nicht auf Eure christliche Seele laden wollt. Habt Ihr mich verstanden?«

»Ja.« Ihre Stimme klang leise und gebrochen, nichts war mehr zu hören von ihrer früheren Heiterkeit, als fürchte sie sich davor, noch einmal das Verlangen in ihm zu wecken. Rhowenna wußte nicht, ob sie noch einmal stark genug sein würde, seinen Angriff auf ihre Sinne abzuwehren. Kein Mann, nicht einmal Gwydion, hatte je gewagt, ihr gegenüber so kühn zu sein, sie so voller Leidenschaft zu küssen, so inbrünstig, daß sie gezwungen war, seiner suchenden Zunge ihre Lippen zu öffnen, daß ihr der Atem stockte und ihr Verstand aussetzte. Wenn Wulfgar sie küßte, konnte sie nicht länger klar denken, sie spürte nur noch die unglaublichen Gefühle, die er in ihr weckte, Feuer in ihrem Blut, das sich ausbreitete und sie verbrannte, das sie schwach machte und benommen, nachgiebig, so zerfließend wie Quecksilber, wie feuchter Ton in seinen Händen, den er nach seinem Willen formte. Sie war machtlos gegen ihn, von ihm hing es ab, daß sie zu essen und Kleidung hatte, ihr ganzes Leben hing von ihm ab, und sie hätte ihn deswegen hassen sollen. Sie wußte nicht, was mit ihr los war, warum sie ihn nicht haßte. Sie verstand diese eigenartigen, verwirrenden Gefühle nicht, die er in ihr wachrief. Sie glaubte, wollustig zu sein oder verrückt, weil sie so fühlte, in den Armen ihres Feindes, des Mannes, der sie gefangengenommen hatte, der sie aus Usk entführt hatte und sie zu seiner Sklavin gemacht hatte. Hätte Flóki the Raven sie nicht gestört, so zweifelte Rhowenna nicht daran, daß Wulfgar sie im nächsten Augenblick zu Boden gezwungen hätte, um seine Lust auf den Fellen zu befriedigen, die auf dem gestampften Lehmboden lagen.

Bei dem Gedanken holte sie tief Luft und preßte eine Hand vor ihren Mund, um ein verzweifeltes Aufschluchzen zu unterdrücken. Erst als sie merkte, daß es plötzlich still geworden war in dem kleinen Raum, wurde ihr klar, daß Wulfgar gegangen war, das er den Raum so leise und geräuschlos verlassen hatte wie ein heimlicher Räuber auf der Pirsch. Sie riß sich zusammen und machte sich an die Aufgaben, die er ihr aufgetragen hatte.

Nur die brennenden Walöllampen, die an den rauchgeschwärzten freistehenden Pfeilern hingen, die das strohgedeckte Dach trugen, vertrieben die langen Schatten in der Schlafkammer. Nur wenig Licht fiel durch die beiden schmalen Fenster unter der Decke, die mit Schweinsblasen abgedeckt waren und nicht mit Glas. Der Raum selbst, nur wenig mehr als ein Anbau des großen Metsaals, war spärlich möbliert. Die große, dicke, mit Eiderdaunen gefüllte Matratze, auf der viele Kissen und Felldecken lagen, war der einzige Luxus. Sonst standen nur einige Kisten in dem Zimmer, niedrige Hocker und Polster und eine große hölzerne Badewanne, mit eisernen Ringen eingefaßt. Schmale Wandteppiche hingen an den Wänden, auf dem Boden lagen verstreut Fellteppiche, und in einer Ecke des Raumes befand sich ein kleiner Herd. Das war alles. Als Rhowenna an ihre Schlafkammer in Usk dachte, mit dem großen Bett, der hölzernen Kommode, dem polierten bronzenen Spiegel, der bronzenen Badewanne und dem Steinboden, wußte sie mit Sicherheit, daß sie in ein hartes barbarisches Land gekommen war, das einen Lebensstil besaß, der viel härter war als alles, was sie bis jetzt gekannt hatte, ehe Wulfgar sie auf seine Arme genommen hatte und sie an Bord der *Drachenfeuer* getragen hatte.

Der große Metsaal war genauso dunkel und trübe vom Rauch wie die Schlafkammer. Der Mangel an so selbstverständlichem Mobiliar wie Tischen und Bänken, die den großen Saal ihres Vaters angefüllt hatten, bedrückte sie, auch wenn in einer Ecke des Raumes ein großer Webstuhl stand. Auf der Empore, dort wo die Schlafkammer war, stand zwischen zwei großen, kunstvoll geschnitzten Pfeilern der Hochsitz, doch selbst der war nur eine etwas kunstvollere Version der niedrigen Hocker, die sonst überall standen. Auf der gegenüberliegenden Seite befand sich die Küche, nicht mehr als ein kleiner Teil des Raumes, der mit einer hölzernen Wand abgetrennt war und außer einer niedrigen Wanne zum Waschen der Töpfe und Teller, die neben den Fässern und Krügen mit Vorräten auf Regalen standen, nicht viel mehr enthielt. Gleich neben der Küche, in dem großen Metsaal, stand ein gewölbter Backofen aus Stein. Wie es schien, mußten alle anderen Mahlzeiten auf dem Hauptherd gekocht werden. Gegenüber der Küche befand sich ein bescheidener Lagerraum, der zum größten Teil leer war, wenn er doch eigentlich mit Vorräten hätte aufgefüllt sein sollen.

Über allem lag eine Schicht Ruß und Schmutz, Spinnweben waren in jeder Ecke, als sei alles vor Jahren zum letztenmal gesäubert worden. Rhowenna wußte, daß viel Arbeit auf sie wartete. Zögernd ging sie auf Wulfgar zu, sie konnte nicht vergessen, was erst vor wenigen Minuten in der Schlafkammer geschehen war. Wulfgar stand an einer Seite des großen Saals und gab seinen Männern Befehle. Als er fertig war, bat sie ihn, den Sklaven, die ihr helfen sollten, ihre Befehle zu übersetzen, und schon bald waren einige der Frauen dabei, mit Tüchern und viel heißem Seifenwasser die Wände und die freistehenden Pfeiler abzuwaschen, während andere die Wandbehänge von den Wänden nahmen und sie und die Polster und Fellteppiche nach draußen brachten, um sie auszuschlagen, bis all der Staub daraus entfernt war. Andere Frauen arbeiteten in der Küche am Herd und an dem Ofen, sie bereiteten Früchte und Gemüse vor und brieten das Schaf, das Wulfgar hatte schlachten lassen, sie backten frisches Brot zum Essen. Männliche Sklaven leerten die übervollen Eimer mit Abfall und Kehricht, mit Sensen und Harken wurden sie auf die Heide geschickt, um Binsen zu schneiden, die auf den Boden gelegt werden sollten, weil es sonst keine getrockneten Pflanzen gab, denn diese Sitte kannte man im Nordland nicht. Die Thegns und freien Männer säuberten auf Wulfgars Befehl hin die Waffen und Rüstungen und reparierten die Palisade. Nur Morgen, die »Prinzessin« von Usk, wurde von all den Aufgaben verschont, und zweifellos schien ihr das zu gefallen, dachte Rhowenna amüsiert, als sie sie beobachtete, wie sie auf der Empore saß und einen der Wandteppiche ausbesserte, einen Krug mit Wein und eine Schale mit Früchten an ihrer Seite.

Trotz ihres schrecklichen Schicksals schien Morgen die Rolle, die sie zu spielen hatte, zu genießen, ihr hübsches Gesicht hatte einen abwesenden, etwas hochmütigen Ausdruck angenommen, und Rhowenna fragte sich schuldbewußt, ob sie selbst im königlichen Haus ihres Vaters wohl so ausgesehen hatte, abwesend und ein wenig geringschätzig, und sie dachte daran, daß Wulfgar behauptet hatte, sie sei stolz, denn tief in ihrem Herzen wußte sie, daß er recht hatte. Generationen von königlichem Blut floß in ihren Adern, und ihr ganzes Leben lang hatte man ihr dieses Wissen um ihr Erbe bewußtgemacht und sie gelehrt, es zu ehren. Jetzt war sie eine Gefangene, eine Sklavin, und sie sah die Welt mit anderen Augen an – es war nicht länger die sichere, glückliche Welt, die sie bis jetzt gekannt hatte, sondern eine Welt, die beladen war mit Gefahren, Mühsal und Leid. Ganz gleich, was auch geschah, sie würde nie mehr dieselbe Frau sein, die sie gewesen war, ehe die Nordmänner über Usk hergefallen waren. Sie hatte viel von ihrer Unschuld und Jugend verloren, und sie würde sie nie wiederfinden. Der Gedanke machte sie traurig, nur mit Mühe zwang sie sich, sich auf ihre Arbeit zu konzentrieren, und jetzt erinnerte sie sich auch an das, was ihre Mutter ihr geraten hatte.

Das Gestern ist ein altes Blatt Pergament, dessen Worte nie wieder neu geschrieben werden können und dessen Fehler man nicht wieder auslöschen kann; aber das Morgen ist eine neue Seite, und weise sind diejenigen, die ihre Federkiele aufs neue zur Hand nehmen, anstatt kostbare Zeit damit zu verschwenden, die alten Seiten zu lesen, die von den Jahren schon vergilbt sind.

Sie würde sich an den Rat ihrer Mutter halten, das nahm Rhowenna sich vor. Ganz gleich, was auch geschehen würde, sie würde nicht zurückblicken, sondern nur nach vorn. Entschlossen arbeitete sie weiter.

Natürlich konnte das Langhaus nicht an einem einzigen Tag in Ordnung gebracht werden. Aber als die Sonne hinter dem westlichen Horizont versank und ein graues Zwielicht hinterließ, das noch für viele Stunden anhalten sollte, ehe die Dunkelheit hereinbrach, hatten sie einen guten Anfang gemacht. Der Hof war wenigstens sauber, und es wartete ein heißes, wohlschmeckendes Mahl auf Wulfgar und seine Männer. Sie schlangen das Essen mit Appetit herunter, tranken und lachten laut und heftig und prosteten sich zu, feierten ihre erfolgreiche

Fahrt und den Überfall und erzählten Geschichten von ihrem Kampf mit den Männern von Usk, die Hakon, der Barde, zu einem gefühlvollen Lied verarbeitete. Morgen besaß die Geistesgegenwart zu erröten, als er sie als »Prinzessin« von Usk besang.

Rhowenna fühlte sich zugleich angezogen und auch abgestoßen von dem ungezügelten Benehmen der Wikinger. Selbstverständlich sah sie sie als Wilde an, wie sie mit untergeschlagenen Beinen auf ihren Kissen auf dem Boden saßen und mit ihren großen Händen Stücke des Fleisches abrissen, das auf dem Rost über dem Herd briet, und sich Unmengen von Wein und Bier aus ihren Trinkhörnern einverleibten und ohne Scham die Sklavenfrauen küßten und berührten, sie manchmal zu sich auf den Boden zogen, um ihre Lust an ihnen zu befriedigen, während die anderen Männer sie anfeuerten und ihnen aufmunternde Worte zuriefen. Für Rhowenna, die zu Wulfgars Füßen auf der Empore saß, war ein solch wildes, rauhes Benehmen schockierend und demütigend. Die Lehnsmänner ihres Vaters hatten nie einen solchen Mangel an Zurückhaltung gezeigt. Dennoch mußte sie zugeben, daß die Wikinger eine Vitalität besaßen, eine Lebensfreude, die sie nie zuvor in ihrem Leben erlebt hatte und die eine eigenartig wilde, erdnahe Anziehungskraft besaß. Dies waren Männer, die hart lebten und hart starben, die sich nicht vor dem fürchteten, was der nächste Tag bringen würde. Es gab nur wenige Krieger, die großartiger waren.

Nach dem Essen stand Wulfgar langsam auf und nahm eines der Breitschwerter, die er in Sliesthorp eingetauscht hatte, dann traten einer nach dem anderen die Thegns vor, knieten vor ihm nieder und legten die rechte Hand auf den goldenen Knauf des Schwertes, um ihm ihre Treue zu schwören, ihn als ihren Herrn anzunehmen, als ihren Jarl. Sein Herz schwoll vor Stolz, wenn er daran dachte, wie hoch er aufgestiegen war aus den Tiefen, in die sein Vater und seine Brüder ihn verbannt hatten. Der einzige Wermutstropfen war, daß Yelkei nicht hier war, um zusehen zu können, wie die Männer ihm den Eid schworen, denn ihre Vorhersage allein hatte dazu geführt. Danach sang Hakon ein Lied über die Thegns, gefolgt von einer sanften, melodiösen Liebesballade. Die Saiten seiner hübschen, geschnitzten Harfe klangen im Wind, der sanft durch die große, offene Tür des Metsaals wehte und die Walöllampen und die Binsenlichter flackern ließ, und plötzlich schien es, als läge ein Zauber in der Nacht, die eigentlich gar keine richtige Nacht war, sondern nur eine Dämmerung, die von der weit entfernten Mitternachtssonne erhellt wurde. Plötzlich zog Wulfgar Rhowenna in seine Arme, stand auf und ging mit ihr zu seiner Schlafkammer. Er stolperte ein wenig, und sie wußte mit einer plötzlichen Angst in ihrem Herzen, daß er genauso betrunken war wie die anderen Männer, auch wenn er den Alkohol besser vertrug als sie.

Er zog den Fellvorhang zur Seite, trug sie in die Kammer und legte sie dann auf das Lager. Seine Blicke hielten die ihren gefangen, während er seine lederne Tunika und die Stiefel aus Seehundfell auszog und sie achtlos beiseite warf. Er zögerte einen Augenblick, dann beugte er sich über sie und drückte sie auf das Lager, sein helles Haar fiel über seine nackten Schultern, im dämmrigen Licht der Walöllampe leuchtete es golden auf und ließ ihn aussehen wie ein uralter heidnischer Gott. Rhowenna stockte der Atem, als sie sah, wie das Licht auf seiner gebräunten Haut leuchtete und jeden einzelnen Muskel in seinen starken Armen und seinem kräftigen Oberkörper hervorhob. Ihr Herz schlug heftig, Furcht und ein Anflug eigenartiger Vorfreude ließen das Blut in ihren Ohren rauschen und ihren Körper erbeben.

»Herrin, der heutige Abend … der heutige Abend war all das, wovon ich mein ganzes Leben lang geträumt habe«, sagte Wulfgar leise, und seine Worte klangen ein wenig verschwommen, in seinen Augen leuchtete Triumph und auch Verwunderung. »Wie sehr wünsche ich mir, daß Ihr versteht, was mir das bedeutet hat. Aber wie kann ich Euch das begreiflich machen, Euch, einer Prinzessin? Ich war … niemand, Rhowenna, ein Nichts, ein Bastard, den mein Vater sich anzuerkennen weigerte, ich gehörte nirgendwohin. Meine Mutter, eine sächsische Frau, die mein Vater gefangengenommen hatte, starb, als ich noch ein Kind war; Yelkei hat mich großgezogen, sie selbst ist eine gelbe Sklavin aus den Ostländern. Sie und meine Mutter waren die beiden einzigen Menschen, die mich je geliebt haben. Für alle anderen Menschen im Nordland war ich nur ein niedriger Bóndi, der den Lohn des Lebens nicht verdient und auch nicht bei seinem Tod den Platz in Walhall, Odins großem Metsaal der Gefallenen in Asgard. Könnt Ihr Euch vorstellen, wie das Leben für mich war, Rhowenna? Ich habe kaum zu hoffen gewagt, daß die Götter mir meinen Traum erfüllen würden, ein Krieger zu werden, viel weniger noch ein Jarl. Aber jetzt ist es geschehen, und ich möchte meinen Erfolg mit Euch teilen, denn Ihr hättet meine Königin sein können, doch Ihr entschiedet Euch hingegen, meine Sklavin zu sein. Aber in Wirklichkeit bin ich es, der versklavt ist. Ich könnte Euch nehmen – ich möchte Euch nehmen! Aber ich werde es nicht tun, bis Ihr es nicht selbst wollt, denn ich habe Euch mein Wort gegeben. Aber ich möchte Euch küssen, Rhowenna, und bei Euch liegen, und Euch halten, die ganze Nacht hindurch, wenn Ihr von mir verlangt, nicht mehr zu tun als das.«

Er streckte eine Hand aus und streichelte ihre Wange, langsam beugte er sich dann zu ihr und küßte sie sanft, einmal, zweimal, ehe sich seine Lippen auf ihre preßten und seine Zunge Einlaß in ihrem Mund begehrte und ihre Zunge umspielte. Seine Worte und seine Zärtlichkeit rührten Rowenna, sie war so überrascht, daß sie nicht gleich reagierte. Sie hatte befürchtet, daß Wulfgar sie in seiner Trunkenheit brutal vergewaltigen würde, Zärtlichkeit und Respekt ihrer Wünsche hatte sie nicht erwartet, noch viel weniger als das Geständnis seiner niederen Geburt und seiner bescheidenen Herkunft, seiner heimlichen Hoffnungen und Träume. Nie zuvor hatte sie sich Gedanken darüber gemacht, warum er anders war als die anderen Wikinger, ihr hätte es genügt, daß es so war. Jetzt erst erkannte sie den einsamen Jungen in dem Mann vor ihr, einem Mann mit Gefühlen, die viel tiefer gingen und viel komplexer waren, als sie es sich hatte vorstellen können, und mit Dämonen, die ihn verfolgten. Sie hatte nicht gewußt, daß er ein uneheliches Kind war, sie konnte kaum erahnen, wie sein Leben bis jetzt verlaufen war – hart, elend, einsam, und nur seine Träume hatten ihn aufrechterhalten, Träume, die heute abend Wahrheit geworden waren. Er hatte recht, wie konnte sie verstehen, was ihm das bedeutete? In ihrem ganzen Leben waren ihr die Dinge zugefallen, ohne große Mühe, nur Gwydion hatte sie nicht bekommen können, er hatte nie so mit ihr gesprochen, wie Wulfgar es getan hatte, er hatte ihr nie leidenschaftliche Worte von Liebe und Verlangen zugeflüstert, Worte, die so wunderschön waren wie der Klang der Musik, die sie durch den Fellvorhang hörte, hinter dem Hakon, der Barde, die Saiten seiner Harfe zupfte und ein Lied spielte für die Liebenden und Träumer.

Wulfgars Küsse schmeckten nach Met, es war ein Geschmack, der Rhowenna so wohlbekannt war, daß sie einen Augenblick lang glaubte, wieder in Usk zu sein, in ihrem eigenen Bett – das kein Mann bisher mit ihr geteilt hatte, nur Wulfgar in ihren Träumen. Und jetzt hielt Wulfgar sie wirklich in seinen Armen, seine Küsse betörten ihren verräterischen jungen Körper, weckten in ihr eine heiße, lodernde Flamme, die sie schon zuvor in seinen Armen gefühlt hatte, als hätte diese Flamme bereits in ihr geglommen und nur darauf gewartet, daß er sie auf neue anfachte. Unter dem Drängen seiner Lippen, seiner Zunge und seiner Hände erwachte die Flamme zu neuem Leben, das Feuer rann durch ihre Venen, als ergriffe ein Fieber von ihr Besitz, machte sie benommen, umwölkte ihre Sinne und setzte ihren Körper in Brand. Sie mußte ihn abwehren, sagte sie sich, sie mußte ihn dazu bringen, aufzuhören. Er hatte ihr versprochen, daß er sie in seinen Armen halten und sie küssen würde – und selbst diese Freiheiten hätte sie ihm nicht erlauben dürfen. Wenn auch Wulfgar ihre Leidenschaft angefacht und ihr Verlangen geweckt hatte, er war noch immer ihr Feind, warum vergaß sie das immer wieder?

Verwirrt und verängstigt von den Gefühlen, die er in ihr weckte, versuchte Rhowenna, sich dagegen aufzulehnen und sich dann endlich auch gegen ihn zu wehren. Doch ihre Kraft war nichts im Vergleich mit seiner, ihre Bemühungen waren wie die eines Schwanes gegen einen Wolf, er umfaßte ihre Handgelenke und hob sie mit überraschender Sanftheit über ihren Kopf.

»Das ist nicht nötig, mein Johannisapfel«, flüsterte er rauh. »Habe ich dir denn nicht gesagt, daß ich dich nicht gegen deinen Willen nehmen würde? Ich möchte nur den süßen Nektar deiner Lippen trinken, deinen Körper an meinem fühlen, spüren, wie du zitterst, so wie eine Frau es tut, deren Leidenschaft von einem Mann geweckt wird. Hab keine Angst, ich werde dich nicht zwingen, ich werde dir nicht weh tun. Bei den Göttern, das schwöre ich.«

Wieder legten sich seine Lippen auf ihre, sanft fuhr seine Zungenspitze den Umrissen ihres Mundes nach, ehe sie sich dann wieder tief in ihren Mund schob, ihre Zunge umspielte, sie neckte, als versuche er mit einem seidenen Band einen Liebesknoten zu knüpfen, um sie damit an sich zu fesseln – so wie er sie bereits gefesselt hatte, bis er ihre Handgelenke wieder losließ und seine Finger in ihrem langen schwarzen Haar vergrub. Ungeduldig zog er die Spange aus dem Ende ihres langen Zopfes, löste das Haar und breitete es auf dem Kissen aus, bis es wie eine ebenholzschwarze Flut um sie lag und in dem schwachen Licht leuchtete. Seine Finger glitten darüber, hauchzart wie eine Brise, er hob eine Strähne, zog sie über ihr Gesicht und ihren Hals, dann schlang er sie um seinen Hals und band sie damit zusammen.

»Rhowenna …«, murmelte er erstickt und barg sein Gesicht in ihrem Haar, tief atmete er den süßen, berauschenden Duft der Heide ein, mit dem sie das Wasser parfümiert hatte, mit dem sie vor dem Essen ihr Haar gewaschen hatte. »Rhowenna … kjoereste …«

Genau wie Wulfgar hatte auch sie zu viel Met getrunken, glaubte sie, denn sonst hätte sie nicht so gefühlt, wie sie es jetzt tat – brennend von einem verräterischen Feuer und benommen von seinen Küssen und seinen Zärtlichkeiten. Oder vielleicht schlief sie ja auch und träumte – träumte einen Mittsommertraum von einer Mitternachtssonne, die in einem weit entfernten Land schien, in einer uralten, unterentwickelten Welt, einem Land, in dem die Zeit stillstand und in dem die Dunkelheit nie hereinbrach, sondern nur ein eigenartiges, verzaubertes Zwielicht herrschte. Kleine Rauchkringel stiegen von den Walöllampen auf, mit denen die Schlafkammer erhellt wurde, und gaben ihr ein geheimnisvolles Aussehen, als wäre sie ein unwirklicher Ort, ein Ort, den es nur im Reich der Götter gab oder in ihren Träumen. Sie fühlte Wulfgars warmen Atem auf ihrer Haut, er ging heftig, als er ihr Gesicht und ihr Haar mit Küssen bedeckte. Seine Finger spielten mit ihrem Haar, das an den Schläfen feucht war, er strich die langen Strähnen glatt, zerzauste sie und zwang sie so, den Kopf zurückzubeugen und ihm ihren langen, schlanken, cremig weißen Hals darzubieten. Ein Geräusch, beinahe wie das Schnurren eines Raubtieres, entrang sich seiner Brust, dann preßte er seine Lippen auf ihren Hals, bis er die kleine Ader fand, die dort heftig pulsierte, und er mit der Zungenspitze darüberfuhr. Ein heißer Schauer durchlief Rhowennas Körper, während gleichzeitig seine Hände geschickt und sicher ihren Körper erforschten, sie streichelten und erregten, so daß sie das Gefühl hatte, nicht länger Herr über ihren Körper zu sein oder den Willen zu haben, seinen immer wilderen, fordernderen Küssen und seinen kühnen, sinnlichen Liebkosungen widerstehen zu können.

Unbewußt glitten ihre Hände über seinen nackten, muskulösen Oberkörper, der mit einem feinen Schweißfilm bedeckt war, und schlangen sich um seinen Hals, zogen ihn zu sich herunter, denn trotz allem sehnte sie sich nach mehr. Sie hatte das Gefühl, als wäre irgendwo tief in ihrem Inneren ein Damm gebrochen, der eine Flut des Verlangens und der Sehnsucht freigesetzt hätte, die jetzt durch ihren Körper strömte, so wild wie das Meer, das sie schnell zu einem entfernten, unbekannten Ufer trug und gegen das sie sich nicht wehren konnte. Und Wulfgar war der Nordstern, der sie dorthin führte, strahlend und golden führte er sie durch das Zwielicht. Ihre Haut war überempfindlich, jede seiner Berührungen schien sie zu verbrennen wie die Funken des fremden, wunderschönen Lichtes, von dem er ihr an Bord der *Drachenfeuer* erzählt hatte, das sie am Nachthimmel des Nordlandes sehen würde und das das Funkeln der Schwerter der Walküren war, der behelmten Jungfrauen, die auf ihren herrlichen weißen Pferden kommen würden, um die Einheriar, die tapferen Krieger, die im Kampf gefallen waren, nach Walhall zu bringen, in Odins großen Metsaal der Gefallenen in Asgard.

»Die Walküren sind so hell, wie Ihr dunkel seid, Herrin«, hatte Wulfgar ihr erzählt. »Und jeder Wikinger sehnt sich danach, bei seinem Tod in ihren Armen zu liegen. Aber ich würde liebend gern am Ufer der Leichen entlangwandern, zu den vergitterten Toren von Hel, wenn ich statt dessen in Euren Armen liegen könnte.«

Und dort lag er jetzt, sein kräftiger Körper drückte sie in die Kissen, als er sie in seinen Armen hielt, seine Lippen und seine Hände überall gleichzeitig zu sein schienen und seine kräftigen Schenkel sie unter sich gefangenhielten, sich sanft gegen ihre Schenkel drängten und ihr zeigten, wie sehr er nach ihr verlangte. Nie zuvor war sie einem Mann so nahe gewesen. Ein leises Wimmern entrang sich ihrer Kehle, als sie fühlte, wie er sich gegen sie drängte und seine starken Hände über ihre Schultern strichen und die Ärmel ihres Kleides über ihre Arme hinunterschoben, um das dünne, leichte Unterkleid zu enthüllen und ihre Brüste, die sich gegen den dünnen Stoff drängten und sich heftig hoben und senkten, und ihre rosigen Brustspitzen, die ihn bei jedem Atemzug lockten.

»Nicht, Wulfgar. Bitte nicht«, bat Rhowenna leise.

»Psst, mein Johannisapfel. Du kannst doch nicht in deinem Kleid schlafen.«

Langsam zog er es ihr aus, bis sie nur noch in ihrem dünnen, losen Unterkleid vor ihm lag, das sich verführerisch an ihren Körper schmiegte und ihm nicht nur die weiße Haut ihrer Schultern enthüllte, sondern auch die üppige Rundung ihrer Brust, die sanfte Kurve ihrer Hüfte und ihre langen, schlanken Schenkel. Irgendwo in dem großen Metsaal wurde eine Tür geöffnet, ein Windhauch drang durch den Fellvorhang an der Tür der Schlafkammer, blies durch ihr langes schwarzes Haar und wehte den dünnen weißen Stoff um ihren Körper. In Wulfgars Augen sah sie aus wie eine wunderschöne, bezaubernde Sirene der fernen Meeresstrände, die mit ihren wundervollen Gesängen einen Wikinger in den Tod führen konnte, indem sie sein Langschiff auf den Felsen zerschellen ließ. Die Walöllampen flackerten in dem Luftzug, warfen Licht und Schatten auf ihr Gesicht. Ihre großen violettblauen Augen hatte sie geschlossen, die dichten Wimpern lagen wie Schmetterlingsflügel über ihren Wangen, ihre feuchten Lippen waren leicht geöffnet. Wulfgar konnte sich nicht satt sehen an ihr, mit Augen und Lippen prägte er sich ihr Bild ein, seine Hände hatten sich besitzergreifend um ihre Brüste geschlossen, durch den dünnen Stoff ihres Unterkleides streichelten seine Daumen ihre Brustspitzen und schickten Woge um Woge der Erregung durch ihren Körper. Der Ausschnitt ihres Unterkleides war weit, es fiel Wulfgar daher nicht schwer, es über ihre Schulter zu schieben und ihre herrlichen Brüste seinen Blicken zu enthüllen. Sein Mund preßte sich auf ihren Hals, er bedeckte ihn mit Küssen, bis hinunter zu der Vertiefung zwischen ihren Brüsten, dann schlossen sich seine Lippen über der rosigen Brustspitze. Er saugte daran, seine Zunge streichelte sie, bis Rhowenna scharf den Atem einzog und ihr ganzer Körper vor Erregung zu beben begann. Und dann brach plötzlich wild und ungezügelt das Verlangen in ihr auf, es brannte und schmerzte tief in ihrem Inneren, und sie sehnte sich danach, ihn in sich zu spüren. Wulfgar schien zu verstehen, was sie fühlte, seine Hand glitt hinunter, zum Saum ihres Unterkleides, das er hochzog.

»Nein!« rief sie und fürchtete sich plötzlich vor dem, was jetzt kommen würde. Verzweifelt wehrte sie sich gegen ihn, wand sich unter ihm und versuchte, sich aus seinen Armen zu befreien. »Nein, nicht! Bitte tu das nicht, Wulfgar!«

Sekundenlang glaubte sie, er würde ihr Flehen nicht hören, würde ihm nicht nachgeben, und ihr Herz raste vor Furcht und vor der Leidenschaft, die er in ihr geweckt hatte. Doch dann rollte sich Wulfgar mit einem Seufzer und einem leisen Fluch von ihr herunter, warf sich neben ihr auf das Lager und atmete heftig. Mit zitternden Händen zog Rhowenna ihr Gewand zurecht, um sich damit zu bedecken, sie war erschreckt und voller Scham, wenn sie daran dachte, was beinahe zwischen ihnen geschehen war. Sie verstand nicht, warum sie zugelassen hatte, daß er sie so geküßt und berührt hatte, er mußte ein Teufel sein, der sie in Versuchung geführt hatte, und sie war ein lüsternes Weib, weil sie ihm nachgegeben hatte. Bei diesem Gedanken begannen die Tränen zu fließen, wie silberner Tau lagen sie auf ihren Wangen und flossen dann langsam in das Haar an ihrer Schläfe.

»Ruhig, mein Johannisapfel, ruhig«, flüsterte Wulfgar liebevoll und zog sie in seine Arme, legte ihren Kopf an seine Schulter und strich ihr beruhigend über das Haar. »Du hast keinen Grund zu weinen. Auch wenn es mir in meinem Herzen und meiner Seele schwergefallen ist, so habe ich doch mein Wort gehalten. Du bist noch immer eine Jungfrau.«

Mit seinen Worten hatte er sie trösten wollen, doch zu seinem Schrecken schluchzte Rhowenna nur noch mehr, und Wulfgar wußte nicht, warum. Seltsamerweise wußte auch Rhowenna es nicht.

Endlich schlief sie ein – und sie träumte von einer riesigen, brennenden Sonne, die an einem Himmel stand, der so schwarz war wie die schwärzeste Nacht, und von einem großen Langschiff mit roten Segeln, das sie weit über alle bekannten Meere hinaustrug, zu einem Ort, von dem man sagte, daß dort Drachen lebten und die alten Götter dort herrschten. Und Wulfgar stand am Ufer, seinen Kopf mit dem goldenen Haar zurückgelehnt, seine Hände ihr entgegengestreckt, stark und sicher, und wartete dort auf sie.

10. KAPITEL

Die Schlüsselgewalt

Als Rhowenna am Morgen erwachte, war Wulfgar nicht mehr da, nur noch der Eindruck seines kräftigen Körpers auf dem Lager neben ihr erinnerte sie daran, daß er neben ihr geschlafen hatte. Wenn das nicht gewesen wäre, hätte sie sich einreden können, daß das, was am gestrigen Abend zwischen ihnen geschehen war, nur ein Traum war, ein Traum, wie sie ihn schon so oft gehabt hatte, oder daß sie sich alles in ihrem metumwölkten Gehirn nur eingebildet hatte. Doch auch wenn sie wünschte, daß es so gewesen wäre, so waren seine Küsse und seine Liebkosungen in ihrer Erinnerung lebhafter als alles, was sie sich vorstellen konnte. Sie konnte sie nicht abstreiten, dennoch verstand sie auch im hellen Tageslicht nicht, wie sie sich gestern im Dämmerlicht der Nacht so hatte benehmen können. Nie in ihrem Leben hatte sie sich so verwirrt gefühlt wie jetzt, so unfähig, ihre Gefühle zu beschreiben. Sie sehnte sich nach einer Führung, doch es gab niemanden, an den sie sich hätte wenden können, keinen Gwydion, der ihr ein Märchen erzählte, das sie beruhigen würde. Es gab nur Wulfgar – der sie haben wollte und der auf den richtigen Zeitpunkt wartete, weil er wußte, daß sie verletzlich war. Dieser Gedanke beunruhigte sie. Wie lange würde sie ihm noch widerstehen können, wenn ihr Körper sie so verräterisch betrog, wenn sie in seinen Armen lag? Sie wußte es nicht, und sie betete darum, daß Prinz Cerdic oder ihr Vater das Lösegeld so schnell wie möglich bezahlen würden.

Als Rhowenna von ihrem Lager aufstand, erschienen zwei Sklavinnen an der Tür, die ihr gestern beim Saubermachen geholfen hatten.

Beide waren Gefangene aus Sachsen, daher konnte sie sich mit ihnen unterhalten; von ihnen erfuhr sie auch, daß Wulfgar sie deshalb ausgewählt hatte, ihr zu dienen. Sie brachten mehrere Gewänder, die ihr gehören sollten, dazu ein kleines Kästchen aus Elfenbein mit Schmuck, all das hatte Wulfgar in Sliesthorp erhandelt. Nachdem sie sich mit dem heißen Wasser aus der Schüssel aus Speckstein gewaschen hatte, die die Frauen ihr gebracht hatten, halfen sie ihr, sich anzukleiden, und zeigten ihr, wie die ärmellose rote Tunika, die über dem fein plissierten weißen Gewand getragen wurde, an den Schultern mit zwei wunderschön geschmiedeten ovalen Broschen befestigt wurde. Kein Gürtel aus feinem Netzwerk oder Leder, wie man sie in den Südländern trug, gehörte zu ihrer Kleidung. Statt dessen hing eine Kette aus bunten Perlen zwischen den Broschen, und daran waren die Symbole für die Schlüsselgewalt befestigt – ein Nadelkissen, eine kleine Schere und der Schlüssel zu dem Lagerraum sowie ihr eigenes kleines Messer, das Wulfgar ihr zurückgegeben hatte. Dann behängten die Dienerinnen Rhowenna mit Ketten, Armreifen und Armbändern aus Gold und Silber und erklärten ihr, daß eine Herrin im Nordland so etwas trug, um den Reichtum ihres Ehemannes oder ihres Herrn zur Schau zu stellen. Danach kämmten sie ihr langes schwarzes Haar und flochten es zu zwei dicken Zöpfen, in die sie bunte Bänder mit einflochten. Als sie fertig waren, reichten sie Rhowenna einen polierten bronzenen Spiegel, der auch in Sliesthorp erstanden worden war, offensichtlich hatte Wulfgar gründlich über die Wünsche und Bedürfnisse einer Frau nachgedacht.

Als Rhowenna ihr Spiegelbild erblickte, hatte sie zum erstenmal seit ihrer Gefangenschaft das Gefühl, ihrem Rang entsprechend hergerichtet zu sein, auch wenn sie zu Hause nie so kostbare Dinge getragen hatte, höchstens zu besonderen Gelegenheiten. Dennoch war dies das Alltagskleid einer Herrin des Nordlandes, so erklärten ihr die beiden Dienerinnen. Plötzlich sehnte sie sich nach dem schlichten Alltagsgewand aus ungefärbter Wolle, das sie noch gestern getragen hatte, denn die Kleidung, die sie jetzt trug, stempelte sie als Wulfgars Eigentum. Es war, als hätte sie in Wirklichkeit in der letzten Nacht ihre Jungfernschaft an ihn verloren, als wäre sie jetzt nicht mehr als seine Sklavin und eine Dirne. Sie verspürte den heftigen Drang, sich alles, was er ihr geschenkt hatte, vom Leib zu reißen, doch auf ihre Fragen antworteten ihr die Dienerinnen, daß er die Sklavenkleidung, die er ihr in Sliesthorp gekauft hatte, weggenommen hatte, und sie wußten nicht, wohin er sie gebracht hatte, deshalb hielt sie sich zurück. Sie hatte nichts anderes anzuziehen, sie mußte das tragen, was sie am Leib hatte.

Zwei hochrote Flecken erschienen auf ihren Wangen, als Rhowenna den Vorhang vor der Schlafkammer beiseite zog und in den großen Metsaal blickte. Wulfgar war dort, er sprach ernst mit Flóki the Raven und einigen der anderen Thegns, und auch wenn sich die übrigen Krieger noch nicht von ihren Lagern entlang des Langpallar erhoben hatten, so waren die Sklaven doch schon dabei, ihren morgendlichen Arbeiten nachzugehen. Schon bei seiner Ankunft hatte Wulfgar deutlich gemacht, daß er weder Nachlässigkeit noch Schlampigkeit tolerieren würde, und wie es schien, hatten sich das alle zu Herzen genommen. Rhowenna stellte zu ihrer Befriedigung fest, daß das Feuer im Hauptherd bereits brannte, und sie roch auch den Duft des dicken Breis, der in einem Topf über dem Feuer kochte. Erst jetzt stellte sie fest, wie hungrig sie war. Dennoch mußte sie, wie die Sklaven, auch erst ihren Pflichten nachgehen, ehe sie etwas zu essen bekam.

Wulfgar war so in seine Unterhaltung vertieft, daß sie hoffte, er würde sie nicht bemerken, sie wußte nicht, daß er sie in dem Augenblick entdeckt hatte, in dem sie an der Tür der Schlafkammer erschienen war, und daß er in Wirklichkeit ungeduldig darauf gewartet hatte, daß sie endlich auftauchen würde. Jetzt, als sie an ihm vorbei in Richtung auf die Küche ging, hielt er ganz plötzlich ihr Handgelenk fest, zog sie in seine Arme und küßte sie innig, noch ehe sie protestieren konnte oder sich gegen ihn wehren konnte. Flóki und die Männer, die um Wulfgar herumstanden und die sie kannten und mochten, lachten und machten ihre Späße.

»Guten Morgen, mein Johannisapfel«, begrüßte Wulfgar sie gedehnt, nachdem er sie einen Augenblick lächelnd betrachtet hatte. Sie sehnte sich danach, ihm die Augen auszukratzen, die sie anerkennend musterten und sich an ihrer Schönheit und ihrem hübschen Gewand erfreuten. Die Wut, die in ihren Augen blitzte, als ihr klar wurde, daß sie so tun mußte, als hätte er sie am vergangenen Abend besessen und als hätte sie dieses Erlebnis erfreut, schien sein Vergnügen auf ihre Kosten noch zu vergrößern. Dennoch wäre es nicht gut, ihn vor den anderen Männern zu provozieren, das wußte sie. Es könnte sein, daß er die Notwendigkeit fühlte, seine Macht über sie vor den anderen zur Schau zu stellen. »Ich hoffe, du … hast gut geschlafen?« fragte er.

Rhowenna wußte nicht, ob sie überhaupt ein Wort herausbringen würde, deshalb nickte sie nur und fühlte, wie eine heiße Röte in ihre Wangen stieg bei der Erinnerung daran, wie er sie auf das Lager gedrängt hatte. Würde er so etwas auch heute abend wieder tun? fragte sie sich und erschrak, als bei diesem Gedanken nicht nur Furcht, sondern auch eine gewisse Vorfreude in ihr aufstieg. Bestimmt würde er das tun, was ihm gefiel – heute abend und auch an jedem anderen Abend, bis sie sich ihm endlich hingab, bis sie willig in seine Arme kam, so sehr nach ihm verlangte wie er nach ihr. Er war ein Ungeheuer, ein Teufel, weil er sie so quälte, sagte sie sich, weit schlimmer als all die anderen Wikinger zusammen – und sie hatte gehofft und geglaubt, daß er besser sei als sie. Doch wie sollte sie ihm entkommen, und selbst wenn ihr das gelang, wie sollte sie fliehen, wohin konnte sie gehen, wo sie doch so wenig von diesem Nordland wußte? Gestern, als man sie und den Rest der Frauen von der *Drachenfeuer* in das Langhaus gebracht hatte, hatte sie die eingezäunten Wiesen gesehen, wo im Sommer die Pferde frei liefen, Pferde, die man dazu benutzen würde, sie zu verfolgen. Und auch die Zwinger für die Hunde hatte sie gesehen, Hunde, die man auf die Spur einer entflohenen Frau setzen konnte und die sie finden würden, so leicht, wie sie das Wild fanden. Selbst wenn es ihr gelingen würde, ein kleines Boot zu stehlen, wer konnte wissen, was ihr auf der langen Reise zwischen dem Nordland und Walas alles zustoßen würde? Auch wenn sie sich noch so sehr danach sehnte, ihr Verstand sagte ihr, daß sie realistisch sein mußte, daß es wenig Hoffnung gab, Wulfgar zu entkommen, bis das Lösegeld für sie bezahlt worden war.

Als Wulfgar sie zögernd wieder freigab, bewegte Rhowenna sich schnell von ihm fort, aus Furcht, daß er sie vielleicht wieder in die Schlafkammer zurückbringen würde, um das zu beenden, was er am vergangenen Abend begonnen hatte. Der unverschämte, unerwartete Klaps, den er ihr auf das Hinterteil gab, als sie Richtung Küche davonging, traf sie bis in ihr Innerstes und verletzte sie. Wie konnte er es wagen, sie so zu behandeln? dachte sie und kochte vor Wut, obwohl sie wußte, daß er damit nur anzeigen wollte, daß sie ihm gehörte, damit kein anderer Mann es wagte, sie anzurühren oder ihr zu helfen, ihm zu entkommen. Und wenn sie sich selbst gegenüber ehrlich war, so mußte Rhowenna zugeben, daß er es vielleicht auch zu ihrem Schutz getan hatte, denn wer konnte schon sagen, ob nicht ein anderer Mann, nachdem er ihr bei ihrer Flucht geholfen hatte, sich gegen sie wenden würde und versuchen würde, ihr Gewalt anzutun, wenn sie erst einmal aus Wulfgars Reichweite waren? Sicher war es so, wie sie es sich immer wieder einzureden versuchte, ihre Wut und ihre Scham vor den Annäherungsversuchen Wulfgars waren dem vorzuziehen, was sie in den Händen eines anderen Mannes würde erdulden müssen.

In der Küche erkannte Rhowenna, daß die Sklaven bereits die Kühe gemolken hatten, denn Eimer mit weißer schaumiger Milch standen auf einer Seite der Küche, neben Töpfen mit Honig und Butter und Laiben frischen Brotes, die gestern gebacken worden waren, daneben lagen Eier, die man an diesem Morgen aus den Hühnerställen geholt hatte. Aus der Erfahrung vom Königshof ihres Vaters wußte Rhowenna, daß Brot, Eier und Brei nicht genügten, einen großen Saal voller hungriger Männer satt zu machen, deshalb befahl sie, daß das Hammelfleisch, das vom gestrigen Abend noch übrig war, aufgetischt wurde, zusammen mit Schalen voll Früchten und Nüssen. Es gab keinen Käse, und sie nahm sich vor, herauszufinden, ob das daran lag, daß in dem Haushalt und im Grenzland nicht ordentlich gewirtschaftet wurde oder ob man Käse hier im Nordland gar nicht kannte. Zusätzlich zu der Milch ließ sie Met und Bier servieren. Die ganze Zeit über dachte sie daran, wie eng und unwirtschaftlich die Küche war, wie unangemessen der große Metsaal ausgestattet war, da es keine Tische und Bänke gab, mußten die Sklavenfrauen auf niedrigen Hockern sitzen oder auf dem Boden, um die Mahlzeiten vorzubereiten, sie mußten sich ständig bücken, wenn sie die Thegns bedienten, die sich inzwischen von ihren Lagern erhoben hatten und jetzt auf Kissen rund um den Hauptherd saßen. Mit den ausgedehnten Wäldern, die sie gesehen hatte, konnte der Mangel an Möbeln nicht von einem Mangel an Holz herrühren, also mußte es einen anderen Grund dafür geben, warum keine Möbel vorhanden waren. Sie würde Wulfgar danach fragen, sicher konnten einige der männlichen Sklaven oder der freien Männer einfache Tische bauen – es wurden doch nur ein paar Bretter, die über Böcke gelegt wurden, benötigt – und auch Bänke, wenn sie ihnen erklärte, wie sie aussehen sollten.Und noch einige andere Dingen würde sie ändern, nahm sich Rhowenna vor. Wulfgar hatte recht, wahrscheinlich würde sie eine Weile hierbleiben müssen, und nur weil die Nordmänner wie Wilde lebten, war das noch lange kein Grund, warum auch sie das tun sollte. Sie war zivilisiert, eine Herrin, eine Prinzessin, das durfte sie nie vergessen. Sie durfte es nicht zulassen, daß ihr Geist zerbrochen wurde, daß man ihr die Würde nahm, wie es so offensichtlich mit einigen der anderen Sklaven geschehen war, die sie heute morgen in der Küche gesehen hatte.

Nur Morgen war es auch heute wieder gelungen, sich der allgemeinen Arbeit zu entziehen, sie saß träge auf einem Kissen auf der Empore zwischen den beiden großen Pfeilern an dem Ende des großen Metsaals, an dem sich die Schlafkammern befanden. Die letzte Nacht hatte sie in einem verschlossenen Lagerraum verbracht, vor dessen Tür Flóki gewacht hatte. Auch ihr hatte man zwei Sklavinnen gegeben, die sie bedienen sollten, und Kleidung und Juwelen, und jetzt war sie sogar noch kostbarer gekleidet als Rhowenna. Morgens plissiertes Kleid hatte die Farbe von Bernstein, ihre indigofarbene Tunika war mit breiten Borten kunstvoll bestickter Bänder verziert und wurde an ihren

Schultern von goldenen Broschen gehalten. Zahllose Halsketten aus Gold und Bernstein lagen um ihren Hals, und Armreifen und Bänder aus Gold und Silber glänzten an ihren Armen, sogar Ringe, die kostbar und sehr selten waren, trug sie an ihren schlanken Fingern. Ihr schwarzes Haar war mit bunten Bändern kunstvoll geflochten und auf ihrem Kopf zusammengesteckt, was ihr eine unzweifelhaft königliche Erscheinung verlieh. Selbst Rhowenna, die die Wahrheit kannte, hätte glauben können, daß Morgen eine Prinzessin war.

Als die Morgenmahlzeit zu Ende und die Töpfe und Teller abgeräumt waren, unterhielt sich Rhowenna mit Wulfgar darüber, welche Änderungen sie in der Küche und dem großen Metsaal vorzunehmen gedachte. Zu ihrer Überraschung erklärte er ihr, daß sie all das verwirklichen konnte, was sie sich vorstellte, um das Langhaus zu verschönern, und schon bald waren freie Männer mit Äxten unterwegs in den Wald, um Bäume zu fällen, die für Rhowennas Vorhaben geeignet waren. Sie selbst, so erfuhr sie, durfte sich im Grenzland frei bewegen, solange sie dabei von einigen der Thegns begleitet wurde – hauptsächlich zu ihrem eigenen Schutz und nicht, um sie an einer Flucht zu hindern, erklärte Wulfgar ihr mit einem kleinen Lächeln, damit sie wußte, daß er ihren Wunsch kannte, ihm zu entkommen, und damit sie im voraus jeden Versuch dazu unterließ. Nachdem sie sich vergewissert hatte, daß alle Arbeiten im Haushalt getan wurden, machte Rhowenna sich mit einigen der Sklavenfrauen mit großen Körben auf den Weg zum Strand, um dort nach Algen zu suchen, aus denen sie Brot backen wollte. Wenn Wulfgar jetzt noch erlaubte, daß ein Schwein aus seinem Stall geschlachtet wurde, konnte sie das Algenbrot in dem Schweinefett rösten und gleichzeitig Schweinskopfsülze machen, Fleisch in Gelee, so wie ihre praktische Mutter es immer vorgezogen hatte.

Wie immer seit ihrer Gefangennahme, so schmerzte Rhowennas Herz, wenn sie an ihre Mutter und ihren Vater dachte, und sie fragte sich, wie es ihnen wohl in Usk ergehen mochte, so weit weg von Nordland. Auch wenn sie erst wenige Tage von zu Hause weg war, so schien es ihr schon eine Ewigkeit zu sein, als hätte sie ihr Leben dort in einem anderen Leben gelebt, vor langer Zeit – oder in einem Traum. Es schien so, als existiere nur noch das Nordland für sie. Sie hatte ihre Schuhe ausgezogen und dachte jetzt, daß sogar der Sand sich hier anders anfühlte als an den Stränden von Usk, rauher, steiniger, und auch das Wasser war kälter, trotz der Wärme des Sommers. Während sie ihren Korb mit Algen füllte, dachte sie plötzlich daran, daß sie genau das in Usk getan hatte, als die Nordmänner Usk angegriffen hatten, und einen Augenblick lang sah sie sich unsicher um, weil sie fürchtete, daß es auch hier und jetzt einen Angriff geben könnte. An Bord der *Drachenfeuer* hatte Wulfgar ihr erzählt, daß die Fehden der Nordmänner berüchtigt waren, sie kämpften genausooft gegeneinander, wie sie gegen ihre Feinde in den Ostländern oder den Südländern kämpften. Er hatte ihr auch davon berichtet, daß die Nordmänner sich oft als Söldner verdingten, besonders in die griechischen und slavischen Königreiche. Doch zu ihrer Erleichterung sah sie niemanden in der Nähe, nur die Sklavenfrauen und die Thegns, die sie bewachten.

Als die Körbe gefüllt waren, gingen sie zum Langhaus zurück. Auf die hölzernen Gestelle, die zum Trocknen von Fisch, Früchten und Gemüsen benutzt wurden, hängte Rhowenna die Algen, damit sie in der Sonne trocknen konnten. Morgen würde sie das Algenbrot machen und die Schweinskopfsülze. Als Wulfgar von ihrem Vorhaben gehört hatte, hatte er zugestimmt, daß eines der Schweine geschlachtet wurde. Er war zuvor auf dem großen schwarzen Pferd von Olaf the Sea Bull ausgeritten, das er für sich selbst beansprucht hatte, um den Hof und die Felder zu besichtigen, jetzt war er an der Palisade und überwachte die Reparaturen, die er am vorigen Tag angeordnet hatte. Als sie die Algen auf die Gestelle zum Trocknen hängte, fühlte Rhowenna seine Blicke auf sich. Doch obwohl es sie beunruhigte, daß er sie beobachtete, beeilte sie sich nicht mit ihrer Arbeit, denn wenn sie damit fertig war, bedeutete es, daß sie in das dunkle Langhaus zurückgehen mußte. Wenn sie an den großen Saal ihres Vaters in den langen, dunklen Wintermonaten dachte, so konnte sie sich vorstellen, wie langweilig es in den »trüben Zeiten« des Nordlandes, wie Wulfgar sie nannte, hier sein mußte. Doch sicher würde sie um diese Zeit längst wieder von hier weg sein, dachte sie, denn Prinz Cerdic oder ihr Vater hätten bis dahin ihr Lösegeld längst bezahlt und Wulfgar hätte sie nach Usk zurückgeschickt oder doch wenigstens nach Mercia.

Daß dieses Leben hier im Nordland auf gewisse Weise ein Vorgeschmack des Lebens war, das sie in Mercia führen würde, als Fremde in einem fremden Land, mit ungewohnten Sitten und Gebräuchen, anderer Kleidung und fremden Speisen, war ein Gedanke, den Rhowenna lieber nicht weiter verfolgen wollte. Es gab keinen Vergleich zwischen dem Leben einer Sklavin und dem einer Prinzessin – selbst wenn Wulfgar ihr die Schlüsselgewalt über sein Langhaus gegeben hatte –, und Mercia war ein zivilisiertes Königreich, dessen sächsische Einwohner, die zuvor barbarische Heiden gewesen waren, längst zum christlichen Glauben übergetreten waren, ganz anders als diese wilden Nordmänner. Außerdem würde Prinz Cerdic ihr Ehemann sein, würde für sie sorgen, und ihr Wohlergehen würde ihm am Herzen liegen, dessen war sie ganz sicher, denn das bewies schon sein Geschenk, das goldene Halsband mit dem Amethysten. Doch auch er würde das von ihr wollen, wonach Wulfgar trachtete, dachte sie, doch dann schob sie diesen Gedanken schnell weit von sich. Es wäre alles ganz anders bei Prinz Cerdic, sagte sie sich. Wenn er sie nahm, dann wäre ihre Verbindung von der Kirche geheiligt, er selbst wäre sanft und zärtlich zu ihr, voller Verständnis für ihre jungfräuliche Furcht, würde er sie als seine Frau respektieren – er würde in ihr nicht nur ein Objekt seiner Lust sehen, so wie Wulfgar es tat, wenn er ihr seine Lügen ins Ohr flüsterte, um sie dazu zu bringen, sich ihm hinzugeben. Auch würde Prinz Cerdic sie nicht so küssen und liebkosen, wie Wulfgar es tat, um in ihr dieses eigenartige Feuer zu entfachen, diese wilde Sehnsucht, die nur ein lüsternes Weib verspürte. In Prinz Cerdics Armen wäre sie sicher. Nur Verrat und Gefahr, Entehrung und Enttäuschung würde sie in Wulfgars Armen finden.

Sie nahm ihren leeren Korb und wollte gerade ins Haus zurückgehen, als ihre Aufmerksamkeit von einigen der freien Männer in Anspruch genommen wurde, die zuvor in den Wald gegangen waren. Sie brachten einen von Ochsen gezogenen Schlitten, auf dem einige Baumstämme festgezurrt waren, hier war also das Holz, aus dem die Möbel angefertigt werden sollten, die sie sich gewünscht hatte. Trotz allem verspürte Rhowenna eine freudige Erregung bei diesem Anblick. Sie würde schon bald den Hof haben, den sie sich vorstellte, es würde aussehen, als lebten hier zivilisierte Menschen und keine Barbaren, auch wenn das nicht so war. Sie stützte ihren Korb in die Hüfte und ging zu Eirik hinüber, dem Leiter der Holzschnitzer, um ihm noch einmal genau zu erklären, was sie sich vorgestellt hatte. Nach einer etwas schwierigen Unterhaltung, in der Rhowenna ihn auf sächsisch ansprach und Eirik in der Sprache der Nordmänner antwortete, stand Wulfgar plötzlich neben ihr, um für sie ihre Wünsche zu übersetzen. Mehr als einmal in ihrer Unterhaltung hörte Rhowenna das nordische Wort »Seng«, doch war sie nicht sicher, was es bedeutete. Dieses Wort hatte sie zuvor noch nie gehört – und hieß Tisch auf nordisch denn nicht »Bord« und Bank »Benk«? Verwirrt fragte sie sich, ob Wulfgar überhaupt verstanden hatte, was sie wollte.

»Ja«, sagte er, als sie ihn fragte. »Ich mag vielleicht ein Heide sein und ein Wilder, wie du mich genannt hast, Herrin. Aber ich bin nicht so dumm, daß ich nicht verstanden habe, was du dir vorstellst. Selbst wenn Olaf the Sea Bull keine besessen hat, so habe ich doch in meinem Leben schon oft Tische und Bänke und andere Möbelstücke gesehen, auch im Hof von Ragnar Lodbrók. Aber die meisten von ihnen werden nur bei besonderen Gelegenheiten benutzt, zum Beispiel bei Festen, denn wir Nordmänner sind nicht so verweichlicht und brauchen nicht solchen Luxus wie die Krieger aus den Ostländern und den Südländern – deshalb beherrschen wir sie auch alle, Herrin, genau wie wir die Meere beherrschen.«

Er zuckte mit den Schultern. »Auch jetzt besitzen wir Einfluß in den slavischen, den germanischen und den fränkischen Königreichen und ebenso in Friesland, Caledonien und Erin. Es ist nur eine Frage der

Zeit, ehe wir auch Britannien und Walas erobern. In diesem Sommer ist Ragnar den Fluß Seine hinaufgesegelt, um noch einmal Paris zu überfallen, mit der Beute will er eine Armee aufstellen. Wenn es ihm gelingt, werden er und seine Söhne Söldner verpflichten und wie eine Herde Fliegen, die sich auf den Honig stürzen, über die Königreiche von Britannien herfallen, denn es ist Ragnars Lebenswunsch, der König über ganz Britannien zu werden und nicht länger dem jütländischen König auf der anderen Seite des Skagerrak zu unterstehen, dem er Tribut zahlen muß und dem er die Treue geschworen hat. Du siehst also, Herrin, du verkörperst für Ragnar nicht nur ein Lösegeld, mit dem dein Gewicht in Gold aufgewogen wird, Usk ist für ihn wahrscheinlich auch ein Bollwerk, von dem aus er seinen Beutezug antreten kann, sich die Königreiche von Britannien zu unterwerfen und die Sachsen fest unter seine Herrschaft zu zwingen, unter anderem auch Prinz Cerdic von Mercia!«

»Ich ... ich verstehe das nicht.« Wulfgars Worte hatten Rhowenna verwirrt und auch verängstigt. »Was ... was meinst du damit, mein Herr?«

»Ich will damit sagen, trotz deiner Verlobung mit Prinz Cerdic werden Usk und Mercia niemals mehr als nur unsichere Verbündete sein, denn zwischen den Kelten und den Sachsen hat es schon immer Feindschaft gegeben. Vielleicht wird dein Vater im Austausch für deine Ehre und – das wird Ragnar deinem Vater schon klarmachen – dein Leben am Ende vernünftig genug sein, ein Bündnis mit Ragnar einzugehen, denn ein solches Bündnis basiert auch auf Zweckdienlichkeit. Ragnar hat drei eheliche Söhne, und keiner von ihnen würde Skrupel haben, seine Frau zu verstoßen, um dich zu heiraten, wenn es ihren Plänen und ihrem Ehrgeiz zuträglich ist. Dann würde Usk Ragnars Sprungbrett in Britannien sein – und wenn der alte Wolf und seine Jungen erst einmal die Schafe verspeist haben, hätten sie auch keine Skrupel, sich gegen den Schäfer zu wenden, der ihnen den Zugang zu den Schafen ermöglicht hat.«

»Mein Vater wird klug genug sein, diesen Plan zu durchschauen«, erklärte Rhowenna nicht ohne Stolz. »Außerdem fürchtet mein Vater die christlichen Priester, deshalb würde er mich nie einem Heiden zur Frau geben.«

»Vielleicht, Herrin. Aber ich sage dir, es gibt Männer im Nordland, die sich vor euren Priestern nicht fürchten und auch nicht vor eurem Gott, sie würden schwören, Ihm zu dienen, wenn es ihnen den Vorteil bringt, den Ragnar sich erhofft.«

Für Rhowenna war dies eine schreckliche Blasphemie. Dennoch zweifelte sie nicht daran, daß Wulfgar die Wahrheit sagte, nach allem, was sie bisher über die Nordmänner erfahren hatte. Sie erschauderte bei dem Gedanken, und dann schob sich plötzlich das Bild von Vater Cadwyr vor ihr inneres Auge, und sie wußte, daß für den Priester die Bekehrung eines Heiden zum Christentum ein so großartiges Werk in den Augen Gottes war, daß er Pendragon dazu raten würde, wenn sich diese Gelegenheit wirklich ergeben sollte. Er würde ihn dazu drängen, sich mit den Nordmännern gegen die Sachsen zu verbünden, selbst wenn er die Vermutung hegte, daß die Nordmänner, nachdem sie ganz Britannien unterworfen hatten, sich auch Walas einverleiben würden.

»Jetzt weißt du, warum Ragnar Lodbrók und seine Söhne auf jeden Fall kommen werden, um dich von hier fortzuholen, Herrin, und warum ich Morgen gebeten habe, deinen Platz als Prinzessin von Usk einzunehmen.« Wulfgars Stimme klang grimmig. »Ein Vater, dessen Tochter entehrt wurde und die ein Kind unter dem Herzen trägt, ist meistens darauf bedacht, sie an den Mann zu verheiraten, der sie entehrt hat, und er ist auch ein Mann, der einem Handel leichter zugänglich ist. Glaub mir, Herrin, wenn Ragnar je deine wahre Identität herausfinden sollte und wenn es ihm gelingen würde, dich von mir fortzuholen, wenn dein Vater sich weigern sollte, das Lösegeld für dich zu bezahlen, dann wird Ragnar dich seinem Sohn Ivar the Boneless übergeben, zu seinem Vergnügen. Und wenn es ihnen später nicht gelingen sollte, von deinem Vater die Zustimmung zu einer Heirat mit Ivar zu bekommen, und sie Usk dann nicht als Basis für eine Eroberung von ganz Britannien benutzen können, dann wirst du dich als ihre Sklavin wiederfinden und als Dirne. Zweifle nicht daran, Herrin, ich kenne diese Menschen bis in ihr Innerstes. Vater und Söhne hungern nach Macht, und sie sind rücksichtslos in ihrem Kampf dafür – doch du bist nur eine Frau und dazu noch Jungfrau, deine Gefühle werden ihnen nichts bedeuten.«

»Aber wenn all das, was du mir sagst, die Wahrheit ist, wie kann ich dann zulassen, daß Morgen in ihre Fänge gerät?«

»Sie ist keine Jungfrau«, erklärte Wulfgar grob und zuckte mit den Schultern. »Ihr Schicksal wird nicht schlimmer sein, als es auch in meinem Sklavenhaus gewesen wäre, und das weiß sie auch. Es besteht aber in Wirklichkeit für sie nur ein geringes Risiko. Solange sie nichts Unrechtes tut, werden weder Ragnar noch Ivar sie umbringen. Wie ich dir schon in Sliesthorp erklärte, gibt es Gesetze hier im Nordland, die festlegen, wie ein Sklave behandelt werden muß. Außerdem war es Morgens eigene Entscheidung, den Platz mit dir zu tauschen, und sie hat diese Entscheidung aus freiem Willen getroffen. Damit hat sie bewiesen, daß sie sowohl mutig als auch klug ist, und ich werde tun, was ich kann, um sie zu beschützen, genau wie ich dich beschütze, Herrin. Und vielleicht werden die Botschafter, die ich heute morgen zu Prinz Cerdic und zu deinem Vater geschickt habe, schon wieder zurück sein, ehe Ragnar Lodbrók und Ivar the Boneless mit ihren Langschiffen nach Hause zurückkehren. Doch wenn die Götter anders entscheiden, dann werde ich dich nicht opfern, um Morgen zu retten, Herrin. Dafür steht viel zuviel auf dem Spiel. Ihr würde es nichts nützen, und dich würde es ruinieren – ganz zu schweigen davon, was für eine Waffe Ragnar damit in seinen gierigen Händen hätte.«

Lange schwiegen sie beide, jeder dachte darüber nach, was Wulfgar Morgen erdulden lassen würde, wenn er damit Rhowenna vor dem gleichen Schicksal bewahren könnte. Tränen brannten in Rhowennas Augen, als ihr das klar wurde, denn sie begriff, daß auch Wulfgar hart und gnadenlos sein konnte, wenn er das wollte. Hatte sie nicht den Beweis dafür selbst gesehen, als er Knut Strongarm enthauptet hatte? Dennoch konnte sie seine Entscheidung nicht tadeln, es war offensichtlich, daß er alles gründlich durchdacht hatte. Schließlich sprach sie, und ihre Stimme zitterte vor unterdrückten Gefühlen.

»Du … du hast recht, natürlich. Ich … ich muß an Usk denken. Ohne mich kann Ragnar Lodbrók meinen Vater nicht zwingen, seiner Forderung nachzugeben, und Usk und seine Einwohner werden in Sicherheit sein. Das genügt, es ist alles, was zählt.«

»Und du hast gar nicht an dich selbst gedacht, Rhowenna?« fragte Wulfgar leise, seine Stimme hatte einen eigenartigen Tonfall, als er sie fragend ansah. »An deine eigenen Bedürfnisse? An deiner Stelle würde jede andere Frau zuerst an sich selbst denken.«

»Ich bin eine Prinzessin, ich kenne meine Pflichten.«

»Aber du bist auch eine Frau – mit den Gefühlen einer Frau – oder etwa nicht?«

»Doch. Aber ich habe mit den Jahren gelernt, daß eine Prinzessin manchmal ihre Gefühle zurückstellen muß, ihrer Pflicht wegen, die sie dem Königreich und der Krone gegenüber hat.«

»Hast du genauso gefühlt, als dein Vater dich mit Prinz Cerdic verlobte? Hast du deshalb dieser Verbindung zugestimmt? Denn du kannst mir nicht einreden, daß du dir gewünscht hast, ihn heiraten zu dürfen, ich weiß, daß es nicht so war!«

»Nein, ich wollte ihn nicht heiraten, das stimmt … aber nur weil ich … weil ich einen anderen Mann liebte, meinen Verwandten Gwydion.« Rhowennas Gesicht wurde ganz sanft, als sie den Namen Gwydion aussprach, und in ihren Augen glomm ein Licht, das Wulfgar wütend und eifersüchtig machte und in ihm plötzlich die schreckliche Furcht weckte, daß er ihr Herz nie für sich gewinnen könnte, daß sie es schon einem anderen Mann geschenkt hatte und nichts mehr für ihn übrig war. Er hatte niemals angenommen, daß sie einen anderen Mann liebte, daß dieser Mann sie in seinen Armen gehalten hatte, von ihren süßen Lippen getrunken hatte und die milchig weiße Haut ihres Halses und ihrer Brüste gestreichelt hatte.

»Herrin, deine Worte stoßen in mein Herz wie eine scharfe Klinge«, sagte er leise und voll unterdrücktem Gefühl. »Warum willst du mich verletzen mit der Enthüllung deiner Liebe für einen anderen Mann, wo du doch weißt, daß ich dich so sehr liebe und nach dir verlange, daß ich dich zu meiner Königin gemacht habe anstatt zu meiner Sklavin? Nimmst du so wenig Rücksicht auf meine Gefühle? Oder bist du nur genauso wankelmütig und untreu wie all die anderen Frauen? Bei den Göttern, das hätte ich nie geglaubt. Aber warum sonst solltest du in meinen Armen liegen und mich küssen, so wie du es gestern getan hast, wenn dein Herz deinem Verwandten gehört?«

»Wie kann ich dir antworten, wenn ich selbst die Antwort nicht weiß?« rief sie leise und wandte verschämt den Kopf ab, weil er von dem gestrigen Abend sprach und davon, wie sie auf seine Liebkosungen reagiert hatte. Sie hob eine Hand an ihren schlanken Hals, als wolle sie so versuchen, ihren plötzlich wild rasenden Puls zu beruhigen. »Kein Mann hat je von mir das bekommen, was du dir von mir genommen hast, mein Herr, und auch wenn ich dich dafür von ganzem Herzen hassen sollte, so kann ich es doch nicht. Ich verstehe diese eigenartigen Gefühle nicht, die du in mir geweckt hast. Es ist so, als würden mein Verstand und mein Wille dahinschmelzen, wenn du mich berührst ...« Ein leises Schluchzen entrang sich Rhowennas Kehle, sie hielt mitten im Satz inne, erschreckt durch ihr Geständnis senkte sie den Blick, um ihn nicht ansehen zu müssen. Ihr Mund war leicht geöffnet, ihre Lippen zitterten, und Wulfgar hätte am liebsten seine Lippen auf ihre gepreßt, so heftig war das Gefühl des Triumphes, das ihn bei ihrem Geständnis durchfloß. Lange schwieg Rhowenna, erst als sie sich wieder gefaßt hatte, sprach sie weiter. »Durch dich, einen sündigen Heiden, führt mich der boshafte Teufel in Versuchung und macht aus mir ein lüsternes und böses Weib, um meinen Glauben als christliche Jungfrau auf die Probe zu stellen. Ich bete ernsthaft um meine schnelle Rückkehr, und wenn mir diese nicht gewährt wird, darum, standhaft gegen dich zu sein, solange es nötig ist.« Sie hielt inne und holte tief Luft und zeigte ihm so, wie schwer ihr dieser Kampf gegen ihn fiel – und gegen sich selbst –, und Wulfgar fühlte, wie eine heiße Freude in ihm aufstieg. Ihre Stimme war voller Kummer, als sie weitersprach. »Und was mein

Herz betrifft, es gehörte einmal meinem Verwandten Gwydion, aber das ist vorbei, denn er hat es nicht haben wollen ...«

»Was?« unterbrach Wulfgar sie, entsetzt darüber, daß es einen Mann geben konnte, der sie nicht hatte haben wollen, und wütend bei dem Gedanken, wie sehr sie unter dieser Ablehnung gelitten haben mußte. »Was für ein Dummkopf war dieser Mann? War er blind, daß er deine Schönheit nicht sehen konnte? War er taub, daß er nicht den Gesang der Sirenen hörte, der ihn bezauberte? War er stumm, daß er dir nicht Worte der Liebe und des Verlangens sagen konnte, die ich am liebsten herausschreien würde, so daß sie bis in die Hallen von Asgard zu hören sind, bis zu den vergitterten Toren von Hel, wenn die Götter und Hela, der Gott des Todes, sich herablassen würden, mich anzuhören?«

»Nein.« Rhowenna schüttelte langsam den Kopf und starrte blicklos vor sich hin. »Er war nur ein Mann, der es nicht wagte, zu träumen.«

»Ein solcher Mann bin ich nicht, Herrin. Denn ich wage es, zu träumen. Ich träume davon, dich in meinen Armen zu halten, zu fühlen, wie du unter mir vor Leidenschaft erbebst, wie du mir deine weißen Schenkel öffnest und mich in dir aufnimmst, wie ich dich erfülle, so daß du überfließt von meinem Nektar, der berauschender und süßer ist als Wein, ich würde es dir beweisen, wenn du dich mir hingibst. Ich träume davon, für den Rest meines Lebens jeden Morgen aufzuwachen und dich neben mir zu sehen, dein langes rabenschwarzes Haar auf meinem Kissen wie ein schwarzes Meer, in dem ich mit Freuden versinken würde. Ich träume davon, deinen sanften Körper erblühen zu sehen, wenn mein Kind in dir heranwächst, hier ...« Er legte eine Hand auf ihren Leib, eine sanfte Zärtlichkeit, die einen Schauer durch ihren Körper rinnen ließ und eine eigenartige Sehnsucht in ihr weckte, einen tiefen, mütterlichen Instinkt, den sie nie zuvor gefühlt hatte. »Ich träume nicht nur von einem Leben in dir, sondern auch von einem Leben mit dir, davon, daß du in dem großen Metsaal neben mir sitzt und dein Gesicht im Licht des Feuers und der Walöllampen leuchtet an vielen langen Winterabenden. Ich träume davon, mit dir alt zu werden. Ich träume davon, wenn ich einst im Kampf sterbe, daß du es sein wirst anstatt einer goldenen Walküre, die kommt und mich holt, und daß wir zusammenleben werden bis zum Ende der Zeit, auf einer verzauberten Insel, die weder mein Asgard ist noch dein Himmel, sondern ein Ort für Seelen, die einander so tief und innig lieben, daß sie nie getrennt werden können. Von all dem wage ich zu träumen, aus Liebe zu dir, Rhowenna. Was mehr kann ich dir sagen?«

»Sag mir, daß du mich nach Hause nach Usk bringen wirst, mein Herr«, flehte sie leise, auch wenn es nicht die Antwort war, die ihr Herz ihr eingab und die Hand, die sie auf seinen Arm legte, nicht vor Angst zitterte, sondern vor einer leidenschaftlichen Sehnsucht, die seine Worte in ihr geweckt hatten. Kein Mann hatte je so zu ihr gesprochen, hatte mit seinen Worten so sehr ihr Herz angerührt, daß es wie unter einer Melodie erklang, die so süß und so schmerzlich war, daß sie sich danach sehnte, in sie einzustimmen. »Sag mir das, Wulfgar, wenn du mich wirklich so liebst, wie du es behauptest.«

»Gerne würde ich dich dorthin bringen, auch wenn ich vor unerwiderter Liebe krank werden und sterben würde, wenn du mich verläßt, das weiß ich tief in meinem Herzen. Aber ich habe keine Möglichkeit, dich nach Usk zurückzubringen, Rhowenna. Die *Drachenfeuer* war das Langschiff Olafs des Seebullen, nicht meines, und jetzt liegt sie in einem Loch auf der Heide seines Grenzlandes und wartet darauf, sein Grab zu werden, wenn der Priester Odins im Templum im heiligen Hain seine Vorbereitungen abgeschlossen hat und die Beerdigungsgebete zu den Göttern spricht. Und ich wage es nicht, dich an Bord eines Frachtschiffes zu bringen, wo deine Schönheit die Begehrlichkeit des Kapitäns und der Mannschaft des Schiffes wecken könnte und sie sich gegen mich wenden, um mich zu ermorden, damit sie dich zu ihrer Gefangenen machen und dich nach Lust und Laune vergewaltigen können, ehe sie dich auf dem Sklavenmarkt verkaufen oder, wenn sie erfahren, wer du bist, dich für ein Lösegeld gefangenhalten werden. Auf jeden Fall wärst du für solche Männer ein Gewinn, Herrin, von denen viele Wikinger sind oder andere Seewölfe oder sogar Händler. Verstehst du das?«

»Ja.« Rhowenna nickte und schluckte ihre Enttäuschung herunter. Innerlich jedoch wußte sie, daß sie eigentlich gar nicht so enttäuscht war, wie sie sein sollte, denn ein kleiner, verräterischer Teil von ihr freute sich darüber, daß sie im Nordland bleiben mußte bei Wulfgar.

Sie wandte sich ab und trug ihren leeren Korb ins Langhaus, in den düsteren großen Metsaal, wo im Hauptherd ein Feuer brannte. Sie verspürte einen Stich in ihrem Herzen, als sie daran dachte, daß sie vielleicht gar nicht mehr hiersein würde, um die langen, dunklen Winterabende im Nordland zu erleben.

11. KAPITEL

Schnell fliegt der Sommer dahin

Der Sommer war kurz im Nordland, und er schien so schnell dahinzufliegen, daß Rhowenna kaum glauben konnte, wie lange sie schon von Usk fort war, wenn sie darüber nachdachte. Dennoch hätte sie nicht behaupten können, daß sie unzufrieden war, auch wenn sie Wulfgars Gefangene und seine Sklavin war. Weil er ihr die Schlüsselgewalt übertragen hatte, fügten sich ihre Tage in eine gewisse Routine, die der in Usk gar nicht so unähnlich war. Die Zeit wurde ihr jetzt nicht mehr so lang wie auf der *Drachenfeuer*, sie verging wie im Fluge bei der Vielzahl der Aufgaben, die sie als Herrin des Hauses zu erledigen hatte. Es war beinahe so, als wäre sie wirklich Wulfgars Frau, dachte Rhowenna oft, denn so wurde sie von den anderen Mitgliedern des Hofs behandelt, die ihr den nötigen Respekt und die Achtung erwiesen, und ihre sanft ausgesprochenen Befehle, die sie den Thegns und den freien Männern und den Sklaven gab, wurden sofort ausgeführt. Dennoch war sie überrascht, als sich herausstellte, daß dies genauso ihrer edlen Haltung zu verdanken war wie auch Wulfgars herausragender Autorität. Sie hatte keine Ahnung, wie sehr ihre äußere Schönheit und ihre innere Fürsorge und ihr Mitgefühl selbst die Herzen der härtesten Männer anrührten, die, genau wie Wulfgar, eine solche Frau noch nie in ihrem Leben gesehen hatten.

Für die Thegns war Rhowenna die Verkörperung der Kühnheit und Lebenslust ihres Herrn, und daß es ihm gelungen war, eine solche Frau zu erobern, bewies in der Tat seine Macht und seinen Wert als ein großer Jarl und hob auch sie als seine Krieger hervor. Also verehrten die Männer sie genausosehr, wie Wulfgar es tat. Und als die Tage vergingen, erfuhr Rhowenna, daß sie nicht die ungebildeten Wilden waren, als die sie sie zuerst gesehen hatte, denn obwohl sie noch immer laut und ungestüm waren, so benahmen sie sich doch anständig; die schlüpfrigen Vergnügungen, denen sie sich an Bord der *Drachenfeuer* und am Abend ihrer Ankunft im Nordland hingegeben hatten, schienen eher eine Zeremonie gewesen zu sein und nicht ihr alltägliches Benehmen. Für die freien Männer wurde Rhowenna sehr schnell zu ihrer Herrin, die ihre Fähigkeiten als Künstler und Arbeiter, als Fischer und Bauern zu schätzen wußte und die nie zu beschäftigt war, um ihre Arbeit zu loben und stolz auf die Ergebnisse zu sein. Sehr schnell kannte sie all ihre Namen und auch ihre Aufgabengebiete, von Gudrod, dem temperamentvollen Töpfer angefangen, bis zu Arngrim, dem schweigsamen Schmied, von Magnus, dem ruhigen Fischer, bis zu Thorvald, dem nachdenklichen Schäfer. Sie stellte sehr schnell fest, daß sie sich nicht allzusehr von den Menschen von Usk unterschieden, den Handwerkern und Ceorls, die sie schon ihr ganzes Leben lang gekannt hatte. Für die Sklaven schien Rhowenna von Anfang an die Rettung zu sein, sie tat, was sie konnte, um ihr Leben zu verbessern, denn sie hatte Mitleid mit ihnen. In Walas hatte es keine Sklaven gegeben, und auch wenn es im Nordland Gesetze gab, die die Behandlung dieser Menschen regelten, so führten die Sklaven doch oft ein elendes Leben. Alle arbeiteten lange und hart, die Frauen trugen zudem noch die Last, Opfer eines jeden lüsternen Jarl oder Thegn zu werden, der nach ihnen verlangte, und diese Sitte konnte auch Rhowenna nicht ändern. Doch sie konnte dafür sorgen, daß die Sklaven anständiges Essen und Kleidung bekamen, und sie hatte für jeden ein freundliches Wort.

In das Langhaus brachte Rhowenna nicht nur Ordnung und Sauberkeit, sondern auch einen Anflug von Würde und Anmut, die es dort bis jetzt nicht gegeben hatte, und die Wikinger mit ihrer für Rhowenna erstaunlichen und unerwarteten Liebe für Schönheit, Kunst und Poesie begrüßten das und wußten es auch zu schätzen. Weil Wulfgar wußte, daß sie einen feineren Lebensstil gewöhnt war und weil er fühlte, wie wichtig für sie ihre Umgebung war und er ihr eine Freude machen wollte, ließ er von den Künstlern kunstvoll bemalte hölzerne Platten herstellen, die an den Wänden befestigt wurden, wie es Sitte in vielen reichen Häusern war. Daran wurden große, sorgsam geschmiedete Bronzehaken befestigt, woran nach den Mahlzeiten die Tische und die langen Bänke aufgehängt wurden, die die Holzschnitzer angefertigt hatten. Auf der Empore stand ein thronartiger Stuhl, der als Wulfgars Hochsitz diente. Eine große Zahl Walöllampen und Binsenlichter brachten Licht in den bisher dunklen Raum, auf dem gestampften Lehmboden lagen duftende Binsen. Auch in der Küche gab es jetzt Tische, dazu noch Regale, auf denen Töpfe und Geschirr aufbewahrt wurden, darunter standen ordentlich aufgereiht die Fässer und Truhen. Zu all den Veränderungen trug auch Wulfgar bei. Der Fellvorhang vor ihrer Schlafkammer wurde durch eine dicke, kunstvoll geschnitzte Eichentür mit eisernen Beschlägen und einem festen Schloß ersetzt, und in der Schlafkammer selbst stand ein massives Bett, das »Seng«. Dieses Wort hatte Rhowenna am Tage von Wulfgars Unterhaltung mit Eirik verwirrt, doch jetzt kannte sie die Bedeutung, und jeden Tag lernte sie mehr von der Sprache des Nordlandes.

Als die Tür und das Bett fertig waren, verspürte Rhowenna einen ziehenden Schmerz in ihrem Herzen, denn sie wußte, daß Wulfgar, wenn er auch vielleicht sein Wort halten und sie zu nichts zwingen würde, doch entschlossen war, sie für sich zu gewinnen. Er fuhr fort mit den liebevollen Angriffen auf ihren Körper und ihre Sinne, und sie wußte nicht, wie lange sie ihm noch würde widerstehen können. Sie war im Grunde genommen seine Frau, in allen Aspekten, nur nicht im Bett, und selbst dort lag sie in jeder Nacht in seinen Armen und erbebte vor den Gefühlen, die er in ihr geweckt hatte und die er immer wieder anfachte. Rhowenna wußte, daß nur er diesen süßen Schmerz in ihrem Inneren würde lindern können. Heftig versuchte sie sich selbst einzureden, daß sie sich wünschte, er würde sie nicht küssen, sie nicht liebkosen. Einmal hatte sie ihn sogar gebeten, sie nicht wieder zu berühren, doch er hatte nur leise gelacht und hatte ihr erklärt, dies sei nicht Teil ihres Abkommens, er hätte ihr nur versprochen, sie nicht zu vergewaltigen.

Auch wenn es eine offensichtliche Bedeutung hatte, so war doch das Bett aus Eichenholz zweifellos wunderschön. Eirik und seine Mannschaft der Holzschnitzer mußten viele Tage lang bis in die Nächte daran gearbeitet haben, und als Rhowenna es zum erstenmal sah, war sie gerührt von der Arbeit und der Sorgfalt, mit der es gebaut war. Die beiden großen Pfosten des Kopfteiles waren kunstvoll in allen Einzelheiten geschnitzt und glichen dem Schiffsschnabel des Langschiffes mit dem Drachenkopf, das Kopfteil selbst zeigte einen geschnitzten Wolf am Randes eines schilfbewachsenen Weihers, auf dessen Wasser ein anmutiger Schwan schwamm – wunderschön, gelassen, ahnungslos. Das Fußteil und die etwas kürzeren Pfosten zeigten eine üppige Landschaft mit bewaldeten Bergen, die bis ans Meer reichten. Zwischen den Seitenteilen waren Ellen von Walroßhaut gespannt, auf der eine wollene, mit Eiderdaunen gefüllte Matratze lag.

»Gefällt es dir?« Wulfgar stand hinter ihr und strich mit den Händen über ihre Schultern und ihre Arme, sie fühlte seinen warmen Atem in ihrem Nacken, und ein Schauer lief durch ihren Körper. »Es ist so gebaut, daß man es auseinandernehmen kann, wenn man auf Reisen geht. Die Konungr und die reichen Jarlar haben oft mehr als eines dieser Betten in ihrem Hof, manchmal werden sie sogar damit begraben, wie Olaf the Sea Bull in seinem Langschiff auch mit seinen Besitztümern und Lebensmitteln und Getränken begraben wurde, die er in seinem Leben als Einheriar in Walhall braucht.«

»Das Bett ist wunderschön«, gestand Rhowenna ehrlich, und es war nicht nur das Bett selbst, sondern der Gedanke, daß sie es mit ihm teilen mußte, der sie beunruhigte – obwohl sie nicht sagen konnte, warum es anders war als das Lager, das sie zuvor mit ihm geteilt hatte.

»Ich möchte dich darin lieben, Elsket.« Seine Lippen berührten ihr Haar, ihr Ohr, ihren Hals und ließen erneut einen Schauer der Erregung durch ihren Körper laufen. »Warum gibst du mir nicht nach? Du weißt, daß du selbst genausosehr nach mir verlangst wie ich nach dir. Das kannst du nicht leugnen.«

»Nein, das kann ich nicht«, gestand sie ihm leise nach einem Augenblick, denn in ihrem Herzen wußte sie, daß er die Wahrheit gesprochen hatte. Trotz allem verlangte sie nach ihm, nach ihrem Feind, dem Mann, der sie gefangengenommen hatte. Sie wußte nicht, warum das so war, aber er hatte recht. »Trotzdem werde ich dir nicht nachgeben, Wulfgar. Du bist ein Heide, und ich bin Christin, verlobt mit Prinz Cerdic, den ich nicht heiraten kann und dessen Bett ich nicht mit ihm teilen kann, wenn ich eine entehrte Braut bin, denn sonst wird er mich verstoßen und ich müßte nach Hause nach Usk zurückkehren, eine Enttäuschung für meine Eltern und eine Sünderin in den Augen der christlichen Kirche.«

Wulfgar seufzte schwer bei dieser Antwort. Dennoch hätte er versucht, sie zu drängen, hätte sie zu dem Bett getragen, sie auf die weiche Matratze gelegt und mit seinem Mund, seiner Zunge und seinen Händen versucht, sie zu überzeugen, seinem Drängen nachzugeben. Doch es klopfte leise an der Tür, dann hörten sie die Stimme von Flóki the Raven.

»Herr, es tut mir leid, daß ich Euch stören muß, aber es ist wichtig. Einer der Botschafter, den Ihr in die Südländer geschickt habt, ist zurückgekommen – aus Mercia, Herr –, und er bringt die Antwort von Prinz Cerdic auf Eure Forderung nach Lösegeld für die Prinzessin!«

Bei dieser Neuigkeit machte Rhowennas Herz einen Satz und begann dann in ihrer Brust zu rasen. Wulfgars Hände schlossen sich schmerzlich um ihre Schultern, und sie zuckte zusammen. Es schien eine Ewigkeit zu vergehen, in der keiner von ihnen beiden sich bewegte oder sprach. Dann ließ er sie schließlich los und wandte sich ab, um die Tür zu öffnen.

»Komm«, befahl er leise und streckte ihr mit unbewegtem Gesicht die Hand entgegen. Er hatte die Augen gesenkt, so daß sie nicht darin lesen konnte, was er fühlte, doch sein Mund war grimmig verzogen und sein Körper angespannt, und Rhowenna wußte, wie unwillkommen der Botschafter mit der Nachricht aus Mercia war.

Vielleicht würde Wulfgar sie dennoch nicht ausliefern, wenn Prinz Cerdic wirklich bereit war, das Lösegeld für sie zu zahlen, dachte Rhowenna und war erstaunt, daß diese Aussicht ihr keine Angst machte und sie bei diesem Gedanken keine Verzweiflung verspürte, wie es eigentlich hätte sein sollen. Statt dessen fühlte sie nur eine eigenartige Freude. Sicher mußte sie verrückt geworden sein, dachte sie, denn trotz der Freiheiten, die er ihr erlaubt hatte, war sie noch immer Wulfgars Gefangene, seine Sklavin, sie sollte froh sein, wenn sie ihm entkommen konnte, und nicht einen schmerzlichen Stich in ihrem Herzen fühlen bei dem Gedanken, ihn nie wiederzusehen.

Ich bin weder verrückt noch krank, sagte sie sich. Denn sonst hätte Wulfgar mich mit einem Zauber des Nordlandes verzaubert. Vielleicht hat diese alte Frau, die ihn großgezogen hat, Yelkei, mich behext und meine Treue und meine Pflicht gegenüber Usk in Schlechtigkeit und Lüsternheit verwandelt. Hat er nicht gesagt, daß sie eine Seherin ist, die über die Macht der Prophezeiung verfügt, die aus dem Feuer, dem Nebel und den Runensteinen kommt? Sicher ist diese Frau eine Hexe … Doch dann erinnerte sich Rhowenna an ihren Traum und daran, wie sehr sie sich gefürchtet hatte, von Vater Cadwyr als ein Werkzeug des Teufels verdammt zu werden, und sie wußte, daß sie der Sklavin Unrecht tat. Es war Wulfgar selbst, der sie anzog, trotz allem, was geschehen war. Habe ich mich etwa in ihn verliebt? fragte sie sich. Nein, das kann nicht sein. Natürlich kann es nicht sein …

Entschlossen schob sie diesen Gedanken beiseite und folgte Wulfgar aus der Schlafkammer, voller Angst setzte sie sich dann zu seinen Füßen vor dem Hochsitz auf der Empore, zwischen den beiden großen Pfeilern an einem Ende des großen Metsaals. Wenn ein Mann nicht gerade den Eid schwor, so war es im Nordland nicht üblich, daß er vor seinem Herrn kniete. Statt dessen legte Naddod, der Botschafter, die rechte Faust gegen seine Brust, über sein Herz, um Wulfgar zu grüßen, dann reichte er ihm eine Pergamentrolle, die mit Bienenwachs versiegelt war und das Siegel Prinz Cerdics trug, das Rhowenna sogleich erkannte. Wulfgar brach das Siegel auf und entrollte langsam das Pergament, mit gerunzelter Stirn blickte er darauf.

»Es ist nicht in Dönsk Tunga geschrieben«, erklärte er schließlich, »sondern in einer Sprache, die ich nicht kenne.«

»Latein, Herr«, klärte Naddod ihn auf. »Entschuldigt, mein Herr, aber Prinz Cerdic verlangte von mir, daß ich Euch sage, er zweifle daran, daß Ihr diese Sprache verstehen könntet, denn es sei die Sprache der Gelehrten, und auch wenn Ihr selbst Euch Jarl des Nordlands nennen würdet, so wärt Ihr in Wirklichkeit doch nichts anderes als ein ungelehrter, heidnischer Barbar und ein Wikinger.«

»Nun, bei den Göttern, das ist ein Fall, in dem der Troll den Zwerg häßlich nennt.« Wulfgar lachte laut bei dieser Beleidigung. »Wenn man bedenkt, daß er ein sächischer Seewolf ist, dessen Vorfahren sowohl Wilde als auch Piraten waren. Und es ist eine kühne Behauptung für einen Mann, dessen Verlobte meiner Gewalt ausgeliefert ist! Entweder ist dieser Cerdic von Mercia ein Prinz, mit dem ich gern die Klingen kreuzen würde, oder er ist ein Dummkopf, und wenn das so ist, dann hat er nicht einmal meine Verachtung verdient! Sprich, Naddod. Hat Prinz Cerdic dir gesagt, was auf diesem Pergament geschrieben steht?«

»Jawohl, Herr, und er hat mir befohlen, es Wort für Wort in meinem Gedächtnis zu behalten und Euch dieses zu sagen. ›An Wulfgar Bloodaxe, Jarl im Nordland, ich grüße Euch. Als Antwort auf Euren Brief bezüglich meiner Verlobten Rhowenna, der Prinzessin von Usk, muß ich Euch sagen, daß ihre Mitgift mir nicht ausgeliefert wurde. Daher bin ich der Meinung, daß unsere Verlobung und auch der Vertrag mit Usk gebrochen worden sind, und ich fühle keine Verpflichtung, aus meinen eigenen Schatzkisten das Gold zu nehmen, das für ihr Lösegeld von Euch beansprucht wird. Ihr könnt mit ihr tun, was Ihr wollt. Hierauf habe ich mein Siegel gesetzt an diesem vierzehnten Tage des August, im Jahr unseres Herrn 865. Unterschrieben, Cerdic, Prinz von Mercia.‹«

»Bei den Göttern der Runen und Walhall!« brüllte Wulfgar und schlug mit der Faust auf die Armlehne seines Stuhls, dann sprang er auf und warf das Pergament auf den Boden. »Der Mann ist ein verachtungswürdiger, grober Feigling, der mehr an seine Schätze denkt als daran, was recht und ehrenwert seiner Herrin gegenüber ist, die machtlos ist gegen das Unrecht, das ihr angetan wurde! Was auch immer der Grund ist, es ist nicht ihr Fehler, daß ihre Mitgift ihm noch nicht übergeben wurde. Bei Thors Hammer, meine Streitaxt ist zu schade für einen Mann wie ihn, lieber würde ich eine Pferdepeitsche benutzen, um diesem sächsischen Hund eine Lektion zu erteilen!« Doch als er auf Rhowenna herunterblickte, glänzte in seinen Augen nicht etwa Wut, sondern ein eigenartiges triumphierendes Licht, und sie wußte, daß er das gleiche dachte wie sie. Sie würde ihn nicht verlassen, und jetzt konnte sie auch nicht länger ihre Verlobung als Entschuldigung dafür anführen, daß sie sich weigerte, ihm nachzugeben.

Dieser Gedanke ängstigte sie mehr als seine Wut, die, wie sie wußte, nicht auf sie gerichtet war. Sie sank zu Wulfgars Füßen zusammen, voller Schrecken, daß Prinz Cerdic sie so grausam ihrem Schicksal im Nordland überließ, obwohl er nicht wußte, ob sie gut behandelt wurde. Dies hatte sie von dem Mann, mit dem ihr Vater sie verlobt hatte, dem Mann, der ihr das goldene Halsband mit den Amethysten geschickt hatte und von dem sie geglaubt hatte, daß ein so wohl ausgesuchtes und aufmerksames Geschenk seine Achtung ihr gegenüber zeigte, nicht erwartet. Daß er sie jetzt so einfach und herzlos im Stich ließ, nur weil er ihre Mitgift nicht erhalten hatte, erfüllte sie mit Verzweiflung. Es mußte etwas geschehen sein, dachte sie mit einem plötzlichen Gefühl der Vorahnung. Auch wenn Prinz Cerdics Nachricht nicht von einer Verstimmung zwischen ihm und ihrem Vater berichtet hatte, so hätte ihr Vater doch nie ohne eine guten Grund sein Abkommen mit Prinz Cerdic gebrochen. Hieß das, das Mercia wieder einmal ein Feind von Usk war? Rhowenna erschauderte bei dem Gedanken, denn in ihrem Herzen wußte sie, daß Usk nicht stark genug war, einen gemeinsamen Angriff von Mercia, Glamorgan oder Gwent abzuwehren, ganz besonders nicht nach dem brutalen Überfall der Nordmänner, während dem Wulfgar sie gefangengenommen hatte. Sie sorgte sich um ihre Eltern und um Gwydion und dachte, wie ironisch es war, daß sie vielleicht im Augenblick im Nordland unter dem Schutz Wulfgars sicherer war als in ihrem eigenen Heimatland.

Wie prophetisch dieser Gedanke gewesen war, erfuhr Rhowenna etwa zwei Wochen später, als die Thegns im Wachturm warnend in ihre Hörner stießen und einer der Männer Wulfgar berichtete, daß eine Gruppe bewaffneter Männer sich der Palisade näherte, ihr Führer auf einem schneeweißen Pferd war Ivar the Boneless, Sohn und Erbe des großen Ragnar Lodbrók, eines Konungr des Nordlandes.

12. KAPITEL

Die Abrechnung

In der letzten Nacht hatte Rhowenna einen schrecklichen Traum geträumt. Sie hatte davon geträumt, an den Ufern von Usk entlanggewandert zu sein, und von Seedrachen mit roten Schwingen, die Feuer und Tod ausstießen und deren Reiter abstiegen, um in das schäumende Salzwasser zu springen, die mit Kriegsschreien ihre Waffen hoben, um Usk in Schutt und Asche zu legen, und deren Anführer ein goldhaariger Dämon war. Mit tränenüberströmten Wangen war sie durch das Kampfgetümmel gelaufen, außer sich vor Schrecken hatte sie die Körper umgedreht, die mit dem Gesicht nach unten auf der blutgetränkten Erde lagen. Zu ihrem Entsetzen hatte jeder Mann das Gesicht ihres Vaters, jede Frau das Gesicht ihrer Mutter. Bei diesem Anblick hatte sie geschrien und geschrien, aber wie es so oft bei einem Alptraum war, war kein Ton aus ihrem Mund gekommen, bis sie selbst von ihren Schreien und ihrem Schluchzen aufgewacht war und sie mit rasendem Herzen und bedeckt mit kaltem Schweiß auch Wulfgar geweckt hatte.

»Ruhig, Elsket«, hatte er beschwichtigend gemurmelt, hatte sie in seine Arme gezogen, sie sanft gestreichelt und geküßt und sie an seiner Brust gehalten. »Es war doch nur ein Traum, nur ein schlechter Traum, das ist alles. Ich bin hier bei dir, und ich werde nicht zulassen, daß dir etwas zustößt, das schwöre ich. Du bist hier in Sicherheit, mein Johannisapfel, bei mir bist du in Sicherheit. Sei ruhig jetzt, ganz ruhig.«

Doch Stunden waren vergangen, ehe Rhowenna schließlich wieder eingeschlafen war. Jetzt, als sie die Hörner hörte, die warnend geblasen wurden, dachte sie an ihren Traum der vergangenen Nacht und an die

Hörner, die an der Küste von Usk ertönt waren, als die Nordmänner in ihren Langschiffen ihr Heimatland überfallen hatten, und eine schreckliche Vorahnung überkam sie. So stark war dieses Gefühl, daß sie wie angewurzelt stehenblieb und nicht reagierte, als Wulfgar sie ansprach, weil chaotische Bilder von Gewalttaten sich vor ihr inneres Auge schoben, Erinnerungen an die Schlacht um Usk, bei der sie gefangengenommen worden war, und Szenen aus ihrem Traum. Ihr Gesicht war kreidebleich, ihre violetten Augen waren weit aufgerissen und blickten benommen. Wulfgar riß sie heftig an sich, er zog ihr einige Haarsträhnen aus dem sorgsam geflochtenen Zopf, beugte sich zum Boden, hob eine Handvoll Schmutz auf und rieb ihr damit über das Gesicht.

»So ist es besser, so wirst du nicht so sehr Ivars Aufmerksamkeit auf dich ziehen, glaube ich. Jetzt geh zurück zum Hof, geh in die Küche und bleib dort, bis ich nach dir schicke, Rhowenna«, befahl er grob, weil er um sie fürchtete und diese Furcht ihn wütend machte. »Tu, was ich dir sage, Frauenzimmer!« Er schob sie auf das Haus zu.

Rhowenna gehorchte Wulfgars Befehl, mit laut klopfendem Herzen und zitternden Händen hob sie ihre Röcke und lief in den Hof, zur Küche. Sie war gerade dabeigewesen, Algenbrot zu machen, als die Hörner ertönt waren, und jetzt zwang sie sich, in ihrer Arbeit fortzufahren, trotz ihrer Aufregung. Doch sie konnte die Furcht nicht unterdrücken, die sie bei dem Gedanken verspürte, daß Ivar the Boneless kam.

Mittlerweile wußte Rhowenna, was geschehen war, denn sie hatte das Lied des Barden Sigurd Silkbeard gehört, das er in Ragnar Lodbróks großem Metsaal gesungen hatte: wie Wulfgar nach Usk gesegelt war, um sie gefangenzunehmen, noch ehe Ivar the Boneless sie erobern konnte, und warum Ivar glaubte, daß er ein Recht darauf hatte, von Wulfgar ihre Auslieferung zu verlangen. Doch gleich nach ihrer Ankunft im Nordland hatte sie die Nachricht erreicht, daß weder Ragnar noch seine Söhne von ihren Beutezügen in die Südländer zurückgekehrt waren, und so war der Sommer vergangen, und es war Rhowenna nicht schwergefallen, den Gedanken an die Rückkehr Ivars und Ragnars weit von sich zu schieben. Jetzt wurde ihr klar, daß irgendwo in ihrem Inneren die Hoffnung geschlummert hatte, daß Ragnar und seine Söhne in der Schlacht getötet würden, genau wie Olaf the Sea Bull umgekommen war. Doch die Bedrohung, die diese Männer für sie und Morgen bedeuteten, ließ sich nicht länger beiseite schieben. Ivar the Boneless lebte, und er war hier.

Durch einen Riß in der Holzwand des Langhauses beobachtete Rhowenna, wie sich die Tore in der Palisade öffneten, um die Reiter einzulassen, und sie erkannte auch den Mann auf dem schneeweißen Roß, der der Anführer war – Ivar the Boneless zweifellos –, und ihr stockte der Atem, und ihr Herz begann zu rasen. Er war es, der Dämon mit dem goldenen Haar aus ihrem entsetzlichen Traum der letzten Nacht, eine ungeheuerliche Vorahnung für jemanden, dessen Traum von Wulfgar und dem Überfall der Nordmänner auf Usk Wahrheit geworden war. Ihre Ahnung eines bevorstehenden Unheils wurde noch größer, und sie begann unkontrolliert zu zittern. Ohne es zu bemerken, schloß sich ihre Hand um ihr goldenes keltisches Kruzifix, und sie begann zu beten, ihre Lippen bewegten sich wortlos, das Algenbrot war vergessen.

Auf dem Außenhof zügelte Ivar sein Pferd und hob eine Hand, um den Rest der Thegns hinter ihm zum Anhalten zu bringen. Lange blieb er im Sattel sitzen und starrte auf Wulfgar hinunter, in seinen Augen glomm ein eigenartiges Licht, das Wulfgar schon einmal darin gesehen hatte, im Winter, am Tag der Jagd. Auf Ivars Gesicht zeigte sich der Anflug eines Lächelns, das sowohl eine Herausforderung als auch Bewunderung bedeuten konnte, und die kleinen Härchen in Wulfgars Nacken sträubten sich. Dennoch stellte er erfreut fest, daß er zum erstenmal in seinem Leben Ivar ohne das Gefühl der Erniedrigung und der Eifersucht ansehen konnte, und er wußte, daß er diese Gefühle nie wieder in Ivars Gegenwart verspüren würde. Haß brodelte noch immer in ihm, wenn er daran dachte, wie schlecht Ivar ihn in all den Jahren behandelt hatte, wie er sich geweigert hatte, ihn als seinen Bruder anzuerkennen, doch jetzt war es nicht länger der Haß, den er einem Feind gegenüber fühlte, sondern der eines Mannes einem Gleichgestellten gegenüber. Als hätte Ivar das gemerkt, begann er zu sprechen.

»Nun, Wulfgar«, meinte er gedehnt in dem herablassenden Ton, den Wulfgar nur zu gut kannte. »Es sieht ja so aus, als hätten die Götter und die Nornen dir eine Gunst erwiesen, denn seit ich dich zum letztenmal gesehen habe, hat sich dein Glück gewendet. Der niedrige Bóndi ist nicht nur in den Rang eines Wikingers aufgestiegen, sondern sogar zu einem Jarl geworden. Wer hätte gedacht, daß du eine so große Belohnung dafür bekommen würdest, daß du mir meine Schwerthand gerettet hast. Aber die Götter waren ja schon immer launisch, nicht wahr? Und was sie dir heute geben, können sie dir schon morgen wieder nehmen.«

»Ich habe dir immerhin das Leben gerettet, Ivar«, gab Wulfgar zurück und ignorierte Ivars unterschwellige Drohung, indem er ihn absichtlich mit seinem Namen ansprach und nicht mit seinem Titel. Er freute sich, als er sah, daß sein Halbbruder bei seinen Worten die Augenbrauen hochzog und seine Augen ein wenig härter blickten und der Anflug des Lächelns von seinem Gesicht verschwand.

»Aber mein Leben wäre nichts gewesen ohne den Gebrauch meiner Schwerthand, die, wie du sehen kannst« – mit einer eleganten Bewegung hob Ivar die Hand und zeigte ihm, daß er nichts von seiner Kraft und Beweglichkeit eingebüßt hatte – »wieder ganz geheilt ist und mir so gut dient wie zuvor.«

»Genau, wie mir meine Streitaxt dient. Was willst du, Ivar?«

»Ein Krug Nabid wäre ganz gut für den Anfang – oder ist der kühne Wolf in Wirklichkeit ein so zottiges Tier unter seinem neu erworbenen feinen Pelz, daß er mir die Gastfreundschaft seines Hofs verweigert?« Wie beabsichtigt, trafen die Worte Wulfgar, denn sie erinnerten ihn in beleidigender Weise an die Tatsache, daß die Nordmänner sich ihrer Gastfreundschaft rühmten, die sie niemandem verweigerten, nicht einmal einem Feind, höchstens einem Ausgestoßenen.

»Wenn ein Tier zottig ist, dann liegt das an den Flöhen, die es beißen.

Wenn man sie erst einmal los ist, dann zeigt sich der wahre Pelz«, entgegnete Wulfgar glatt, sein Lächeln war sarkastisch, seine blauen Augen blitzten voller Arglist und Bosheit.

»Dein Verstand ist scharf.«

»Ja, jetzt wo er nicht länger von denen unterdrückt wird, die sich davor fürchten, daß ich es ihnen mit gleicher Münze heimzahle.«

»Was sind schon ein paar Sticheleien unter Gegnern?« Ivar zuckte lässig mit den Schultern. »Höchstens ein geringfügiger Ärger, mehr nicht – kaum genug, um jemandem Furcht einzujagen, der einen bronzebewehrten Schild gegen sie erheben kann. Aber meine Zunge dürstet nach all dem Gerede. Ich war schon immer ein Mann der Tat. Bietest du mir Nabid an oder nicht?«

»Sicher, wenn du das möchtest. Steig ab und komm mit deinen Männern ins Haus. Mein großer Metsaal mag in euren Augen zwar nicht so großartig erscheinen wie der Ragnars, aber mir tut er gute Dienste, denn er ist meiner. Allein deshalb ist der Geschmack des Nabid, das ich euch dort serviere, süß auf meiner Zunge, auch wenn es dir vielleicht ein wenig sauer schmeckt, Ivar.«

»Nun, das werden wir bald sehen, nicht wahr?« Mit einem knappen Befehl an seine Thegns stieg Ivar aus dem Sattel und folgte Wulfgar in das Langhaus.

Scharf zog er die Luft ein, unfähig, seine Überraschung zu verbergen, als er das Innere des großen Metsaals sah, die beiden geschnitzten Pfeiler zu beiden Seiten des Podiums am anderen Ende des Saals, auf dem Wulfgars Hochsitz stand, der kunstvoll geschnitzte Stuhl, der den niedrigen Hocker ersetzt hatte. Langsam zogen sich Ivars Augen zusammen, er blickte auf die wunderschön bemalten Holzpaneele an den Wänden; sogar die Trennwand aus Holz, die die Küche vor den Blicken verbarg, war bemalt worden. Die Wandteppiche waren gesäubert und von Rhowenna und Morgen so geschickt ausgebessert worden, daß man es gar nicht bemerkte, neu waren auch die langen, geschmiedeten Haken aus Bronze, an denen die Tische und Bänke aufgehängt werden konnten, und die Möbel selbst, die im Nordland so ungewöhnlich waren und daher sehr wertvoll. Die frischen Binsen und das Heidekraut, das auf den gestampften Lehmboden gestreut war, dufteten süß, und die große Anzahl Walöllampen und Binsenlichter erhellte selbst die dunkelste Ecke des großen Raumes.

Dennoch sagte Ivar nichts, als Wulfgar den Befehl gab, die Tische und Bänke aufzustellen und Speisen und Getränke zu bringen und sich dann selbst auf den Hochsitz setzte und Ivar bedeutete, ihm an dem erhöhten Tisch Gesellschaft zu leisten, zusammen mit Flóki the Raven und Ivars Stellvertreter und einigen der anderen hochstehenderen Krieger. Weder Rhowenna noch Morgen waren in der Nähe, stellte Wulfgar mit Erleichterung fest. Rhowenna war in der Küche, das wußte er. Morgen, so nahm er richtig an, war von Flóki zu ihrer Sicherheit in dem Lagerraum eingeschlossen worden. Es waren die Sklavenfrauen, die die Männer jetzt bedienten, sie brachten Krüge mit Nabid und Bjórr und aus der Küche Platten mit duftendem Fisch, der auf einem eisernen Grill gebacken war und mit Gemüsen, Beeren und Nüssen serviert wurde. Dazu gab es Schüsseln mit dampfendem Rindfleisch, gekocht mit Kartoffeln, Zwiebeln und Möhren und gewürzt mit Salz, Knoblauch und Kümmel. Früchte wurden auf die Tische gestellt, Käselaibe und dickes, knuspriges, hartes Brot und in Schweinefett geröstetes Algenbrot und Krüge voll Honig und Butter. Es war ein Mittagsmahl, so köstlich, wie es selten an Ragnars Hof serviert wurde, und Wulfgars Herz schwoll voller Stolz, als er auf die beladenen Tische blickte, er war glücklich, daß man nicht von ihm behaupten würde, daß er Ivar nur mäßig bewirtet hatte.

Während die Männer aßen, drehte sich die Unterhaltung an dem erhöhten Tisch nur um nebensächliche Dinge, und Ivar benahm sich so, daß Wulfgar, hätte er ihn nicht besser gekannt, hätte glauben können, daß er an diesem Tag als Freund in sein Langhaus gekommen war und nicht als sein Feind. Doch Wulfgar war auf der Hut und machte keinen Fehler, und schließlich, als das Mahl fortgeschritten war, begann Ivar von dem großen Beutezug zu erzählen, den Björn Ironside und Hasting vor fünf Jahren gemacht hatten.

Mit einer Flotte von zweiundsechzig Schiffen waren die beiden Jarl weit in die Südländer vorgedrungen, bis zum Norden von Afrika, und hatten auf ihrem Weg viele Städte überfallen und ihre Langschiffe mit Gold, Silber und exotischen Gefangenen gefüllt, die im Norden als Fir Gorm, blaue Männer, und Blámenn, schwarze Männer, bekannt waren. Schließlich waren sie gegen Ende ihrer Reise in das Mittelmeer vorgedrungen, wo Hasting einen Überfall auf Italien wagte, der seitdem im Nordland zur Legende geworden war. Er hatte eine große Stadt mit weißen Stadtmauern entdeckt und angenommen, daß es keine andere Stadt sein könnte als Rom selbst, doch hatte er festgestellt, daß sie uneinnehmbar war. Hasting hatte eine Botschaft an die Einwohner dieser Stadt gesandt und sich fälschlicherweise als sterbenden Befehlshaber der Armee dargestellt, der weit weg von zu Hause ein christliches Begräbnis wünschte. Die Oberhäupter der Stadt hatten aus Mitleid mit ihm ihre Stadttore geöffnet, um den mittlerweile gestorbenen Hasting und sein Gefolge trauernder Wikinger einzulassen. Auf dem Friedhof war Hasting dann allerdings während der Beerdigungszeremonie aus seinem Sarg auferstanden und hatte dem anwesenden Bischof sein Breitschwert in den Leib gestoßen. Danach waren er und seine Männer plündernd durch die Straßen gezogen und hatten Tod und Verderben über die Einwohner gebracht. Irgendwann hatte Hasting dann erfahren, daß es sich bei der Stadt gar nicht um Rom handelte, sondern daß es die Stadt Luna war, die sie überfallen hatten. Wütend über seinen Fehler hatte er angeordnet, daß die Stadt niedergebrannt werden sollte, und alle Einwohner umgebracht. Die Frauen hatte er verschont und sie später als Sklavinnen an die Mauren verkauft.

»Also hat Hasting auch noch von seinem Fehler profitiert!« beendete Ivar seine Geschichte und erntete lautes Gelächter von seinen Zuhörern. Nur Wulfgar stimmte nicht in das Lachen ein, denn er wußte, worauf Ivar mit seiner Geschichte hinauswollte, und als das Gelächter wieder verstummt war, sprach Ivar mit leiser Stimme weiter, so gefährlich wie eine Schlange. »Also, Wulfgar, es scheint, daß auch du, genau wie der kühne Hasting, von deinem Fehler profitierst. Aber den

Preis, den du errungen hast, möchte Ragnar für sich beanspruchen, und deshalb bin ich hier, um dir von deinem König die Botschaft zu überbringen, daß du ihm diesen Preis ausliefern sollst. Also, wo ist sie? Wo ist die Prinzessin von Usk, wegen der mein Vater mich nach Walas geschickt hat, um sie von dort zu holen?« Ivar hielt einen Augenblick inne, dann sprach er leise weiter. »Es wäre nicht klug, zu leugnen, daß sie bei dir ist, Wulfgar, denn ich weiß, daß du sie hier festhältst.«

»Ja, sie ist hier«, antwortete Wulfgar zögernd und blickte zu dem Lagerraum hinüber, in dem Flóki Morgen eingeschlossen hatte, als die Hörner warnend ertönt waren.

»Unverletzt ... unberührt?« Ich frage das, weil ich gehört habe, daß du eine der Frauen von Usk zu deiner Konkubine gemacht hast, Wulfgar. Dennoch hast du es nicht für nötig gehalten, sie uns zu zeigen, hast sie nicht mit uns am Mittagstisch sitzen lassen ... Also ist es nur natürlich, daß ich mir Gedanken mache. Ist es möglich, daß du dir nicht nur das Grenzland angeeignet hast, sondern auch noch eine Prinzessin?« Ivar zog leicht die Augenbrauen hoch, doch sein düsteres Lächeln erreichte seine Augen nicht, die so eisig und kalt blickten wie ein arktischer Winter.

»Das wäre nicht nur ein Stachel, sondern eine Klinge, die einen bronzebewehrten Schild durchbohrt, nicht wahr, Ivar?« gab Wulfgar absichtlich spöttisch zurück, damit Ivar nicht merken sollte, wie sehr er mit seiner Vermutung richtiggelegen hatte. »Aber nein, es ist die Dienerin der Prinzessin, die ich zu meiner Konkubine gemacht habe. Du hast sie noch nicht gesehen, weil sie mutwillig ist und ungehorsam, und so habe ich sie damit gestraft, daß sie in der Küche arbeiten muß, wo sie die Aufgaben einer Küchenmagd erfüllt. Aber ich werde sie holen lassen, wenn du es wünschst.«

»Und auch die Prinzessin«, rief ihm Ivar ins Gedächtnis.

»Natürlich«, stimmte Wulfgar ihm zögernd mit unbeweglichem Gesicht zu und zwang sich, ruhig zu bleiben, obwohl alles in seinem Inneren in Aufruhr war, weil er wußte, daß dies ein wichtiger Augenblick war. Wenn Ivar, der schlaue Ivar, vermuten sollte, daß Rhowenna und nicht Morgen die Prinzessin von Usk war ... »Flóki, hol meine Konkubine und auch die Prinzessin.«

»Jawohl, Herr.«

Rhowennas Arme steckten bis zu den Ellbogen in Seifenwasser, sie schrubbte Töpfe und Geschirr in der Küche, als Flóki sie holen kam, obwohl sie kaum merkte, was sie überhaupt tat. Sie arbeitete mechanisch, weil sie es gewöhnt war, all die Aufgaben einer Frau zu erledigen. Doch in Gedanken war sie in dem großen Metsaal, bei Wulfgar, und sie fragte sich ängstlich, was wohl zwischen ihm und Ivar geschah. Obwohl alle recht freundlich zu sein schienen, so hatte sich doch ihre schreckliche Vorahnung nicht gelegt, sondern war noch größer geworden. Jetzt, nachdem sie sich die Hände abgetrocknet hatte, folgte sie Flóki langsam. Ihre Handflächen waren feucht, nervös wischte sie sie an dem Tuch ab, das sie noch immer in der Hand hielt und das sie unbewußt in ihren Händen wrang. Ihr Gesicht war kreidebleich, ihre Augen weit aufgerissen, als sie Wulfgar entdeckte, sie zitterte am ganzen Körper, und weil sie nicht wußte, was sie tun sollte, senkte sie den Kopf und verbeugte sich respektvoll vor dem Tisch, an dem Wulfgar und Ivar saßen.

»Nun, ich sehe, daß die Peitsche, die ich auf deinem Rücken tanzen ließ, deine Manieren deutlich verbessert hat, Frauenzimmer«, brummte Wulfgar und blickte auf sie hinunter, und Rhowenna war dankbar dafür, daß er gesehen hatte, wie verängstigt sie war und daß er so ihre Angst erklärte. »Vielleicht hast du jetzt endlich gelernt, daß ich dich sofort in das Sklavenhaus zurückschicken kann, auch wenn ich dich zu meiner Konkubine gemacht und dich mit gewissen Privilegien ausgestattet habe.«

»Jawohl, mein Herr«, antwortete Rhowenna leise, als fühle sie sich zu Recht bestraft, unter den gesenkten Augenlidern hervor warf sie einen verstohlenen Blick auf Ivar the Boneless.

Noch während sie ihn beobachtete, stand Ivar abrupt auf und kam auf sie zu. Als er vor ihr stand, streckte er die Hand aus, griff grob in ihr Haar und zog ihren Kopf zurück, damit er ihr Gesicht sehen konnte. Unbewußt stöhnte Rhowenna auf, weil seine Ähnlichkeit mit Wulfgar so überwältigend war. Sie sind beide Brüder, dachte sie – und Wulfgar hatte ihr das nie gesagt. Eine plötzliche Furcht überkam sie, und sie überlegte, ob alles, was er ihr gesagt hatte, nur Lügen waren, um sie dazu zu bringen, sich ihm hinzugeben. Aber dann sah sie die Wut, die in Wulfgars Augen aufblitzte, weil Ivar sie so grob behandelte, und sie erinnerte sich daran, wie verbittert er darüber war, daß sein Vater ihn nicht anerkannte. Erleichtert begriff sie, daß, was auch immer es war, das Wulfgar Bloodaxe mit Ivar the Boneless verband, es auf keinen Fall Liebe war.

»Nun, ich finde, das Frauenzimmer ist recht hübsch, obwohl das schwer zu sagen ist, da du sie den ganzen Morgen hart hast arbeiten lassen und sie nicht gerade sauber aussieht.« Ivars kalte blaue Augen musterten sie gleichgültig, und Rhowenna erschauderte unter seinem Blick, als sie daran dachte, daß dieser Mann sie brutal küssen und liebkosen würde, so wie Wulfgar es ihr vorausgesagt hatte. Doch als Ivar dann Flóki entdeckte, der Morgen aus dem Lagerraum geholt hatte, ließ er Rhowenna los und wandte seine ganze Aufmerksamkeit Morgen zu, die hübsch gekleidet war und nicht nur das goldene Band von Usk um ihren Kopf trug, sondern in deren kunstvoll gekämmtes Haar seidene Bänder geflochten waren, die sie wirklich wie eine Prinzessin aussehen ließen. »Das ist die Prinzessin von Usk?«

»Genau.« Wulfgar nickte, seine Augen warnten Rhowenna, zu bleiben, wo sie war, schweigend und unauffällig. »Wie du sehen kannst, ist sie unverletzt und auch unberührt, wir haben sie gut versorgt und sie mit Höflichkeit und Respekt behandelt, wie es ihrem Rang entspricht. Aber wenn du in Ragnars Auftrag gekommen bist, um sie von mir wegen des Lösegeldes zu fordern, das sie dir bringen könnte, dann war dein Ritt hierher umsonst. Als Antwort auf meine eigene Forderung für Lösegeld habe ich eine Botschaft von Cerdic erhalten, dem Prinz von Mercia, ihrem Verlobten. Wie es scheint, ist ihm die Mitgift der Prinzessin nicht ausgeliefert worden, deshalb betrachtet er seine Verlobung und das Abkommen mit Usk als nicht erfüllt, und er sieht keine

Veranlassung, sie zu retten. Von ihrem Vater Pendragon, dem König von Usk, habe ich noch nichts gehört.«

»Das wirst du auch nicht«, erklärte Ivar knapp, und ein hochmütiges Lächeln lag um seinen Mund, als er zu Morgen hinüberging. Er streckte die Hand aus, kniff grob in ihre Wange und zwang sie so, das Gesicht zu ihm zu erheben. In seinen Augen blitzte eine gehässige Belustigung auf, als er ihren wütenden Blick sah und ihren Versuch bemerkte, sich aus seinem Griff zu befreien. »Als ich in Usk ankam, stellte ich fest, daß du mir zuvorgekommen warst, Wulfgar, und daß du dir die Hälfte von dem genommen hattest, was Ragnar mir zu holen befohlen hatte. Auf eine gewisse Weise hast du es mir sehr leichtgemacht. Usk hatte weder einen zweiten Angriff erwartet, noch war es darauf vorbereitet – und ich hatte dreimal so viele Langschiffe und Männer unter meinem Befehl wie du. Die Palisade fiel am dritten Tag. Pendragon ist tot, ich habe ihn erschlagen.«

Benommen, mit gebrochenem Herzen, konnte Rhowenna den Schmerzensschrei nicht unterdrücken, der über ihre Lippen kam. Doch selbst in diesem Zustand des Schocks und des Kummers wußte sie instinktiv um die Gefahr, in der sie schwebte, als Ivar ihr einen scharfen Blick zuwarf und Wulfgar unbemerkt die Hand auf seine Scramasaxt legte, die an seinem Gürtel hing. Auch Morgen hatte instinktiv die Gefahr erfaßt, in der sie sich befanden, wütend wehrte sie sich gegen Ivar und zog so seine Aufmerksamkeit wieder auf sich. In ihrer Sprache rief sie Rhowenna zu: »Was ist los? Was ist geschehen, Herrin?« Es schien nur natürlich zu sein, daß Rhowenna, ihre angebliche Dienerin, ihr antwortete. Rhowenna holte tief Luft und kämpfte mit den Tränen, und weil Morgen in der Sprache des Nordlandes noch nicht so bewandert war wie sie, erklärte sie ihr in ihrer Sprache, was Ivar gesagt hatte. Sie betete, daß Ivar glauben würde, daß ihre eigene Reaktion und Morgens mangelnde Trauer bei der Nachricht vom Tod Pendragons darauf zurückzuführen wäre, daß sie nicht gleich verstanden hatte, was geschehen war.

Als Morgen begriff, begann sie vor Zorn und Schmerz zu schreien und zu klagen, sie schlug auf Ivar ein, fuhr ihm mit den Fingernägeln ins Gesicht und hinterließ blutige Spuren auf seinen Wangen, ehe er ihr mit der Faust einen Schlag versetzte, der sie zu Boden warf. Schluchzend und benommen lag sie zu seinen Füßen, und Rhowenna hörte, daß Flóki scharf den Atem einzog, sie sah, daß seine Hand zu der Sramasaxt an seiner Hüfte fuhr und wußte nicht, ob Wulfgars scharfer Befehl Flóki daran hindern sollte, seine Axt zu ziehen, oder ob er versuchte, sie davon abzuhalten, zu Morgen zu laufen. Doch sie achtete nicht darauf, sie beugte sich über Morgen, und sie beide klammerten sich aneinander, Morgen schluchzte heftig.

»Ich werde ihn umbringen, ich werde diesen Schuft töten! Oh, meine Herrin, meine Herrin! Wir werden nie wieder nach Hause zurückkehren können! Wir werden Usk nie wiedersehen!«

»Sag so etwas nicht. Du darfst das nicht sagen. Wir werden nach Hause gehen, irgendwie werden wir es schaffen, das schwöre ich! Vielleicht hat dieser heidnische Nordmann ja nur gelogen, vielleicht ist mein Vater … mein Vater ja nicht wirklich tot …« Doch in ihrem Herzen glaubte Rhowenna das nicht, denn in ihrem entsetzlichen Traum in der letzten Nacht hatte sie ihn tot gesehen – und auch ihre Mutter. Ihre Mutter … Ein Schluchzen voller Schrecken und Schmerz stieg in Rhowenna auf, und sie glaubte, daran ersticken zu müssen. Was war mit ihrer Mutter geschehen?

»Oh, meine Herrin, es tut mir so leid, so schrecklich leid.« Morgens Stimme war voller Wut und Verachtung und gleichzeitig auch voll Trauer und Leid. »Ich bin so selbstsüchtig, daß ich nur an mich denke – und nicht an Euch und an den schrecklichen Schlag, den Ihr aus den Händen dieses rücksichtslosen Nordmannes erfahren habt.«

»Ich muß wissen … ich muß wissen, was mit meiner Mutter geschehen ist«, murmelte Rhowenna vor sich hin und hörte Morgens Worte kaum. »Mein Herr … mein Herr …« Sie fürchtete sich vor dem, was Ivar in ihren Augen lesen konnte, deshalb wagte sie es nicht, ihn anzusehen, als sie ihn in seiner Sprache anredete. »Die Prinzessin … die Prinzessin möchte wissen, was mit ihrer Mutter geschehen ist.«

»Sag ihr, daß Igraine, die Königin von Usk, auch tot ist. Sag ihr, daß ich ihr als Beweis dafür dies hier zeige.« Aus der Tasche seiner ledernen Tunika zog Ivar eine goldene Halskette mit Amethysten, und Rhowenna erkannte sofort, daß es das Geschenk von Prinz Cerdic an sie war, das Ivar aus der Schmuckschatulle in ihrer Schlafkammer im Königshaus ihres Vaters geraubt hatte.

Es war also alles wahr, so wie sie es befürchtet hatte. Rhowenna brauchte all ihre Kraft, um nicht wie ein Klageweib in Wehgeschrei auszubrechen, sie biß sich so fest auf die Lippe, daß sie den Geschmack von Blut in ihrem Mund fühlte. Jetzt wußte sie auch, warum ihre Mitgift nicht an Prinz Cerdic geschickt worden war, warum er sich geweigert hatte, das Lösegeld für sie zu bezahlen, warum es ihm gleichgültig war, was mit ihr geschah. Sie war ihm nicht länger von Nutzen. Die Palisade ihres Vaters war unter dem Ansturm von Ivar the Boneless und seiner Wikinger gefallen, ihre Eltern waren tot, das Königshaus geplündert, vielleicht sogar niedergebrannt, die Menschen von Usk waren umgebracht worden, vielleicht sogar bis auf den letzten Mann. Denn Rhowenna gab sich nicht der Hoffnung hin, daß Ivars Angriff nur ein Überfall gewesen war, wenn auch ein grausamer. Nein, er hatte sich auf einen langen, harten Kampf eingelassen. Vielleicht war sogar Gwydion tot.

»Die … die Königin?« fragte Morgen zögernd, ihre dunkelblauen Augen blickten angstvoll, als sie den Schmerz in Rhowennas Gesicht sah. »Sie … ist, ist tot? Haben die Nordmänner auch sie umgebracht, meine Herrin?«

»Ja …« flüsterte Rhowenna mit zitternder Stimme und holte noch einmal tief Luft, um nicht der Hysterie nachzugeben, die in ihr aufzusteigen drohte.

Ein wilder Haß und eine Wut, wie sie sie noch nie zuvor in ihrem Leben gefühlt hatte, tobten in ihrer Brust. Sie hätte in diesem Augenblick einen Mord begehen können, dachte sie benommen, sie hätte einen Dolch tief in Ivars Herz stoßen können und hätte dabei keine Reue gefühlt, sondern nur Freude über seinen Tod.

»Ich verfluche dich und wünsche dich nach Hel, du schmutziger Sohn einer Hure!« fuhr Morgen ihn in der Sprache von Walas an, und auch wenn Ivar die Worte nicht verstand, so begriff er doch ihren Sinn.

Er lachte, es war ein häßliches Lachen, dann berührte er mit einem Finger die Wunde auf seiner Wange und strich dann mit dem Finger über Morgens Gesicht, beschmierte sie mit seinem Blut, so wie ein Jäger sich selbst mit dem Blut seines Opfers bestrich. Dann griff er ohne Vorwarnung nach ihr, vergrub seine Hand in ihrem langen Haar und küßte sie, lang und grob, und als er sie dann endlich wieder freigab, betrachtete er sie mit lüsternen Blicken von Kopf bis Fuß, und seine Augen ruhten auf ihren Brüsten, die sich heftig hoben und senkten – und obwohl seine Männer lachten, so kam doch ihr Lachen nicht von Herzen, denn auch sie fühlten, daß in diesem Augenblick zwischen Ivar und Morgen etwas Schreckliches geschah, und es lag eine solche Spannung in der Luft, daß man sie mit Händen hätte greifen können.

»Wenn du weißt, daß du kein Lösegeld für die Prinzessin von Usk bekommen wirst, warum bist du dann hierhergekommen, Ivar?« Wulfgar stand langsam auf, er sehnte sich danach, Rhowenna trösten zu können, sein Herz schmerzte, weil er ihren Schmerz fühlte, und das, was zwischen Ivar und Morgen geschehen war, gefiel ihm nicht. Er wußte, daß die Gefahr für sie alle noch nicht vorbei war, daß Ivar und seine Krieger sich jeden Augenblick gegen sie wenden konnten und daß in dem großen Metsaal ein heftiger Kampf entstehen konnte. »Wenn man deiner Prahlerei glaubt, dann hast du die Mitgift der Prinzessin in deinem Besitz. Also, was willst du mehr?«

»Die Prinzessin selbst, natürlich, das mußt doch auch du inzwischen begriffen haben – oder bist du blind oder kühner, als es einem Bóndi-Bastard zusteht?« Ivar wandte sich von den beiden Frauen zu Wulfgar. »Es ist möglich, daß man Cerdic von Mercia von seinem Irrtum abbringen kann oder daß derjenige, der die Macht in Usk übernimmt, durch sie sein Anrecht auf den Thron bekräftigen will. Ganz gleich, so eine wie sie ist immer sehr wertvoll, entweder für Gold oder als Tausch, und deshalb will Ragnar sie haben. Er hat befohlen, daß du sie freigibst und daß ich sie ihm bringe. Er ist dein König, er wird es nicht gern sehen, wenn du dich weigerst, seinem Befehl nachzukommen. Also, wirst du sie mir übergeben oder nicht, Wulfgar?«

»Selbst ein König kann sich nicht das nehmen, was ihm nicht gehört, sondern was einer seiner Jarl sich rechtmäßig angeeignet hat, es sei denn, er wünscht eine Fehde anzuzetteln – oder einen Krieg.«

»Rechtmäßig angeeignet, darüber läßt sich streiten, denn du hättest überhaupt nichts von der Prinzessin von Usk und ihrer Mitgift gewußt, hätte nicht ein dummer gelber Vogel Ragnars es gewagt, dir ein Lied davon zu singen. Übrigens war Ragnars Überfall auf Paris in diesem Sommer sehr ertragreich. Er ist gerade dabei, eine Armee von Söldnern anzuwerben. Ich bin sicher, er würde, genau wie ich, einen Kampf begrüßen, um ihre Eignung für einen Überfall auf die Königreiche von Britannien zu testen.«

»Wirklich?« Wie schade, daß du dann gar nicht hier sein würdest, um diesen Kampf zu sehen, Ivar.« Wulfgar blickte sich angelegentlich in dem großen Metsaal um, wo seine eigenen Krieger mittlerweile denen von Ivar gegenüber in der Überzahl waren.

»Ich dachte, daß dies wahrscheinlich deine Antwort sein würde«, gab Ivar kühl zurück, die unverhüllte Drohung gegen sein Leben schien ihn nicht zu beeindrucken, auch wenn seine Augen blitzten und sein Körper sich anspannte. »Und da ich nicht so hitzköpfig bin wie du, Wulfgar, bin ich gekommen, um dir ein Angebot zu machen, anstatt mit dir die Klinge zu kreuzen. Bringt die gelbe Sklavin aus den Ostländern herein!« rief er seinen Thegns zu, und bei seinen Worten spannte sich Wulfgars Körper an. »Bringt die Seherin, diese Brut von Nidhögg, diesen blutsaugenden Drachen von Náströnd!«

Yelkei! Wulfgar hatte sie zuvor nicht gesehen, seine Furcht um Rhowenna war zu groß gewesen, als daß er sie auf dem Außenhof entdeckt hätte, und Yelkei war klein und zierlich, sie hatte hinter einem von Ivars Kriegern auf dem Pferd gesessen. Aber sie war hier, er entdeckte sie jetzt an der Türschwelle, das Sonnenlicht, das durch die offene Tür fiel, zeigte ihm nur ihre Umrisse. Doch dann kam sie langsam in den Saal, und er erkannte mit plötzlicher Wut, daß sie geschlagen worden war, daß man sie ausgepeitscht hatte, weil sie ihm die Geschichte verraten hatte, die der Skáld Sigurd Silkbeard erzählt hatte. Er hätte Ivar am liebsten in diesem Augenblick mit seinen bloßen Händen erwürgt.

»Wenn du auch jetzt noch deine Klinge gegen mich erheben willst, Wulfgar, dann tust du es ohne Grund, denn ich biete dir einen fairen Handel an, und danach wird dir kein Mann mehr trauen, und auf dem Thing wird man dich als Verräter an unserem König brandmarken und dich zum Ausgestoßenen erklären«, warnte Ivar ihn leise, und sein Lächeln war spöttisch und voller Verachtung. »Und das wäre doch schade, denn du wärst kein würdiger Gegner mehr, wenn du deine Ehre verloren hast, und dann müßte ich dich umbringen, wie ich einen räudigen Hund umbringe, und könnte dir nicht im ehrlichen Kampf gegenübertreten, wie ich es mir wünsche und wie ich es tun werde, wenn die Zeit dafür gekommen ist. Und jetzt hast du ja auch diese gelbe Hexe, die dir voraussagen kann, wann das sein wird – als ob dir das etwas nützen würde –, und ich werde die Prinzessin von Usk mitnehmen und werde in Frieden deinen Hof verlassen, bis wir uns wiedersehen und ich dich vielleicht erschlagen werde.« Er griff nach Morgen und riß sie auf die Füße, und als sie versuchte, sich gegen ihn zu wehren, lachte er nur. »Es wird mir Freude machen, dieses wilde Frauenzimmer zu zähmen. Hätten die Männer von Usk nur halb soviel Feuer gehabt wie ihre Prinzessin, dann hätte ich sie nicht abgeschlachtet wie Schafe. Kommt!« rief er seinen Kriegern zu. »Laßt uns davonreiten!« Und schon im nächsten Augenblick war er in einer Staubwolke, die von den Hufen der Pferde aufgewirbelt wurde, verschwunden, und er und seine Thegns donnerten durch das Tor der Palisade.

»Elsket«, es tut mir so leid.« Wulfgars Stimme klang sanft, als er langsam die Hand löste, mit der er Flókis Handgelenk umklammert gehalten hatte, um ihn daran zu hindern, sein Breitschwert zu ziehen und hinter Ivar herzueilen. Er zog Rhowenna auf die Füße und nahm sie in seine Arme, er hielt ihren zitternden Körper fest an sich gedrückt. »Es tut mir leid, daß du einen solchen Verlust erleiden, einen solchen

Schmerz ertragen mußt. Bei den Göttern, ich würde es ungeschehen machen, wenn ich es nur könnte, das schwöre ich!«

»Du bist hoch gestiegen, Wulfgar, seit ich dich zum letztenmal gesehen habe – aber nicht so hoch, daß du selbst ein Gott geworden bist, um das zu ändern, was in den Sternen geschrieben steht«, krächzte Yelkei mit ihrer Rabenstimme, ihre schwarzen Augen, mit denen sie Rhowenna betrachtete, blickten aufmerksam und blitzten dann belustigt auf, als sie zur offenen Tür sah, durch die Ivar verschwunden war. »Obwohl ich glaube, daß du einige Schliche der Götter gelernt hast, zum Beispiel Lokis Wolf mit fein gewebten seidenen Bändern zu überlisten – wie Tyr es tat mit der Kette Gleipnir. Aber jetzt siehst du dich besser vor, denn sonst wird dir auch noch deine eigene Hand am Handgelenk abgebissen! Haaa! Wie gern würde ich Ivars Gesicht sehen, wenn er erfährt, wie du ihn zum Narren gemacht hast!«

»Schweig, alte Frau!« fuhr Wulfgar sie wütend an, obwohl er froh war, sie zu sehen, und trotz der Liebe, die er für sie empfand, denn seine Liebe zu Rhowenna war noch größer. »Niemand hier außer mir und meiner Herrin weiß, wovon du sprichst, und ich werde nicht das Risiko eingehen, daß man an Ragnars Hof davon munkelt, nur weil du nicht deine giftige Schlangenzunge im Zaum halten kannst! Du und dein Gerede von Macht ist an all dem schuld, was geschehen ist! Sicher bist du froh, daß Ivar dir nicht die Zunge abgeschnitten hat, sondern daß er dich nur geschlagen hat, weil du mir die Geschichte zu Ohren gebracht hast, die der Skáld Sigurd Silkbeard in dieser Sommernacht in Ragnars großem Metsaal erzählt hat!«

»Das war kein Glück, es war Ivars Angst vor meiner Hexerei, die es mir noch immer ermöglicht, zu sprechen und dir die Wahrheit zu sagen, Wulfgar, auch wenn du es mir nicht dankst. Auf meine Zunge möchte ich nicht verzichten – und trotz all seines Mutes hat Ivar meinen Fluch gefürchtet, mit dem ich ihn belegt hätte. Aber die Peitsche habe ich gern erduldet für dich, denn du bist das Kind meines Herzens. Es war ein geringer Preis, den ich gezahlt habe für all das, was du gewonnen hast – und was du noch erreichen wirst, Wulfgar. Aber komm, wir wollen von all dem später sprechen. Im Augenblick ist deine Herrin ganz krank vor Kummer, und Flóki the Raven brennt vor Wut, die sehr gut außer Kontrolle geraten könnte, wenn sie nicht gemäßigt wird. Bring deine Herrin in die Schlafkammer, ich werde einen Trank für sie bereiten, der ihren Kummer und ihren Schmerz ein wenig mildern wird, damit sie sich ausruhen kann. Dann sprich mit Flóki. Der Frau, nach der er sich sehnt, wird im Augenblick durch Ivar kein Leid geschehen, Ragnars großes Langschiff liegt im Hafen vor Anker, und er wird Ivar davon abhalten, einer Frau die Jungfernschaft zu nehmen, die ihm vielleicht noch von Wert sein könnte.«

»Ich hoffe, du hast recht, Yelkei.« Wulfgars Gesicht war gezeichnet von Sorge, als er auf Rhowenna heruntersah, die an seiner Brust leise schluchzte. »Denn diese Frau, die den Platz meiner Herrin eingenommen hat, ist in der Schlacht in Usk hart zugeritten worden – und vielleicht auch schon vorher, wenn ich mit meinem Urteil über eine Jungfrau recht behalte –, und das werden Ragnar und auch Ivar sehr schnell herausfinden, wenn sie den Wunsch verspüren, auf ihren Sattel zu klettern. Aber du hast recht, ich muß mich um meine Herrin kümmern. Komm, Kjoereste, ich bring dich ins Bett.« Er hob Rhowenna auf seine Arme und trug sie zu ihrer Schlafkammer, wo er sie sanft auf das Bett legte. Mit zarter Hand strich er ihr das Haar aus dem Gesicht und wischte ihr die Tränen von den Wangen. »O mein Johannisapfel, was würde ich darum geben, wenn ich alles noch einmal tun könnte!« flüsterte er, voller Schmerz über die Trauer und den Schock, den er in ihren weit aufgerissenen Augen sah. »Ich würde deinen Namen Olaf the Sea Bull nicht einmal zuflüstern!«

»Und was hätte das geändert, Wulfgar, dann wäre jetzt ich und nicht Morgen in den Händen von Ragnar Lodbrók und Ivar the Boneless. Usk läge trotzdem in Trümmern, und meine Eltern ... meine Eltern wären dennoch ... tot. Ivar hätte sie umgebracht.« Rhowenna schluchzte und schloß die Augen, sie fühlte sich, als laste ein schweres Gewicht auf ihren Schultern, und versuchte, sie zu erdrücken, als sie an ihren Vater und ihre Mutter dachte. Bilder, die sie nicht aus ihrem Kopf verbannen konnte, schoben sich vor ihr inneres Auge: ihr Vater, der lachend in dem großen Metsaal saß, mit einem Becher Wein in der Hand, ihre Mutter, deren schönes Gesicht vom Licht des Feuers und der Kerzen erhellt wurde. »Oh, Wulfgar, es tut so weh«, flüsterte sie und griff nach seiner Hand. »Es tut so schrecklich weh.«

»Ich weiß, Elsket, ich weiß. So habe ich mich gefühlt, als ich noch ein Junge war und meine Mutter Goscelin verlor. Komm.« Er zog Rhowenna in seine Arme. »Hier kommt Yelkei mit dem Schlaftrunk. Trink und ruh dich aus.«

Gehorsam trank Rhowenna, was Yelkei ihr reichte, sie war viel zu benommen, um zu widersprechen. Es war ihr gleichgültig, ob die gelbe Sklavin sie vergiftete, beinahe hoffte sie, daß es so war, obwohl ihr kein Grund einfiel, warum die alte Frau so etwas tun sollte. Aber Yelkei war eine Hexe, deshalb war sie böse, im Bund mit dem Teufel. Denn wie sonst hätte sie wissen können, daß Rhowenna und nicht Morgen die Prinzessin von Usk war? Doch als sie die Augen öffnete und das faltige Mondgesicht der alten Frau über sich sah, erkannte Rhowenna in ihren schwarzen Augen nur Freundlichkeit und Mitleid, und sie schämte sich plötzlich wegen ihres Mißtrauens.

»Ihr braucht keine Angst zu haben, Herrin. Es ist nur eine Mischung aus Kräutern und Gewürzen«, erklärte ihr Yelkei, als hätte sie ihre Gedanken gelesen. »Auch wenn Wulfgar mich für das verantwortlich macht, was der Wille der Götter war, so habe ich doch nicht die Absicht, Euch zu schaden. Ihr werdet schlafen, und Ihr werdet nicht träumen.«

Und schließlich war es genau so, wie Yelkei es vorhergesagt hatte: Rhowenna schlief – und sie träumte nicht.

BUCH DREI

Schwanenweg

13. KAPITEL

Ergib dich der Nacht

Die Ufer des Skagerrak, im Nordland, A. D. 865

Jetzt, wo Ivar the Boneless davongeritten war mit der Frau, von der er glaubte, sie sei die Prinzessin von Usk, wußte Wulfgar, daß er und sein Grenzland in der nächsten Zeit vor Ragnar Lodbrók und seiner Armee von Söldnern sicher sein würde, die dieser nach seinem Überfall auf die Südländer angeworben hatte. Wulfgar hätte sich nichts sehnlicher gewünscht, als Ivar und seine Bande von Thegns, die ihn begleitet hatten, zu erschlagen, und er hätte es wohl auch geschafft, mit nur wenigen Verlusten seiner eigenen Krieger. Aber das hätte Ragnar veranlaßt, ihn anzugreifen, und schon an Bord der *Drachenfeuer* hatte Wulfgar gewußt, daß er und seine Männer für Ragnars große Armee kein Gegner waren. Wenn Ragnar ihn wirklich angriff, so würde Wulfgar sicher geschlagen, wahrscheinlich würde er sogar in diesem Kampf sein Leben verlieren. Allein der Gedanke daran, was Rhowenna erleiden müßte, wenn es dazu käme, hielt ihn davon ab, die Hand gegen seinen Halbbruder zu erheben, denn es hätte ihm nichts ausgemacht, am Ufer der Leichen entlang zu den vergitterten Toren von Hel zu wandern, anstatt seinen Stolz herunterschlucken zu müssen und schweigend dabeizustehen, während Ivar Rhowenna und auch Morgen so schlecht behandelte. Doch hätte er so gehandelt, wie es der unbesonnene Flóki beinahe getan hätte, dann wäre er sehr dumm gewesen, das wußte Wulfgar. Dennoch fühlte er sich schuldig und schämte sich, daß er nichts getan hatte, daß Rhowenna auf eine so schmerzliche Art vom Tod ihrer Eltern hatte erfahren müssen und daß er zugelassen hatte, daß Morgen von Flóki getrennt wurde, der sie so offensichtlich liebte und sich nach ihr verzehrte.

»Ich verfluche Euch, Wulfgar! Wenn Ihr zu feige wart, Ivar umzubringen, nur weil er Euer Halbbruder ist, warum habt Ihr es mich dann nicht tun lassen?« fragte Flóki ihn wütend einige Zeit später. »Ich hätte ihm liebend gern den Hals aufgeschlitzt oder ihm meine Klinge ins Herz gebohrt – und das wißt Ihr auch ganz genau!«

»Ja, auch ich hätte das gern getan, denn zwischen Ivar und mir gibt es keine Liebe ...«

»Aber warum habt Ihr denn nicht ...?«

»Du weißt, warum, Flóki!« fuhr Wulfgar ihn an und verzog unwillig das Gesicht. »Und wenn du es nicht weißt, dann bist du ein Dummkopf! Ivar ist nicht nur mein Halbbruder, er ist auch der Sohn und Erbe meines Vaters, des großen Ragnar Lodbrók, eines Konungr des Nordlandes. Selbst mein Halbbruder Halfdan, der so ehrgeizig und machthungrig ist, würde am liebsten Ivar und Ubbi umbringen, um Ragnars Thron an sich zu bringen, doch er wagt es nicht, die Hand gegen Ivar zu erheben, weil er die Vergeltungsmaßnahmen unseres Vaters fürchtet. Hast du es so eilig, in dem Armen einer Walküre zu liegen, daß du es sogar in Kauf nimmst, Ragnar hierherzulocken mit seiner Armee von Thegns und Söldnern, um uns alle wie Schafe abzuschlachten, so wie Ivar es mit den Männern von Usk getan hat?«

»Nein, natürlich nicht. Aber ich möchte auch nicht, daß die Prinzessin von Usk Ragnar und Ivar ausgeliefert ist!« Wie ein gefangenes Tier lief Flóki aufgeregt hin und her.

»Das möchte ich auch nicht, aber wir hatten keine andere Wahl, deshalb habe ich getan, was getan werden mußte. Ein Jarl kann nicht nur an sich selbst denken, Flóki, er muß auch an diejenigen denken, die von ihm abhängig sind. Aber Yelkei hat die Wahrheit gesagt, die Prinzessin ist im Augenblick nicht in Gefahr. Ragnar ist nicht so wollüstig wie Ivar, er wird einer Frau kein Leid zufügen, die ihm noch von Nutzen sein kann.«

»Ich hoffe nur, daß Ihr recht habt, Herr.« Flókis Antwort war ein wenig ruhiger, auch wenn er immer noch grollte. »Denn Ivars Verhalten der Prinzessin gegenüber hat mir gar nicht gefallen, er hat sie behandelt wie eine gemeine Sklavin, die er haben kann, wann immer er will, und nicht wie eine Frau von königlicher Abstammung.«

»Wir werden sie zurückbekommen«, versuchte Wulfgar ihn zu überzeugen. »In der Zwischenzeit müssen wir uns darauf konzentrieren, das neue Langschiff fertigzubauen,damit wir mit dem Schiff aus dem Nordland fliehen können, falls Ragnar beabsichtigt, uns den Krieg zu erklären oder uns alle vom Thing zu Ausgestoßenen erklären zu lassen.«

Schweigend gingen die beiden Männer zum Strand hinunter, jeder in seine Gedanken versunken, wo auf langen Rollen das neue Langschiff langsam Gestalt annahm, das Wulfgar zu bauen befohlen hatte. Schon bald würde es fertig sein, und als Wulfgar es erblickte, schwoll sein Herz vor Stolz, der größer war als alles, was er bisher gefühlt hatte. Nicht nur würde dieses Schiff sein Eigentum sein, er hatte es auch entworfen. Eirik und seine Mannschaft der Holzschnitzer hatten sich selbst übertroffen, um es zu einem Erfolg werden zu lassen, dachte Wulfgar, als er den Vorder- und den Achtersteven betrachtete, die bis in den Himmel zu reichen schienen. Der Vordersteven mit dem Drachenkopf war besonders lang, das Maul des Drachen stand offen und stieß hölzerne Flammen aus, der ausgestreckte Nacken des Drachen war anmutig, Schuppen, die aufrecht standen, waren in Einkerbungen im Hals eingesetzt. Der Hals war kunstvoll geschnitzt, unzählige Runen und andere magische Symbole sowie Szenen von Schlachten und Geschichten über Götter waren darauf geschnitzt. Der Bug des Langschiffes bildete den Bauch des Drachen, und an den Seiten hatten Eirik und seine Männer ein paar wehende Flügel eingraviert, so daß es aussah, als hätte die Kreatur die Flügel angelegt. Auch der Schwanz des Drachen war mit aufrecht stehenden Schuppen verziert und endete in einem Dreieck. Nie zuvor hatte es ein so herrliches Langschiff gegeben, sogar Ragnars Schiff würde daneben verblassen, Rhowenna zu Ehren hatte er sich entschieden, es *Siren's Song* zu nennen.

Mit einem Korb in der Hand war Rhowenna mit den anderen Sklavenfrauen aus dem Langhaus zum Strand gekommen, um Fische zu fangen und Algen zu sammeln, die sie für die Morketiden, den langen, dunklen Winter, konservieren würden, der kurz bevorstand. Schon jetzt waren die Tage kürzer und kühler geworden, die Blätter der Bäume in den großen Wäldern fielen zu Boden, und in den höheren Regionen der Berge war schon Schnee gefallen. Bald würde der Winter seinen weißen Mantel über die Heide breiten, über die Seen und auch den Strand. Vorher noch mußten Rinder, Schafe, Schweine und Hühner geschlachtet werden, Wild aus den Wäldern mußte gejagt und erlegt werden, Fische mußten mit Speeren und Netzen gefangen werden, und das Fleisch mußte haltbar gemacht werden, indem es getrocknet, geräuchert, gesalzen oder eingelegt in Fässer und Krüge wurde, damit man in den langen Monaten des Winters genug zu essen hatte und niemand im Grenzland Hunger leiden mußte. Gemüse, Früchte und Getreide mußten auch zubereitet und gelagert werden.

Als Wulfgar Rhowenna bei ihrer Arbeit betrachtete, dachte er, daß er ein Dummkopf gewesen wäre, sie nicht für sich zu beanspruchen, auch wenn er sie nicht geliebt und begehrt hätte, denn er selbst hätte nicht einmal die Hälfte dessen schaffen und erreichen können ohne ihre Führung. Das Wissen und die Ausbildung, die sie als Prinzessin von Usk bekommen hatte, waren für ihn ungeheuer wertvoll, und er hatte nicht gezögert, es zu seinen Gunsten einzusetzen. So wie er sich mit seiner strengen, doch fairen Autorität die Herzen seiner Leute erobert hatte, so hatte sie sie mit ihrer Güte, ihrer Freundlichkeit und Anmut für sich gewonnen, und wenn sie auch manchmal stolz, störrisch und trotzig war, so besaß er doch auch die gleichen Fehler. Ja, er hatte gut gewählt, dachte er. Er und sie waren das, was die Wikinger als Hacksilber bezeichneten, zwei Hälften der gleichen Münze. Wenn das Rhowenna nur endlich auch einsehen würde, wenn sie zustimmen würde, seine Frau zu werden und sich ihm im Bett hinzugeben, dann würde er frohen Herzens zu den vergitterten Toren von Hel wandern bei seinem

Tod, weil er wußte, daß er die Segnungen von Odins Walhall schon auf Erden erlebt hatte.

Rhowenna schien Wulfgars Blicke gefühlt zu haben, denn sie blickte auf von der Stelle, wo sie im Meerwasser watete, ihre langen Röcke hatte sie hochgezogen und sie unter den Gürtel gesteckt, den sie sich aus seiner Kiste herausgesucht und um ihre Hüfte gebunden hatte. Ein Beben ging durch ihren Körper, als sie ihn ansah, doch es kam nicht von dem kalten Wasser, das um ihre nackten Beine wogte, und es war auch keine Furcht vor ihm, wie sie sie zu Anfang verspürt hatte. Es war ein Schmerz tief in ihrem Inneren, und sie wußte, es war sowohl Liebe als auch Sehnsucht nach ihm. Wenn sie sich selbst gegenüber ehrlich war, so konnte sie das nicht länger verleugnen. Trotz allem hatte Wulfgar den Weg zu ihrem Herzen gefunden, und sie konnte sich ihr Leben ohne ihn nicht mehr vorstellen. Wieder und wieder hatte sie sich einzureden versucht, daß sie besonders verletzlich war wegen ihrer tiefen Trauer über den Tod ihrer Eltern, sie war wie ein Coracle auf einer aufgewühlten See – vom Kurs abgekommen, verloren und allein –, und er war der sichere Hafen im Sturm. Doch tief in ihrem Herzen wußte Rhowenna, daß es mehr war als nur das. Dennoch hielt sie sich voller Schmerz und Furcht vor ihm zurück. Wulfgar war ihr Feind, er hatte sie gefangengenommen. Wie konnte sie das vergessen? Wie hatte sie sich in ihn verlieben können?

Er war so ganz anders als Gwydion, so ganz anders als alle Männer, die sie bis jetzt gekannt hatte, in einem Augenblick konnte er die Kriegsaxt schwingen, im nächsten konnte er ihr das Lied eines Barden singen. Trotz allem zog sie diese Zwiespältigkeit an, und der Mann selbst faszinierte sie. Verstohlen betrachtete sie ihn durch die Haarsträhnen hindurch, die sich aus ihrem Zopf gelöst hatten. Groß und strahlend, gutaussehend stand er dort, den Kopf zurückgelegt, sein Haar leuchtete golden im Sonnenlicht und wehte wie der Weizen im Wind, die starken Muskeln seines kräftigen, wohlgeformten Körpers bewegten sich bei jeder seiner Bewegungen und sprachen etwas in ihr an, das sich danach sehnte, zu antworten. Es war ein langsames, beinahe ohnmächtiges Gefühl, als würde etwas in ihr schmelzen. Seine blauen Augen leuchteten vor Stolz und Erregung beim Anblick des Langschiffes, dessen Herr er bald sein würde. Das Schiff war beinahe fertig, die harte Arbeit war erledigt, der Rest würde nur ein Wettrennen mit der Zeit sein, damit es fertig war, ehe der Winter kam.

Der Winter. Rhowenna konnte es kaum glauben, daß schon so viel Zeit vergangen war, seit Wulfgar sie aus Usk geraubt hatte. Es hatte eine Zeit gegeben, da hatte sie verzweifelt darum gebetet, nach Usk zurückkehren zu können, doch er hatte kein Schiff gehabt, in dem er sie nach Hause hätte bringen können. Jetzt würde er bald ein Schiff besitzen, aber sie hatte kein Zuhause mehr. Ivar the Boneless hatte alles zerstört. Der erste Botschafter, den Wulfgar nach Usk geschickt hatte, war nicht zurückgekommen, wahrscheinlich war er in der Schlacht getötet worden, als Ivar das kleine Königreich überfallen hatte. Nachdem Ivar Morgen mit sich genommen hatte, hatte Wulfgar noch einen weiteren Botschafter nach Usk geschickt, um herauszufinden, ob überhaupt jemand die Schlacht überlebt hatte. Doch es war noch nicht genug Zeit verstrichen, daß der Botschafter hätte zurückkommen können. Rhowenna hatte nur wenig Hoffnung, daß sein Bericht dem von Ivar widersprechen würde, wenn er schließlich zurückkam. All das, was ihr am Herzen gelegen hatte, alles, was ihr wichtig gewesen war, war zerstört, sie hatte niemanden und nichts, außer Wulfgar.

Abrupt wurde sie durch Schreie aus ihren Tagträumen gerissen, und als sie aufblickte, erkannte sie Naddod, der am Ufer entlanggelaufen kam, seine Stiefel aus Seehundfell wirbelten Sand und Wasser auf. Etwas war geschehen, und sie sah sich ängstlich um, weil sie fürchtete, daß vielleicht Ragnar Lodbrók und Ivar the Boneless sich entschieden hatten, Wulfgars Grenzland zu überfallen. Sie ließ ihren vollen Korb stehen und lief instinktiv auf Wulfgar zu, weil sie sich in seiner Nähe sicher fühlte. Doch dann verstand sie, was Naddod rief, erleichtert atmete sie auf, als ihr klar wurde, daß sie nicht angegriffen wurden.

»Wal!« rief Naddod noch einmal. »Dort ist ein Wal, Herr, er ist am Ufer gestrandet!«

Zu Rhowennas größtem Erstaunen ließen alle Männer, die an dem Langschiff arbeiteten, ihr Werkzeug fallen, lachend und rufend begannen sie am Ufer entlangzulaufen, zu der Stelle, an der der Wal auf dem Sand lag. Verwundert und ein wenig verängstigt durch die Größe des riesigen Tieres hielt Rhowenna ein wenig Abstand. Nie zuvor hatte sie einen Wal aus der Nähe gesehen, er war so groß wie ein Langschiff, sogar noch größer, und er ließ alle Männer in seiner Nähe wie Zwerge aussehen. In seiner natürlichen Umgebung, im Meer, konnte er ein gefährliches Tier sein, das wußte sie. Doch im Augenblick war er hilflos, er lag mit dem Bauch im Sand und machte keine Anstalten, ins Meer zurückzukehren, trotz der weißen Gischt um ihn herum, die ihn auf den Sand geschwemmt hatte. Hätten sich seine Seiten nicht ab und zu in einem tiefen Atemzug bewegt, hätte man glauben können, er sei tot.

»Wie ist er denn hierhergekommen?« fragte sie Wulfgar verwundert und fühlte Mitleid mit dem großen Tier, denn es würde sicher sterben müssen, wenn es nicht bald ins Meer zurückkehren konnte.

»Manchmal finden wir sie so auf dem Strand«, erklärte Wulfgar und schüttelte verwundert den Kopf. »Es ist beinahe so, als würden sie absichtlich aus dem Wasser kommen. Niemand weiß, warum.«

»Kannst du … kannst du nichts für das Tier tun? Es ins Meer zurückschieben?«

»Nein, und selbst wenn wir das täten, es würde zurückkommen. Ich habe es schon bei kleineren Walen miterlebt. Es ist sein Schicksal, hier zu sterben – und vielleicht ist es genau aus diesem Grund hierhergekommen. Das wissen nur die Götter. Aber sein trauriges Schicksal ist unser Glück, Herrin. Wir werden Haut haben für Seile, und Fleisch, Tran und Speck und Öl für die Lampen im Winter. Es bedeutet, daß niemand beim Walfang in diesem Jahr sterben muß, daß es keine Witwe geben wird und vaterlose Kinder. Aber du solltest jetzt zum Hof zurückgehen, Rhowenna; denn obwohl die Männer dem Tier einen Gefallen tun, wenn sie es töten, um sein Leiden zu beenden, so wird es doch kein angenehmer Anblick sein, und du willst es sicher nicht mit ansehen.«

»Nein, du hast recht, ich möchte es nicht sehen, mein Herr.«

Dennoch fiel es Rhowenna aus einem unerfindlichen Grund schwer, sich von dieser herrlichen, zum Verderben bestimmten Kreatur abzuwenden. Ihr Bild verfolgte sie den ganzen Tag und auch der Gedanke daran, wie das Tier gestorben war, allein, außerhalb seiner riesigen Heimat, dem Meer. In gewisser Weise fühlte sie sich diesem Tier verbunden, das an den Strand gespült worden war, die Gezeiten seines Schicksals hatten auch sie ins Nordland verschlagen, doch sie wollte nicht, daß das Schicksal des einsamen Wales ihr eigenes Schicksal wurde. Ihre Eltern waren tot, und selbst wenn jemand in Usk überlebt hatte, so würde derjenige, der jetzt auf dem Thron saß, sie nur als politisches Pfand ansehen. Ihr eigener Vater hatte sie sogar dazu bestimmt, wie konnte sie dann von einem anderen Mann erwarten, der nicht die Liebe eines Vaters für sie empfand, etwas anderes zu tun? Der Gedanke, in einem erneuten Tauschhandel an jemanden wie Prinz Cerdic zu fallen, war mehr, als Rhowenna ertragen konnte. Sie fühlte sich innerlich zerrissen und sehnte sich danach, daß der Schmerz endlich nachließ. Sicher schuldete sie Usk nicht mehr, als sie dem Land schon gegeben hatte, jetzt hatte sie es verdient, auch etwas für sich selbst zu tun, sie verdiente eine Chance, etwas mehr zu bekommen als nur das nackte Überleben oder, vielleicht noch schlimmer, einen unsicheren Tod.

Als Wulfgar an diesem Abend ihre gemeinsame Schlafkammer betrat, erschauderte Rhowenna bei dem Gedanken an das, was sie zu tun gedachte, und sie wünschte sich verzweifelt, er hätte sich ihr gleich zu Anfang ihrer Beziehung mit Gewalt aufgedrängt, damit sie nicht jetzt die Verantwortung dafür würde übernehmen müssen, sich ihm hinzugeben. In gewisser Weise wäre es auf die erste Art leichter für sie gewesen, denn wenn er sie danach tief und ehrlich geliebt hätte, so hätte sie ihm vergeben können, daß er sie dazu gezwungen hatte, ihre Gefühle für ihn zuzugeben. Doch sie war eine erwachsene Frau, und er hatte ihr sowohl die Last als auch das Vorrecht auferlegt, selbst zu entscheiden, welchen Weg sie in ihrem Leben gehen wollte. Sie sollte froh darüber sein, es war ein Zeichen seines Respekts ihr gegenüber, auch wenn ein kleiner, verängstigter Teil in ihr sich wünschte, daß er ihr diese Entscheidung abgenommen hätte, daß er die Verantwortung und das Risiko, das sie jetzt selbst tragen mußte, auf seine starken Schultern genommen hätte. Ach, das Risiko, dachte Rhowenna mit einem Anflug von Angst, denn jemandem zu vertrauen, bedeutete, sich dem Schmerz und der Ablehnung zu öffnen. Wenn nun alles, was Wulfgar ihr von seiner Liebe gesagt hatte, Lügen gewesen waren? Wie tief würde sie das verletzen? Und wenn er sie nun ablehnte, so wie Gwydion es getan hatte? Wenigstens hatte sie mit Gwydion nicht das Lager geteilt, mit diesem Gedanken hatte sie sich trösten können, als er sich von ihr abgewandt hatte. Wenn sie Wulfgar nachgab, dann bliebe ihr nicht einmal das als Trost für ihren Schmerz.

Doch als sie ihn ansah, las sie in seinen blauen Augen nur Liebe und Sehnsucht nach ihr, keine Vorsicht, die sie gewarnt hätte, daß er einen Teil von sich vor ihr verbarg, aus Bosheit oder um sie zu betrügen, sie sah keine Schatten, die ihr angedeutet hätten, daß sein Innerstes verwirrt oder zwiespältig war, wenn es um sie ging. Seine Augen blickten ehrlich, offen und sicher, und er sah sie auf eine Art an, die sie erröten ließ, der Aufruhr ihrer Gefühle ließ sie erbeben, denn nie zuvor hatte ein Mann sie so angesehen wie Wulfgar, als würde er sie ganz genau kennen, bis in ihr Innerstes. Bei diesem Gedanken erwachte das glimmende Feuer, das seine Blicke in ihr angefacht hatten, zu einer hell brennenden Flamme und erfaßte ihren ganzen Körper, ließ sie zittern vor Furcht und Erregung. Ihr Hals wurde ganz trocken, und die kleine Ader an ihrem Hals pulsierte heftig. Ohne Vorwarnung ließ der Wind, der durch den Wald und über die Heide und die Seen hinter der Palisade wehte, plötzlich nach wie vor einem bevorstehenden Sturm, und die Schlafkammer selbst schien zu versinken in dem Rauch der Walöllampen. Rhowennas Sinne waren nur noch auf Wulfgar gerichtet, ihr stockte der Atem, und sie senkte den Blick, damit er nicht in ihren Augen lesen konnte, daß diese Nacht anders sein würde als all die Nächte, die sie bis jetzt in seinen Armen und in seinem Bett verbracht hatte.

Um ihr soviel Privatsphäre wie möglich zu geben, benutzte Wulfgar nur selten die Badewanne in ihrer Schlafkammer. Aber sie wußte, daß er im Badehaus gewesen war, denn nach dem Schlachten des Wals war er über und über mit Blut besudelt gewesen. Doch jetzt war er trotz der Kühle der Nacht bis zur Taille nackt, und sein Oberkörper war noch feucht. Seine gebräunte Haut leuchtete im Schein des Feuers und der Lampen, das Spiel seiner Muskeln erregte sie und weckte in ihr den Wunsch, ihn zu berühren. Der Ansturm der Gefühle überwältigte Rhowenna, sie wandte sich ab und zog den dünnen Stoff ihres lose fallenden weißen Nachtkleides vor der Brust zusammen, doch wußte sie nicht, ob sie ihn damit abwehren wollte oder ob sie sich zu fassen versuchte.

»Rhowenna?« Langsam trat Wulfgar hinter sie und legte ihr die Hände auf die Arme, streichelte ihre Schulter und schob das lange, offen fallende Haar zur Seite, damit er ihr Gesicht sehen konnte. Sie fühlte seinen warmen Atem auf ihrer Wange, ihrem Ohr, und ein Schauer durchlief ihren Körper. »Elsket? Du bist sehr still heute abend. Bedrückt dich etwas?«

»Nein ... ich weiß es nicht. Der Wal geht mir nicht aus dem Kopf. Ich verstehe noch immer nicht, warum er sich zum Strand hat treiben lassen, er wußte doch, daß er dann sterben würde.«

»Warum gibst du dich mir nicht hin, du weißt doch, daß es keinen anderen Mann für dich gibt – und auch nie geben wird?« Als sie schwieg, lachte er leise und zog ihr sanft den Stoff des Nachtkleides, das sie noch immer umklammert hielt, aus den Händen, entblößte so ihre Schultern und preßte seine Lippen darauf. »Vielleicht ist der Wal ja genauso störrisch und dumm wie du, meine Herrin.«

»Ich ... ich will nicht am Ende allein dastehen, Wulfgar«, gab sie zögernd zu, und ihre Stimme klang eigenartig rauh. Bei ihrem Klang verstärkte er den Druck seiner Hände auf ihren Schultern, so daß sie zusammenzuckte. »Ich möchte nicht allein sterben, durch die Hände meiner Feinde.«

»Du wirst nicht sterben, Kjoereste, und ich bin nicht dein Feind.« Er sprach ganz leise, sein Mund lag an ihrem Ohr, doch dann drehte er sie zu sich um, mit den Fingern strich er durch das Haar an ihren Schläfen und bog ihren Kopf zurück, damit er in ihr Gesicht sehen konnte. Unter seinen gesenkten Lidern leuchteten seine Augen voller Leidenschaft. »Sicher weißt du das mittlerweile. Denn habe ich dir nicht auf so viele Arten zu verstehen gegeben, wie sehr ich dich liebe und wie sehr ich mich nach dir sehne?«

»Doch, Wulfgar, das hast du. Aber ich fürchte mich noch immer.«

»Wovor? Vor mir? Warum, mein Johannisapfel? Sag es mir!«

»Ich … ich möchte nicht, daß man mir noch einmal weh tut.«

»Bei einer Jungfrau tut es immer weh, wenn sie zum erstenmal mit einem Mann zusammen ist. Aber es ist nur ein kleiner Schmerz, und er geht schnell vorüber – und es wird der einzige Schmerz sein, den ich dir je zufügen werde, Rhowenna. Das schwöre ich bei den Göttern! Ich bin nicht so wie dieser Mann, dem du vorher dein Herz geschenkt hast. Gib dein Herz in meine Hand, dann wirst du es erfahren. Gib dich mir hin, und ich werde es dir beweisen. In deinem Herzen weißt du doch, daß es am Ende so kommen wird, daß du niemanden hast außer mir und daß ich dich nie wieder gehen lassen werde, niemals!«

»Ja …«, hauchte sie, schmerzlich bewegt.

Seine Lippen legten sich auf ihre, und voller Glück fühlte er, daß sie endlich die Seine werden würde. Ohne Vorwarnung erwachte die Leidenschaft, die bis jetzt wie ein Jäger auf der Pirsch in ihm und auch in ihr geschlummert hatte, plötzlich zum Leben und drohte sie zu verschlingen. Wulfgar stöhnte leise auf, wieder und wieder preßten sich seine Lippen auf ihre, als könne er nicht genug bekommen von ihr. Seine Küsse waren hart und voller Verlangen, seine Zunge sanft und drängend. Seine Zähne fuhren über ihre Unterlippe, und Rhowenna schmeckte Blut. Wollust, Schmerz und Glück waren so überwältigend wie nichts zuvor in ihrem Leben, er erregte sie und weckte ihr Verlangen, erfüllte sie mit einer heißen Sehnsucht. Sie hatte nicht geglaubt, hatte nicht wissen können, daß es so sein würde, so wild und heftig, ein Gefühl so uralt und ungezähmt. Kühn schob sich Wulfgars Zunge in ihren Mund, sein Kuß machte sie benommen und so schwach, daß sie gefallen wäre, hätte er sie nicht so fest gehalten.

Er war groß und kräftig, es fühlte sich an, als sei er aus Eisen, und Rhowenna war so klein und zerbrechlich in seinen Armen wie ein Kind, so nachgiebig, daß es schien, als hätten sich alle Knochen in ihrem Körper aufgelöst, als sehne sich ihr Körper danach, mit dem seinen zu verschmelzen. Unter ihren Händen fühlte sie die nackte Haut seiner Arme, fühlte, wie sich seine Muskeln anspannten und zitterten, als er sie an sich zog. Sie ahnte seine Kraft und fragte sich, ob er sie nicht unbeabsichtigt verletzen würde. Sie erschauerte bei diesem Gedanken, und Wulfgar, der ihre plötzliche, jungfräuliche Furcht zu spüren schien, zog sie noch enger an sich, bedeckte ihren Hals und ihre Brüste mit seinen heißen Küssen, damit sie keine Zeit hatte, nachzudenken, sondern nur zu fühlen. Seine Hand wanderte zu dem schmalen Band, das ihr Nachtgewand im Nacken zusammenhielt, schnell löste er den Knoten und schob dann das Gewand über ihre Schultern hinunter. Es wäre zu Boden gefallen, hätte sie es nicht mit einem kleinen, leisen Aufschrei über ihrer Brust zusammengehalten und es dort festgehalten, als wolle sie es nie loslassen. Ihr halb entblößter Körper zitterte, und als Wulfgar das fühlte, löste er seine Lippen von ihrer Schulter und zog sich ein wenig zurück, damit er sie ansehen konnte.

»Möchtest du, daß ich aufhöre?« fragte er sie, und in seiner Stimme klang unterdrückte Leidenschaft und Sehnsucht.

Rhowenna schwieg lange, es schien eine Ewigkeit, auf ihrem Gesicht spiegelten sich Unentschlossenheit, Furcht und Verlangen, ein Muskel in Wulfgars Wange zuckte unkontrolliert, während er auf ihre Antwort wartete, seine Hände umfaßten ihre Arme so fest, daß sie wußte, sie würde die Spuren davon noch morgen sehen können. Dann holte sie schließlich tief Luft und flüsterte: »Nein.« Sie schluckte, schloß die Augen und wandte den Kopf ab, ihre Hände zitterten, als sie das Gewand freigab. Wulfgar löste seine Hände von ihren Armen, und das dünne Gewand fiel zu Boden, wie eine weiße Wolke lag es zu ihren Füßen, und sie stand nackt vor ihm. Sie hörte, wie er scharf den Atem einsog, dann legte er ihr eine Hand unter das Kinn und hob ihren Kopf.

»Sieh mich an, Rhowenna!« befahl er leise. »Du bist schön, viel schöner, als ich es mir je vorstellen konnte, und ich begehre dich so sehr, wie nie zuvor ein Mann eine Frau begehrt hat, Elsket ...« Er griff in ihr Haar, sein Kopf senkte sich zu ihr, seine Lippen preßten sich auf ihre, tief schob sich seine Zunge in ihren Mund, und Rhowenna stockte der Atem, als er sie ohne Vorwarnung auf seine Arme hob und sie zum Bett trug. Sanft legte er sie nieder, dabei hörte er nicht auf, sie zu küssen, nur zögernd löste er sich ein wenig von ihr, um seine Stiefel und seine Hose auszuziehen. Als Rhowenna seine Blicke auf ihrem nackten Körper fühlte, wurde sie verlegen und schämte sich, sie setzte sich auf und wollte das große Wolfsfell, das auf dem Bett lag, über sich ziehen, doch er schloß die Hände um ihre Handgelenke und hinderte sie daran.

»Nein, Kjoereste«, sagte er leise, aber bestimmt und stieß sie sanft auf das Bett zurück, ihre Hände hielt er zu beiden Seiten ihres Kopfes fest. »Ich werde es nicht zulassen, daß du deinen Körper vor mir verbirgst, als wäre unsere Liebe etwas, vor dem man sich schämen müßte, etwas, das man nur unter der Decke und in der Dunkelheit tut. Ich möchte dich sehen – alles an dir –, und ich möchte dein Gesicht beobachten, wenn ich in dich eindringe, damit ich weiß, was du denkst und fühlst, wenn ich dich zu der Meinen mache. Und ich werde nicht zulassen, daß du diese Dinge vor mir verbirgst, genausowenig wie ich es zulassen werde, daß du deinen Körper vor mir verbirgst. Ich will dich ganz besitzen, Rhowenna, nicht nur deinen Körper, sondern auch dein Herz, deine Gedanken und deine Seele, denn das sind die Dinge, die ich an dir liebe. Ohne diese Dinge ist das, was zwischen einem Mann und einer Frau geschieht, nur ein flüchtiges Vergnügen, das man mit jeder Frau erleben kann, und deshalb ist es auch bedeutungslos, ohne jeden Wert. Verstehst du das? Nein, wie könntest du auch, denn du bist ja noch Jungfrau. Aber ich werde dich besitzen, ich werde dich lehren, und dann wirst du wissen, daß ich die Wahrheit gesprochen habe ...«

Wulfgar verschloß ihre Lippen mit einem Kuß, seine Zunge zwang sie, ihm die Lippen zu öffnen, sie schob sich in ihren Mund, erforschte seine Geheimnisse und machte sie ganz schwach, benommen und atemlos. Es erfüllte sie mit Furcht vor dem Ausmaß dessen, was sie ihm zu tun erlaubte, und dennoch stieg in ihr eine eigenartige, verräterische, gefährliche Erregung auf, die so ganz anders war als alles, was sie bisher gefühlt hatte. Wie ein Wirbelwind erfaßte diese Erregung sie, wirbelte sie davon, und hilfslos gab Rhowenna nach und ließ sich davontragen. Die Zeit schien stillzustehen, sie wußte nicht, ob Stunden vergangen waren oder nur Minuten. Sie wußte nichts mehr, als sie in seinen Armen lag und ihn das tun ließ, was er mit ihr tun wollte. Sie fühlte nichts mehr als nur die Erregung, die sie einhüllte, als er sie endlos streichelte und küßte, als hätte er alle Zeit der Welt. Seine Zunge streichelte sie, fuhr über die sinnlichen Umrisse ihres Mundes, schob sich in ihren Mund und umspielte ihre Zunge.

»Süß«, murmelte er an ihren Lippen. »Süßer als Wein schmeckst du. Bei den Göttern, ich sehne mich so nach dir. Hexe! Du hast mich verzaubert.«

Seine Küsse erstickten jede Antwort, die sie ihm hätte geben wollen, dann bedeckte er ihr Gesicht mit seinen Küssen, ihre Wange, die Schläfe, die seidigen Strähnen ihres Haares, dessen Duft er tief einatmete. Wie die langen, wehenden Äste einer dunklen, schlanken Fichte in einem verwunschenen Wald, hin und her geweht von einem unsichtbaren Wind, so lag ihr Haar auf dem Kissen, als Wulfgar ihren Hals küßte, seine Zunge die kleinen Schweißtropfen ableckte, die sich zwischen ihren Brüsten gesammelt hatten. Sanft gruben seine Zähne sich in ihre Schulter, dort wo ihr Nacken in die Schulter überging, und ein heißes Gefühl der Erregung und des Schmerzes fuhr durch ihren Körper, ehe sich sein Biß zu einem Kuß wandelte und seine Lippen tiefer glitten zu ihren Brüsten, die sich seinem Mund, seiner Zunge und seinen Händen verlangend entgegenreckten. Rhowenna warf den Kopf hin und her, sie bog ihm ihren Körper entgegen und bewegte sich unruhig unter ihm, sehnte sich nach mehr.

Wulfgar stockte der Atem bei ihrem Anblick. Ihre Haut war so weiß, und er empfand ein tiefes Gefühl der Befriedigung, daß er sie mit seinem eigenen, gebräunten Körper berühren und besitzen durfte, daß diese blasse, keltische Prinzessin ihm gehören sollte, ihm allein, für immer. Seine blauen Augen glänzten, als er sie betrachtete, seine Hände schlossen sich um ihre vollen, hohen Brüste, er preßte sie zusammen, beugte den Kopf und umschloß sie mit seinen Lippen, saugte daran, trank von ihrem Nektar, knabberte sanft an den rosigen Spitzen, streichelte sie mit seiner Zunge, bis sie sich zusammenzogen und sich ihm hart entgegenreckten.

Rhowenna schlang die Arme um seinen Hals, ihre Finger vergruben sich in seinem langen, goldenen Haar, noch näher zog sie ihn zu sich herunter. Als wäre sie die Erde, die den Regen aufnimmt, so lechzte sie nach ihm, als wäre er für sie lebensnotwendig, als risse er ihr die Seele aus dem Leib und gäbe sie ihr zurück wie der Wein des Lebens. Sie berauschte sich an ihm. Sein Körper war hart wie Stein, er stand in scharfem Kontrast zu dem feinen blonden Haar auf seinem Oberkörper, das sich an ihren empfindsamen Brustspitzen und unter ihren Händen wie Seide anfühlte, seine Muskeln waren fest unter ihren Lippen und ihren streichelnden Händen, seine Haut feucht von Schweiß, sie glänzte in dem dämmrigen Licht der Lampen und des Feuers. Er schmeckte nach Salz, wie der Wind und das Meer, und er riß ihre jungfräuliche Abwehr mit sich wie die Wogen, die gegen den Strand des Nordlandes schlugen, das Land mit sich rissen und es nach ihrem Willen formten, genauso, wie Wulfgar es mit ihr tat. Atemlos ließ sie seine Zärtlichkeiten über sich ergehen, sie küßte und berührte ihn, wo sie konnte, entdeckte und erforschte seinen Körper und prägte sich jede Linie, jede Einzelheit ein, genauso, wie er es tat. Er küßte und streichelte ihre Schultern, ihre Brüste, ihren Bauch, die Innenseite ihrer Schenkel, ihre Wirbelsäule von ihrem Po bis zu ihrem Nacken, und seine Zunge ließ sie erbeben vor Verlangen und Lust.

Wie ein weiß schäumender Fluß, der durch das Gebirge fließt, wie der sich windende Rauch in der Schlafkammer bewegte er sich, wand sich um sie und wob mit Lippen, Zunge und Händen einen teuflischen

Zauber um sie, bis sie sich fühlte wie Feuer und Eis, bis sie brannte und schmolz unter ihm. Der Quell ihrer Weiblichkeit pulsierte schmerzlich, eine unerträgliche Leere in ihrem Inneren sehnte sich danach, von ihm ausgefüllt zu werden, und dann endlich schob Wulfgar ihre Schenkel auseinander und berührte sie dort, wo noch nie zuvor ein Mann sie berührt hatte. Es war eine schnelle, leichte Berührung, doch in ihrer Sehnsucht war es eine Qual, und sie wimmerte auf wie ein verwundetes Tier. Das leise Stöhnen kam aus ihrer Kehle, wurde ihr nur unbewußt klar. Und dann drang er langsam und vorsichtig mit dem Finger in sie ein, in die sanfte rote Höhlung, das dunkle, geheimnisvolle Herz der honigsüßen Blüte, die erbebte und sich ihm willig und aus freien Stücken öffnete, und Rhowenna wäre vor Wonne am liebsten gestorben. Ein rauhes Schluchzen kam aus ihrer Kehle, als er die Finger langsam wieder zurückzog, sie quälte, ehe er dann wieder und wieder in sie eindrang. Seine Zunge war in ihrem Mund, wiederholte die süßen, quälenden Bewegungen seiner Hand, das Streicheln seines Daumens gegen den Quell allen Verlangens fachte ihre Leidenschaft so sehr an, daß es sie wie ein Schlag mit einer Klinge traf und sie dazu brachte, sich ihm verzweifelt entgegenzuheben, voll ursprünglichem, blindem Verlangen und voller Sehnsucht nach Erfüllung.

»Bitte, Wulfgar ...«, hauchte Rhowenna, und als sie ihre Augen öffnete, sah sie ihn über sich, nackt und gebräunt in dem dämmrigen Licht, seine blauen Augen ganz dunkel vor Verlangen, mit einem triumphierenden Leuchten, sein kühner Schaft hart und schwer vor Erregung.

Sie erschauderte bei dem Anblick und fürchtete sich plötzlich vor dem, was jetzt kommen sollte, weil sie begriff, daß alles, was er bis jetzt getan hatte, nur ein verlockendes Vorspiel gewesen war, um sie darauf vorzubereiten, ihn in sich aufzunehmen. Es gab einen Augenblick der äußersten Anspannung zwischen ihnen wie vor einem Gewitter, die Luft war schwer vor Versprechen und Vorahnungen. Das Feuer und das Licht der Lampen flackerte und tanzte über ihre Körper, warf furchterregende Schatten auf die Wände, der Rauch wirbelte hoch, und

Rhowenna fühlte sich wie eine Jungfrau, die geopfert werden sollte, und Wulfgar war einer der heidnischen Götter, von einem Ort, der älter war als die Erde, älter als die Zeit. Es war, als gäbe es nur noch sie beide, die nach einander verlangten, die einander brauchten und füreinander bestimmt waren.

»Rhowenna«, stöhnte er leise, »Rhowenna ...«

Und dann endlich nahm er sie, trieb das Schwert seiner Männlichkeit schnell und tief in sie hinein bis zum Heft, spaltete sie auf in diesem atemberaubenden Augenblick, und der blendende Schmerz ließ alles andere dahinter verblassen. Sie keuchte auf, dann schrie sie, ein leiser klagender Laut der Unterwerfung, den er mit seinem Kuß erstickte. Er schob seine Zunge in ihren Mund, erfüllte sie, wie er ihren Körper erfüllt hatte, er pulsierte in ihr und blieb ganz still auf ihr liegen, damit sie sich daran gewöhnte, ihn in sich zu spüren, damit ihr Körper sich ihm anpassen konnte. Bis jetzt hatte Rhowenna sich nicht vorstellen können, was sie erwartete, sie hatte nie begriffen, wie es sein würde, wenn er vollständig von ihr Besitz ergriff, wenn er aus einer Jungfrau eine Frau machte und aus einem Mann einen Eroberer. Wie konnte sie in dieser Unterwerfung Glück finden? Rhowenna wußte es nicht, Tränen rannen aus ihren Augen bei dem Gedanken, daß es dieses Glück vielleicht gar nicht geben würde, daß Wulfgar sie doch angelogen hatte.

»Schhh, mein Johannisapfel«, murmelte er, als sie leise wimmerte. Sanft küßte er ihr die Tränen von den Wangen und strich ihr zärtlich über das Haar. »Schhhh, ich weiß, daß es weh tut. Aber der Schmerz wird schon bald vorbei sein, und dann wirst du nur Freude fühlen, das verspreche ich dir. Vertrau mir. Ich liebe dich. Ich liebe dich von ganzem Herzen.«

Langsam und vorsichtig begann er sich in ihr zu bewegen, und erst jetzt überkam sie das Gefühl, als gehöre ihr Körper nicht ihr, als wäre er zu einem Teil von Wulfgar geworden. Seine Hände lagen unter ihren Hüften, er hob ihren Körper an, damit sie seinen kraftvollen Stößen entgegenkommen konnte, wieder und wieder, schneller und schneller drang er in sie ein, seine dunkle Haut drängte sich gegen ihre blasse, sein Kopf lag an ihrer Schulter, sein rauher, unregelmäßiger Atem brannte heiß auf ihrer nackten Haut. Der Duft ihrer Vereinigung stieg auf, scharf und süß, und zu Rhowennas Überraschung ließ der Schmerz, den sie zuerst gefühlt hatte, langsam nach, und sie verspürte nur noch ein heißes Glücksgefühl, das stärker und stärker wurde, bis sie das Gefühl hatte, es würde sie zerreißen, und sie nicht wußte, wie sie ihm widerstehen konnte. Ganz sicher würde sie jetzt sterben, doch sie würde auch sterben, wenn es keine Befreiung gab von diesem namenlosen Ding, das sie gefangenhielt, das sie noch nicht verstand, doch nach dem sie sich instinktiv sehnte. Voller Erregung klammerte sie sich an Wulfgar, schlang die Beine um ihn, nahm ihn tief in sich auf, ihre Welt wirbelte davon in ein großes Nichts, sie stöhnte auf und hob ihm verzweifelt ihren Körper entgegen, zusammen mit ihm flog sie einen dunklen, gewundenen Pfad entlang, der sie vom tiefsten Meer zu den höchsten Gipfeln führte, wo ein sonnenüberstrahlter Mitternachtshimmel sich über ihnen erhob und dann ohne Vorwarnung heftig ausbrach in ein glühendes Feuer, das sie beide verbrannte, das ihnen den Atem nahm, sie zu den höchsten Höhen führte und sie für immer vereinte, ehe es sie zu Asche verbrannte. Und schließlich erschauderte Wulfgar mit einem letzten, rauhen Aufstöhnen, dann ergoß er sich in sie, und sie beide lagen reglos nebeneinander, und ihre Herzen schlugen im Gleichklang.

In dem sanften Nachglanz ihrer Vereinigung hielt er sie in seinen Armen, ihr Kopf lag an seiner Schulter, und Rhowenna war ganz erfüllt vor Glück und dem Wunder, daß er solche Gefühle in ihr geweckt hatte. In ihren wildesten Träumen hatte sie sich nie vorstellen können, daß das, was zwischen einem Mann und einer Frau geschah, so sein würde wie das, was zwischen Wulfgar und ihr geschehen war – so wundervoll und so außergewöhnlich, in jeder Hinsicht. Nie in ihrem Leben hatte sie sich einem anderen Menschen, einem Mann, so nahe gefühlt, hatte sie sich so sicher und beschützt gefühlt, so erfüllt und geliebt wie jetzt. Langsam glitt ihre Hand über seinen muskulösen Oberkörper, sie zeichnete mit den Fingern winzige Muster in das weiche blonde Haar, bis er ihre Hand festhielt, sie an seinen Mund zog und ihre Innenfläche zärtlich küßte. Seine blauen Augen blickten liebevoll und schläfrig, sein Lächeln war so zärtlich, daß ihr Herz einen kleinen Sprung machte.

»Ich liebe dich, Wulfgar Bloodaxe«, sagte sie leise.

»Ich weiß, Kjoereste, ich weiß, denn sonst hättest du dich mir nicht hingegeben. Mein Herz fließt über von dem, was ich für dich fühle und was du mir geschenkt hast. Ich liebe dich, Rhowenna von Usk«, murmelte er, ehe sich seine Lippen auf ihre legten und das Verlangen nach ihr aufs neue in ihm aufstieg, so stark wie eine Woge, die alles überspült.

Er schob sich wieder über sie, drückte sie in die weichen Kissen, und willig öffnete sie sich ihm. Draußen sang der Wind sein zügelloses, melodisches Lied in den Wäldern, auf der Heide und auf dem Meer, im Haus brannten das Feuer und die Walöllampen herunter, als sie wieder eins wurden, als es zwischen ihnen nichts mehr gab, ihre drängenden Münder, Zungen und Hände einander liebkosten, bis er wieder bereit war für sie, bis er in sie eindrang und ihr diese herrliche Qual schenkte – und die jubelnde, süße Erfüllung. Sein triumphierender Schrei mischte sich mit dem der Seevögel, die über den meerumschäumten Strand flogen, er mischte sich mit ihrem Aufschrei, als sie schließlich fühlte, wie er in ihr erschauerte und sie vor Leidenschaft erbebte und wie ein wilder Schwan, der seine weiten Schwingen ausbreitet, flog sie über Meere und weit entfernte Gestade in den Himmel hinein, um dann in seinen starken und liebevollen Armen sanfte Ruhe zu finden.

14. KAPITEL

Freys Segen und Lokis Zwietracht

Obwohl Rhowenna es zu diesem Zeitpunkt noch nicht wußte, so waren doch die kurzen, schnellen Tage, die ihrer ersten Liebesnacht folgten, die süßesten, die sie für lange Zeit erleben sollte. Dennoch, hätte sie auch gewußt, was kommen würde, sie hätte diese süßen Tage nicht mehr genießen können, als sie es tat. Nie zuvor in ihrem Leben, nicht einmal mit Gwydion, hatte sie sich so glücklich gefühlt, hatte sie so viel Intimität und Gefühl mit einem anderen Menschen geteilt, so wie sie es jetzt mit Wulfgar tat, und auch nie zuvor hatte sie eine solche Leidenschaft erlebt. Wieder und wieder hob Wulfgar sie auf seine Arme, um sie auf die weiche wollene Matratze in dem wundervoll geschnitzten Bett in ihrer Schlafkammer zu tragen, um sie dort seinem betörenden Zauber zu unterwerfen, bis sie jeden Teil seines Körpers, jede Fläche und jede Rundung so gut kannte, als wäre es ihr eigener Körper. Es gab nichts, was er nicht wußte, was er sie nicht lehrte. Und als der Herbst in den Winter überging, verbrachte sie lange, wundervolle Nachmittage mit ihm, in denen er sie seiner erotischen Folter unterwarf, sie quälte, bis sie ihn bat, sie zu nehmen, und es gab auch lange, fieberhafte Nächte, in denen er spät ins Bett kam, schon lange nachdem sie eingeschlafen war, und sie drängend weckte und mit wilder Leidenschaft nahm, ohne Vorspiel.

Wulfgar bestand darauf, daß sie heirateten, obwohl für Rhowenna das heidnische Zeremoniell, dem sie sich unterwerfen würde, wenig Bedeutung hatte, weil sie wußte, daß sie in den Augen Gottes und der christlichen Kirche sowie vor dem Gesetz von Usk nicht legitim verheiratet sein würde. Dennoch gab sie seinem Wunsch nach, weil er es so wollte, und die Vorbereitungen für die Zeremonie begannen. Sie sollte im Templum abgehalten werden, dem heiligen Hain auf Wulfgars Grenzland. Das Fest würde neun Tage dauern, und Opfer würden dem Gott Frey dargebracht, dem Gott der Fruchtbarkeit und der Sexualität. Zu ihrem Entsetzen erfuhr Rowenna, daß die üblichen Opfergaben bei einer so wichtigen Angelegenheit wie der Heirat eines Konungr oder Jarl neun junge männliche Sklaven sein würden.

»Nein!« rief sie erschüttert, als Wulfgar ihr diese schreckliche Nachricht überbrachte. »Das ist ein heidnischer Brauch, ein Sakrileg! Ich werde dich nicht heiraten, wenn das bedeutet, daß unsere Heirat durch das Blut dieser Männer geweiht werden soll!«

»Das ist im Nordland üblich, und dazu gehörst du jetzt auch, Herrin!«

Es war ihr erster, ernsthafter Streit, und er brachte sie beide aus der Fassung. Am Ende schlossen sie einen Kompromiß. Die Opfer sollten dargebracht werden, aber in Form von Rindern, Schafen und Schweinen, die für den bevorstehenden Winter sowieso geschlachtet werden mußten.

Endlich brach der Hochzeitstag an. Lange vor der Morgendämmerung schon wurde Rhowenna von ihren Dienerinnen und von Yelkei geweckt und ins Badehaus gebracht, das dem sehr ähnlich war, das sie zuerst in Sliesthorp benutzt hatte. Im Leben im Nordland war es eine wichtige Einrichtung, denn die Menschen hier waren sehr reinlich, sie wuschen sich jeden Morgen. Trotz ihres neuen warmen Pelzmantels, der aus dem Fell eines großen weißen Bären gemacht worden war, den man nur im Norden in der Tundra findet, zitterte Rhowenna in der eisigen Dunkelheit, ihre neuen Stiefel aus Seehundfell knirschten auf dem gefrorenen Boden. Yelkei, die heute noch mehr als sonst wie eine Hexe aussah, öffnete ihr die Tür des Badehauses, ihre knochige, klauenhafte Hand, mit der sie Rhowenna wortlos hereinwinkte, sah gespenstisch aus. Langsam, mit einem kleinen Anflug von Furcht, betrat Rhowenna zögernd das Badehaus. Weil es beinahe Winter und draußen sehr kalt war, wirbelte der Dampf in weißen Nebelwolken um sie her, und obwohl Yelkei und die Dienerinnen Walöllampen mitgebracht hatten, konnte Rhowenna doch kaum etwas erkennen in dem düsteren Raum. Wie Geister bewegten sich die Frauen, um sie zu entkleiden, dann stieg sie nackt in die Badewanne. In dem heißen Wasser zu sitzen, den aufsteigenen Dampf um sie herum, war beinahe so, als säße sie in einem Kokon aus den zarten Fäden des Altweibersommers, so still und unheimlich, als hätte man eine Wolldecke über die Erde gebreitet. Das einzige Geräusch, das zu hören war, war das Geräusch des Wassers, wenn sie sich bewegte. Die Frauen wuschen ihren Körper und ihr Haar, damit sie rein war für den Hochzeitsritus, und Rhowenna dachte daran, daß der Baderitus wahrscheinlich gar nicht so verschieden war von dem, was ihre Vorfahren als Picti und die alten Stämme vor langen Zeiten praktiziert hatten. Rhowenna hatte sich den alten Zeiten nie zuvor so verbunden gefühlt wie im Augenblick, und sie fragte sich unsicher, ob Gott wohl böse auf sie war, weil sie an diesem heidnischen Brauch teilnahm, der sie schon bald zu Wulfgars Frau machen würde.

Als das Bad beendet war, hüllten die Frauen ihren nackten Körper in einen Mantel und führten sie dann zurück auf den Hof zu ihrer Schlafkammer. Die Schlafkammer war leer, weil Wulfgar für seine eigenen vorbereitenden Riten weggebracht worden war. Mitten im Raum stand Rhowenna, während die Frauen ihren Körper einölten, puderten und parfümierten und sie dann in ein wunderschönes, gefälteltes Gewand aus teurer blauer Seide aus den Ostländern kleideten. Darüber zogen sie eine herrliche Tunika aus purpurner Seide, die sowohl auf dem Mieder als auch am Saum üppig mit Juwelen bestickt und mit goldenen Bändern eingefaßt war. Über jeder Brust wurde sie mit einer goldenen Brosche gehalten. Rhowennas langes schwarzes Haar flochten die Frauen mit feinen, schmalen goldenen Bändern zu vielen kleinen Zöpfen. Auf ihren Kopf wurde ein goldener Reif gesetzt, der graviert und nielliert war und den Wulfgar eigens für sie hatte anfertigen lassen. Viele Ketten aus Gold und Bernstein wurden um ihren Hals gelegt, Armreifen aus Gold und Silber zierten ihre Arme und ihre Handgelenke, an den Fingern trug sie seltene Ringe.

Als sie fertig angekleidet war, führten die Frauen Rhowenna aus dem Langhaus zu dem festlichen, geweihten Ochsenkarren, der sie zum Templum im heiligen Hain bringen würde. Dieser Ochsenkarren war kein alltägliches Gefährt, er war verziert mit kunstvoll geschnitzten Runen und anderen magischen Symbolen, mit Szenen aus Kämpfen und aus den Sagen über die Götter. Geschmückt war er mit Zweigen von Kiefern und Fichten, mit Beerenzweigen von den geheiligten Eschen, mit Eicheln der kostbaren Eichen und mit Sprößlingen der Mistel. Wulfgars großes Wolfsfell lag in dem Karren und hing über die Seiten hinunter. Nackt bis zur Taille trotz der Kälte, umringten die neun jungen männlichen Sklaven, die in einem geheimen Teich ertränkt worden wären, hätte Rhowenna dem nicht widersprochen, den Wagen, schweigend, mit gesenkten Köpfen, wagten sie es nicht, der Braut ihres Jarls ins Gesicht zu sehen, denn an diesem Tag war sie die Verkörperung der Göttin Freya, Schwester des Frey, dem unkeuschen Gefjon, zu dem die Jungfrauen beteten, und Nerthus, der Mutter Erde. Nur dem Priester, der am Kopf der beiden Ochsen stand, war es erlaubt, sie ungestraft anzusehen, als er das Gefährt zu dem heiligen Hain führte. Voller Verehrung hob er sie auf den Sitz des Ochsenkarrens, dann zogen die Ochsen auf sein Kommando an, die Räder des Wagens rumpelten, und die Prozession bewegte sich über die jetzt kahlen Felder und über die wilde Heide auf Wulfgars Grenzland.

Die Sonne hatte sich gerade erst über den Horizont gewagt, sie verwandelte den dunklen Himmel in Silber, das mit einer kalten Flamme glühte wie eine Klinge und die Erde in einen verwunschenen kristallenen Ort verwandelte, wo ein blasses Licht auf glitzerndem Rauhreif glänzte, der die Bäume und das ganze Land überzog. Rhowenna stockte der Atem bei diesem Anblick. Wulfgar hatte ihr einmal an Bord der *Drachenfeuer* erzählt, daß das Nordland im Sommer am schönsten war, aber jetzt glaubte sie, es nie herrlicher gesehen zu haben als in diesem Augenblick, weiß und glitzernd, die dunklen Wälder, in denen der

Wind heulte, und die riesigen, hohen Berge, deren schneebedeckte Gipfel bis in den Himmel zu reichen schienen. Sicher war das hier ein Ort für die alten Götter, ursprünglich, beinahe unwirklich in seiner Großartigkeit, dieser Ort der uralten Berge und Wälder, der brennenden Sonne und der dämmrigen Dunkelheit.

Dann lag schließlich der heilige Hain vor ihnen, den man wegen der riesigen alten, immergrünen Bäume ausgewählt hatte, die in seiner Mitte wuchsen, mit Stämmen so dick, daß sogar ein Wikinger sie nicht mit seinen Armen umschließen konnte, und deren Zweige so ausladend waren, daß sie den heiligen Hain wie ein Baldachin überschatteten. Unter diesen Bäumen stand der Templum, eine einfache Struktur, die aus wenig mehr als vier kunstvoll geschnitzten Pfeilern bestand, die ein strohgedecktes Dach stützten, nur Templums in den heiligen Hainen auf dem Hof, wie zum Beispeil der von Ragnar, hatten Wände. Wulfgar wartete schon auf sie. Wie die männlichen Sklaven war auch er nackt bis zur Taille, aber selbst wenn er die Kälte fühlte, so ließ er es sich nicht anmerken, denn es war das Los des Kriegers, schweigend zu dulden, und das bewies er, indem er seinen nackten Oberkörper der kalten Luft aussetzte. Ein goldener Reif ähnlich dem von Rhowenna schmückte seinen Kopf, um den Hals trug er ein goldenes Band, das in zwei Drachenköpfen auslief, die über seinem Schlüsselbein lagen, Armreifen in Form von goldenen Schlangen zierten seine Arme. Als Rhowenna von dem Ochsenkarren stieg und langsam auf ihn zuging, dachte sie, daß er einem Prinzen, einem der alten Götter nie ähnlicher gesehen hatte als in diesem Augenblick.

Schweigend standen sie vor dem Priester, als er die alten Gebete zu Frey anstimmte und seinen Segen auf sie herabbeschwor. Dann brachte er der großen hölzernen Statue des Gottes neben dem Templum – der den üblichen übergroßen Phallus besaß – die Tieropfer und die anderen Opfer dar. Ein wenig von dem Blut des geschlachteten Schafes fing er in einem silbernen Becher auf, der dann mit Wein aufgefüllt wurde, Wulfgar und Rhowenna mußten ihn mit großen Schlucken leeren, um ihre Vereinigung zu besiegeln. Dann legten sie einander ein breites goldenes Hochzeitsband um das linke Handgelenk, auf dem ein Wolf und ein Schwan eingraviert waren, die beiden Tiere, die Wulfgar zu seinem Siegel gewählt hatte. Danach küßte er sie, und die Zeremonie war vorbei. Jetzt war sie seine Frau.

Rhowenna hätte nicht gedacht, daß sie sich wirklich verheiratet fühlen würde nach dieser heidnischen Zeremonie, doch eigenartigerweise war es so. Mit solchen Ritualen hatten ihre Vorfahren geheiratet, und deren Blut floß noch immer in Rhowennas Adern, daran änderte auch das keltische Kruzifix nichts, das sie unter ihrem Kleid um ihren Hals trug. Die christlichen Priester würden sie als Sünderin verdammen und ihre Ehe eine Blasphemie nennen. Doch wenn sie in Wulfgars Augen blickte und darin seine tiefe, dauerhafte Liebe sah, dann konnte sie in ihrem Herzen nicht glauben, daß Gott ihrer Vereinigung seinen Segen versagte. Erst am neunten und letzten Tag des Festes, als der zweite Bote zurückkehrte, den Wulfgar nach Usk geschickt hatte, kamen Rhowenna Zweifel, und sie glaubte, die heimtückische Stimme Vater Cadwyrs zu hören, die ihr zuflüsterte, daß Gottes Fluch auf ihr lag. Denn die Schriftrolle, die der Bote Wulfgar aushändigte, war nicht in Latein geschrieben, sondern in der Sprache von Walas, und als Rhowenna sie las, trafen sie die Worte wie ein verheerender Schlag.

Usk hatte überlebt, Gwydion war König, und er würde jede Lösegeldsumme für sie bezahlen, die gefordert wurde, um sie sicher nach Usk zurückzuholen.

15. KAPITEL

Flug in die Dunkelheit

Solange sie lebte, würde Rhowenna nie den Schmerz in Wulfgars Gesicht vergessen, als sie ihm Gwydions Brief laut vorlas. Sie war erschüttert vom Inhalt des Schreibens, doch noch mehr von dem, was sie in Wulfgars Augen las. Er war ihr Mann, er liebte sie, und sie liebte ihn. Doch in diesem ersten Augenblick wußte sie, daß er in ihren Augen lesen konnte, was sie in ihrem Herzen fühlte, die Hoffnung, daß sie nach Hause fahren könnte zu Gwydion, und ihr war klar, daß auch Wulfgar es verstanden hatte.

»Möchtest du mich verlassen, Elsket?« fragte er später, als sie allein in ihrem Schlafgemach waren, nachdem sie einander geliebt hatten und sie in seinen Armen lag. »Hier im Nordland ist es einer Frau erlaubt, sich von ihrem Ehemann zu trennen, wenn sie das möchte. Möchtest du das tun, um nach Usk zurückkehren zu können?«

»Nein, o nein, Wulfgar«, sagte sie leise, aber voller Inbrunst, und es tat ihr weh, daß sie ihm solchen Kummer gemacht hatte. »Es war nur ein Anflug von Heimweh, das ist alles, eine Sehnsucht nach der Zeit, als ich noch jung und unschuldig war und meine Eltern ... meine Eltern noch lebten. Manchmal kann ich es selbst jetzt noch nicht glauben, daß sie ... daß sie wirklich tot sind.«

»Ich weiß, Kjoereste.« Seine Stimme klang ganz sanft. »Ich weiß, es ist schwer für dich. Ich weiß auch, daß dein Leben und deine ganze Welt sich für immer geändert haben, und ich bin der Grund dafür, denn ich habe dich von Usk weggeholt.«

»Ja, aber ich würde nicht zurückgehen, nicht, wenn es bedeutet, daß ich dich nie wiedersehen werde, daß ich dich nie wieder lieben kann, Wulfgar …«

Sie liebten sich noch einmal, mit einer Leidenschaft so ungezügelt wie der Sturm, ihr Haar war wie die Pflanzen des Heidekrautes, es umfing ihn, zog ihn zu ihr herunter. Ihre Brüste waren Hügel weicher Erde, die seine Hände formten, sein Atem war warm und erregend auf ihren rosigen Spitzen. Seine Zunge war feucht wie der Gischt des Meeres, den der Wind auf seinen Schwingen über den Strand und die Heide des Nordlandes trug, so salzig wie der Geschmack nach ihm auf ihrer Zunge, als sie ihre Lippen auf seine warme Haut preßte. Es gab keinen Teil ihres Körpers, den er nicht kannte, und auch keinen Teil seines Körpers, den sie noch nicht berührt hatte. Sie umschlangen einander und fanden dann zusammen, Wulfgar drang in sie ein, und Rhowenna nahm ihn in sich auf, segelte mit ihm auf einem wilden, ungestümen Sturm an einen Ort, der weder Himmel noch Asgard war, sondern eine verzauberte Insel mit nebelumwogten Bergen und von Wald gesäumten Lichtungen, durch die der silberne Strom des Lebens floß, ehe er schließlich in eine endlose, ruhige See mündete.

Die Götter sind launisch.

Und was sie heute schenken, das können sie morgen schnell wieder nehmen, so hatte Ivar the Boneless es gesagt, und Wulfgar sollte sich noch lange an diese Worte erinnern, nachdem er Gwydions Botschaft an Ragnar Lodbrók weitergeleitet hatte, in der Hoffnung, daß dieser mit der Aussicht auf das Lösegeld, das eigentlich für Rhowenna bestimmt war, Morgen nach Usk zurückschicken würde und daß er niemals erfahren würde, wie er betrogen worden war. Morgen wäre froh, in ihr Heimatland zurückkehren zu können, sie würde Gwydion erklären, was geschehen war, und wenn der mutige Flóki sie wirklich für sich gewinnen wollte, so konnte er ihr nach Usk folgen. Es würde alles wieder gut werden, und alle wären zufrieden.

Und vielleicht wäre es auch so gekommen, wenn die Götter es nicht anders gewollt hätten und Ivar the Boneless auch, der seine böse Hand im Spiel hatte, und wenn nicht Flóki the Raven so unbesonnen gewesen wäre.

Wulfgar hatte Flóki damit beauftragt, die Schriftrolle Ragnar zu überbringen, und um die Wahrheit zu sagen, hatte Flóki, als er den großen Metsaal Ragnars betrat, nicht die Absicht, vorschnell zu handeln, denn er kannte Wulfgars Plan und stimmte zu, daß es so für alle das beste war. Doch nachdem Ragnar und seine Söhne den Inhalt der Schriftrolle kannten, erklärte Ivar – der auf diese Möglichkeit gewartet hatte – mit boshafter Stimme, daß man ja nicht sicher sein konnte, daß die Prinzessin von Usk wirklich noch Jungfrau war, und er sollte sich vielleicht zuvor davon überzeugen, ehe man sie nach Usk zurückschickte, damit der König später nicht behaupten konnte, daß man ihn betrogen hätte. Lautes Gelächter folgte seinen Worten, zotige Bemerkungen wurden in dem großen Metsaal laut, denn jetzt im Winter hatten die Thegns kaum etwas zu tun, sie saßen bei ihren Brettspielen und tranken, und schon den ganzen Tag über waren Nabid und Bjórr großzügig geflossen. Ragnar hatte auch bereits mehr getrunken, als gut für ihn war, und wie sein Sohn Ivar hatte auch er nichts dagegen, ein sich sträubendes Frauenzimmer zu vergewaltigen. Der einzige Grund, warum Morgen bis jetzt verschont geblieben war, war Ragnars Glaube, daß sie die Prinzessin von Usk war und daß ihm ihre Jungfräulichkeit nutzen würde. Jetzt, wo er sicher war, daß das Lösegeld bezahlt werden würde, gab es für ihn keinen Grund mehr, sie nicht zu nehmen, denn wenn sie erst Gwydion, dem König von Usk, davon berichten konnte, was er ihr angetan hatte, würde es bereits zu spät sein. Ragnar hätte dann schon das Blutgeld in der Hand.

Mit diesem Gedanken riß er Morgen, die zu seinen Füßen saß, hoch, warf sie grob über seine Schulter und schleppte sie in seine Schlafkammer, dabei rief er seinen Söhnen zu, daß sie sie haben konnten, wenn er mit ihr fertig war. Flóki brauchte all seine Willenskraft, um nicht hinter Ragnar herzulaufen und ihn zu Boden zu strecken, aber das wäre gleichzeitig das Todesurteil für ihn selbst gewesen, daher hielt er sich zurück. Statt dessen schlüpfte er in all dem Getöse, das nun folgte, aus dem großen Metsaal und schlich um das Gebäude herum zu der Tür von Ragnars Schlafkammer, die nach draußen auf den Hof ging. Glücklicherweise hatte Ragnar darauf verzichtet, Morgen gleich vor all seinen Kriegern zu vergewaltigen, er hatte sie in seine Schlafkammer gebracht, weil er zweifellos befürchtete, daß ihm in seiner Trunkenheit sein Körper den Dienst versagte und daß seine Männer ihn dafür auslachen und auf seine Kosten ihre Späße treiben würden. Ohne ein Geräusch zu machen, preßte Flóki sein Ohr an die Tür und versuchte dann, die Tür zu öffnen. Sie war nicht abgeschlossen. Als er von drinnen Schreie und die Geräusche eines Kampfes hörte, trat er leise in die Schlafkammer. Ragnar hatte Morgen auf das Bett geworfen und versuchte, ihr die Kleider vom Leib zu reißen, er war so sehr darauf bedacht, sein Verlangen zu stillen, daß er den Eindringling gar nicht hörte. Wieder dachte Flóki daran, sein Breitschwert zu ziehen. Doch einen König zu ermorden war ein schwerwiegendes Verbrechen, und schließlich begnügte er sich damit, sich heimlich von hinten an Ragnar anzuschleichen und ihm einen Weinkrug aus Speckstein, der auf dem Boden lag, auf den Kopf zu schlagen. Mit einem Stöhnen rollte Ragnar von Morgen herunter und fiel auf den Boden, er blutete stark aus einer Wunde am Kopf, die von Flókis Schlag herrührte. Morgens Augen waren voller Wut und Furcht, doch dann erkannte sie Flóki.

»Still«, zischte er und hielt einen Finger an seine Lippen. »Komm, ich bringe dich weg von hier … sofort.« Er nahm eine der Felldecken vom Bett. »Ich muß dich hierin verstecken, Herrin, damit niemand dich sieht und mich davon abhält, wegzureiten.«

»Was ist mit dem König?« Morgen blickte voller Verachtung auf den regungslosen Körper am Boden.

»Wenn wir Glück haben, wird er noch für einige Stunden bewußtlos sein. Keiner der Männer – höchstens Ivar the Boneless – wird so kühn sein, diesen Raum zu betreten, weil sie alle ahnen, was hier drinnen abläuft. Und wenn Ragnar schließlich aufwacht, sind wir schon lange weg.«

Flóki wickelte Morgen in die Felldecke und trug sie nach draußen.

Dort legte er sie über seinen Sattel und hoffte, daß die Wachen auf Ragnars Wachtürmen sich nicht mehr daran erinnerten, ob eine Felldecke auf seinem Sattel gelegen hatte, als er gekommen war. Es wurde langsam dunkel, die Wachen würden ihn vielleicht nicht so gut erkennen können oder sie wären zu sehr damit beschäftigt, Wein oder Ale zu trinken, um sich an diesem kalten Abend aufzuwärmen, und würden ihn deshalb nicht aufmerksam beobachten. Zu seiner Erleichterung hatte er Glück. Als sie ihn kommen sahen, öffneten die Torwächter ihm das Tor und winkten ihn durch, und als er vorbeigaloppierte, achteten sie nicht sonderlich auf ihn. Er konnte es kaum glauben, daß es ihm so einfach gelungen war, mit Morgen zu entkommen. Als sie außer Sichtweite von Ragnars Palisade waren, hielt Flóki sein Pferd an und half Morgen aus der Felldecke, damit sie den Rest des Weges hinter ihm auf das Pferd sitzend reiten konnte.

»Der Mond wird bald aufgehen, Herrin«, meinte er und blickte zum schnell dunkler werdenden Himmel. »Wir werden es noch heute nacht bis zu Wulfgars Grenzland schaffen.«

»Und dann? Was wird dann geschehen, Flóki?« Morgen sah ihn ängstlich an.

Er schüttelte den Kopf, und auf sein gutaussehendes Gesicht trat ein sorgenvoller Ausdruck, als ihm die Tragweite dessen klar wurde, was er getan hatte.

»Ich weiß es nicht, Herrin, ich weiß es nicht.«

Dann gab er seinem Pferd die Sporen und jagte das Tier über den hart gefrorenen Boden der Heide durch die Dunkelheit, während am Horizont langsam der Mond aufging.

Er konnte nichts anderes tun als fliehen, dachte Wulfgar, als er mit schwerem Herzen der Geschichte lauschte, die Flóki und Morgen ihm erzählten. Das Verbrechen, das Flóki begangen hatte, indem er seinen König angriff, war so schwer, daß Ragnar sich nicht mit weniger zufriedengeben würde als Flókis Tod durch den Blutadler, das schreckliche Ritual. Wulfgar konnte das nicht zulassen, denn Flóki hatte ihn von

Anfang an unterstützt, seit seinem Kampf mit Knut Strongarm an Bord der *Drachenfeuer*. Selbst wenn Flóki allein fliehen würde und Morgen zu Ragnar zurückkehrte, so würde Ragnar ganz bestimmt behaupten, daß Wulfgar hinter dem Angriff steckte, weil er Flóki damit beauftragt hatte, die Botschaft zu Ragnar zu bringen und weil er Wulfgars stellvertretender Kommandeur war. Er würde deshalb Wulfgars Grenzland angreifen und ihn vom Thing zum Ausgestoßenen erklären lassen. Das Risiko, im Nordland zu bleiben, war viel zu groß, sie mußten alle fliehen und konnten nur hoffen, daß Ragnar und seine Söhne sie nicht verfolgen würden.

Wulfgars Langschiff, die *Siren's Song*, war fertig, obwohl es noch immer auf den Baumstämmen am Strand lang, es war noch nicht gesegnet worden und auch noch nicht zeremoniell getauft, es war noch nicht mit Meerwasser in Berührung gekommen und hatte seine Jungfernfahrt noch nicht hinter sich. Wulfgar hatte vorgehabt, das Schiff nach der Hochzeitszeremonie zu Wasser zu lassen, vielleicht auf Seehundjagd zu gehen in dem grauen und gefrorenen Meer, um das Schiff zu testen. Doch dazu war jetzt keine Zeit mehr. Sie mußten das Schiff ins Wasser lassen und hoffen, daß es ein Langschiff war, das eines Wikingers würdig war.

»Aber das bedeutet, daß du alles aufgeben mußt, was du je erreicht hast, Wulfgar!« rief Rhowenna erschrocken aus, als er ihr mitteilte, zu welchem Entschluß er gekommen war.

»Elsket, es ist sicher ein großer Verlust für mich, ja. Aber das macht nichts, wenn wir beide nur zusammen sind. Was wird aus dir werden, wenn Ragnar in mein Grenzland eindringt oder das Thing dazu bringt, mich zum Ausgestoßenen zu erklären? Nein, das darf ich nicht riskieren. Das werde ich nicht tun. Geh jetzt. Such all das zusammen, was du am nötigsten brauchst. Wir werden in dieser Nacht nicht schlafen, wir müssen uns beeilen, damit wir fliehen können, ehe Ragnar aufwacht oder ehe man ihn vor der Morgendämmerung findet.«

Als Rhowenna Wulfgars Entschlossenheit sah, wußte sie, daß es nutzlos war, mit ihm zu diskutieren, schweigend ging sie davon und tat das, was er ihr aufgetragen hatte, das Herz tat ihr weh vor Schmerz und vor Liebe. Daß er für sie all das aufgeben wollte, was er im Leben erreicht hatte, war zugleich das größte Glück für sie und auch ihre größte Sorge, immer wieder verglich sie ihn in seinem Entschluß mit Gwydion, der nicht bereit gewesen war, dieses Risiko einzugehen und mit ihr wegzulaufen. Im Vergleich zu dem, was Wulfgar für sie tat, wäre sein Opfer nicht groß gewesen, doch war er nicht dazu bereit gewesen, er hatte sie abgewiesen und sie Prinz Cerdic überlassen. Nur Wulfgar hatte sich als beständig erwiesen, und Rhowenna hatte ihn nie mehr geliebt, als sie es in diesem Augenblick tat.

Im Licht des blassen, schwach leuchtenden Mondes in dieser Nacht, unterstützt vom Licht der Walöllampen, die im Wind flackerten, wurde das Langschiff beladen mit Verpflegung und den Besitztümern, die sie mitnehmen konnten, dann wurde es über die Baumstämme hinunter zum Meer geschoben, das silbern und kalt vor ihnen lag und dessen Wellen weiße Schaumkronen zeigten. Das Schiff tanzte auf den Wogen, es zerrte so hart an den Seilen, mit denen die Thegns es an schnell eingeschlagenen Pfosten befestigt hatten, daß es schien, als wolle es sich losreißen und die einzige Möglichkeit, Ragnar zu entfliehen, zunichte machen. Rhowennas Herz schlug heftig, als sie sah, wie stark das Langschiff auf dem unruhigen Wasser auf und ab tanzte, denn sie wußte, wie ungünstig die Zeit war, um hinauszufahren, selbst die Wikinger gingen nur dann dieses Risiko ein, wenn es sich nicht vermeiden ließ.

Wulfgar schrie den Leuten Befehle zu, der Wind riß ihm die Worte vom Mund, sein Gesicht war grimmig verzogen. Flóki tat die Arbeit von zehn Männern gleichzeitig, um das wiedergutzumachen, was er angerichtet hatte. Er wußte, daß es Unglück bedeutete und eine Mißachtung der Götter war, wenn man in einem Schiff lossegelte, das in dem geheiligten Ritual weder gesegnet noch getauft worden war. Viele der Krieger würden glauben, das Langschiff sei mit einem Fluch belegt, und sie würden sich mit dem Gedanken, daß sie ihr Heimatland nie wiedersehen würden, wenn sie auf diesem Schiff fuhren, weigern, an Bord der *Siren's Song* zu gehen. Das Schiff würde deshalb vielleicht sogar zu wenig Besatzung haben. Und dann wäre Wulfgar genötigt, seine männlichen Sklaven zum Dienst auf dem Schiff zu zwingen. Doch am Ende gab es genug Thegns, um die Ruder zu besetzen, obwohl in Schichten gerudert werden mußte.

Zitternd vor Kälte stand Rhowenna in ihrem Umhang aus weißem Bärenfell am Ufer. Sie konnte kaum glauben, daß all das, was um sie herum geschah, Wirklichkeit war, es war alles so schnell gegangen. Sie war beinahe krank vor Furcht, genau wie damals, als die Nordmänner nach Usk eingedrungen waren, denn obwohl sie es nie vor sich selbst zugegeben hatte, so war doch das Nordland ihre Heimat geworden. Sie blickte zurück über die Heide, und in der Ferne sah sie die Palisade, die ihren Hof umgab, wo sie und Wulfgar so hart gearbeitet und so viel aufgebaut hatten und sie ihr gemeinsames Leben geplant hatten. Tränen brannten in ihren Augen. Irgendwie war es, als verlöre sie Usk noch einmal, und als Wulfgar sie dann auf seine Arme nahm und sie an Bord des Langschiffes trug, verbarg sie ihr Gesicht an seiner Brust, damit er nicht sehen sollte, wie sie um ihren Verlust weinte. Sie mußte stark sein, sagte sie sich, so stark wie der Mann, der sie so sehr liebte.

Das Wasser wirbelte und schäumte um sie herum, das Schiff schwankte so sehr, daß es einen Augenblick dauerte, bis er sie an Bord heben konnte. Doch dann saßen sie und Morgen im Hinterschiff, so wie schon einmal zuvor, auf ihrer Reise ins Nordland. Zum gemeinsamen Trost und zu ihrer Sicherheit und Wärme klammerten sie sich aneinander, zwischen ihren Seekisten und ihrem anderen Gepäck auf dem Deck. Flóki kam zu den beiden Frauen hinüber, während Wulfgar das Steuer nahm. Dann wurden endlich die Leinen gelöst, und zu den stetigen Schlägen des Mannes an der Trommel tauchten die Ruder ins Wasser, langsam begannen die Ruderer ihre Arbeit, das Langschiff fuhr aus dem Hafen, während alle an Bord wußten, daß Alarm ausgelöst werden würde, wenn jemand beobachtete, daß sie sich heimlich davonmachten wie Diebe in der Nacht. Doch niemand sah sie in der Dunkelheit, niemand erschien mit einer Lampe in der Hand, um zu sehen, wie die *Sirens's Song*, das Schiff des Jarl Wulfgar Bloodaxe, bei so rauher See, in einer so kalten, windigen Nacht davonfuhr.

Wulfgar wußte nicht genau, wohin sie fuhren, obwohl er eine vage Vorstellung davon hatte, sich im fränkischen Königreich der Normandie niederzulassen, wo bereits viele Wikinger ihr Grenzland abgesteckt hatten. Also schlug er einen nördlichen Kurs ein, weil er der Küste des Nordlandes folgen und dann hinüber zu den Shetlands und Orkneys segeln wollte, dann die Küste von Britannien entlang, nicht aber die von Jütland oder Friesland, um zu den fränkischen Königreichen zu gelangen. Er dachte, daß diese Route ihm vielleicht helfen würde, Ragnar irrezuführen, falls dieser ihm folgen würde. Es bedeutete aber auch, daß Wulfgar, sollte Ragnar ihnen wirklich folgen und auch an der Küste von Britannien entlangsegeln, die *Siren's Song* nach Norden lenken mußte, quer über die stürmische Nordsee, wenn er dazu gezwungen war. Und wenn die Götter es wollten, würde er in einem Hafen landen, der ihm bekannter war und wo der Anblick eines Langschiffes am Kai eher die Absicht verriet, Handel zu treiben anstatt einen Überfall machen zu wollen. Die Nordsee wollte Wulfgar ungern überqueren, denn das rauhe Meer war oft vom Nebel verhangen und Stürme tobten darüber hinweg, besonders zu dieser Jahreszeit, und kein Wikinger würde gern diesen Kurs einschlagen. Aber es wäre noch immer besser, als als Gefangener Ragnar Lodbróks für das Verbrechen, das Flóki verübt hatte, zu enden.

Wulfgar erschauerte bei dem Gedanken, daß Ragnar irgendwie Rhowennas wahre Identität herausfinden könnte, und er entschied, daß im schlimmsten Fall, wenn die *Siren's Song* geentert würde und sie alle gefangengenommen würden, er selbst Rhowenna umbringen würde, anstatt sie Ragnar und seinen Söhnen zu überlassen. Denn wenn diese erfuhren, daß sie die wirkliche Prinzessin von Usk war und aus freiem Willen Wulfgar geheiratet hatte, so würden sie glauben, daß sie ihn als hochstehend genug angesehen hatte, um ihrer Hand würdig zu sein, und daß er ein legitimer Erbe Ragnars war und Anrecht auf sein Königreich und auf seinen Thron hatte, und ihr Los wäre noch schlimmer als ein Leben als Sklavin und Dirne. Sie würden sie foltern und umbringen, dachte Wulfgar, weil sie es gewagt hatte, einen Emporkömmling wie ihn zu heiraten, der so hohe Ziele zu haben wagte. Auch sein Kind, falls sie eines unter dem Herzen trug, würden sie nicht leben lassen, sie würden es den Elementen aussetzen oder es mit dem Schwert töten, so wie es bei ungewollten Kindern im Nordland üblich war. Als er jetzt in Rhowennas Gesicht sah, das im Licht des Mondes so blaß und schmal wirkte, erzitterte er vor Furcht um sie und betete zu den Göttern, daß er nicht dazu gezwungen wäre, sie zu töten, daß sie Ragnars Rache entkommen könnten und sich irgendwo ein neues Leben würden aufbauen können.

Aber zu Wulfgars Verzweiflung erhörten die Götter seine Gebete nicht, denn ein paar Tage später, als sie in der Nähe der Küste von Caledonien waren und die graue Morgendämmerung anbrach, entdeckte er in der Ferne ein breites Segel, so rot wie sein eigenes, und er erkannte Ragnars mächtiges Langschiff, das bereits auf ihn wartete. Ragnars Wut war so groß, daß er alles gewagt und Wulfgars Absicht richtig eingeschätzt hatte, er hatte geahnt, welchen Kurs er einschlagen würde, und wagemutig die Nordsee überquert, anstatt der Küste zu folgen, wie Wulfgar es getan hatte. Ragnar war der *Siren's Song* dicht auf den Fersen, schnell kam er aus Nordosten heran, und jetzt fragte Wulfgar sich unsicher, ob sein Schiff wirklich verflucht war, weil er es nicht den Göttern geweiht hatte und es nicht mit dem üblichen Ritual getauft hatte.

Der Wind war zwar auf seiner Seite, doch das half ihm nur wenig, denn der Wind half auch Ragnar, dessen Langschiff genauso schnell war wie die *Siren's Song*. Es würde ein Rennen zwischen den beiden Schiffen und ihren Kapitänen werden, ein Test der Seemannskunst und der Geschicklichkeit, und Wulfgar fehlte die jahrelange Erfahrung am Ruder eines Langschiffes, die Ragnar hatte. Es war Zeit, das Flóki ihn ablöste, doch Wulfgar wußte, daß er das Steuer nicht würde abgeben können, nicht jetzt, wo Ragnar in Sichtweite war. Also blieb er da, wo er war, seine Müdigkeit war plötzlich verflogen durch den Stoß von Adrenalin, der durch sein Blut gepumpt wurde und seinen Puls zum Rasen brachte.

»Er ist es! Es ist Ragnar. Ich würde sein Drachenschiff überall wiedererkennen«, sagte Flóki grimmig, als er auf das rote Segel in der Entfernung starrte. »Er verfolgt uns, wie der Jäger den Hasen verfolgt, und er ist entschlossen, uns in irgendeinen Hinterhalt zu locken, dessen bin ich sicher.«

»Ja, das fürchte ich auch.« Wulfgars Stimme klang ernst und hart, denn er dachte daran, wie Ragnar ihn überlistet hatte. »Deshalb werde ich auch am Steuer bleiben, Flóki, bis ich zu müde dazu bin. Bis dahin solltest du dich ausruhen und deine Kraft sparen, denn auch wenn Ragnar diese Runde gewonnen hat, ist die Schlacht noch nicht vorbei, und ich habe nicht die Absicht, es ihm leichtzumachen. Wir werden ihm ein langes Rennen und einen Kampf am Ende liefern. Also dürfen wir unsere Kräfte nicht vorzeitig erschöpfen.«

»Ihr habt recht, Herr. Ah, Wulfgar!« rief Flóki voller Bedauern. »Ich bereue, daß ich uns mit meiner vorschnellen Tat in eine so schreckliche Lage gebracht habe! Aber ich konnte nicht einfach wegreiten und meine Herrin Ragnars Gnade überlassen. Sie ist doch noch Jungfrau und die Prinzessin von Usk!«

Beinahe hätte Wulfgar ihm die Wahrheit gesagt und ihm verraten, daß Morgen weder das eine noch das andere war, doch dann behielt er es für sich. Wenn Ragnar sie wirklich gefangennahm, dann würde Flóki unter der Folter womöglich die Wahrheit verraten oder in dem vergeblichen Versuch, Morgen vor Ragnar und seinen Söhnen zu retten. Nicht einmal die Erfüllung von Flókis Liebe und Sehnsucht nach Morgen war es wert, Rhowenna einem solchen Risiko auszusetzen, dachte Wulfgar, als er zu ihr hinüberblickte und in ihr blasses Gesicht sah. Sie hatte sich im Hinterschiff zusammengerollt und schlief auf seinem Wolfsfell, den Umhang aus weißem Bärenfell, den er gegen eine herrliche Scramasaxt eingetauscht hatte, hatte sie um sich gewickelt. Er dankte den Göttern dafür, daß sie schlief und nichts davon ahnte, daß Ragnar ihnen auf den Fersen war. Es wäre besser, wenn sie es nie erführe, wenn sie nie die Bedrohung erleben müßte, die die Morgendämmerung ihnen gebracht hatte. Sie war so erschöpft und hatte schon so viele Schicksalsschläge verkraften müssen, für eine Frau wie sie war es zuviel. Doch mit Mut und Entschlossenheit hatte sie alles ertragen, sie hatte ihm einmal erzählt, daß Gott niemandem eine Last auferlegte, die zu schwer für ihn war. Doch das glaubte Wulfgar ihr nicht. Ihr Christus war vielleicht barmherzig, wie Rhowenna es behauptete, aber die Götter waren es nicht, und ausgerechnet er hatte allen Grund dazu, das so zu sehen – vielleicht verübelte Christus es ihr ja auch, daß sie ihn geheiratet hatte, einen Heiden. Es könnte sein, daß ihr ganzer Himmel mit all seinen Engeln sich gegen sie gewandt hatte.

Doch trotz all der Widrigkeiten, denen sie entgegensahen, konnte Wulfgar nicht die Erregung und die Freude unterdrücken, die in ihm aufstiegen, als die *Siren's Song* sich unter seinen Füßen aufrichtete und über die Wogen rauschte und der Wind die Segel füllte, so daß sie sich blähten und sich von dem grauen Himmel abhoben. Es war sein Schiff, genau wie Rhowenna seine Frau war. Was auch immer kommen würde, nichts auf der Welt konnte das ändern, sagte er sich. Der Gedanke erfüllte sein Herz, und es schwoll bis zum Bersten. Er würde alles tun, was nötig war, um beides zu beschützen, das schwor er sich, selbst wenn es ihn das Leben kostete und er sein ganzes Nachleben nicht in Walhall verbringen würde, sondern am Ufer der Leichen, der Gnade Nidhöggs ausgeliefert, dem blutsaugenden Ungeheuer von Hel.

16. KAPITEL

Der Fisch am Haken

Lange Tage und Nächte spielte die *Siren's Song* ein Katz-und-Maus-Spiel mit Ragnars mächtigem Langschiff, keiner von beiden schien Längen zu gewinnen oder zu verlieren, noch immer flogen sie über die Wogen, und Wulfgar und Flóki waren gezwungen, mit all ihrer Intelligenz und Kraft die Entfernung zwischen den beiden Schiffen aufrechtzuerhalten. Entlang der Küsten von Caledonien und Britannien floh die *Siren's Song*, im Zickzack-Kurs bemühte sie sich, die Verfolger abzuschütteln, doch vergebens. Ragnars Wissen und seine Erfahrung auf See waren um vieles größer als die von Wulfgar. Wie ein schlauer Fuchs schien er jede Richtungsänderung Wulfgars und Flókis vorauszuahnen.

»Wir können ihn nicht abschütteln, Herr.« Flókis Gesicht war vor Müdigkeit und Sorge angespannt. »Er wird so weitermachen, bis er uns matt gesegelt hat.«

»Ich hatte gehofft, daß Ragnar der langen Verfolgung müde werden würde. Doch in meinem Herzen weiß ich, daß du recht hast, Flóki«, stimmte Wulfgar ihm zu. »Dennoch müssen wir irgendwie versuchen, ihn loszuwerden. Wenn wir in einen Hafen einlaufen, wird er uns erwischen, wie ein Bär, der in einem Bergfluß Fische fängt, wird er uns aus dem Wasser holen und uns die Köpfe abreißen! Doch wenn wir weitersegeln, wird er uns verfolgen, bis wir zu erschöpft sind weiterzumachen oder bis wir kein frisches Wasser und keine Lebensmittel mehr haben. Wir müssen ganz einfach einen Weg finden, ihn zu überlisten!«

In dieser Nacht stand Flóki am Ruder, Wulfgar sprach über ihre Möglichkeiten mit Rhowenna und Yelkei, dabei hielt er Rhowennas Hand fest in der seinen, während sie nüchtern über ihre düsteren Aussichten sprachen und sich fragten, ob es für sie überhaupt noch eine Zukunft gab. Rhowennas violette Augen waren weit aufgerissen und funkelten dunkel in ihrem blassen Gesicht, ihre Haut leuchtete wie Perlen im Mondlicht und im Licht des Feuers, in dessen Nähe sie saßen, um sich warm zu halten. Yelkeis Augen in ihrem runzligen Mondgesicht schienen noch schwärzer zu sein als sonst, sie hockte neben Wulfgar und lauschte seinen Worten. Als er zu Ende gesprochen hatte, griff sie schweigend in ihren Umhang und holte das kleine Säckchen aus Tierhaut hervor, in dem sie ihre Runensteine aufbewahrte. Bei seinem Anblick lief Wulfgar ein eisiger Schauer über den Rücken, denn der Inhalt dieses Säckchens hatte ihr schon einmal ermöglicht, den Schleier der Zeit zu lüften und in die Zukunft zu blicken. Er wußte nicht, ob sie ihm damals die Wahrheit gesagt hatte über das, was sie gesehen hatte, oder ob er es gewesen war, der ihre Prophezeiung wahr gemacht hatte, indem er einfach das getan hatte, was sie ihm vorausgesagt hatte. Denn wer konnte schon so viel Macht besitzen, in die Gedanken und in die Köpfe der Götter zu schauen? Wenn Yelkei wirklich diese Gabe besaß, dann war sie in der Tat eine Seherin, vor der man sich fürchten mußte, und einen Augenblick lang war Wulfgar versucht, ihr das Säckchen aus ihren gelben, klauenartigen Fingern zu reißen, so groß war seine Angst, daß der Zorn der Götter sich gegen ihn richten würde wegen Yelkeis Vermessenheit. Doch als hätte sie sein plötzliches Verlangen gespürt, schloß sich Rhowennas Hand noch fester um seine, und als er in ihre Augen sah und darin einen ähnlichen Ausdruck wie in Yelkeis Augen erblickte, hielt er sich zurück, ein Schauer lief durch seinen Körper, und er murmelte etwas Unverständliches.

»Still!« zischte Yelkei und warf ihm einen warnenden Blick zu. »Wenn du Angst hast, dann lege dich auf dein Wolfsfell und schlafe. Wenn nicht, dann sei still, während ich die Runensteine auswerfe, damit ich höre, was die Götter zu sagen haben.«

Das war heidnischer Zauber, dachte Rhowenna mit einem leisen Erschauern, eine Blasphemie gegen Christus und seine Gemeinde, und ganz sicher würde sie dafür bestraft werden. Dennoch konnte sie sich nicht dazu durchringen, von ihrem Platz aufzustehen und wegzugehen, genausowenig wie Wulfgar es konnte. Eine unbekannte Macht hielt sie an ihrem Platz, als könnte sie in ihren Gedanken die Gesänge der mit blauem Waid tätowierten Picti und der Stämme ihrer Vorfahren hören, als Yelkei neues Brennholz in das Feuer legte, so daß die Flammen hoch aufloderten. Und als sie ihre knöcherne Hand über das Feuer hielt und ein feines Pulver hineinstreute, das sie aus ihrer Tasche geholt hatte, loderten die Flammen hell auf, die Funken flogen, und die Flammen nahmen die Farben des Regenbogens an. Rhowenna und Wulfgar schraken zurück. Yelkei sang jetzt, es war ein monotoner Singsang in einer fremden Sprache, die sie nie zuvor gehört hatten. Die Seherin besaß eine Macht, die Menschen in ihren Bann zu schlagen, daß Rhowenna nur am Rande bewußt wurde, daß Morgen, die ein Stück von ihnen entfernt saß, auf die Knie gesunken war, sich bekreuzigte und betete und daß Flóki am Ruder des Schiffes das uralte Zeichen gegen das Böse machte.

Jetzt lagen die Steine mit den neun Runen, die ein Geschenk Odins waren, in Yelkeis Hand, sie schüttelte sie, so daß sie mit einem unheimlichen Geräusch klapperten wie die Knochen der Skelette, die in den heiligen Hainen im Nordland hingen, noch lange nachdem die Körper verwest waren, und im Wind tanzten und klapperten, und deren Augen schwarze Höhlen waren, beinahe wie die von Yelkei. Aus ihrer Hand purzelten die Steine auf das Deck und lagen dann dort, manche mit den Runen nach oben, die anderen nach unten. Rhowenna hatte keine Ahnung, was sie zu bedeuten hatten, doch Yelkei zog schnell und scharf den Atem ein, und ihre Augen blitzten. Ein kleines Lachen kam aus ihrem Mund und dann ein Schrei, der dem eines Raben sehr ähnlich war.

Neunmal warf Yelkei die Runensteine auf das Deck, und zu Rhowennas Erstaunen fielen sie neunmal genau so, wie sie beim erstenmal gefallen waren, sie zeigten die gleichen Zeichen wie zuvor. Dann endlich sammelte Yelkei die Steine ein und steckte sie wieder in das Säckchen.

»Sag Flóki, daß er die *Siren's Song* in das Herz der Nordsee lenken soll, Wulfgar«, krächzte sie. »Dort wird er einen großen Fisch fangen, der dem Goldschatz der Meeresgöttin Ran ebenbürtig ist, den sie von all den ertrunkenen Wikingern bekommen hat, die ihre Reise nach Walhall bezahlt haben.«

»Du bist verrückt, Yelkei!« rief Wulfgar zornig aus, doch aus seiner Stimme hörte man seine Furcht. »Du bist wirklich eine Hexe, die uns alle in den Tod führen wird! Selbst die kühnsten Wikinger würden lieber am Ufer der Leichen zu den vergitterten Toren von Hel entlangwandern, als das Herz der Nordsee zu durchqueren, dort, wo sie am tückischsten ist. Wir werden ganz sicher untergehen und dann in den feuchten Armen von Ran liegen, eingehüllt in die Strähnen ihres Haares aus Seetang!«

»Willst du etwa behaupten, daß du selbst nicht daran gedacht hast, die *Siren's Song* dorthin zu segeln, um Ragnar zu entkommen, Wulfgar?« Yelkeis Augen schienen bis in seine Seele zu blicken. Als er nicht antwortete, lachte sie laut auf. »Ja, das hast du, denn in deinem Innersten weißt du ganz genau, daß sogar der große Ragnar Lodbrók es sich zweimal überlegen wird, uns dorthin zu folgen, dort wo der Nebel und die Strudel wie Monster lauern, um ein Langschiff tief im Meer zu versenken. Doch selbst das, das sage ich dir, wäre ein leichterer Tod für deine Herrin, um die du dir so große Sorgen machst, als das, was sie in den Händen von Ragnar und seinen Söhnen würde erleiden müssen.«

In seinem Herzen wußte Wulfgar, daß es so war. Dennoch zögerte er, er rief sich eine Zeit in seiner Jugend ins Gedächtnis, als er seine Halbbrüder Ubbi und Halfdan aus einem Grund verärgert hatte, an den er sich gar nicht mehr recht erinnern konnte. Sie hatten ihn gepackt und in ein offenes Faß mit Bjórr geworfen, ihn untergetaucht, bis er glaubte, seine Lungen würden aus Mangel an Luft platzen und er würde jämmerlich ertrinken. Wieder und wieder hatten sie ihn hochgezogen, nur um ihn erneut unterzutauchen, bis sie schließlich der Sache müde wurden und ihn freigaben. Keuchend, hustend und beinahe erstickt, naß und zitternd hatte er dann vor ihnen gestanden, entsetzt, als er Ivar gesehen hatte, der mit einem mörderischen Lächeln mit einer Fackel um ihn herumgeschlichen war und ihm gedroht hatte, ihn in Brand zu stecken, weil er wußte, daß Wulfgar wie ein mit Walöl getränkter Lappen in Flammen aufgehen würde. Jetzt, als er sich daran erinnerte, wie er sich an diesem Tag gefühlt hatte, wußte Wulfgar nicht, ob er Rhowenna einem solchen Schicksal aussetzen wollte, einem so schrecklichen Tod. Als hätte sie es gefühlt, legte sie ihm eine Hand auf den Arm.

»Wulfgar, bitte, es ist eine Chance, vielleicht die letzte, doch für uns die einzige. Und ich würde lieber in deinen Armen im Meer sterben, als in den Armen Ragnar Lodbróks und von Ivar the Boneless zu liegen, das schwöre ich dir!«

Bei ihren Worten zog Wulfgar sie in seine Arme und hielt sie ganz fest, als wolle er sie nie wieder loslassen. Er küßte sie voller Inbrunst, barg dann sein Gesicht in ihrem Haar und seufzte lange und schwer, und Rhowenna hörte das Schluchzen in seiner Kehle, das er zu unterdrücken versuchte.

»Flóki«, flüsterte er dann rauh, »lenke das Schiff ins Herz der Nordsee.«

Flóki zog scharf den Atem ein, einen Augenblick lang schien es, als wolle er den Befehl verweigern. Doch dann stand Morgen auf und trat leise neben ihn, sie schlang den Arm um seine Taille und legte den Kopf an seine Schulter.

»Bitte, Flóki«, murmelte sie, und dann endlich nickte er und steuerte das Langschiff auf das offene Meer hinaus.

Die Dämmerung kam, blaß und bleiern, und der Wind trug sowohl den eisigen Geruch des Winters mit sich als auch die Vorahnung eines Sturms. Eis lag auf dem Mast des Schiffes, auf den Stützen und auf dem Deck, es umhüllte das Segel, das im schwachen Licht wie verzaubert leuchtete. Sicher war das ein böses Vorzeichen, dachte Wulfgar, als er schweigend das Ruder von dem genauso stillen Flóki übernahm. Wolken, die aussahen wie poliertes Silber, zogen von Westen über den Himmel, und Nebel lag über den dunklen Wellen, die um das Schiff herumwirbelten.

»Das ist verrückt!« brach Flóki schließlich das Schweigen zwischen ihnen. »Irgendwo in der Ferne baut sich ein Sturm auf, ich fühle ihn in meinen Knochen.«

»Ja, ich auch.«

»Habt Ihr noch immer nicht die Absicht, zurück zur Küste zu segeln?«

»Nein, wenn der Sturm kommt, werden wir ihn hier durchstehen. Du brauchst gar nicht zu versuchen, mich umzustimmen, Flóki. Ich habe mich entschieden, und um die Wahrheit zu sagen, du brauchst niemand anderen dafür verantwortlich zu machen als dich selbst«, rief ihm Wulfgar ins Gedächtnis, obwohl er nicht die Absicht hatte, mit ihm zu streiten. »Doch ich kann dir nicht einmal einen Vorwurf machen. An deiner Stelle hätte ich das gleiche getan, so tief ist die Liebe zu meiner Herrin. Aber jetzt solltest du dich ausruhen. Es wird ein langer Tag werden und eine noch viel längere Nacht, denke ich, denn ich glaube, der Sturm wird nicht vor der Abenddämmerung losbrechen, wenn er uns überhaupt erwischt. Wenn es der Wille der Götter ist, werden wir ihn vielleicht überstehen. Auf jeden Fall wird er Ragnars Langschiff zuerst treffen.« Wulfgar blickte zum westlichen Horizont, wo das rote Segel ihres Verfolgers noch schwach zu erkennen war. »Es sei denn, er entscheidet sich, zurückzusegeln, die Jagd aufzugeben und sich in einen Hafen an der Küste zu retten.«

»Das wird er nicht tun.« Flóki lachte rauh auf. »Wie die Götter ist auch er gegen uns!«

Schon bald war festzustellen, daß Flóki recht hatte. Ragnars Langschiff verfolgte sie noch immer, der stark ansteigende Sturm traf ihn zuerst, und er holte auf. Die *Siren's Song* war weit genug entfernt, um nur die Ausläufer des Sturms zu spüren, sie waren nicht kräftig genug, das

Schiff so schnell voranzutreiben wie Ragnars Langschiff. Während der Tag verging und der Himmel immer dunkler wurde, holte Ragnars Langschiff langsam, aber stetig auf. Wulfgar wußte, daß Flóki die Wahrheit gesagt hatte, daß die Götter sich wirklich gegen sie verschworen hatten, daß es ihnen nicht gelingen würde, den Sturm zu überstehen, wie er gehofft hatte. Während die Dunkelheit langsam hereinbrach, gab er Befehl, daß die Häute, die das Schiff schützten, wenn es am Kai lag, hervorgeholt wurden und über den Vorder- und Hintersteven gezogen wurden, um wenigstens ein wenig Schutz zu bieten. Alle Fracht, bis auf die Seekisten der Männer, wurde in den flachen Frachtraum unter dem Deck gepackt, zur Vorbereitung dessen, was über die *Siren's Song* hereinbrechen würde, wie Wulfgar befürchtete.

Die Temperatur war in den letzten Minuten drastisch gefallen, und jetzt stieg der Nebel, der bisher nur über dem Wasser gelegen hatte, in immer dichter werdenden Schwaden auf und wirbelte um das Langschiff. Nur durch den Wind, der die Schwaden ab und zu aufriß, erkannte Wulfgar, was vor ihnen lag – und hinter ihnen. Schwarze Wolken ballten sich am Himmel zusammen, und dann trafen die ersten Regentropfen das Deck, eine Warnung dessen, was noch kommen würde. Wulfgar wußte, daß er jetzt das Segel einholen sollte, doch sein Instinkt sagte ihm, daß irgendwo hinter ihm Ragnars Segel noch immer dem Wind trotzte, daß er sich ihnen schnell näherte, deshalb hielt er den Befehl zurück, der die *Siren's Song* Ragnar praktisch hilflos ausgeliefert hätte.

»Rhowenna! Geh zurück unter die Abdeckung!« Seine Furcht ließ Wulfgars Stimme schroffer klingen, als er beabsichtigt hatte, es hatte ihn erschreckt, als sie plötzlich hinter ihm stand. Ihr langes schwarzes Haar hatte sich aus dem Zopf gelöst und wehte ihr ins Gesicht, das sie dem Regen entgegengehoben hatte.

»Nein, das werde ich nicht!« Sie schüttelte heftig den Kopf und hielt sich dann an seinem Arm fest, als das Schiff in der Dünung rollte und sich unter ihren Füßen hob und senkte. »Was auch immer geschieht, ich möchte an deiner Seite sein, wenn es soweit ist!«

»Das ist dumm! Ein Sturm wird uns treffen, und du setzt dich der Gefahr aus, über Bord gespült zu werden! Bei Odin!« rief Wulfgar ärgerlich, als sie keine Anstalten machte, zu tun, was er ihr befohlen hatte, sondern trotzig das Kinn hob und ihn mit einem so beschwörenden Blick ansah, daß es ihm schwerfiel, sich ihr zu widersetzen. »Tu, was ich dir sage, Weib, denn sonst werde ich dich fesseln und dich in den Frachtraum sperren! Bei den Göttern, ich schwöre es!« An den Tränen, die er plötzlich in ihren Augen sah, erkannte er, wie sehr er sie verletzt hatte. Er zog sie in seine Arme, küßte sie hart und voller Verlangen, dann schob er sie von sich, unter die aufgespannten Häute. »Bleib jetzt dort und komm nicht wieder raus!« Sein gebräuntes Gesicht blickte entschlossen in dem Licht des Blitzes, der plötzlich aufleuchtete, und Rhowenna biß sich so fest auf die Lippe, daß es blutete. Sie nickte bedrückt, sie war sicher, kein Wort herauszubringen, weil sie fürchtete, daß er sie schlagen würde.

Dennoch konnte sie der Versuchung nicht widerstehen, unter dem schützenden Dach hervorzublicken, wo sie mit Morgen und Yelkei kauerte, sie zuckte zusammen bei dem ohrenbetäubenden Donner, der dem Blitz folgte und der das Firmament zu spalten schien. Und dann kam plötzlich der Regen, so heftig, daß er für einen Augenblick die Nebelschwaden aufriß und ihnen eine tiefschwarze See enthüllte, einen schwarzen Himmel und das Langschiff, das plötzlich aus dem Nichts auftauchte. Nicht nur der Sturm verfolgte sie, auch Ragnar Lodbrók war ihnen auf den Fersen. Doch noch viel schrecklicher als dieser Anblick war Wulfgar in diesem Moment, Rhowenna stockte vor Angst der Atem, als sie ihn sah. Er hatte das Ruder an Flóki übergeben und stand mitten auf dem Deck wie ein Rachegott, das goldene Haar wehte der Wind in sein Gesicht, sein schwarzer Umhang flatterte um ihn wie die Flügel eines Raben. Er hatte die Beine weit gespreizt und die Arme hoch über den Kopf gehoben. In seiner rechten Hand hielt er seine Streitaxt, über das Heulen des Sturms hinweg schrie er: »Höre mich! Höre mich, o großer Odin, Gott der Krieger, und gib mir deinen Segen! Odin! Odin!« Und noch während Rhowenna ihn beobachtete, brach erneut ein Blitz aus dem Himmel hervor und schien zu ihrem Entsetzen in die hoch erhobene Waffe einzuschlagen. Einen endlosen Augenblick lang glänzte die Klinge silbern in dem funkelnden Licht. Dann schien sie zu explodieren in einem Ausbruch blauen Feuers, das wie ein Feuerwerk den Mast entlanglief, von dem das Segel eingeholt worden war, und alle, die den unheimlichen Feuerball sahen, fielen auf die Knie, bestürzt, weil Wulfgar selbst den Zorn des mächtigen Gottes Odin auf sie herabbeschworen hatte. Und in diesem erschreckenden, schockierenden und herrlichen Augenblick, als es schien, als wäre Wulfgar selbst ein Gott geworden, riß sich das schwere, nasse rote Segel Ragnars, das die Männer vergeblich einzuholen versucht hatten, aus seiner Halterung los und schlug unkontrolliert hin und her, traf Ragnar gegen die Brust und stieß ihn über Bord in die aufgewühlte, tosende See.

Durch die dichten Regenschwaden sahen alle, wie er hilflos von den Wellen hin und her geworfen wurde. Seine Thegns schrien und begannen, unkontrolliert Fässer und Ruder ins Wasser zu werfen, in der Hoffnung, daß er sich daran klammern würde und lang genug über Wasser bleiben würde, bis man ihn retten konnte.

»Rudert!« befahl Wulfgar seinen eigenen Männern, und wie der ursprüngliche Donner von Thors Hammer Mjöllnir über das Firmament dröhnte, so begann das Instrument des Trommlers seinen Gesang, und die Krieger spannten die Muskeln an und ruderten, sie zwangen die *Siren's Song* durch den Sturm, auf Ragnars Langschiff zu. »Rudert, ihr blutigen Bastarde! Rudert, so wie ihr noch nie in eurem Leben gerudert habt!«

Und das taten sie, das Schiff ächzte und stöhnte, bemüht, über Wasser zu bleiben, es wurde von den Wellen hin und her geworfen, Wasser strömte über das Deck, und der Regen rauschte gnadenlos. Wulfgar hatte den Verstand verloren, davon war Rhowenna überzeugt, während sie sich an die Außenwand des Schiffes klammerte, um nicht von den Wellen über Bord gespült zu werden, die über sie hereinbrachen. Sie würden untergehen, das wußte Rhowenna, sie würde in diesem kalten, dunklen, schrecklichen Wasser ertrinken, in den Wellen, die sich in dem Sturm so hoch erhoben, während noch immer Wulfgars Stimme die Thegns antrieb, genauso grausam und furchtbar wie eine Peitsche. Wie ein Verrückter hatte er sich den Umhang vom Leib gerissen und auch seine Tunika. Mit nacktem Oberkörper stand er an Deck, seine Streitaxt auf dem Rücken, seine Hände lagen auf denen Flókis, um ihm zu helfen, das Schiff in dem Sturm und dem Regen zu steuern, bis es beinahe so aussah, als beabsichtige er, mit Ragnars Langschiff zusammenzustoßen, es zu zerschmettern, um dann zusammen mit ihm direkt zur Hölle zu fahren. Doch dann, in einem erstaunlichen Ausbruch von Kraft und Wagemut, rissen Wulfgar und Flóki das Steuer des Schiffes herum, und die *Siren's Song* drehte sich um ihren Kiel und legte sich an die Seite von Ragnars Schiff.

Wulfgar und auch einige der anderen Männer waren bereits unterwegs, um eine schwere Rolle des Taus aus Walroßhaut zu holen. Doch die Taue, die sie jetzt verwendeten, hatten an ihren Enden Enterhaken, die dazu bestimmt waren, Jagdbeute auf See an Bord zu holen oder um feindliche Schiffe festzuhalten, damit man sie entern konnte. Diese Haken warfen Wulfgar und seine Krieger jetzt ins Meer, wo Ragnar noch immer zwischen den Wellen um sein Leben rang. Er hatte sich an eine Planke geklammert, die seine Thegns aus dem Deck gerissen und ihm zugeworfen hatten, um ihn zu retten.

»Fangt ihn!« schrie Wulfgar, als ginge es um einen Wal und nicht um den König des Nordlandes. »Bei den Göttern, ein Korb Silber für denjenigen, der den Sohn einer Hure fängt! Fangt ihn! Odin! Odin!«

Ragnar und seine eigenen Männer drehten durch, als sie sahen, was Wulfgar vorhatte. Rhowenna konnte ihre Augen nicht von diesem bösartigen und doch phantastischen Anblick losreißen, sie wußte, daß das, was sie sah, nicht sein konnte, daß es nicht die Wirklichkeit war, sondern ein Traum, ein schrecklicher Alptraum, aus dem sie nicht aufwachen konnte. Wieder und wieder zuckten Blitze am schwarzen Himmel und die scharfen Enterhaken leuchteten auf in ihrem Schein, als sie wieder und wieder durch den Wind und den Regen in die aufgewühlte See flogen. Der Donner dröhnte, als kämpften die Götter im Himmel miteinander, als stünde Ragnarök, die Götterdämmerung, kurz bevor. Die Langschiffe hoben und senkten sich mit den Wogen, das Holz knirschte und stöhnte, daß es schien, als würden sie im Sturm auseinanderbrechen. Der Wind heulte wie Garm, der Hund des Hel, der Regen prasselte hernieder und schmerzte auf der Haut. Wulfgar und seine unmenschlichen Krieger schienen sich in die Monster am Ufer der Leichen verwandelt zu haben, dachte Rhowenna, entsetzt und mit ungläubigem Blick beobachtete sie, wie ein Haken sein Ziel traf und dann ein anderer, sie bohrten sich so tief in Ragnars Körper, daß er einen Schmerzensschrei nicht unterdrücken konnte, den der Wind ihm jedoch vom Mund wehte. Und auch noch ein dritter Haken drang in seinen Körper ein, und als wäre Ragnar wirklich ein Wal oder ein Walroß, zogen Wulfgar und seine Männer den blutenden Körper an Deck der *Siren's Song*, genau in dem Augenblick, als die beiden Langschiffe mit einem ohrenbetäubenden Krachen zusammenstießen, das Rhowenna bis tief in ihr Innerstes traf. Holz splitterte, bis einer der stolzen Drachen nicht länger kämpfen konnte und schnell in dem weit offenen Schlund des dunklen und gefährlichen Meeres versank, eine reiche Beute, die Ran für sich beanspruchen würde.

17. KAPITEL

Aellas Schlangengrube

Auch wenn sie nicht tödlich verwundet war, so war die *Siren's Song* doch stark beschädigt, das sah Wulfgar, als die Morgendämmerung anbrach, trübe, aber doch wenigstens klar, nach einer langen, schrecklichen Nacht. Unter dem Schutz der aufgespannten Häute hatten sie den Sturm überstanden, Ruder und Steuer waren eingezogen worden und hatten das Schiff der Gnade von Wind und Meer überlassen. In seiner Hoffnung, den Sturm zu überstehen, hatte Wulfgar mit dem Befehl, die Segel einzuholen, zu lange gewartet, und es war keine Zeit mehr gewesen, es aufzurollen und in den Gestellen auf Deck zu verstauen. Während des Sturms war der Blitz hineingeschlagen, das obere Drittel war verbrannt, hatte sich losgerissen und war ins Meer gestürzt und hatte das Langschiff beinahe manövrierunfähig gemacht. Die Bretter an den Seiten, wo das Schiff mit Ragnars Langschiff zusammengestoßen war, waren tief eingedrückt, doch hatten sie dem Sturm standgehalten. Ragnars Schiff hatte den Stoß nicht überstanden. Die Bretter hatten sich von den wiederholten Schlägen gegen die *Siren's Song* gelöst, die Planken hatten nachgegeben, und das Schiff war gesunken. Wulfgar konnte jedoch nicht sicher sein, daß die Abdichtungen der geteerten Tierhäute zwischen den Planken der *Siren's Song* standhalten würden. Er mußte irgendeinen Hafen anlaufen, um das Schiff reparieren zu können. Er fand es ironisch, daß der nächste Hafen die Mündung des Flusses Humber war, Nordumbrien im Königreich Britannien, das von König Aella regiert wurde, der ein hohes Kopfgeld auf die Ergreifung von Ragnar Lodbrók ausgesetzt hatte.

Doch als Wulfgar jetzt zu seinem Vater blickte, der an Händen und Füßen gefesselt auf Deck lag, stellte er zu seiner großen Verärgerung fest, daß sich trotz allem Mitleid in seiner Seele für diesen Mann regte, der ihm das Leben gegeben hatte. In seinem Herzen empfand er Bedauern für diesen großen König des Nordlandes, diesen würdigen Gegner, der einst so hoch gestanden hatte und jetzt so tief gefallen war. In seiner Furcht und in der Wut des Sturmes der letzten Nacht hätte Wulfgar ihm liebend gern den Enterhaken tief in seinen Kopf oder seine Brust geschlagen und ihn so umgebracht. Doch am heutigen Morgen, wo all diese verwirrenden Gefühle verschwunden waren, als Rhowenna sicher neben ihm lag, gelang es Wulfgar nicht, den alten Haß auf diesen Mann neu zu beleben, und er dachte, daß trotz allem der Tod seines Vaters nicht auf seinem Gewissen lasten sollte.

Mit ausdruckslosem Gesicht stand er auf und ging zu Ragnar hinüber, er hockte sich neben ihn und starrte ihn schweigend an. Ragnar, der Wulfgars Blick gefühlt zu haben schien, öffnete die Augen. In der letzten Nacht hatte er geglaubt, in den gefährlichen Wellen zu ertrinken, in die sein eigenes Segel ihn geworfen hatte. Dann, als er gespürt hatte, wie einige der Enterhaken seinen Körper trafen und sich in sein Fleisch bohrten, war er sicher gewesen, daß sie wenigstens ein wichtiges Körperorgan getroffen hatten und daß er jetzt sterben würde. Als er dann grob auf das Deck der *Siren's Song* gezogen und an Händen und Füßen gefesselt worden war, war er noch immer davon überzeugt, daß er sicher verbluten würde. Doch er war ein unglaublich starker Mann, und jetzt, wo nichts von all dem geschehen war und er noch immer lebte, wußte er, daß die Götter ein anderes Schicksal für ihn bestimmt hatten, und er wehrte sich gegen die Schmach, die es ihm sicher bringen würde. Er wünschte sich verzweifelt, daß er nicht das schmutzige Meerwasser erbrochen hätte, das er geschluckt hatte, besser wäre es gewesen, es hätte ihn vergiftet oder wäre in seine Lungen eingedrungen, er wünschte, die Blutungen wären nicht so gut wie möglich von Wulfgars Frau gestillt worden. Hätte Ragnar sich von seinen Fesseln befreien können, er wäre über Bord gesprungen oder hätte sich selbst die Kehle durchgeschnitten.

»Warum hast du mich nicht umgebracht – oder hast mich nicht einfach sterben lassen?« fragte er bitter und hustete ein wenig. Sein Gesicht war so grau wie der Morgen, der heraufdämmerte. »Dann wäre ich jetzt schon in Walhall.«

»Ich weiß es nicht – doch als ich geboren wurde, hast du mir auch erlaubt, weiterzuleben, anstatt mich den Wölfen vorzuwerfen oder mich dem schlechten Wetter auf der Heide des Nordlandes auszusetzen«, gab Wulfgar ehrlich zurück.

»Ja, nun, es wäre besser gewesen, ich hätte das getan, anstatt auf Goscelin zu hören, die darauf bestand, daß du mein Sohn warst und nicht der irgendeines anderen Mannes. Ich hätte mich durch ihre Tränen nicht erweichen lassen sollen, als ich ihr erlaubte, dich an ihrer Brust zu säugen.«

»Wenn du mich ansiehst, zweifelst du dann noch immer daran, daß du mein Erzeuger bist? Die Leute sagen, daß ich eine große und bemerkenswerte Ähnlichkeit mit Ivar habe – und obwohl ich keine Liebe für ihn fühle und auch sein Aussehen nicht mag, so bin ich doch gezwungen zuzugeben, daß es mir vorkommt, als blickte ich in den polierten Bronzespiegel meiner Frau, wenn ich ihn ansehe.«

»Selbst wenn du sein Zwillingsbruder wärst, ich würde mich nicht daran stören!« rief Ragnar wütend, dann spuckte er vor Wulfgars Füßen aus. »Und ich würde dich auch nicht als Frucht meiner Lenden anerkennen, du elender Bastard-Bóndi! Ich verfluche den Tag, an dem du geboren wurdest, und den Tag, an dem du Lokis Wolf erschlagen hast, damit Ivar überleben konnte, denn das war die Tat, die es dir ermöglicht hat, so hoch aufzusteigen, daß du für meine Söhne und auch für mein Königreich und meinen Thron zu einer großen Bedrohung wurdest. Ich hätte dich schon bei deiner Geburt umbringen sollen, ich hätte dich an dem Tag der Jagd töten sollen und mich nicht von Björn Ironside und Hasting überreden lassen sollen, dir zu erlauben, beim Fest der Eostre den Eid zu schwören. Und als du dann die Prinzessin von

Usk entführt hast und dir das Grenzland von Olaf the Sea Bull angeeignet hast, hätte ich dort eindringen sollen, um dich zu vernichten, oder ich hätte dich vom Thing zum Ausgestoßenen erklären lassen sollen!«

»Und warum hast du es nicht getan?«

»Weil diese gelbe Hexe aus dem Ostland mich mit einem Fluch belegt hat, das ist der Grund. Sie hat bei den Göttern geschworen, daß ich den Tod eines Feiglings sterben werde, daß niemand meinen Ruhm besingen wird und sich nie wieder jemand an mich erinnern wird, wenn ich es je wagen würde, Hand an dich zu legen, direkt oder indirekt, und daß keiner meiner Söhne nach mir herrschen wird. Das wäre genauso, als hätte es mich nie gegeben, und bei dem Gott der Runen und bei Walhall, ich bin der größte Wikinger, der je die Meere befahren hat, und ich möchte als solcher im Gedächtnis der Menschen bleiben! Noch in tausend Jahren, noch lange nachdem du nur noch das Exkrement der Würmer bist und man dich längst vergessen hat, wenn du am Ufer der Leichen längst verrottet bist, werden die Skálds noch von meinem Ruhm im Nordland singen. Aber denk an meine Worte, wenn ich gestorben bin und mit den Walküren in Walhall Met trinke und hure, dann werde ich meine Rache bekommen, denn Ivar wird dich schon bald besiegen.«

»Bist du sicher?« Yelkeis schwarze Augen blitzten, als sie sich neben Ragnar hockte und den Kopf ein wenig schieflegte, genau wie ein Rabe, wenn er etwas Interessantes entdeckt hat.

»Du hast keinen Grund, Ivar zu verfluchen, du böse alte Hexe!« zischte Ragnar und kniff die Augen zusammen. »Doch selbst das würde ihn nicht davon abhalten, seine Hand gegen diesen elenden Bastard-Bóndi zu erheben, denn in Ivars Seele lebt etwas, das keinem Wikinger gehört, sondern Loki und Nidhögg und Hela.«

»Ja.« Yelkei nickte nachdenklich. »Vielleicht hast du recht, denn Ivar war schon immer wie eine Made, die in das Herz und die Seele eines Mannes eindringt und dort seine Träume zerstört. Doch Bösartigkeit und Arglist sind schlechte Waffen, verglichen mit den größten, Ragnar

Lodbrók: Ehrgeiz und Entschlossenheit, und auch wenn Ivar von beidem etwas besitzt, so darfst du doch keinen Fehler machen, denn die Flamme, die in ihm brennt, ist so kalt wie die Tundra im Winter, verglichen mit dem, was in Halfdan brennt, weißglühend wie die lodernde Mitternachtssonne im Sommer.«

»Hast du nicht Ubbi vergessen?« fragte Ragnar spöttisch.

»Nein.« Yelkei lachte verächtlich. »Denn er ist in Wahrheit nicht mehr als ein grobes Stück Torf, das Ivar und Halfdan zwischen sich verteilen werden.«

»Sei es, wie es sei, doch dein Liebling hier wird nicht so lange leben, um es zu sehen.«

»Bist du sicher?« fragte Yelkei noch einmal, und ihre Augen blitzten boshaft.

»Ja, denn er ist schwach, selbst jetzt jammert seine Seele, wenn er daran denkt, mich umzubringen.«

»Was du als Schwäche ansiehst, ist seine größte Stärke, von ihr wächst all seine Kraft, seine Liebe, seine Ehre, seine Loyalität, sein Mut und seine Überzeugung. Wulfgar« – Yelkei wandte sich an ihn – »überlaß Ragnar Lodbrók mir, damit ich mit ihm das tue, was ich für angebracht halte, denn in Wahrheit ist es nicht schicklich, daß du deinen Vater umbringst, und ich habe noch eine alte Rechnung mit ihm zu begleichen, sie ist der Grund dafür, daß ich seine Seele mit einem Fluch belegt habe.«

»Und was ist das für eine Rechnung?« fragte Wulfgar neugierig, denn nie zuvor in seinem Leben hatte Yelkei das erwähnt. Doch plötzlich hatte er das Gefühl, daß Yelkeis Antwort ihm vieles erklären würde.

»Vor vielen Jahren, als ich kaum älter war als deine Frau, war ich selbst eine Prinzessin, eine Prinzessin des Volkes, das die Grassteppen des Ostlandes beherrschte, so weit das Auge sehen konnte. Doch dann kam Ragnar mit seinen Wikingerhorden und hat mich zur Sklavin gemacht. Ich war die Braut eines Prinzen, und ich trug sein Kind unter meinem Herzen. Ich weinte und bat Ragnar, mich für Lösegeld freizulassen. Doch nach vielen langen Monaten, die es dauerte, bis die Nachricht mein Volk erreichte und die Kisten mit Gold, Silber und Juwelen, die mein Mann für meine Freilassung ins Nordland schickte, bei Ragnar eintrafen, brach er sein Versprechen und hat mich nicht freigelassen. Zu diesem Zeitpunkt hatte Goscelin dich bereits geboren, ihren und Ragnars Sohn, und nach drei Tagen war ihre Milch versiegt, während meine Milch, die ich für meinen Sohn hatte, der einen Monat zuvor geboren war, noch immer floß. Ragnar befahl mir, deine Amme zu sein, damit Goscelin nicht länger weinte, aber ich hatte nicht Milch genug für zwei Kinder. Und so ergriff Ragnar eines Tages, als mein Sohn vor Hunger schrie, das Baby an den Beinen, schwang es herum und schlug seinen kleinen Kopf gegen die Mauer des Hofs – meinen Sohn, der König des Ostlandes hätte sein sollen.« Tränen rannen langsam über Yelkeis Gesicht. »Als ich dort saß und dich und mein totes Kind in den Armen hielt, sah ich, daß sein Blut auf deinem Gesicht eine Spur hinterlassen hatte, so wie ein Jäger oder ein Krieger sie mit dem Blut seiner Beute macht, und da wußte ich, daß mein Sohn dich auserwählt hatte, sein Schicksal zu erfüllen, daß du König werden solltest, Wulfgar Bloodaxe. Und alles, was ich getan habe, läuft darauf hinaus, das zu erreichen. Wirst du mir jetzt Ragnar Lodbrók geben, damit ich mit ihm das tue, was ich für richtig halte, im Namen meines Sohnes?«

»Du kannst ihn haben, Yelkei«, sagte Wulfgar leise, er war tief gerührt von dem unerträglichen Opfer, das sie seinetwegen hatte erleiden müssen. »Und wenn die Götter es wollen, dann werde ich König des Nordlandes, das schwöre ich dir!«

Der Sturm hatte die *Siren's Song* viele Seemeilen von ihrem Kurs abgetrieben. Wulfgars Sonnentafel, eine tragbare Ziffernscheibe mit Kompaßpunkten, die man in die aufgehende oder untergehende Sonne hielt, und seine Sonnenschattentafel, mit der man anhand der Schatten, die die Sonne um die Mittagszeit warf, die Breitengrade bestimmen konnte, waren in dem Nebel, der über der Nordsee hing, nutzlos. Deshalb verließ er sich darauf, mit seinem Sonnenstein den Weg zu finden, einem seltsamen, kristallartigen, gelben Stein, der, wenn man ihn in einem rechten Winkel zur Sonne hielt, sofort eine dunkelblaue Farbe annahm. Dies ermöglichte es ihm schließlich, den richtigen Breitengrad zu finden, der ihn zu den Königreichen von Britannien führen würde, nach Nordumbrien, und einige Tage später segelte die *Siren's Song* mit einem beschädigten Segel in die Mündung des Flusses Humber. Mittlerweile war der Winter angebrochen, und zu Wulfgars Erleichterung war im Hafen nicht viel los, obwohl er die Sachsen eigentlich nicht sehr fürchtete, denn seine eigenen Thegns waren jeder mindestens fünfzig dieser Männer wert. Nur einige derbe Segelschiffe und einige Ruderboote lagen im Hafen, nichts, vor dem sein eigenes Langschiff, selbst in diesem beschädigten Zustand, nicht hätte fliehen können, wenn es sein mußte.

Die Dörfer und Farmen an der Küste waren auch ruhig, denn die Sachsen hatten sich wie die Bären im Winterschlaf in ihre Häuser zurückgezogen. Rauch kräuselte sich aus den Dächern, Rhowenna erklärte ihm, es seien Kamine, von denen es im Nordland keine gab. Mit zusammengekniffenen Augen betrachtete er sie eingehend. Er hatte zuvor schon die Vorteile erfahren, die ein Haus ohne Rauch mit sich brachte, deshalb fragte Wulfgar sie jetzt, warum sie nicht darauf bestanden hatte, daß ein solcher Herd auch in seinem Langhaus eingebaut wurde, hatte sie doch nicht gezögert, die Herstellung von Möbeln von ihm zu verlangen.

»Weil ein Kamin nicht so einfach zu bauen ist wie ein Bett, mein Liebster, und wenn er nicht richtig konstruiert ist, wird er explodieren, wenn ein Feuer darunter gemacht wird«, erklärte sie ihm und wurde dann rot vor Scham und Verlegenheit, als sie sah, wie seine Augen bei ihren Worten belustigt aufblitzten.

»Du meinst wohl, genau wie ein Mann«, neckte er sie, zog sie in seine Arme und küßte sie auf den Mund.

»Mit deiner Konstruktion ist alles in Ordnung«, sagte sie, noch ehe sie nachdenken konnte, und dann errötete sie noch eine Spur mehr, als diese impulsiven Worte über ihre Lippen gekommen waren.

»Hmm, es freut mich wirklich sehr, daß du so denkst, Elsket.«

Zufrieden, daß sie keiner unmittelbaren Bedrohung ausgesetzt waren, ließ Wulfgar den Anker auswerfen und warf die Leinen an Land, damit das Schiff am Kai festgemacht werden konnte. Belustigt sah er zu, wie die wenigen Menschen, die sich bei diesem Wetter im Freien aufhielten, voller Furcht davonliefen, als sie die *Siren's Song* entdeckten. Dennoch rechnete er damit, daß eine bewaffnete Truppe aufmarschieren konnte, deshalb stellte er Wachen um das Schiff auf und sandte einige seiner Thegns aus, damit sie in Erfahrung brachten, ob Material zur Reparatur des Schiffes zu bekommen war und ob in der Nähe eine Unterkunft zu haben sei. Schon bald kamen seine Krieger zurück und brachten ihm die Nachricht, daß alle Dinge, die zur Reparatur des Schiffes nötig waren, zu bekommen seien und daß es nicht weit vom Ufer entfernt eine verlassene Farm gab, offensichtlich das Opfer eines Angriffs der Wikinger, die man mit ein wenig Arbeit bewohnbar machen konnte.

Wie Wulfgar angenommen hatte, war es Yelkeis Wunsch, Ragnar an den König von Nordumbrien, Aella, zu verkaufen, der in der Stadt York lebte, nördlich des Flusses Humber. Aber da er keinen Grund hatte anzunehmen, daß Aella ein ehrlicher Mann war – schließlich hatte er das Königreich und den Thron an sich gerissen, indem er den vorherigen König, Osberht, mit dem er noch immer im Streit lag, vom Thron gestürzt hatte –, hatte Wulfgar entschieden, daß er damit warten würde, bis die *Siren's Song* wieder seetüchtig war, ehe er einen Abgesandten mit der Nachricht nach York schicken würde, daß man Ragnar Lodbrók gefangengenommen hatte. In der Zwischenzeit sah Wulfgar sich die Farm an, die einmal sehr ertragreich gewesen sein mußte. Das Farmhaus, aus Stein erbaut, die Ställe und Schuppen wurden gesäubert und repariert, Feuer hatte den größten Teil der schilfgedeckten Dächer zerstört. Die Farm konnte mit ein wenig Mühe wieder bewohnbar gemacht werden und würde ihnen recht gut als Winterquartier dienen, sie lag an einer kleinen, geschützten Bucht und auf den Strand konnte das Langschiff im Winter gezogen werden. Gleich ließ er die *Siren's Song* aus dem Wasser holen, damit die Reparaturarbeiten sofort beginnen konnten, und dann begann die Zeit, die Rhowenna später in Gedanken immer die stille Zeit nannte. Sie störten niemanden, und niemand störte sie. Es war, als stünde die Zeit still, und nachdem der Schnee erst gefallen war, so still und so tief, war es, als seien sie vom Rest der Welt abgeschnitten.

Das Farmhaus war recht angemessen, es bestand aus einem Flur, einer Küche und zwei kleinen Schlafkammern, von denen sie und Wulfgar die eine beanspruchten. Die andere bestimmte Flóki, mit einem trotzigen Blick auf Wulfgar, für sich und Morgen, offensichtlich erwartete er Einspruch von Wulfgar. Doch zu Flókis offensichtlicher Überraschung und auch zu seiner Verwirrung zog Wulfgar nur eine Augenbraue hoch, gab aber keinen Kommentar dazu ab und stimmte damit insgeheim dem zu, was hinter der geschlossenen Tür in der Nacht geschehen würde. Rhowenna lag sicher in seinen Armen, dachte Wulfgar, und das war alles, was zählte. Und Flóki und Morgen, die so viel aufs Spiel gesetzt hatten, verdienten ein wenig Glück, das sie gemeinsam finden konnten. Yelkei schlief auf einem Lager im Flur, wo sie mit einer Scramasaxt Ragnar bewachte, der mittlerweile ein eisernes Sklavenhalsband trug, das man in einer leeren Sklavenhütte gefunden hatte. Yelkei hatte ihn damit an einen eisernen Ring gefesselt, der in eine der Wände eingelassen war, damit er nicht fliehen konnte. Wie es schien, hatte Ragnar seine Gefangenschaft ruhig, ja sogar beinahe gelassen akzeptiert, aber niemand von ihnen machte den Fehler zu vergessen, daß er in Wirklichkeit ein grausamer, gefährlicher Mann war, der sie alle umbringen würde, wenn er die Möglichkeit dazu bekäme. Rhowenna versorgte noch immer die Wunden, die die Enterhaken in seinen Körper gerissen hatten, während Wulfgar schweigend daneben stand, mit der Streitaxt in der Hand, falls Ragnar versuchen sollte, sie zu ergreifen und ihr ein Leid zuzufügen. Die Krieger schliefen im Stall, während der Schuppen für die Tiere vorbereitet wurde, die den Angriff der Wikinger überlebt hatten und die die Männer wieder eingefangen hatten – eine Kuh, eine Ziege, ein Wurf Schweine und einige Hühner. Nahrungsmittel waren karg, aber mit dem, was Wulfgar in den Dörfern einhandelte und den Beeren, Nüssen und Wurzeln, die Rhowenna, Morgen und Yelkei noch vor dem ersten Schneefall sammelten, wurde der Hunger gestillt bis auf einen dumpfen, nagenden Schmerz im Bauch, der wenigstens noch erträglich war.

Das Leben war noch nie härter und unsicherer gewesen. Aber in der Nacht, wenn Rhowenna in Wulfgars Armen lag, vergaß sie alles andere um sie herum, und wenn sie daran dachte, was er alles für sie aufgegeben hatte, floß ihr Herz über vor Liebe zu ihm. Sie wußte, solange sie lebte, würde es für sie keinen anderen Mann geben als Wulfgar. Und als sie dann feststellte, daß sie ein Kind von ihm bekommen würde, war sie von einer solchen Freude erfüllt, die nicht einmal die Sorge um sie, die in Wulfgars Augen lag, trüben konnte.

»Es wird alles gut werden, mein Herr, mein Geliebter, das verspreche ich dir«, versicherte sie ihm leise, nachdem sie ihm die Neuigkeit mitgeteilt hatte. Sie lagen zusammen im Bett und sonnten sich im süßen Nachglanz ihres Liebesspiels. »Ich bin stark, und du bist noch stärker. Zusammen werden wir es schaffen.«

»Oh, Rhowenna, Kjoereste!« flüsterte er inbrünstig, seine Hände schlossen sich um ihre schmalen Hüften, und er barg sein Gesicht an ihrem weichen nackten Bauch, wo ihr Kind in ihr wuchs. Er preßte seine Lippen auf diese Stelle. »Ich weiß nicht, was ich getan habe, daß die Götter mich mit dir segneten! Ich liebe dich! Nur die Götter wissen, wie sehr ich dich liebe ...«

Noch einmal preßten sie sich aneinander, Brust an Brust, Schenkel an Schenkel, keinen Abstand ließen sie zwischen sich und auch nicht in ihrem Herzen, denn niemand sonst würde dort einen Platz haben. Seine Hände lagen unter ihren Hüften, er hob sie hoch, damit sie ihn noch tiefer in sich aufnehmen konnte, bis das leidenschaftliche Feuer zwischen ihnen heller brannte als das Nordlicht, das den Nachthimmel des Nordlandes erhellte, herrlicher als das endlose Meer, das an die kühnen, wilden Strände schlug.

Es konnte nicht andauern. In ihrem Herzen wußte Rhowenna, daß dieser Winter nur ein Zwischenspiel in ihrem Leben war, ein zeitloser

Augenblick. Der Frühling würde kommen, und er kam, und der Schnee, der sie wie ein weißer Seidenkokon eingeschlossen hatte, schmolz, und die Welt drängte sich ihnen wieder auf. Die Reparaturen an der *Siren's Song* waren beendet, und als schließlich frisches Grün das Land bedeckte, konnte Wulfgar es nicht länger hinauszögern, einen Boten nach York zu König Aella von Nordumbrien zu schicken. Sie konnten Ragnar nicht für immer in Ketten als Gefangenen halten, und sie wagten es nicht, ihn einfach zurückzulassen – nicht nur wegen Wulfgars Versprechen an Yelkei, sondern auch, weil Ragnar sich irgendwie befreien würde und sie dann bis ans Ende der Welt verfolgen würde. Eines Morgens also zogen die Thegns das Langschiff ins Meer, und dann segelte das Schiff, mit Wulfgar am Ruder, langsam den Fluß Humber hinaus bis an die Mündung des Flusses Ouse. Dort gingen sie vor Anker, und Flóki the Raven stieg, sorgfältig gekleidet, auf ein herrliches Roß, daß Wulfgar in einem nahen Dorf erhandelt hatte, und galoppierte nach York. In einem ledernen Beutel an seiner Seite trug er die Botschaft an Aella, die Rhowenna in der Sprache der Sachsen geschrieben hatte, und in das Wachs, mit dem die Schriftrolle versiegelt war, hatte sie Wulfgars Siegel gepreßt.

Ein paar Tage später kehrte Flóki mit einer Eskorte, Pferden und einem kunstvoll geschnitzten Ochsenkarren zurück, der so herrlich war, wie Rhowenna noch nie einen gesehen hatte. Nachdem sie Wulfgar die Botschaft Aellas vorgelesen hatte, in der er ihnen sicheres Geleit durch Nordumbrien bot, machten sie sich auf den Weg, einige der Krieger ließen sie zurück, um die *Siren's Song* gegen einen möglichen Angiff zu verteidigen. Die kurze Reise erinnerte Rhowenna an ihre Fahrt auf der *Drachenfeuer*, denn Nordumbrien war eines der mächtigsten Königreiche Britanniens, und daher waren die Städte, die Marktflecken und Farmen reich und wohlhabend, genau wie die, die sie an der Küste der fränkischen und germanischen Königreiche und in Friesland gesehen hatte. Doch am herrlichsten war die Stadt York selbst, ein Ort voller Bedeutung und Autorität seit den Zeiten der Römer, die ihre sechste Legion hier stationiert hatten. Rhowenna dachte, daß die

Stadt noch herrlicher war als Sliesthorp, sie war umschlossen von einer hohen Mauer, mit Türmen, die noch aus der Zeit der Römer bestanden, an den schmalen Straßen standen eine Menge eindrucksvoller Gebäude aus Holz und Stein, so wie Rhowenna sie noch nie gesehen hatte. Am großartigsten war das Haus, in dem sich Aellas Königshof befand, der riesige Saal, in den sie und die anderen geführt wurden, war der Sitz seiner Macht. Dort starrten sie verwundert zu der hohen Sparrendecke und auf die herrlich gestickten Wandteppiche und die vielen Waffen und Schilde, die an den Wänden hingen. Eiserne Wandleuchter waren an den Wänden befestigt, in die Fackeln gesteckt wurden, die Fenster waren mit seltenen Glasscheiben versehen, die das Sonnenlicht in den Raum ließen. Auf der geschmückten Empore am anderen Ende des großen Raumes saß Aella auf einem hochlehnigen, kunstvoll geschnitzten Stuhl, der mit Gold verziert und mit roter Seide ausgeschlagen war, ein wahrer Thron für einen König.

Aella selbst, das wußte Rhowenna, war nicht von königlichem Geblüt, er war ein gemeiner Mann, der es gewagt hatte, den Thron für sich zu erobern. Doch seine Macht wurde bedroht, denn Osberht, der abgesetzte König, hatte eine große Armee zusammengezogen und war entschlossen, sein verlorenes Königreich zurückzuerobern. Aella war ein gutaussehender Mann, sein Haar, sein Schnurrbart und sein Bart waren nach der Mode der Sachsen kurz geschnitten, doch in seinen Augen las man den Hunger nach Macht, und sein verächtlich verzogener Mund sagte Rhowenna, daß er sehr grausam sein konnte. Auf seinem stolzen Haupt trug er eine goldene, mit Juwelen verzierte Krone, sein muskulöser Körper war in kostbare Seide und Pelze aus den Ostländern gehüllt. Seine Erscheinung schien ihm sehr wichtig zu sein, und Rhowenna hatte das Gefühl, wären sie selbst in ihren kostbarsten Gewändern vor ihm erschienen, sie hätten trotzdem vor ihm wie Barbaren dagestanden. Doch dann rief sie sich ins Gedächtnis, daß nicht nur sie von königlichem Blut war, die Prinzessin von Usk, sondern daß zwar Männer wie Aella das Land regierten, es jedoch Männer wie Wulfgar waren, die über die Meere herrschten. Sie hob stolz den Kopf, und auch wenn Wulfgar vor Aella nicht niederkniete, sondern stolz mit ungebeugtem Haupt stehenblieb, so versank sie doch vor Aella in einen anmutigen Knicks, so daß er überrascht die Augenbrauen hochzog und seine Höflinge untereinander zu flüstern begannen. Doch Wulfgar zog sie ärgerlich hoch und warnte sie in sächsischer Sprache, so daß Aella es verstehen konnte. »Du bist meine Frau, und deshalb wirst du vor keinem Mann niederknien, außer vor mir!« Dann starrte er Aella kühl und herausfordernd an, wartete nicht, bis dieser das Wort an ihn richtete, sondern begann sogleich zu sprechen. »Ich bin der Däne Wulfgar Bloodaxe, Jarl des Nordlandes, ich spreche hier für die gelbe Frau Yelkei, eine Prinzessin des Ostlandes, die den großen König des Nordlandes, Ragnar Lodbrók, als ihren Gefangenen hält. Sie wird ihn Euch verkaufen für den Preis, den Ihr auf seinen Kopf ausgesetzt habt.«

»Das habe ich Eurer Botschaft entnommen.« Aellas Stimme klang hochmütig, und das dünne Lächeln, das um seinen Mund spielte, war spöttisch und erreichte seine schmalen Augen nicht, die im Sonnenlicht, das durch die Fenster fiel, hart wie Stein glänzten. »Aber ein König hat viele Feinde, und wenn er klug ist, ist er immer auf der Hut gegen Verrat und Betrug. Woher soll ich wissen, daß Euer Gefangener« – er blickte kurz zu dem gefesselten Ragnar – »wirklich der ist, der Ihr behauptet, und daß Ihr mich nicht hinters Licht führen wollt, Wikinger, um mich meines Goldes zu berauben?«

»Ich gebe Euch mein Wort, daß er es ist. Aber wenn Ihr mir nicht glaubt, so kann meine Frau, die nicht aus dem Nordland stammt, sondern aus Walas und daher eine Christin ist, es auf das heilige Kruzifix eines Eurer Priester schwören, daß der Gefangene, der vor Euch steht, wirklich Ragnar Lodbrók ist.«

»Meine Herrin, ist es wahr, was dieser Heide sagt, seid Ihr wirklich eine Christin?« wandte Aella sich an Rhowenna. »Und seid Ihr gewillt, auf das Kreuz Christi zu schwören, daß der Mann, der hier in Ketten vor mir steht, in der Tat Ragnar Lodbrók ist, obwohl Ihr wißt, daß es eine unsterbliche Sünde ist, wenn Ihr vor Gott und diesen Zeugen einen falschen Schwur ablegt?«

»Jawohl, mein Herr«, antwortete Rhowenna.

»Wie kommt es dann, daß Ihr diesen Heiden geheiratat habt?«

»Mein Herr, ich wurde im letzten Sommer während eines Überfalls der Wikinger auf mein Heimatland Usk gefangengenommen, und welche Frau, Christin oder nicht, würde es nicht vorziehen, eine Braut zu werden, anstatt Sklavin und Dirne ihres Eroberers?«

»In den Augen der Kirche aber seid Ihr beides.«

»In den Augen des Nordlandes ist sie keines von beiden.« Wulfgar sprach leise, doch seine Stimme klang so wild, daß allen Anwesenden ein Schauer über den Rücken lief, sein Gesicht nahm einen mörderischen Ausdruck an. »Und Ihr werdet sie nicht so nennen, falls Ihr es vermeiden wollt, meine Klinge an Eurem Hals zu spüren.«

Ein hörbares Aufkeuchen ging durch die Reihe der Höflinge, und Aella umklammerte die Armlehne seines Stuhles so fest, daß seine Knöchel weiß hervortraten. Er erhob sich halb, als wolle er Wulfgar niederschlagen. Doch dann entschied er sich zu Rhowennas Erstaunen, amüsiert zu lachen, seine Augen blitzten, als er sich wieder auf seinen Thron sinken ließ.

»Für einen Heiden seid Ihr ein kühner Krieger, Wulfgar Bloodaxe, und ich habe Euch außerdem sicheres Geleit zugesagt. Da ich ein Christ bin, werde ich mein Versprechen nicht brechen, denn ich möchte nicht für immer in der Hölle braten – so wie Eure Frau es tun wird, dessen bin ich sicher, wenn sie einen falschen Eid auf das Kruzifix schwört.« Er wandte sich zu einem älteren Priester an seiner Seite. »Vater Wynfrith, gebt uns die Ehre und laßt uns sehen, ob diese Frau wirklich eine Christin ist und ob sie die Wahrheit sagt.«

Der Priester trat vor und bedeutete Rhowenna, vor ihm niederzuknien. Sie zögerte eine Augenblick, weil sie sich an das erinnerte, was Wulfgar gesagt hatte. Doch dann sagte sie: »Ich knie vor keinem Mann, sondern vor Christus, meinem Herrn, und vor meinem Ehemann, so wie es in unserem Volk üblich ist.« Sie sank zu Boden, senkte den Kopf und faltete die Hände, dann antwortete sie leise, aber sicher auf die Fragen, die ihr Vater Wynfrith stellte, und betete mit ihm. Schließlich legte sie die Hand auf das schlichte Holzkreuz, das er ihr reichte, und schwor, daß der Gefangene wirklich Ragnar Lodbrók war, dann küßte sie das Kreuz und bekreuzigte sich, während der Priester ihr seinen Segen gab.

»Ich bin zufrieden, mein Herr«, erklärte Vater Wynfrith und wandte sich an Aella. »Die Frau ist eine Christin, und sie spricht die Wahrheit. Der Mann, der den eisernen Sklavenring um den Hals trägt, ist wirklich Ragnar Lodbrók, der verfluchte Wikinger, der die Küsten von Britannien seit vielen Jahren heimsucht und der zu Recht seinem Tod entgegensieht für seine Verbrechen, mein Herr.«

»Ja, das wird er.« Aella nickte. Dann wandte er sich an Ragnar. »Ragnar Lodbrók, Ihr seid König des Nordlandes und ein mächtiger Krieger. Aber wahrlich, ich sage Euch, daß Ihr jetzt von den Händen eines Mannes den Tod erlangen werdet, der ein noch größerer König und Krieger ist als Ihr, und die Barden in nah und fern werden für immer das Lied singen, wie ich Euch erschlagen und Eure Seele in die ewige Hölle geschickt habe!«

»Ich bin kein Christ, Aella von Nordumbrien, doch ich bin der größte Wikinger des ganzen Nordlandes.« Zum erstenmal sprach Ragnar, die Drohung seines Gegenübers schien ihn nicht beeindruckt zu haben. »Und auch wenn Ihr es Euch noch so sehr wünscht, wenn ich sterbe, werde ich nicht am Ufer der Leichen zu den vergitterten Toren von Hel entlangwandern, sondern von einer goldenen Walküre nach Walhall getragen werden, in Odins großen Metsaal der Gefallenen in Asgard, wo ich trinken und huren werde und in das Auge Eures christlichen Gottes spucken werde, der schwach ist und den ich nicht fürchte.«

»Bei Gott!« fuhr Aella auf, sprang auf die Füße, und seine Augen blitzten. »Ihr werdet Seine Kraft kennenlernen und Ihn fürchten lernen, bevor Ihr sterbt, Ragnar Lodbrók, das verspreche ich Euch! Ihr werdet lernen, wie sie es im Garten Eden lernten, aus dem Mund der Schlange, die das Böse verkörperte! Ergreift ihn!« rief er plötzlich seinen Wachen zu. »Bringt ihn her!« Mit wehender Kleidung lief Aella mit langen Schritten aus dem Saal, die anderen folgten ihm.

Er führte sie in einen umschlossenen Hof, in dessen Gärten Frühlingsblumen blühten. In seiner Mitte lag unter einem Apfelbaum eine tiefe runde Zisterne, die sicher noch aus den Zeiten der Römer stammte. Sie war so alt, daß die niedrige Steinmauer, die sie einschloß, brüchig war. Der Brunnen war schon vor langer Zeit versiegt, doch als sie sich der Zisterne näherten und in das schattige Dunkel blickten, sah Rhowenna, daß der Frühlingsregen eine lehmige Pfütze in der Zisterne hinterlassen hatte, aus der ein stechender, süß-saurer Duft von verwesenden Äpfeln aufstieg. Doch was sie mit Entsetzen erfüllte, war die Tatsache, daß die Zisterne voller Schlangen war, die sich wanden und übereinanderkrochen. Selbst Ragnars Gesicht wurde kreidebleich, seine Augen traten hervor bei diesem Anblick. Nur Yelkeis gelbes Gesicht blieb ausdruckslos, ihre Augen verrieten nichts von ihren Gefühlen, sie waren so bodenlos wie die schwarze Tiefe der Zisterne.

»Fürchtet Ihr jetzt den Gott der Christen, Ragnar Lodbrók?« fragte Aella in dem angespannten Schweigen, das alle ergriffen hatte, als sie ahnten, was er vorhatte. »Oder müßt Ihr fühlen, wie die Fänge Seiner hinterhältigen Diener sich in Euer Fleisch graben, ehe Ihr Seine Stärke begreift?«

»Selbst dann werde ich Ihn nicht fürchten«, kam die mutige Antwort.

»Werft ihn hinunter!« befahl Aella.

»Warte!« rief Yelkei plötzlich, es klang wie der Schrei eines Raben, und auch wenn die Wachen sie nicht verstanden, so zogen sie sich dennoch ein Stück von Ragnar zurück. »Ich möchte zuerst noch mit ihm sprechen.« Nachdem Wulfgar übersetzt hatte, was sie gesagt hatte, nickte Aella seine Zustimmung. Yelkei ging langsam auf Ragnar zu. »Es ist dein Schicksal, daß du heute deinem Tod ins Auge sehen mußt, in diesem Land, das du einmal für dich erobern wolltest«, krächzte sie. »Aber ehe du stirbst, sollst du noch etwas wissen.« Sie beugte sich zu ihm und flüsterte etwas in sein Ohr, und aus Ragnars Mund ertönte ein langer, schrecklicher Schrei, dessen Echo nicht mehr aufzuhören schien. Ohne Vorwarnung versetzte Yelkei ihm einen Stoß zwischen die Schulterblätter und stieß ihn in die Schlangengrube.

Die Kette, die an seinem eisernen Sklavenhalsband befestigt war, klirrte und schlug gegen die Wände der Zisterne, dann landete er mit einem entsetzlichen Geräusch inmitten des lehmigen Wassers der verwesenden Äpfel und der sich windenden Schlangen. Sofort bissen zwei der Schlangen zu, ihre Fänge gruben sich tief in sein Fleisch. Ragnar stöhnte vor Schmerz auf, er blutete am Kopf und kam nur mit Mühe auf die Füße. Rhowenna beobachtete ihn, krank vor Entsetzen, sie sah, daß eine der Schlangen sich an seiner Wange festgebissen hatte. Mit einem wütenden Fluch riß Ragnar sie los und warf sie von sich, dann begann er, die Kette zu schwingen und mit den Füßen nach den Schlangen zu treten, die zischend ihre Köpfe erhoben.

»O ihr Götter!« murmelte Wulfgar neben Rhowenna. »Was auch immer er getan hat, Ragnar ist Odins Krieger, und er hat es verdient, als ein solcher zu sterben – im Kampf!« Und mit diesen Worten zog er das glänzende Breitschwert hervor, daß er seinem Vater abgenommen hatte, als er an Bord der *Siren's Song* gezogen worden war, und warf es mit mächtigem Schwung hinunter in die Schlangengrube zu Ragnars Füßen. »Weil du mein Vater bist – ob wir beide es nun wollen oder nicht«, rief er ihm zu. »So viel schulde ich dir!«

»Und ich schulde dir noch mehr, zweifelllos, aber es ist eine Schuld, die ich nicht bezahlen werde – und die ich auch nie bezahlt hätte, du elender, unrechtmäßiger Bastard!« schrie Ragnar, bückte sich, um die Waffe aufzuheben, und begann, damit auf die Schlangen einzuschlagen, die ihn angriffen. »Ich verfluche den Tag, an dem ich diese elende sächsische Hündin, deine Mutter Goscelin, zum erstenmal sah und berührte! Ich würde dich verfluchen, Wulfgar, mit meinem letzten Atemzug, wenn ich nicht in meinem Herzen wüßte, daß es vergebens ist, daß diese gelbe Hexe aus dem Ostland diesen Fluch irgendwie von dir nehmen und ihn auf mich zurückwerfen würde. Also werde ich nichts sagen, nur das, daß ein Mann, der es wagt, höher zu steigen als die Götter, früher oder später sehr tief fallen wird.«

»Das solltest du besser wissen als ich«, erklärte Wulfgar mit einem spöttischen Lächeln, und nur Rhowenna und Yelkei ahnten den

Schmerz, der in seinem Inneren wütete, der sich erhob wie die Schlangen in der Zisterne, weil sein Vater ihn bis zu seinem bitteren Ende haßte. »Stirb wohl, Ragnar Lodbrók.«

»So, wie ich gelebt habe, Wulfgar Bloodaxe.«

Das Breitschwert blitzte silbern auf im Sonnenlicht, als er es noch einmal erhob und senkte, die Runen daran wurden langsam vom Blut und dem Gift der Schlangen zugedeckt, Ragnars Gesicht und seine Glieder wurden matt, sie schwollen an von dem Gift der Schlangen, schließlich sank er auf die Knie, dann zog sich sein Körper zusammen. Schauer durchliefen ihn, seine Glieder zuckten, und der Lehm, die verwesenden Äpfel und die zerstückelten Körper der Schlangen wurden in alle Richtungen gewirbelt. Die Zuschauer wichen zurück vor diesem Schauspiel. Nach einer Weile hörten die Zuckungen auf, sein Körper lag still, der Atem erstarb, er lag auf dem Rücken, und seine blicklosen Augen starrten in die Sonne.

Auch Wulfgar starrte in den Himmel, in Gedanken sah er dort den geflügelten, schneeweißen Hengst, der aus den Wolken galoppierte, mit einer goldhaarigen Walküre in silberner Rüstung auf seinem Rücken, die herrlich singend herangeritten kam, um seinen toten Vater nach Hause zu tragen.

18. KAPITEL

Der Blutadler

Sie standen alle in Aellas großem Saal. Wie sie dorthin gekommen waren, daran konnte Rhowenna sich nur schwach erinnern. Sie hatte sich so benommen und so krank gefühlt von der entsetzlichen Art, wie Ragnar gestorben war, daß sie glaubte, sie würde ohnmächtig werden, und nur der Blick aus Wulfgars Augen, der besagte, daß er sie in diesem Augenblick verzweifelt brauchte, hatte sie auf den Beinen gehalten, sie hatte sich an ihn geklammert, wie er sich an sie, und es hatte ausgesehen, als hielten sie einander aufrecht. Aella saß wieder auf seinem Thron, er lachte, in seiner Hand hielt er einen goldenen Weinkrug, der bis zum Rand gefüllt war, und hob ihn hoch, um auf seinen Sieg über den großen Ragnar Lodbrók zu trinken, der einst König im Nordland gewesen war und jetzt tot in einer Schlangengrube lag. Ein wenig benommen stellte Rhowenna fest, daß auch sie einen Weinkrug in der Hand hielt, genau wie Wulfgar, doch niemand von ihnen hob den Krug und trank mit Aella auf seinen Triumph, sie tranken auf Ragnars Tod, so wie es bei den Wikingern üblich war. Dann sprach Wulfgar.

»Ich erinnere Euch jetzt an den Preis, den Ihr auf Ragnars Kopf ausgesetzt habt, der der Prinzessin Yelkei gebührt, wenn es Euch recht ist, König Aella. Dann werden wir gehen, und wir werden nicht wieder Eure Küsten heimsuchen, denn unser Weg führt uns nach Süden, und wir haben noch eine lange Reise vor uns.«

»Aber ihr könnt jetzt nicht gehen«, wandt Aella ein. Er lächelte und leckte mit der Zunge den Wein in einer Art von seinen Lippen, die Rhowenna an die Schlangen in der Schlangengrube erinnerte. »Es ist schon spät, und der Weg über das Moor ist voller Räuber in diesen unsicheren Zeiten. Ich kann mein Wort nicht halten und Euch sicher geleiten, wenn Ihr zu so später Stunde noch aufbrechen wollt. Nein, Wulfgar Bloodaxe, Ihr und Eure Begleiter müßt noch bleiben und mit mir speisen und die Nacht unter meinem Dach verbringen. Das ist weit besser als eine schäbige Unterkunft in einem der Dörfer auf dem Weg, in der schmutzigen Scheune eines Bauern, das müßt Ihr doch zugeben. Am Morgen wird es früh genug sein, Eure Rechnung zu begleichen und Euch auf den Weg zu machen.«

Er hatte höflich gesprochen, doch sowohl Rhowenna als auch Wulfgar erkannten, daß Aella, aus welchem Grund auch immer, sie jetzt noch nicht gehen lassen wollte, und wenn sie darauf bestanden, konnten sie leicht als seine Gefangenen enden und nicht länger als seine Gäste.

»Gut«, gab Wulfgar schließlich nach. »Wir werden Eure Gastfreundschaft annehmen und morgen früh aufbrechen, ich möchte mein Drachenschiff nicht so lange in Eurem Hafen vor Anker liegen lassen, König Aella, denn sonst könnte meine Armee Thegns ruhelos werden und vergessen, daß wir nur zum Handel hiergekommen sind und nicht für einen Überfall.« Die Drohung hatte er so höflich umschrieben wie Aella die seine.

Doch trotz dieser Drohung sollten sie York nicht verlassen, denn am Morgen zeigte Aella sein wahres Gesicht, indem er Wulfgar und Flóki in ein dunkles Verlies werfen ließ und Rhowenna, Morgen und Yelkei in einen Turm sperrte. Als Wulfgar und Flóki von Aellas Wachen überwältigt wurden, kämpften sie tapfer und wild wie Berserker, sie töteten einige der Angreifer und verwundeten viele. Doch am Ende überwältigten Aellas Männer, die in der Überzahl waren, die beiden, sie rissen ihnen die Kleider vom Leib und schlossen eiserne Sklavenhalsbänder um ihre Hälse. Die langen Ketten der Halsbänder endeten in Handschellen, die um ihre Handgelenke gelegt wurden. Die Frauen wurden sanfter behandelt, ihre Hände wurden mit Seilen hinter ihrem Rücken befestigt. Dann wurden alle vor Aella in den großen Saal geführt, der spöttisch über Wulfgars Bemühungen lachte, seine Fesseln und seine Bewacher abzuschütteln, und der Aella mit einem mörderischen Blick ansah.

»Was hat das zu bedeuten, verräterischer Sohn einer Hure?« verlangte Wulfgar zu wissen, er atemte schwer von der Anstrengung, sich zu befreien. »Haltet Ihr so Euer Wort, daß wir in Frieden kommen und gehen können?«

»Wenn Ihr meine Botschaft etwas sorgfältiger gelesen hättet, dann hättet Ihr begriffen, daß sie so abgefaßt war, daß ich Euch das sichere Geleit nur für gestern zugesichert habe.« Aella strich über seinen Bart. »Heute könnte ich Euch umbringen, wenn ich es wollte, und mein Gewissen wäre rein. Doch zu Eurem Glück habe ich das nicht vor. Ich brauche dringend einen Sündenbock, und Ihr kommt mir da gerade recht. »Mein Gott!« rief Aella plötzlich aus, stand von seinem Thron auf und lief unruhig auf und ab. »Ich konnte es nicht glauben, als ich Eure Botschaft erhielt, daß Ihr Ragnar Lodbrók als Euren Gefangenen mit Euch führtet! Ich fürchtete, es sein ein schlauer Trick, den Ragnar und seine Söhne sich ausgedacht hatten, um mein Königreich zu erobern und dann auch ganz Nordumbrien. Doch dann wurde mir klar, ganz gleich, wie es Euch auch gelungen war, ihn zu fangen, Ihr hattet keine Ahnung ...«

»Keine Ahnung wovon?« fragte Wulfgar scharf, seine Augen blickten so eindringlich, daß Rhowenna beinahe zu sehen glaubte, wie es in seinem Kopf arbeitete, wie er eine Möglichkeit nach der anderen erwog, bis sein Körper sich plötzlich anspannte, als erwarte er einen tödlichen Schlag.

»Nun, spät im letzten Herbst kam eine große Armee von Wikingern nach Ost Anglia, sie wurde angeführt von den Söhnen Ragnar Lodbróks«, erklärte Aella ihnen, und jedes seiner Worte fiel schwer in die plötzliche Stille. »In diesem Augenblick sind sie auf dem Weg nach York, und während ich es für klug hielt, Ragnar umzubringen, damit er nicht entkommen konnte, um sich ihnen anzuschließen, so brauche ich doch jetzt jemanden, dem ich diese Tat anlasten kann, jemanden,

den ich vorschieben kann, falls ich mit Ragnars Söhnen verhandeln muß.«

»Das ist es also, wozu wir dienen sollen, wie? Wir sind die Münzen auf dem Verhandlungstisch?« Wulfgars Augen blitzten vor Wut, er fürchtete um Rhowenna und dachte, daß jetzt ihrer aller Ende gekommen war. »Ich verfluche Euch, elender Bastard! Hört mir zu! Ich kenne Ragnars Söhne schon mein ganzes Leben lang. Sie sind nicht hierhergekommen, um mit Euch zu verhandeln, Ihr Dummkopf, sie sind gekommen, um ganz Britannien zu erobern, und um das zu tun, werden sie Euch und jeden anderen sächsischen König umbringen, der ihnen im Wege steht.«

»Nun, das werden wir schon sehr bald feststellen, nicht wahr?« Aella lächelte selbstgefällig, er war sicher, daß es ihm gelingen würde zu überleben. Dann winkte er den Wachen und befahl: »Bringt sie weg!«

So begannen die langen Monate, an die Rhowenna später immer als die dunklen Tage dachte. In dem Turm, wo sie, Morgen und Yelkei Tag und Nacht eingesperrt waren, verstrich die Zeit nur sehr langsam, weil sie die endlosen Stunden allein verbringen mußten, abgeschlossen vom Rest der Welt, ohne Nachrichten, was in ihr vor sich ging, nicht einmal die kleinste Botschaft erreichte sie, die ihnen Hoffnung geben konnte, sie wußten nicht, wie es Wulfgar und Flóki ging, nicht einmal, ob die beiden überhaupt noch lebten. Denn weder die Wachen vor der Tür noch die Dienerinnen, die ihnen die Mahlzeiten und ihr tägliches Badewasser brachten, sprachen mit den drei Frauen, und es gab auch keine Möglichkeit zu fliehen. Rhowenna und Morgen spielten lange Stunden Schach, Dame und Fuchs und Gans, Yelkei warf die Runensteine aus und murmelte vor sich hin. In der ganzen Zeit wuchs Rhowennas Kind in ihr, ihr sanfter Bauch rundete sich langsam. In den Nächten sehnte sie sich nach Wulfgar und dachte verzweifelt daran, wie es ihm wohl ergehen mochte. Sie war erschöpft und ganz krank, wenn sie in ihr Kissen weinte, ihr Schluchzen erstickte und daran dachte, daß ihr Kind seinen Vater vielleicht nie kennenlernen würde.

An einem Tag, als der Sommer schon beinahe angebrochen war,

stand Rhowenna am Fenster des Turms und ihr Herz setzte kurz aus, als sie das sah, wovor sie sich gefürchtet hatte, seit Aella sie gefangengenommen hatte, das, was sie seitdem immer wieder in ihren Träumen erlebt hatte. Auf der Straße nach York marschierte die größte Armee, die sie je gesehen hatte, und an der Spitze ritt Ivar the Boneless auf einem schneeweißen Roß.

Als er diese riesige Armee sah und ihm aufging, daß Wulfgar die Wahrheit gesprochen hatte, floh Aella aus der Stadt, um sich mit seinem Erzfeind Osberht zusammenzutun. Die beiden Könige kamen überein, daß es klüger wäre, ihren Streit beizulegen, bis sie sich von der Bedrohung durch die Wikinger befreit hätten, später könnten sie noch immer ihre Differenzen austragen. Als das entschieden war, kehrten sie nach York zurück, um die Stadt zurückzuerobern, die Ivar the Boneless eingenommen hatte, ohne daß einer seiner Krieger das Schwert ziehen mußte. Sie durchbrachen die schwachen römischen Mauern der Stadt und führten ihre Krieger in einen tapferen Kampf mit den Nordmännern, doch am Ende konnten sie die Stadt nicht einnehmen, die Armee zerbrach und floh vor den Reihen der Berserker, der Wikinger und der Söldner, die Ragnar noch vor seinem Tod angeworben hatte, um ganz Britannien zu erobern. In dem heftigen Kampf wurden Osberht und acht seiner Grafen getötet. Aella wurde gefangengenommen, und erst jetzt erfuhr Ivar, daß Wulfgar und Flóki in Aellas Verlies gefangengehalten wurden und daß Rhowenna, Morgen und Yelkei in Aellas Turm saßen.

Als die drei Frauen aus dem Turm geführt wurden, war Rhowenna sicher, daß sie jetzt sterben mußten. Doch sie trauerte nicht um sich selbst, sondern um ihr ungeborenes Kind, das sich in ihr so stark regte, als fühlte es ihre Verzweiflung. Sie preßte die Hände auf ihren Leib und rieb sanft darüber, in einem vergeblichen Versuch, das Kind zu beruhigen. Es war ein Sohn, dachte sie, ein kräftiger, gesunder Sohn wie sein Vater, und sie weinte, als sie daran dachte, daß dieses Kind nie das Tageslicht erblicken würde. Doch ihre Tränen wurden schon bald zu Freudentränen, als sie Wulfgar in dem großen Saal entdeckte, in den man sie gebracht hatte, und noch ehe die Thegns sie zurückhalten konnten, rief Rhowenna seinen Namen und lief zu ihm hin. Sie warf sich in seine Arme und hielt ihn so fest wie sie konnte, sie schob sich unter seine von Handschellen gefesselten Hände, damit sie seine Arme um sich fühlen konnte, dann nahm sie sein Gesicht in ihre Hände und küßte ihn voller Inbrunst, so wie er ihren Kuß erwiderte, ihren Namen murmelte und ihr die Tränen von den Wangen küßte. Dann erst wandten beide sich zu Ivar the Boneless um, der jetzt auf König Aellas Thron saß, während Aella selbst nervös an seiner Seite stand, zwischen Ubbi und Halfdan.

»Es bereitet mir eine große Freude, dich lebend und wohlbehalten zu sehen, Wulfgar«, begann Ivar gedehnt. »Ich muß zugeben, dieses Gefühl wird etwas gedämpft von der Tatsache, dich in Ketten zu sehen. Aber König Aella hat mir die eigenartige Geschichte erzählt, wie du an seinen Hof gekommen bist mit meinem Vater, dem großen Ragnar Lodbrók, als Gefangenem, sein Hals im eisernen Sklavenhalsband. Es fällt mir schwer, das zu glauben, doch ich muß zugeben, ich habe den ganzen Frühling über an der Küste von Britannien ähnliche Gerüchte gehört, es scheint also angebracht, daß du wie ein Sklave gefesselt bist. Aella behauptet, daß du Ragnar hier nach York gebracht hast, um ihn an Aella für ein Kopfgeld zu verkaufen. Doch als du dann herausfandest, daß Aella nicht vorhatte, ihn umzubringen, hast du den Weg der Berserker beschritten und ihn selbst in die Schlangengrube gestoßen. Ist das wahr, Wulfgar?«

»Nein, das ist es nicht«, antwortete Wulfgar ruhig. »Ja, es stimmt, ich habe Ragnar hierhergebracht, um ihn an Aella zu verkaufen, Ivar, und er ist auch in Aellas Schlangengrube gestorben, aber ich war es nicht, der entschieden hat, wie er umkommen soll oder der ihn den Schlangen vorgeworfen hat.«

»Wir werden sicher schon bald herausfinden, wer hier die Wahrheit spricht und wer nicht, nicht wahr?« Ivar stand auf und warf Aella einen scharfen Blick zu, dann sprach er in sächsischer Sprache weiter. »Ich war viel zu sehr damit beschäftigt, einen Krieg gegen dich und Osberht zu führen, um mir die Stadt und dieses Langhaus genauer anzusehen, denn sonst hätte ich sicher schon früher von Wulfgars Anwesenheit hier erfahren und mich auch schon eher mit den Umständen um den Tod meines Vaters befaßt. Aber jetzt möchte ich diese entsetzliche Schlangengrube mit meinen eigenen Augen sehen. Nehmt ihn mit«, befahl er seinen Brüdern.

Die Gärten standen in voller Blüte, schwerer Blumenduft hing in der Luft, doch konnte er den Geruch der verrottenden Äpfel nicht ganz überdecken, ein Geruch, dessen war Rhowenna sich sicher, den sie nie in ihrem Leben würde vergessen können. Ihr Magen hob sich, und trotz der Hitze dieses warmen Tages waren ihre Hände in denen von Wulfgar so kalt wie Eis. Nach Ragnars Tod hatte Aella angeordnet, die Schlangengrube mit einem schweren hölzernen Deckel zu verschließen, der jetzt auf Ivars Befehl hin von einigen seiner Thegns hochgehoben wurde und so den Blick in die Zisterne freigab. Als der Deckel entfernt wurde, strömte ein fauliger, Übelkeit erregender Geruch aus dem dunklen, bodenlosen Brunnen, und Rhowenna schwankte ein wenig. Wulfgar, der sie besorgt ansah, hielt sie fest.

»Ich habe es nicht geglaubt, ich wollte es nicht glauben, aber das ist wirklich Ragnar«, stellte Ivar fest, als er auf das Skelett starrte, das in der Grube lag. Das lange Haar war dunkel vom Schlamm, an den Knochen hingen noch einige Fleischfetzen. Um den Hals lag Ragnars unverwechselbare goldene Kette, an seinen Armen erkannte man die Armreifen und Armbänder aus Gold und Silber, die knochigen Finger umklammerten den Griff des Breitschwertes. »Aella, kein Wikinger, der dieses Namens würdig ist, hätte meinen Vater auf eine so groteske Weise umgebracht, so etwas kann sich nur ein Sachse ausdenken. Also weiß ich, daß du es warst, der den Befehl dazu gegeben hat. Jetzt bleibt mir also nur noch herauszufinden, wer ihn in diese Grube gestoßen hat.«

»Es war diese gelbe Hexe dort drüben!« beeilte sich Aella zu erklären. »Sie hat sich zu ihm gebeugt und ihm etwas ins Ohr geflüstert – ich weiß nicht, was es war –, aber er hat gebrüllt wie ein Verrückter. Und dann hat sie ihn in die Grube gestoßen.«

»Was hast du Ragnar gesagt, Yelkei?« fragte Ivar ruhig, als sprächen sie über das Wetter und nicht über den Tod seines Vaters.

»Das ist mein Geheimnis. Aber vielleicht werde ich es auch dir eines Tages verraten – oder auch nicht.«

»Du hast eine verfluchte Zunge, sie war schon immer gespalten wie die einer Schlange, wenn du deine Lügen, deine Rätsel und deine Prophezeiungen ausgesprochen hast. Aber vielleicht werde ich sie dir heute aus dem Mund reißen – oder auch nicht. Stand es in den Sternen geschrieben, daß Ragnar hier von deiner Hand sterben sollte, oder war es deine eigene Entscheidung, die sein Schicksal besiegelt hat, Yelkei?« Ivars Frage war rein rhetorisch, denn er beantwortete sie selbst. »Du wirst sagen, daß allein die Götter eine Antwort darauf wissen, und zweifellos stimmt das. Daher wollen wir uns den Dingen zuwenden, die wichtiger sind. Da er ein Sklavenhalsband trug und in Ketten lag, weiß ich, daß mein Vater keine Waffe in der Hand hatte, als er in die Schlangengrube gestoßen wurde, wer also hat ihm die Waffe zugeworfen, damit er sterben konnte wie der große Wikinger, der er war – im Kampf gegen seine Feinde?«

»Ich war es«, antwortete Wulfgar leise, obwohl er insgeheim wußte, daß Ivar die Antwort auf diese Frage schon kannte.

»Natürlich warst du das – obwohl Ragnar dir nicht einmal dafür gedankt hat, indem er die Worte aussprach, die du so gern hören wolltest, ich denke, er hat seine letzte Schuld nicht bezahlt.« Ein eigenartiger Ausdruck des Verstehens, ja beinahe des Mitleids, lag auf Ivars Gesicht, wie Rhowenna verwirrt feststellte. Sie hatte nicht geglaubt, daß Ivar dieser Gefühle Wulfgar gegenüber überhaupt fähig war. Lange schwieg Ivar, erst nach einer Weile wandte er sich an seine Thegns. »Ich stehe an meines Vaters Statt in der Schuld, daß er nicht den Tod eines Feiglings gestorben ist. Holt einen Waffenschmied und nehmt Wulfgar den eisernen Kragen ab.«

»Und auch den von Flóki«, verlangte Wulfgar und hielt Ivars Blick ruhig stand.

»Ah, da ist ja noch immer die Sache mit Flóki the Raven, nicht wahr?« Ivars Stimme klang ein wenig spöttisch. »Ein Mann, der es wagte, seinen König anzugreifen und ihm eine große Beute zu stehlen. Es ist schwer, sich das vorzustellen ... nicht wahr? All dies« – er machte eine ausladende Handbewegung, die ihn selbst mit einschloß und auch die Schlangengrube, in der Ragnar lag – »aus Liebe zu der Prinzessin von Usk.« Er starrte Morgen an, um die Flóki die Arme gelegt hatte, und daher entging ihm das boshafte Aufblitzen in Yelkeis Augen und auch die plötzliche Angst auf Wulfgars Gesicht, denn was er gesagt hatte, war die Wahrheit, auch wenn Ivar the Boneless die Identitäten nicht kannte. »Was soll ich mit dir tun – mit euch allen –, das frage ich mich. Ich denke, ich muß lange und ausführlich darüber nachdenken.«

Der Waffenschmied wurde gebracht, und nach einer halben Stunde unermüdlicher Arbeit waren sowohl Wulfgar als auch Flóki von den eisernen Sklavenhalsbändern und den Ketten befreit und rieben sich beide den Nacken und die Handgelenke, wo das Metall am Anfang blutende Wunden verursacht hatte, die jetzt vernarbt waren. In der ganzen Zeit, die der Mann brauchte, um die beiden von den Ketten zu befreien, stand Ivar schweigend daneben, offensichtlich in Gedanken versunken. Er selbst schien gar nicht zu bemerken, daß sie in der heißen Sonne standen, die Verzögerung schien ihm auch nichts auszumachen, als hätte er alle Zeit der Welt und als gäbe es keinen Grund, die Sache so schnell wie möglich zu beenden, obwohl niemand damit rechnete, daß Ivar darauf verzichten würde, den Tod seines Vaters zu rächen, sobald der Waffenschmied seine Arbeit beendet hatte. Doch erst als die letzte der Ketten gefallen war, sprach Ivar wieder.

»Wie mir scheint, ist Ragnars Tod die Schuld vieler, einschließlich seiner selbst, denn hätte es ihn vor so vielen Jahren nicht nach der schwarzhaarigen, gelben Prinzessin der Ostländer gelüstet, dann wäre es vielleicht gar nicht so weit gekommen. Wer außer den Göttern kann sagen, ob das Schicksal eines Menschen unvermeidlich ist oder ob er es durch seine eigenen Handlungen beeinflußt? Aber eines weiß ich, ganz gleich, was geschehen ist, du warst es, der seinen Tod befahl, und du hast auch die Art seines Todes bestimmt, Aella, und dafür wirst du die

Strafe erleiden, die auf den Mord an einem König im Nordland steht.« Er blickte zu Ubbi und Halfdan. »Entkleidet ihn und bindet ihn mit dem Gesicht nach unten über der Schlangengrube fest«, befahl er ihnen. »Er soll Náströnd erblicken, noch ehe er den Fuß auf das von Leichen und Monstern beherrschte Ufer setzt, um neun Tage und Nächte lang zu den vergitterten Toren von Hel zu wandern.«

Aella hatte noch gar nicht begriffen, was Ivar vorhatte, doch er ahnte die schlimmen Schmerzen und das Entsetzen, das auf ihn wartete, und wehrte sich wie ein Besessener gegen Ubbi und Halfdan – doch ohne Erfolg. Am Ende wurde er nackt ausgezogen und mit gespreizten Schenkeln, mit dem Gesicht nach unten, über der Schlangengrube festgebunden, Hände und Füße wurden an Pfähle gefesselt, die man in den Boden am Rand der Grube geschlagen hatte. Als das geschehen war, nahm Ivar sein glänzendes Breitschwert aus der Scheide und ging langsam auf die Grube zu. Er trat auf die kleine Mauer, die die Grube umgab, und mit außergewöhnlichem Geschick und Anmut schwang er ein Bein auf die andere Seite, so daß er direkt über Aella stand. Dann hob er das Schwert hoch und senkte es auf Aella, von seiner Schulter bis zu seinem Rücken ritzte er in Form eines Halbmondes die Haut seines Rückens zuerst an der einen und dann an der anderen Seite auf. Aella konnte seine Schmerzensschreie nicht unterdrücken. Mit einem spöttischen Lächeln warf Ivar Wulfgar das blutbeschmierte Schwert zu, als wolle er ihn herausfordern, es auch zu benutzen. Doch nachdem Wulfgar es mit einer Hand aufgefangen hatte, senkte er es und hielt es an seiner Seite. Mit einem leisen Lachen wandte Ivar seine Aufmerksamkeit wieder Aella zu. Mit seinen Händen zog er Aella die Haut vom Körper und entblößte seine Wirbelsäule und seine Rippen. Eine nach der anderen brach er Aella die Rippen, riß sie von der Wirbelsäule ab und griff dann nach Aellas Lunge, die er ihm aus dem Körper riß und sie wie die blutigen Schwingen eines Adlers auf seinen Rücken legte.

Aella war tot. Natürlich war er tot. Er mußte tot sein, sagte Rhowenna sich benommen, entsetzt und schockiert. Niemand konnte ein so schreckliches, unmenschliches Ritual überleben. Doch es war, als hörte sie noch immer seine gequälten Schreie, als Ubbi und Halfdan die Seile durchschnitten, mit denen der König an den Pfosten festgebunden war. Dann ließen sie den leblosen Körper in die Schlangengrube fallen, wo er mit einem entsetzlichen dumpfen Aufprall auf Ragnars Skelett fiel. Ivar hob seine blutigen Hände zum Himmel, so daß ihm das Blut an den Armen herunterrann, warf den Kopf in den Nacken und schrie: »Odin! Odin!« In diesem Augenblick ähnelte er so sehr Wulfgar, wie er in dem Sturm auf der Nordsee an Bord der *Siren's Song* gestanden hatte, daß es Rhowenna vorkam, als sähe sie die andere, dunkle und schreckliche Seite ihres Mannes, die sie nicht kannte und die sie auch nie kennenlernen wollte. Voller Entsetzen sank sie schließlich in eine gnädige Ohnmacht.

Wulfgar warf Ivars Breitschwert zur Seite und kniete neben seiner Frau nieder, er zog sie in seine Arme, hielt sie an seiner Brust und blickte dann voller Schrecken zu Ivar, der jetzt am Rande der Schlangengrube stand. In seinen Augen brannte ein fiebriger Triumph und eine Mordlust, die Wulfgar ahnen ließ, daß sein Bruder mit seiner Rache noch nicht fertig war.

»Ergreift sie!« befahlt Ivar, und im nächsten Augenblick wurde Wulfgar von Ivars Männern gepackt. »Haltet sie!«

Genau wie er gegen Aellas Wachen angekämpft hatte, kämpfte Wulfgar jetzt auch gegen Ivars Thegns. Doch genau wie Aella kämpfte er vergebens. Schon bald waren er und Flóki gefesselt von den vielen starken Händen der Thegns. Und genau wie Aella wußten sie nicht, was sie erwartete. Sie konnten nur ahnen, was Ivar vorhatte, als er jetzt von der Mauer der Schlangengrube sprang und mit spöttisch verzogenem Mund und dem Anflug eines Lächelns wie ein räuberisches Tier langsam auf Morgen zuging. Ihre Augen weiteten sich entsetzt, dann zogen sie sich voller Haß und plötzlichem Verstehen zusammen, ihre Nasenflügel blähten sich wie die eines wilden Tieres, das die Gefahr wittert. Ihre Finger krümmten sich, sie hob eine Hand, um Ivar das Gesicht zu zerkratzen, doch er hielt ihr Handgelenk mit brutaler Kraft fest, dann hob er die andere Hand und schlug ihr mit dem Handrücken ins

Gesicht. Er zerriß ihr Kleid, dann warf er Morgen auf die Erde, beugte sich über sie und preßte seinen Mund auf ihren.

Während Wulfgar und Flóki dabeistanden und heiße Tränen über Flókis Wangen rannen, waren sie gezwungen zuzusehen, wie zuerst Ivar und dann auch Ubbi und Halfdan Morgen vergewaltigten.

19. KAPITEL

Die große Armee

Als Rhowenna aufwachte, fühlte sie die langsamen, rhythmischen Bewegungen eines Ochsenkarren, in dem sie auf einer Matratze lag, und sie erkannte Yelkeis faltiges Mondgesicht, das sich über sie beugte. Ihre schwarzen Augen blickten besorgt, als hätte die gelbe Frau befürchtet, daß Rhowenna nie wieder aus ihrer Bewußtlosigkeit erwachen würde. Doch als sie sah, daß sich Rhowennas Augen langsam öffneten, nickte sie und lachte erleichtert auf. Dann wandte sie sich ab, griff in eines der vielen Säckchen aus Tierhaut und bereitete in einer hölzernen Schale mit zerstoßenen Kräutern und Wurzeln und etwas Wein aus einer ledernen Flasche ein dunkles Gebräu, das sie an Rhowennas Lippen hielt.

»Trinkt, Herrin«, befahl sie leise. »Jetzt, wo Ihr endlich wieder aufgewacht seid, wird es Euch helfen, Eure Lebensgeister wiederzuerlangen und zu Kräften zu kommen. Ihr habt einen schlimmen Schock erlitten – das Ritual des Blutadlers war zuviel für Euch, und ich möchte nicht, daß Ihr Euer Kind verliert, denn nur deswegen haben Ivar the Boneless und seine Brüder Euch verschont, dessen bin ich sicher.«

»Was ... wovon redest du, Yelkei?« Rhowenna war erstaunt, wie schwach ihre Stimme klang. »Was ist geschehen? Wo ist Wulfgar? Wo sind wir – und wohin fahren wir?« Ihre Fragen kamen schnell hintereinander, als fürchte sie sich vor den Antworten.

»Psst, regt Euch nicht auf, Herrin. Trinkt, dann werde ich Euch Antwort geben, so gut ich kann.« Gehorsam trank Rhowenna die Schale, die Yelkei ihr hinhielt, leer. Dann sprach Yelkei und beantwortete die Fragen, die Rhowenna die größte Sorge bereiteten. »Fürchtet Euch nicht, Wulfgar lebt, und es geht ihm gut, er reitet vor uns mit Ivar und seinen Brüdern, genau wie Flóki the Raven, so wie Ivar es befohlen hat. Denn obgleich jeder andere Mann die beiden sofort getötet hätte, so gibt es doch etwas Dunkles und Kaltes in Ivar, das ihn davon zurückgehalten hat, die Hand gegen die beiden zu erheben, etwas, das ihn dazu gebracht hat, den Einsatz noch ein wenig zu erhöhen, das Spiel noch ein wenig länger zu spielen. Manche würden sicher sagen, es ist das Böse in ihm, das zu ihm gehört, aber ich würde es eher Furcht nennen. Ja, auch wenn er ihn zu seinem Gefangenen gemacht hat, so fürchtet Ivar sich doch vor Wulfgar. Ich weiß nicht, warum, aber die beiden sind wie Hacksilber, wie zwei Hälften der gleichen Münze.« Yelkei hatte unbewußt genau die Gedanken ausgesprochen, die Rhowenna gehabt hatte, als sie Ivar über der Schlangengrube stehen und die blutigen Arme zum Himmel ausstrecken und Odin anrufen sah. Als sie jetzt wieder daran dachte, lief ein Schauer durch ihren Körper, und trotz der warmen Sonne des Frühlings, der schon beinahe in den Sommer überging, fröstelte sie.

»Ivar hat ganz Nordumbrien erobert, und die Grafen, die noch am Leben sind, haben ihn dafür bezahlt, daß er in Frieden wieder abzieht, deshalb geht Ivar jetzt zurück«, sprach Yelkei weiter. »Er läßt eine Marionette zurück, die in seinem Namen regiert – Egbert, ein Graf aus Nordumbrien, der aus Britannien ausgestoßen wurde und als Flüchtling ins Nordland kam und einer der Thegns Ragnars wurde. Wir reisen im Augenblick nach Südwesten, um zum Königreich von Mercia zu kommen. Denn wie sein Vater Ragnar vor ihm, so hat auch Ivar die Absicht, ganz Britannien zu erobern und wie Bretwalda über die Sachsen, die Angeln und die Jütländer zu herrschen, die dort leben.«

Bei dem Gedanken, nach Mercia gebracht zu werden, der Heimat von Prinz Cerdic, erschauerte Rhowenna noch einmal heftig, eine schreckliche Vorahnung überkam sie plötzlich. Zum tausendsten Mal verfluchte sie sich dafür, daß sie den Brief Aellas an Wulfgar nicht sorgfältiger gelesen hatte, denn hätte sie es getan, so wären sie nie in seinem Haus geblieben, wären von ihm nie gefangengenommen worden und wären jetzt nicht der Gnade von Ivar the Boneless und seiner Brüder ausgeliefert.

»Yelkei, was ist geschehen, nachdem ich ohnmächtig geworden bin?« fragte sie nach einer Weile zögernd, weil sie fühlte, daß da noch etwas war, das Yelkei ihr nicht erzählen wollte. Doch als Yelkei nicht antwortete, den Blick senkte und zur Seite sah, bemerkte Rhowenna erst, daß Morgen sich in einer Ecke des Ochsenkarrens zusammengekauert hatte, sie zitterte und schaukelte hin und her, die Arme hatte sie um ihre Knie geschlungen, und instinktiv wußte Rhowenna, was geschehen war. »O Gott«, hauchte sie, und Tränen brannten in ihren Augen. »O Gott … Morgen. Morgen …« Und dann lag Morgen plötzlich in ihren Armen, und Rhowenna hielt sie fest, streichelte ihr übers Haar und beruhigte sie, während Morgen heftig, aber lautlos an ihrer Brust weinte. »Es tut mir leid, es tut mir so schrecklich leid, Morgen«, flüsterte Rhowenna.

»Ich wollte doch nur … nach Hause«, schluchzte Morgen. »Ich wollte nicht im Nordland bleiben! Ich wollte mich nicht in Flóki the Raven verlieben! Aber er hat mich dazu gebracht, ihn zu lieben, und jetzt … und jetzt … Oh, Rhowenna! Ivar und seine Brüder … sie haben Flóki gezwungen … sie haben ihn gezwungen zuzusehen … als sie über mich hergefallen sind. Gott, wie sehr muß Flóki mich jetzt hassen! Immer, wenn er mich ansieht, wird er sich daran erinnern. Er wird sich an das erinnern, was sie mir angetan haben, und er wird mich als ihre Dirne in Erinnerung behalten und mich nie wieder lieben. Oh, Rhowenna! Das tut so weh. Mit ihrer Tat könnte ich leben. Aber Flóki zu verlieren schmerzt so sehr, daß ich mir wünschte, ich wäre tot!«

»Ruhig, ruhig! Sag so etwas nicht! Es ist nicht wahr, und ich glaube das auch nicht von Flóki! Ein Mann, der dich so sehr liebt, wie Flóki es tut, wendet sich nicht einfach von dir ab, nur weil dir so etwas Schreckliches zugestoßen ist, an dem du selbst keine Schuld trägst. Er wird viel eher Ivar, Ubbi und Halfdan im Schlaf umbringen!«

»Und wird dafür selbst sein Leben verlieren – denn sie rechnen doch damit, nicht wahr? Sie werden ihm gegenüber auf der Hut sein, sie werden immer mit einem offenen Auge schlafen.« Morgen war ein wenig ruhiger geworden, sie wischte sich die Tränen von den Wangen, als sei sie ärgerlich darüber, Schwäche gezeigt zu haben.

»Wulfgar wird auch aufpassen, Morgen. Vertrau mir. Er wird nicht zulassen, daß Flóki überstürzt handelt, das verspreche ich dir. Und irgendwie werden wir alle das hier überstehen, alle zusammen. Bei Christus und bei Wulfgars Göttern, das schwöre ich dir!«

Aus der riesigen Anzahl der Krieger der Armee des Nordlandes und aus der Organisation des Feldzuges war sehr leicht festzustellen, daß Ragnar Lodbrók alles sehr genau vorhergeplant hatte, und hätte er überlebt, wäre es ihm wahrscheinlich gelungen, seine Armee zum Sieg zu führen und ganz Britannien zu unterwerfen, und wäre er nicht mit so wilder Wut auf Wulfgar und Flóki losgegangen, hätte er nicht darauf bestanden, sie zu verfolgen und seine Söhne mit der großen Armee nach Britannien zu schicken. Doch auch Ivar selbst war ein fähiger Führer, das hatte er bewiesen, als er Nordumbrien eingenommen hatte. Jetzt, gegen Sonnenuntergang, unterbrachen sie ihren Marsch, um das Nachtlager aufzuschlagen, und Rhowenna konnte aus ihrem Ochsenkarren heraus beobachten, daß Ivar zusätzlich zu den Pferden und der mitgeführten Verpflegung noch eine Reihe Zelte von den sächsischen Königen und Grafen beschlagnahmt hatte. Da er so gut ausgerüstet war, gestand er Wulfgar und Flóki ihre eigenen kleinen Fellzelte zu, wie sie von den Lappen in der nördlichen Tundra benutzt wurden und die seine Armee aus dem Nordland mitgebracht hatte. Erst als diese Zelte errichtet waren, kamen Wulfgar und Flóki zu dem Ochsenkarren, vorher hatte man ihnen das verwehrt.

Wulfgars Augen blickten besorgt, und Rhowennas Herz tat weh, als sie ihn sah. Er hob sie von dem Wagen und hielt sie fest in seinen Armen, sie klammerte sich an ihn und erwiderte seine heißen, fiebrigen Küsse. Doch Morgen hockte in einer Ecke des Ochsenkarrens und verbarg schamhaft ihr Gesicht, sie wagte es nicht, Flóki anzusehen, bis er ihr einen Finger unter das Kinn legte, ihr Gesicht hob und sie auf den

Mund küßte, lange und innig. Danach schrie sie leise auf, schlang die Arme um seinen Hals und klammerte sich an ihn, während er sie von dem Wagen herunterhob und sie wortlos in sein Zelt trug, dessen Eingang er hinter ihnen schloß.

»Sie hat geglaubt, er wolle sie nicht mehr haben«, erklärte Rhowenna leise, während sie und Wulfgar den beiden nachsahen. »Sie glaubte, er würde sie hassen, er würde sie nie wieder lieben können und sie nur noch als die Dirne seiner Feinde ansehen.«

»Er haßt sie dafür, was sie ihr angetan haben«, gab Wulfgar nüchtern zu. »Aber Morgen selbst liebt er deswegen nur noch mehr. Wie könnte es auch anders sein? Weil sie sich an ihm rächen wollten und ihn dazu gezwungen haben, zuzusehen, wie sie sich an seiner Frau vergingen, haben meine Halbbrüder ihm das Leben geschenkt. Also war Morgens Opfer nicht vergebens, Rhowenna, wäre sie nicht gewesen, hätten sie ihn umgebracht. Sie könnten es noch immer tun. Sie könnten uns am Ende alle umbringen.« Wulfgars Stimme klang verzweifelt. »Aber ich kann augenblicklich trotzdem keinen Ausweg für uns aus dieser schrecklichen Lage finden, Elsket. Es amüsiert Ivar, uns wie ehrenwerte Gäste zu behandeln – indem er mir und Flóki Pferde zur Verfügung stellt und für dich, Morgen und Yelkei einen Ochsenkarren und Lapplandzelte für uns alle. Wie du siehst, hat Ivar mir sogar meine Streitaxt zurückgegeben und Flóki sein Breitschwert. Aber wir sind trotzdem seine Gefangenen, wir alle. Denn Ivar weiß sehr gut, daß weder ich noch Flóki so dumm sein werden, zu versuchen, uns den Weg aus dieser plündernden Horde freizukämpfen und wegzureiten, denn damit würden wir das Leben von dir, Morgen und Yelkei aufs Spiel setzen, weil wir euch der Gnade meiner Halbbrüder überlassen müßten. Doch genau wie früher hat Ivar heute den ganzen Tag versucht, mich zu provozieren, damit ich etwas Unüberlegtes tue.« Wulfgar lachte kurz und bitter auf. »Er hat mir sogar gesagt, daß er einige seiner Männer ausgeschickt hat, um mein Drachenschiff zu erobern, und daß es jetzt an der Küste von Ost Anglia liegt, zusammen mit seinem eigenen Schiff, und mich dort erwartet.«

»Wenn wir doch entfliehen könnten …«

»Nein, das können wir nicht, mein Johannisapfel.« Wulfgar schüttelte den Kopf. »Wenigstens nicht jetzt. Auch darfst du nicht vergessen, daß du schon bald unser Kind zur Welt bringst.« Sanft legte er eine Hand auf ihren gewölbten Leib, wo das Kind in ihr heranwuchs. »Du wirst dann nicht in der Lage sein, zu reisen. Nein, wir müssen warten und eine Weile dieses eigenartige und tödliche Spiel mitspielen. Aber unsere Chance wird kommen, das verspreche ich dir. Ich denke, es ist nur eine Frage der Zeit. Aber genug davon. Komm, Yelkei wird das Essen zubereitet haben und auf uns warten, und nachdem wir gegessen haben, möchte ich mit dir in unserem Zelt liegen und dich lieben, Kjoereste, so lange das noch möglich ist. Denn schon sehr bald werde ich mich zurückhalten müssen, obwohl mein Verlangen nach dir so groß ist, daß mir allein schon der Gedanke daran mißfällt, doch ich will unserem Kind nicht schaden.«

Noch während sie am Feuer saßen und aßen, wurde es dunkel, und danach fachten Wulfgar und Rhowenna ihr eigenes Feuer an, so wie es Liebende tun, und das grobe Lapplandzelt war ihr Schutz, ein wundervoller Ort, ein Kokon, gesponnen vom Mond und den Sternen und dem Nachtwind, der über die weiten Moore Nordumbriens wehte und den Geruch des fernen Meeres mit sich trug. Wulfgar hielt Rhowenna in seinen Armen, sie lag auf der Seite, und er schmiegte sich an sie, so daß sie eng nebeneinanderlagen. Sanft drang er in sie ein, und Rhowenna kam es vor wie der tiefe, lange Seufzer, den sie dabei ausstieß. Seine Lippen lagen auf ihrem Nacken, seine Hände auf ihren Brüsten und ihrem Leib, langsam, aber dennoch voller Kraft bewegte er sich in ihr, er fühlte, wie sie sich ihm öffnete, sie spreizte die Schenkel weit, um ihn tief in sich aufnehmen zu können. Rhowenna hatte einen Arm über ihren Kopf gelegt, ihre Hand spielte mit Wulfgars langem goldenen Haar, und sie schrie leise auf vor Entzücken, dann wandte sie ihm den Kopf zu, und ihre Lippen fanden sich. Willig öffnete sie den Mund und nahm seine Zunge in sich auf, wie sie ihn in sich aufgenommen hatte, sie erzitterte vor Leidenschaft, als er sich schließlich in ihr ergoß.

In dem ruhigen Nachglanz ihrer Liebe lagen sie beieinander, zärtlich streichelte Wulfgar Rhowennas Leib, mit den Fingern malte er kleine Muster darauf und dachte daran, wie sehr er sie liebte, und daß das Licht aus seinem Leben verschwinden würde und er ganz sicher sterben würde – sogar mit Freuden, wenn er sie je verlor. Doch selbst ihrer Liebe gelang es nicht, die Laute der lüsternen Söldner der Wikinger auszulöschen, die sich an den gefangenen sächsischen Frauen vergingen. Bis in ihr Zelt drangen sie, und Wulfgar fühlte, daß Rhowennas Gedanken in diese Richtung gingen, er fühlte, wie sie zitterte und das Herz in ihrer sanften weißen Brust schneller schlug. Er verfluchte Ivar dafür, daß sie fürchtete, gezwungen zu werden, in Ivars Armen zu liegen.

»Wulfgar«, flüsterte sie nach einer Weile. »Sollte Ivar je …«

»Das wird er nicht. Denk nicht einmal daran. Ich würde ihn vorher umbringen.«

»Flóki hat das nicht gekonnt.« Ihre Stimme zitterte.

»Ich bin nicht Flóki.«

»Du bist ein Mann. Ein einzelner Mann – genau wie er, du bist kein Gott. Ich muß es wissen, Wulfgar. Ich muß es aus deinem Mund hören … daß du mich noch immer lieben wirst, selbst wenn …«

»Oh, Elsket, wie kannst du daran zweifeln?« fragte er, und das Herz tat ihm weh bei dem Gedanken, daß sie an ihm zweifelte, wenn auch nur ein wenig. »Ich würde dich noch immer lieben! Ich werde dich ewig lieben! Du bist die andere Hälfte meines Herzens, meiner Gedanken, meiner Seele! Weißt du das denn nicht?«

»Doch … denn mir geht es genauso, Geliebter. Liebe mich noch einmal, dann kann ich so tun, als wären wir noch immer auf unserem Hof in deinem Grenzland, in dem Bett, das du für mich hast bauen lassen und wo du mir zum erstenmal gezeigt hast, wie es ist, einen Mann zu lieben – dich zu lieben – damals und für immer. In meinen Träumen bin ich jetzt dort mit dir. Bring mich nach Hause … nach Hause ins Nordland, Wulfgar – nur für einen kurzen Augenblick …«

»Nach Hause, Kjoereste? Du hast einmal gesagt, du würdest das Nordland nie so nennen.«

»Damals wußte ich nicht, was ich wollte und was ich brauchte.«

»Und was ist das?«

»Dich, Wulfgar ... nur dich, für immer und ewig.«

Wie der Nebel in der Nacht, der sich über die Hügel und die Täler legt, so umschlang er sie, seine Lippen legten sich auf ihre Lippen, auf ihre Brüste und ihren Bauch, während er sie gleichzeitig den gewundenen Pfad in die Berge des Nordlandes führte, an Zauberkreisen und Elfenbäumen vorbei, zu einem Ort, wo Thors Hammer, Mjöllnir, den Himmel spaltet, und Rhowenna flog höher als die Götter in Asgard, ehe sie langsam wieder zur Erde niedersank, um sich wie ein Schwan auf der wilden See des Nordlandes treiben zu lassen.

Die große Armee marschierte weiter, sie kämpfte und tötete, verstümmelte, plünderte und vergewaltigte, bahnte sich ihren Weg durch Nordumbrien bis hinein nach Mercia und versetzte alle in Angst und Schrecken. Burgred, der König von Mercia, der die Schwester Aethelreds, des Königs von Wessex, geheiratet hatte, sandte seinem Schwager eine Botschaft und bat die Westsachsen um Hilfe gegen die Wikinger. Unter Aethelred und seinem Bruder Alfred stellten die Westsachsen eine eigene Armee auf und marschierten aus Wessex heraus, um sich mit den Kriegern Burgreds außerhalb von Nottingham zu vereinen. Mittlerweile hatten sich in Nordumbrien die Sachsen gegen den von Ivar eingesetzten Herrscher Egbert erhoben und ihn ins Exil geschickt, diesmal hatte er bei Burgred in Mercia Schutz gesucht. Die Nordumbrier hatten einen anderen Sachsen, Ricsige, zu ihrem König gemacht, und die Wikinger hatten die Kontrolle über dieses Königreich verloren. Sie verzichteten also darauf, sich mit Burgreds Armee auf einen Kampf einzulassen, statt dessen akzeptierten sie eine Bezahlung dafür, daß sie in Frieden aus Mercia abzogen, dann marschierten sie zurück nach York, um Nordumbrien zurückzuerobern.

Doch als sie hörten, daß Burgred den verräterischen Egbert beherbergte, wurde Ivar so wütend, daß er Burgreds Truppen angriff und sie entscheidend schlug, so daß Burgred gezwungen war, in Rom um Exil zu bitten. Nach seinem Sieg ernannte Ivar einen von Burgreds Grafen, Ceolwulf, zum tributpflichtigen König von Mercia, unter der Voraussetzung, daß Ceolwulf sich selbst und sein Königreich unter Ivars, Ubbis und Halfdans Dienste stellte und unter die Dienste eines jeden Wikingerkönigs oder Jarlar, der es wagte, ihnen nach Britannien zu folgen. Diese bindende Verpflichtung von Ceolwulf verstärkte Ivar mit Eiden und mit Geiseln, denn er hatte aus dem Fehler, den er mit Egbert gemacht hatte, gelernt. Er nahm die Geiseln mit sich, um sich damit Ceolwulfs Loyalität zu sichern, und marschierte dann in den Teil Mercias, der das Reich Prinz Cerdics war – denn nur Cerdic hatte sich von all den Königen in Mercia geweigert, seinen Anteil dessen, was in den späteren Jahren als das Danegeld bekannt wurde, zu zahlen.

Als sie erkannte, wohin sie zogen, war Rhowenna entsetzt, denn es schien ihr, daß alles seit ihrem ersten Traum von Wulfgar – der Angriff auf ihren Vater, der Überfall auf Usk – auf diesen Augenblick in ihrem Leben hingeführt hatte. Ganz gleich, wie sehr sie es auch versuchte, es gelang ihr nicht, die tiefe Vorahnung abzuschütteln, ihre Furcht vor der Entdeckung. Es gab Männer an Cerdics Hof, die sie wiedererkennen würden, die Boten, die Cerdic damals nach Usk geschickt hatte, um sie in der sächsischen Sprache und den Gebräuchen des Landes zu unterrichten. Doch bestand die Möglichkeit, daß sie Cerdics Königshof gar nicht betreten würde, daß sie weit entfernt sein würde, und nicht in dem Ochsenkarren oder dem Lapplandzelt, wenn es schließlich doch zu einer Schlacht kommen würde. Wann immer es einen Konflikt gab, sorgte Wulfgar dafür, daß sie weit von der Frontlinie entfernt war, wo er und Flóki – immer auf der Hut, damit keiner der drei Brüder ihnen eine Scramasaxt in den Rücken hieb – gezwungen waren, neben Ivar, Ubbi und Halfdan zu kämpfen.

Das Ende des Sommers nahte bereits, und auch Rhowennas Niederkunft war bald gekommen. Yelkei glaubte, daß das Kind in den nächsten Wochen geboren werden würde, deshalb war Rhowenna besonders vorsichtig und hielt sich in Yelkeis Nähe, nicht nur weil die Wikinger glaubten, Yelkei sei eine Hexe und eine wirkliche Seherin und sich daher vor ihr fürchteten, sondern auch, weil sie Rhowennas Hebamme sein sollte.

Rhowenna unterdrückte ihre Ängste und versuchte, ruhig zu bleiben, während die Armee ihren Marsch nach Südwesten fortsetzte, in Richtung auf Cerdics Reich, das an der Grenze zwischen Britannien und Walas lag und von Offas Deich von Usk getrennt war – so nahe und doch so weit von ihrer Heimat entfernt, in die sie nicht länger zurückkehren wollte. Doch dann hatten die Götter ironischerweise wieder einmal ihre unberechenbare und schreckliche Hand im Spiel, in der Gestalt eines christlichen Priesters.

Auf Ivars Botschaft, daß er für den Frieden bezahlen sollte oder sich selbst an der Spitze seiner Armee dem Kampf stellen sollte, sandte Cerdic eine kurze, unhöfliche Antwort, dann zog er seine Krieger an den Mauern seiner Festung zusammen und wartete dort auf Ivars Truppen. Der folgende Kampf war lang und blutig, er dauerte drei Tage und drei Nächte, Ubbi wurde während eines wagemutigen Angriffs von Cerdic selbst erschlagen, und Ivar war schrecklich wütend darüber. Denn als Ubbi fiel, wurde auch sein Fahnenträger niedergeschlagen, und als sie sahen, daß die Fahne Ubbi Lodbrókssons auf dem blutbeschmierten Boden niedergetrampelt wurde, glaubte die Hälfte von Ivars Armee, daß er selbst gefallen war und floh vom Schlachtfeld. Doch am Ende gelang es Ivar, sie einzuholen und sie aufzuhalten, auf seinem schneeweißen Roß war er überall, und es gelang ihm, seine Krieger zu einem neuen Angriff zu führen, mit erneuter Energie überwältigten sie schließlich Cerdics Truppen, bezwangen die Festung und nahmen Cerdic gefangen.

Jetzt kniete Cerdic in dem großen Saal seines Königshofes auf dem mit Binsen bestreuten Boden, seine Hände waren hinter seinem Rücken gefesselt, sein Kopf lag auf einem hölzernen Block, Ivar senkte sein Breitschwert auf Cerdics Nacken, bereit, die Exekution auszuführen, die eine Vergeltung für Ubbis Tod sein sollte. Als Zeugen für Cerdics Tod waren Halfdan und Wulfgar anwesend, auch Flóki und einige andere von Ivars und Cerdics Thegns. Ein christlicher Priester in einer dunklen Robe umklammerte ein hölzernes Kreuz, das an einer goldenen Kette mit Perlen aus Bernstein um seinen Hals hing, und murmelte Gebete für die Seele des Prinzen, vor ihm kniete seine Schwester, die Prinzessin Mathilde – groß, mit goldblondem Haar, blauen Augen und einem hübschen Gesicht –, sie weinte und bat Ivar, das Leben ihres Bruders zu schonen, doch vergebens.

»Wenn du nicht ein solcher Geizkragen gewesen wärst, Cerdic«, meinte Ivar gedehnt, »dann würdest du jetzt nicht meine Klinge in deinem Nacken fühlen. Aber du hast ja schon immer darauf verzichtet, deine Schulden zu begleichen, nicht wahr? Selbst für die Prinzessin von Usk wolltest du kein Lösegeld an Wulfgar Bloodaxe bezahlen, obwohl sie wunderschön und außerdem mit dir verlobt war – und sie ist eine Freude im Bett, wie meine Brüder und ich dir versichern können, Cerdic. Wir alle haben sie besessen. Leider ist sie daher jetzt eine Dirne, und sie gehört Flóki the Raven. Aber ich dachte, da du einmal großes Interesse an ihr hattest, wolltest du dich vielleicht noch von ihr verabschieden, deshalb habe ich angeordnet, daß sie hierhergebracht wird.«

Bei dieser beängstigenden Neuigkeit zuckte Wulfgar zusammen, das Herz schlug ihm bis zum Hals, und seine Hand griff nach der Streitaxt. Doch dann erinnerte er sich daran, daß Cerdic Rhowenna nie gesehen hatte, er würde also nicht wissen, daß es Morgen war, die ihm gegenübertreten sollte. Und die Boten, die er damals an den Hof von Usk geschickt hatte, würden wahrscheinlich gar nicht anwesend sein – als Berater und Lehrer waren sie keine Grafen und nur von geringer Bedeutung. Er holte tief Luft und zwang sich zur Ruhe.

Bald erschien Morgen, herbeigeführt von zwei Männern. Ihre Augen waren vor Furcht weit aufgerissen, sie blickte sich in dem großen Saal um und suchte instinktiv Flókis gutaussehendes gebräuntes Gesicht in der Menge. Als sie ihn entdeckt hatte, nahm sie all ihren Mut zusammen und trat langsam vor, als Ivar ihr zuwinkte, zu ihm zu kommen.

»Nun, Cerdic, jetzt steht sie vor dir, die Frau, die einmal deine Braut hätte sein sollen, doch der gegenüber du dich als treuloser und unwürdiger Bräutigam erwiesen hast«, spottete Ivar und legte die Klinge seines Schwertes unter Cerdics Kinn, um seinen Kopf zu heben, damit er Morgen ansehen konnte. »Ist sie nicht genauso hübsch und charmant, wie ich es dir gesagt habe – auch wenn sie mittlerweile schon ein wenig abgenutzt ist?«

»Mein Herr«, sagte der Priester, noch ehe Cerdic antworten konnte. »Ich weiß nicht, welch ein eigenartiges und grausames Spiel dieser barbarische Wikinger mit Euch treibt, aber ich bitte Euch, hört nicht auf ihn. Dies ist ein Trick zu einem Zweck, den ich nicht erkennen kann, ein Spaß, den er sich mit Euch erlaubt, um Euch Eurer Würde zu berauben, ehe Ihr Eurem Schöpfer im Himmel gegenübersteht ...«

»Was redest du da für einen Unsinn?« fragte Ivar erstaunt, seine Augen zogen sich zusammen, und er stieß die Spitze seines Schwertes an die Brust des Priesters. »Was redest du da, Priester? Was willst du damit sagen? Spuck es aus, sofort, sonst werde ich dir das Herz aus dem Leib schneiden, das schwöre ich dir.«

»Aber ... aber ... das wißt Ihr doch, König Ivar«, stotterte der Priester nervös. »Diese Frau ist nicht die Prinzessin von Usk! Sie ist nur eine Dienerin mit dem Namen Morgen.«

»Das ist es also, was Yelkei Ragnar zugeflüstert hat, ehe er starb!« Ivars Augen leuchteten in einem plötzlichen Verstehen auf – und dann begann er vor Lachen zu brüllen. Er lachte noch immer, als er mit einer schnellen Bewegung seiner knochigen Hand die Spitze der Schwertklinge an Wulfgars Hals setzte und so fest drückte, daß ein Tropfen Blut erschien und Wulfgar gezwungen wurde, seine Streitaxt fallen zu lassen. Mit einem Klirren landete sie auf dem Boden. Ivars Augen blickten jetzt hart und wütend, leise sagte er: »Halfdan, geh und hol Wulfgars Frau und bringe sie zu mir, und zwar sofort.«

20. KAPITEL

Die Prinzessin von Usk

Ein ganzes Jahr ihres Lebens hatte Rhowenna sich vor diesem Augenblick gefürchtet und hatte ihm mit Schrecken entgegengesehen, jetzt stellte sie zu ihrer Überraschung fest, daß sie gar keine Angst mehr hatte. Langsam ging sie neben Halfdan her, der keine Anstalten machte, sie zur Eile anzutreiben, er zog sie nicht grob hinter sich her, wie sie erwartet hatte. Mehr als einmal nahm er ihre Hand, wenn sie stolperte, oder legte einen Arm um ihre Taille, um ihr über ein besonders unebenes Stück des Weges zu helfen, damit sie nicht fiel.

»Warum begegnet Ihr mir mit so viel Freundlichkeit, mein Herr?« fragte sie.

»Darauf weiß ich selbst keine Antwort, Herrin, höchstens die, daß ich schon immer geglaubt habe, daß Eure Haltung viel königlicher war als die der anderen – und Ivar war ein Dummkopf, weil er es nicht auch erkannt hat«, gestand Halfdan ihr. »Ihr seid die wahre Prinzessin von Usk, und Ihr seid Wulfgars Weib und habt uns alle zu Narren gemacht, und deshalb sollte ich Euch eigentlich umbringen. Aber die Wahrheit ist, daß ich diesen Wunsch nicht habe. Denn obwohl mein Vater und auch meine Brüder ihn nie anerkannt haben, so habe ich doch immer gewußt, daß Wulfgar Ragnars Sohn ist und mein Bruder, genau wie Ivar und Ubbi, und am Ende ist Blut Blut, und ob er nun ein Bastard ist oder nicht, ein Bruder ist ein Bruder. Ich habe schon immer gedacht, daß Wulfgar uns alle überlistet hat, aber deshalb bin ich ihm nicht böse. In meinem Herzen glaube ich, daß er wahrscheinlich der größte Wikinger von uns allen ist, und ich denke, auch Ivar weiß das, und deshalb fürchtet er ihn.«

»Tut er das?«

»O ja, Herrin, das tut er«, versicherte Halfdan ihr. »Denn im Grunde seiner Seele ist Ivar verderbt, so kalt und tot wie ein erfrorener Wolf in der Tundra – und das weiß er auch. Er ist wie einer aus den Ostländern – dunkel und verschlagen und böse –, er würde dir eher die Klinge in den Rücken bohren oder dich vergiften, als dir von Angesicht zu Angesicht in der Schlacht gegenüberzustehen – und das ist nicht die Art eines Wikingers. Aber ein Mann kann nicht gegen seine Natur ankämpfen, und Ivar ist viel zu stolz, um seine Bösartigkeit an einen anderen als an einen ihm ebenbürtigen Gegner zu verschwenden. In seinem ganzen Leben hat er keinen würdigeren Gegner gefunden als Wulfgar, und ich glaube, daß er denkt, solange Wulfgar lebt, wird er auch leben – in ihm. Doch wenn Wulfgar erst einmal tot und begraben ist, wer in der Welt sollte dann Ivar noch ein Spiel bieten, das es sich zu spielen lohnt? Er ist also wie eine Schlange, die ihren Schwanz im Maul hält – ein giftiger Kreis. Ivar will, daß Wulfgar tot ist, und er will es auch wieder nicht – und deshalb fürchtet er ihn.«

»Und Ihr fürchtet ihn nicht?«

»Nein, Herrin, ich fürchte niemanden, nur die Götter – und meinen eigenen verfluchten Ehrgeiz«, antwortete Halfdan und lächelte. »Genau wie Ragnar wird er mir am Ende den Tod bringen, davon bin ich überzeugt.«

Sie sprachen nicht weiter, denn sie waren mittlerweile an Cerdics Königshof angekommen, und jetzt hing jeder seinen eigenen Gedanken nach und fragte sich, was dort drinnen vor sich ging. Halfdan hatte Rhowenna die Hand unter den Ellbogen gelegt, um sie festzuhalten, so führte er sie in den großen Saal. Und dann verneigte er sich unerwartet vor Wulfgar, um ihn wissen zu lassen, daß ihr nichts geschehen war, und ließ sie dann mitten im Saal stehen. Rhowennas Herz schlug ihr bis zum Hals, ihre Blicke trafen sich mit denen Wulfgars, und sie erkannte, daß seine Hände hinter dem Rücken gefesselt waren und daß die Spitze von Ivars Breitschwert noch immer an seinem Hals lag und daß ein Tropfen Blut daran hing.

»Herrin«, wandte sich Ivar zu ihr. »Ich habe Halfdan befohlen, Euch hierherzubringen, weil ich gerade die unglaubliche Geschichte gehört habe, daß dieses Frauenzimmer dort drüben« – er deutete auf Morgen – »nichts anderes als eine Dienerin sein soll, und das bedeutet, daß Ihr die Prinzessin von Usk sein müßt.«

»Wo ist der Skáld, der Euch dieses seltsame und unglaubliche Lied gesungen hat, Herr?« fragte Rhowenna und war selbst erstaunt, wie ruhig ihre Stimme klang, als wäre sie jetzt, wo ihre Identität endlich enthüllt war, wieder die stolze Prinzessin, die sie einmal gewesen war. Sie warf den Kopf zurück und starrte Ivar hochmütig ins Gesicht. »Ist er in der Schlacht verwundet worden und liegt er jetzt im Fieberwahn, oder ist er nur betrunken von Bjórr und Nabid?«

»Weder – noch, Herrin, und er ist auch kein Skáld aus dem Nordland, sondern ein Priester des Christentums und daher ein ehrlicher Geschichtenerzähler. Dort steht er, und da Ihr eine christliche Frau seid, geht hin und schwört auf das Kruzifix, daß er gelogen hat, dann werde ich Euch nicht länger belästigen.«

»Das kann sie nicht, Herr.« Der Priester hatte wieder gesprochen, und jetzt richtete Rhowenna ihre Aufmerksamkeit auf ihn. Langsam zog er die Kapuze von seinem Gesicht, und Rhowenna keuchte erschrocken, als hätte man ihr einen tödlichen Schlag versetzt.

»Vater Cadwyr!«

»Ja, meine Herrin, ich bin es wirklich – einst war ich Euer Beichtvater, und wie Ihr ausseht, so braucht Ihr auch heute wieder mein Ohr und meinen Segen!« Mit Entsetzen erinnerte Rhowenna sich an die brennenden schwarzen Augen, die sie jetzt von Kopf bis Fuß musterten und dann auf ihrem gewölbten Leib ruhten.

»Dann ist es also wahr!« platzte Flóki the Raven plötzlich heraus. »Sie ist wirklich die Prinzessin von Usk! Bei den Göttern, du Bastard!« fuhr er Wulfgar an. »Du hast es gewußt. Du hast gewußt, daß Morgen nicht die Prinzessin ist, und dennoch hast du dagestanden und geschwiegen, während deine Halbbrüder sie vergewaltigt haben, du Sohn einer Hure!«

»Hättest du an meiner Stelle nicht genau das gleiche getan, Flóki? Warst du nicht bereit, Ragnar, deinen König, niederzuschlagen für deine Liebe?« fragte Wulfgar ruhig, und Flóki senkte beschämt den Blick. »Ich bin der einzige Mann, der Rhowenna je besessen hat, und sie trägt mein Kind unter dem Herzen, Flóki! Und Morgen war keine Jungfrau mehr, das mußt du doch gespürt haben, als du sie zum erstenmal besessen hast.«

»Ja, aber ich dachte … ich dachte, du seist es gewesen, der …«

»Nein, das war ich nicht.«

»Flóki, wie ich aus deinen Worten entnehme, hast du von dem Betrug nichts gewußt, sondern hast dich von Wulfgar täuschen lassen«, mischte sich jetzt Ivar ein. »Deshalb erlaube ich dir zu gehen, und du kannst die Magd Morgen mit dir nehmen, wenn du möchtest. Aber du mußt in Frieden gehen und schwören, nie wieder dein Schwert gegen mich oder die Meinen zu erheben, dann werde ich die Angelegenheit zwischen uns als erledigt betrachten.«

»Das klingt in meinen Ohren recht anständig«, gab Flóki nach einem Augenblick zu. »Und das werde ich auch tun, wenn Wulfgar Bloodaxe, mein Jarl, mir das erlaubt.«

»Ich erlaube es dir«, sagte Wulfgar.

»Bei den Göttern«, schwor Flóki seinen Eid. »Ich schwöre, nie wieder die Waffen gegen dich oder die Deinen zu erheben, Ivar the Boneless, solange ich lebe.«

»Dann interessierst du mich nicht weiter, du kannst gehen«, erklärte Ivar. Flóki nahm Morgens Hand, und mit einem letzten schmerzlichen Blick auf Wulfgar und Rhowenna, die jetzt allein auf der Welt waren, bis auf Yelkei die Seherin, führte Flóki Morgen aus dem großen Saal. »Also, Wulfgar«, sprach Ivar ruhig weiter – die Spitze seines Schwertes lag noch immer an Wulfgars Hals. Er nahm Rhowennas Arm und zog sie langsam zu sich hin. »Da du es geschafft hast, von einem Bóndi zu einem mächtigen Jarl des Nordlandes aufzusteigen, indem du alle getäuscht und es gewagt hast, die Prinzessin zu deiner Frau zu machen, wer könnte da sagen, wie hoch du noch aufsteigen wirst? Ich würde mir selbst einen guten Dienst erweisen, wenn ich dir einfach den Kopf abschlage und die Angelegenheit so erledige, so wie ich es mit Cerdic vorhabe. Aber dann wäre ja unser Spiel beendet. Da ich aber außer dir keinen so interessanten Gegner mehr habe, würde es mir leid tun, unsere Beziehung so zu beenden, das gestehe ich dir. Also, ich sage dir, was ich statt dessen tun werde. Ich werde dich leben lassen und dafür dein Kind töten, wenn es geboren ist, und dann werde ich mit deiner Frau mein eigenes Kind zeugen.«

Wulfgar drehte durch. Rhowenna fühlte, wie eine mörderische Wut in ihm aufstieg, trotz seiner Fesseln stürmte er vor wie ein wildes Tier, er schüttelte die beiden Männer ab, die ihn festhielten, und ging auf Ivar los, als wollte er ihm mit den Zähnen an die Gurgel gehen. Ivar trat schnell einen Schritt zurück, Wulfgars blitzende blaue Augen schienen bis in seine Seele zu blicken. Er hob die Schwertspitze drohend an Wulfgars Hals und fügte ihm eine kleine Wunde zu, aus der Blut floß.

»Vorsicht, Wulfgar – oder du wirst im nächsten Augenblick sterben, und deine Frau wird leben und meiner Gnade ausgeliefert sein. Oder vielleicht werde ich sie und dein Kind ganz einfach umbringen, hier und jetzt.«

Diese letzte Drohung genügte, um Wulfgar zurückzuhalten. Er erstarrte, sein Atem ging heftig, und seine Augen brannten wie blaues Feuer. Langsam faßte Ivar in Rhowennas Haar, und Wulfgar mußte machtlos mit ansehen, wie er sie heftig auf den Mund küßte und sie mit seiner Zunge zwang, ihm die Lippen zu öffnen. Rhowenna wehrte sich nicht, sie bewegte sich nicht, wagte nicht einmal, zu atmen. Sie wußte, daß eine Frau keine Macht über ihren Körper hatte, wenn ein Mann versuchte, ihr Gewalt anzutun, doch ihr Herz, ihre Gedanken und ihre Seele gehörten ihr ganz allein, und sie konnte sie dem Mann schenken, den sie auserwählt hatte, und die würde Ivar the Boneless nie von ihr bekommen, er würde sie nicht einmal in ihr anrühen können, so endgültig gehörten sie Wulfgar – und nur ihm allein. Als Ivar sie schließlich freigab, erstaunt und verärgert über den Mangel an Gegenwehr, meinte er:

»Bei den Göttern, es ist kein königliches Blut, sondern lauwarmes Wasser, das in Euren Adern fließt, Herrin! Morgen, die Magd, hatte eine Menge mehr Temperament und Rückgrat als Ihr, das schwöre ich!«

»Aber nur, weil Ihr weder ruhigen Mut noch innere Kraft kennt, Wikinger«, mischte sich Prinz Cerdic ein. Er hatte bis jetzt geschwiegen, um nicht Ivars Aufmerksamkeit mehr als nötig auf sich zu lenken. Auf diese Weise hoffte er, den Faden seines bedrohten Lebens noch ein wenig weiterspinnen zu können. »Meine Herrin«, wandte er sich jetzt an Rhowenna. »Einmal wollte ich Euch hier willkommen heißen, jetzt kann ich Euch nur noch Lebewohl sagen, und das tut mir leid. Hätte ich Eure Schönheit mit eigenen Augen erblickt, ehe Ihr von Usk entführt wurdet, ich hätte jedes Lösegeld für Euch bezahlt und noch mehr. Statt dessen habe ich Euch großes Unrecht angetan, das Euch schließlich an diesen Punkt Eures Lebens geführt hat, und das bedaure ich mehr, als ich es Euch je sagen kann. Ich habe nicht das Recht, es von Euch zu verlangen, aber da ich noch am heutigen Tag meinem Schöpfer gegenüberstehen werde und das mit reinem Gewissen tun möchte, bitte ich Euch um Eure Vergebung für meine Haltung Euch gegenüber.«

Als Rhowenna zu Cerdic blickte, der noch immer vor dem Holzklotz kniete, dachte sie, daß er und nicht Wulfgar jetzt ihr Ehemann sein würde, wäre er nicht so geizig gewesen und hätte das Schicksal ihr keinen Streich gespielt. Und auch wenn Cerdic ein gutaussehender Mann war, so wie Aella von Nordumbrien es gewesen war, mit seinem kurzgeschnittenen Haar und dem Bart, so hatte sie sich doch an eine lange blonde Mähne und an ein glattrasiertes Gesicht an ihrer Haut gewöhnt.

»Ich vergebe Euch, mein Herr«, sagte sie zu Cerdic. »Euer Verlust war mein Gewinn, also bin ich jetzt reicher als zuvor.«

»Dann gibt es nur noch eines, um das ich Euch bitte, einen Kuß Eurer süßen roten Lippen, schöne Herrin, für Euren so unritterlichen Verlobten, ein flüchtiger Hauch dessen, was hätte sein können, hätte ich mich nicht von meiner Geldgier und meinem Ehrgeiz leiten lassen.«

»Weil Ihr sterben werdet, werde ich Euch Euren Wunsch erfüllen, aber es wird ein Friedenskuß sein, mein Herr, nicht mehr. Denn alles andere gehört dem Mann, der mein tapferer Ehemann ist, dem ich willig und freudig Treue geschworen und mein Herz geschenkt habe.«

»Das wird mir genügen, meine Herrin.« Und als Rhowenna sich zu ihm niederbeugte und sein Gesicht in beide Hände nahm, um ihn zuerst auf die eine und dann die andere Wange zu küssen, flüsterte Cerdic ihr ins Ohr: »Es gibt noch eines, was ich für Euch tun kann, meine Herrin, und für meinen Seelenfrieden, ehe ich sterbe. Hütet Euch vor dem Priester! Er ist ein Verräter an Eurem Volk, ein Judas, dessen treulose Seele ich mit dreißig Silberlingen aus meiner Tasche gekauft habe. Durch ihn habe ich erfahren, wie ich am besten Euren Vater, Pendragon, in einen Hinterhalt locken konnte, in der Hoffnung, Usk für mich zu gewinnen und danach in Walas einzumarschieren und mich dort zum König ausrufen zu lassen. Und als mein Angriff auf Pendragons Leben fehlschlug, war es wieder Cadwyr, der Eurem Vater einredete, Euch mit mir zu verloben, damit ich durch eine Heirat das bekam, was ich mir mit Gewalt nicht holen konnte. Auf diese Art habe ich auch meine arme, gutherzige Schwester in die Sache hineingezogen. Und jetzt werde ich dafür bestraft, ich bin Männern in die Hand gefallen, die noch viel ehrgeiziger sind als ich, aber so sind die Menschen nun einmal, wilde und räuberische Bestien. Aber ich denke, ich hätte Euch am Ende doch noch geliebt.«

Als Rhowenna von Cerdic zurücktrat, vermied sie es, Vater Cadwyr anzusehen, weil sie fürchtete, daß er in ihrem Gesicht lesen würde, wie wütend sie auf ihn war. Zitternd stellte sie sich neben Wulfgar und barg ihr Gesicht an seiner Brust, als Ivar sein Breitschwert hoch über seinen Kopf hob und mit einem einzigen, wuchtigen Schlag Cerdic den Kopf abhieb.

Mathildes Schreie erfüllten die Luft, als das Blut aus dem Körper ihres Bruders spritzte und über den Steinfußboden lief, um dann ihr Kleid zu durchtränken. Vater Cadwyr murmelte heilige, nichtssagende Worte und ging zu ihr, um sie zu trösten, während Ivar Befehl erteilte, die

Gefangenen einzusperren und den königlichen Hof in Beschlag zu nehmen. Wulfgar wehrte sich heftig, als man ihn abführte, um ihn in ein Verlies zu sperren, während man Rhowenna und Mathilde in den Turm sperrte und ihnen Yelkei als Dienerin gab. Mathilde, eine sanftmütige Frau, lag im Turm auf dem Bett und schluchzte hysterisch, bis Yelkei ihr einen Trank gab, nach dem sie einschlief. Dann wandte die Seherin sich an Rhowenna.

»Herrin, es geht das Gerücht, daß eine Armee von Kriegern aus Usk auf Cerdics Grenzland vorrückt. Es scheint, daß Cerdic seine Schwester Gwydion, dem König von Usk, versprochen hat, da er Euch nicht als seine Braut bekommen konnte. Er hatte auch schon alle nötigen Papiere unterschrieben und Gwydion ihre Mitgift übergeben, als Ivar über das Land den Krieg brachte. Prinzessin Mathilde sollte innerhalb der nächsten beiden Wochen nach Usk reisen. Doch anstatt seine Schwester zu Gwydion zu schicken, mußte Cerdic eine Botschaft nach Usk senden, um Truppen und Waffen zu verlangen, die ihn im Krieg gegen Ivar unterstützen sollten, so wie Cerdic und Gwydion es in ihren Verträgen festgelegt hatten. Die Botschaft hat Usk zu spät erreicht, um Cerdic noch helfen zu können, aber man sagt, daß Gwydion seine Braut haben will, ehe er nach Usk zurückkehrt, er hat nicht die Absicht, sie in der Gewalt der Wikinger zu lassen. Wenn das stimmt, dann habe ich mir einen Weg ausgedacht, wie ich Euch und Euer Kind vor Ivar the Boneless retten kann. Also, hört mir genau zu, mein Plan ist folgender ...«

Der tödliche Trunk war bittersüß, und als Rhowenna ihn trank, erschauderte sie, denn ihr kam der Gedanke, daß dieser Trank wirklich sie und ihr Kind töten könnte. Den ganzen Tag lang, bis in die Nacht hinein, hatte sie in dem Turm gelegen und geschrien und gestöhnt und so getan, als läge sie in Wehen. Dabei hatte sie befürchtet, daß die Anstrengung wirklich die Wehen auslösen könnte – obwohl Yelkei ihr versichert hatte, daß die Arznei die Geburt hinauszögern würde. Jetzt, als sie fühlte, daß der Trunk wirkte, schloß sie schläfrig die Augen und versank langsam in eine tiefe, dunkle Bewußtlosigkeit, ihre letzten Gedanken galten Wulfgar und dem Schmerz, den sie ihm bereiten würde, und sie fragte sich, ob sie ihn je im Leben wiedersehen würde.

»Es tut mir leid, Wulfgar«, flüsterte Yelkei, und in ihrem Mitleid mit ihm, als sie den Schmerz auf seinem gutaussehenden, gebräunten Gesicht sah, brauchte sie sich gar nicht zu verstellen, als ihr Tränen über die Wangen liefen. »Ich habe alles getan, was ich vermochte, aber ich konnte sie nicht retten. Ich habe so etwas schon oft gesehen, die Hüften deiner Frau waren zu schmal, und das Kind war zu groß, um sich durch diesen engen Zugang seinen Weg in die Welt erkämpfen zu können. Sie und das Baby sind jetzt in Asgard.«

»Rhowenna von Usk war keine Heidin, sie war Christin, alte Frau – und sie wäre jetzt im Himmel, hättet ihr mich in den Turm gelassen, um die nötigen Handlungen durchzuführen!« Vater Cadwyr warf Yelkei einen bösen Blick zu. »Statt dessen ist sie gestorben, ohne daß ich ihr die Absolution erteilen konnte!«

»Sie wollte dich nicht an ihrer Seite haben, Priester! Als sie starb, hat sie nicht nur den Gott der Christen angerufen, sondern auch die Götter des Nordlandes und die anderen uralten Götter, deren Namen ich vorher noch nie gehört habe und die ich daher auch nicht kenne. Denn am Ende, in der Stunde ihrer Dunkelheit, hat sie gesagt, daß sie endlich begriffen habe, daß der Eine Gott die vielen Götter ist und die vielen Götter der Eine sind, aber daß du, Priester, niemand anderem als dem Teufel gedient hast und ein Verräter an Usk und an seinem König gewesen bist!«

»Halte deinen Mund, du böse alte Hexe!« schrie Vater Cadwyr und schlug Yelkei so heftig in das Gesicht, daß sie zu Boden fiel und Blut aus ihrer Lippe floß. Yelkei hatte ganz plötzlich ein Messer in der Hand, doch Ivar hielt sie zurück.

»Priester, nach dem wenigen, was ich über den christlichen Gott weiß, bist du eine Schande für deine Robe. Du hast keinen Respekt für die gequälte Seele eines Menschen und auch nicht für die Macht einer wahren Seherin! Halfdan, bring diesen elenden Diener des Christentums nach draußen und häng ihn auf!«

»Das tue ich gern«, brummte Halfdan, packte Vater Cadwyr, der sich voller Entsetzen zu wehren versuchte, und zog ihn mit sich nach draußen.

Nachdem sich die Tür hinter ihnen geschlossen hatte, herrschte Schweigen in dem Turm, das nur von Wulfgars gequältem, heftigem Schluchzen unterbrochen wurde, der Rhowennas leblosen Körper in seinen Armen hielt, ihren Kopf gegen seine Brust gelegt hatte und sie sanft wiegte und ihr langes, offenes Haar streichelte. Selbst Ivar war still, er fühlte sich eigenartig berührt durch diesen Ausbruch von Liebe und Trauer, denn auch wenn er in seinem Leben schon viele Gefühle durchlebt hatte, so waren ihm diese beiden doch fremd, und er beneidete Wulfgar dafür, trotz des Schmerzes, den er so offensichtlich durchlitt.

Nach einer lange Weile murmelte Yelkei: »Die letzten Worte deiner Frau galten dir, Wulfgar. Sie hat gesagt, sie möchte an den Ufern von Usk begraben werden, von wo du sie weggeholt hast und wo sie warten würde bis an das Ende der Zeit, bis du dort wieder zu ihr kommst.«

»So soll es sein. Gwydion von Usk wird morgen hier ankommen mit dem Lösegeld, das er für Mathildes Freilassung bezahlt. Wenn er wieder abreist, kann er die Leiche deiner Frau mit sich zurück nach Usk nehmen, Wulfgar«, erklärte Ivar. Er war offensichtlich berührt von Wulfgars Schweigen und von dem, was er in seinen Augen las. Es war, als wäre das Lebenslicht für immer erloschen, und ihm entging das leise, trimphierende Lächeln um Yelkeis Mund.

»Meine Herrin, Ihr habt wirklich den Verstand verloren!« rief Gwydion und starrte Mathilde bestürzt an. »Ivar the Boneless hat geschworen, daß Ihr noch unberührt seid. Aber jetzt glaube ich, dieser heidnische Bastard hat mich angelogen, und die Vergewaltigung hat Eurem zarten weiblichen Verstand geschadet!«

»Er hat mich nicht angerührt, mein Herr«, erklärte Mathilde leise, aber bestimmt. »Und als es so aussah, als würde er es tun, hat sich Rhowenna von Usk tapfer zwischen uns gestellt. Sie hat ihm ohne Furcht in die Augen gesehen und gesagt: ›Ivar, ich hätte nicht geglaubt, daß Ihr ein solcher Dummkopf seid, der nicht aus seinen Fehlern lernt.‹ Und auch wenn ich nicht weiß, was sie damit gemeint hat, so hat er doch über ihre Worte nachgedacht und dann gelacht und gemeint, er sei kein Dummkopf, er würde für mich das Geld bekommen, was er für sie nicht bekommen hatte. Aber wir verlieren Zeit, mein Herr, jeder Augenblick ist kostbar! Rhowenna lebt, das versichere ich Euch! Aber sie wird bestimmt sterben, wenn Ihr nicht den Deckel ihres Sarges öffnet, damit sie Luft bekommt! Bitte, mein Herr, ich bitte Euch! Oh, bitte!«

Schließlich, als sie Offas Deich überschritten hatten und in Walas und so nicht mehr in unmittelbarer Gefahr waren, hob Gwydion die Hand, und die Männer, die ihn begleiteten, hielten an. Er stieg von seinem Pferd und ging zu dem Ochsenkarren hinüber, auf dem der hölzerne Sarg stand, der die sterblichen Überreste seine geliebten Verwandten Rhowenna nach Hause bringen sollte. Eine Ewigkeit, so schien es Mathilde, stand er da, in Gedanken verloren, mit der Hand auf dem Sarg. Auf seinem Gesicht lag ein Ausdruck großer Sorge, und Mathilde begriff, daß Rhowenna für ihn viel mehr gewesen war als nur eine Verwandte, und ihr Herz flog ihm zu. Mathilde wußte auch, daß Gwydion dachte, sie hätte den Verstand verloren. Aber dann, als könne er nicht länger den kleinen Funken Hoffnung beiseite schieben, der bei dem Gedanken in ihm erwacht war, daß sie vielleicht doch die Wahrheit gesagt hatte, befahl er seinen Männern, den Deckel des Sarges zu öffnen, damit er einen Blick hineinwerfen konnte. Und daher war sein Gesicht auch das erste, was Rhowenna sah, die durch das Hämmern aus ihrem todähnlichen Schlaf erwacht war und langsam die Augen aufschlug, als sie die warme Sommersonne auf ihrer Haut fühlte und der Wind ihr den Geruch des Meeres zutrug.

»Gwydion!« hauchte sie und wagte kaum zu glauben, daß sie immer noch lebte, daß er wirklich vor ihr stand und kein Traumbild war. Tränen traten in ihre Augen. »Oh, Gwydion, endlich, nach all der Zeit, bin ich nach Hause, nach Usk zurückgekehrt!«

Seine Freude war so groß, daß es eine Weile dauerte, ehe er begriff, daß die Worte, die sie geflüstert hatte, »nach Usk« gewesen waren und nicht »zu dir«.

21. KAPITEL

Die Abrechnung

Der Herbst war ihnen schon auf den Fersen, als die große Wikinger Armee aus Cerdics Königreich nach Nordumbrien zurückmarschierte, nach York, um dort ihre Vorherrschaft über die Sachsen zu erneuern, die sie herausgefordert hatten. Danach fielen die Wikinger in Ost Anglia ein, wo sie in Thetford einen Stützpunkt aufbauten, der ihnen als Winterquartier dienen sollte. In Hoxne ließen sie sich mit den Truppen Edmunds, des Königs von Ost Anglia, der später ein Heiliger und Märtyrer werden sollte, auf eine Schlacht ein und besiegten sie. Sie exekutierten Edmund, und es schien, als würde kein einziger König im ganzen Christenreich verschont werden, wenn Ivar seinen Feldzug beendet und für sich das größte Königreich erobert hatte.

Während der ganzen Zeit verhielt sich Wulfgar so eigenartig, daß die Leute über ihn sprachen und ihn für verrückt erklärten. Im Kampf war er ein so wilder und wütender Gegner, daß es schien, als sei er zum Berserker geworden oder als suche er einen Weg, erschlagen zu werden. Sogar Ivar hielt sich in diesen Tagen von ihm fern, Wulfgars seelenlose Blicke trafen ihn tiefer, als er zugeben wollte, denn auf eine gewisse Art hatte Ivar das Gefühl, in einen polierten Bronzespiegel zu sehen und darin das Spiegelbild seines eigenen blinden, leeren Blickes wiederzuerkennen. An den Abenden, wenn sie in den verlassenen großen Sälen der toten Könige saßen, beobachtete Halfdan die beiden Männer schweigend, nachdenklich und besorgt. Auch Yelkei ließ die beiden nicht aus den Augen, sie beobachtete und wartete, und zum erstenmal, seit sich alle erinnern konnten, schwieg sie.

Doch dann kam eines Abends ein Barde an Ivars Feuer, sein Name war Owain, er hatte ein zahmes Frettchen auf seinem Arm und trug eine keltische Harfe über der Schulter. Er war kein Skáld des Nordlandes, doch trotzdem beleidigte oder bedrohte ihn niemand, denn ein Barde gehörte zu einer eigenen Kaste, er wurde von allen respektiert und war immer willkommen, für ein Abendessen zu singen, sei es in der Hütte eines Bauern oder in dem großen Saal eines Königs. Nachdem er hungrig die Schüssel mit dickem, gehaltvollem Hammeleintopf und den Kanten Brot mit Honig und Butter verschlungen und dazu einen Becher Met getrunken hatte, holte Owain seine Harfe aus der ledernen Hülle, zupfte ein paar Töne und Akkorde und spielte dann eine sanfte Ballade. Als Wulfgar die fremdartigen und dennoch schmerzlich bekannten Worte des Liedes hörte, das Rhowenna immer gesungen hatte, erwachte ein Funke in seinem Inneren und begann langsam zu brennen wie eine Kerze im Wind. Nach einer Weile rückte er näher ans Feuer und an den Musikanten, und wie ein Schatten folgte Yelkei ihm.

Das Frettchen saß auf Owains Schulter, seine winzigen Augen glänzten im Schein des Feuers, die Nase und die Schnurrhaare bewegten sich ständig. Wulfgar dachte, daß Rhowenna entzückt gewesen wäre, und bei dem Gedanken verspürte er einen dicken Kloß in seinem Hals. Der Barde sang und spielte sehr lange, denn außer in seinem eigenen Land, Walas, hatte er zu seiner Überraschung selten so aufmerksame Zuhörer gefunden wie diese Wikinger, diese Krieger, deren Seelen die Musik, die Poesie und die schönen Künste so sehr liebten, weil sie dem Tod so nahe waren und deshalb von allem, was das Leben bereicherte, angezogen wurden. Dann legte Owain schließlich seine Harfe beiseite und bemerkte jetzt auch, daß Wulfgar sich für das Frettchen interessierte. Mit einem Leckerbissen, den er aus seiner Tasche holte, lockte er das Tier seinen Arm hinunter bis auf Wulfgars Hand.

»Ihr Name ist Cariad«, sagte er. »Es ist ein Wort in der Sprache von Walas, und es bedeutet …«

»Elsket … Geliebte.« Mit gesenktem Kopf streichelte Wulfgar das weiche Fell des Tieres und tat so, als konzentriere er sich ganz darauf, damit der Barde sein Gesicht nicht sehen konnte.

»Genau.« Owain nickte. Dann legte er eine Hand auf Wulfgars Schulter und zog ihn so nahe heran, daß niemand seine folgenden Worte verstehen konnte. »Eure Geliebte lebt, Wulfgar Bloodaxe. Sie hat mich gebeten, Euch das zu sagen, und außerdem, daß Ihr einen wunderschönen Sohn habt. Bitte, mein Herr, Ihr dürft mir das Handgelenk nicht brechen, habt Mitleid mit mir, denn es ist die Hand, mit der ich meine Harfe spiele ...«

»Du lügnerischer Bastard! Wieviel hat Ivar dir dafür bezahlt?«

»Nicht, nichts, ich sage die Wahrheit, das schwöre ich Euch! Fragt die gelbe Frau!«

Wulfgar sog bei diesen Worten scharf den Atem ein, und als er sich umwandte, stellte er fest, daß Yelkei sie beobachtet hatte. In seinen Augen blitzte plötzlich Hoffnung auf und ein wildes blaues Feuer, das wie die blauen Sphären des Lichtes war, das aus einem extrem aufgeladenen Unwetter geboren wird.

»Yelkei ...?« Seine Stimme war leise und bittend.

»Es ist wahr, Wulfgar«, gestand sie, ein wenig verängstigt und auch beschämt, weil sie ihm dieses Wissen vorenthalten hatte, obwohl sie davon überzeugt war, daß sie in seinem Interesse gehandelt hatte. »Ich habe es dir nicht schon früher gesagt, weil deine Frau mir versprochen hatte, daß sie den Barden Owain schicken würde, wenn sie überlebt hätte – sie wollte keinem anderen Boten trauen und wollte auch ihre Worte keinem Brief anvertrauen, der vielleicht in Ivars Hand fallen könnte. Und wenn Owain der Barde nicht gekommen wäre, dann hätte es keinen Grund gegeben, daß du überhaupt hättest erfahren müssen, was sie aus Liebe zu dir und dem Kind getan hat ...«

»Was hat sie getan? Ich verstehe das nicht. Wie kann sie noch am Leben sein? Yelkei, ich habe ihren leblosen Körper in meinen Armen gehalten, habe ihren Mund geküßt, aus dem kein Atemhauch mehr kam ...«

»Nein, es war nur ein tiefer, dunkler Schlaf, aus dem man manchmal nicht mehr erwacht. Deine Frau hat einen Trank zu sich genommen, den ich gebraut habe, Wulfgar, damit sie in diesen bodenlosen Schlaf fällt. Weit im Osten, noch hinter den Ostländern, gibt es Stämme, die noch viel älter sind als mein eigener Stamm, die sich in solch geheimen Dingen auskennen, und einer von ihnen hat mich vor vielen Jahren in diesen Dingen unterrichtet. Aber es ist gefährlich. Zu viel von diesem oder zu wenig von jenem, dann sinkt man hinüber nach Asgard oder Hel. Es war also besser, daß wir dir vorher nichts davon gesagt haben, denn wenn du gewußt hättest, daß deine Frau nicht wirklich tot war, so hätte Ivar sicher geahnt, daß wir ihn überlistet haben. Aber jetzt … Owain der Barde ist hier, und alles ist gutgegangen – auch wenn es lange gedauert hat, bis er gekommen ist …«

Die Wehen Eurer Frau dauerten lange und waren sehr schwierig, mein Herr«, erklärte der Harfenspieler, nahm ein weiches Tuch zur Hand und begann, seine Harfe damit zu polieren. »Sie hatte keine leichte Niederkunft. Und danach überfiel sie das Kindbettfieber, und wir fürchteten, sie zu verlieren. Deshalb hielt ich es nicht für nötig, Euch schon früher zu sagen, daß sie lebt, solange die Möglichkeit bestand, daß sie doch noch sterben könnte. Seit sie wieder genesen ist, habe ich viele Wochen gebraucht, um Euch zu finden, Herr. Wie Ihr wißt, befindet sich ganz Britannien im Kriegszustand und im Aufruhr, und König Ivar reist sehr schnell von einem Ort zum anderen, damit seine Feinde nicht schon vorher vor seiner Ankunft gewarnt werden.«

»Und da ist noch mehr, Wulfgar«, sagte Yelkei. »Die Männer fürchten eine wahre Seherin, ganz besonders, wenn sie von ihr für ihr Schweigen bezahlt werden. Deshalb habe ich dir auch noch eine Botschaft auszurichten. Flóki the Raven dient dir noch immer als dein stellvertretender Kommandant, und er hat die Thegns, die dich hierhergebracht haben und die Ivars Krieger auseinandergetrieben hatten, als sie dein Drachenschiff eroberten, alle um sich versammelt. Dank deines hervorragenden Rufes als Krieger haben sich ihnen noch viele andere Männer angeschlossen, die gewillt sind, den Eid zu schwören und in deinen Dienst zu treten. Zusammen mit Flóki haben sie die *Siren's Song* zurückerobert, und er vertritt dich dort jetzt als Kapitän.

Das Schiff liegt vor der Küste von Ost Anglia und wartet auf deine Rückkehr.«

»Ich kann es nicht glauben! Das ist einfach zu viel auf einmal! Ich bin überwältigt von Gefühlen ...« Wulfgar hielt inne und versuchte, sich zu fassen. Nach einem langen Augenblick des Schweigens sprach er weiter. »Yelkei, du warst wohl sehr beschäftigt.« In seiner Stimme klang der erste Anflug von Humor seit langer Zeit, seit er Rhowennas leblosen Körper in seinen Armen gehalten hatte, und Yelkei freute sich darüber. Doch dann verzog er sorgenvoll sein Gesicht. »Ah, ihr Götter!« rief er leise. »Ich hätte bei ihr sein müssen. Yelkei, wenn ich daran denke, daß Rhowenna unser Kind ohne mich zur Welt gebracht hat, verängstigt, allein ...«

»Verängstigt?« Owain lächelte freundlich, er lockte das Frettchen von Wulfgars Hand und gab ihm noch einen Leckerbissen. »Die Geburt eines Kindes ist eine wunderbare Sache. Aber Ihr braucht keine Angst zu haben, mein Herr, Eure Frau war nicht allein, obwohl sie nach Euch gerufen hat und nach niemandem sonst. Sie ist traurig darüber, daß Ihr Euren Sohn noch nicht gesehen habt.«

»Mein Sohn ...« Wulfgars Blick war voller Staunen bei diesem Gedanken.

»Ein feiner, starker Junge, genau wie sein Vater – so sagt Eure Frau.«

»Und hat er auch einen Namen, mein Sohn?« fragte Wulfgar.

»Das hat er, mein Herr. Eure Frau nennt ihn Leik den Kühnen.«

»Leik der Kühne. Rhowenna hat gut gewählt.«

»Das glaube ich auch, mein Herr«, antwortete der Harfenspieler rätselhaft, er faltete das Tuch, mit dem er seine Harfe poliert hatte, und schob das Instrument in die Hülle. »Komm, Cariad.« Er klopfte auf seine Schulter, und das Tier sprang von Wulfgars Hand. »Es ist schon spät, und morgen sollen neue Lieder gesungen werden.« Er hing sich die Hülle der Harfe über die Schulter und stand auf. »Mein Herr, Prinzessin Yelkei, ich wünsche Euch eine gute Nacht.«

»Gute Nacht, Owain, und danke für alles«, antwortete Wulfgar. Dann wandte er sich an Yelkei. »Du hast zusammen mit Rhowenna Pläne gemacht. Jetzt ist es aber an der Zeit, auch Pläne mit mir zu machen. Die Pferde, die Ivar konfisziert hat, sind sehr wertvoll und werden streng bewacht, es würde schwierig sein, eines oder sogar zwei davon zu stehlen. Wir werden uns also besser stehen, wenn wir mit einem kleinen Segelboot zur *Siren's Song* fliehen. Ich denke …«

»Ost Anglia hat viele Händler und Fischer, und auch Thetford ist da keine Ausnahme. Am Ufer des kleines Flusses, der von Thetford in die Große Ouse führt und dann in den Wash und in die Nordsee, gibt es Ruderboote und kleine Segelboote. Der Diebstahl eines so kleinen Bootes wird sicher kaum bemerkt, viele Leute aus den Dörfern sind vor Ivars großer Armee geflohen und haben ihre Boote hier zurückgelassen …«

»Wir werden Verpflegung brauchen für unsere Reise an der Küste von Ost Anglia entlang …«

»Die kann ich besorgen …«

»Dann werden wir uns kurz vor der Morgendämmerung davonstehlen … Yelkei, du hättest mir sagen müssen, daß Rhowenna noch lebt! Ich verfluche dich dafür, daß du es nicht getan hast!«

»Du wirst noch Grund genug haben, mir dafür zu danken, davon bin ich überzeugt. Erinnere dich daran, daß meine Zunge immer die Wahrheit gesprochen hat – und daß alles, was ich tue, einen besonderen Grund hat. Vorher hast du nicht gewußt, wie es ist, wenn man das verliert, was einem auf dieser Welt am wichtigsten ist. Jetzt weißt du es, und du wirst deshalb stärker sein, so wie das Feuer und das Schmieden des Metalls die Klinge härtet. Doch jetzt wollen wir nicht mehr darüber sprechen, Ivar beobachtet uns – nein, blick nicht in seine Richtung! Ah, zu spät! Zu spät! Jetzt weiß er es! Er weiß, daß heute abend etwas passiert ist, das dich verändert hat.«

»Oh, Yelkei, wie denn? Wie soll er das wissen?«

»Das Licht deiner Seele ist in deine Augen zurückgekehrt.«

Ehe noch das blasse, kalte Licht des Tages den Horizont erreichte, waren Wulfgar und Yelkei schon aus dem großen Saal des verwaisten Königshauses geschlichen, den Ivar zu seinem Winterquartier gemacht hatte. Nebelschwaden wehten im Wind und lagen dicht über den Tälern, als sie in ihrem Schutz in die Dunkelheit flohen, die nur von dem silbrigen Mond und den blassen Sternen am Himmel erhellt wurde. Wulfgar dachte an Flóki draußen auf der rauhen Nordsee, gefangen im Nebel, und er war froh, daß die *Siren's Song* statt dessen sicher in der Mündung des Flusses Blackwater vor Anker lag, vor der südöstlichen Küste von Ost Anglia. Zu dieser Stunde war die Nacht so still wie ein Grab, bis auf das entfernte, wilde Heulen der einsamen Wölfe und den Schrei der Vögel, der genauso unheimlich war und Wulfgar und Yelkei das Gefühl gab, als wären sie von der wirklichen Welt in eine geheimnisvolle und mystische Welt eingetreten, den Ort der Sirenen. Frost lag über dem Boden und knirschte unter Wulfgars Füßen, er ging ein wenig langsamer, damit Yelkei Schritt halten konnte. Ab und zu warf er einen Blick über seine Schulter zurück, doch das nützte kaum etwas. In dem Nebel konnte er nicht feststellen, ob ihnen jemand folgte, obwohl er glaubte, daß er die Schritte ihrer Verfolger hören würde, wenn es so wäre. Doch sein Herz klopfte laut, und sein Atem ging heftig, kleine weiße Wölkchen bildeten sich vor seinem Mund. Hinter sich hörte er Yelkei keuchen, die versuchte, mit ihm mitzuhalten, erst jetzt stellte er fest, daß er mit großen Schritten an dem schilfbewachsenen Ufer entlanglief wie ein mächtiger, geschmeidiger Hirsch auf der Flucht, als hinge sein Leben davon ab. Er wußte, er mußte stehenbleiben, um auf Yelkei zu warten, doch er konnte es nicht, er konnte nicht einmal langsamer laufen. Etwas Wildes, Primitives hatte ihn gepackt, es beherrschte ihn, und er war sowohl der Jäger als auch der Gejagte, er lief vor der Dunkelheit davon, die ihn zu verschlingen drohte, auf ein weit entferntes helles Licht zu, auf den Nordstern, der ihn nach Hause führen würde.

Erst als er den Ort erreicht hatte, wo die Ruderboote und die Segelboote der Leute aus dem Dorf Thetford lagen, blieb er mit wild klopfendem Herzen und heftig atmend stehen. Sein Gesicht war gerötet, seine Augen glänzten vor Erregung, es war genau wie vor einem

Kampf, und als er nach Osten blickte, wußte er, daß weit entfernt die dunkle und endlose Nordsee lag, und er hatte eine plötzliche Ahnung, als würde sich dort sein Schicksal entscheiden.

Nach Atem ringend trat Yelkei neben ihn, sie war klein und gebückt unter der Last der ledernen Säcke mit Lebensmitteln, die über ihrer Schulter hingen. So überwältigend war dieses unbekannte, ungezügelte Gefühl gewesen, daß Wulfgar nicht einmal die Last der Säcke gespürt hatte, die er trug. Doch Yelkei war nicht mehr jung, und jetzt schämte er sich, daß sie sich seinetwegen so sehr hatte beeilen müssen. Doch sie beklagte sich nicht, als hätte sie verstanden, was ihn urplötzlich so angetrieben hatte. Sie ließ ihre Säcke zu Boden fallen und bewegte sich zwischen den Ruderbooten und den Segelbooten hindurch, die wie große Tiere am Ufer zwischen dem Schilf lagen.

»Dieses da«, sagte sie nach einem Augenblick und deutete auf ein stabiles Segelboot.

Wulfgar nickte zustimmend, und schnell luden sie ihre Vorräte in das Boot und wollten es ins Wasser stoßen. Doch da legte Yelkei plötzlich den Kopf schief und lauschte, sie kniff ihre Augen zusammen und horchte aufmerksam in die Nacht.

»Es kommt jemand – nein, es besteht kein Grund zur Sorge«, versicherte sie ihm schnell, als sie sah, daß er nach seiner Streitaxt griff. »Es ist Owain, der Barde.«

Jetzt konnte auch Wulfgar die melodiöse Stimme des Harfenspielers hören, der leise vor sich hin sang. Auch sah er das Licht der Walöllampe, die der Mann in einer Hand trug, sie leuchtete wie ein Irrlicht im Nebel. Seine keltische Harfe trug er in der Hülle über der Schulter, zusammen mit einem Ledersack, in dem er seine Habseligkeiten verstaut hatte. Unter den Strähnen seines langen Haares, die der Wind ihm ins Gesicht wehte, blickte Cariad mit aufmerksamen Augen von ihrem Platz auf seiner Schulter.

»Owain, was tust du hier?« fragte Wulfgar leise, als er näher kam.

»Seit Eure Frau nach Usk zurückgekehrt ist, hat sie schon viele Nächte lang neben dem Feuer in dem großen Saal gesessen, ihren Sohn an ihre Brust gehalten und ihm Geschichten vom Nordland und von seinem mächtigen Vater erzählt, Wulfgar dem Dänen. Jetzt scheint es mir, als gäbe es in meinem Kopf und in meinem Herzen ein Lied, das nicht weichen will, und ich muß die Worte zu der Melodie lernen.« Er stellte die Walöllampe und seinen Sack in die Ducht des Segelbootes, dann legte er die Harfe vorsichtig auf den Boden des Bootes. Danach half er Wulfgar und Yelkei, das Boot ins Wasser zu schieben. »Kommt, wir müssen uns beeilen. König Ivar regte sich schon, als ich aus dem Saal ging. Sein Gesicht, als er Euer verlassenes Lager sah, mein Herr, zeigte ein eigenartiges, gespenstisches Lächeln, das mir nicht gefallen hat.«

Schnell schoben die drei das Segelboot durch den Nebel ins Wasser, dann nahm Wulfgar ein Ruder und Owain das andere, während Yelkei im Heck saß und das Boot steuerte. Zu Wulfgars Überraschung waren die sanften Hände des Barden in der Handhabung eines Ruders genauso geschickt wie mit seiner Harfe, doch dann erinnerte er sich wieder daran, daß Usk ja auch am Rande des Meeres lag und daß Rhowenna ihm davon erzählt hatte, daß sie oft in einem eigenartig runden Boot, das sie Coracle nannte, durch die schäumenden Wogen gerudert war. Zweifellos war Owain, als der Harfenspieler von Rhowennas Vater, im Umgang mit Booten und Wasser nicht unerfahren. Im gleichen Rhythmus tauchten die Ruder ins Wasser, sie ruderten durch den undurchdringlichen Nebel, bis sie weit genug vom Ufer entfernt waren, um die Ruder einzuziehen, damit Wulfgar das Mast- und Lugsegel aufziehen konnte. Mit einem klagenden Seufzer, der wie der entfernte Schrei der nächtlichen Kreaturen klang, fuhr der auffrischende Wind in das weiße Segel und blähte es, und das Boot flog über die leise sich kräuselnden Wellen dahin.

Mittlerweile war die Dämmerung hereingebrochen, die blasse Sonne in dem bedeckten Himmel vertrieb auch die letzten Nebelschwaden, und der Fluß wand sich wie ein schimmerndes Band dunkler Seide vor ihnen. Wulfgar übernahm von Yelkei das Steuer. Sie hockte sich auf den Boden des Segelbootes, öffnete den Sack mit Lebensmitteln und füllte Stücke kalten Fleisches, eine Handvoll Beeren und Nüsse und eine Scheibe harten Brotes in drei hölzernde Schüsseln und schüttete dann aus einer ledernen Flasche Met in drei Becher. Schweigend aßen sie hungrig, denn die Anstrengung und die kalte Luft hatten ihren Appetit geweckt. Selbst Cariad verspeiste hungrig die Bissen, die Owain ihr gab. Wulfgar schämte sich, daß er dem Barden kein besseres Mahl bieten konnte, doch dann dachte er, daß er und Yelkei ja nur Verpflegung für zwei Personen mitgenommen hatten und daß Owain sie aus freien Stücken begleitet hatte, daher mußte er sich mit dem zufriedengeben, was er bekam, ohne sich darüber zu beklagen.

Der Wind war günstig, und die Tage ihrer Reise vergingen friedvoll, während sie sich auf dem kleinen Fluß weiter nach Westen bewegten und dann die Große Ouse hinauf in den Wash und schließlich nach Osten in die Nordsee, um die riesige Landzunge Ost Anglias herum und dann die Küste entlang nach Süden. Während der Winter weiter fortschritt, wurde es immer kälter. Doch Yelkei hatte einen Feuertopf mitgebracht, an dem sie sich wärmten, und als das Meer zu stürmisch wurde, um weiterzusegeln, lenkten sie das Boot an Land und suchten dort nach Eßbarem. Sie zogen das Boot auf den Strand und drehten es um, um darunter Schutz zu suchen, wenn sie keine andere Möglichkeit hatten. Sie wechselten sich am Steuer ab, und ab und zu holte Owain zum Zeitvertreib sein Schachbrett hervor, und er und Wulfgar lieferten sich lange, heftige Kämpfe in Strategie und Angriff. Doch immer öfter verstummte Wulfgar plötzlich, sein Blick richtete sich in die Ferne, und er verlor sich in Träumereien. Erinnerungen und Gedanken an Rhowenna überkamen ihn, dann holte der Barde seine Harfe hervor und sang Balladen aus Walas, die einen ziehenden Schmerz in Wulfgars Herz hinterließen und die Sehnsucht nach seiner Frau weckten.

Endlich kam der Tag, an dem sie an der Mündung des Flusses Stour vorbeisegelten, und Wulfgars Herz schwoll in seiner Brust, denn er wußte, daß ihre lange Reise zu der *Siren's Song*, die auf sie an der Mündung des Flusses Blackwater wartete, bald zu Ende sein würde. Doch dann, als Yelkei in die Ferne auf die Landspitze von Naze starrte, meinte sie plötzlich: »Wulfgar, deine Augen sind jünger und schärfer als meine, und die Morgensonne blendet mich außerdem. Siehst du auch ein weißes Segel dort hinten am Horizont, das langsam immer näher kommt?« Wulfgar blickte in die Richtung, in die sie deutete, und er entdeckte ein Schiff, das schnell auf sie zukam.

»Es ist wahrscheinlich nur ein Fischer, der das Netz zu einem frühen Fang auswirft«, wehrte Wulfgar ab, doch mit sinkendem Herzen ahnte er, daß es niemand anderer war als Ivar the Boneless, und ein Schauer, der nichts mit der kalten Winterluft zu tun hatte, lief ihm über den Rücken.

Seine Hand am Steuer zitterte, ein heftiger Adrenalinstoß durchschoß seinen Körper. Irgendwie mußte Ivar erfahren haben, was Flóki Yelkei mitgeteilt hatte, dachte er, und als er dann feststellte, daß Wulfgar geflohen war und daß er mit einem Boot den kleinen Fluß entlang nach Westen entkommen war und nicht nach Südosten auf einem Pferd, hatte Ivar gewußt, welcher Route Wulfgar folgen würde. Er hatte die kürzere Strecke über Land genommen, von Thetford aus war er nach Südosten geritten, und in Colchester oder in einem der anderen Orte hatte er sich ein Schiff besorgt, um Wulfgar bei Naze abzufangen und ihn in den mit kleinen Inseln übersäten Hafen zu treiben, der durch die Biegung der Halbinsel geformt wurde. Diese Inseln ... bei dem Gedanken daran verstand Wulfgar plötzlich mit Erschrecken, was Ivar vorhatte – der Holmganga, der Besuch einer Insel, das war der Name, den das formelle Duell zweier Krieger der Wikinger bekommen hatte.

Wie ein bodenloser unergründlicher Abgrund leuchteten Yelkeis schwarze Augen in ihrem gelben Gesicht, während Owains grüne Augen blitzten wie die kostbaren grünen Steine. Scharf zog er den Atem ein, und Cariad keckerte nervös und barg ihr Gesicht an seinem Hals, während das Segelschiff sich ihnen immer schneller näherte. Wie ein seltener und phantastischer Vogel schien es die Schwingen im Wind auszubreiten. Wulfgar hielt den Kurs, er hatte keine andere Wahl als in den Hafen einzulaufen, mit der Hoffnung, daß sie sich zwischen den Inseln verbergen konnten. Denn auch wenn ihr Boot gut vorwärts kam, so war es doch bei weitem nicht so schnell wie das von Ivar, der immer näher kam. Wulfgar wußte, daß es keinen Zweck hatte, das Boot zu wenden, um einen Fluchtversuch zu machen. Doch plötzlich überkam ihn die Erinnerung daran, wie sie Ragnar mit den Enterhaken aus dem Wasser gefischt hatten und ihn wie eine Seekuh an Bord der *Sirens's Song* geholt hatten, und Wulfgar wußte, daß Ivar nicht zögern würde, sein Boot an das ihre zu legen und es mit den Enterhaken zu halten, sollten sie versuchen zu fliehen.

Schnell schloß Ivars Boot zu ihrem auf, und es schien Wulfgar, als könne er das spöttische Lachen seines Halbbruders hören, das der Wind zu ihm herübertrug, als könne er die Hand am Steuer des Bootes erkennen, die es so gekonnt führte – genau wie damals in ihrer Jugend, als sie zusammen an der Küste des Nordlandes gefischt hatten. Wulfgar erinnerte sich daran, wie Ivar ihn damals ausgelacht hatte, weil er zu ungeschickt war, das Boot zu steuern, verglichen mit Ivars Können. Die Erinnerung daran war stark, und obwohl diese Zeit schon zwanzig Jahre zurücklag und er jetzt in der Lage war, selbst im stärksten Sturm ein Schiff zu führen, fühlte er sich plötzlich genauso ungeschickt wie damals, als Zielscheibe von Ivars Spott und Hohn, und seine Hand schloß sich fest um das Steuer, während Ivars Boot immer näher kam.

Sie spielten Verstecken zwischen den kleinen Inseln, segelten an den Stränden entlang, und Wulfgars Gesicht war völlig ausdruckslos, als er entdeckte, daß Ivar nicht allein gekommen war, sondern von Halfdan begleitet wurde. Wulfgar wußte, daß er nicht gegen beide würde kämpfen können, zusammen waren sie stärker als er, sie würden ihn umbringen. Und dann würde Ivar vielleicht erfahren, daß Rhowenna noch lebte, daß sie ihrem Mann einen Sohn geboren hatte, und dann wären sie und Leik niemals sicher, solange Ivar lebte. Dieser Gedanke ängstigte ihn am meisten. Um Yelkei und auch um Owain sorgte er sich nicht, seine Halbbrüder würden die beiden verschonen, weil sie sich vor der Macht der Seherin fürchteten und das Talent des Harfenspielers bewunderten. Und auch um sich selbst hatte er keine Angst, er fürchtete nur um Rhowennas und Leiks Leben. Ihretwegen mußte er überleben!

Seine Gedanken waren so heftig, daß seine Hand das Steuer noch fester umklammerte. Das Segelboot verlor plötzlich die Balance, es schwankte und legte sich hart zur Seite, dann hörte man, wie der Kiel über den Boden des Strandes knirschte. Wulfgar verfluchte seine Unaufmerksamkeit, schnell versuchte er das Boot wieder aufzurichten und es von den Brechern wegzusteuern, die gegen den schneeweißen Strand der Insel donnerten. Doch es war zu spät. Das Boot wurde noch höher auf den Strand getragen, und in diesem Augenblick kam Ivars Boot um die Landzunge der Insel gesegelt, wo er auf sie gewartet haben mußte. Sie würden es nie schaffen, das Boot rechtzeitig wieder ins Wasser zu bekommen, um ihm zu entfliehen, stellte Wulfgar mit sinkendem Herzen fest. Schnell holte er das Segel ein, sprang in das eisige Wasser, und gemeinsam mit Owain und Yelkei zog er das Boot an Land, damit es nicht von den Wellen davongetragen wurde. Als das Boot in Sicherheit war, riß sich Wulfgar den Umhang vom Leib und zog die Tunika aus, er fühlte kaum den eisigen Wind auf seiner nackten Haut, als er sich auf den Kampf vorbereitete, der unvermeidlich kommen würde. Er holte seinen Schild aus dem Boot, zog die Streitaxt aus der Scheide und wartete auf seine Halbbrüder. Es war ein Gefühl, als hätte er schon sein ganzes Leben lang auf diesen Augenblick gewartet, als läge sein ganzes Schicksal in diesem Augenblick.

Jetzt holten auch Ivar und Halfdan ihr Segel ein und sprangen in die Brecher, um ihr Segelboot auf den Strand zu ziehen, auf dem bereits der erste Schnee lag. Als sie damit fertig waren, kamen sie langsam auf Wulfgar zu. In diesem Augenblick schien es, als habe sich seine ganze Welt zusammengezogen auf diesen einen Ort, auf den Strand dieser Insel, auf dem sie standen, als hätten die Götter oder eine andere unbekannte Macht absichtlich einen Kokon grauer Seide gewoben, der sich vom bleiernen Himmel über sie senkte, im eiskalten Hauch des Windes über sie wehte, im frostigen Rauschen des Meeres. Wulfgars bis aufs äußerste angespannte Sinne schlossen alle Geräusche um ihn herum aus, er war ausschließlich auf seine Halbbrüder konzentriert, und es kam ihm vor, als atmeten sie alle drei im gleichen Rhythmus. Ivars Augen leuchteten vor Erregung, Triumph und auch einem Anflug von Wahnsinn, als er schließlich wenige Schritte vor Wulfgar stehenblieb. Sein Körper war angespannt, er sah aus wie ein Wolf vor dem Angriff, selbst sein Lächeln war wölfisch, als ahne er schon den Sieg, den er davontragen würde.

»Ein gutes Rennen, Wulfgar. Aber jetzt ist es vorbei, und wir sind beinahe am Ende unseres Spieles angekommen. Du hast mich einmal zu oft betrogen, um dir noch einmal die Möglichkeit zu geben, mir zu entkommen. Was für ein Jammer, wo es doch für dich so vieles gibt, wofür es sich zu leben lohnt, nicht wahr, Wulfgar?« Ivar hielt einen Augenblick inne, dann sprach er leise weiter. »Sie lebt, deine Frau, nicht wahr?« Er hatte die Frage so gestellt, daß sie keine Antwort erforderte, also wußte Wulfgar, daß Yelkei recht gehabt hatte an diesem Abend in dem großen Saal. Seine Augen hatten ihn verraten. »Darf ich fragen, wie ihr das gemacht habt? Nein? Ah, ich verstehe. Du glaubst, wenn du schweigst, dann werde ich glauben, daß ich mich geirrt habe, Wulfgar, daß ich annehme, sie ist wirklich tot. Aber das glaube ich nicht, das versichere ich dir.« Als er noch immer keine Antwort bekam, lachte er leise. »Es macht nichts, ich war nur neugierig, wie ihr es geschafft habt, mich hinters Licht zu führen. Aber vielleicht errate ich es ja auch. Sicher war es ein dunkles Gift aus den Ostländern, das Yelkei ihr gegeben hat und das sie in einen so tiefen Schlaf versetzt hat, daß es schien, als sei sie tot ...« Er wandte sich an die Seherin, sein Blick war hart und wütend. »Bei Odin! Wärst du nicht eine wahre Seherin, dann würde ich dich auf der Stelle erschlagen, du aufdringliche alte Hexe! Dennoch wirst du deine gerechte Strafe bekommen, wenn Wulfgar erst tot zu deinen Füßen liegt, denn er war schon immer das Kind deines Herzens, nicht wahr?«

»Ich will nicht mit dir kämpfen, Ivar«, erklärte Wulfgar mit leiser Stimme, die vor unterdrückten Gefühlen bebte. »Ich will dich nicht umbringen. Denn trotz allem sind wir doch Brüder ...«

»Du bist nicht mein Bruder, du elender Bastard, du Emporkömmling, du bist eine Verhöhnung, die die Götter zur Erde geschickt haben, um mich zu quälen! Ich bin Ragnar Lodbróks größter Sohn! Doch immer, wenn ich dich ansehe, ist es, als blickte ich in einen polierten Bronzespiegel und sähe dort einen Fremden, der mich mit meinen eigenen Augen ansieht, einen Fremden, der in gewisser Weise größer ist als ich. Die Griechen haben einen Namen für das, was du für mich bist, Wulfgar: meine Nemesis. Ich kann es nicht ertragen, dich am Leben zu lassen, und ich kann es nicht ertragen, wenn du stirbst. Doch auf die eine oder andere Art wird dieser Tag ein für allemal das beenden, was zwischen uns steht! Und wenn du tot bist, Wulfgar, das verspreche ich dir, dann werde ich mit meinem mächtigen Drachenschiff nach Usk segeln, und dort werde ich deine Frau zu meiner eigenen machen, zu meiner Dirne, und dann werde ich deinen Sohn erschlagen – denn sie hat dir doch sicher einen Sohn geboren, nicht wahr, deine wundersame Rhowenna? Ja, ein Sohn, so wie sein Vater – der mich immer verfolgen wird wie ein Geist, es sei denn, ich zerstöre euch beide!«

Mit diesen Worten zog Ivar seinen Umhang und seine Tunika aus, nahm seinen Schild und zog sein Breitschwert aus der Scheide, und als das matte, harte Licht des Wintertages auf die Klinge fiel, leuchtete sie wie eine silberne Bedrohung, die Runen darauf schienen einen makabren Tanz zu vollführen, und die geschwungenen Verzierungen des geschmiedeten Musters glänzten wie geisterhafte Erscheinungen, die sich niederknieten, um sein Herzblut zu trinken. Wulfgar erschauerte bei diesem Anblick, und er erinnerte sich an den Namen dieser schrecklichen Waffe – Dieb der Seelen –, und eine eisige Kälte kroch in seine Knochen, als wäre jemand über sein Grab geschritten. Doch dann dachte er an Rhowenna und Leik, und eine Kraft erwuchs ihm tief aus seinem Inneren, und er schloß die Hände um seine Streitaxt und seinen Schild, seine Augen brannten wie blaues Feuer.

»Halfdan, wirst du Ivar in diesem Wahnsinn zur Seite stehen?« fragte er angespannt. »Hast du die Absicht, mich mit deiner Waffe anzugreifen, oder wirst du mir deine Klinge in den Rücken stoßen, während ich mit Ivar kämpfe?«

»Nein, Wulfgar.« Halfdan schüttelte den Kopf. »Das ist Ivars Spiel, nicht meins, das schwöre ich dir!«

Ivar brummte verächtlich bei diesen Worten, seine Augen blitzten böse und voller Hohn, als wolle er Halfdan dazu bringen, ihm seine Seele zu verkaufen, doch Wulfgar nickte nur, zufrieden, daß er nicht zu befürchten brauchte, auch noch von hinten unerwartet Halfdans Scramasaxt oder sein Breitschwert in den Rücken gejagt zu bekommen.

Obwohl Ivar ihn dazu gezwungen hatte, auf einer Insel mit ihm zu kämpfen, so hatte er doch dem bevorstehenden Duell einen Anschein von Formalität gegeben, es war kein Holmganga im wörtlichen Sinn, das wußte Wulfgar. Es gab keinen Ring, der von vier Pfosten gebildet und mit einem Seil eingefaßt wurde, um den Kampfbereich abzugrenzen, damit gesagt werden konnte, einer der Kämpfer sei vor dem Kampf davongelaufen, wenn er diese Abgrenzung überschritt. Es wurde kein weißes Tuch in die Mitte des Kampffeldes gelegt, damit nachgewiesen werden konnte, ob Blut vergossen und so die Ehre des Gegners wiederhergestellt worden war. Es gab keine Sekundanten, die den Schild des Schwertmannes oder des Axtmannes führten. Statt dessen würde dieser Kampf ein blutiger Konflikt werden, ohne jegliche Beschränkungen, ein Duell bis zum Tod.

Die Sonne war eine flache, schimmernde Scheibe am trüben Horizont, ihre Ränder so kalt und scharf wie die beiden Klingen, die in dem frostigen Licht glänzten. Graue Wolken schoben sich wie Nebel vor ihr Antlitz, so drohend wie vor einem Gewitter, obwohl dies nur die vom Schnee schweren Wolken des Winters waren, dunkel und trübe. Der Wind heulte klagend über den Hafen, und der dünne Schnee, der auf dem Boden lag, wehte in weißen Wirbeln empor, das Meer dröhnte, weißer Schaum rollte auf den Wellen an den Strand. Gischt machte die Luft feucht und brachte den Geschmack nach Salz mit sich. Über dem sandigen Strand flogen mit weit ausgebreiteten Schwingen die Seevögel und stießen ihre schmerzlich süßen, einsamen Schreie aus. Sie durchbrachen die Stille, die nur vom Seufzen des Windes und dem

Rauschen des Meeres gestört wurde. Halfdan, Owain der Barde und Yelkei standen regungslos wie der Hase, dessen schnuppernde Nase den Räuber gerochen hat.

»Ah, das ist ein guter Tag, um zu sterben, nicht wahr, Wulfgar?« fragte Ivar spöttisch. Er warf den Kopf zurück und lachte leise, bis sich dieses Lachen plötzlich in wildes Kriegsgeschrei wandelte und er ohne Vorwarnung mit gezücktem Breitschwert vorpreschte, so schnell wie ein Blitz, ein tödliches Aufblitzen in dem trübgrauen Licht.

Doch Wulfgar hatte einen solchen Schlag erwartet, er traf ihn nicht überraschend. Der Hieb traf seinen schnell erhobenen Schild, die Erschütterung fuhr durch seinen ganzen Körper. Und gleichzeitig mit seinem eigenen Kriegsschrei fuhr seine Hand hoch, seine Streitaxt glänzte gefährlich in der Sonne, ehe er Ivars Schild einen fürchterlichen Schlag versetzte, der die beiden Männer schwanken ließ. Als sie sich wieder gefangen hatten, riefen sie Odin an und gingen erneut aufeinander los, die Klingen klirrten aneinander, und der schreckliche Kampf wurde mit einer solchen Heftigkeit geführt, daß sogar Halfdan erschauderte. Das Klirren von Metall auf Metall klang über die Insel und das Meer, es schreckte die Seevögel auf, die schreiend davonflogen. Wieder und wieder schwangen sie Breitschwert und Streitaxt, drangen aufeinander ein, hämmerten auf die hölzernen Schilde, bis sie unter den schrecklichen Schlägen krachten und zersplitterten und die beiden Kämpfer sie achtlos beiseite warfen.

Sie waren beide gleich groß und muskulös, daher einander auch so ebenbürtig, daß keiner von ihnen einen Vorteil über den anderen erringen konnte, während der Kampf weiterging. Ivars Breitschwert schlug, hackte und parierte, Wulfgars Streitaxt schwang, fiel und wirbelte herum, bis er plötzlich den langen Schaft als Stab benutzte und ihn in Ivars Magen stieß und ihm damit unter das Kinn schlug, so daß Ivar stolperte und zu Boden fiel. Wulfgar hob die Klinge hoch über seinen Kopf und ließ sie dann mit aller Macht niedersausen, in der Absicht, Ivar den Schädel zu spalten. Doch mit der flachen Seite seines Breitschwertes wehrte Ivar den tödlichen Schlag ab, mit seiner Waffe stieß er Wulfgar so heftig zurück, daß dieser die Balance verlor und fiel. Aber sogleich waren beide Männer wieder auf den Beinen, sekundenlang standen sie einander bewegungslos gegenüber, ihr Atem ging so heftig, daß der breite Brustkorb sich schnell hob und senkte und ihr Atem in weißen Wolken vor ihrem Mund stand. Dann begannen sie einander vorsichtig zu umkreisen, ehe sie wieder ihr Kampfgeschrei ausstießen und wild aufeinander einschlugen.

Trotz der Kälte glänzte ihre bronzefarbene Haut vor Schweiß, darunter zeichnete sich das Spiel der Muskeln ab, die kräftigen Oberarme, die starken Ober- und Unterschenkel, die unter den ledernen Hosen zu erkennen waren. Lange, schmale Wunden zeigten sich auf den nackten Oberkörpern, Blut floß aus ihnen und färbte den Schnee so rot wie die Segel der Langschiffe – deshalb brauchten sie auch nicht das traditionelle weiße Tuch in der Mitte des Kampfplatzes, dachte Wulfgar plötzlich, und ihn überkam das wilde Verlangen, den Kopf zurückzuwerfen und laut aufzulachen über die bittere Ironie des Ganzen. Er wollte Ivar nicht töten, dennoch wußte er, wenn er es nicht tat, würde Ivar ganz sicher ihn umbringen. Es war genau so, wie Yelkei es vor so langer Zeit vorausgesagt hatte, sein Schicksal und das von Ivar waren unentwirrbar miteinander verknüpft, es war ihr Los, das unveränderlich, unvermeidlich von den Göttern in die Sterne geschrieben war – auch wenn ihr Duell den Zuschauern wie ein Zusammenstoß zweier gigantischer junger heidnischer Götter vorkam, jeder so stolz, so golden und so gutaussehend, daß keiner von ihnen eine Niederlage verdiente.

Die Zeit verging – und verging. Wulfgar wußte nicht mehr, wie lange sie schon kämpften, auch wenn es ihm vorkam wie Stunden. Jeder einzelne Muskel in seinem Körper schmerzte, seine Arme und Beine taten weh, sie waren schwer wie Blei von dem andauernden Kampf, und er bewegte sich immer langsamer, immer schwankender. Doch auch Ivar war gezeichnet, zum erstenmal in seinem Leben schien er sich ungeschickt zu bewegen, er hatte seine fließenden Bewegungen verloren, die Anmut, die ihm seinen Namen gegeben hatte. Er hob die Hand in einer besonders eigenartigen, hackenden Bewegung, und Wulfgar, der mit seiner Streitaxt eine ähnliche Bewegung ausgeführt hatte, konnte sie nicht mehr zurückhalten, als ihm zu seinem Entsetzen klar wurde, was geschehen würde. In diesem Augenblick schien alles wie in Zeitlupe abzulaufen, es dauerte eine Ewigkeit, und machtlos, den Schwung noch zurückzunehmen, sah Wulfgar, wie seine Waffe mit Ivars ausgestrecktem Handgelenk zusammenstieß, er fühlte den entsetzlichen Schlag der Klinge gegen das Fleisch, den Knochen – und dann war das Handgelenk durchtrennt.

Ivar selbst fühlte im ersten Augenblick gar nichts, der Schock und die Qual des schrecklichen Schlages waren so entsetzlich, so unglaublich, daß sein Gehirn sich weigerte, es zu begreifen, selbst als er schon wußte, was geschehen war. Er sah, wie sein Breitschwert durch die Luft wirbelte, und bemerkte benommen, daß seine Hand noch immer den Griff hielt, daß sie von seinem Handgelenk abgetrennt worden war, und er begann zu schreien, er konnte die schrecklichen Laute nicht unterdrücken, die aus seinem Mund kamen, als der entsetzliche Schmerz einsetzte, wie von Tausenden von Widerhaken, die in seinen Körper eingedrungen waren, und dann begann das Blut pulsierend aus dem Stumpf zu spritzen. Er sank auf seine Knie, zog seine Tunika zu sich heran, die in der Nähe lag, und schlang sie fest um die Wunde, während Wulfgar reglos daneben stand, sich nicht bewegen konnte und nicht glauben wollte, was er getan hatte. Er betete zu den Göttern, das dies nicht mehr war als ein schrecklicher Alptraum. Und auch Halfdan, Owain und Yelkei rührten sich nicht, wie erstarrt standen sie daneben, unfähig zu begreifen, was geschehen war, zu glauben, daß der große König Ivar the Boneless auf diese Weise auf die Knie gezwungen worden war, wo sie doch alle insgeheim befürchtet hatten, daß er unbesiegbar war, ein Dämon, ein Gott.

Das Leder von Ivars Tunika war dunkel und naß vor Blut, doch noch immer floß Blut aus der Wunde und bildete eine rote Pfütze auf dem schneebedeckten Boden. Ivar schwieg jetzt, seine wahnsinnigen Schreie hatten aufgehört, auch wenn sein bärtiges Gesicht noch vor

Schmerzen verzogen war. Doch als er dann auf seine abgetrennte Hand blickte, die auf dem Boden lag, verzog sein Mund sich zu einem entsetzlichen Lächeln, und seine Augen blitzten in einer eigenartigen, beinahe krankhaften Befriedigung, einem Triumph ähnlich, dachte Wulfgar, der seinen Halbbruder unverwandt ansah. Sicher hatten der Schock und die Schmerzen Ivar den Verstand geraubt.

»Bei den Göttern, Mann! Wenn du die Wunde nicht fester verbindest, wirst du daran sterben!« rief Wulfgar, der schließlich aus seiner Starre erwacht war und seine Sprache wiedergefunden hatte. Er machte ein paar Schritte auf seinen Halbbruder zu. »Halfdan! Mach ein Feuer, damit wir die Wunde ausbrennen können, sonst wird Ivar verbluten!«

»Was ... für einen Zweck sollte das haben?« keuchte Ivar leise und voller Spott. Sein Gesicht war kreidebleich, doch in seinen Augen brannte eine mörderische Flamme. »Es war meine ... es war meine ... Schwerthand, du ... elender, verfluchter ... Bastard! Ich habe immer gewußt, daß du sie ... daß du sie am Ende ... doch bekommen würdest. Es war mein Schicksal. Lokis Wolf hat es mir gesagt ... an dem Tag der Jagd. Als ich in seine Augen sah, wußte ich ... wußte ich, daß es dein Brudergeist war und daß du der ... der seine warst und daß er gekommen war, weil ... weil Ragnar und wir dich zu einem Bóndi gemacht hatten, wir hatten dich ... in Ketten gelegt, sozusagen ... genau so, wie die Götter Fenrir mit Gleipnir gefesselt hatten, und er hat Tyrs Hand abgebissen, am ... am Handgelenk, als Strafe für die ... für die Arroganz der Götter, für ihren Betrug und für ihre Furcht vor ... vor dem Wolf Fenrir, der sie ... der sie zu Fall bringen könnte. So hat Tyr bezahlt, Tyr, der Gott der Schlachten, der seine ... Schwerthand verlor und so ... nie wieder kämpfen konnte.« Ivar hielt inne und holte Atem, dann fuhr er auf. »Ich verfluchte dich in Hel, Wulfgar! Warum stehst du einfach so da? Warum beendest du mein Leben nicht jetzt?«

»Du weißt, warum. Du bist mein Bruder. Ich kann nicht ... ich will nicht deinetwegen zum Mörder werden, Ivar. Ich will es nicht!« murmelte Wulfgar.

»Verdammt!« rief Ivar wieder. »Du hast Ragnar an Aella verkauft!«

»Nein, das war Yelkei, als Rache dafür, daß Ragnar ihren Sohn ermordet hat.«

»Du kannst mich hier nicht so zurücklassen. Das kannst du nicht! Ich bin verstümmelt, und ohne meine Schwerthand werde ich nie wieder kämpfen können. Das bedeutet ein Leben voller Qualen für mich. Du bist nicht so hart und so grausam, um mich zu einem solchen Leben zu verdammen! Ich weiß, daß du nicht so bist, Wulfgar!«

»Ich werde nicht auf dich hören, Ivar! Du bist von Sinnen vor Schock und vor Schmerzen. Halfdan und die anderen machen ein Feuer. Wir werden den Stumpf ausbrennen, damit er aufhört zu bluten. Du kannst lernen, das Schwert mit der linken Hand zu führen.«

»Und womit soll ich den Schild halten, um mich zu verteidigen, oder die Zügel meines Pferdes, wenn ich in den Kampf reite?« Ivar lachte bitter auf. »Du bist noch nie ein Dummkopf gewesen, Wulfgar, also tu auch jetzt nicht so! Hab Mitleid mit mir, das gleiche Mitleid, das du auch Ragnar erwiesen hast, als du ihm das Schwert in Aellas Schlangengrube geworfen hast!«

»Das war etwas anderes. Er war da schon ein toter Mann!« erklärte Wulfgar störrisch und wandte sich ab, um zu Halfdan und zu dem Feuer hinüberzugehen, das er, Owain und Yelkei auf dem Strand angezündet hatten und das jetzt hell brannte.

»Und ich bin das nicht? Wulfgar! Verdammt, Wulfgar! Du schuldest mir das! Ich habe dich am Tag der Jagd freigelassen! Jetzt mußt du für mich das gleiche tun!«

In seinem Herzen wußte Wulfgar, daß alles, was Ivar sagte, die Wahrheit war, daß es Barmherzigkeit gewesen wäre, ihn umzubringen, und dennoch ging Wulfgar von ihm weg. Dann hörte er, wie Ivar leise flüsterte, mit einer Stimme, in der eine flehentliche Bitte lag:

»Bitte … Bruder.«

Wie angewurzelt blieb Wulfgar stehen, erstarrt und zitternd vor den Gefühlen, die auf ihn einstürmten. Tränen brannten plötzlich in seinen Augen, und ein dicker Kloß saß in seinem Hals, der ihn fast erstickte.

Mit Mühe bzwang er sich. »Dieser eine Fleck der Unehre auf meiner Seele im Austausch für deinen Tod ... Bruder«, sagte er, dann lachte er rauh und spöttisch, so wie Ivar zuvor gelacht hatte. Doch dieses Lachen wandelte sich unvermittelt in einen schrecklichen, schmerzlichen Schrei. »Ach, Götter! Mir scheint, es ist ein fairer Handel!« Er rief Odin an, Tränen rannen über seine Wangen, dann wirbelte er herum, sprang vor, seine Streitaxt glänzte hell und silbern in der Sonne wie die Rüstung einer goldhaarigen Walküre.

Das Lied, das Bluttrinker sang, war das Lied des Todes, dennoch lächelte Ivar noch immer dieses eigenartig verzerrte Lächeln, und in seinen Augen leuchtete ein triumphierendes Licht, als die Klinge tief in seinen Hals drang und ihm den Kopf abtrennte.

Zeremoniell verbrannten sie Ivar in dem Feuer am Strand. Und obwohl Waffen beinahe unerschwinglich teuer waren und als Familienerbe vom Vater auf den Sohn übergingen, hob Wulfgar den Dieb der Seelen hoch über den Kopf und warf ihn mit aller Macht hinaus ins Meer. Wie ein herrlicher weißer Schwan oder wie ein Drachen, der Feuer haucht, flog das Breitschwert durch die Luft, den langen Hals ausgestreckt, glänzte es in der Sonne, bis es nach unten sank und in den schäumenden Wellen verschwand. Ivar the Boneless war ein König des Nordlandes gewesen, ein großer Wikinger, es wäre nicht recht, wenn seine Waffe von einem anderen Mann getragen würde.

»Es war ein glorreicher Tod aus deinen Händen, den er sich wünschte, Wulfgar«, sagte Halfdan leise, als sie nebeneinander am Ufer standen und dorthin sahen, wo das Breitschwert verschwunden war. »Irgendwie glaube ich, daß er sein ganzes Leben lang danach gesucht hat. Es war sein Schicksal und auch deines, daß es dazu kommen mußte. Du warst all das, was er immer sein wollte und doch nie erreichen konnte: ein wahrer Wikinger, mit Herz und Seele, der Stoff, aus dem Helden und Legenden bestehen. Und er war das, was du immer sein wolltest und was du nie sein konntest: Ragnars Lieblingssohn.« Halfdan hielt einen Augenblick inne und dachte über die Ironie in seinen Worten nach. Dann wandte er sich an den Harfenspieler. »Owain, wenn du von diesem Tage singst, wie du es sicher tun wirst, laß den Tod von Ivar the Boneless ein Geheimnis bleiben. Die meisten Männer verstehen sowieso nicht die tödliche Besessenheit in seiner Seele – und die Last, die Wulfgar jetzt tragen muß, ist schwer genug.«

»So soll es sein, König Halfdan, wenn du es mir erlauben wirst, dich zurück nach Britannien zu begleiten«, sagte Owain ernst. »Denn obwohl ich in meinem Herzen jetzt den Nachhall Wulfgars eigener Verse gehört habe, so ist mein Lied doch noch nicht beendet. Es ist das Lied von Ragnar Lodbrók und seinen Söhnen, von seinen vier Söhnen, und so wie dein Bruder Ivar the Boneless wirst auch du ein großer Wikinger sein, davon bin ich überzeugt.«

»Ja, stimmte ihm Halfdan zu. »Denn ich bin jetzt ein König des Nordlandes, und ich werde König von Britannien sein und vielleicht auch von Erin, ehe ich sterbe. Dennoch ist es Wulfgar, der der größte von uns allen sein wird. Bei den Göttern! Ich glaube, ehe alles vorbei ist, wird er mit seiner Frau, der wundersamen Rhowenna der Hellhäutigen, an seiner Seite König aller Dänen sein!«

EPILOG

Süßer als die Falle der Sirenen
Ein großes rotes Segel

Die Südküste von Usk, Walas, A. D. 867

Gwydions Herz schmerzte vor Liebe und Sorge, als er auf die einsame Gestalt blickte, die oben an dem steinigen, schmalen und gewundenen Weg stand, der hinunter zum Strand führte. Von der Palisade, die wie ein Falkennest oberhalb des Strandes am Felsen klebte, beobachtete er sie. Jeden Tag kam sie hierher, mit ihrem Sohn auf dem Arm, um dort zu stehen und über das Meer zu blicken. Er wußte, sie hielt Ausschau nach einem roten Segel, das sich weit vor dem blauen Frühlingshimmel ausbreitete und sich im Wind blähte und unter dem sich der Seedrache auf den schäumenden Wellen hob und senkte und immer näher kam.

Wie konnte Rhowenna einen feindlichen Wikinger lieben! Daß sie aus freiem Willen zu seiner Dirne geworden war, ihm sogar ein Kind geboren hatte! Selbst jetzt noch, nach all den Monaten, konnte Gwydion es kaum glauben. Dennoch hätte er sie zurückgenommen und zu seiner Frau gemacht, in einer geziemenden christlichen Hochzeitszeremonie – denn ganz gleich, was sie auch behauptete, sie war in den Augen der christlichen Kirche und auch nach dem Gesetz dieses Heiden, den sie ihren Ehemann nannte, nicht wirklich verheiratet! Doch sie hatte sich störrisch geweigert, seinen Antrag auch nur in Erwägung zu ziehen. Jetzt seufzte er tief auf, er glaubte, daß es zwecklos sei, hoffnungslos, sie noch einmal dazu zu bewegen, ihre Meinung zu ändern, dennoch mußte er es versuchen.

Langsam ging er hinunter zu der Stelle, an der Rhowenna stand und über das Meer sah. Von dort hatte man einen guten Blick hinunter zum Strand. Als Rhowenna hörte, daß Gwydion näher kam, wandte sie sich nicht um, sondern betrachtete weiter den Horizont, als könne sie wie durch ein Wunder das rote Segel dort herbeizaubern, wenn sie nur lange genug hinsah. In ihren Träumen hatte sie es gesehen, in ihrem Herzen wußte sie, daß Wulfgar noch lebte, daß er sie und ihr Kind holen würde. Doch als hätte er ihre Gedanken gelesen und wollte versuchen, sie vom Gegenteil zu überzeugen, wie schon so oft seit ihrer Rückkehr, wandte sich Gwydion an sie.

»Wulfgar Bloodaxe ist tot, Rhowenna! Er muß tot sein, oder er ist davongelaufen und hat dich verlassen und ist ins Nordland zurückgekehrt – du mußt ihn dir einfach aus dem Herzen und aus deinen Gedanken reißen, glaube mir! Es wird dich ganz krank machen, wenn du jeden Tag hier stehst wie ein Geist. Die Leute reden schon über dich, sie nennen dich verrückt – neben anderen nicht gerade freundlichen Ausdrücken – und wenn du Königin von Usk werden sollst ...«

»Gwydion, das werde ich nicht!« unterbrach Rhowenna ihn ungeduldig und wandte sich endlich zu ihm um. »Warum kannst du das nicht verstehen? Prinzessin Mathilde von Mercia ist deine Verlobte. Und wenn du auch nur ein wenig Anstand besitzt und etwas für sie empfindest, dann solltest du deinen Vertrag mit Prinz Cerdic einhalten und sie heiraten. Sie liebt dich! Sie wird dir eine gute und ergebene Frau sein ...«

»Das wärst du auch gewesen – damals – ehe dieser verdammte Wikinger dich weggeschleppt hat und dich verführt und ruiniert hat! Wie kannst du hier nur so stolz herumlaufen, mit seinem Bastard auf deinem Arm ...«

»Gwydion, bitte. Wir haben schon einmal darüber gesprochen, und ich möchte es nicht noch einmal hören. Wulfgar ist mein Mann, und unser Sohn ist kein Bastard. Das königliche Blut von Generationen von Königen des Nordlandes fließt in seinen Adern, und eines Tages wird er dort ein großer Jarl sein.«

»Nein, deine Heirat ist nicht legitim, Rhowenna, und in deinem

Herzen weißt du das, denn kein christlicher Priester hat dir seinen Segen gegeben!«

»Seit ich im Nordland lebe, weiß ich, was zuvor schon all die Menschen, zum Beispiel unsere Vorfahren, die Picti und die alten Stämme, gewußt haben, nämlich daß all die Götter ein Gott sind, Gwydion, und daß nach seinem Gesetz jeder Mensch seinen eigenen Weg finden muß. Meiner liegt dort draußen.« Mit einer ausladenden Handbewegung deutete Rhowenna auf das Meer. »Wulfgar ist nicht tot. Ich würde es hier fühlen, das sage ich dir!« Sie legte die Hand auf ihre Brust, wo ihr Herz kräftig schlug. »Er wird mich holen kommen! Er liebt mich! Er ...« Abrupt hielt sie inne, ihre violetten Augen leuchteten, ihr Herz wurde weit, und ihr Mund öffnete sich in einem kleinen, überraschten Ausruf des Unglaubens, der Freude, des Erstaunens.

Denn jetzt, wie sie es sich schon so lange gewünscht hatte, erschien am Horizont ein einzelner Geisterreiter, so rot wie Blut, auf dem Rücken eines geschwungenen Seedrachen, der sich mit den schaumgekrönten Wellen hob und senkte und so schnell wie der Wind auf die Küste zuflog. Auf dem lang ausgestreckten Hals und dem geblähten Segel des Seedrachen waren die unverkennbaren Zeichen, von denen Rhowenna wußte, daß sie nur der *Sirens's Song* gehörten und sonst keinem anderen Schiff.

»Wulfgar ...«, flüsterte sie, und dann löste sich ein Schrei von ihren Lippen. »Wulfgar!« Sie preßte ihren Sohn Leik eng an sich und lief los, dem mächtigen Meeresdrachen entgegen, der mit gespreizten Schwingen dem Ufer näher kam und so sanft wie ein Schwan auf den Wellen schaukelte, die gegen das Ufer rauschten.

»Rhowenna, nein! Ich liebe dich!« Gwydions Stimme war leise und voller Gefühl, er hielt ihren Arm fest, um sie zurückzuhalten. »Geh nicht zu ihm. Ich liebe dich! Und du kannst ihn nicht lieben! Du kannst es nicht!«

»Oh, Gwydion ... als mein Vater mich mit Prinz Cerdic verlobte und ich dachte, ich würde aus Liebe zu dir sterben, da warst du, der du doch so wenig zu verlieren hattest, nicht bereit, aus Liebe zu mir etwas aufzugeben. Wie hätte ich diesen Mann nicht lieben sollen? Er und ich sind das, was man im Nordland Hacksilber nennt, Gwydion, zwei Hälften der gleichen Münze – ein Herz, ein Verstand, eine Seele. Laß mich zu ihm gehen. Bitte. Wenn nicht, dann wird er mich holen kommen ...« Langsam, mit einem Schaudern bei dem Gedanken, daß ein Wikinger seinen Fuß noch einmal auf das Ufer von Usk setzen könnte, ließ Gwydion sie los, sein Gesicht war schmerzlich verzogen, als sie sagte: »Leb wohl, Gwydion.«

Rhowenna hörte gar nicht mehr, daß er ihr schließlich mit trauriger Stimme Gottes Segen wünschte. Sie lief schon den gewundenen Pfad zum Ufer hinunter und watete in die Wellen, die um sie herum schäumten, hin zu den starken, liebenden Armen, die schon auf sie warteten und sich ihr entgegenreckten, um sie und Leik aus dem Meer zu heben.

ANMERKUNGEN DER AUTORIN

Liebe Leser,
ich möchte diese Gelegenheit wahrnehmen, um meiner Lektorin bei Warner Books, Fredda Isaacson, zu danken, aus vielen Gründen, wie sie sehr wohl weiß, und auch Ihnen, liebe Leser, dafür, daß Sie dieses Buch gelesen haben.

Nun möchte ich Ihnen etwas über die Geschichte und den Hintergrund dieses Buches erzählen. Da alle Literatur über König Arthur jetzt Angelegenheit von Großbritannien ist und die über Karl den Großen Angelegenheit von Frankreich, so nehme ich an, daß die Literatur über die Wikinger dem Gesetz nach Angelegenheit der Skandinavier sein sollte – und es gibt eine große Anzahl wunderbarer Werke über die Wikinger, die viele Jahrhunderte weit zurückreichen. Leider jedoch neigen die meisten Autoren moderner romantischer Bücher, bis auf die Ausnahme von Edison Marshalls Klassiker, *Die Wikinger*, dazu, die Geschichten, die ihnen von den Skálds und den Gelehrten erzählt wurden, zu ignorieren. Für meinen Roman habe ich hauptsächlich auf die Geschichten über Ragnar Lodbrók und seine Söhne zurückgegriffen, auf den Stoff der Arthurianer über Morgen Le Fey und Ogier den Dänen, auf skandinavische und auch germanische Mythologie und den karolingischen Stoff über Ogier den Dänen.

Ragnar Lodbrók (Ragnar Hairy Breeches), der große Häuptling, Jarl oder König – entsprechend dem Material, das man zugrunde legt – des Nordlandes, mag existiert haben oder auch nicht. Denn genau wie bei König Arthur ist seine Existenz mit viel Patina aus mythischen Sagen und heldenhafter Symbolisierung belegt, die Gelehrten unserer Zeit sprechen sowohl dafür als auch dagegen, daß er wirklich gelebt hat. Es ist schwierig, ihn in die richtige Zeit und auch an den richtigen Ort einzuordnen, und einige Schätzungen sprechen sogar davon, daß er 150 Jahre alt war, als er in der Schlangengrube Aellas von Nordumbrien starb (von dem man ganz genau weiß, daß er existiert hat).

Ich würde jedoch behaupten, daß es auch bei König Arthur schwierig ist, ihn in die richtige Zeit und den richtigen Ort einzuordnen; einige Schätzungen sprechen davon, daß er mindestens 100 Jahre alt war, als man ihn nach Avalon brachte – nachdem er im Kampf gestorben war. Doch da die meisten Gelehrten der heutigen Zeit den historischen König Arthur glaubhaft als wirklich existierend darstellen, sehe ich keinen Grund zu bezweifeln, daß auch Ragnar Lodbrók wirklich gelebt haben soll.

Allgemein gesprochen sagt man, daß Ragnar Lodbrók auf jeden Fall drei, wahrscheinlich aber sogar vier Söhne gehabt haben soll. Ivar the Boneless (für diesen Namen gibt es die verschiedensten Schreibweisen, ich habe die einfachste davon gewählt), Ubbi (auch Hubba, Ubba und Ubbe genannt) und Halfdan (auf Halfdane und Healfdene). Der vierte Sohn war entweder 1. Björn Ironside, das würde bedeuten, daß Björn Ironsides Vater, Lothrocus, König von Dacia (Dänemark), identisch ist mit Ragnar Lodbrók; 2. Sigefridus, dann wäre dessen Bruder Halfdan Halfdan Ragnarsson oder Lodbróksson (beide Formen werden benutzt), falls sie nicht identisch sind; oder 3. irgendein anderer unbekannter Wikinger. Weil über diesen vierten Sohn Uneinigkeit herrscht, habe ich ihn für meine eigenen Zwecke benutzt und ihm den Namen Wulfgar Bloodaxe gegeben und ihn zu einem unehelichen Sohn gemacht, was wahrscheinlich sogar der Grund dafür ist, daß er eine schattenhafte, schwer faßbare Gestalt ist.

Björn Ironside und Hasting (Hastein) haben wirklich gelebt, und Hastings irrtümlicher Überfall auf Luna, in der Annahme, es sei Rom, wird generell als eine Tatsache dargestellt – obwohl es mir unwahrscheinlich erscheint, daß er einen solchen Fehler machen konnte, da er sich durch seine wiederholten Überfälle in der europäischen Region gut auskannte. Flóki the Raven und Olaf the Sea Bull sind meine eigenen Erfindungen, genau wie Yelkei, die Seherin aus den Ostländern, das Königreich Usk und alle seine Einwohner, sowie Prinz Cerdic und Prinzessin Mathilde von Mercia.

Die Invasion Britanniens durch die große Armee der Wikinger und die Ereignisse, die ich in diesem Zusammenhang beschrieben habe, haben sich tatsächlich so ereignet – mit der Ausnahme aller Fakten, die mit Prinz Cerdic von Mercia zu tun haben. Doch muß angemerkt werden, daß sich in Wirklichkeit diese Ereignisse in einem Zeitraum von einigen Jahren und nicht einigen Monaten abgespielt haben. Für diesen Roman habe ich notwendigerweise den Zeitpunkt, in dem diese Ereignisse stattgefunden haben, gestrafft. Die Könige Aella und Osberht von Nordumbrien und König Edmund von Ost Anglia sind offensichtlich alle durch die Hand von Ivar the Boneless gestorben; Osberht im Kampf, Aella als Rache dafür, daß er Ragnar Lodbrók in die schreckliche Schlangengrube geworfen hatte – als Opfer des gräßlichen Blutadler-Rituals, das ich beschrieben habe, obwohl andere Quellen angeben, daß er, genau wie Osberht, in der Schlacht gefallen ist und Edmund brutal gefoltert wurde, man mit Pfeilen auf ihn schoß, ehe er dann enthauptet wurde, weil er sich weigerte, auf Verlangen von Ivar the Boneless seinem christlichen Glauben abzuschwören. Die massive Invasion der Wikinger führte schließlich in Britannien zu der Einführung dessen, was später als das Danelaw bekannt wurde.

Weil die Wikinger in Wirklichkeit die Herren der Meere waren, wurde ihr Einfluß weltweit auf eine Art spürbar, die noch heute vielen Menschen bewußt ist. Sie zogen bis weit nach Rußland hinein, sie gaben dem Land den Namen Rus, später Rußland. Als Söldner der Varangian Garde dienten sie den Herrschern von Byzanz, dem heutigen Istanbul, in der Türkei. Sie überfielen im Süden Afrika und segelten nach Westen über den Atlantischen Ozean, siedelten in Island, Grönland und entdeckten Amerika. Sie siedelten nicht nur in Britannien, sondern auch in Teilen der Shetlandinseln, der Orkneys, Schottlands

(Caledonien) und Irlands (Erin) und auch in Frankreich, besonders der Normandie, den Niederlanden (besonders Friesland) und Deutschland. Ihr Ritual der Taufe und der Weihe ihrer Langschiffe mit Blut ist bis zum heutigen Tag überliefert, wo man noch eine Flasche Champagner am Rumpf des Schiffes zerschlägt, um es vor der Jungfernfahrt zu taufen.

Die Religion, Bräuche und Gesellschaft der Wikinger und ihre Art zu leben habe ich so genau beschrieben, wie es mir möglich war, denn die Überlieferungen über diesen Zeitraum in Skandinavien sind sehr spärlich, vieles davon basiert auf der berühmten Sutton-Hoo-Ausgrabung, auf anderen Ausgrabungen und archäologischen Funden und auf den Runensteinen, die für die Toten errichtet wurden. Weil sie Heiden waren, hatten die Wikinger keinen Respekt für christliche Kirchen oder Priester, oft haben sie die ersteren beraubt und die letzteren umgebracht. Ihre Verbrechen wurden von der ganzen Christenheit als besonders abscheulich angesehen, doch in Wirklichkeit waren sie nicht schlechter und auch nicht besser als alle anderen Barbarenhorden. Wo sie sich niederlassen und in Frieden leben konnten, taten sie es, und oft war es wegen ihres Einsatzes als Söldner auch möglich, sie zu bezahlen, was man später das Danegeld nannte. In ihren Heimatländern, Ultima Thule als Ganzes, gab es strenge Gesetze und harte Strafen für deren Übertretung. Ich sollte hier vielleicht anmerken, daß Langhäuser, wie die von Ragnar Lodbrók und Wulfgar Bloodaxe, bekannt wurden als Hofs, weil ihre großen Metsäle wie auch die heiligen Haine als Orte der Anbetung dienten. Kleinere Farmen jedoch trugen diese Beschreibungen nicht. Die Stadt Sliesthorp wurde in späteren Jahren Hedeby genannt.

Ich habe auch versucht, Ragnar Lodbrók und seine Söhne, so gut es ging, ihrer wahren Natur nach zu beschreiben, so wie ich es in meinen Nachforschungen herausgefunden habe. Gemeinsame Vergewaltigungen von weiblichen Gefangenen waren offenbar nicht unüblich. Von Ragnar Lodbrók zum Beispiel wird gesagt, daß er ein Opfer vor mehr als dreißig Männern vergewaltigte, die sich in dem großen Metsaal versammelt hatten, zur größten Belustigung aller Anwesenden – außer natürlich der unglücklichen Frau, sollte man annehmen. Es war in der Tat sein lebenslanger Ehrgeiz, Britannien zu erobern. Seine letzten Worte, die er angeblich in Aellas Schlangengrube gesprochen haben soll, waren: »Wie würden die kleinen Schweine grunzen, wenn sie wüßten, in welch schlimmem Zustand sich der Eber befindet!« Das war vielleicht der Ansporn für seine Söhne, an seiner Stelle in Britannien einzumarschieren.

Ivar the Boneless war in der Tat ein ausgesprochen gelenkiger Mann und wahrscheinlich sogar eine Art Schlangenmensch von besonderer Fertigkeit; doch er war auch besonders grausam, von ihm wird behauptet, daß er an König Aella von Nordumbrien das Ritual des Blutadlers ausführte, und er war es auch, der König Edmund von Ost Anglia brutal gefoltert hat, ehe er ihn enthauptete. Im Anschluß an den Mord an Edmund ist Ivar the Boneless, auf der Reise von Thetford nach Reading, geheimnisvollerweise aus den Seiten der Geschichtsbücher verschwunden, niemand hat je wieder von ihm gehört – eine Tatsache, die mich sehr gefesselt hat. Es scheint eigenartig, daß, obwohl verschiedene Versionen des Todes seiner Brüder Ubbi und Halfdan überliefert sind, vom Tod ihres bedeutenderen Bruders Ivar the Boneless nichts bekannt ist.

Ubbi scheint in Wirklichkeit der »grobe Klotz Torf« gewesen zu sein, als den ich ihn beschrieben habe, offensichtlich wurde er in der Schlacht während der Invasion von Britannien durch die große Armee getötet, obwohl es auch andere Berichte über seinen Tod gibt.

Es wird erzählt, daß Halfdan König des Nordlandes, Britanniens und Irlands (Erin) geworden ist. Es ist möglich, daß er in der Schlacht in Strangford Lough, Irland, getötet wurde.

Vom vierten und letzten Sohn Ragnar Lodbróks werden viele Dinge erzählt, eine Geschichte davon ist, daß er der König aller Dänen wurde.

Rebecca Brandewyne